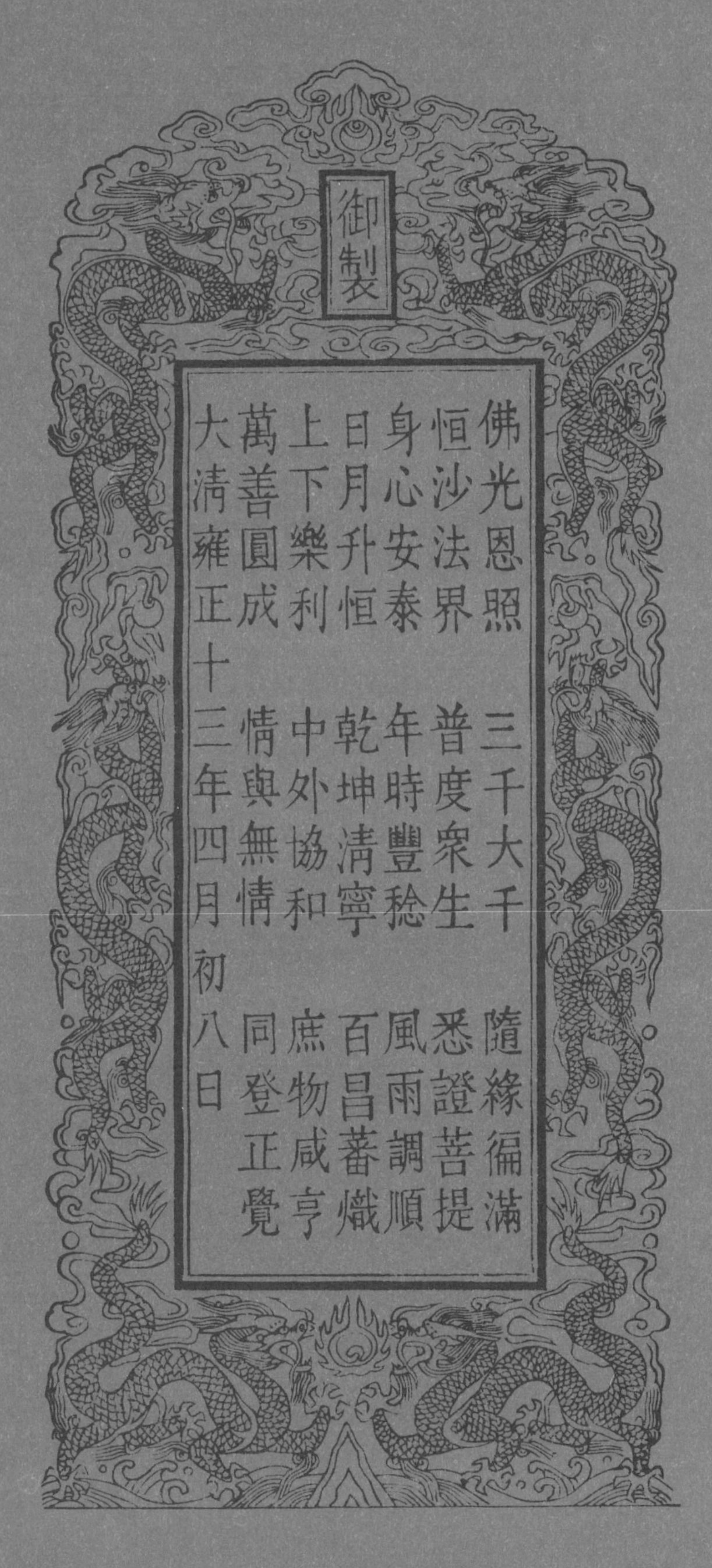

御製

佛光恩照　三千大千　隨緣徧滿

恒沙法界　普度衆生　悉證菩提

身心安泰　年時豐稔　風雨調順

日月升恒　乾坤清寧　百昌蕃熾

上下樂利　中外協和　庶物咸亨

萬善圓成　情與無情　同登正覺

大清雍正十三年四月初八日

第一六三册　此土著述（五三）

# 長慶宗寶獨禪師語錄

丹霞法孫今釋重編

清刻龍藏佛說法變相圖



## 長慶宗寶獨禪師語錄序

嗣法門人函昰撰

刻華首語錄成承和尚特遣人命函昰爲序函昰謹再拜稽首而言曰昰烏足以稱道和尚哉雖然聞之知弟子者莫如師是六七年親承訓迪所費和尚熏陶涵育若或於揚眉瞬目若或非揚眉瞬目其爲之也旣奢則意其遇之也必淩將俾昰之駘遭目接以示天下後世之爲是者此則昰之弗敢辭也憶昰甲戌知有此事來循覽天下彼時胸中惟黃巖天童兩老而已及一到黃巖便絕志行脚非謂天下無人也一山坳老漢日堆堆地無長技奇識而乃窮歲月而不得竟其所至是用焉往耶目今門下士惟昰不慧餘皆瑰琦俊偉出可爲人天師隱亦堪作山林典則而

且逐逐焉營營焉如有所戀而弗去夫孰爲是是則天下後世亦大槩見矣至於提持向上則古之百丈黃檗足以當之語録具在知音者可辨也若廼讀其書而思見其人則祇今華首山𡸁依然日堆堆地無長技奇識耳親之而一無所與遠之而若有所失當此如人飲水冷煖自知幸毋當吾世而坐失也此是之所以告天下後世也然終不足稱道和尚也

自序

詳夫佛祖之道原以直指人心見性成佛爲標題以悟爲則夫云人心卽是卽不煩手腳矣但以悟不悟差别耳若悟則凡夫與佛祖契同卽凡心而見佛性誠無轉摺不悟則業識茫茫無本可據卽是生死苦海實不從他有本法不曾動著一毫是以空劫今時打成一片衆生諸佛豈有二耶詰本窮源祇是一心而已惟此一心更無毫釐可得德山云佛也無法也無又云若向盡十方世界若有一法一塵許與汝執取生解者盡落天魔外道水陸諸神自已亦不是善知識亦無禪道可學恁麼舉揚可謂不容毫髮矣初祖西來密傳心印心心印可以心傳心不開門戶不許解會惟貴直下醒得至於垂手接人或入門便喝便棒或攔胸搊住或言辭善巧痛處著錐甚至云麻三觔乾矢橛直指之道於斯盡矣道獨不知何幸熏得此心一聞卽心是佛便信得及捨此必無他向偶遇壇經一言便醒如甘露灌頂醍醐潤心嗣後還疑别有或叅或究或問或學實用盡心神費盡心力累

盡形骸比研究五宗及諸祖腦後鉗錘至於極頭處九九還歸八十一從前用了許多工夫畢竟臨末梢頭亦非別有自此本擬深隱與麋鹿爲群豈敢人前露布說是說非耶無柰法字卍子夙生緣熟一見便信如膠如漆不覺囊錐始露又引得數子亦來嘗些苦味帶累山僧不能緘口嘿然偶隨問隨答諸子隨抄隨錄遂成一册固請流通山僧再三止之古人許多語錄束之高閣而今人又過於古人耶且吾實取信於心不求人信何用刋刻哉諸子固請不已迺不得已而從之

# 長慶宗寶獨禪師語録目録



長慶宗寶獨禪師語録目録終

# 長慶宗寶獨禪師語錄卷第一

丹霞法孫今釋重編

## 上堂

拈香云者一瓣香雖本自天然不從他得然畢竟有箇緣起爇向爐中奉爲江西廣信府博山先師無異大和尚用酬法乳之恩歛衣就座僧問華首重開復覩拈花微笑法筵始建諦觀大法全提空劫以前卽不問卽今天下太平百僚奉職爲什麼主心未慰師云仁者說底太親切進云從來有道之世堂簾深遠百姓不知畢竟教什麼人安享豐亨師云無面目漢進云恁麼則無絃琴無聲曲不犯手口今日人天衆前請師高彈一過師云闍黎深諳來風僧掩耳歸衆僧問智藥三藏當年於此有五百菩薩乞戒隱而不現卽不問卽今智藥在什麼處師敲案云來也來也僧回身指大衆云智藥法筵宛然未散師云承闍黎讚揚且退三步僧禮拜師便喝復顧衆云還有問話者麼僧出繞禮拜師便喝僧再拜師復喝僧又拜師云大衆看者僧還不知羞進云達磨西來如何是經師云者野干鳴乃竪拂子云昔日靈山會上世尊拈花百萬人天中惟迦葉破顔微笑世尊云吾有正法眼藏涅槃妙心付囑摩訶迦葉今日華首開堂竪拂大衆儼然且道是同是别諸上座者裏具得一隻眼不妨省力更莫遲疑莫入意根裏計較卜度縱饒卜度得成計較得就與本分事愈相懸遠諸上座明明白白一件事爲什麼特地難將去汝若一念回光放下許多伎倆一點事也無只爲汝無量劫來違背

自已馳逐聲色方便教汝回光達本汝又不解卻坐在鬼窟裏認箇無見無聞空空洞洞底是以六祖大師云世人外迷著相內迷著空若能於相離相於空離空卽是內外不迷本來真性而得出現諸上座汝但外不著聲色名言句義內不存能所知見自然露躶躶盡十方世界無一塵一法不承此威光顯現還費多少力會麼會得是汝不會得也是汝東去也是汝西去也是汝旣是汝管他會不會不見玄沙道汝等諸人如在大洋海裏沒頭沒腦還更伸手問人討水喫山僧恁麼舉揚事不獲已不過要諸上座回光達本若在通人分上總沒恁麼說大衆還會麼卓拄杖云還鄉盡是兒孫事祖父從來不出門珍重

副寺凾記葬父請上堂僧問臨濟道第一句薦得與佛祖爲師第二句薦得與人天爲師第三句薦得自救不了伏乞和尚慈悲垂示師云從頭問來進云如何是第一句師云無佛無祖進云恁麼則光中垂手去也師云從何處得者消息來進云覿面相呈不隔絲師云猶是開言語進云黃龍開口笑雲頂玉雞啼師云昨日有人道過了僧禮拜起喝一喝師云好一喝進云貧窮生孝子富貴出嬌兒師云且放下斬新條令道將一句來進云金牛昨夜遭塗炭悞殺耕夫失路程師云且退乃豎拂子云我宗無語句亦無一法與人敎山僧作麼開口諸上座旣是我宗無語句華首今日上堂說箇什麼旣無一法與人諸上座向華首覔箇什麼諸上座此大徹頭相爲莫要錯過了自已腳跟下只管踏步向前從

他覓古人道覓亦不得得亦不真卽今山僧説底便是諸上座聽底諸上座聽底便是山僧説底山僧説底外没有諸人聽底諸人聽底外没有山僧説底會麽舉藥山問石頭三乘十二分教某甲麤知嘗聞南方直指人心見性成佛實未能了頭云恁麽也不得不恁麽也不得恁麽不恁麽總不得子作麽生藥山罔措頭云子因緣不在者裏見馬大師去藥山見馬祖述前因緣祖云我有時教伊揚眉瞬目有時不教伊揚眉瞬目有時揚眉瞬目者是有時揚眉瞬目者不是子作麽生山便禮拜祖云見箇什麽道理便禮拜山云某甲在石頭處如蚊子上鐵牛師云者是直指人心見性成佛底榜樣者裏有殺有活有縱有奪我宗須是具者手段方纔爲得人山僧今日爲汝諸人注破恁麽也不得不恁麽也不得恁麽不恁麽總不得甕裏何曾走卻鼈我有時教伊揚眉瞬目有時不教伊揚眉瞬目有時揚眉瞬目者是有時揚眉瞬目者不是海濶從魚躍天空任鳥飛大衆會麽復舉七賢女遊屍陀林一女云屍在者裏人在什麽處一女云作麽作麽七女同時悟無生忍師云記副寺持其父鏡宗良上座靈骨入羅浮建塔請山僧上堂與大衆結般若緣資其冥福忽有人問良上座骨在者裏人在什麽處山僧又作麽生良久云明日清明節大衆珍重

生日請上堂僧問塵點刧前卽不問如何是現前無量壽師云兩眼對兩眼進云世尊未離兠率已降王宮未出母胎度人已畢卽今

華首還存度人消息麽師舉拂子進云雞唱峯頭月魚躍海中天師云有勞繁用僧問和尚今日好日子惟願生涯一錢爲本萬錢爲利師良久云會麽進云本少人無見利多滿大千師云且放過一著乃云諸上座空劫以前事作麽生卽今事作麽生南泉云空劫以前無佛名無衆生名恁麽時正是道祇是無人覺知王老師可謂體道者也若是華首卽不然卽今世界建立生佛分也心境紛然聲色交參與空劫以前不別諸上座還信得及麽若信得及直下無一絲毫頭事各人本來祖翁田地直下無一絲毫頭可得祇要直下知歸擬心卽差不擬心一一天眞一一明妙波羅提尊者云在胎爲身處世爲人在眼曰見在耳曰聞在鼻辨香在口談論在手執捉在足運奔徧現俱該法界收攝在一微塵識者知是佛性不識喚作精魂華首又不然識者喚作精魂不識卻是佛性且道還有優劣麽具眼者辨看如或未能更看風旛因緣六祖當時到法性寺聞二僧爭論一曰風動一曰旛動祖從旁忍俊不禁特地向伊道不是風動不是旛動仁者心動諸上座汝若會得便直下見六祖安身處便直下見釋迦老子安身處便直下見自已安身處透頂透底更無餘法古人有現成四句美如西子離金闕嬌似楊妃下玉樓日日與君花下醉更嫌何處不風流山僧拈來爲諸人下箇註腳不是風動不是旛動美如西子離金闕嬌似楊妃下玉樓仁者心動日日與君花下醉更嫌何處不風流以拂子擊案下座

浴佛日上堂僧問空劫前四月八現前四月八是同是别師云羅浮山進云世尊初生一手指天一手指地云天上天下惟吾獨尊者箇人人本具箇箇不無因甚世尊道箇獨尊師云龜毛拂子長三尺僧問和尚未登法座學人未離禪堂者一句請師指示師云者已是闍黎太絡索了也進云和尚作麼生師云山僧退身有地進云今日醜媳婦少不得見翁姑師云自領出去僧禮拜師乃云今日四月八是我佛降誕之辰法華云如來出世爲一大事因緣惟令衆生開佛知見示佛知見悟佛知見入佛知見六祖云當知如來已具知見何用更開所言佛之知見卽汝自心諸上座此一心法有佛無佛法爾如然叵耐無人識得如來出世纔爲衆生露者箇消息雖露者箇消息猶是兒孫邊事此一心法總不曾動著豈不聞未離兜率已降王宮未出母胎度人已畢我道諸上座卽今成佛竟度生竟涅槃竟還信得及麼諸上座莫言佛是累劫熏修而成我乃博地凡夫怎能構得若作恁麼見是汝諸人自開衆生知見又莫言佛出世放光動地龍天擁衛神鬼欽崇我無如是神通妙用若作恁麼見自是仁者心有高下不依佛慧古人道如來舉身相爲順世間情恐人生斷見權且立虛名假名三十二八十也虛聲有身非覺體無相乃眞形此無相佛卽今目前箇箇完具常自圓明佛不過是識得了有自由分雖在五蘊生死中而伊無生死雖在根塵萬境交叅而伊自蕭然獨脱臨濟云是汝四大色身不解説法聽法虛空

不解説法聽法是什麽解説法聽法是汝目前歷歷底没形段是者箇解説法聽法諸上座豈不是在者裏聽法汝特地要求他面目了不可得雖不可得而一切用處卻又分明是箇什麽如水無筋骨能勝萬斛舟珍重

結夏上堂僧問恁麽也不得不恁麽也不得恁麽不恁麽總不得時如何師云山僧道不得進云恁麽則雨暗羅浮深又深潮歸大海總無聲師云庭下虚空爲汝道進云昨夜老人起舞南樓上王女笙歌向翠屏師卓拄杖一下進云只如今日結夏陞堂拈椎豎拂未審以何等法示何等人師又卓兩下僧禮拜

僧問前覺不生後覺不滅現在如如退後一步請師速道師云南無觀世音菩薩僧進前退後師云汝進前退後作麽僧作禮云放下

師云笑殺大衆僧問華首開爐柴炭俱無薰風劈面裂肌膚同堂海衆忘消息現前共證古毘盧如何是毘盧師豎一拳進云聖凡情盡還容淘汰麽師又豎一拳進云如何是覿面無私句師又豎一拳云闍黎還知痛痒麽

僧一喝云石虎嘯時風滿谷泥龍吟處霧遮天師云山僧今日失利乃召大衆卓拄杖一下云赤眼歸宗道會得則途中受用不會則世諦流布山僧不隨古人脚跟轉不會則世諦流布坐斷聖凡情若在者裏透得也做箇脱灑衲僧便能驅耕夫之牛奪饑人之食其或未然總是弄泥團漢復卓一下云會得則途中受用亦且救得一半便下座

端午上堂僧問耀古騰今即不問喝一喝云現前一喝請訓機師云不酬機進豎一拳師

云笑殺滿堂僧進一喝師云一喝兩喝且置三喝四喝又作麽生僧懡㦬師便打僧問剗除狂寇卸甲倒戈猶是功勲邊事君臣道合海晏河清猶是法身邊事如何是衲僧本分事師云口横鼻直乃云纔過四月八又是端陽節奉報諸禪德光陰如電掣世事若有若無人情或欣或厭波斯匿王云變化密移我誠不覺寒暑遷流漸至於此諸上座還知有不遷流者麽驀拈拄杖云惟有拄杖子蕭然獨脱寒暑不能促其壽鬼神不能妬其福雖然如是衲僧分上眼中著屑以拄杖卓一下擧瑞巖問巖頭如何是本常理頭曰動也師云金剛寶劍當頭截又問動時如何頭曰不見本常理巖良久頭曰肯卽未脱根塵不肯卽永沈生死巖遂大悟師云者太煞按牛頭

了大衆珍重

可都寺爲其父太保韓文恪公請上堂僧問有箇人兒與某甲同行同住爲什麽不度渠儂師以拂子作圓相復拂三拂示之僧問習得千經萬論爲甚當鋒一字拈不出師云上灘不肯住下灘不相干進云人人脚跟一條大路有箇漢子問著便恁麽眼睜口啞師云闍黎好一問還自知麽進云和尚婆心太切人天衆前合當禮拜坐具子吾無隱乎爾師云尋常套子也不消得僧拜起喝云若要有心聽此調耳根瞎卻眼根聾師云自納敗闕乃云夾山大師道目前無法意在目前不是目前法非耳目之所到擧拂子云今日夾山現廣大身遍塞虛空諸禪德還見麽夾山發大圓音告諸禪德不得以色見我不得以音

聲求我若以色見我以音聲求我是人行邪道不得見我山僧道不以色見不以音聲求如何得見大師夾山云汝豈不聞擬議前後安置中邊不得一法没溺深泉山僧道都不如是時如何夾山云不敢說山僧道爲甚不敢說夾山云堂頭即得恐諸禪德隨語生解山僧道官不容針私通車馬請大師不吝慈悲夾山云會麼都不如是我我現前諸禪德請著眼者裏貶上眉毛蹉過了也急急快急急著靴水上立走馬到長安靴頭猶未溼今日都寺祖禪同聖心原心妙心三居士設齋請山僧上堂資其父文恪公冥福伏願於真際中不守自性天上人間隨處安樂舉文殊問菴提遮女生以何爲義女云生以不生生爲義殊云云何生以不生生爲義女云若能明知地水火風四緣未曾自得有所和合而能隨其所宜是爲生義殊又問死以何爲義女云死以不死死爲義殊云云何死以不死死爲義女云若能明知地水火風四緣未曾自得有所離散而能隨其所宜是爲死義諸禪德恁麼會去生也未曾生死也未曾死皆如來藏妙真如性如來禪許汝搆去祖師禪未夢見在且道祖師禪有什麼長處良久復舉進山主問修山主明知生是不生之理爲什麼爲生死之所流轉修云笋畢竟成竹如今作篾使得麼進云汝他日自悟去在修云某甲祇恁麼上座如何進云者箇是監院房那箇是典座房修便禮拜師云者箇是監院房那箇是典座房有什麼禪道佛法於今三家邨裏販夫牧豎街頭市尾也解恁麼道有

什麽奇特諸禪德會麽以拂子擊案云苦瓠連根苦甜瓜徹蒂甜下座

解夏上堂僧出禮拜師便喝進云更一喝師又喝進云落霞孤鶩齊飛秋水長天一色師云拈者現成句作麽進云請和尚道新底師云山僧今日失利進云某甲也大錯去師不顧乃云諸上座一夏以來還搆得也未若搆不得者一夏又虛度也舉子方上座問法眼云公久參長慶爲甚卻嗣地藏眼云爲不解他萬象之中獨露身意子方豎拂子眼云撥萬象不撥萬象方云不撥萬象眼云獨露身聻方云撥萬象眼云萬象之中聻方云若不到者裏幾乎虛過一生師云若要透脱生死把者一則公案反覆尋思自然有箇入處不見文殊云我真文殊無是文殊若有是者即二文殊然我今者非無文殊於中實無是非二相即今諸上座直下無第二人者裏不生難易想便可獨行獨步會麽復舉六祖大師云吾有一物無頭無尾無背無面無名無字諸人還識否荷澤云是諸佛之本源神會之佛性祖云向汝道無名無字汝又喚作本源佛性汝向後有把茅蓋頭也只成箇知解宗徒山僧今日八字打開爲諸人下箇註脚若是箇殺人不眨眼底漢纔見祖師道箇吾有便與震威一喝直饒通天伎倆也合一場懡㦬爲甚如此諸上座人人壁立萬仞箇箇鼻孔撩天以拂子擊案下座

林戒菴太守薦張恭人請上堂師召大衆云佛法本自現成盡十方世界都盧是箇金剛正體衆生諸佛情與無情山河大地日月星

辰總承此光明顯發譬如虛空體非羣象而不礙彼羣象發揮當其發揮即非羣象所以道人行處實無一法可當情實無一物爲緣爲對大溈安云行脚高士直須向聲色裏睡眠聲色裏坐卧且喚什麼作聲色聲色裏又作麼生坐卧睡眠不見古人道見聞覺知無障礙聲香味觸常三昧如鳥空中只麼飛無取無捨無憎愛若會應處本無心方得名爲觀自在諸上座空劫以前也恁麼即今也恁麼盡未來際也恁麼若信得及釋迦老子與汝同參若信不及便茫茫地向外著境外既著境內則生心心境相對妄想不停遂成生死業繫謂之塵勞之儔汝等試返照看者箇妄想從何處起是從心起是從境起若從心起心本無生若從境起境本無情目前空不言空目前有不言有者箇妄想皆從自已一念顛倒取相而起知心與境本不相到一一諸法當處解脱當處全真昔二祖斷臂求初祖安心祖云將心來與汝安二祖道箇覓心了不可得祖云與汝安心竟諸上座還覺痛快也未良久云覓心無得便心休著衣喫飯還仍舊大盡三十日小盡二十九如上舉揚般若奉爲張氏恭人及諸亡眷伏願無邊業障一念霜融曠劫塵勞當下頓息且道懺摩薦拔一句作麼生道回光便是通霄路母子同登安養臺下座

示衆

黃巖示衆此事實非容易當時汾陽最後到首山舉卷席話始大徹去你看龍袖拂開全體現象王行處絶狐蹤者方是放身捨命會

得者則管取透得風旛那則今日山僧拈出若有人問不是風動不是旛動意旨如何向他道龍袖拂開全體現仁者心動意旨如何向云象王行處絶狐蹤大衆會麼又如大慧當時条有句無句話屢請圓悟舉在五祖處問荅因緣悟爲舉了大慧方得大徹今日山僧又爲拈出若有人問不是風動不是旛動意旨如何向云描也描不成畫也畫不就仁者心動意旨如何向云相隨來也會麼會麼雙柏林示衆大衆你道今時人病在什麼處一箇箇勞盡心力秖學得箇心所法有什麼交涉即如我年來鑒賞即心即佛句妙不可言其奈知音者少當時亦止有大梅一人直下承當何況後代你看僧問大梅因何便住此山梅云我當時見馬大師向我道即心即佛便向此住僧云于今大師又道非心非佛梅云者老漢惑亂人未有了日在任你非心非佛我秖是即心即佛大衆者則因緣那一箇不曉得爲什麼在各人自已分上便用不著且道病在什麼處咦此事大難承當直饒一句下承當得已遲八刻更費盡心力勞而無功切莫打頭便蹉了路珍重

歸宗示衆我宗門下大是奇絶當時黄龍南趙州勘婆頌云傑出叢林是趙州老婆勘破有來由而今四海清如鏡行人莫與路爲讐秖因者頌大了當後來出許多人黄龍心湛堂準真淨文都是者一支湛堂托鉢偈云之乎者也衲僧鼻孔大頭向下若也不會問取東村王大姐真淨住歸宗有一僧持其法語至黄梅五祖演亟呼首座圓悟云真大善知

識者法語實希有中云于今學道人有兩種一種祇是認箇平常如云金剛是泥塑露柱是木頭倚將去靠將去又一種坐在無依倚處殊不知早依倚了也者兩種人到已眼豁開時兩條拄杖都丟卻獨行獨步十方蕩蕩無有不可五祖深服者段話合掌讚歎所以雲居膺和尚云饒你學到佛邊猶是雜用心何以故祇因將心求道故若將心求道便是心識用事便是生死根本玄沙亦云有爲心法不可相依日久年深全無利益此事大難于今人祇是學些道理太遠在衆禮拜師復云我所以處處都提即心即佛我即以即心即佛爲宗旨汝等悉之

歸宗示衆邪人行正法正法悉皆邪正人行邪法邪法悉皆正於今有種邪人便拈提佛祖言句也歸於邪總爲他從正法中多生支節真箇入地獄如箭射大可憐愍從上佛祖祇令直指人心見性成佛更無層級大根器人當下省得便謂之悟即未悟之前實無途路實無方法也祇是教他疑著所以云信得極便疑疑得極便悟趙州云若要隨根機接人三乘十二分教儘有方便老僧者裏祇以本分接人大衆若信得者話只管疑著不必解會他日久自然瞥地始知山僧不是相瞞珍重

小歇場示衆山僧自𠜂公去後心中一發冷然渠一生爲此事孜孜矻矻纔有箇見處正好修行早已整手脚不辦況其他乎即以道眼觀之彭殤無別然巳恨其力行日短若論世眼更不堪提起噫世間人信心難生善根

難長不能深信因果未免爲現前報應所感山僧每每見人發一箇好念頭便生病惱作事便不如意那一生造業底偏更快便爭怪得初心人不打退鼓于今目前大衆都是看得破底何不趁色力康健急切取辦人生好光景難得若到病苦時作主不來雖有善師良友不能替代今日與大衆道破一知半解當不得甚事石屋云欲求成佛真箇易欲斷妄心真箇難幾度霜天明月夜坐來猶覺五更寒見解人多行解人萬中無一湧泉亦嘗恁麼道故知此事不是說了便休到此須大著精彩始得昔丹霞淳與友論道到暢快處大笑一聲其師叱之云你者一笑失卻多少好事他是得底人其師尚如此說如今學人終日談彼說此山僧最是不喜山僧二十歲

前便得箇歸著在廣州東門行至西門如瞬息間人物房屋都不見有經言阿彌陀佛七千歲在城托鉢不辨男女七千歲不貪睡眠大衆此事雖是現成也要善用其心譬如一團黃金全憑巧匠方成器用不是一番寒徹骨爭得梅花撲鼻香記得馬祖會下有箇無業國師幾句說話山僧常舉以自儆云古人得意之後都是茅茨石室王侯不得而友那像于今爲名爲利又當時三祖傳衣後囑四祖勿向人道在者裏得法覺範云名與跡人生之大累也古人未得意時一雙草鞋一條拄杖到處訪道及其既得便向深山中埋名滅跡數十年人無知者你看三祖如此尚沒人知他姓名與他住處後來開堂說法乃至五宗分派遞及宋元漸失古意涅槃經有箇

喻如做乳酪初賣底是真乳酪遞轉侵水全無真味難道法有什麼古今叵耐古今人大相懸絶趙州嘗道老僧見馬祖會下善知識箇箇出格九十歲後見者些都是向大路開飯店覓人禮拜到今日越發可傷了那一起求化底不說爲辦道之資且問他辦得箇什麼道噢古人說佛之一字尚不喜聞如今佛之一字真箇不喜聞了你道是同是別大衆生死事大無常迅速山僧十餘歲時心中早已有些了當妄想道六祖大師二十四歲方傳衣鉢我今還未滿二十若到三十歲一字不看但饑餐渴飲混同樵牧彼時山僧老母尚存常到城中省視老母深知山僧意每道我實爲你累若不是我你早入山去也後來老母去世靈泌弟將母衣物一時散卻山僧亦將靜室中所用器具一時散卻止剩些破衣襖兩人共湊六十觔行李走到博山者段因緣舉起太長約畧如此那時法緯樵雲都在博山樵雲在外面不知何以得箇消息託人向悅衆求入後堂與山僧隣單後來山僧要辭先師先師苦留幾次收入行李及得脫身二子苦要相隨山僧此時亦無意廬山因過瑞洪聞無用道友在歸宗遂去尋他不期遇見半偈老師隨上金輪峯禮塔半師留住金輪山僧向他道我本意要隱終南聞終南多草衣木食與人境相絶半師謂金輪閉關與終南無異因留止三年自出關後便要別卻諸子千較百計支遣不開及後剃公又到與諸子遊徽州復返廬山一路追隨偶到黃巖樂其深入遂止於此數年以來又置些田

地添許多絡索山僧前日從粤中還山見大衆著忙心極不快修行人常得安閒方可入道止是家業相累徒過光陰昨星子張公同歸宗當家來請山僧尚躊躇未決于今到是恰好乘此機會卽郤擔子何等輕安山僧從幼便擬孤峯獨宿誰知事不由人提起來真是慙媿博山先師當時常道宗寶我深悉汝意汝只想入山去得兩餐飯喫便一切不管正道着山僧意中事于今大衆須要體諒雖山僧者等郤像小乘依菩薩行祇願度盡衆生寧可自家墮落乃至度一人數劫相隨其人不發心菩薩亦不動念山僧不能行菩薩行度盡衆生但願與大衆大家著緊如救頭然便滿鄙意大衆既恁麼相信須是依山僧説始得此事元沒有愛憎彼此盡力道不出底只是冷暖自知緩急自辦時節到來不怕你會不會所以前日荊公去時我對法緯説以後更不必提起禪道佛法口説底無用須是急切有恁麼事始得你看荊公底心真是成佛有餘祇是不曾實落用心便已容易蹉過大衆于今只管蹉跎去真不知等到彌勒佛妻至佛了咦山僧要説説不盡然亦不消説伶俐漢向未舉以前便知痛癢就是山僧者一段話都是多底明日過歸宗須要甘得澹薄圓通訥禪師祇有一塊布日間當裙夜間當被山僧自來不曾貪著好衣好食如今但有兩餐粥飯便放下身心絲毫不管佛在世時弟子甚衆一千五百大阿羅漢常隨其身那時有什麼常住錢糧也只各人入城乞食食已便各人樹下趺坐大衆于今各人也

須自家料理牛頭嬾融肩挑石二腰纏八斗供其徒衆大衆都是難得底山僧亦當効古人所爲只是賤體太弱不能如願大衆須要體諒山僧始得珍重

長慶宗寶獨禪師語録卷第一

音釋

瑰姑回切音傀瑰瑋琦玩也　偉于鬼切音韙人才傀偉　摺之涉切音讋摺疊也　麋旻悲切音眉鹿屬　嘿密北切音墨與默同

# 長慶宗寶獨禪師語録卷第二

丹霞法孫今釋重編

## 示衆

歸宗示衆師顧衆云修行者事大非容易知有底人如龍得水似虎靠山若未知有便須尋箇活路從來善知識沒有什麼與人此事非可口傳手授還是自家伶俐轉變始得古人道大有轉變始脫生死于今你們現前尚且茫茫地何況生死到來便是知有底人也不得草草萬古碧潭空界月再三撈摝始應知汾陽者話大有所以者所在著不得一些知見三乘十二分教一切修多羅難道不詳盡麼你道病在什麼處將心求道將心學禪窮劫盡形終不能得所以道饒你學到佛邊猶是雜用心山僧從小爲者一著子喜樂不過記得古人一段機緣真箇痛快昔洞山辭雲巖問百年後忽有人問還邈得師真否如何祇對巖良久云祇者是山沈吟巖云价闍黎承當箇事大須審細此時洞山尚涉疑後因過水覩影方悟前旨有偈云切忌從他覔迢迢與我疎我今獨自往處處得逢渠渠今正是我我今不是渠應須恁麼會方得契如如者箇偈真妙得很你看打頭兩句人還會得我今獨自往處處得逢渠便難會也然尚有一關渠今正是我我今不是渠五位君臣都從此出憶壽昌師翁拈云渠今正是我大地難包裹我今不是渠千聖不能知深得洞山意旨今人容易說洞家兒孫好久摩他鼻孔不著哩適來與麗中談及德山一段機緣也大奇特渠初見龍潭便問久向龍潭及乎

到來潭又不見龍又不現潭云子親到龍潭已大煞婆心了也德山當時猶未會得一夕侍立夜久辭出潭點紙燭度與山山纔接潭即吹滅山方大悟云從今更不疑天下老和尚舌頭也山僧偶爾得兩頌曾見麼你看龍潭初道子親到龍潭眞箇直捷不過古人爲人都是恁般直截于今人把作機鋒卻反拗直爲曲了末法將來畫虎成貍日久生弊得活祖師意底不道全無祇是少有大衆同志須生難遭想努力珍重

廣慧示衆舉僧問芭蕉不落諸緣乞師指示蕉云有問有答師云你看古人爲人何等直截祇是人自不會便呼善甫云大慧常舉竹篦示人喚作竹篦則觸不喚作竹篦則背不得有語不得無語僧擬議便打出一生如此勘驗學人非眞正學人罕有契其機者乃有頌云背觸非遮護明明直舉揚吹毛雖不動遍界是刀鎗山僧深愛此老剖肝瀝膽昨和一頌云吞餌已鉤腸清波亂跳揚絲綸牢在手更不動刀鎗你把大慧竹篦話與我者頌合看不要急祇是念念不放捨自然有箇省處今時人全不解用心你卻須自解轉變你若省得時即不會機鋒轉語不會得古人公案也不消熱忙若徒明得古人公案不明自已者明得底都不是此事祇要眞古人亦有辯才無礙雨瀉雲興亦有規模窄窄地然悟心則一至說法爲人隨家豐儉惟在取信於心今人在義路上求解求會豈有出脫日子你若未明此事須辦久遠堅固之心做工夫祇是一箇切先要識得心識得乃信得及信

得須要行得行得行得須要休得若休不得終非真實所以古人云我於某善知識處得箇歇處你等大須仔細識得信得行得休得有此四者大事畢矣

廣慧示衆脚跟下有條直路即心是佛還信得及麽你若未省得祇是冷冷看如何即心是佛一毫不要造作日久自然省去雲門大師云人人盡有光明在看時不見暗昏昏如何是汝諸人光明衆無語復自云廚庫三門所以學道大須知有大須自己伶俐切莫造作令時善知識種種教人總是造作總是埋沒人法華窮子喻長者無限寶藏本是窮子分所應有無柰東西馳走長者捉回渠反怖死長者傷其下劣不能承當乃以冷水洗面令甦仍復遣去密令二人隨他同彼所作誘令求傭長者祇是令他除糞謂汝勤苦倍與之值種種方便然後窮子信受你看經文何等直捷窮子本來該承父業珍寶具足因他信不及祇是教令除糞三乘四果十地盡是除糞底人方便引誘他故與以值若當下信得及實無恁麽事所以佛之本懷一切權實教門祇是欲令衆生開佛知見六祖云如何佛更開佛知見佛知見即是人人自心所以道凡有心者皆應作佛山僧昨云人非木石豈無心乎此事箇箇具足爲何根器淺劣總信不及纔舉起便怕認識神且如長沙云學道之人不識真祇爲從前認識神原爲分箇皂白不許人儱侗你若未認怕作什麽今時善知識總是鈍置學人見一學人入門便教他怎生做工夫節外抽枝總不是佛之本懷

若論佛之本懷衹是要人識得此一著子山僧得此一著子與佛無二無别就令將此身碎爲微塵一一塵供養十方諸佛亦未足以報佛恩德山云釋迦老子與我同一鼻孔便是文殊普賢來云咨和尚我早已知他了也衹是識心達本源更無有過者若不如是爭敢做善知識開大口爭好揀别諸方鍛鍊衲子昔有僧叅一禪師每見即搖手云不是不是如此二十年一日遠遠見便云是是開善謙在大慧門下二十年衹是不省得大慧復令他馳書往襄陽謙益怨憤意欲無往其友宗元叱之云不可路途中便參不得禪遂與同行復語之一切事都替得你衹有五件事替你不得謙問那五件事元云屙屎撒尿著衣喫飯駝箇死屍路上走謙當下領旨比返徑山大慧在亭子上望見便云者漢連骨頭也換過也你看古人絶無定法衹是提撥者一著子要學人自已識得别無言說若見性人如伸手見掌更有什麽大衆還有信得及者麽時有僧進云某甲曾看大慧語録云即心是佛人便以爲尋常云燈籠沿壁上天台便以爲奇特豈不是順顛倒今日復蒙和尚開示始益信向師云你今衹要信得及若不能直下承當便須時時尋究如何即心是佛終日冷冷看將去若省得了方有語話分不必看語録經教初心學人不曾看書本到是乾淨提撕他到是容易若久參學人打頭不遇作家惹得許多見識及到善知識前先要洗滌一番令淨然後救拔得他令人那裏曉得此事大須有福遇作家始得若薄福人見

邪師談禪説道種種枝節便以爲有滋味見眞善知識一無所有便謂善知識祇是如此更有自甘下劣者謂古人二三十年方纔了當終日向外馳求待他馳求二三十年全無下落到此來畢竟要撥轉他向者一條直捷路徑方得安穩不如趁早放下更省氣力喚大象不遊於兔徑大悟不拘於小節希有之法眞是難信經云若有人千生勤苦種諸善根如是之人乃可爲說若有人千生但讀誦大乘不看餘乘及外道典籍如是之人乃可爲說世尊致祝在所遊方勿妄宣傳六祖亦云恐愚人不解謗此法門萬劫千生斷佛種性故知希有難信佛祖祕密大衆直須徹底信得不留一絲毫擬議始得珍重

華首挂鍾板示衆師舉椎云大衆還知麽千下萬下皆從者一下起便打板一下復云何以叢林規則以此爲據隨打鐘一下歸方丈

結制示衆舉圓覺經云以大圓覺爲我伽藍身心安居平等性智華首今日以羅浮山爲牧牛塲溪東溪西一任諸人優游自在只有一句要緊話不得犯他國王水草汾陽道若一毫頭聖凡情念未盡未免入驢胎馬腹去白雲端又道若一毫頭聖凡情念淨盡亦未免入驢胎馬腹去諸上座又作麽生須是從者裏自作活計始得不見王老師道老僧自小養一頭水牯牛擬向溪東牧不免犯他國王水草擬向溪西牧不免犯他國王水草不如隨分納些些總不見得作麽生是隨分納些些總不見得諸上座汝若會得便是活計一期之内大須努力

示衆古人道千人萬人盡是覔佛漢於中求一箇道人無欲與空王爲弟子莫教心病最難醫諸上座且道覔佛漢與道人相去多少大須分箇皂白不可顢頇何以故祇爲般若有相似底所以道佛祖如生寃家始有學道分汝等離了鄉土離了師長千山萬水行脚到此專爲學佛學法爲甚卻道如生寃家不見洞山云擬將心意學玄宗大似西行卻向東汝若將心學佛將心學道窮劫盡形終不能得不如息念忘慮佛自現前今時不得已教人從者邊打翻那邊消息要且圖箇話會其餘有什麽交涉諸上座特地現成擬心即差究實而論不落見聞稟曰乃可歸家穩坐珍重

示衆信爲道元功德毋信是無上佛菩提信能速登解脫門信能永離生死苦諸上座莫輕看者信字法華會上止得箇龍女涅槃會上止得箇廣額屠兒者纔是直下信心底人諸上座還信得心麽結制以來不知各人作麽生用心尋常參堂中不是昏沈便是掉舉不知昏沈掉舉就是各人安身立命之所大須伶俐慎勿虛度光陰山僧欲與汝等商量有話試出來説看衆無語師云歲月如箭轉盼蹉跎本分上稍寬緩便容易錯過何况日用間一切人我是非尚放不下又爭搆得諸上座者事祇要各人心切汝若心切撩起便知舉溈山在百丈侍立次丈問誰山曰某甲丈曰汝撥爐中有火否山撥之曰無火丈躬起深撥得少火舉以示之曰汝道無者箇聻山便發悟師云汝看古人何嘗有甚麽忉怛

祇要伶俐山僧尋常與汝等千說萬說自巳實見得沒偈倕實見得慚愧諸上座也須知些慚愧始得下座

示衆舉長沙投機頌云今日還鄉入大門南泉親道徧乾坤法法分明皆祖父田頭慚愧好兒孫復舉南泉和頌云今日投機事莫論南泉不道徧乾坤還鄉盡是兒孫事祖父從來不出門師云據此偈意則知有向上人作麽生是向上人古人云有佛有法猶是教跡邊事且未是那箇消息若論那箇消息非智能知非識能識即今目前直如一口氣不來方有少分相應若落意根湊泊恰似有箇相應總與那人懸絕所以道損法財滅功德莫不由茲心意識是以禪門了卻心頓入無生知見力諸上座心作麽生了無生知見作麽生頓入直須無心者箇無心不是造作得來伶俐衲僧纔聞恁麽說便解打翻如今都擬商量者箇無心又爭得永明云若親照時縱有佛祖玄言妙義皆爲魔說汝作麽生商量大難大難

示衆採究此事實非小緣須要大生尊重始得于今天下說法者恒河沙悟道者如麻似粟都認箇目前昭昭靈靈底古人喚作驢前馬後漢諸上座大須知痛癢始得長沙云目前無一法當處亦無人蕩蕩金剛體非妄亦非真於此直下窺得便乃坐斷聞見萬法平沈淨躶躶絕承當赤灑灑無回互汝若踏著恁麽田地便自解作活計作麽生解作活計聻云何要作活計聻古人大有榜樣在曹山辭洞山洞云子向什麽處去曹云不變異處

去洞云不變異處豈有去耶曹云去亦不變異此是第一箇解作活計底榜樣藥山坐石上石頭云子在此作什麽山云一物也不爲頭云恁麽則閑坐也山云若閑坐即爲也此是第二箇解作活計底榜樣諸上座還曾恁麽作活計也末山僧今日爲汝再流通箇消息且不論遠就是目今父母所生底身一二歲時見聞具足六根怡然心境一如有眼如不見有耳如不聞六用閑閑正恁麽時十成完具漸漸長大便生愛惡等情從生至老迷而不返且道過在什麽處難道彼時便沒有麽諸上座終日隨聲逐色總是步步踏著若不一回打翻要且無汝作活計處大衆作麽生良久竪拂子云箇中若了全無事體用何妨分不分復以拂子擊案下座

示衆古人道莫繫念念成生死河輪迴六趣海無見出長波六祖大師亦云前念後念今念念念相續不斷名爲繫縛於諸法上念念不住即無縛也所以離念法門最尊最貴最第一惟佛一人乃稱離念不見道悟無念法者萬法盡通悟無念法者見諸佛境界悟無念法者至佛地位汝若不是實落到恁麽田地他時後日決定自信不及爲甚如此祇爲汝胡孫子不曾死腳跟終不點地從上諸祖全推此著譬若大火聚無汝近傍處無汝依倚處若不如是總要柰何不得雖然如此猶是與得底人說若不打翻父母未生前面目眞實去處尚且懡㦬汝又作麽生下手所以千疑萬疑祇是一疑千關萬關祇是一關者一疑破則千疑萬疑俱破者一關透則千關

萬關俱透諸上座作麽生是者一關蹔良久云喚作竹篦則觸不喚作竹篦則背不得有語不得無語汝等諸人著眼

示衆此宗難得其妙切須子細用心未有天生彌勒自然釋迦就是再來底人也要用心一番方纔了得所以道唯人自肯乃方親但是言教體貼自已隱微終是難過須實實落落到那田地纔肯放心纔得箇休歇就是見處的確言句上理會得恰好亦止得一半惟實落到處卻難百丈云見與師齊減師半德見過於師方堪傳受諸上座又作麽生於今人不能了得病在甚處病在認目前昭昭靈靈以爲是不知昭昭靈靈乃是緣境而有玄沙云共昭昭靈靈是汝真實爲什麽瞌睡時不成昭昭靈靈若捨此又是箇黑漆桶打在無見無聞窟裏縱然不涉兩途和合得箇不思議猶是生死岸頭事諸上座古人見性如十日竝照總不是者箇道理舉無著禪師往五臺禮文殊遇一老翁問云近自何來著云南方翁云南方佛法如何住持著云末法比丘少奉戒律翁云多少衆著云或三百或五百著卻問此間佛法如何住持翁云龍蛇混雜凡聖同居著云多少衆翁云前三三後三三著不省翁拈玻璃盞問云南方還有者箇麽著云無翁云尋常將什麽喫茶著無對辭出翁令童子相送著問童子前三三後三三是多少童子召大德著應諾童云是多少著始悟彼翁蓋即文殊也乃稽首童子乞一偈而別師云前三三後三三既領畧不得玻璃盞話又當面錯過童子一召之際依舊貪觀

天上月失卻手中珠後叅仰山始得契悟常充典座文殊現於粥鑊上著以攪竹篦便打云文殊自文殊文喜自文喜那裏落節向者裏拔本諸上座丈夫自有沖霄志不向如來行處行汝各人都是丈夫也有志氣祇如自朝至暮饑來便食渴來便飲何等自由乃至迎賓待客敘寒道溫一般快利不曾分毫計較爲什麼問著本分事即便突然汝道病在什麼處就似有人問我手中是甚麼明明白白是箇拂子卻放下另討一箇祇對便遠了哩所以得底人更不如何若何併絕咽喉直下無第二人不見曹山四禁偈云莫行心處路不挂本來衣何須正恁麼切忌未生時正與山僧昨日那五問意旨彷彿恁麼田地豈是汝言句到得就是言句到得意還未到何況言句尚未到汝擬向什麼處著大難大難

示衆倏忽又是半月敢問諸上座本分事作麼生流光似電瞬息不停切須痛念生死不可逐樂過時大衆試自揣看生死作麼生了雪巖問高峯云日間浩浩地作得主麼峯云作得主夜間睡夢時作得主麼峯云作得主正睡著無夢無想無見無聞主在什麼處峯直得無言可措諸上座無夢無想無見無聞畢竟主在什麼處山僧常道有三箇關頭人多以無夢無想無見無聞時作主難日間浩浩地作主易不知日間浩浩地儘難作主哩于今人不過從五蘊身田中認著箇能見能聞底便道是者喚作弄胡孫子一朝鼓破了胡孫子走了便不知怎麼下落大凡聰明人看此古人語句便似容易得很便道日用間

隨處拈來皆是把洞山麻三觔雲門乾矢橛趙州庭前柏樹子和會將來便道無有不是也須分箇眞僞始得洞山云我尋常以心中之眼觀之又觀始辨眞僞大衆且莫容易卻又不是艱難向那裏尋求得底除卻目前亦非別有者裏畢竟作麽生雲門云直得乾坤大地無絲毫過患猶是轉句不見一色始是半提更須知有向上全提時節麻三觔乾矢橛庭前柏樹子狗子無佛性等話正是者箇消息切莫草草末法將來人多不圖實落各處叢林住住學些見識一部五燈會元不難領會本分事卻實實了不得難道自已不明白麽衹是勝負心拍盲承當過去自悞悞人所以眞修行人名聞利養一切不顧只要自家實實了得不拘歲月不辭勞苦你看古人

難道根器都是下劣都不像得今人汾陽參了七十一員善知識後見首山方大徹去難道他從前不會禪不會道還有什麽佛法他不曉得爲甚見了首山方道萬古碧潭空界月再三撈摝始應知就是圓悟者樣人在五祖處也有十年方纔心不異緣今人爭得容易大衆著實努力纔好復云山僧福薄自來只喜退步今日既在此提持箇事已說不得了但一切餘事須仗大衆出力叢林原沒有什麽爾我都是一般就堂中堂外也沒有分別但堂中爲一衆標榜都要規矩森嚴山僧最不喜人閒談三箇五箇聚在一處說幾句話便是一炷香日子有多少長就是堂外也須切戒各人自有本等職事須出一片至誠精勤做去難道各人自家住靜不精勤做得

麽飯自家會熟菜自家會長麽山僧自小也是住靜日間不過閑得一炷香般柴運水燒鍋掘地那一件事不是自巳于今叢林一人當一件職事極好埋頭修行山僧恨不得混在衆中埋頭修行極是有趣極是安閒眞淨云浮生惟有僧無事悟得眞乗老更閒世間惟有解修行底越老越閒不似俗人一生奔奔波波到後來總倚靠不得大衆無非多生修來今生得爲衲子在此箇門中知有此箇大事須要乗時精進早求解脫莫待他時悔之無及中峯云一箇主人翁既失百千皮袋子難醫珍重

示衆毫釐繫念三途業因瞥爾情生萬劫羈鎖諸上座趁好色力各各討箇入路得箇入路還要有箇出身始得者不是輕易得底再三搒撫方纔了當趙州十八歲上便解破家散宅尚且云除二時粥飯是雜用心處于今人怎容易搆得然雖如此者箇事也甚明白不見僧問慈明如何是古佛家風明云銀蟾初出海何處不分明高峯頌云銀蟾出海照無私處處分明是阿誰覿面不須重問訊隨敎日炙與風吹直下曉得又何消說如或未然切莫瞞卻自巳昔湛堂語大慧云杲上座我者裏禪你都會得叫你說也說得叫你答話也答得叫你拈古作頌也拈頌得祇是欠者一解在你若不得者一解在我方丈裏有禪纔出去便沒了惺惺時有禪睡著便沒了如何抵敵得生死大慧云正是某甲疑處你看古人多少實落渠當時未見圓悟諸方那一箇不肯他祇是自不肯甘心諸上座各各

求箇自已甘心生死到來方有把柄爲甚如此爲他得底人二六時中總沒有空過底時節當時香林在雲門十八年門每日喚他一日省得了門云我從今後不喚你也他後來卻云我四十年方纔打成一片涌泉亦云汝等諸人莫開大口老僧四十九年猶有走作你看古人都是實落行將去不圖明得便了就是山僧自小便曉得二三十年方纔休歇得下所以古人道明道者多行道者少于今假知識徧滿天下便是明得底也少直饒你有箇入處正好修行正好親近善知識涌泉又云學道人大須識乾識若不乾敢保輪迴去在敢保啼哭有日在于今人纔嗅著些子便自掉頭不顧不知他生死作麽生了哩諸上座努力向前切莫空過趙州云佛之一字吾不喜聞佛之一字尚不喜聞還更有什麽可雜用心處莫見世間少年利根做得快便便道佛法祇是如此不知他夙生也苦心過來若是中下之機畢竟要看箇話頭行而參坐而究縱然今生不得悟來生出頭亦不費力總是各人要生死心切始得珍重

示衆若眞修道人不見世間過若見他人非自非卻是左他非我不非我非自有過但自卻非心打除煩惱破憎愛不關心長伸兩脚卧六祖大師恁麽語話雖則平白其實正是向上人底行履不似今人掠虛道理上簇花簇錦有什麽難尋常憎愛是非底心容易消遣不得達磨初祖云外息諸緣内心無喘心如牆壁方可入道二祖安心之後纔對他說豈更别有祇是圖箇實落于今勿論内心無

喘祇如外息諸緣一句作麽生目前山河大地明暗色空外既有境則内必有心心境相對動輙傷鋒須是知有底人方纔在者裏平帖帖地不犯絲毫頭手脚若未到者田地也勉强不得待你覺照將來早是錯過了也咦一得無心便道情六門休歇不勞形有緣不是予朋友無用雙眉卻弟兄良久云已過不可得常思於後念念圓明者都爲他得底人方解與麽話不然纔有所重便成窠臼須是轉轆轆地始得

示衆僧問心地無非自性戒如何是自性戒師云今日有居士從泊頭來進云戒光從口出如何是戒光師云好大雨進云破戒之人爲甚不墮地獄師云無孔鐵鎚進云恁麽則泥牛吼破天邊月木馬騰空過北關師便喝進云好一喝師云且退僧禮拜起云啞人唱罷無生曲黑月堂前拍掌遊師云敗闕不少又一僧纔出師便喝僧擬進師云背後有人笑你在舉僧問龍牙二鼠侵藤時如何牙云闍黎須有隱身處始得師召大衆云且道如何是隱身處昔有四兄弟同得仙道預知命盡一箇隱在水中一箇隱在空中一箇隱在石中一箇隱在人中及至無常到來隱水者畢竟從水而溺隱空者從空而墮隱石者從石而破隱人中者從人中而亡須知者都不是隱身處且作麽生纔是隱身處又有無常捉一僧僧懇其寬限七日無常許諾七日後復來覓其僧竟不可得大衆還知者僧著落麽知得者僧著落生死到來方纔有隱身之法不然未免手忙脚亂此事須及時了辦非

力可求非他人可代山僧自幼學道只是自家痛念生死無計可了後來讀壇經云見性成佛如釘入木千方百計祇求見性最苦嶺南前二三十年無一人談及箇事漫道箇事就持戒念佛也少山僧當此時設有一人爲我剖斷便願身爲牀座身爲奴僕閲人頗多竝無所遇只是一部壇經行坐不捨如今得箇著落線索原從者裏來憶當時但願者事停當便深山窮谷野鹿爲羣就使在十字街頭破衣麤飯終日叫化也都甘心後同靈泌弟參博山便絶念嶺南只爲法字乇子與山僧夙縁特到博山相見不得又抵金輪關中一見涕淚交下便惹起如今首座都寺監寺藏主書記諸子又得韓夫人一門信向因縁會聚偶爾成文實非山僧初願去年都寺到匡山峙山僧還遲疑未決念大衆費了許多心力又累承相逼情詞懇至事不獲已似山僧素喜深隱卻疑小乘然憶天台大師臨去時衆弟子問其所證地位大師云吾不領衆必淨六根今損已爲人獲預五品耳益菩薩行實實難行自已煩惱令其不起猶易令他人不起煩惱甚難只好隨自家力量盡自家精神倘能信諒也斷不致孤負而已山僧初到此時聞麗首座云如今只是揉爛其心始得山僧銘入心髓得首座恁麽不惜勤苦山僧也合拚一副心力大家鼓舞但一切外務多病之人卻難照管全仗大衆幇扶此是十方叢林原不分内外坐禪底坐禪行行底行行也都是一般如今都道坐禪底高行行底低一箇知隨便沒人肯做可笑得很難道行

行底眞箇便低麽雪峯飯頭溈山典座千古景仰雲門法眼兩宗都從雪峯出來溈山便出箇仰山是什麽人卻肯當飯頭當典座大菩薩隱在衆中行行底極多若者些子人我都忘不得還說什麽大事自今以後大衆須放出一片公心莫分彼此莫分高下努力向前同報釋迦老子恩德一場也非分外山僧與大衆住此將半年四月又到結制在邇須是事事料理妥當始得大衆叢林規矩決定要行不可徒有其名山僧今晚不惜剖肝瀝膽向大衆說大衆須要共體此心便是戒之一事甚不可忽于今末法比不得上古若只圖向上之名其實所行不及中下何等可恥目見頹風益當防愼就是傳大士臨寂囑其子普建普成二法師亦曰謹防三業莫道三歲孩兒也恁麽道得空開大口菑田無一簣之功鐵圍受百刑之痛久立珍重

示衆無量妙法門叅禪第一義若眞師子兒不入他羣隊諸上座若論超生死捷徑惟有此宗其餘俱是方便汝試反覆思惟畢竟是箇什麽嘗見有種人不明心地祇就道理上東安西排學者不成學那不就到底落得一空汝但向心地上討得箇入路久久自然脫落何不上早勞苦一番直待眼光落地時只是隻落湯螃蠏遲了也佛說人命在一呼吸間汝等於今刻刻甘心死得去便罷若未能死得去便須急急覓箇方便高峯云但將箇無滋味話頭蘊之於懷行而參坐而究自然有箇入路亦不是別討道理止貴言下知歸切須大家打起精神看什麽處有疑祇管疑

將去大疑大悟小疑小悟不疑不悟古人者話決定不錯汝但自巳揣量畢竟到底如何發付莫要放過者便是疑不必另作計較山僧常時聞諸禪人道疑情如何發得起如何發不起只管向話頭上覓道理籌度大覺好笑疑之一字切之別名耳總是生死心切便自起疑疑來疑去自然有箇時節若泛泛過日不實用心待他自悟決無此理諸上座趁早著力昔有商人同一比丘入海遇一惡龍興大風浪向商人言但將者比丘與我便了此我夙生之師不肯教我修行致我受此業報痛苦無量心甚恨之山僧今日至誠相告信也由汝不信也由汝他時後日卻怨山僧不得若道我眞師子兒不入者箇羣隊也須實到恁麼田地黑面老子惡辣不准汝口說便是黃面老子慈悲也不曾准汝口說在珍重

示衆諸上座三界塵勞如海濶無古無今鬧聒聒盡向自家心念生一念不生都解脫既由自巳又何難成佛無勞一指彈恁麼看來容易得很然雖如是也要是箇人始得古人又道瞥起一念是境但無一念便是境亡心自滅無復可追尋若夙生有善根者聞恁麼說直下便了其或鈍根反覆看他畢竟是什麼道理此事祇要疑所以高峯云只要惺惺著意疑疑到情忘心絕處金烏夜半掣天飛諸上座祇是汝自家底縱然不悟也寸步不曾離珍重

示衆佛法在什麼處在穿衣喫飯處般柴運水處迎賓送客處纔舉心動念便不是了也

諸上座勿向外求須徹見自心實踐將去方纔有箇著落剃除鬚髮向此門中畢竟爲箇什麽世間人爲些小功名尚且廢寢忘餐豈況生死大事多少在家人聞有此事千方百計要求出離如何出家人終日在善知識身邊千提萬提反不將爲事凡人未有生而知之者總要心切明明白白偏汝構不得過在於何過在汝縱逸即有時觸著轉眼消滅依舊業識茫茫如此等甚多不似上古純素眞切聞得便信得信得便行得箇箇出家便以此爲急千山萬水訪尋有道祇求決了箇事決不遊州獵縣片衣口食虛度光陰諸上座此事大不容易汝若貢高我慢祇障礙得汝自己山僧自小便明此事常去禮下於人縱有說不相干底我亦禮拜何以故我求決了我底事管他是不是作麽如今做學人便做出善知識樣子生怕減了聲價一般叵耐自己胸中黑漫漫地初祖云豈以小德小智輕心慢心欲冀眞乘徒自勤苦汝等欲做眞正衲子勿學時流把者些惡知見盡情放下放教空蕩蕩地纔好用心纔好受得善知識鍛鍊若不如是大遠在珍重

博山老和尚忌日示衆得有因分事有由山僧自小便知有箇事十四歲見壇經已識自己面目便不向外馳逐惟有宗門巴鼻尚未了得及參石壓笋斜出崖懸花倒生語始得撇脫特恨彼時嶺南無善知識無可證據已巳年度嶺去博山見先師先師亦不曾向我說一箇元字脚一日拈倒騎牛入佛殿語問山僧山僧呈偈云貪程不覺曉愈求愈轉渺

相逢正是渠纔是猶顛倒蟻子牽大磨石人撫掌笑別是活生機不落宮商調先師云太麤生山僧云假使大了當人向和尚作麼生開口先師顧視良久云何消說山僧於此洞見先師爲人處庚午四月山僧辭先師先師苦留不得囑以八月必要重來再三相訂不謂先師九月示寂所以道得有因分事有由今日者炷香不敢孤負先師良久召大衆云先師眞儀在者裏先師畢竟在什麼處以拂子作圓相云巍巍堂堂葢聲騎色徧界不曾藏咦分明祇者是太郎當

示衆此事無他在聖不增在凡不減祇因染淨而有差別南嶽云一切諸法從心想生心若不生法無能住若達心地所作無礙非遇上根宜愼辭哉汝等但信自心心外無法一切諸法依心建立離心之外實無可得諸上座但向自心一念回光般若靈智天然自照好不省力今時人祇是向外馳求覓些有依傍底義解做些有把捉底工夫以爲肯綮於本分事上便黑漫漫地誠可憐愍此事猶如虛空亦如身與影直是無汝迴避處何不立地搆去良久云分明極復云太分明極咦祇爲分明極翻令所得遲珍重

示衆諸上座一月過一月一日過一日作麼生用心須要徹首徹尾你看古人在者裏坐破七箇蒲團是何等用心今人發脚參方便想秉拂開堂趙州道汝但究理坐看三二十年若不會截取老僧頭去佛法無多子久長難得人山僧三十年前在博山見苦心參究底人尚多如今絕不見用心者一種用心只

是將心待悟此病入了膏肓畢生不治大衆切須老實做去無論三二十年就使一生不徹亦如此做去但存一副乾淨肚腸有何相爲不得

示衆諸上座莫妄想終日學言語逞伎倆做須做偈在書本上討消息有什麽益宗門底事若在書本上三藏十二分敎豈是無言云何達磨西來一切掃却何不直下休歇去邇來禪道弊病不可枚舉有一種心識浩浩底揑怪不休惹得無限人弄業識有一種專向蒲團上死坐遏捺起滅鬼窟裏作活計佛眼云諸方不是坐殺汝便是走殺汝學人大須仔細諸上座仔細討看卻是澹然無意時好箇消息只是你特地不會開眼合眼上單下單畢竟是誰還會麽珍重

示衆古人到大了當猶自深藏邱壑龍天推遍方出爲人諸上座步步踏實地去有餘於已乃可及物不見陸亘大夫問南泉云黄梅七百人如何不得衣鉢獨盧行者得衣鉢泉云七百人都會佛法惟盧行者不會佛法如今衲子無不道我會佛法試問他一句便眼睛定動究其病處只爲强露頭角不向脚跟下用工夫所以古人道愈退愈明愈不會愈有力量且道不會箇什麽汝若未到者箇田地直饒會盡道理只成箇狂人無智人去爭解與人抽釘拔楔先博山嘗言我過後二十年宗風掃地土地廟裏也上堂了也當日猶意有激而言不圖今日親見此事可歎可歎

示衆竹篦子因緣極直截痛快山僧掩關金輪時見一僧端坐石上問他做甚工夫答云

看竹箆子問他作麽生看答云於不明處進前愈追山僧向他道汝卻要退後看始得且看者箇不明底是什麽道理渠於此覺有痛癢山僧只畧畧點他一句便依所說做去夜半忽然有省山僧舉芭蕉拄杖子話驗之如何是汝有拄杖子我與汝拄杖子答云空中掃鳥跡如何是汝無拄杖子我奪卻汝拄杖子答云紅爐一點雪豈不快哉所以者箇事切在得之於心自然轉轆轆地珍重

示衆山僧事不獲已住持兹山固承宰官居士殷勤啟請實亦自見十九代祖師道場無人整頓放心不下但今草創四事未備大衆果以道相親不得因澹薄退念耐得澹薄便是入道根器山僧平昔每祝韋馱菩薩願得與世無緣不是矯情就今福緣具足一出驚天動地於本分事有何交涉即如世尊四十九年三百餘會說法無量人天得度一場事跡如夢如幻何況世間身衣口食豐濃受用終歸變滅汝等爲生死出家須認取箇不變滅底六祖先期辭衆衆皆悲泣祖云我自知去處故向汝說只今還有知六祖去處者麽看看

長慶宗寶獨禪師語録卷第二

音釋

哩 力忌切音吏語餘聲　瀝 郎擊切音歷浚也　傝㑥 上他紺切舑去聲下悉盍切音欱傝㑥惡也一曰不謹貌　鑊 胡郭切音穫釜屬　菑 側持切音緇不耕田也

長慶宗寶獨禪師語録卷第三

丹霞法孫今釋重編

示衆

示衆汝等諸人大須識自本心始得休歇若識心達本如空合空維摩經云不著世間如蓮華常善入於空寂行達諸法相無挂礙稽首如空無所依莊嚴大師教徒常持此偈生死海中大可怖畏溈山行脚至天台山遇寒山拾得一陣茫然寒山云自靈山别後伊三生爲國王忘卻了也果上菩薩出生入死尚且忘卻何况博地凡夫如今不用汝棒喝交馳機鋒酬對古人喚作弄精魂漢且看六祖教永嘉何不體取無生了取無速永嘉云體即無生了本無速祖云如是如是何等機辨神妙何等入理深談良久云老僧少時誦華嚴空忍品遂不知有身心器界如此境界將有旬日至今每一提起猶見痛快

示衆修行一著自肯方親所謂道不是文字語言乃平常之理昨有人問不是心不是佛不是物是箇什麼老僧竪起拂子復問畢竟是箇什麼老僧放下拂子只今且問諸人那箇眼不見耳不聞者箇又是什麼一切有爲法如夢幻泡影且莫當面錯過此事不是一口道得盡底縱饒説得極玄極妙總没交涉惟得之於心方有把柄汝諸人一向逐色隨聲不曾有一刻回光返照所以日疎月遠然雖汝不曾打點其實現現十成無一毫增減畢竟是箇什麼努力搆取

示衆昔大隨在大溈會下數載食不至充卧不求煖清苦鍊行操履不羣溈深器之一日

問曰闍黎在老僧此間不曾問一轉話隨云教某甲向什麼處下口潙云何不問如何是佛隨便作手勢掩潙口潙歎云子眞得其髓大衆且看大隨云教某甲向什麼處下口直是針劄不入佛眼亦無能窺他正恁麼時大潙尚不肯草草放過復教他問如何是佛隨掩其口潙乃點頭古人爲人十分嚴密如此大衆何不體取若在者裏透得過何禪可叅何道可學還消說什麼者事人人具足爭柰有人飯籮邊抵餓皃即知君不可見不離當處常湛然珍重

說菩薩戒示衆即心是佛即心是法即心是僧即心是戒定慧情與無情世出世間一切諸法皆無實性所謂諸法實性即汝心是楞伽云諸法無法體而說惟是心不見於自心而起於分別所以一切諸法依心建立心外無有法可得法外無有心可得是謂心法一如無心無法諸佛子知此者即是金剛寶戒佛性種子諸佛本源菩薩根本衆生若得此戒即頓入佛位經云衆生受佛戒即入諸佛位位同大覺已眞是諸佛子戒之大意秖在防非禁惡護持本有清淨自心若識自心心外無有一法爲緣爲對既無緣對便無所犯既無所犯亦無能持無能無所始名持戒爭柰一切衆生迷本淨心遂有根塵等法既有諸法又生愛取諸趣發動身口造一切業既有業因寧逃於果所以三塗苦報輪迴生死無有紀極然而窮詰本源實無根緒此迷無本性畢竟空衆生不知妄受繫縛我佛出世生大憐愍於上根者直示本心俾得醒悟中

下根者方便提獎敎伊止惡行善乃有戒法應作不應作是持是犯種種名相若大力量人豈有者等閒家具佛之一字尚不喜聞更喚什麽作戒然雖如是大須實落始得不然畫虎成貍莽莽蕩蕩招殃禍其害不淺所以此戒非初心可忽涅槃喻如浮囊遺教再三丁寧尊重珍敬波羅提木叉如佛在世良以生滅界中未能頓超方便直下無心若無戒善終不成就則必墮落人天之報尚且難期況於諸佛無上菩提是以從迷返悟戒實資糧從因向果戒爲初步至於内護自心外護譏嫌自利利他猶爲菩薩行願從來學佛之士頂戴奉持如饑得食如渴得飲如貧得寶如裸得衣誠非無故諸佛子當於此寶戒生珍重想勿令有犯雖云無心則無戒然須知無心始可得戒有心者常犯戒故無戒始可得心有戒者常繫心故無心之心乃眞佛心無戒之戒始爲性戒此心此戒無二無別佛之授受祖之相傳惟斯祕密非與人天及餘二乘諸戒律儀而可比量涅槃云我皆安置諸子於祕密藏中祕密藏中具足三德三德圓滿一心呈露由是萬行莊嚴華嚴性海重重無盡亦非於自本心别有毫頭增入昔世尊菩提樹下成等正覺歎云奇哉一切衆生具有如來智慧德相但以妄想執著而不證得若離妄想一切智無礙智無師智卽得現前諸佛子汝等但看離妄一句世尊眞切拈出教人直下無心汝若無心更有何事德山云汝但無事於心無心於事則虛而靈空而妙若毫端許言本末者皆爲自欺起信論云

一切諸法惟依妄念而有差别若離妄念則無一切境界之相如是則內自無心外自無境心境俱亡戒從誰立諸佛子既無戒可得畢竟喚作什麼良久云咄且受戒去

茶話

廣慧茶話山僧到此承王居士暨大衆殷勤山僧没有什麼說話大衆有疑請問衆無語師乃云山僧自小學道將三十年實無有法可得祇信得自心及心外無有一法可得佛佛相傳祖祖相授也祇是信得自心及于今佛法凋零諸方每說什麼法身邊事法身向上事山僧者裏都無宗門下事無可商量若是大根器人言下知歸方有箇商量處更不可特地起波濤也古人道即心是佛一句滿口道盡亦是事不獲已今人多是將心學道將心求法若將心學道將心求法窮劫盡形終不能得爲何如此祇爲心外實無有法可得心外若有法可得是名外道大衆切須自已轉變自已回頭始得良久云大衆没有什麼問山僧没有什麼荅更妙得很珍重

廣慧茶話識心達本原故號爲沙門大衆還識得心麼若識不得生死到來如何回互昔有僧問洞山寒暑到來如何回避山云何不向無寒暑處回避僧云無寒暑處怎生回避山云寒時寒殺闍黎熱時熱殺闍黎大衆作麼生會若會得者話方有箇回互處壯色不停喻如奔馬人命無常過於山水莫說人世富貴功名没有長久就是出家兒没有世緣幾十年光景也易過去何不趂色力康健討箇著落須是回光達本有箇出身之路始得

僧問某甲不識心請和尚慈悲師云慈悲在你那裏僧問金剛經四句偈不知是那四句師云不離闍黎問底進云不會師云你不會是謗經毀法僧問清淨本然云何忽生山河大地師云我者裏也没有清淨本然也没有山河大地今晚廣慧當家印初請山僧喫茶會麽僧罔措僧問阿賴耶識末那識六識某甲心未了求示安身立命處師云你是看教乘來教乘與宗乘不同我宗門中總無此話進云心性意識是同是别生天墮獄爲是心去性去識去師云者裏心也無性也無識也無進云恁麽則寒灰枯木也師云寒灰枯木怎會説話怎會在者裏喫茶進云不會求和尚方便師云三世諸佛阿誰代你乃云此事不在言説也不得離言説當日法性寺二僧爭論風旛六祖大師出云不是風動不是旛動仁者心動大衆還會得麽僧便問心不在内不在外不在中間敢問在什麽處師云有米煮飯没米煮粥良久云一堂僧冷淡千古意分明于今一堂何等停當珍重

華首茶話師云山僧本擬深藏山谷無意出頭今日華首元是法字卍子一線機緣後因麗首座及大衆諸居士費了許多心力接得山僧到此與大衆同住須是眞實發心爲生死眞實修行纔不虛住此山若論宗門中事大難開口上根人又何消説中下之根古人不已垂手方便纔有做工夫話其實有什麽工夫可做古人道直指二字早是曲了也纔説無事早是多事了也恁麽有甚開口處所以道此事惟我自知又道須知有不求知者

丹霞和尚云人人有一坐具地佛祖出頭來一毫也不曾增即今諸上座諸居士在此也一毫不曾減祇是于今一聞千悟底大難不得不假方便大衆須費一番心力始得良久云同來大衆一路也辛苦到此正好安心既安職事各要努力有什麽疑不妨相問僧問華首重興即不問覿面相逢意若何師云兩眼對兩眼進云海風連夜發大地絕纖塵時如何師云獨坐華首臺僧禮拜師復云者件事不是說了便罷眞實要見得性眞實自已要休得休得休不得試自家揣看若論說得底儘有聰明伶俐便說一篇兩篇不難看些禪關策進高峯中峯諸錄便不消悟道也會教人有什麽交涉舉一老宿一夏不爲師僧說話一僧歎云我直恁麽空過一夏便聞得正因二字也好宿云闍黎莫誓速若論正因一字也無道了叩齒云我不合恁麽道隣房一老宿聞之云可惜一鍋羹被兩顆老鼠屎汚卻師云隔江望見資福門前刹竿便回已遲八刻何況更過江來此事豈容一棒一喝一機一境一轉兩轉語湊泊得上大難大難大衆須是從生死發心始有實落山僧少年時那曉什麽叅禪什麽悟道祇是怕生死到來前路渺然後見壇經始知見性成佛没奈何千計百較纔得甘心不是等閒容易良久云山僧年來多病體中太弱叢林事俱料理不得須仗諸上座同心協力惟佛法卻委不得了若有商量不敢辜負如今天下到處荒亂此地還安穩深山中如住靜一般大家鍛鍊身心卻好珍重

生辰茶話師云山僧今早舉王老師空劫以前話諸上座作麽生會王老師又道道不屬知不屬不知知是妄覺不知是無記諸上座又作麽生旣道祇是無人覺知又道道不屬知不屬不知得底人便不消疑擬疑擬著萬里崖州去也所以山僧道擬心即差諸上座會得便會更無剩法古人也有道明得那邊事卻來者邊行履山僧道也無那邊也無者邊得者便得更無時節汝但了得目前空劫以前也在目前盡未來劫也在目前不見道古人說知見知見即是心當心即知見知見即于今所以了得便是不了目前萬緣差别良久云者箇事也有生而知之者也有學而知之者究竟都是一般生而知之實難其人求之諸祖中如丹霞趙州便是生知底趙州見南泉泉問汝是有主沙彌無主沙彌州云有主沙彌泉云主在什麽處州躬身云孟春猶寒伏惟和尚尊候萬福諸上座向者裏便好打翻消息一切時行住坐卧折旋俯仰迎賓接客屙矢送尿無不是神通妙用趙州當時纔十四歲何曾費些子氣力次日問南泉如何是道泉云平常心是道汝看南泉也不消什麽機用直如家裏人說家裏事州又問還用趨向也無泉云擬向即乖州云不擬爭知是道泉向道適來舉者幾句道不屬知不屬不知知是妄覺不知是無記若真達不疑之道猶如太虚廓然蕩豁豈可强是非耶諸上座道不屬知不屬不知者兩句勿輕放過汝等喫飯飽了要行便行要坐便坐山是山水是水僧是僧俗是俗正恁麽時佛眼也覷

不見只可惜當下錯過了山僧記得幼時見箇少林法師拈僧問趙州學人乍入叢林乞師指示州云你喫粥了也未僧云喫粥了也州云洗鉢盂去山僧彼時雖不曾徹底聞之便毛骨悚然如冷水澆背又聞舉萬松評云洗面觸著鼻孔抽鞋摩著脚跟那時若錯過話頭便是掘地討天所以可憐不知底人錯過了多少好時光山僧恁麽說汝諸人聽著便又思量怎麽得知又是頭上安頭以眼尋眼古人道饒汝學到佛邊猶是雜用心山僧常舉此話爲甚學到佛邊猶是雜用心圓覺云乃至證於如來清淨涅槃猶爲我相到者裏須是悟始得嘆不知者既錯過了許多好時光知者又蹉過了許多好時光不知者過在不知知者過在知最難得恰好畢竟如何得恰好去諸上座實有恁麽事若信不及便罷若信得及須實實體會實實了當始得者箇比不得世間功業衹是一生便了生死是我等無量劫來至於今日今若了得永不可得大須著力山僧千說萬說不過助發而已切之一字卻在當人阿誰替汝著力得僧問月影汪汪如何是佛度衆生師云木頭進云月影汪汪時如何是衆生度佛師云碌磚進云如何是衆生度盡恒沙佛諸佛從來不異人師云前兩語汝作麽生會僧罔措僧問一箇道士賫靈符爲甚處處吉利師云汝者兩片皮播來播去作麽進云和尚不識好惡師云山僧不識好惡且置上座不識好惡又作麽生進云一箇團團圓到處皆和合師云者是賊底進云和尚又作麽生師云山僧慚惶

無地僧禮拜起擬進語師云止止不須說便歸方丈

茶話舉張拙秀才偈光明寂照徧河沙凡聖含靈共一家一念不生全體現六根纔動被雲遮破除煩惱重增病趨向眞如亦是邪隨順世緣無挂礙涅槃生死等空花師云諸上座大須脚踏實地始得古人驗人一言半句便知渠知有不知有所以人將語探若是知有底自然迥別即如作家相見如兩鏡相照終不雜亂若只你一句我一句祇圖口頭滑溜有什麼用處莫謂今時上古已即有此病大慧云近來衲子不肯向省力處做工夫只管熱忙來呈見解作頌古雲門向他道不是者箇道理便道把定他不肯放過我且問你你還自放得過也未諸上座各人要知慚愧不要取笑識者山僧今夜與你點破若是得底人舉起便知絲來線去自然雅合你看龐居士訪松山和尚值山經行士問云手中底是什麼松山竪起拄杖云老僧年邁缺伊一步不得士云雖然如是壯力猶存他得底人相見自然恰好所謂滿口含氷不曾道著一箇水字不似如今人自已尚不知落處只管記得滿肚皮言句徒逞快利有什麼交涉雪竇謂之隨流失源你道他病在什麼處病在不以此爲念祇圖好看若是眞爲道底人便是善知識肯了我自已不曾到大休歇田地亦自不肯大衆且看自已於聲色關頭逆順境緣一切時一切事果能一念不生麼心如木石麼如人飲水冷暖自知不可自瞞即瞞得亦終不干別人事我方纔舉斷除煩惱重

增病且道煩惱爲在内爲在外爲在中間若求煩惱不可得更欲去除他豈不多了一翻手脚趨向眞如亦是邪眞如作麽生面目汝擬作麽生趨向他諸上座汝纔擬即不是了也者箇田地從無始來至於今日更由今日盡未來際還曾動著也無何不直下悟去更自直㨗喫許多辛苦作麽

問答

僧問現前且道承誰恩力師云上座也解恁麽問進云建化門庭且置未萠以前道將一句來師云即今是什麽進云兎角杖子爲什麽能穿電影師云大慈悲菩薩

僧問倩女離魂那個是眞底師云大衆看者僧也解恁麽問

僧問大事未明時如何師云一二三進云明後如何師云四五六

靈泌問蓮華未出水時如何師云巖下煮茶燒樹葉進云出水後如何師云澗邉流水散桃花

僧問某甲參學以來苦無見處師云你要見作麽進云也須有箇眞實見處師云幸自可憐生僧罔措

師坐次僧問無我之旨畢僧復問祇者能無我者是什麽師云有病眚者請醫治眚眚愈醫云你眚巳去了是什麽僧無對

師坐次指銅鍋問僧有人問你是什麽作麽生對僧云銅鍋師云還有疑麽僧云不疑師復問一僧僧不對師以手指云你肚裏有禪

僧問如何是賓中賓師云業識茫茫無本據可憐白日喪天眞進云如何是賓中主師云

途中解作活無往而不利進云如何是主中賓師云慈悲巧妙施方便善握司南驗正邪進云如何是主中主師云佛祖潛踪蒼生絶跡進云佛祖潛踪蒼上絶跡時如何師不荅僧禮拜

麗中昰問理則頓悟事以漸除理亦有漸悟底麽師云有進云事亦有頓除底麽師云有復云理若無漸悟則佛與衆生不由緣起事若無頓除則一切法皆有根本又問悟之一字亦不立敢問未悟不立悟了不立師云月是禮拜

僧問師是那一宗師云饑來喫飯困來眠僧無語師云你道是那一宗僧云不知師便打僧云莫是臨濟宗麽師云你卻伶俐

熊心開總理問諸經俱云無我爲甚涅槃獨云有我師云如醫病人先用大黄消其邪熱後用人參補其元氣

楊未了司馬問弟子戒殺已久遇來專事持誦得麽師云者是功行邊事若本分上未了總是業識茫茫進云如何是本分事師云古人道乾坤之内宇宙之間中有一寶祕在形山居士還識得麽進云不識師云何不向不識處看士罔措進云居常多坐不覺毎遇不如意事便打不過不知病根所在師云功德天黑暗女有智主人二俱不受還有什麽打不過處良久復云若未能直下便了且就世情上勘破祇如居士年遇六旬從前涉歷且道即今在什麽處豈但六旬再過六劫也只如此幻妄空花徒勞把捉者裏勘得破放得下日久歲深父母未生前一著子自然觸著

磕著進云側聞至論毛骨悚然不知要見未生前一著子如何下手師云者便是下手士禮拜

嚴春陵司李問弟子職司刑罰民命攸關何以令彼無隱情此無枉法師云只從自已根源上討個分曉自然把柄在手生生殺殺無非玅用進云敢問某甲自已根源分曉所在師云山僧若說是山僧底進云某甲嚮道已久無奈種種情念終難排遣師云此未是根源話然試問居士假如夢中覺夢還是夢麽進云畢竟是夢師云醒來夢中心境還用排遣麽進云不用排遣師云根源上明了亦復如是一切情念不除自盡進云情念盡時豈非空無所有師云若無所有又成斷滅去也就者裏體驗看

金叔起居士以解易自負每舉一陰一陽之謂道師云汝所論陰陽口頭道理耳卻拈不出來起云師能拈出試拈出看師云生死大事汝還知麽起云不知師云一陰生汝不知生死還求知麽起云求知師云一陽生

法字卍請益格致之旨且述陽明頌語以質師云此事不與教乘合況儒典耶雖然孔子手眼也不小渠開口道個在明明德明德是什麽爛柴頭學者向什麽處撈摸陽明揭出良知亦非世見可到但云無善無惡心之體我不如是卍云師意如何師云不可思議心之體有善有惡意之動何不云一念動處即爲意知善知惡是良知說他不是良知亦不得卍云師又如何師云知而無知是良知爲善去惡是格物我與你另拈出物而無物是

格物

僧問閻羅王還有也無師云子甚處來云杭州來師云會麼云不會師云莫道無閻羅王喫鐵丸有你分在

蔡雲怡督學問日坐金輪峯還望見漢陽峯頂否師作此㊉相答之又問踏上匡山有三條大路畢竟那一條是大路師云咦者一條是大路又問廬岑險峻高出羣峯爲什麼羣峯讓他獨出師云爭怪得伊又問身在山中身在山外且置祇如麤頑者土皮壘塊者石骨凹凸者峯巒參差者林木奔飛而下墜者瀑布靉靆而上升者雲烟怎見得廬山眞面目師云土皮石骨峯巒草木瀑布雲烟又問有人在金輪峯頂有人在彭蠡湖中忽遇波浪滔天石觸舟沈峯上人作何救他舟中人作何自救師云南無觀世音菩薩

師與蔡督學話次驀指瓶中花問云一種花爲什麼有二種色蔡云根無二種師不肯蔡云師意如何師云一種花二種色

靈泌問如何是但願空諸所有師云出門不踏芳草路進云如何是慎勿實諸所無師云歸家不坐涅槃牀又問如何是賓中賓師云家貧猶自可路貧愁殺人進云如何是賓中主師云久旱逢甘雨他鄉遇故知進云如何是主中賓師云一朝權在手便把令來行進云如何是主中主師云八千子弟今何在更無面目見江東又問香嚴上樹意旨如何師云霧卷烟收後森羅宇宙寬

法樹蔭問香嚴上樹意旨如何師云鯨吞海水盡露出珊瑚枝又問如何是你有拄杖子

我與你拄杖子師云烏棲無影樹進云如何是你無拄杖子我奪卻你拄杖子師云花發不萠枝又問南泉斬猫意旨如何師云你一切時中拈匙把筯又作麼生又問萬法歸一一歸何處師云來說是非者便是是非人

僧問南泉斬猫還有罪過也無師云兔角杖挑潭底月龜毛繩縛嶺頭風

僧問如何是第一玄師云如人飲水冷暖自知進云如何是第二玄師云上座是進云如何是第三玄師云東去也是上座西去也是上座進云如何是第一要師云更無玄與玅進云如何是第二要師云信手拈來草進云如何是第三要師云是處有芳草

僧問香嚴上樹話意作麼生師云蒼天蒼天

僧問蚯蚓斷爲兩頭兩頭俱動未審佛性在那一頭師云兩頭俱動

師舉雲門三頓棒因緣問法宇卍云雲門恁麼問洞山恁麼答爲什麼放他三頓棒卍不契一日師復舉前問卍忽省云百姓日用而不知師云不知個什麼卍云查渡湖南報慈師休去

師問卍你有拄杖子我與你拄杖子意旨如何卍云恁麼娑婆訶你無拄杖子我奪卻你拄杖子意旨如何卍云不恁麼娑婆訶

師問卍如何是奪人不奪境卍云鄱陽湖裏絕行蹤如何是奪境不奪人卍云與師共坐千峯暗如何是人境兩俱奪卍云雨暗廬山深閉門如何是人境俱不奪卍云大家喫茗月明中

僧問某甲祇是一個不識結在者裏師云但

向者不識處會取

僧問某甲如今此心極是安樂莫便是麽師云是誰安樂僧罔措

師問法字卍如鏡鑄像像成後鏡向什麽處去卍云也跳不出

僧問惟此一事實餘二即非眞時如何師云禮拜著僧禮拜起師云餘二即非眞僧復舉楞嚴云山河大地語未畢師震聲一喝僧罔措

僧求開示師云你一向作什麽來進云某甲一向行行不知行什麽行今日遠來望和尚慈悲指示師云你謙退作麽進云某甲實實不曉得師云不曉得豈不是大了當人進云某甲未到者田地師云你昨日從那裏來進云自東莞起身十二日到鹿角十四日到此師云那個同你來僧指傍僧云與他同來師震聲一喝僧罔措再求指示師云適來已徹底相爲了也僧復求師云我從來不曾與鉢盂安柄

師問僧你參什麽話頭僧云一口氣不來畢竟向什麽處去師云有人問你作麽生答僧以手彈桌子師云五蘊身田强作主宰僧無語師云且去喫茶僧禮拜起云某甲實有一語師云且去喫茶

僧問寶劍未出匣時如何師云無人能見進云出後如何師云汝看他是何面目進云面目現在師便喝僧罔措

僧問一切意旨即不問離一切意旨作麽生師瞪目視之僧擬進師便打

師舉雲居膺示衆了無所有得無所圖言無

所是行無所依心無所托令衆每句下語以驗一夏所造各呈畢麗中昰首座云上四句且置只心無所托語未有近傍還請和尚著師云了無所有得無所圖言無所是行無所依遂張兩手云蒼天蒼天座作禮云某甲更有語在師云子作麼生座云切忌恁麼時師笑云子深得雲居之旨座便休

居士問如來爲栴檀相摩頂是一是二師云汝未開口時猶較些子進云莫是授記麼師云汝身上有獦蚤癢作麼主張

僧問滄海任憑日月轉青山不逐四時凋如何是和尚無量壽師云闍黎問底是問九九八十一古人多指出如何是不落數量底壽師云大慈悲菩薩問大衆運爲盡承恩力如何是普賢行門師云上座也解恁麼問問終日穿衣喫飯動轉施爲如何是文殊境界師云滿眼滿耳問世間什麼物與恁麼人同年師云問取露柱

僧問霧罩長空無遠近雪埋深徑絶高低如何得雪消霧散去師云人皆苦炎熱我愛夏日長問冬日則飲湯夏日則飲水如何得不違時失候去師云心不負人面無慚色問水向石邊流出冷風從花裏過來香如何得君臣道合去師云九九八十一問荆棘林中穿日影烟波水上縐雲霞如何是入鄽垂手事師云你問我答

居士問百丈野狐爲什麼不落便墮不昧便脱師云打麪還他州土麥唱歌須是帝鄉人進云恁麼則脱者未曾脱墮者未曾墮師云又被風吹別調中進云只如黃檗一掌意作

麽生師云啞子問聾人

僧問如何是和尚家風師云饑來喫飯困來眠問師唱誰家曲宗風嗣阿誰師云達磨不來東土二祖不往西天問如何是學人行脚處師云著破草鞋赤脚走問如何是學人一切時不起妄念處師云起也問如何是學人親切處師云莫將問來問問如何是學人不假悟處師云噁問如何是超佛越祖之談師云一家有事百家忙問如何是和尚親傳底事師云有問有答

僧問離一切語言棒喝揚眉瞬目之外乞師直指師云汝自已道盡了僧罔措禮拜起立師云汝作麽生會進云不會師云不會更玅進云還有意旨也無師云又是頭角生

僧問如何是前念不生即心師云鯨吞海水盡進云如何是後念不滅即佛師云露出珊瑚枝

僧問大事未明如喪考妣大事已明如喪考妣如何是大事師拈起竹篦云老僧者個是竹篦子又問不是心不是佛不是物畢竟是個什麽師云汝自出供狀了也

居士問文殊罔明女子是一是三師云兩彩一賽進云罔明又是那個師云女子又是那個乃云此定就瞿曇也出不得即今大地衆生亦不曾出此定也所以云一切衆生已成佛竟已度生竟已涅槃竟進云畢竟此中不了師云又是重添八字眉

僧問破戒比丘爲什麽不入地獄師云無孔鐵鎚進云清淨行者爲什麽不生天堂師云石師子

僧問如何是直截根源一句師竪起拂子良久云汝作麽生會進云見和尚作用師云甚處見得進云見和尚舉拂師云我未舉拂時汝作麽生會僧無語

僧問千里聞風即不問海幢消息近如何師竪起拂子進云離了者個又作麽生師放下拂子僧禮拜師云汝作麽生會僧便喝師云好喝再喝看進云喝過久矣師云者是套子復問誌公啣鴿未曾動著一條毛請問鴿子在什麽處安身立命師云今日新羅國說什麽事僧擬議師便打

僧求開示師竪拂子云會麽云不會師云不會底汝還曉得麽僧展兩手師云者是學來底僧復問如何是覿面無私一句師云遲了也

張月鹿黄堂庭二居士參張云某甲自盧山承教後漸覺不大爲塵俗所累每誦心經至心無罣礙深信不疑然不能當下撇脱畢竟自家放不下師云還是看今時不破若看得今時破爭有放不下底蟞圓覺云妄認四大爲自身相六塵緣影爲自心相不知種種皆從緣生緣聚而生緣散而滅如夢如幻如泡如影即今山僧與居士在此談論也是偶合之緣也俱不可得張云明知一切皆從緣生還有不從緣生者麽師云且喜居士有此一問黄云不從緣生豈不是心師云心即緣生從朝至暮念起念滅豈不從緣張云除此緣生更於何處覓眞實底師云無有一刻不承他恩力即此生滅俱從他起卻覓他起處不得居士須實實用一番力體究始得張云每

到此處便難用力師云本自露堂堂當下不自取轉求轉遠楞嚴云一切衆生生死相續皆由不知常住眞心張云于今怎麽知得常住眞心師云居士平時所謂仁義忠信一切道理是常住麽張云斯人存斯理存何嘗一刻不存師云恁麽畢竟理因人顯人且不存理於何附黄云誠知佛教一切歸空師云且道空歸何所傅大士云有物先天地無形本寂寥能爲萬象主不逐四時凋是空不空是常住不是常住張云某甲雖不知常住眞心但自驗頗有得力處祇是無求二字世人事事罣礙皆因有求若能無求有何罣礙師云若要徹底無求也須徹底看得破譬如燈光焰焰相續愚者將謂燈光常住不知後焰已非前焰又如流水刻刻不停愚者見水謂水常住又如一城人物往來一年如是百年如是寧知死者死生者生人物依然卻非其故又如一人今日之身已非昨日佛云纔生即有滅不爲愚者説者裏爭容得汝攀援執戀爭容得汝思量分别如今卻把取不得底死捨不得又爭得張辭求一言可終身行者師云諸惡莫作衆善奉行張云願求進步師云當淨其意隨舉華嚴偈云若人欲識佛境界當淨其意如虚空遠離妄想及諸取令心所向皆無礙張云淨意豈不是不生不滅境界黄云還有工夫在麽師云不省得時向者裏體究便是工夫黄云某甲於今凡遇事來物來隨時應付過去便不留蹤跡何如師云者境界也大難黄復舉似首座座云要到者田地先須識心始得

著語

翠巖眞見慈明慈明問如何是佛法大意著云探竿影草眞曰無雲生嶺上有月落波心著云小盡二十九大盡三十日明曰頭白齒黄猶作恁麽見解著云賊眞涕泗交流不敢擡頭著云被人换卻眼睛了也進曰畢竟如何著云獅子齩人韓盧逐塊明曰無雲生嶺上有月落波心著云畢竟出他鬼窟裏不得眞言下大徹著云又被人换卻眼睛了也

永嘉覺參六祖遶三匝振錫而立著云千里特來呈舊面祖曰夫沙門者具三千威儀八萬細行大德自何方來生大我慢著云人以語探水以杖探進曰生死事大無常迅速著云把髻投衙祖曰何不體取無生了無速乎著云來也來也曰體即無生了本無速著云果然果然祖曰如是如是著云未可信在須臾告辭著云掉得便行有何不可祖曰返太速乎著云再三撈摝看曰本自非動豈有速耶著云依舊孟春猶寒祖曰誰知非動著云深入虎穴曰仁者自生分别著云眞師子兒祖曰汝甚得無生之意著云懸崖一推曰無生豈有意耶著云好個翻筋斗祖曰無意誰當分别著云前箭猶輕後箭深曰分别亦非意著云大冶精金應無變色祖歎曰善哉善哉少留一宿著云平交平交

洞山价祖偈切忌從他覓著云纔生便齩自然無事迢迢與我疎著云錯我今獨自往著云巍巍堂堂處處得逢渠著云婬坊酒肆逢彌勒渠今正是我著云老老大大作恁麽語我今不是渠著云救得一半應須恁麽會

著云面皮厚多少方得契如如著云一坑埋

郤

長慶宗寶獨禪師語録卷第三

音釋

眚所景切生上聲目病生翳也　蠡里弟切音禮彭蠡澤名　縐側救切音皺布也纖也聚文也

長慶宗寶獨禪師語録卷第四

丹霞法孫今釋重編

頌古

三玄三要示張荊公孝廉

仰山云百丈得大機黄檗得大用餘者盡是唱導之師臨濟云大凡舉唱宗乘一句須具三玄一玄具三要汾陽深得其旨方纔頌出其實不分然又非儱侗古塔主分體中句中玄中已失古人意今時杜撰則又烏焉成馬矣

第一玄貍奴白牯解相傳碧眼老胡偷吐舌忍氣吞聲不敢言

第二玄左右盡逢源覓家難解結急著眼睛看

第三玄森羅宇宙寛頭頭是活計豈費草鞋錢

第一要天光不報曉釋迦彌勒不知名肯向人間留朕兆

第二要樵歌牧唱真奇玅爭奈途中眼未開費了許多鹽醬料

第三要大地蒼生同此調折旋俯仰跳不出業識茫茫真可笑

三玄總頌

用中得體號爲玄明明一句絶廉纖變換自然生活計鐵壁銀山横面前

三要總頌

體中顯用名爲要祇貴學人正眼開一句明明全具足當機巧玅任師裁

曹山三墮

任運騰騰聲色中情忘向背境心融依然仍

舊無勞力真個真空不住空隨墮

水牯牛兒事最精惟知念草絶餘情時人若

解通消息渴飲饑飡總現成類墮

佛祖位中留不得隨緣且作住山翁山中自

有山中趣御饌珍羞求不逢尊貴墮

風旛

不是風兮不是旛關山把截路行難時人祇

管貪程去那曉全身在此間

風旛不動仁心動自古來今真便宜若論拈

花重注脚祖師猶占最初機

不是風旛不是心祖師到此絶知音人言富

有千金好何似中人坐竹林

不是風旛正是心横趨直撞莫沈唫若人識

得東君面萬紫千紅春正深

丹霞燒木佛

三冬寒氣冷難挨木佛將來劈作柴身煖寒

消無别謂禪人休更亂疑猜

茅鐮子

茅鐮子三十錢人人都曉得問著便茫然

南泉斬猫

猫兒按下有分拏叵耐禪流不作家王令已

行難躲避將軍塞外漫矜誇

兩堂雲水鼓風濤奇特南泉下一刀救得不

得都莫論不英豪處逞英豪

活猫兒蔽众猫兒請問禪流知不知一個堂

堂無事漢横趨直撞總由伊

手把狸奴下一刀禪人何必口叨叨知音惟

有趙州老草鞋頭頂賣風騷

趙州勘婆子

臺山大路如弦直來往師僧真飽參婆子趙

州頭角露卻令人見轉蓋慚
年老成精老趙州助婆作惡起戈矛臺山大
路依然在衹要行人肯點頭

臨濟三玄

洪罏翻雪浪海底起塵烟人天旣不會佛祖
亦忘言
寒山逢拾得撫掌笑喧喧傍人都不曉卻道
是風顛
陽春布德澤清明三月天嫫母連宵織耕夫
忙種田

世尊初生

指天指地獨稱尊爲愍群生出此言賴得雲
門知變態不然空費老婆禪
見怪不怪其怪自壞雲門善解機宜禍纔生
處便消除奇奇好事不如無

世尊悟道

寥寥獨坐霜天後一睹明星便發機若也早
知燈是火原來飯熟已多時

世尊問猪子

歷歷分明在目前何須動舌起言端雖云佛
具一切智也要儂家莫被瞞

大通智勝佛

惟此一心凡聖毋十成圓備莫他求若云成
佛不成佛盡落今時門底收

城東老母

本是天然一尊佛緣何特地而乖張虛空有
盡渠無盡五指那能解覆藏

趙州無

人人一雙無事手隨分拈花和折柳若人問
手在何處但示花柳不言手

問性惟將無字疇匆隨言覔急回頭忽然踏著來時路始知人解倒騎牛

趙州道無言中有響急著眼看祇者伎倆

狗子佛性

道有道無老趙州禪和奚不看來由可憐泣路亡羊者盡從無有裏淹留

日裏看山

三三該九四四十六有米煮飯没米煮粥

大慧竹篦

吞餌已鉤腸清波亂跳揚絲綸牢在手更不動刀鎗

竹篦背觸爲君舉狹路相逢無處避堂堂一個丈夫兒有志氣時添志氣

竹篦直截爲君說真個甕中不走鼈不用如何與若何曠劫無明從此歇

老僧舉起竹篦禪和開口即非背觸俱非匆動急急撒手來歸

婆子燒菴

主賓相扣有來機腦後金鎚太煞奇眹兆不留空坦坦寒巖枯木緑依依

婆子燒菴事太奇諸方傳說盡參差明修棧道人皆曉暗渡陳倉幾個知

殺活縱横縱奪機暗藏春色使人疑瞎驢滅卻些兒在千古還他老古錐

正恁麽時意若何寒巖枯木寄婆婆趁去燒菴情太毒卻令人見轉淆訛

未離兜率已降王宮未出母胎度人已畢

未離兜率降王宮一期佛事已周融非但瞿曇自如此諸人鼻孔一般同

大隨壞

壞壞石頭土塊隨隨鳥語花飛澄潭不見蒼龍影但看興雲布霧時

九峰不肯首座

香烟纔起便歸去個是叢林老作家若論先師未後意九峯亦未覷其涯

無見無聞主在什麽處

無見無聞主在麽相隨來也没如何誰家門首無明月叵耐夜行人更多

玄沙三種病人

盲聾喑啞最親切聞見覺知無二别韶陽老子太乖張盡把家珍都潑撒

望州亭烏石嶺僧堂前相見

大地拈來如粟米相見相呈亦偶然若論歸家田地穩鵝湖保福解推遷

陸亘大夫家中片石

行船盡在把梢人信手拈來著著親雲山水月都遊盡滿腔心事與誰論

魯祖面壁

壁立萬仞接上機何勞簸者口唇皮當時若是高亭老實勝南泉王老師

法眼捲簾

一得一失摩訶般若波羅蜜剔起眉毛惺惺惺一得一失是何物

德山到龍潭

不見潭兮不見龍吹燈方覺在其中雖然不疑天下老猶與從前未悟同

俱胝一指

萬派千流都是水七金五嶽總須彌逢人遇物豎一指塵世終然有子期

踈山壽墖

一文二文與三文一寸龜毛重九觔和尚此生不得墖饒伊狼籍在荒岑

馬祖一喝百丈三日耳聾

金翅鳥王當宇宙個中那個是超群一揭塗毒聞皆喪不是愁腸也斷魂

巍巍獨坐大雄峯生涯喪盡絕行踪幸得祖翁田地好兒孫從此振宗風

投子油瓶

油油莫是投子麼鴛鴦繡出從君看不把金鍼度與人

晏國師因雪峯攔胸把住有省

將謂何奇特元來祇恁麼昔年何處去今亦不較多

婆子抛兒

南柯夢醒豁精神個中何必較踈親呈橈舞棹休誇弄君向瀟湘我向秦

十智同真

一同一質婬坊酒肆逢彌勒城東老母避不得摩訶般若波羅蜜

二同大事信手拈來都是從今莫歎家貧有志氣時添志氣

三總同參耕夫織婦和南一一天真明玅何必南詢五十三

四同真智從來不許人知碧眼老胡不識白牯狸奴皺眉

五同偏普東家打鼓西家舞巴歌社酒笑嬉嬉樂在其中人不知

六同具足包天裹地無餘物欲進進無門欲退退不得

七同得失左邊牆右邊壁成也蕭何敗也何忍氣吞聲莫叫屈

八同生殺隨手拈來是藥有時珠玉八珍有時糞堆搕𢶍

九同音吼溪聲山色全周觀音將錢買胡餅元來卻是個饅頭

十同得入化城且暫歇息菴内不知庵外事玉毀苔生赤骨力

總頌

十智同真分明舉似○更莫擬議

五位君臣

正中偏混沌不分空劫前堂堂宇宙無人識恍惚依俙未易言

偏中正更無一物可當情途中解唱還鄉曲肯將幽趣博虛名

正中來看渠也俊哉二途俱不涉何用有安排

兼中至者裏渾然忘彼此忘彼此放去收來帖帖地

兼中到古今至此無人會於中那個出頭人都來弄巧反成拙

偈

答錢沃心督學

問肚饑必想飯身冷必思衣起滅尚未停云何謂息機

肚饑思飯冷思衣起滅紛紛是阿誰從此萬緣都歇罷饒伊門外亂鍼錐

問靜定名曰禪風動名曰波靜定若澄潭風波從何起

清淨本心原靜定纔生一念便淆訛諦觀此

念原無有自此澄潭絶浪波
問期場七十完百日餘三十絶後而再蘇
阿誰有血出
須知日日道場中絶後再蘇始見功老父從
來不借借兒孫門外逞威風
問生滅時時有圓明隨地得請問衆禪人
那個不遭屈
生滅元無有圓明無可得個個丈夫兒有志
氣時添志氣
問開口成思慮無言猶𡿨句有無皆不成
何處是去住
開口非思慮無言非𡿨句縱横總是我去住
更由誰
問頓悟稱見得本性有形否謂空不是空
云有未曾有
謂空不是空云有亦非有仰鑽瞻覩徒費力
你若無心我也休
問舊年何處去新年何處來若言没來處
百草有憑據
去年無處去新年無處來竒哉端的意萬卉
向春開
問德山有一棒臨濟有一喝世間些小事
相見若爲合
德山棒臨濟喝覿面當機疾雖然若遇惡辣
禪和須要藏身退歩始得
別真妄偈
真法性本淨𣅜耐人不知不知與淨性非一
亦非二真妄元無性總是法縁起悟時順真
如無終似有始迷時違真性有終而無始迷
悟性皆空無終亦無始不是真生妄迷真妄

遂起旣違妄無體云何不可止因緣性空故何生復何滅

法華窮子偈

多時馳騁在他鄉險峻關山路渺茫五十餘年人事別歸來元是舊行藏

拄杖偈

把住放行渠藉我登高下險我由渠渠無有我何能活我得渠用任伸舒渠我元來無兩個我渠何得有親疎自今以後無分別相將攜手作良圖

長慶挂鐘板偈

有句無句古今傳樹倒藤枯幾百年此日宗風重整頓相隨來也大家看

戒衣偈

黃梅夜半偷傳去累得兒孫天下忙赶到嶺頭無避處當陽拋出大家看

化鐘偈

明暗文殊見觀音動靜機鍠鍠聲聒耳且道是阿誰

答馬僧摩居士

一句當陽難下口未言早已落前溪山僧不解閒忉怛居士何須說悟迷

示熊心開總理

聖凡無別一知通你我心源性相同且喜夙生緣偶合腰纏騎鶴契吾宗

偶作

帶水拖泥入嶺南不知何處是家山千年常任一朝客野老恒寘如是觀

贈法字

吾道無人識憑君一線通君心我心合是以

到其中

贈麗中

風旛一頌解投機千里同風事亦奇三到黄巖問端的實知野老不相欺

示二嚴

生滅門頭一念回空王傳令子歸來大家團聚談今古莫媿從前眼未開

示圓實

子歸就父通消息父信子言而發心所有功德全是子須知老父不出門

示法緯法樹兩侍者還匡山

修行活計子無他惟有無心更莫加心若不生無一事心生念動事如麻

又

塵勞煩惱雖無性叵耐似生相續多尅念般勤休懶惰大通雙眼又如何

示能素韓夫人

不思善兮不思惡祇者不思是什麽莫道多年不相識依然還是老婆婆

示禪者

四方八面都無路祇貴闍黎著眼看釣竿已在漁人手不必貪程過遠山

聞樵雲訃音

年來莫作世情觀最喜山居半掩門聞訃郤令心愈寂爾因心地久盤桓

示道者

從來佛法無多子纔恁麽即不恁麽踏著上頭關棙子百千三昧一時局

示僧

日日日從東畔出朝朝雞向五更啼於中若

具金剛眼阿嫂元是大哥妻

麗中昰首座住持訶林遣可都寺持送

拂子一枝偈以表信

祖祖相傳秖一心青原南嶽不須分三玄照

用非他立五位君臣爲此陳棒下無生凡聖

絶臨機不見有師僧訶林重豎風旛論郤幸

吾宗代有人

定宗上座遠來乞偈

截鐵皵釘容易事藕絲難斷事尤長人無遠

預張亙計恐落儂家鹽醬缸

又

楚水秦山遠度難闍黎莫作等閒看丁寧急

下擒王手不動風旛仔細參

淵禪還華首

將謂宗門有祕傳那知空隱總無言如今策

杖羅浮去火種刀耕華首邊

示祖心還華首

飛雲頂上看明月正是歸宗斫額時南北東

西同此意心心只許祖心知

又

横挑拄杖不顧人直入羅浮深又深黄葉菜

根記收拾恐隨流水動知音

示勤拽往華首

參罷諸方五味禪生涯只在钁頭邊若人來

扣其中意劈口搥他一兩拳

示西水禪人

未言先領猶遲刻句下翻身未是能大丈夫

兒當自決勿留禪字賺平生

示張玉叔州守

大丈夫當猛烈浮華光景水中月陽焰翻波

豈足言空花落影那堪說惟有真如無上珠亘古亘今鎮常徹不從緣豈可滅六根門首真明潔達磨西土不將來可祖無得便休歇知君多佛植靈根丁寧莫負好時節

示行者

罪福從緣起緣生性本空若知無性理當下出樊籠

示戒摩行者

如魚在水鳥飛空往返周旋在此中擬議知君不可見無心處處入圓通

示印平禪人

直下信得及更無第二人但有路可上更高人也行

題靈泌頌古遺筆

靈泌一去無消息空餘靈泌之遺筆筆跡子知非昔人留之以慰予之心你我一空子久知非但久知兼深思我得此個空三昧所以生死之情離靈泌靈泌三十七年如昨夢再過百年亦如之噫世間如幻住你我本來無

禮金輪塔

凌空一突兀不與衆爲鄰四面攀躋絶萬峯回互新頭頭真舍利處處本師身今日親瞻覲遙思負鐵人

答周少司農元亮祝壽四首

自慚福慧薄度世亦應難荷葉堪爲服黄精可當餐緣何無事衲得遇現身官一種没絃曲知音能解彈

又

是法住法位都緣物不遷根塵無過咎聲色好安禪睹角知牛在看烟識火然明明親見

得那更有中邊

又

一入空門裏尋思不計年愛枯乾慧地花落淨居天取舍情忘盡長伸兩脚眠茅菴獨坐處戸外草芊芊

又

作佛元容易纔疑便不成謾誇臨濟喝曾認偃溪聲道直猶爲曲言空亦强名偶來塵世上知是幾多庚

答棲壑大師

金輪相別後屈指廿餘年世事如無有真機只目前我猶鴻鴈影君享水雲緣異日重期處天湖最上顛

贊

觀世音菩薩贊

眼能見耳能聞天真明玅不須尋眼見色時色非色耳聞聲處聲非聲者個天然真佛性威音那畔到於今大丈夫兒高著眼本來舊佛要新成觀音與我元同體祇因染淨便區分若能一念回光照全體聖心無二人眼見色時被色轉耳聞聲處被聲淪曠劫至今迷不返遂爾結成生死根若能念彼觀音力此迷無本性元空性原空枷鎖自然得解脫鑊湯爐炭頓銷鎔

又

予聞大士不自觀音以觀觀者故能令衆生見聞獲益拔苦與樂如空谷響應物成音在眼而見在耳而聞頭頭出現處處分身大士與我無第二人覓則不見疑卽天淵不疑不覓觀音現前欲見大士應如是觀經云觀身

實相觀佛亦然

博山和尚像贊

泥牛入水覓無蹤雪重霜嚴路不通欲識吾師眞面目桃花依舊笑春風

目讚 亟是請

佛佛惟傳本體師師密付本心全憑者一著是子效殷勤須知更上一陵層○咦目前無闍黎此間無老僧

又 亟可請

者漢太脫空自已尚無立錐之地別人何處可通風生平祇自信不與時人同即心是佛信入骨髓本擬深藏山谷不許人知○咦何期可子效能耳

又 亟濟請

者個漢看來似老實心事人難識畢竟無他長祇是中了達磨大師之遺毒自家誤賺猶可叵耐出言還不收拾每向人前口口聲聲道即心是佛惹得人起謗渠心猶未息

又 亟卍請

纔與麼便不與麼且道者個是我不是我若道是我我不與麼若道不是我我非不與麼不與麼非不與麼畢竟如何唐言乞士梵語苾蒭

又 亟具請 卍具侍側

即心是佛即心是法即心是僧者老漢平生只此伎倆自家玩賞不已近來亦有知音二人同心其利斷金何況又三人○咦大家齊著力報佛恩報祖恩不可獨善其身須作個般若功臣

又 亟蘊請

者師僧面黃眼大纔出孃胎便捏怪祇求見性成佛人間事事都不愛碌碌勞勞四十年如今不直半文錢常思自已甘心處將謂無人識不料蔭闍黎立盡門前三尺雪

又華首請

者老子一生愚魯凡百無能你底些兒伎倆不過識得一個心年深歲久愈老愈精却來引誘世間人絕無文采又不尖新諸方笑你祇是一卷壇經時人恁麼說知汝亦甘心咦孰是孰非黍麥難分雖然人不識汝亦有知音

又海幢請

上無攀仰下絕已躬外離離相內微離空佛祖位中留不得由來祇者住山翁

囦教授贊

者厮兒看渠真灑落破衲芒鞋蕭然獨脫十字街頭東曝西曝自已一身没得求祇爲衆人討安樂咦忽然撞著其中人許多撈摝亦不惡

銘拄杖付剩人長老

元是汝底今還與汝惟論見性不拘文字咦當陽展用任君裁洞上一宗方在子

長慶宗寶獨禪師語録卷第四

音釋

撾張瓜切音髽擊鼓也帖他協切音貼妥帖定也鍠胡光切音黃鐘鼓聲鍠鍠樂聲

囦古淵字物萌䞘披教切音砲於囦深廣貌嚗嚗然聲也之聲也

長慶宗寶獨禪師語錄卷第五

丹霞法孫今釋重編

書問

答張荊公孝廉附來書

大鑒祇具一隻眼大通雙眼圓明永明老人可謂極護正法不令狂禪竄其涯涘乃擔板漢終日遏捺妄想以求一念不生往往附會其說就中差別伏乞開示

達磨大師云行解相應名之曰祖豈非雙眼圓明耶溈泉云今時人須要盡卻今時始得成立又云須要識乾識若不乾敢道輪廻去在敢道啼哭有日在豈非重於行履耶溈山云祇貴子眼正不說子行履豈非重於見地耶得底人他自知時修與不修是兩頭語則非離見地外另有行履離行履外另有見地矣大通雙眼圓明永明此語極救一時之獘豈與盲修瞎煉遏捺妄想者同日語哉

答曾宅師孝廉附來書

達磨一宗以直指爲標題以悟門爲究竟宜了當人現成機用一切分量漸次俱爲剩義乃古人云百丈得大機黃檗得大用餘者盡是唱導之師似此各有分量疎山云咸通年前悟得法身邊事咸通年後悟得法身向上事尤屬漸次既有分量漸次則一悟似非究竟何謂直指所以巳眼未開人因此致疑稍有省悟者又狂心未息豈不見高亭隔江招手橫趨而去船子覆舟示非別有耶大慧答李

漢老書云公於一笑中釋然還更有奇特道理麼若更有則卻似不曾釋然也乃又云公欲明大法應機無滯但且仍舊不必問人久久自點頭矣此皆師家親身經歷方能於直指具大方便令學者隨器隨時獲大饒益可見法源深遠不可類齊只今宗風掃地賴我和尚開大鑪鞴無不成就懇求拈出差別垂示將來

達磨一宗原是直指人心見性成佛實以頓悟爲則若悟則一切現成絶諸分量即悟之一字亦不立豈有頓漸彼此哉雖然春色無高下花枝有短長隔江招手橫趨而去頓悟者也咸通年前咸通年後漸悟者也此人有利鈍非法有淺深也李漢老一笑釋然實無奇特矣而又疑大法不明故大慧云但且仍舊不必問人久久自點頭矣此語有權有實有收有放百丈再參德山不會末後句古人絡索皆從者裏出張無盡見兜率悦悦云德山還有末後句也無無盡云有悦大笑而起無盡終夜深疑始大徹去如婆子燒菴云二十年祇供養個俗漢保壽云瞎卻鎮州一城人眼如此機緣逗漏不少正是宗門最後爪牙若遇大根學人一見便了實無分量漸次惟中下之根未易窺測故善知識具大方便垂手巧妙而不失直指之旨時節旣至其理自彰耳

答金叔起文學

欲究無上大道知之一字最爲親切然知之一字成卻多少人敗卻多少人不可拔麥不

分也凡有所知皆是緣慮心苟有個道理存在胸中亦是緣慮心假如一切放下但守個知字亦是緣慮心連者個知字都放下單單守個無知亦是緣慮心緣慮心者生死根本也靈知者無上大道也祖云不見一法存無見大似浮雲遮日面不知一法守空知猶如太虛生閃電亦云幻知知無眞知無知到者裏不許有知不許無知又異於木石且道是個什麼若向者裏信得及許你有個見處山僧恁麼舉似須是急著眼始得

答金以質文學

去年三接手翰祇是痛傷令愛之意不息耳雖人情難遣豈不聞生死事大無常迅速耶世之極壽者百年極夭者十歲過一百年極壽極夭者都不可得所謂彭殤徒自異生死終無別也文殊師利問維摩詰言菩薩云何觀於衆生維摩詰言譬如幻師見所幻人菩薩觀衆生爲若此如智者見水中月如鏡中見其面像如熱時焰如呼谷響如空中鳥跡如水上泡如石女兒如芭蕉堅如電久住菩薩觀衆生爲若此文殊師利言菩薩作是觀者云何行慈維摩詰言菩薩作是觀已自念我當爲衆生說如斯法是卽眞實慈也如上所舉最爲親切請居士常作是觀萬念無有不銷鎔者况居士學道多年今處順逆境中毫無主宰與不學道者何異惟痛自警覺爲慰

答陳秋濤宗伯

即心是佛率性謂道爲仁由己聖人雖往而面目猶存此爲直捷誠如閣下所言然信心

二字祇要直下承當閣下恐學人煞執師心滿假非無所見第與率性由已之語似相違耳山僧雖學佛而不識儒亦曾聞皇天無二道聖人無兩心請畧辨之所示未信則常虛而靈旣信則易實而礙不知閣下如何看者信字吾宗門實重此信華嚴云有能說法之人有所聽法之衆尚未入信門信之一字豈易言哉又云信是道原功德母信是無上佛菩提信能速登解脫門信能永離生死苦又云不信一法方信自心是以吾宗門信心實有下落不事空言但須分個皂白即如文王望道未見孔子仁聖不居與明月摩尼等喻尊意以爲拂信之跡恐人生著極是玄妙之談第最初不知從何處下手然後不居信地又不知尊意先知後行耶先行後知耶若先行後知旣未知如何行若先知後行則與貴知有而後踐履似爲相近惟不知所謂知者何物耳苟非於知上原本清楚遂謂要行即有功勳盡是有爲盡是臣種雖飽無力不離識情假饒窮到玄玄極處無無無盡頭都不許可謂其知處先錯行亦無謂也所以宗門大旨知外無行行外無知知到極處即是行行到極處即徹知恁麼看來知行合一然亦不過强貼耳豈不聞知之一字衆禍之門知尚不立而况行耶到此田地喚作先知後行不得先行後知不得知行合一亦不得非情識見解可到閣下大須著眼始得藥山問石頭三乘十二分教某甲粗知嘗聞南方直指人心見性成佛實未能了石頭云恁麼也不得不恁麼也不得恁麼不恁麼總不得子

作麽生此處倘不深悟深信必然顢頇儱侗靈潤禪師山行遇火其徒云請師避火潤云心外無火火到自滅一人山行被蛇傷足以爲枯椿所觸行三十里遇捕蛇者識爲蛇毒告之其人聞而立斃且道未遇捕蛇人云何行三十里無恙纔聞蛇毒云何立斃此皆心外無法祇是當人信不及耳若信得及心外實無毫釐法可得所以云無邊刹海自他不隔於毫端十世古今始終不離於當念山僧生平祇信此心亦以此心教人實有原本上接西來祖意下辨邪正關頭惟此而已其中委悉非言可盡閣下倘共信此心不妨覿面商確方纔痛快至於道聽途説魚目明珠之混雖聖人之世亦所不免若因此輩而遂疑信心之道有未盡則又因噎廢食也過承寵誨知留心性學誠世出世間希有喜極不敢不竭其愚以備芻蕘之採辱賜佳刻兼惠朏儀統此鳴謝

又 附來書

僧問大梅見馬祖得個什麽便住此山大梅云馬祖道即心即佛僧云馬祖近日又道非心非佛大梅云者老漢惑亂人未有了日任汝非心非佛我祇管即心即佛拙見此語死煞不像參悟而馬祖何以即首肯梅子熟也然則非心非佛之語果係惑亂人耶當時大梅何不直説者老漢非心非佛正是即心即佛不較有著落耶請質高座望一剖示

即心即佛表語也非心非佛遮語也今人多

重遮語謂無痕跡而忽表語不知即心即佛惟過量大人方能擔荷馬祖下出八十餘善知識如大梅能有幾人看渠問馬祖如何是佛祖云即心是佛渠便禮拜正如良馬見鞭影追風千里任汝非心非佛我祇管即心即佛三世諸佛列代祖師移他不動者老漢惑亂人未有了日山僧更喜此語尋常人祇知門裏出身那知身裏出門者個田地馬祖大梅心心契合更不費一些手脚若云非心非佛正是即心即佛猶爲周摺了也死煞一語得無孤負古人二祖覓心了不可得達磨云與汝安心竟與此同一鼻孔非大根器豈能如此直捷至於衆悟是學人途路邊事何可語此

答韓猶龍文學

纔與麽便不與麽轉轆轆地如大火聚有什麽近傍處永嘉云常獨行常獨步達者同遊涅槃路奺則奺矣猶是方便之談衲僧巴鼻自已尚無獨知之地他人豈能窺其蹤跡耶古人云三世諸佛不知有狸奴白牯卻知有從上大手眼尊宿行履大都如此總是見徹根源絶諸滲漏若猶有個保任在則能保者是個什麽所保者又是個什麽本是一心卻成兩立更有個平常有個不可思議有個昭昭靈靈有個見聞寂寂總是識情生死根本所以山僧常道凡筆所畫者都是畫不是筆眼所見者都是物不是眼心所知者都是境不是心諳得此意敢保掉臂而行矣

答黄无咎文學

所呈來見都是識情作道理會所謂依他作

解障自悟門總是求會太速不曾死心一番耳此事祇貴了得若空曉佛法有什麽用處法師家到是說得玄妙要且目前便不知下落所以我宗門下事迥别餘乘道人若信得及便將日前知得底解得底盡情摒置卻向不知不識處提個話頭念念勿忘以悟爲則須教自悟自肯方纔痛快祇要長遠耐煩耳

又

此事須覿面一見若祇管說道理有什麽了時古云解屬於情情生則智隔矣來札云本來面目祇是一心清虛泰然此乃識情卜度耳又云無心可得空空洞洞一絲不挂等語尤爲著空至拈枯木寒巖等話總是錯解工夫還不是者般做此事絶非容易沒量大人尚不奈何道人又爭得容易耶且如生死即刻到來一時心識昏暗痛苦無量平時所見空空洞洞底道理畢竟用得著否敢道決用不著便請將者些眼見耳聞書本上理會得底道理盡情拋卻食息依舊食息起居依舊起居讀書做事依舊讀書做事但二六時中不要將此念放下常常提起看什麽處有疑父母未生前在什麽處安身立命一口氣不來向什麽處去不能無疑就在者裏疑如僧問趙州狗子還有佛性也無州云無者裏還有道理還有理會處麽若無下手處就在者裏下手晝參夜參畢竟是個什麽道理務要看破趙州老人立地處方纔了當初心做工夫最忌不肯疑言句古人有不疑言句是爲大病之譬無字話頭佛祖骨髓此疑一破則參學事畢矣

與熊心開總理

聖人所以同者心也凡人所以異者情也此心彌滿清淨中不容他徧界徧空如十日並照覿面堂堂如臨寶鏡眉目分明雖則分明而欲求其體質了不可得雖不可得而大用現前折旋俯仰見聞覺知一一天眞無暫時休廢直下證入名爲得道得時不是聖未得時不是凡只凡人當面錯過内見有心外見有境晝夜紛紜隨情造業詰本窮源實無根蔕若是達心高士一把金剛王寶劍逢著便與截斷卻不是遏捺念慮屏除聲色一切時中凡一切事都不妨他秖是事來時不惑事去時不留古人所謂内心一毫不放起外境一毫不放入更非强爲内心從來不曾有一毫起外境從來不曾有一毫入渠識得破保任得恰好合著本來主人翁耳洞老若解恁麽做工夫無有不露裸裸底時即與諸聖同一鼻孔同一受用矣軍中機務殷繁山僧於此大光明中祝佛天加被惟願少病少惱氛霽息一念無爲十方坐斷千萬珍重昨歲偶被業風吹入嶺南初夏擬還匡山圖盡契濶可得與否尚聽後緣臨楮懸切

示能素韓夫人

佛言見性學道難盡世修行如毛見性如角今之學道者雖多而發心出世者實少不過行善事修福田求來生果報祖師云自性若迷福何可救故欲超生死必須見性以生死從迷性而起性若不迷情與無情一切諸法元無所起楞嚴云衆生生死相續皆由不知常住眞心性淨明體用諸妄想此想不眞故

有輪轉言常住眞心者即本來面目也言妄想者即汝日用間思善思惡起滅不停是也日間便是想夜間便是夢日夜不息正是輪廻生死根本汝若覺得常住眞心並無此事汝纔不覺妄想便生盡未來劫無有底止於今要得超脫生死第一要識得自己眞心如伸手見掌如稠人廣衆中認得自己父母斷不問人是與不是既能識心自解作活計所謂作活者一切動用如其自心念念相應不生支節日久歲深水牯牛自然純熟矣昔懶安禪師問百丈弟子欲求識佛如何即是丈云大似騎牛覓牛安便問識得後如何丈云如人騎牛到家又問始終如何保任丈云如牧牛人執杖視之不令犯人苗稼安便禮謝後住潙山示衆云我三十年秖看一頭水牯牛如今成個露地白牛終日露迥迥地常在面前趁亦不去又石鞏禪師在廚下作務馬祖問汝在此作什麼鞏云牧牛又問作麼生牧鞏云一回入草去驀鼻拽將回此二則機緣忒煞詳明老夫人及衆道人可細味之無忽

又

近日不知用心若何本來面目確然見得也未思善思惡緣慮底心亦曾休歇也未若未見得本來面目的確千萬不要雜用心一切家緣且當撥置務要心地虛閒方可專心一致然不得急急則勞困反成退息緩則懈怠且散亂矣惟貴緩急得中善調其心即獲一切功德止是堅凝正念以悟爲期斷不負人也

答韓漢逸文學

離心之外更無別佛居士當發信心信自心佛若人信自心佛即爲諸佛之所護念其福無量然何爲信耶何爲不信耶信者應當觀察我即是佛佛體旣真即今衆生之情從何而起諦審諦觀念念不捨忽然省得起處漢逸亦要來著忙此事矣

答韓耳叔文學

接來札深悉近日精進甚愜鄙懷般若之在人喻若金剛斷斷不能埋沒也慚媿悔過自是塵勞良藥據山僧意不若從今自作主宰行將去古德云佛法有什麼多事行得即是如人識得路了卻在路邊只管歎惜追悔坐著不行豈有到日惟居士勉力行之途路高低曲直長短行之自悉便是過來人祇能替人說得不能替人走得也

答韓季閒文學

從凡至聖不出因果二字但有時報不定之分亦有時報一定之分如今生作惡來生必報而報必遇時時若未到未即報也能懺悔改過其罪可滅若時報已定即聖人亦無由免矣所以修行最要謹防三業三業通乎五戒堅持五戒三業自淨五戒不持人天路絕此佛誠言豈欺人哉來札云未行善事惟知惡不可爲此語固是然不爲惡即善不爲善即惡善惡並行卻不並立知不爲善之即惡豈可但不爲惡而已耶居士有根器人應當努力依此修行人天果報決定可期若論向上須知惡時無善念善時無惡心善惡如浮雲俱無起滅處能於此徹見即可以立地轉

凡成聖不復以有漏之因相位寘矣愼之

別袁道生居士

道心貴切不可因循人生百歲轉眼成空苦不覺耳若待了卻目前方圖出世終無了日每見聰明伶俐者多中此病虛過一生老死徒歎可悲也居士澹泊寧靜大有近道之骨會當不落人後其奈山野老婆心切何此去匡山有年餘之別聊書數言以當砥礪惟念之

與黄孟顒文學

足下宿植善根故在富貴安樂中不爲富貴安樂所埋沒蓋智慧人也智慧者雖享諸天之樂且知其不久况人間頃刻乎經云三界無安猶如火宅則天上人間總非歸宿之地足下試思即今六道茫茫無所底止死生醉夢窮劫莫醒其過咎何自而起者裏若知痛癢方有下手做工夫處方有説話分旣者裏不明心裏不肯放便是工夫有疑只管疑將去食息起居不要放捨愈絶消息愈加逼拶拶得心路俱斷祇有此一疑頓在面前奈何不得到恁麽時切勿生異念起速效待悟等心反爲障礙古人訶爲偷心也參禪要死偷心偷心死後方能瞥地方纔慶快平生先聖云窮玄極妙以悟爲則斯言盡之矣然初心做工夫誠難前無進路退失故居實是踏脚不住若非大根器人未有不退墮者况去聖時遥魔強法弱稍知趨向此門又以作福行善爲極則斷不信有立地見性得道之理聞舉即心即佛能不掉頭者實難其人居士智慧過人幸自勉生死事大無常迅速莫只當

一句話恁麼念過也

示能善韓道人

學道惟貴痛切一刻不可放過蓋從無始劫以來迷而不覺今一旦知愧已是三四十歲若更因循更有百年亦須刻而已古來學道之士如癡似兀其道愈深其養愈淳故能以道力勝業力然業力豈有體性秖藉道力翻騰一轉實轉換由人耳道人既堅忍向道惟當努力行之須知一切諸法皆從心起過去之境已去未來之境未至現在之境無住都不可得何以見其都不可得即目前言之有時滿目青黃汝若不著意見猶不見汝若著意則一切歷然法之有無由我心現無前境可得也古德云一切諸法皆從心生心若不生法無能住此與最上人語非餘外人可聞也

示翁自通

昔曹山辭洞山洞云子向甚麼處去曹云不變異處去洞云不變異處豈有去耶曹云去亦不變異古人悟處的確自然絶諸滲漏自通幸無忽略也學道人須貴知時一切時中斷然不可放過如人常在家不愁家事不辦人人有此一事亘古亘今有佛無佛法爾如然迷亦不失悟亦不得但以染淨區分致使聖凡迥別諸聖淨用蕭然獨脫凡夫染用長劫輪迴是以全憑日用智照洞然洗刷無量劫來習氣種子所謂道力勝業力大有轉變也且真心本淨非從新得妄想體空染而不染便恁麼休去即有落在撥無因果者所以染而不染不妨翻染成淨淨非新得不妨還

淨去染聖人得此方便是以解脱凡人失此方便是以沉淪轉變在人聖凡無實法也

示二童女

維摩居士室中有一天女年方十二辯才智慧巧妙絶倫舍利弗尊者問云汝云何不轉女身女答言吾從十二年來求女人相了不可得當何所轉又灌溪和尚參末山尼問如何是末山主山云非男女相溪喝云何不變去山云不是神不是鬼變個什麽溪便禮拜山僧即今問汝等非男女相是個什麽又云不是神不是鬼變個什麽看他何等穩當天女云吾從十二年來求女人相了不可得當何所轉乃三世諸佛法印慎勿錯過從上大手眼人行履多出於此汝但於十二年來求女人相了不可得一句看得透徹則不見有世間出世間相内不見有身心外不見有器界上不見有聖下不見有凡即今不見有生死末後不見有涅槃威音王以前也恁麽即今也恁麽盡未來劫也恁麽無一法可得亦無無可得者到此田地心空及第歸矣書此以勉併示二頌非男非女顯家風神鬼如何像得同昨夜東村人唱曲今朝僧打五更鐘十二年來不可得經行坐臥是阿誰欲藏愈露難遮掩留與叢林作指歸

答韓猶龍文學

宗門事惟上根人直下承當中下之機絶分不開户牖不設蹊徑覿面全提親證親得更無如何若何極而言之即心是佛一句道盡矣然即此一句亦屬引誘因人有説若當機領會時絶諸氣息絶諸思議嘿契而已茍不

如是便是妄認識神強作主宰因渠平日不曾發得出生死心又善根微弱或看教乘理路以爲已解遂乃忽略不信有悟還說悟是落第二頭如此等正所謂識心卜度也後代秉持正法須要分個皂白是以高峰拈提大有所以山僧當時實從此段因緣打翻消息此後絶淆訛處悉皆勘破方纔知得解路與悟門依俙相似而實如雲泥之隔即高峰亦不過就解悟分途直提指出作個馬祖功臣看其拈提自然明白如尋常人祇管道心外無佛佛外無心此豈不是解耶如何是佛石壓笋斜出崖懸花倒生也須是個人始得

與金正希內翰

學道祇要得其門若得其門急亦到緩亦到若失其門緩急皆不到確實而論祇要親到不疑之地不須問人生也恁麼死也恁麼盡未來劫也恁麼者裏少有一毫疑處便是銀山鐵壁即受人處分矣若更別作計較看語錄研教乘及覓阿師口裏轉使心頭亂似麻在不見圓悟大師云汝怎生聽得諸方老師口裏一個說一樣正謂此也倘又勉強拍盲硬作主去終有困時山僧向曾與居士道有爲心法不可相依日久年深全無利益居士亦云此語實是然則夙具智慧者豈待山僧贅語耶持戒禮懺入道助因了悟自心方爲極則閒居士熟讀楞嚴直指人心見性成佛亦無出此經者惟人自肯乃方親耳

與梁未央文學

吞舟之魚必遭漁父之手而漁父未敢即下手者海潤水深魚勢力強也待其洶湧之勢

稍息力困神疲漁父隨手得之近有大心凡夫善根深種堪紹佛種而善知識未敢即著忙者境風洶湧五欲海深煩惱力強亦姑待之吾未央是也境風終有歇時五欲終有淡時力強終有困時止爭遲早耳佛說出息難保入息每見有我欲待時而時不待我者未央能無一動心耶華首是我輩歸宿之地千萬留意眞乘近有入處知所樂聞今春晤洞老於江州舟中語祖禪口述不盡

與等賢文學

修福不修道祖師叱作迷人惡心行布施經中指爲魔業以此觀之第一福田無如心地法門矣若不識心貪瞋癡種子決難銷隕縱有天福升而復沈如繫足鳥高飛無益所以學道人修福不如見性若能見性福更無窮

山僧此說惟貴五宗直路而行永無捐棄當見諒也

與翁聲文居士

天眞佛性常自圓明父母未生前也恁麼即今也恁麼盡未來際也恁麼本來無一物既無一物喚什麼作本來於此有個竅處最省心力一切時中不犯手脚異念纔生猛自割斷方便喚作定慧不是實法也若論此心本來自定自慧黃蘗云此心常自圓明徧照世人不識祇認見聞覺知爲心空卻見聞覺知即心路絕又云若要識心亦不離見聞覺知然本心亦不屬見聞覺知至此實要當人自省不在言說言多去道轉遠矣省得底自知時節不消問人一切妄想情念自然銷隕此學道之驗千慮不如一實也若不如此任你

將心用心日求功用盡屬無常盡歸生滅祖師云若欲修行覓作佛不知何處擬求眞若能心中自見眞有眞即是成佛因不見自性外覓佛起心總是大癡人願熟思之無忽山僧客歲別後多歷危險剪公不起心更冷然喜麗中到山巳作廣嶺屠見大丈夫故當如是聲文自處應亦不薄祖心諸子先囘聊通此信珍重

與藍朱公文學

經云一念普觀無量劫無去無來亦無住如是了知三世事超諸方便成十力夫此一念非前際生非中際住非後際滅圓古今通晝夜絶去來無邊表無動搖求之不得避之不能直下知歸則全體現前當處不覺則萬境紛惑凡聖關頭誠不越此然此猶是說理之談動傷唇吻若論我宗門一切坐斷如銀山鐵壁自然絶諸滲漏佛見法見他尚不起何況更起塵勞煩惱耶昔有魔王隨金剛齊菩薩一千年求其起處而不可得南泉猶謂是進修位中則知從上來事非粗心淺識能知涯岸要到恁麼田地但看僧問趙州狗子還有佛性也無州云無看得者無字破敢保大事了畢前授風旛因縁恐涉義路還看狗子無佛性話爲𡚒

答翁子郊居士

迷聞經累劫悟在剎那間最初威音王未爲早末後婁至佛未爲遲秖在當人忖量生熟如何相應不相應耳若果見徹根源行履穩密處身如無身在世如無世不落見聞窩臼不隨妄想遷流則塵中能作主宰雖在生死

海頭出頭没而不見有生死可得吾子自審能如是耶即緇亦可素亦可如其未然勉強何益志在仁者非山僧所知也

與關起皋文學

凡人發心皆有因緣因緣具足方得成就論云譬如木中有火無人鑽研火終不得涅槃有三因謂正因緣因了因火喻正因一切衆生皆有佛性也鑽研喻緣因良師善友激發也火出木盡喻了因也木即煩惱生死也一切衆生若無善友激發雖有佛性被煩惱遮覆不得現前豈能解脱是以欲求解脱實要因緣祖心是足下激發之友當深信之

與林得山憲副

居士是宗門根器但慧多而定少日聞尊恙益當禪定攝心且不論悟與不悟但論目前勿當面别覔修行永明云學道之人别無奇特但日用於六根門頭消除情念斷絶妄緣對五欲八風情無取舍心如頑石始有學道分居士夢金剛大士云只要作得主正是此意幸以心力爲憑勿靠藥力至企

又

聞貴體清安甚慰益當精進矣然精進作麽生難道撑眉努目豎起脊梁是精進麽六時禮念燒香散花是精進麽不見道若起精進心是妄非精進若能心不起精進無有涯居士且細看心不起三字臨濟云已起莫續未起莫要放起勝你十年行脚華嚴云心不妄取過去法亦不貪著未來事不於現在有所住了達三世悉平等正是者個道理此事趁強健時早討個下落常以去年病苦光景故

在面前始有策進分待得年運已深把目前
好光陰都放過了恐異時做手脚不及珍重

長慶宗實獨禪師語錄卷第五

音釋

菽 式竹切音叔衆豆之總名

噎 烏結切音咽咽喉蔽塞之名

寘 支義切音觶置也猶言安著也

礪 力制切音例磨石也崦嵫山礪石可磨刀

吻 武粉切音抆口邊也

# 長慶宗寶獨禪師語錄卷第六

丹霞法孫今釋重編

## 書問

### 與子木方伯

昔有僧參雪峰峰問什麽處來僧云覆船峰云生死海未渡爲什麽覆卻船僧無語遂回覆船舉前話覆船云何不道渠無生死其僧回雪峰如教而答雪峰云須是覆船始得山僧云渠無生死豈有第二人今人從朝至暮見聞覺知一一天眞一一明妙纔落意根便千差萬別居士若要易會祇在日用處勿動意根冷冷地窺看極是省力至囑

### 答黃龍卷居士

承謂今人不如古人未嘗不是然須自已徹悟一回脚踏實地是與不是自然無疑若心外見有毫釐法可得便非徹悟矣所以見有能信之心所信之法尚未入信門眞到無心時佛見法見尚不現前况世間塵勞煩惱耶若論實際理地三世諸佛歷代祖師天下善知識同一鼻孔若論品位修證則千差萬別經云一切賢聖皆以無爲法而有差別豈不聞迦葉三昧阿難不知阿難三昧商那和修不知商那和修三昧優波掬多不知耶仰山云如今祇要明得自家性海如實而修聖邊事且莫將心湊泊他時後日自具去在好不明明直說如公所云古人會得即心是佛時一時全具五眼六通且道從上諸祖幾個全具若以無通爲非則外道天魔通亦不少何得以此爲邪正之權衡自落異見潙山云得底人他自知時修與不修是兩頭語若有從

前習氣未能頓盡直須教渠淨除現業流識所以悟後之人自解作活計謂悟後習氣依然則所悟者何物也承問救療方便我道別人著力不得其中絡索面傾爲快

答周五溪太史

有身則有病豈以無病爲敵得生死乎若以無病爲貴則長生久視之術足以傲雙林背痛矣涅槃云世有二種想一衆生顛倒想一世諦流布想一切衆生皆具二種想聖人衹有世諦流布想無顛倒想又云牛聖人亦喚作牛馬聖人亦喚作馬某年月日聖人亦喚作某年月日與常人同衹無顛倒想耳顛倒想是病四百四病非病也四大本空五陰非有佛與衆生同此一法故曰但除其病而不除法大慧果患背瘡不住喊云痛殺人痛殺人大衆皆疑適一禪客至便問云還有不痛者麽大慧云有進云如何是不痛者大慧喊云痛殺人痛殺人禪客禮謝觀此則病苦呻吟禪宗作略未可輕議禪宗惟論見性直指即心是佛一心之外更無毫釐法可得若以如來知見治習氣則心外有法矣所以此門悟處深玄不與教合其有未悟只用無義味死貓頭單方絶玅衹恐不能死心全身裏許若全身裏許無有不得者時節若至其理自彰靈驗不靈驗不必問人矣

答惟已禪人

六祖大師云世人外迷著相内迷著空若能於相離相於空離空即是内外不迷本來真性而得出現夫言相者外塵境也空者内意根黑山鬼窟也經云縱滅一切見聞覺知内

守幽閑猶爲法塵分別影事何以故但有幽閑可守即是境與意根作對有意有境即屬生滅永嘉云心是根法是塵兩種猶如鏡上痕痕垢盡除光始現心法雙忘性即眞所以但有取捨向背便是執著有執著便是迯也如今若要直捷祇是無事於心無心於事公謂凡遇有事時不論大小俱以付清淨本體不敢起一毫意念保個清淨本體豈不是意依然心境對待非真也以紛飛之心攝入清淨體中又成蕂苴工夫不是者等做若直捷做去内心一毫不放出外境一毫不放入思之

答林涵齋銓部

普菴云捏不成團擘不開何須南嶽又天台六根門首無人識引得胡僧特地來你看六根門首無人識好不道破居士如今祇要識心屏息諸緣莫向外求内不放出外不放入者樣看去就是生擒活捉一般容易之極博山先師教人看一口氣不來向什麼處去正是教人直下認者個本來面目現前面目還認不得更説一口氣不來作什麼于今學人祇向一口氣不來處討所以愈求愈遠未審居士作麼理會若一時不會但向不思善不思惡處冷冷看去再不怕工夫差池再不怕用在情識上極是直指沒有一些蓋覆但二六時中心不異緣常要頓在面前自然露䆀䆀地迥脫眞常忽然觸著便是大事了畢五洩見石頭問云一言相契即住不契即去石頭據坐五洩便去頭㒵闍黎洩回首頭云從生至死祇是者個回頭轉腦作麼洩大悟你

看他說個什麽渠又悟個什麽善知識但向學人四威儀中輕輕點他一下伶俐漢便當機領畧也不潦草也不多說佛眼云人因心迷故來山林見善知識不知就你本人迷中最是親切極道得好圓悟云古人公案未必透得且識了心不要理他自已一個心抛開一邊卻向善知識口邊討長討短書本上忖東忖西有何交涉且如何是自已底心心又如何識僧舉長沙偈學道之人不識眞祇爲從前認識神無量刼來生死本癡人喚作本來人問永明意作麽生永明云楞嚴會上甚是明白阿難云如來現今徵心所在而我以心推窮尋逐即能推者我將爲心佛咄云此非汝心此是前塵虛妄相想惑汝眞性此個便是識神諸佛諸祖指得極明我今重爲居士道破總是者個意根起滅不停蓋覆眞性遂成生死根本所以識眞纔得息妄非過捺也四禪八定皆是用攀緣心去修所以出不得生死徹悟眞空方免此患華嚴云一切法不生一切法不滅若能如是解諸佛常現前我與居士同在大覺海中也無生死可出也無法可說還信得及麽維摩云善來文殊師利不來相而來不見相而見文殊云如是居士若來矣更不來若去矣更不去所可見者更不可見山僧淺淺與公下個注脚維摩是無生緣起文殊是緣起無生一念無生外至山河大地内至六根六識俱不可得一落意根便生出許多枝節便見有境緣作對罷公云心空及第歸珍重

復覩者禪人

參話頭當知古人所以教人參話頭之意從上諸祖並無教人參話頭之說當時學人朴實時時刻刻以生死爲念故一遇善知識一言半句便自開通後世學人雜念紛飛横生知解教渠尋求自己便有許多計較或認昭昭靈靈或認空空寂寂種種卜度愈求愈遠祖師不得已示個話頭乃是直指出本心與人令人絶盡意識當下便了若不能了則向此中疑之又疑是之謂參須知參話頭即參自心疑話頭即疑自心非有二也如汝問我如何是某甲本心我即云喚作竹篦則觸不喚作竹篦則背不得有語不得無語我已明明直指個本心與汝也只是汝不曾自悟若不能悟便要向此中疑之又疑求個出身之路若稍生意識謂竹篦子話只是斷人意識或欲泯絶念頭令人念不起或認取不起光景或又去究起底源頭種種計較差之千里矣參話頭如人墮井求出相似時時刻刻單有出井一念繫之於懷更無別般計較汝今正要如是時時刻刻不忘疑情單單有個求出身之路繫胸臆間更不起一毫頭生活之念亦勿望人爲汝指示如此做去不久決得徹悟惟禪勉之勉之

雜著

金剛正法眼序

達磨大師秉單傳之旨謂二祖曰吾觀此土惟楞伽四卷可以印心至黄梅易爲金剛勸一切人受持此經即得見性則知直指人心無過於此自曹溪以後如洞山聰黄龍南汾陽昭中峰本諸大宗師皆以此經爲契證希

有哉豈可謂文字乎吾子麗中宿植善根妙悟上乘諦觀此論一字一句皆般若之精髓也希有哉豈可謂今人異於古人乎或謂空隱老凍膿猶有鄉情在予何敢私金剛正眼現在具眼者請鑑

重刻擬寒山詩序

佛言若要世間無刀兵除非衆生不食肉兹者三災並起人命危脆或募兵守城或遁逃山林或隱匿海島以自爲計雖貪生怖死人之常情豈知定業有不可逃者蓋殺生之極感刀兵災偷盜之極感饑饉災淫邪之極感疾疫災非天降非地湧非人與皆衆生自業吸引因果相酬如影隨形如響應聲欲不受果惟不造因因亡則果喪業空則報亡耳道獨偶閲慈受禪師擬寒山詩見其詞語懇切深錐痛劄令人通病實對治之良劑玩味不已重梓流通伏冀諸賢詳審起大慈心悲愍衆生不食其肉齋戒清淨謹敕身心衆善奉行諸惡莫作一人依之一人不受業衆人依之衆人不受業斯即善身保家壽國之良圖也

募誦華嚴經引 福州萬歲寺

諸經惟華嚴最尊乃如來根本法門一乘圓頓至教也一切二乘不聞此經佛惟付囑大心凡夫若能信入疾得阿耨多羅三藐三菩提至於禳災集福壽國保家其緒餘耳近者三災疊起人人驚懼或歸之於業以爲無可逃者然業有二有定業有不定業定業難逃不定業則可釋也又障有三一曰煩惱二曰業三曰報煩惱可以理遣心地一明情念自

息也業可以懺悔燒香散花竭誠禮佛改往修來則業自消也惟報難移必資大法方能回轉則無踰此經矣此經如清涼月能消熱惱如善見藥無病不除如如意珠能雨衆寶如天甘露能潤焦枯一言之下心地開通立地成佛一句染神永爲道種聞而不信尚作遠因學而不成猶勝人天果報則受持讀誦書寫解說從可知矣退菴居士深明因果發大悲心行菩薩道結期於萬壽禪寺請僧轉讀願與一切有情同種善根共入毘盧性海伏冀見聞隨喜共成勝因一念尊重恭敬無論淺深久暫同乘佛乘直至道場決不唐捐幸勿蹉過

又 長慶寺

一皮較一皮孫子不如兒坐禪勝誦經誦經勝有爲古人恁麼道也是掉棒打月接竹點天總不親切我道有一人不誦經亦不坐禪還識得此人否若識得此人則粗言及細語皆歸第一義何必大家團聚相對喃喃也雖然求恁麼人如星中揀月且向第二門按下雲頭教伊循行讀句忽然心地開通義天朗耀不妨亦得搆去經云譬如暗中寶無燈不能見佛法無人說雖慧莫能了又云以佛智慧燈照見所行道是則誦經良有益矣西禪監院某題誦華嚴尊經純冀衆檀共成勝果如理如事祇在各人分上正是一舉一回新耳

修大悲懺法引 法海寺

法華云若人有福曾供養佛六度之中檀度爲首賢劫千佛名經無一佛不於往昔因地

中或然燈或燒香或散花或旆幢旛寶蓋無量無邊然後成佛經又云乃至以一花致敬畫像或復舉一指及小低頭以此供養皆成佛道然則人無聖凡事無大小其必以福德莊嚴報土必矣傅大士以彌勒化身日則躬耕夜則行道而況此際三災鼎沸生死須臾何不捨不堅之財修堅固之福遠播成佛之因近脫目前之業至善舉也聖光上座欲建大悲懺三年道場所費浩繁仰仗衆力若云淨智妙圓體自空寂如是功德不以世求又作麽生我道已上供通並是詣實

化齋糧引長慶寺

金剛經云爾時世尊著衣持鉢入舍衛大城乞食於其城中次第乞已還至本處飯食訖收衣鉢洗足已敷坐而坐看來何等省事上古修道之士巖居穴處草衣木食不爲口體所累百丈立叢林累從此起山僧曾於匡廬羅浮開者鋪席甚覺多事擬休歇去卸卻擔子入閩所以三四年間不定踪跡昨歲偶到長慶禮塔見僧衆四散殿宇荒蕪心甚惻然因攜數子入寺就廊廡間煨一小鐺棲遲永日不期撫臺懷東陳居士興復祖庭際此因緣欲辭不可修造伊始日給未遑饒是鐵面禪和也須裹腹若云道不及古何不省事好山僧只得忍氣吞聲高明大士幸亮我也

重鑄開元寺鐘引

寶誌公示化蕭梁以神通力現幽途苦相武帝問以方便誌公曰若聞鐘聲斯苦暫息於是天下寺無不置鐘付法藏云罽賓王好殺報千頭魚身劍輪繞之隨斫便生有阿羅漢

充維那依時打鐘魚聞其聲劍輪脱落其餘神驗援据難盡然鐘之功德非但拔苦消災尤爲入道要徑楞嚴云此方眞教體清淨在音聞欲取三摩提實從聞中入所以從文殊門入者一切山河大地助汝發機從普賢門入者一切運爲俯仰助汝發機從觀音門入者一切聲響音韻助汝發機潙山有一僧鋤地次聞鼓聲呵呵大笑潙山曰俊哉此是觀音入理之門諸仁者尋常盡道西方水鳥樹林皆演法音舍此欣彼當面錯過豈非心有高下不依佛慧耶開元寺鐘宋天聖閒信士林陶募五萬餘人得銅萬五千觔所鑄紹聖刦運音聲不振合郡比丘捐衣鉢重鑄茲丁亥兵燹尤慘諸宰官居士爰有今日之舉予喜開元興復且將緣起於此也不禁一言開元寺在芝山上全閩靈秀所鐘十方長者諸山長老大家出手均非分外他時月朗風清萬籟潛消聲聲聒耳我道觀世音菩薩來也莫説獨道人饒舌好

華嚴寶鏡序

李長者華嚴論一乘圓頓見性成佛之祕典也諸佛根本不動智即是衆生分别性誠無轉摺祇要當人信得及若信至滿處即入十住初心明見佛性成等正覺所以云纔入信門便登祖位或有從來習氣不過以無作三昧方便應之於此眞智之外非别有毫頭法增入亦不論修與不修亦無成正覺者葢一切衆生已成佛竟已度生竟已涅槃竟何以故十方諸佛與大地衆生情與無情一切諸法同此法界性故無今古自他之相及成與

不成直下信得及當體便是捨此別求終無得理經云若不見眞智累劫修行不成道果名假名菩薩若見眞智即生如來家爲法王眞子希有哉道獨不知何劫熏得此心直信無疑一覽此論痛哭流涕以爲千生罕遇而今得遇萬劫難逢而今得逢復自踴躍慶幸無已丙申秋駐錫海幢再覽斯論心意怡然不忍釋卷覺年垂耳順耳目不利論文浩繁難於常閱遂於論内捜括精義聯爲一篇目曰華嚴寶鏡寶鏡者法界眞智也此智爲萬法之體法界依之而建立又能洞照萬法故號爲鏡也中間一字一句皆是論主心光道獨不敢臆見亦述而不作云爾

重刻十明論序

通玄長者未造華嚴論先造此十明論乃華嚴論之關鑰也蓋十二有支乃一切衆生輪迴生死苦海即是毘盧遮那法性海也衆生苦海與法性海元無實性一念迷即生死苦海一念悟即法性海其體無二祇由迷悟而得名所以云法無定相惟心轉變耳古佛智海迷在無明全在當人以方便三昧力顯之言方便三昧者定慧之異稱也法華云如來所得法定慧力莊嚴以此度衆生自成無上道捨定慧而別求方便則吾未知也今去聖時遙人多懈怠口耳之徒習以成風隨流失源迷而不返良可痛愍故重刻此論與同志者醒目設若反本知源亦有補矣或云此是教乘宗門別有長處則道獨自甘負墮也

心經直說總說

般若波羅蜜多心經乃大部般若經之樞要

成佛眞宗無逾此矣言心者指衆生妙明心體心即佛佛即心般若乃心之智心是體智是用然體本具智慧之用不爲境緣所奪聲色所縛故云到彼岸心即法身智即般若彼岸即解脫此三德一心本具法身不礙即般若般若無著即解脫解脫寂滅即法身觀自在菩薩行深般若波羅蜜多時照見五蘊皆空度一切苦厄正此意也言色空者色無自性全體是空空無自性全體是色一蘊既空四蘊亦然蓋五蘊該盡世間一切萬法是以云是諸法空相諸法空相非斷滅空乃般若眞空眞空智中無五蘊十二處十八界生滅法可得亦無十二因緣流轉還滅可得無四諦苦集滅道可得亦無增減智得可得經云以無所得故正是諸法空相無生法忍華嚴云菩薩成就此忍時佛心涅槃心菩提心尚不現起何況世間塵勞之心耶若人一念與般若空慧相應時能滅殑伽沙劫重罪蕭然獨脫不爲報緣所縛遠離微細心念念即常住得見佛性名爲涅槃非但菩薩即三世如來亦依此般若空慧而成無上正等正覺故知般若有大威神具大光明最尊最上無與等者顯密總持是大陀羅尼門也龐居士云心依眞智理逐心行理智無礙心亦無生迷即有我悟即無情通達大智諸法不成又云依空默用即是行深無有少法觸目平任無戒可持無垢可淨洞達虛心法無壽命若能如是圓通究竟希有哉般若眞智其斯之謂歟

## 靈泌潤公頌古序

靈泌潤吾胞弟也童稚便有出塵志予幼即入道以老母托之得無内顧憂蓋至孝至信人也比戊辰母卒遂於靈前落髮相將行脚予庚午掩關金輪弟苦參滋劇誓期玅悟一日偶與二三子舉風旛話豁然有省自此日夜披尋古德機緣深入玄奥雖極淆訛皆能透脱癸酉予還黄巖執侍關中春雨蒸濕予與弟皆大病尋至海陽就醫而弟已不可起矣臨終之際蕭然獨脱同學問云如今作得主麽答云我祇是一身疼痛復如前問亦如前答即端坐而逝簡囊中惟頌古三十九首平時得意自著人無知者觀其向上透徹處實從胸襟流出惜限於年未能報佛祖恩耳弟沉靜寡言不露其所得人遇之如不慧予戊寅度嶺以示首座麗中麗中視若固然詢之則黄巖時麗中已見且相得若水乳恒聞其以谷泉普化自命云噫嘻末法將來如吾弟豈可多得復念衲子中有眞能致力於此道者潛符密證不克永年不能出世湮没而無聞當不少矣遂序而傳之

## 長慶老和尚行狀

嗣法門人函昰述

師諱道獨號宗寶别號空隱博山無異禪師法嗣南海陸氏子生三歲母攜登樓覩蜘蛛結網瞪目久之悲喜交至後嘗語人曰我四五十年回憶不加毫末信知師宿根也六歲失父隨母居近寺晨趨禮佛仰視輒移午閒梵唄音過耳成誦從老僧知見性成佛語益切嚮慕逢人輒問人多戲之無沮色得六祖壇經不識字懷襟袖間懇禮大士一夕拜下

困極倒地忽覺起如在空中汗出浹背輕快踰常張燈出經讀之意某字詢之人果然遂數行俱下自是始辭母入寺依離念法每坐達旦年十四習定樹下忽胸中如劈竹信口成偈云兀兀圓明體騰騰物我如此是無生路無生更要離又云善惡不思處亦不可追尋休言云是道是道是非生讀語錄至石壓笋斜出崖懸花倒生復礙胸臆偶山行舉目巖花大放始豁然冰釋師是歲纔十六依止菴僧無可意者自攜刀就磐石禮十方佛剃落縛茅歸龍山單丁十餘年事母至孝母病須山泉日肩擔走二十里及城闉始辨掌紋母卒廬墓三月乃以二十九歲入博山先有傳師行實至博山者山輿之凡見粵僧必問曰宗寶何不來此道不到博山得麽至是聞師至即呼入方丈與語竟夕一日以倒騎牛入佛殿話命衆下語師有頌呈曰貪程不覺曉愈求愈轉渺相逢正是渠纔是猶顛倒蟻子牽大磨石人撫掌笑別是活生機不落宮商調一衆環覩山曰太麤生師云大了當人向善知識前作麽開口山笑視良久云何消說師禮拜山始與易名登具足戒一住九越月辭去山不許師住山意決再三懇辭山乃訂八月再至師胡跪牀下曰某有不是請和尚勿放過山連聲曰是是汝他時不得辜負山僧此崇禎庚午四月也山竟以是年九月示寂始悟八月再至之語師時掩關金輪復徙黃巖爲金內翰正希陳督學雲怡熊督師心開諸公所重嘗造室問道請說法師一意巖隈無出世志迨瀛山雪公歿粵孝廉張萠

公黎美周謀諸内閣象岡何公宗伯秋濤陳公力請師住羅浮開博山法門博山道法不絶如縷賴師振起師退處如弗勝眞樸之風絶去時習而悲願沁人略無同異自節烈文章之士以至販夫竈婦無不醉心咸願出門下閩人聞其風以雁湖小剎致師師亦欣然航海而就至則雁湖爲賊煨燼師寓南臺得山林公克之方公孔碩林公一見心折與闔郡諸大老請主西禪撫臺佟公爲新之一時道風徧洽户屨常滿師頗厭勞因掃塔博山杖策還粤抵芥菴作投閑計頃惠陽紳士請説法豐湖又廣州王臣景慕往返海幢幢旛所指俄成寶坊師慨然曰將圖息機反致疲累矣順治十七年二月忽示瘡疾猶接納無虛日明年四月自海幢還芥菴始謝衆請七月初七日初夜詔函昰曰瘡患延綿殊可厭惡吾旦夕且掉臂矣昰泣懇曰乞師住世群生可念師曰吾道有汝重擔可卸復何戀耶二十二日晨起啗粥嚼木如平時侍者請敷藥師遽曰今日不敷藥顧左右斂目良久端坐而逝壽六十二坐夏三十又三全身塔於羅浮華首臺西溪之南師生平以道自守以悲攝人遇物純眞不事聲譽大小淺深各隨所受凡示誨皆明達曉人稍有所裨必喜見眉宇有乞偈頌隨口命記欲易字句亦笑從之人有進曰道法所關和尚何得輕易師正色曰壇經云彼善知識有大因緣所謂化度人根利鈍不可類齊但具至誠豈可辜負至宗門大法中下難窺老僧自有權衡豈若輩所知耶故師開法二十餘年所蒙椎拂記莂

目函是函可而外未嘗濫授示疾以來一年有奇日用鉅細纖介靡遺獨於臨終告衆遺囑諸事絕口不道博山三十年縝密家風師眞無媿矣示寂之日内外弟子咸悲慟彌月與大覺雙林一會哀震梵天同一悲仰其慈光入物眞非思議所至若道法深穩易見難知諸錄流通海内覩見非函是所應言也

附長慶宗寶獨禪師墖銘

禮部尚書虞山錢謙益撰

博山無異禪師有法嗣曰長慶空隱和尚諱道獨初字宗寶南海陸氏子也生三歲母抱登樓觀蜘蛛結網瞪目久之悲喜不禁晚自言四五十年來回憶不加毫末其夙根如此六歲失父隨母居近寺晨趨禮佛瞻視輒移午聞老僧言見性成佛遂發深信如釘入木得六祖壇經捧持頂戴禮大士求識字疲困倒地忽覺身騰空中汗透毛孔明燈讀經彷彿認是某字詢之人果然遂數行俱下年十四辭母入寺習定樹下朐次忽如劈竹衝口說偈驚動其長老年十六自磨刀就磐石上禮拜剃落縛茅歸龍山單丁十餘年母病渴晨擔山泉走二十里抵城闉始辨掌紋年二十九母歿與其弟靈泌腰包謁博山山一見曰宗寶望汝來久矣拈倒騎牛入佛殿話勘衆下語皆不契師呈頌曰貪程不覺曉愈求愈轉渺相逢正是渠纔是猶顛倒蟻子牽大磨石人撫掌笑別是活生機不落宮商調山微笑云太麤生是夕布薩告衆莫道博山無人如今也有箇許爲更名登具足戒住九月而別囑曰汝八月再至不得辜負老僧是年

九月山示寂始知爲末後付囑也師掩關金輪從黄巖一意住山無出世念粤中宰官請住羅浮開博山法門幡然起應慈悲普熏機緣寘應而世變大作矣閩人以雁湖延師復請住西禪海波觸搏弓刀擊戞所至有吉雲擁護甲午歲帰搏山墖杖錫還粤豐湖羊城頻受叅請牀座禮足道路布髮津梁稍疲微示瘖疾辛丑四月由海幢返芥菴自尅去期七月二十二日端坐而逝世壽六十二坐夏三十有三師有二大弟子曰天然昰公祖心可公可公以弘法罹難坐脫瀋陽之千山師哭之慟曰吾道喪矣踰年師示疾昰公啟請住世師笑曰汝在吾何死於是昰公奉師全身墖於羅浮華首臺西溪之南手次行狀遣侍者今覞間關五千里撰書幣而謁銘於余余惟師上根利智多生熏習見性成佛四字直是胎藏鉤鎖即心即佛守定牢關非心非佛斷爲增語於是乎全提正令曲指悟門遮表二詮則格量永明法界一心則懸鏡棗栢從無一言落夾片語過頭如今人執癡符家懷僞契販如來法訶佛祖禪藥病相沿狂易莫反標此正印柱彼倒瀾豈非般若之神符金剛之寶劍歟師之深心密行世所未悉者有二昔者大慧言吾雖方外忠君愛國之心與忠義士大夫等洪覺範論鹿門燈公則曰孝於事師忠於事佛此洞上宗風也師悲智堅密鑪鞴弘廣植菩提之深根茂忠孝之芽蘖節烈文章之士賴以成就正骨祓濯命根白蜆碧血長留佛種條衣應器同皈法王此則其内閟外現陰翊法運者也古人道眼分

明師資鄭重榮名利養畏如霜雹有謂深山裏钁頭邊撈摸一人兩人為接續者有謂架大屋養閒漢所居世界莊嚴為癡漢者師每道博山語我過後二十年宗風掃地土地廟裏也上堂了不圖覩見此語良為流涕餐風味道英特如雲親承記莂兩人而已人謂師嚴冷孤峭不走博山一線豈知其悲愍末法如救頭然凛自宗之周陆立他家之榜樣有不勝涕淚悲泣者歟此則其重規疊矩謹衛法城者也往余訪憨山大師遺集致書海幢師歡喜贊歎披衣焚香揵椎以告衆病中見心經箋大師轉生辨重加印可是公以余雲被法乳亦菰蘆中幅巾弟子也故屬之以銘其何敢辭銘曰

毘嵐風吹壞劫初　崑岡火炎扇洪鑪
有大比丘建法旟　一單坐斷嶺海隅
心月普照身雲舒　如摩竭龍兩焦枯
分身蜿蜒鱗鬣俱　矯首蟠尾南北殊
大雲如空覆匡廬　智電擊爍瞖巫閭
中央不動常安居　頷下自護摩尼珠
黄皮裹骨山澤癯　緇素旃駱魚貫趨
日月耳環徙縈紆　刀輪劍葉嗟騶虞
樹下三諍令迴車　鶴林變白只須臾
蕭然一榻結雙趺　揮手長揖腥穢區
法幢傾摧法將徂　葛藤博飯皆沽屠
鳥空鼠即胡為乎　即心即佛心印孤
宿將嚴警持兵符　佛祖齊證誰敢誣
魔外竄匿同即且　丹青樓閣煥毘盧
法座圍繞青蓮敷　孤峰獨宿我自如
髓身兩膝無剩餘　龍象蹴踏看二駒

瓣香迴向恩不辜　我作斯銘三歎吁
博山家風斯世無　塗青鉛墨老筆疎
逝挽頽波作世模　刹竿倒卻須人扶
後五百年期不渝

長慶宗寶獨禪師語録卷第六

音釋

藞苴上呂下切音砢下千餘切音蛆草枯不芳貌　燹息淺切音鮮野火也　縝止忍切音軫緻也縝密以栗　癯求於切音渠瘠也山澤間形容甚癯　覞昌召切超去聲

# 楞嚴經勢至念佛圓通章疏鈔

清浙水慈雲灌頂沙門續法集

清刻龍藏佛說法變相圖

引

念東高先生千里東余自謂年來一味淨土娑婆境風浩浩眞如茁草堂清皆不免蹉跌勉余留心此件余偶舉示百亭法師而法師先有勢至念佛章疏鈔在余案頭兩人取卷重閱盡然興嘆謂高先生以身踐爲救時之藥語也遂命兒子募資刻之刻既竣法師復謂余弁其首余惟華嚴大經德雲首宣念佛法門馬鳴菩薩立論之祖念佛與止觀並重而楞嚴爲譚性之書然勢至念佛一章列在圓通禪宗下不能抑蓮宗爲非歸源見性之途也明矣今彌陀疏鈔龍舒淨土等文布在禪林惟勢至章僅附本經而未有耑行之疏法師詮文釋義勒成一書爲震旦人添一重往生舟筏不可謂非淨土之功臣也又明矣

遂以此意復高先生而繼之以臆說云蓮師云念一佛名換彼百千萬億之雜念也卽念卽空居然本體非於念外別得菩提又云執持名號至於一心則復還空寂之體又云當知淨土唯心更無外境自性還歸本體是願生彼國義如是則蓮師雖極力主張西方淨土而不遺宗門見性之旨彰彰如是矣則謂見性爲淨土指歸而淨土爲見性入路未相違也見性則掉臂皆淨土而蓮臺自不消說不見性則淨土非了手而種因要自不退然則見性與不見性而念佛修淨土皆不可忽也此義似本章所未及言既以復於高遂筆之此以質諸眞能念佛人爲何如也

康熙庚申長至錢唐戴京贈書

# 大佛頂首楞嚴經大勢至菩薩念佛圓通章

唐　天竺沙門　般剌密帝　譯

大勢至法王子與其同倫五十二菩薩卽從座起頂禮佛足而白佛言

我憶往昔恒河沙劫有佛出世名無量光十二如來相繼一劫其最後佛名超日月光彼佛教我念佛三昧譬如有人一專爲憶一人專忘如是二人若逢不逢或見非見二人相憶二憶念深如是乃至從生至生同於形影不相乖異十方如來憐念衆生如母憶子若子逃逝雖憶何爲子若憶母如母憶時母子歷生不相違遠若衆生心憶佛念佛現前當來必定見佛去佛不遠不假方便自得心開如染香人身有香氣此則名爲香光莊嚴我本因地以念佛心入無生忍今於此界攝念佛人歸於淨土

佛問圓通我無選擇都攝六根淨念相繼得三摩地斯爲第一

楞嚴云佛告阿難若復有人身具四重十波羅夷瞬息卽經此方他方阿鼻地獄乃至窮盡十方無間靡不經歷能以一念將此法門於末劫中開示未學是人罪障應念銷滅變其所受地獄苦因成安樂國則此章經誠爲銷罪之巨冶愈病之靈丹修心之捷徑求生之要術也若能常持無苦不除無樂不與無願不遂無果不得凡見聞者宜三復焉

## 日誦式

人有三等一者極閒人應當晝夜六時持經念佛二者半閒半忙人應當每日晨昏二時一心持念三者極忙人應當每日晨朝一時專心持念誦時之式先本師三稱次擧勢至章一遍往生咒三遍讚佛偈一遍佛名百聲千聲萬聲隨意三菩薩名每各十聲後發願回向偈一遍未誦前已誦後俱要對聖像前合掌三禮如無佛像對經對空禮拜亦可果能如此常行無間佛必哀憐凡有求願無不遂者臨命終時佛與聖衆放光接引徑生極樂矣行者當生信願切勿

疑忽此明每日經佛並舉式也若單佛名極閒者除六時外應當時刻念佛無間半閒半忙者應當營事已畢即便念佛極忙者應當忙裏偷閒十念念佛此方名爲不虛度也盡此一生一日無有暫廢則自念佛心口當必成佛心口經云行與佛同受佛氣分入如來種親爲佛子不其然哉

南無本師釋迦牟尼佛 三稱 次勢至章畢舉往生咒

南無阿彌哆婆夜 一 哆他伽哆夜 二 哆地夜他 三 阿彌利都婆毗 四 阿彌利哆 五 悉耽婆毗 六 阿彌利哆 七 毗迦蘭帝 八 阿彌利哆 九 毗迦蘭哆 十 伽彌膩 十一 伽伽那 十二 枳多迦利 十三 娑婆訶 十四

不思議神力傳云持咒之法淨身漱口然香佛前晝夜六時各誦三七遍能滅五逆謗法等罪誦滿三十萬遍即見阿彌陀佛彌陀疏鈔云若有善男子善女人能誦此咒者阿彌陀佛常住其頂日夜擁護無令怨家而得其便現世常得安隱臨命終時任運往生

次舉讚佛偈

阿彌陀佛身金色　相好光明無等倫
白毫宛轉五須彌　紺目澄清四大海
光中化佛無數億　化菩薩衆亦無邊
四十八願度衆生　九品咸令登彼岸

南無西方極樂世界大慈大悲阿彌陀佛 百千萬聲隨意

南無觀世音菩薩　南無大勢至菩薩

南無清淨大海衆菩薩 各十稱 後舉發願回向偈

我今稱念阿彌陀眞實功德佛名號惟願慈悲哀攝受證知懺悔及所願往昔所造諸惡業皆由無始貪瞋癡從身語意之所生一切我今皆懺悔願我臨欲命終時盡除一切諸障礙面見彼佛阿彌陀即得往生安樂刹願以此功德莊嚴佛淨土上報四重恩下濟三途苦若有見聞者悉發菩提心盡此一報身

同生極樂國十方三世一切佛一切菩薩摩訶薩摩訶般若波羅蜜一遍此當對佛跪念念畢起身三禮而退

偈云一日無常到方知夢裏人萬般將不去唯有業隨身如何是萬般將不去官爵財寶屋宅田園衣服飲食乃至嬌妻愛子無常到來都是將不去者如何是唯有業隨身人生所造貪瞋癡慢五逆十惡惡業戒定慧施五戒十善善業無常到來盡皆緊隨你者楞嚴云臨命終時未捨煖觸一生善惡俱時頓現惡者便感三途苦報善者便感人天樂報若善心中兼有信願念佛求生便現極樂佛土境相行願品云是人終時一切諸根悉皆散壞一切親屬悉皆捨離一切威勢悉皆退失象馬車乘珍寶伏藏無復相隨唯此願王於一切時引導其前一剎那中即得往生極樂世界見彌陀佛及諸聖衆既然如是何不趁此强健之時努力勤修善導云假饒金玉滿堂難免生老病死任汝千般快樂無常終是到來惟有徑路修行但念阿彌陀佛設待臨終方悔悔之於後將何及乎奉勸諸人及時修進生死事大無常迅速慎勿以此爲分外也

勉之勉之

又淨業人備三資糧一者信信輪迴最苦信念佛最妙信此土修行難成道果信願生彼土乃至十念失得往生信報生人天福盡還墜信一生樂土永不退轉當成正覺信一稱佛名能滅八十億劫生死重罪信念佛之人彌陀攝取病中救護命終來迎二者願願消業障願滅衆苦願心開願見佛願淨業成願生安養願授記願度生三者行身禮像口稱名心觀想俱要專一絶無散亂解知信願時蓮花種植也專念時蓮花出水也功成時蓮花數空也設起疑退心蓮花又萎矣由是晝夜六時無有一念貪戀在娑婆凡起居衣食語默動靜皆不忘淨土至於臨命終時應當念佛發願不得怕死貪生常自念言我現在身衆苦交纏不淨流溢若得捨此花池托質受無量樂事極稱意如脫臭弊之衣得着珍御之服萬緣放下身心解脫纔有病患莫論輕重便念無常一心待死即囑一切人凡來我前爲我念佛不得雜說世務家緣長短再延法師頻來誠勸依經指示及到病重捨報之際家人親屬不得哭泣并發悲歎懊惱之聲猶恐惑亂心神忘失正念但高聲朗念阿彌陀佛守令氣絶神逝方可舉哀若如此者萬求萬生必無疑也復有遇障難者不得正念往生如偏風失語狂亂失心水火雷擊蟲獸鬼嚙毒藥陣亡怨賊王難亦應預懺必蒙佛護蓋念佛者有六勝益一諸佛菩薩護念彌陀住頂放光諸天神將晝夜冥加二惡鬼毒藥皆不能害三災八難咸悉消除三宿障冰清怨命解脫四氣力充滿無諸橫病五睡夢吉

祥見佛色像無有非人奪其精氣六現爲一切禮敬臨終三聖接引故知日常一意念佛卽爲預備不虞法矣如人入城幹事必先覓下安處抵暮昏黑則有投宿之地先覓下處者預修淨業也抵暮昏黑者大限到來也有投宿地者生蓮花中不遭障難也人若依此用心臨終定得往生此又爲修淨土者之至囑也

慈雲香嚴行者續法述勸

楞嚴經勢至念佛圓通章疏鈔卷上

清浙水慈雲灌頂沙門續法集

釋此一章大分爲三(甲)初通序大意二(乙)初詳申旨趣三(丙)初通序念佛宗致

大矣哉念佛之爲法門也大小並收利鈍均攝事理圓融性相無礙即佛是心無一心而非心佛即心是佛無一佛而非佛心心一憶也佛佛全彰佛一稱也心心頓顯無有心外佛爲心所憶亦無佛外心爲佛所稱衆生念佛佛在衆生心內佛念衆生衆生在佛心中是心作佛心不念而佛不作即佛顯心佛不稱而心不顯則知念佛一門誠爲見性成佛之妙法矣

大下分二先釋又二初總明該攝大矣哉者能讚詞亦是發語之端也念下所讚法初句標體念佛別也法門通也大等四句釋相初二句人也大小約乘利鈍約根並收均攝者化導小乘回小向大勉進大乘捨權歸實使上根三心一至誠心二深心三回向發願心圓發直入無生令下根十念成功亦生彼國次二句法也事理約行性相約諦圓融無礙者下愚着事而迷理小智執理而遺事今則通乎理事依理修則證眞諦而見自性彌陀依事修則證俗諦而生極樂相土即下二別顯不二中先心佛不二初四句約性起心佛開五句一心外佛佛外心二心內佛佛唯心三心即是佛佛即是心四心非是佛佛非是心五心佛圓融無障無礙五教如次配知今明第三句義也此之心佛全體遍收如金與器以金收器器

無所遺以器攝金金無不盡心一下八句約修顯心憶佛佛稱心皆明修也心憶佛彰心卽是佛故佛稱心顯佛卽是心故無爲心憶心外無佛故無爲佛稱佛外無心故華嚴迴向品云無有智外如爲智所入亦無如外智能證於如正此義也衆生下後三無差別謂心佛生三無別也初四句正明無別衆生念佛者諸佛心內衆生念衆生心中諸佛也佛在生心內者衆生心外更無別佛以佛眞心卽衆生眞心故此明因門攝法無遺也故云衆生念佛現前當來必定見佛華嚴亦云應知自心念念常有佛成正覺何以故諸佛如來不離此心成正覺故佛念衆生者衆生心內諸佛念諸佛心中衆生也生在佛心中者佛眞心外更無衆生以衆生眞心卽佛眞心故此明果門攝法無遺也故云十方如來憐念衆生如母憶子佛性論云一切衆生悉在如來智內以一切衆生決定無有出如如境者並爲如來之所攝持據清凉疏開成四句一諸佛心外無別衆生二衆生心外更無別佛三佛心生心兩存齊現四生心佛心互奪雙亡今且約前二句明也是心下四句躡前反顯心本是佛由不覺而佛隱若欲作佛須當念心故起信謂衆生本覺與佛本覺無有二體若不念心難成佛矣佛本是心因無明而心暗若欲顯心須當念佛故華嚴謂佛智廣大遍衆生心衆生語言皆悉不離如來法輪若不稱佛難明心矣則知下次結彌陀卽是自性淨

土全唯一心離心性外毫無可得若能憶念卽顯本性佛矣起信云法界一相卽是如來平等法身性佛一顯果佛自證故圭山云令知心是佛心定當作佛不其然乎設離念佛門外而欲速見性成佛者是捨其近易以求諸遠難也

㊄二别顯此章所詮

所以十二如來號曰三昧勢至菩薩標爲圓通三昧則總攝諸禪圓通則具足萬行一心頓實不亦宜乎

所以下分爲三初正顯所以者承前起後之辭十二如來號念佛爲三昧者凡夫垢心混若黄河外道妄想逸如奔馬故説三昧欲令返染成淨捨散入寂也勢至菩薩標念佛爲圓通者小乘七生斷惑證眞權教三祇具因滿果故説圓通欲令速證疾成圓超直入也三昧下二重揀謂此三昧總攝世出世間一切禪定揀非餘三昧也如一巨冶鑄成千器圓通具足八萬四千一切觀行揀非餘圓通也猶阿伽陀總愈萬病末二句三勸誡三昧實教所詮圓通頓教所詮學頓實教者是其所宜也又上顯圓義此兼顯頓實衆生念佛定當成佛實也起信云專念阿彌修善回向願生彼界終得見佛華嚴云臨命終時諸根散壞唯此願王引導其前卽得往生見彌陀佛蒙佛授記不久當坐菩提道場成等正覺衆生憶佛現前卽見頓也佛藏經云無覺無觀名爲念佛無想無語是名念佛摩訶般若云菩薩摩訶薩念佛不以色念不以

受想行識念以諸法自性空故今兼顯此

故頓實者宜應學也

㊃三引取勝益勸修

聞說佛名威光證入於無盡憶想佛境德雲

解脫於多門有此勝益應當信行何得自暴

自棄不願不修耶

聞說四句初引明說佛名者華嚴云勝雲

佛現時寶華林中出說三世一切諸佛名

號音聲時彼如來於眾會中說普集一切

三世佛自在法修多羅入無盡者華嚴云

勝雲佛所證得一切諸佛功德輪三昧證

得一切佛法普門陀羅尼了知一切佛決

定解莊嚴成就海了知無邊佛現一切眾

生前神通海了知一切佛力無畏法於善

眼佛所即得念佛三昧名無邊海藏門如

是等十千法門皆得通達憶佛境者華嚴

云德雲告善財言善男子我唯得此憶念

一切諸佛境界智慧光明普見法門多解

脫者華嚴云所謂智光普照念佛門乃至

住虛空念佛門等二十一種有此下二結

勸二初正勸諸餘法門淺則上根不被深

則下根絕分唯此一法利鈍兼收如水清

珠到處便益故當信受行持念佛如種穀

自心如家田信栽此種定得成穀願

如知此佳種一心求穀行如欣求得穀作

畊耨事何得下二結責十界因果皆唯心

現若一念心瞋恚邪婬即地獄界慳貪不

施即餓鬼界愚癡暗蔽即畜生界我慢貢

高即修羅界堅持五戒即人法界精修十

善即天法界證悟人空即聲聞界知緣性

離即緣覺界六度齊修即菩薩界真慈平等即佛法界今此教念佛者欲人念我自心成我自佛云何捨自心佛孤佛教耶如來不思議境界經云菩薩了知諸佛及一切法皆唯心量得隨順忍捨身速生極樂淨土照律師問經云是心作佛是心是佛心既是佛何須念他佛耶答秖由心本是佛故令專念彼佛梵網戒云信知一切衆生皆有佛性我是未成之佛諸佛是已成之佛汝心佛者未成佛也彌陀佛者已成佛也未成佛者久沉欲海具足煩惱杳無出期已成佛者久證菩提具足威神能爲物護是故諸佛勸令念佛即是以我未成之佛求他已成之佛而爲救護耳衆生若不念佛聖凡永隔父子乖離長處輪迴去佛遠矣所以文殊普賢等諸菩薩皆願念佛往生況我凡愚人耶又彼螟蛉尚聽教成可以人而不如蟲乎不願自棄迷也甚矣

㈦二略釋經題

楞嚴者一切事究竟堅固也乃大部之總名圓通者聖性法門無不通也是一章之別目勢至者啓教之人也念佛者修行之法也文雖一十二行義括淨土諸典有教有機有法有喻生佛感應以遍含自他因果而該徹作心境之月燈爲聖凡之舟檝故言楞嚴經勢至念佛圓通章

楞下先釋名一切事三科七大也究竟空也堅固不空也合二空不空也蘊處界大本如來藏故事事究竟堅固名楞嚴定既

住法位世相常住故此亦名健相三昧聖性舉理法門約教影略行果可知正顯四法互相圓遍該通也依止成定名爲楞嚴依觀成慧號作圓通別目者以勢至念佛圓通乃修道二十五圓通中一也勢至下亦影略義具應云能啓能修勢至人也所啓所修念佛法也文下後結歎二先別歎彼佛教我念佛機教也母子形影染香法喻也如來憐念衆生衆生一心憶佛生佛感應也我因念佛入忍今攝念人歸淨自他因果也心境月燈者依我自心念彼佛境則佛境可彰託彼佛境念我自心則自心易顯此之彰顯皆憑月燈教法以照見也心外有境小教也境唯是心始教也卽心卽境終也非境非心頓也心境無盡圓也卽所詮法月燈喻能詮教聲名句義門如螢燈小也攝境唯心門如火燈始也理事無礙門如星終也會相歸性門如月頓也普融無盡門如日圓也今約中二以說聖凡舟楫者念名號佛受持飯戒越於三途下下品生名爲人乘其猶舠船纔過谿澗念色像佛修行禪善越於四洲生下品蓮名爲天乘其猶艇船出小河港念應化佛觀四眞諦越於三界生中品蓮名聲聞乘其猶艨艦過於大湖念受用佛了悟因緣證二涅槃生上品蓮名緣覺乘其猶艨艟過於大江念法性佛智悲並運萬行繁興成無上道超凡小界上上品生名菩薩乘其猶舡艣直過大海又持名念佛如特舟聲聞乘也觀像念佛如方舟辟支佛也

觀想念佛如維舟菩薩乘也實相念佛如造舟佛乘也聖凡卽所化人舟楫喻能化法故言句次總結

㊀二開章釋文二　㊁初略標

將解此經五門分別一教起因緣二藏乘教攝三宗趣旨歸四略釋題名五詳解文義

初二句總敘一下別列此倣般若疏意略開五章前三義門後二正釋

㊁二詳解五　㊂初教與

初教起因緣者智度論云如須彌山非無因緣非少因緣令得振動念佛教興亦復如是具多因緣一指出捷徑修行門路故二直示當人念自心佛故三欲令悟入佛之心性故四爲顯生佛心無差別故五度脫凡外橫超三界故六接引權小圓成佛果故七充足三輩無有疑悔故八利益今後周遍無盡故九頓攝六根證圓通境故十疾空障惱定生佛土故

初句標牒智下釋義二先引證如須彌下喻也念佛下合也一下次正釋楞嚴云初心入三昧遲速不同倫故知餘門學道紆迴險難猶如蟻山念佛一門古稱徑路好似風水善導云唯有徑路修行但念阿彌陀佛況今持名徑而又徑者也若欲一生取辦當於是法留心二下觀經云是心作佛是心是佛諸佛正偏知海從心想生是故教人念佛卽念自心佛也三下佛心性者楞嚴云我以不滅不生合如來藏而如來藏唯妙覺明圓照法界無差別論云此心性明潔與法界同體如來依此心說不

思議法則知佛以如來藏淨法性爲心也令悟入者起信云眞如自體相者凡夫諸佛無有增減楞嚴富樓那言我與如來寶覺圓明眞妙淨心無二圓滿觀經云汝等心想佛時是心卽是三十二相八十隨形好是故衆生念心佛時卽能悟入佛心性也四下無差別論云衆生界不異法身法身卽是衆生界觀經云諸佛如來是法界身入一切衆生心想中下云若衆生心憶佛現前必定見佛則此法門能顯心佛衆生三無差別也五下凡夫外道由見思惑起業感報輪轉不休依餘法修直至惑盡始得出離名爲竪出三界唯念佛門帶惑往生名爲横出三界如蟲在竹竪則歷節難通横則一時透脫桐江法師云竪出者依諦緣度歷涉地位如取科第須有才學如歷任轉官須有功効横出者念佛法門如人廕敘功由祖父他力不論學問有無又如覃恩普轉功由國王不論歷任淺深六下菩薩六心墮落聲聞塵刧不回猶菴羅華魚子一般因中雖多結果者少若能念佛圓發三心自然轉權成實回小向大如彼白衣驟貴平地升仙者然故大本云菩薩欲令衆生速疾安住無上菩提者應當起精進力聽此法門又華嚴十地始終不離念佛圓教登地尚爾况權小初心人耶七下上品利根聞小教則悔下品鈍根聞大教則疑所以華嚴會上聲聞絶分阿含時中菩薩不被今此念佛一法如萬應膏毒病皆愈似及時雨藥木並茂故得利

鈍盡攝上下均收也八下利今卽佛在機宜利後卽滅後聞見下云今於此界攝念佛人歸於淨土觀經云如來今者爲未來世一切衆生爲煩惱賊之所害者說淸淨業故如如意珠利濟無盡也九下一切衆生迷常住心用諸妄想循諸色聲違圓通境今念佛也六根都攝守於眞常常光現前圓通境發雖不欲證不可得也故華嚴解脫長者云知一切佛猶如影像自心如水水淸而靜月現全體又偈云菩薩淸凉月常遊畢竟空衆生心垢淨菩薩影現中則知衆生淨念彌陀定放光明心水不淨菩薩圓通月境亦不現矣十下末法修行多諸障難邪魔嬈亂佛道難成今修念佛三昧承佛願力威神疾除煩惱頓破無明

五蘊魔銷三身佛現當生極樂佛土成眞應二果矣如大明燈然於室中不唯破千年暗而且見種種物然此十因生起有序初以入道多門難易各別出念佛法最爲徑捷二所以徑捷者爲念自心佛故三由念心佛方能成佛心故四佛心若契生佛同體無有二故五既無二別豈有凡外不度脫故六豈獨凡外亦接權小人故七豈唯五乘亦充足一切善惡衆生故八豈但現今亦普利未來無有盡故九濟度如是廣大者爲圓通故十有作之修終成敗壞現既圓通當必見佛歸淨土故又由定生佛土所以指出捷徑門路令預修行疾成佛故如此終始連環猶同鉤鎖此教之興非無因也

㈣二藏攝

二藏乘教攝者謂三藏之中契經藏攝二藏之內菩薩藏攝三乘之中大乘所攝五教之內後三教攝

二句標章謂下釋相三藏者一修多羅此云契經即經藏詮於定學二毗柰耶此云調伏即律藏詮於戒學三阿毗達磨此云對法即論藏詮於慧學今此經者屬於經藏自始至終專說念佛三昧故二藏者一菩薩藏詮示菩薩理行果故二聲聞藏詮示聲聞理行果故今此經者屬菩薩藏此經演說菩薩念佛圓通法故三乘者一小乘聲聞謂四諦法門運載衆生出於三界到涅槃城成阿羅漢猶如羊車二中乘緣覺謂因緣法門運載衆生過於四空居寂滅舍成辟支佛猶如鹿車三大乘菩薩謂六度法門運載衆生超凡小境直至無上菩提大般涅槃彼岸成於佛果猶如牛車今此經者屬於大乘以如來憐念衆生勢至攝念佛人安樂諸乘度脫九界故五教者一小教唯談人空故二始教但明法空故亦名分教但說法相故三終教復說中道故亦名實教多談法性故四頓教唯辨眞性故五圓教唯說法界故今此經者屬後三教下云二憶念深毋子歷生不相違遠終也漸漸念時終當成佛故下云以念佛心入無生忍不假方便頓也知佛即心疾成佛道故下云都攝六根淨念相繼得三摩地圓也了三無別圓通法界故準知此經教義深廣幽遠非淺近矣

㊁三宗趣

三宗趣旨歸者有總有別總以憶佛念佛爲宗見佛入忍心境圓通爲趣別有五對一教義以教說爲宗令達義爲趣二事理舉事相爲宗詮顯理爲趣三境智三佛境爲宗二觀智爲趣四行位信願行爲宗入不退爲趣五因果以因行爲宗克果德爲趣

三句牒門謂宗旨歸趣也當經所崇曰宗宗之所歸曰趣若不識宗無從趣向矣有下釋義教說者卽念佛教門也達義者謂了達教中所詮心境緣念生佛感應染香入忍自他生土之義也事理義中所具者謂崇尚念佛等事其意云何正欲彰顯彌陀自性淨土唯心之至理也境智理內開者境卽所觀之理智是能觀之心佛之圓融三身眞境也事一心理一心眞觀也行位隨智起者信願行三資糧也不退者信淨土離三界位不退也願見佛念佛心念不退也行淨業攝佛人行不退也又信化佛教超凡外道信不退也願報佛果超二乘境念不退也行法佛理超權修證行不退也起信疏云約有三位一信行未滿未名不退但以處無退緣故稱不退二信滿已去入十住位得見法身住於正定故名不退三三賢位滿入初地去證遍滿法身生無邊佛土故名不退由信成信不退由願成住不退由行成地不退地論師云住是證不退行是位不退向是行不退地是念不退由信成證位行成行願成念也因果不退之所成者因若不退名爲眞因果

若不退名爲眞果信願佛土攝根淨念是不退菩提因行也得三摩地第一圓通是不退菩提果德也文有三重憶念彼佛因也現當見佛果也念見近佛因也心開香嚴果也念心入忍因也攝人歸土果也如是五對展轉相因以爲生起

(丙)四釋題

四略釋題名者有四對義初總別謂楞嚴三字總稱也總通彼大部故勢等七字別號也別局此一章故二教義就前別中分教義二謂章之一字是能詮教也勢等六字是所詮義也三果因就前義中開此一對謂圓通是果所證境故勢等是因能修觀故四人法就前因中分成此對念佛法也卽所稟法勢至人也是能弘人依四對義立斯名耳

四下標牒有下解釋此句列也初下釋也總中亦影一對楞嚴義也局也經字教也通也今不出者恐混濫故章屬能詮者謂是圓通文字念佛教章也果因對亦可名境智對圓通境也念佛智也亦可名眞俗理事性修寂行對圓通眞理性寂也勢至念佛俗事修行也四下念佛法者念變化非受用佛(化身)小也念受用非變化佛(自報)終也念亦變化亦受用佛(他報)始也念非受用非變化佛(法身)頓也念圓通無障礙佛(十身)圓也勢至人者得應化佛力小勢至也得功德佛力始勢至也得智慧佛力終勢至也(此二報佛)得如如佛力(法佛)頓勢至也得無盡佛力(十佛)圓勢至也此亦約教略釋下更詳解則知此題名內入法雙彰因果並舉理盡

義周故標章首

㊄五解文分三 ㊅初敘禮白儀

大勢至法王子與其同倫五十二菩薩即從座起頂禮佛足而白佛言

疏梵語摩訶那鉢此云大勢至思益云我投足之處震動三千大千世界及魔宮殿故名大勢至觀經云此菩薩行時十方世界一切震動此菩薩坐時七寶國土一時動搖亦名得大勢悲華云願我世界如觀世音等無有異寶藏佛言由汝願取大千界故今當字汝爲得大勢亦名無邊光觀經云以智慧光普照一切令離三途得無上力若依本文能念大勢佛能攝六根妄能接念佛人故名爲勢至也假此菩薩爲發起者表念佛法門能發智光得大勢力離三界苦取淨土樂也於法自在名爲法王從法化生稱之爲子悲華經云往昔因中彌陀作輪王時觀音爲長子勢至爲次子今在極樂居佛左右助化一切次補佛處故名法王子也與共也倫類也聲氣相應名爲同類五十二者數也表勢至念佛一門能攝信等五十二位諸法行故菩薩具云菩提薩埵肇云菩提佛道名也薩埵秦言大心衆生有大心入佛道名菩提薩埵賢首云菩提此名曰覺薩埵此曰衆生以智上求菩提用悲下救衆生名菩提薩埵也從座起者師資尊卑名分秩然有所陳白不應坐故頂禮佛足者以己上頂禮佛足下敬之至也上皆身業白佛言者上示曰告下啓曰白是口業也身口恭敬意

業可知

鈔梵語下釋人名也先勢至中初約行中修自行也由有智斷威勢故能震動一切亦名下次約願上求佛道也由有想念勢力故能取證淨土亦名下三約悲下度衆生也由有化導勢力故能救拔三途上二自利此一利他依本文者上通諸經釋名此局當經釋也能念三句亦約上求中修下度三義以釋大勢佛者指彌陀言十方三世佛中彌陀爲第一故能念非如衆生不求大勢佛及斷苦法故能攝非如衆生六根攀緣六塵故能接非如衆生自利不耐他榮故有此三大德威勢之至也菩薩名實相稱衆生無勢可知於法下次洪王子自在爲王者王以自在爲義故次補佛者彼土彌陀佛後次當觀音補位觀音之後次乃勢至補位猶如儲君暫居東宮後必南面紹王位也與下三與同倫易曰同聲相應同氣相求故曰聲氣相應若依華嚴有八十四同始從念慧趣覺終至不虛出離故名同類如七十三慈不繫錄道不同不相爲謀同心言其臭如蘭故云與同倫也五丁四五十二信佛是心信心作佛即攝十信法行住在三昧觀佛實相即攝十住法行行念佛行度念佛人即攝十行法行回念佛心向佛心住即攝十向法行心地觀佛地如佛地即攝十地法行憶佛念佛去佛不遠即攝等覺法行心想佛時是心即佛即攝妙覺法行則知超凡入聖唯有念佛爲妙矣菩下五菩薩初義約心謂能如是憶佛

卽成大道心衆生名爲菩薩次義約境謂能以念佛心上求佛覺下化有情故名菩薩從座下釋敬禮也意可知者謂意若不恭敬則身不避席口不發言以身口禮白隨意主故所以三業皆修敬者表顯念佛乃是一切世間希有難信之法也

(丁)二正陳所證分二(戊)初詳引古佛教詔又二(巳)先總明佛出

我憶往昔恒河沙劫有佛出世名無量光十二如來相繼一劫其最後佛名超日月光

[疏]我者卽自指法身不同情計我也明記不忘爲憶過去稱爲往昔恒河沙劫者約恒河中之沙以數劫顯其久也梵語佛陀此云覺者覺人之不覺也畧開三義一自覺我空揀異凡外二覺他法空揀異二乘三覺滿俱空揀異菩薩出世者無機不興根熟則現也如來者從眞如起來成正覺也十二者大彌陀經云無量光佛無邊光佛無礙光佛無對光佛炎王光佛清淨光佛歡喜光佛智慧光佛不斷光佛難思光佛無稱光佛超日月光佛無量者實智照理無限量故無邊者權智照事無邊際故無礙者慈光與樂無障礙故無對者悲光拔苦無敵對故炎王者光音應化得自在故清淨者離垢清淨發光明故歡喜者令他受用生大喜故智慧者以大智慧破諸惑故不斷者常光不斷絕故難思者本光不思議故無稱者涌百寶光不可稱故超日月者放一切光超日月故俱名光者因中念本覺佛發明心光果上成妙覺佛現

起身光故十二如來相繼一劫者一約能念表行者十二時中於自性佛淨念相繼打成一片不得彈指頃念世間五欲則無量性光自然發明也二約所得則轉十二類生而成十二聖位轉十二處妄想而成十二處佛德也然十二佛乃古如來非今彌陀而其名號同者以師資一道古今不異如釋迦觀音之類

鈔我下釋我等二句我有四一執見邪我二自他慢我三名字假我四法身眞我世人具邪慢學人具慢假聖人是假眞今勢至乃法身大士不同三乘故唯眞我恒河亦云殑伽河此云天堂來河從高處來故乃是無熱惱池流出廣四十里沙細如麵佛在祇園說法河近講堂故凡言多取以爲喻梵語劫波此云分別時分俱舍云時之極少名刹那時之極長名爲劫今取沙喻劫多久可知梵下釋有等六句始本合一名爲覺滿我法空盡名爲俱空大彌陀下引經無量下釋義諸佛名號取證不同或因或果或性或相或悲智或願行此十二佛皆以光分名者葢光有二一智光二身光復有二義一常光二放光又有二因一是功德莊嚴二是本願成就今釋佛名亦約此六義也初二約二智三四約二心攝二因也五六七八約四身五是化身六是法身七是他受用身八是自受用身即楞伽中應化佛如如佛功德佛智慧佛也九十常光十一二放光自性佛者謂念自性佛也不得念五欲者觀經云夫念佛者

不得一彈指間念世五欲是謂繫念脱能如此一無間雜無量自性佛光終得發明超於日月也十二類生者謂胎卵濕化有色無色有想無想非有色非無色非有想非無想也十二聖位者謂乾信住行向煖頂忍世地等妙也無漸位者經云從是漸修隨所發行安立聖位故詳如楞嚴七八卷明十二妄想者謂六根六塵妄想也經云六亂妄想成業性故十二區分由此輪轉是故世間聲香味觸窮十二變爲一旋復十二佛德者謂六根六塵功德也經云總括始終六根之中各各功德有千二百詳如楞嚴四七卷明然下通妨難云據大本意十二佛名乃無量壽佛別號唯一佛身此何說言有十二佛相繼出耶故此通云諸佛同名甚多故十二佛乃是往古非今法藏所成佛也若爾何以今名濫古號耶故又釋云詳彌陀勢至同時發心所師之佛亦同無異而今彌陀十二別號同古佛者表顯師資卽心卽佛之道一也猶今釋迦立號倣同古釋迦佛今觀音名倣同古觀音等故大本彌陀經云過無量佛刹同名釋迦者不可勝數則無量壽佛之名百千萬億不可窮盡何止於一佛耶

㊁次別示教道二㊀初標名

彼佛教我念佛三昧

疏彼佛十二佛也語言指示謂之教言念佛者若據事念一心憶想之謂念三身接引之謂佛則能念屬已所念屬佛若據理念念卽始覺佛卽本覺以始合本名爲念

佛念佛有四一稱名謂聞說佛名一心稱念二觀像謂設立尊像注目觀瞻三觀想謂以我心眼想彼如來四實相卽念自性眞實相佛初二事法界觀心卽佛故後一理法界觀佛卽心故第三事理無礙法界觀是佛是心故又淸涼云約能念心不出五種一緣想境界念佛門二攝境唯心念佛門三心境無礙念佛門四心境俱泯念佛門五重重無盡念佛門會曰一卽前之初二小乘教也二卽前四始也三卽前三終也四五前所無者頓圓教也今此文中約佛教邊四五俱通約機稟邊唯局持名然此持名亦通圓頓不唯局小亦開五門一持念佛名門心外有佛名故小教事法界觀也二攝名歸心門佛名唯心現故始教理法界觀也三心名雙融門卽心卽佛故終教四心名俱絕門非心非佛故頓教理事無礙法界觀也五圓通無盡門一念心一佛名遍含法界無有盡故圓教事事無礙法界觀也梵語三昧此云正定亦云正思正心行處一心念佛名正定心若他念者卽名邪思惟也三昧是禪觀通名念佛是一行別目又此念佛三昧亦名一行三昧亦名諸佛現前三昧般若三昧普等三昧

鈔言念佛下釋念佛二字念佛有下明念佛法門稱名者文殊般若經云衆生愚鈍觀不能解但令念聲相續自得往生彌陀經云聞說阿彌陀佛執持名號觀像通二一觀現在相好光明之佛如法華云起立

合掌一心觀佛二觀綵畫雕塑鑄造之佛如優填王以栴檀作佛像是也觀想者十六觀經云諸佛如來是法界身入一切衆生心想中是故心想佛時是心卽是三十二相八十隨形好實相者觀佛三昧經云佛告阿難住念佛者心印不壞釋曰諦了自心名爲念佛如如不動名爲不壞解脱長者所謂我欲見極樂世界阿彌陀佛隨意卽見是也初二下約觀料揀也若依六根稱名攝耳舌觀像攝眼身觀想攝鼻意實相攝六根則一念佛三昧六根無不攝也又清涼下引古明五也緣境者稱名觀像皆屬外境故唯心者依正相好唯是心作故無礙者雙照事理故俱泯者離相如空故無盡者於一切時處境念中普見十身諸如來故會曰下會通古今也又大疏云古人已有五門一稱名往生念佛門二觀像滅罪念佛門三攝境唯心念佛門四心境無礙念佛門五緣起圓通念佛門此之五門名則盡善釋義不周故今改之若欲曲會一二卽清凉緣境無礙兼攝俱泯圓通卽無盡門小教等者前之四門約觀此之五門約教互相影顯思之可知今此文下約四五念佛門判今經也佛教十二如來也通四五者以譬如下文中但云憶佛念佛不別指一門故機稟勢至等也局持名者以佛問下文中方云淨念相繼的指出持名故問何以勢至不通指耶答雖念佛三昧古稱徑路而持名一法徑而又徑何者觀像則像去還無因成間斷觀想

則心麤境細妙觀難成實相則衆生障重解悟者希至於無盡則境界深廣從何領荷唯此持名最爲簡捷但能繼念便得往生如驥騄(餘門念佛也)雖超羣馬(餘門修行也)未及龍飛(持名念佛也)鶴冲(餘門念佛也)已過凡禽(餘門修行也)爭如鵬舉(持名念佛也)故龍樹毗婆沙論云佛法有無量門如世間道有難有易譬如跛人陸道步行則苦一日不過數里水路乘船則樂須臾便過千里易行疾至應當念佛稱其名號本願如是問佛有無量功德一名難可攝盡况實相中離名字相云何專稱名耶答極樂依正言佛便周佛功德海舉名卽盡經云治世語言皆與實相不相違背豈有萬德洪名不卽是實相耶然此下重顯持名一門攝盡大小乘教無

論利根鈍根均可依之而修也正定者揀念佛外皆邪定故正思者於所念境正直思察故正揀尋伺思揀昏沉正心行處者謂定心正所緣境異於無明邪所受故或云調直定由衆生屈曲散亂佛以諸三昧門令直其屈曲正其散亂故禪觀通名者如智論云一切禪定攝心皆名三昧是也一行別目者有二釋一謂萬行中一行如諸經中或以眞如海印德藏爲三昧或以如幻語言法界爲三昧或有緣有相或無得無諍等二卽指念佛三昧文殊般若經云佛告文殊欲入一行三昧者應處空閒捨諸亂意不取相貌繫心一佛專稱名字隨彼方所端身正向能於一佛念念相續卽是念中能見過去未來現在諸佛念一

佛功德與念無量佛功德無二若得一行三昧者諸經法門皆悉了知問此教念佛爲念十方佛耶爲念阿彌陀耶答但念阿彌陀佛以十二如來同名阿彌陀故下云攝念佛人歸於淨土又普廣問佛十方俱有佛土何以獨讃西方佛言閻浮提人心多雜亂令其專心一境乃得往生若念十方諸佛境繁意散不成三昧況諸佛同一法身念一佛卽念一切佛故問何十二佛皆教勢至念自名耶答一者十二如來本願如是如今法藏願云聞我名號乃至十念若不生者不取正覺是也二者教念十二佛名卽是教念古彌陀十二別號猶今法藏教念無量壽佛卽是教念無量光乃至超日月光也又此下出異名約義配教念佛小也般若始也佛現終也一行頓也普等圓也如理思之

楞嚴經勢至念佛圓通章疏鈔卷上

音釋

天竺（此云月氐）沙門（華言勤息）般剌蜜帝（唐翻極量）譯（音易翻梵語成華言也）波羅夷（此云棄犯此罪者永棄佛法邊外也）阿鼻（翻無間大地獄名）釋迦牟尼（釋迦翻能仁姓也牟尼翻寂默名也）他（音拖）伽（音祇）毗（音皮）迦（音加）膩（音尼）枳（音只）阿彌陀（此云無量壽亦云無量光）須彌（唐言妙高山王也）菩提（華言覺道）菩薩摩訶薩（菩薩此云覺有情摩訶薩比云大心衆生也）摩訶般若波羅蜜（摩訶翻大般若翻智慧波羅蜜翻到彼岸）趁（音遲隨從逐踐也）迅（音信疾也）萎（音委花草憔殘或退縮也）娑婆（此云堪忍堪能忍斯惡故）懊（音奥悔恨也）抵（音底至也）覓（音蜜追尋也）幹（音干辦作也）躡（音業）

路也阿伽陀此云普去能去眾病也陀羅尼此云總持亦云遮持即呪也畊音庚犁田也耨音耨耘草也修羅舊翻無端正新翻非天也文殊此云妙德螟蛉音冥令桑蟲也括音郭包括也楫音接橈也舠音刀小船盛二百斛艇音廷盛三百斛次小船也港音講水之分派道路也艨艦音蒙監外狹而長曰艨艟上下四方有板曰艦中船也亦戰船名涅槃此云滅度亦云圓寂艬艞音禮耀江中大船名艆艡音狼鄒海中大船名特方維造以舟為橋者曰造天子舟也連四船者曰維諸侯舟也兩船並者曰方大夫舟也單一船者曰特士人舟也辟支此云緣覺亦云獨覺紆音迂曲也富樓那華言滿願廕音蔭庇庥也覃音曇甸延及長布也菴羅翻難分別其果似桃非桃似柰非柰花多子少葉似柳味如梨王城種之果可療疾阿含翻教又云無比法經名也嬈音撓擾動也牒音蝶文乃躡前而起者曰牒又移前文於此曰牒也儲音除副也貳也太子副君謂之儲君涌音永泛溢也殑音競祇園祇陀太子園也俱舍翻藏包含攝持之義也倣音訪倣也泯音民絕也雕音彫木雕塑音素泥塑優塡唐言出受王名也栴檀義翻與藥能除病故驥音記千里良馬也驟音紂馬之疾速行也冲音充與翀同不飛則已飛則冲天也鵬音朋大鵬鳥也翼如垂天之雲一舉而上九萬里遠毗婆沙此云廣解論名跛音波足偏廢行不正也尋伺粗覺名尋求細觀名伺察閻浮提華言樹洲洲中有此樹故樹名勝金蛙音哇形似蝦蟆水虫

楞嚴經勢至念佛圓通章疏鈔卷下

清浙水慈雲灌頂沙門續法集

㊄二釋義二㊅先修因二㊆初舉喻二

㊇初二人喻

譬如有人一專爲憶一人專忘如是二人若逢不逢或見非見二人相憶二憶念深如是乃至從生至生同於形影不相乖異

疏先喻單憶有離也有人喻生佛二人也一專憶者喻佛念衆生也一專忘者喻衆生不念佛也若逢不逢或見非見者以佛專念衆生未嘗不在衆生前令偶逢偶見故言若逢或見也衆生專不念佛佛雖在衆生前亦蹉過不見故言若不逢見也二人下後喻雙憶不離也二相憶者喻生佛念同也二念深者喻久憶不忘也如是結指之詞乃至超畧之詞謂能如是念則決定時時常相見也從生至生不相異者喻生生不相離也同形影者謂生佛世世不捨猶如形影無乖違也

鈔佛專憶者含二種意一者佛有大悲願故二者佛在因地自果未圓尚於衆生念念不捨何况果後更無餘事則念衆生慇懃懇切無有加故衆生專忘亦有二意一者衆生無有信行願故二者生在迷位纏惑業苦人天因果尚不得修何况佛果豈易得者則念佛心沉埋隱沒不能發故偶逢見者諸佛菩薩不違本願遊化娑婆故令衆生偶然逢見也亦蹉過者如見文殊但覩老人貧婆等類或見本相亦不蒙法利此由惑業障覆妄見劣相如薄福見寶

爲蛇爲蛙豈彼聖賢作意詐隱其本相耶生佛念同者謂衆生念佛猶如佛念衆生相同也久憶不忘者謂時刻在懷雖經年累月乃至盡形亦不忘也結指者指上相憶念深也超略者謂不但此生常得見佛乃至他生盡未來際亦常得見佛也乖遠也異離也形影略舉一事以例不離至於聲響水波鏡光皆不相捨離也又此形影近對下喻合文意單顯獲見佛益遠對下證果文意雙顯獲見佛成佛二益（現當見佛一益也心開染香二益也）應釋文云如是一心念佛心同佛也心同形亦同形同影亦同不唯此世乃至生生世世形影皆同也楞嚴云容貌如佛心相亦同身心合成名法王子此非敵對正意故疏不釋

（癸）二母子喻

十方如來憐念衆生如母憶子若子逃逝雖憶何爲子若憶母如母憶時母子歷生不相違遠

疏上二人喻泛指親友猶覺寬緩故此重將母子最親切者爲諭使人起信行也於中亦有二先喻單憶有離首二句即上一人專憶次二句即上一人專忘如來母也衆生子也世間慈念最切者莫如母親子若悖逆忘恩負義母念或衰心生悔恨佛念衆生更過於母逆惡重者佛念愈深乃至入於阿鼻地獄代此衆生受無量苦又母念子慈止一世佛念衆生慈心無盡世世相隨無有退轉故云佛念衆生如母憶子也若子逃逝者喻衆生不念佛而墮惡

道苦也雖憶何爲者喻如來單憶無益也子若下後喻雙憶不離初二句即上相憶念深末二句即上生生不異謂六道衆生慕念如來猶如如來憐念衆生者然方得感應道交生佛不二也故高齊大行和尚云宗崇念佛四字教詒謂信憶二字不離於心稱敬二字不離於口任意早晚終無再住娑婆之法此爲念佛第一要策

【鈔】泛指者師資君臣皆該在許如來下問前言念佛但念彌陀不念諸佛云何此言十方如來耶答有二意一即指彌陀一佛以三世十方有無量彌陀佛故觀經云從下方金佛光刹乃至上方光明王佛刹於其中間無量塵數分身無量壽佛二通指十方諸佛謂不唯我彌陀一佛悲願如是即十方諸佛憐念亦然正顯佛佛道同故華嚴問明品云十方諸如來同共一法身一心一智慧力無畏亦然楞伽第四云一切諸佛有四平等所謂字平等語平等身平等法平等觀經云見無量壽佛者即見十方無量諸佛憐念者三昧經云諸佛心者大慈悲是慈悲所緣緣苦衆生若見衆生受苦惱時如箭入心欲拔其苦是以求往生者不可思惟已惡而疑佛不來接誰知佛心專於逆苦衆生之中種種救度如何自生疑阻甘心苦趣耶問逃逝二句與上專忘逢不逢義有差別否答亦同亦異同者不念佛則不能見佛雖見佛亦不蒙法利此與逃逝無異憶他何爲異者謂前之喻意尚明衆生或有時而念但念之不

切憶之不深故若逢不逢於佛憶猶爲有益此中喻意竟明衆生不唯忘念而且謗佛以不信故墮在三途受無量苦故若逃逝於佛憶則爲無益感應生佛者子喻生感母喻佛應也道交不二合不遠也故高齊下彼論云往生淨土要須有信信千即千生信萬即萬生信佛名字不離心口諸佛即救諸佛即護心常憶佛口常稱名身常尊敬始名深信

㊄二合法

若衆生心憶佛念佛現前當來必定見佛

疏衆生心者揀口念而心不念也憶記持不忘也念繫緣在懷也又初時偶然勉強記憶曰憶後時長久熟脫緣念曰念又憶是暫念一憶之謂念是數憶常念之謂若事憶念則專心注意毫無雜緣若理憶念則唯妙覺明圓照法界佛亦有二一事相即是三身十身二理性唯是一真法界又事理憶念佛中復各有二一行布二圓融謂先念化報然後法等是事次第也若三若十同在一心是事一時也先空次不空後空不空是理次第也三如來藏心佛同在一時中念是理圓融也問若心外有佛何容理念設心外無佛烏用事爲答心外有佛者由我心佛成彼外佛經云諸佛正知從心想生故須理念心外無佛者託心外佛顯我心佛經云心想佛時是心作佛故須事念若離事理二念何名即心即佛問若即佛是心秖應念心何必念佛又即心是佛秖應念佛何必念心答但執即佛

是心不知即我本覺心性是彼究竟覺佛經云是心即佛三十二相故不妨念佛又執即心是佛不知即彼究竟覺佛是我本覺心性經云諸佛入於衆生心中故不妨念心若心佛偏念即義不成矣問一眞法界體無二相何存内外心佛念耶荅法界一眞本無内外不屬佛心佛自證窮知生等有欲令生悟義分心佛佛爲外境心爲内境憶念功成自然證知心無佛外之心佛無心外之佛唯一法界普融無盡現前見佛者謂不離現陰於定中見或於夢中見也當來見佛者謂報終陰壞見佛來迎或於花中見也而云必定者有二意一感應道交難思議故謂信得即心是佛專於事念念相好佛故見果報佛來入我心中

經云是心作佛諸佛如來來入一切衆生想中二始本契合法爾然故謂信得即佛是心專於理念念本性佛故於自心中見法身佛現經云是心是佛心想佛時是心即是三十二相此中不合佛念衆生者重在衆生念佛故

【鈔】憶下唯識云云何爲念於曾習境令心明記不忘爲性定依爲業謂數憶持曾所受境令不忘失能引定故於曾未受體類境中全不起念設曾所受不能明記念亦不生慈雲懺主云凡涉歷緣務而内心不忘於佛謂之憶念譬如世人切事繫心雖經歷語言去來坐卧種種作務而不妨寂憶前事宛然念佛之心亦應如是若或失念數數攝還久久成性任運常憶又復覺

心微起惡念即便憶佛以佛力故惡念自息若見他人受苦以念佛心憐愍於彼願其離苦如是相續念佛繫心能辦一切淨土功德若事下謂此中專心憶念及下攝根淨念即彌陀經一心不亂一向專念觀經一心繫念也皆通事理事則能所緣歷心佛分明唯此一念更無餘念念念相續成就定力起信謂以專意念佛因緣是也理則能所一如心佛不二唯此一緣更無餘緣緣心自在成就慧力起信所謂雖念亦無能念可念是也又普門疏云若用心存念無有間斷名事一心若了此念心四性不生名理一心對前四種五種念佛一一具此事理二念問前四五門與此事理俱約能念爲義有異否答前之四五乃標法門方便有多此之事理是約行人用心各別是故四五門中必具二心二心之中必攝四五無混濫也問此中事理與前四五念佛判事理觀何別答前則別判四五門各屬事理此則通判四五一一并有事理較之前略令細故不同也然此二念中雖不可缺一亦有上智專於理念或有鈍根專於事念或有中人兼於理事皆隨機宜不必疑阻以得見佛利益同故佛亦下問三中法身十中智空身等何亦稱爲事耶答隨數量三十數也故屬佛身身相事也故問起信云若人專念阿彌陀佛所修善根即得見佛豈非事念又云若觀彼佛真如法身常勤修習畢竟得生豈非理念今何以法不屬理耶答論對報化故屬理念今對一

眞故又屬事所以文殊般若明一行念佛三昧先明不動法界繫緣法界等大疏亦云一法界行亦無一故問十身佛獨出華嚴餘所無者云何令教念耶答諸佛說教雖別三十身同故觀經云諸佛如來是法界身如德雲但念十身佛也淸涼疏鈔亦云然其念佛三昧總相則一別即三身十身修觀各別三身者謂念法報化佛於三身中各有依正便成六觀謂念法性身土爲法身依正念報身華藏等刹爲依十身相海等爲正念餘淨土水鳥樹林爲化身依三十二相等爲化身正十身者謂念願智法力持意生化威勢及菩提福德相好莊嚴身如是重重成帝網境則入普賢念佛之門詳在六十二卷行布漸次也圓融一念也利根則圓融下愚則漸次中根則不定又或利根先理後事鈍根先事後理皆隨機便無一定相先空等者且約當部四卷三如來藏心明若對所念理中法界應云先無爲理法界佛次有爲事法界佛後理事無障礙法界佛以法界如來藏同一心故左右言也問下通妨初釋二種念中隨用一種不須兼具難次釋心佛即中隨念一即不必並驅難三釋即心即佛成心佛兩存難定中見者華嚴四十六云若有衆生專心憶念則佛現其前等六十二云住自在心念佛門隨自心樂現其像故住一切境念佛門普於諸境見佛現故楞伽云諸佛有二加持謂令入三昧一也現身灌頂二也諸菩薩等爲二持故即能親見一

切諸佛觀經云無量壽佛相好光明徧十方界念佛衆生攝取不捨故禪觀中皆得見也夢中見者法華云若於夢中見諸如來坐師子座圍繞說法彌陀下葉文云此人臨終夢見彼佛亦得往生報終見佛者稱揚諸佛功德經云若有得聞彌陀名者一心信樂其人命終阿彌陀佛住其人前鼓音王經云若有受持彼佛名號臨命終時阿彌陀佛即與大衆住其人前令其得見花中見者觀經下品中生文云吹諸天花花上皆有化佛菩薩迎接此人如一念頃生蓮花內經於六劫蓮花乃敷觀音勢至爲說經典問今有專心念佛於定夢中亦不見佛又有一生念佛及臨終時亦不生方何也荅專心念佛定夢不見者由其

過去業障重故現在善力弱故又佛有二加被一者無障則顯加令其親見二者障重則冥加暗令得益故普賢云有諸衆生心中發明普賢行者我時分身皆至其處縱彼障深未得見我我與其人暗中摩頂擁護令就一生念佛不生方者念佛不精誠故生疑不篤信故無有往生願故不能斷貪愛故問現在善根淺薄可以增修過去業障深重云何得知而爲對治荅有二揀別一者三昧中若有善根發相則知過去種植善因何爲善發略開四種一念化佛善根發相者於念佛三昧中忽然憶佛修六度萬行成三十二相身有好光心有智慧說法利生降伏魔怨作是念時生敬愛心開發三昧增進佛行或於定中見佛

身相心淨信解或於夢中聞佛說法覺悟佛心二念報佛善根發相者於念佛時忽然憶佛圓滿果報之身皆是無漏功德成就相好光明一一無量神通智慧克滿法界相續湛然盡未來際作是念時慧解分明定心安隱善念相續或於定中聞說不思議佛法境界即便出生無量智慧法門或於夢中見八萬四千諸妙相好即便出生無量願行功德三念法佛善根發相者於三昧時忽然憶佛真實性身清淨無相猶如虛空唯是第一義諦無有世諦境界離生離滅無作無爲非來非去不減不增作是念時善心開發入定安樂通達無量法門現起無邊佛境或於定中見佛以微妙法身具諸相好即便覺悟遠離常無常

而現常無常唯識云法身五法爲性非淨法界獨名法身如是悟時開發實智三昧現前或於夢中見佛以諸法如義而爲其身即便覺悟以真如爲佛無境不是佛大品云諸法如實相諸法如實即是佛離是之外更無別佛如是悟時清淨六根法性現前四念十佛善根發相者於禪觀中忽然憶佛法界身雲依正圓融真應無礙一多即入大小隱顯亦理亦事亦人亦法亦此亦彼亦因亦果亦九界亦佛界亦三身亦十身作是念時開發無盡善心出生無盡三昧滅重重煩惱顯重重法性或於定中見無障礙佛刹刹塵塵現身說法即便證知德雲一念佛門出生二十一門如是知後發普賢願行普賢行或於夢中見無

盡身佛説法利生即便悟入威光念佛三昧統攝無盡三昧如是悟後發遮那智成遮那境以上善根皆由過去今生念佛習報相也見諸相好悉屬報因相現發諸善心皆是習因善發二者三昧中若有業障發相則知過去不種善根何爲障發亦開四種一者昏沉暗蔽業障發相謂念佛時即便昏睡沉暗瞪瞢無所記别令諸禪觀不得開發二者妄念散亂業障發相欲修觀時雖不昏沉而生邪想欲作四重五逆十惡毁戒等事展轉生續無時暫停因是三昧不得現前三者惡境逼迫業障發相將入定時雖無妄念而有惡境或見焚溺或聞震擊或無頭手或墮山海如是逼迫令其驚怖所發道心障礙不起四者病事苦惱業障發相當念佛時雖無上境而身忽然生諸疾病苦惱百端或爲世間種種事務牽連不斷因是無生不能證入以上業障皆由過去不善報因相也因此善惡二法發相即驗自已根性是善是惡亦知自已在前生時種善不種善作惡不作惡如是見已善者增修令其圓滿惡者對治令其除滅云何治滅亦開四門一治滅昏沉障應教念化佛三十二相中隨取一相或取白毫相閉目而觀若心暗鈍懸想不成當對一尊端嚴佛相緣之入觀若不明了即開眼觀復更閉目如是想時心眼開豁即破此障無復沉睡二治滅妄念障應教念報佛所有十力四無所畏十八不共三昧解脱一切種智不可思議無量功德普現色身利益一切神通

變化摧伏魔外如是念佛善法功德一切邪惡心心數法自然銷滅三治滅惡境障應教念法佛法佛者即是平等法性空寂無爲無有形相既無形相焉有境界逼迫境界空故即是治滅此障四治滅病事障應教念十佛緣佛菩提威勢力持本願功德不爲世間事務牽纏緣佛福德相好莊嚴意生身相不爲一切病苦所惱念佛法身猶如虛空隨其智力應化一切非如衆生煩惱陰身八苦交煎世事纏縛如蠶作繭無出頭日如是念時此障即滅故知存心念佛廣大功德無有不成深重業障無有不滅也問念佛佛現亦有魔否念佛所發善根亦有魔作否耶荅佛有神通力威德力本願力大光明中必無魔事或有宿障深厚及不善用心容有魔起須當辨識經論開二一所現相好不與經合者是爲魔事二不與本所修行合者是爲魔事至於善根發相是魔作非魔作亦有二辨一約心境久速謂此見佛聞法等事若是善根發者則報因境相暫現便謝習因善心相續不斷若是魔所作者則報因境相久久不滅或謝去更來擾亂習因善心暫發還滅或倏爾變成惡念二約煩惱輕重謂見善相發時能令心識動亂煩惱增重衆多妨礙不利定心悉屬魔作若見善相現已雖未證禪定而身心明淨善念開發煩惱輕微或三昧開通身心快樂内外安隱氣色光潤煩惱寂寂功德巍巍此爲善發相也若邪正未了應當用二法以對治之

一者止法謂深入三昧一心念佛於所現相悉知虛誑但平心住定不取不捨如是息心寂然不起分别時若是聖境則定力逾深善相如法若是魔境現相不久自壞縱發亦不如法二者觀法謂觀眞空法界念虛空法佛推檢現相不見生處相空寂故心念亦寂知魔界如即佛界如離眞如外無一法相如是觀念佛法自當現前魔境自然消滅然念佛遇魔亦萬中一也良由修淨業人具三種力一者念力二者本有佛性力三者佛攝取力云何邪魔得便擾害故稱揚諸佛功德經云若有得聞彌陀名者阿彌陀佛住其人前魔不能壞彼正覺心是故但當一心念佛莫疑慮也而云必定下釋疑難也妨曰如來者無所從來亦無所去云何有佛現在前耶故此通云有二意故佛必定見一約他佛謂法身眞佛本無生滅從眞起應不妨來去是故心淨佛現心垢佛滅其猶水澄月來水濁月亡也二約自佛謂本覺心佛本無來去依覺不覺不妨出沒是故心迷佛隱心悟佛顯其猶鏡塵光暗鏡潔光明也此中下亦釋疑也妨曰上二喻中俱合如來念衆生意云何合内無佛念耶故此通云衆生無有信願故此再三勸勉佛念衆生乃佛自願何待言也

㊉後證果二㊀初法說

去佛不遠不假方便自得心開

疏初一句躡前修因說也次二句正明證果相也不遠者現前見中事念見他佛則

先色身相佛後法身眞佛理念見自佛則先分證覺佛後究竟覺佛當來見中事念見他佛則先化身佛後報身佛理念見自佛則先本覺佛後妙覺佛故云去佛不遠不假方便者約事則念佛法門即勝異方便何假餘方便門以助顯我本性也約理則念佛即是念心心佛無差自他不二豈離唯心自佛而假心外他佛作方便耶自得心開者以念佛心入佛知見圓滿菩提歸無所得約事則佛果成證約理則覺體圓顯所得但得見彌陀何愁不開悟是也鈔初一句下略提不遠下詳釋現前等者難曰上既見佛今何又云去不遠耶故此釋云上之見佛乃是色分化本此之去佛即是法究報妙故不相違亦可由見佛故衆生與佛同在一處猶如形影不相違遠也

壬二喻明

如染香人身有香氣此則名曰香光莊嚴

疏初二句舉喻法上身近佛身心開佛心合喻中人沾染香身亦有香次二句出名謂以如來法身香光莊嚴自心本覺如來如華嚴以栴檀沉水香等喻菩提心香今亦以人天名香喻如來法身功德香也

鈔法上下若直約法言謂念佛名香近佛身香開佛心香嚮香長者所云發心念佛香是也喻中下起信云如世間衣服實無於香若人以香而熏習故則有香氣無明染法實無淨業但以眞如而熏習故則有淨用無明染者本覺心佛藏在無明㲉也

彼論明在纏如來藏心今經喻出纏如來藏心故云心開謂心開成佛以近佛故如身淨成香以塗香故若依相宗立量應云念佛是有法佛心開宗因云去佛不遠故同喻如染香人香人是有法身有香光莊嚴宗因云染香故同喻如念佛出名者出三昧名亦法門名也如華嚴下七十八云如白旃檀若以塗身能除熱惱令得清凉菩提心香能除貪恚癡等熱惱令其具足智慧清凉又如天上黑栴檀香若燒一銖普熏千界菩提心香一念功德普熏法界又轉輪王有沉香寶名曰象藏若燒此香王四種兵悉騰虛空菩提心香若一發時即令一切善根永出三界又如波利質多羅樹其皮香氣一切華香皆不能及菩提心樹所發大願功德之香一切二乘五分法香悉不能及又波利華一日熏衣薝蔔等華雖千歲熏亦不能及菩提心華一生所熏諸功德香一切二乘無漏功德百千劫熏亦不能及人天香者華嚴云人間有香名曰象藏因龍鬬生若燒一丸兩七日香若遇著者皆成金色衆生齅者七日快樂無有諸病摩羅耶山出栴檀香名曰牛頭若塗身者火不能燒海中有香名無能勝若塗螺鼓其聲發時敵軍皆退阿那婆達多池側邊出沉水香名蓮華藏若燒一丸普熏閻浮聞者離罪戒品清淨雪山有香名阿盧那若有齅者離諸垢染羅刹界中香名海藏輪王燒時王及四軍皆騰虛空善法天中有香名淨莊嚴若燒一丸而

以熏之普使諸天心念於佛須夜摩天香名淨藏若燒熏之夜摩天衆集天王所而共聽法兠率天中有香名先陀婆若燒一丸普雨一切供具供養諸佛菩薩普變化天香名奪意若燒一丸於七日中普雨一切諸莊嚴具清涼疏鈔云初喻發菩提心香次即忍香瞋火不燒三即進香魔軍退散次五如次是五分法身香四戒香可知五定香得離垢三昧六慧香王及四兵皆騰空者慧證空故七解脫香心念於佛脫五欲故八知見香雲集聽法是知見故九即稱法界香先陀婆一名四實此宜用醎香似此故十忘能所香故名奪意今之佛法身香具衆功德亦猶是也

㊀二略述自已修行二㊁初自利

我本因地以念佛心入無生忍

疏本因因也無生果也次句徹果該因心者述已念佛非用分別意識而念乃六根都攝一心不亂念也入證也忍智也無生約理性言慧心安此無生理故名無生忍清涼疏云若約忍無生理即無生之忍若約無生之智及煩惱不生則無生即忍無生法性始終無殊證入法忍地位不等楞嚴第三漸云是人即獲無生法忍信力入印度經云無生忍法則能清淨初歡喜地得大無畏安隱之處謂菩薩生如是心我已得住無生忍故生安隱心爲令他住無生忍故起安慰心仁王經云無生忍菩薩所謂遠不動觀慧遠即七遠行地不動即第八地觀慧即九善慧地也則知此忍始

於三漸終於等覺今且約等覺說以勢至位居補處故上句能修證此句所悟證謂以眞正淨念除滅邪妄濁想內想不起外境自寂內外法空一切無生仁王云一切法空得無生忍又無生忍亦得名無滅忍無住忍華嚴云無生忍者不見有少法生亦不見少法滅何以故若無生則無滅若無生滅則無住處今念化身佛證得空如來藏智名入無生法忍念報身佛證得不空如來藏智名入無滅法忍念法身佛證得空不空如來藏智名入無住法忍此亦舉一以攝餘耳若唯忍無生小聖亦有豈足爲等覺深玄忍耶

【鈔】六根都攝者返流旋一六用不行也一心不亂者依一藏心餘念不生也念者心爲能念佛爲所念念通能所忍智也不消文清涼疏下鈔云無生忍有二義一理智雙明二唯就智說復二一智不生即無分別智體無念慮故二煩惱不生妄想不起故無生法下判位上句下出得忍所以又無生下約別相義釋若無生等者具云若無生則無滅若無滅則無盡若無盡則離垢若離垢則無差別若無差別則無處所若無處所則寂靜若寂靜則離欲若離欲則無作若無作則無願若無願則無住若無住則無去無來無生無來離欲無作無願空也無滅無盡無去不空也離垢無別無處寂靜無住空不空也今念下配釋可知此亦下通妨也難曰既有無滅忍等云何獨無生耶釋曰此有二意一者舉總攝

别稱爲無生二者以初攝後但標無生理實具諸忍也若唯下亦通妨也難曰唯約無生法理不通無滅忍等有何過耶釋曰等覺之忍在無滅等故非淺近若唯無生小乘亦證何足深玄

㊁二利他

今於此界攝念佛人歸於淨土

疏此界娑婆苦世界也淨土安養樂國土也攝者持也接也生前以威力加持令不退念臨終以願力接引令得往生歸者還也此界爲旅亭彼土是家鄉猶如有人因事遠遊未得歸還今遇親友指示道路速回家鄉也能攝屬勢至所攝屬行人攝則雙通能所歸義亦然能歸行人也所歸淨土也歸兼能所念佛法也有五法門見五土佛謂憶想外境念佛則生歸變化土見變化身佛攝境歸心念佛則生劣受用土見劣受用身佛心境互融念佛則歸勝受用土見勝受用身佛心境雙泯念佛則生法性土見法性身佛圓通無盡念佛則歸法界無障礙土見法界無障礙身佛人者機也具聞思修三妙慧故備信願行三資糧故始名念佛人也問設行五逆十惡亦具三資糧慧得生彼土否耶荅雖有諸過於彼佛土有信行願亦名爲器如三輩九品中下輩下品是也問念幾時佛得能見佛生方荅隨機不定或盡形持或九十日或七七一七或十日一日或十念或一念但能稱名必得見佛况有彌陀本願勢至攝受豈有念佛不生方耶

鈔此界苦淨土樂者謂此土具八苦生居胎獄老厭龍鍾病受痛疴死悲分散愛則欲合偏離冤則欲逃偏遇求則欲得偏失乃至五陰熾盛而彼國蓮花化生則無生苦寒暑不遷則無老苦身離分段則無病苦壽命無量則無死苦無父母妻子則無愛別離苦上善人聚則無怨憎會苦所欲自至則無求不得苦觀照空寂則無五陰盛苦慈雲懺主云不值佛不聞法惡友纏羣魔惱受輪廻墮惡趣塵緣障道壽命短促修行退失塵刼難成此即娑婆十種苦也常見佛常聞法聖賢會離魔事輪廻息無惡道勝緣助道壽命無量入正定聚一生行滿此即安養十種樂也歸義下清涼貞元疏問不生華藏而生極樂者何也荅有四意一者有緣故彌陀願重偏接娑婆人也二者使衆生歸憑情一故若說十方皆妙初心茫然無所依托也三者不離華藏故極樂去此十萬億刹即在華藏第十三層未出刹種外也四者即本師故經云或有見佛無量壽觀自在等所圍繞既讚本尊遮那之德如是豈非本師隨名異化也事則從此界歸彼界見彌陀居極樂理則返不覺還本覺見自性居唯心問既萬法唯心何以見彼此土有苦樂生佛有來去耶荅土有苦樂即心相垢淨生有來去即心性迷悟如是垢淨迷悟總不離乎法界故云心外無法楞伽亦云若一切皆心世間何處住何因見大地衆生有去來（問難也）如鳥（喻衆生）遊虛空（喻自心）隨分別而去（喻分）

別識謂從自心空中而後現衆生鳥彼衆生鳥還於自心空中隨分別識去來遊履也無依亦無住如履地而行謂自心空雖無依止住處而能令衆生鳥如履平地似有依住也衆生亦如是隨於妄分別遊履於自心如鳥在虛空荅釋也前四句喻後四句合聞思修者聞說佛名爲聞慧憶想在懷爲思慧持念不忘爲修慧佛地論云菩薩履三妙慧淨土往還釋云以聞思修得入淨土故念佛人必具三慧信願行者聞念佛門心不疑貳謂之信信已而解心起樂欲謂之願願已而念心勤精進謂之行彌陀經云若有信者應當發願執持名號雖有諸過等者觀經鈔云此土博地凡夫屬邪定聚發心修行未得不退者屬不定聚已得不退者屬正定聚若生安養不論高下所以者何五逆罪人臨終十念得往生者亦得不退成正定聚故準知罪人十念即名器矣反顯世人雖行衆善於彼佛土無信行願亦名爲非器也三輩九品者若發菩提心深信因果不謗三寶大修功德專念彌陀願生彼國真佛來迎坐七寶蓮住不退轉智慧勇猛神通自在此名爲上輩也兼利他行若發菩提心深信因果不謗正法少修功德專念佛名回向願生化佛來迎坐蓮花中往生其國住不退轉功德智慧此名爲中輩也唯自利行若發菩提心亦信因果不謗正法不造五逆雖無功德專念佛名十聲一聲臨命終時夢見彼佛亦得往生功德智慧此名爲下輩也缺二利行若七日七夜禮念佛名三心至誠心深心回向發願心六念佛法僧天施戒讀經解義深信

因果持戒利生發心發願回向求生者因也真佛與化佛來迎乘金剛臺即得花開見佛聞法悟無生忍受諸佛記果也此名爲上品上生也若五日五夜專意念佛不謗三寶善解義趣深信因果持戒弘法發大心願回向求生者因也真佛與化佛來迎乘紫金臺經宿花開見佛聞法七日後菩提不退一小劫得忍受記果也此名爲上品中生也若七日或五夜至心念佛不謗三寶深信因果持戒利物發大道心回向求生者因也真佛與化佛來接坐金蓮花一日一夜花開七日之中見佛於三七後聞法經三小劫住歡喜地果也此名爲上品下生也如是三品即前上輩所開兼利他行若三日三夜禮念佛名持諸齋戒發心發願回向求生者因也真佛來引乘蓮花臺往生彼土蓮花即開聞四諦法得羅漢果果也此名爲中品上生也若一日一夜稱念彌陀八戒十戒發心發願回向求生者因也真佛來引坐七寶蓮經七日開得須陀洹至半劫後成羅漢果果也此名爲中品中生也若一日或一夜專意念佛孝養仁慈臨終遇善知識指示淨土法門者因也命終即坐蓮花生彼經七日已聞法得須陀洹過一小劫成阿羅漢果也此名爲中品下生也如是三品即前中輩所開唯自利行若不謗正法亦作衆惡命終時聞經名稱彌陀至半日或半夜者因也化佛來引坐寶蓮華經七七日花開聞法發菩提心過十小劫得入初地果也此名爲下品上生也若破戒偷盜煞不

謗三寶臨終聞淨土法稱念佛名經一時一刻者因也化佛來引坐蓮花上過六劫後蓮花始開聞法發心果也此名爲下品中生也若造五逆十惡然亦不謗正法臨終聞佛至心十念乃至一念者因也命終見金蓮花滿十二大劫蓮花方開聞實相法發無上心果也此名爲下品下生也如是三品即前下輩所開無二利行問大本云唯除五逆觀經云五逆得生二義云何荅大本云唯除五逆誹謗正法則知五逆而兼謗法者乃在所除也如不兼謗者亦未必除良由謗則不信不信則不生所謂疑則花不開是也觀經但言五逆不言謗法則知雖具五逆不謗法者必定得生如兼謗者亦不生也良由信則不謗不謗則花開所謂信則決定生是也下輩下品者謂下輩內之下品非中上也問大本三輩純明善行不及惡人止齊觀經前之六品云何今以下輩配下品耶荅有三意一約行因善惡雖異而位次輩品正同三三成九故今取位不取行也二下輩與下品十念行同故三五逆十惡而不謗者亦攝下輩善人中故大本云地獄鬼畜生亦生我刹中墮地獄者非五逆人而何若下輩不攝置於何輩耶盡形持者大本經云一向專念無量壽佛則知一生持也九十日者般舟三昧經云九十日中常行常立一心繫念於三昧中得見阿彌文殊般若云九十日中端坐西向專念於佛即成三昧七七者大集經云若專念佛至七七日現身見佛一七者彌

陀經觀經皆云一日乃至七日即得往生十日者鼓音王經云受持佛號十日十夜除捨散亂必得見佛大本云一心常念十晝夜不絶者命終必生我刹一日者大本云一心繫念於我雖止一晝夜不絶必生我刹十念者觀經云其人苦迫不遑念佛十聲稱佛即得往生一念者大本云信樂不疑乃至一念念於彼佛亦得往生問云何一念彼佛亦得生彼國土一聲彌陀能滅八十億劫生死罪耶荅一心朗念積妄頓空喻如一燈能滅千年室暗一火能燒百輛車薪況乘如來本願功德豈可思議耶故法華云一稱南無佛皆已成佛道佛名經云一聞佛名滅無量劫生死之罪大悲經云一稱佛名以是善根入涅槃界不可窮盡大莊嚴經論云佛世一老人來求出家舍利弗等俱不肯度以觀彼多劫無善根故佛自度之即證道果因告大衆此人無量劫前爲採薪人猛虎逼極大怖上樹稱南無佛以是善根遇我得度況有下上明自力此明他力自力復二一者稱念彼佛力如帆楫二者本有佛性力如舟船他力即是佛願攝取力如順風三事周圓必生彼土矣問佛既自來迎引何又假多少化佛授手耶荅顯其功行有淺深故如善導千念而飛千光少康十聲而出十佛華嚴離垢幢菩薩偈云以佛爲境界專念而不捨此人得見佛其數與心等

㊀三結荅圓通

佛問圓通我無選擇都攝六根淨念相繼得

三摩地斯爲第一

疏 初一句牒所問包含衆妙曰圓遍入諸有曰通叉總攝萬化不滯一隅曰圓統生一切無有間隔曰通次五句結能荅我等四句出本因先因修無選擇者一揀非邪律選眼空生擇意二外不選六根相（浮勝二根相也）内不擇六根性（見聞覺知性也）根都攝者對上亦二義一眼不取色乃至意不緣法二唯依一精明心不行六根用故餘念不生曰淨念而無念故一心繫佛曰念無念而念故相繼謂事則憶念無間理則圓照無間得句後果證梵語三摩地此云等至等謂齊等離沉掉故至謂至到到勝定故亦云等持謂平等持心趣一境故雖通因果此且取功用中純熟一義故名曰得事則成念佛三昧理則顯本性如來斯爲句歎殊勝問大本彌陀經云極樂清淨次於泥洹今經揀選圓通勢至念佛次於觀音返聞何稱爲第一耶荅就楞嚴本經有三意一文殊謂念性生滅因果殊感故第二勢至謂一心淨念現見自佛故第一二阿難循聲故返聞爲當根念佛爲不當根佛以聖性皆通歸元無二故稱觀音勢至並無優劣三此方教體在於音聞故以耳根圓通當此方機勢至居次十方法門念佛爲最故以念佛圓通當十方機等於觀音約念佛法門中若事念他佛助顯本覺性佛則次泥洹異於觀音若理念自佛直顯涅槃心佛則等泥洹同觀音矣所謂不假方便自得心開是也如此念佛法門不稱第一

而謂之何哉修心者豈可忽諸

鈔牒所問者楞嚴五卷云我今問汝最初發心悟十八界誰爲圓通從何方便入三摩地故此牒云佛問圓通也包含下約包遍釋圓通又下約攝生釋圓通又多門入一一門容多名之爲圓如珠懸空映于五色也一入多門多門容一名之爲通如泉潛流穿於十方也根都攝下佛爲能攝根爲所攝攝則通二二義中初通事念次通理念上無擇二義亦例此知之等至下圓覺疏翻爲等至等謂平等住持雙離沉掉也至謂能到勝定及至勝位也等持下此依會玄記釋事則成等至理則成等持故開二義也問下通妨也慧覺曰或謂淨土乃聖人之權方所以接鈍根化凡器也茍

能一超直入如來地何藉於他力乎荅云馬鳴龍樹天親等諸菩薩皆發願往生應盡是鈍根乎釋迦於大寶積經勸父王淨飯并六萬釋種皆求生淨土應盡是凡器乎一舉心念佛即見性成佛豈非一超直入乎青草堂後身爲曾魯公戒禪師後身作蘓東坡眞如喆公後身多憂苦太平古老後身就富貴海印信禪師生朱防禦家爲女子豈可單仗自力乎若以此爲權將何爲實輕念佛者可不愼歟如此下結顯也若以念佛一門攝生世出世法言之爲五欲故發心念佛地獄界也一爲名利故發心念佛餓鬼界也二爲眷屬故發心念佛畜生界也三爲勝他故發心念佛修羅界也四畏惡道故發心念佛人法界也五

求天樂故發心念佛天法界也六欣涅槃故發心念佛聲聞界也七慕無生故發心念佛緣覺界也八欲度他故發心念佛菩薩界也九希成佛故發心念佛佛法界也十堅心念佛地大也十一喜心念佛水大也十二熱心念佛火大也十三勤心念佛風大也十四虛心念佛空大也十五靈心念佛根大也十六想心念佛識大也十七念佛旋見眼根也十八念佛反聞耳根也十九念佛轉齅鼻根也二十念佛還嘗舌根也廿念佛攝覺身根也廿二念佛逆知意根也廿三念佛觀像色塵也廿四念佛聽名聲塵也廿五念佛染香香塵也廿六念佛有味味塵也廿七念佛光嚴觸塵也廿八念佛觀想法塵也廿九眼不別色眼識念佛也三十耳不別聲耳識念佛也三一鼻不別香鼻識念佛也三二舌不別味舌識念佛也三三身不別觸身識念佛也三四意不別法意識念佛也三五怖生死苦苦諦念佛也三六息諸惑業集諦念佛也三七修戒定慧道諦念佛也三八證寂滅理滅諦念佛也三九煩惱不生無明緣念佛也四十不作諸業行緣念佛也四一不托母胎識緣念佛也四二色心斷滅名色緣念佛也四三諸根灰泯六入緣念佛也四四根塵識離觸緣念佛也四五不領前境受緣念佛也四六不貪財色愛緣念佛也四七不求塵欲取緣念佛也四八業無有成有緣念佛也四九不受後陰生緣念佛也五十空無熟壞老死緣念佛也五一一心念佛萬緣自捨施度也五二一心念佛諸惡自止戒度也五三一心念佛心自柔順忍度也五四一心念

佛永不退轉進度也五五一心念佛餘想不
生禪度也五六一心念佛正智分明智度也
五七一心念佛成正徧知菩提也五八一心念
佛常樂淨我涅槃也五九寂靜念佛空如來
藏也六十想像念佛不空如來藏也六一圓通
念佛空不空如來藏也六二日出念佛先照
時也六三食時念佛轉照初也六四亭午念佛
轉照中也六五晡時念佛轉照後也六六日沒
念佛還照時也六七念心外佛小教也六八念
心內佛始教也六九念即心佛終教也七十念
非心佛頓教也七一念普融佛圓教也七二有
佛有心淨念相繼事法界也七三無佛無心
不假方便理法界也七四念佛念心入無生
忍事理無礙法界也七五若佛若心遍含無
盡事事無礙法界也七六一念佛門含無盡
義總相也七七四五義門非一念佛別相也
七八十六觀等同成念佛同相也七九依報清
淨非正莊嚴異相也八十念佛一門攬諸義
成成相也八一四種五種各住自位壞相也
八二依正功德念佛更周同時具足相應門
也八三遍周諸法不離念佛廣狹自在無礙
門也八四一根念佛六根都攝一多相容不
同門也八五念佛三昧即一切法諸法相即
自在門也八六正念佛時餘門不現祕密隱
顯俱成門也八七此念佛門一切齊攝微細
相容安立門也八八五種念佛互攝重重因
陀羅網境界門也八九見念佛門即見無盡
托事顯法生解門也九十前後念佛不異當
念十世隔法異成門也九一念佛一法帶無
盡法主伴圓明具德門也九二念自心佛本

覺也九三念佛信心始覺中名字也九四念佛解心始覺中相似也九五念佛證心始覺中分證也九六念佛成佛究竟覺也九七當念佛時寂寞無爲法身佛也九八當念佛時無德不具報身佛也九九當念佛時凡聖並欣化身佛也一百故知念佛一法攝盡一切法矣

㊙二皈命回向

稽首釋迦彌陀佛觀音勢至諸聖賢仰願三寶加被力令此經疏遍塵剎見聞隨喜及持說畢竟得生安樂土回此功德向法界同成無上菩提果

楞嚴經勢至念佛圓通章疏鈔卷下

音釋

遮那此云徧一切處亦云光明徧照 瞪音證直視貌 矒音蒙昏悶不了也 波利質多羅此云圓生忉利天樹花開香徧五十由旬又翻間錯莊嚴衆雜色花周匝莊嚴故又云香徧樹根莖枝葉膚實莫不皆香故 薝蔔音瞻部此云黃色花最香形似梔子花其樹高大 摩羅耶翻高山或云牛頭亦云離垢 阿那婆達多此云無熱惱池名也 阿盧那此云赤色香名 羅剎此云速疾鬼又云可畏暴惡 須夜摩此云善時分時唱妙善樂故 兜率華言知足於五欲境知止足故 先陀婆此云石鹽其香似之醎水馬器皆云先陀婆今應用醎也 龍鍾老病貌謂老來腰彎背跎猶如龍之鍾曲也 痾音阿病也 楞伽此云不可往山也佛在此說名楞伽經 羅漢翻無生應供殺賊四果也 須陀洹翻預流初果也 般舟翻佛立常行三昧也 遑音王心不暇也 輛音亮車輛 那律華言無貧亦云如意 浮勝二根謂浮塵根勝義根也六根中各各具此二種 掉音追搖動也 泥洹即涅槃音轉耳此云入滅 十八界六根六塵六識也 淨飯梵語閱頭檀亦翻真淨白淨王名也 喆音執哲同 與晡音補申時

因陀羅網此云天帝網

刻勢至疏鈔緣起

諸修行中念佛爲最念佛方法莫尚此經疏鈔之作不容已也戊午冬京兆戴復齋先生長公仁長預祝乃翁壽建華嚴會予時首衆嗪至德雲念佛門諦審沉觀其夜夢本師和尚爲講勢至章此曉細研清涼疏鈔遂於臘月八日開釋歷己未元宵閣筆曁夏五月賁本請教於復齋戴先生今歲七月望先生屬公郎募刻之公郎喜而應命即以此爲起疾延生之公據壽增福益足可徵也梓人曰是佛菩薩佑耶非佛菩薩佑耶余曰當知是經義不可思議果報亦不可思議所以然者或開五欲樂或闡六塵境或爲聲名之蒿矢或結世產之果因如是施資纔本有損無益今刻念佛法門供一人有一人之益供千萬人即有千萬人之益在一時一處則一時一處益盡未來遍沙界便有塵方億劫之益此則力同勢至願比彌陀攝念佛人歸安養土其無漏功德等於虛空何可以心思言議耶且既得佛心使三寶常住佛不佑之而誰佑歟故此輕小之兆不足疑也衆以爲然命作文勸世普起一切人之信心復翁先生聞之曰茲事茫昧不須遍舉言心衆具廣勸奚爲余曰不然生死一大事也其能脫之之法門豈曰小哉信者雖多莫能常遍今表而出之未信者令信已信者令增又何傷於轉勸乎遂記此於疏鈔之末爲流通一助云時

康熙庚申年十月十一日灌頂行者續法題

於慈雲觀堂

# 觀自在菩薩如意心陁羅尼咒經畧疏

清上天竺講寺住持沙門續法述

清刻龍藏佛說法變相圖



序

如意輪王陁羅尼經者菩薩觀自在之所宣演本師釋迦佛之所讃揚不啻如求遂願聚福弭蓄直以圓圓果海高超苦苦衆生是以義淨三藏奉旨翻譯得水大師依教傳持三輪設化四悉檀施隨衆生之心應所知之量誠有功於法門普利於沙界者也其奈真言種智法義幽玄密語咒心宗旨祕奥非研陁羅尼藏者不能解釋非通般若理趣者不能詮顯慈雲灌頂講主深究教乘廣繙密部曾疏斯文久韞玉軸荆山周子鉉現居士身行菩薩道東來弘遠湧法師精通宗說屏翰佛乘見聞是解隨喜發心共捐淨貲刊行妙典振古騰今光前裕後欲令如意樹珠施與四智菩提之樂寶輪王乘御出三界火宅之苦

現在九界變生死而得涅槃未來四生轉執障而成解脫予雖衰老睹此甚歡遂不避澿手柬毫謹畧述緣起弁端後後學法善根深者當當常住法身云爾

時

康熙五十一年春王正月燈節望旦

翰林院檢討史館纂修官西河九十翁毛奇齡頓首拜題

## 如意咒經疏序

全心而咒心心流出寶輪王全咒而心咒咒還歸大悲體大悲無體依衆生以爲體寶輪非王攝法界以稱王稱體起悲故觸處說咒而度衆生聽王轉輪故隨時運心而入法界隨時運心心心自在觸處說咒咒咒觀音能說隨心咒者良哉觀自在也菩薩心咒有乎有而非菩薩心咒也菩薩心咒無乎無而非菩薩心咒也菩薩心咒亦有亦無乎亦有亦無非菩薩心咒也菩薩心咒非有非無乎非有非無非菩薩心咒也非有故但敬念而除毒非無故能說法而現身非亦有亦無故稱名而救八難非非有非無故禮供而遂一求則菩薩自在之業千刧難思而心咒總持之功第一希有矣是以補處極樂應迹普陁閻修於觀世音成覺於正法明藍魚於金沙堤畔衣子於紫竹林中首楞發其因圓通超餘者法華顯其果功德不少焉今則坐青蓮頂乘如意輪不動栴檀之塲而來鵰鷲之嶺闡揚祕藏明無能明發揮神猷道非可道曲已

利人展方寸於大千界外順凡同聖變塵寰於五淨天中莫不如摩尼之普應若甘露之均霑枯槁還滋衰殘忽茂無小而不大無偏而不圓五性咸歸一法性三乘共入一佛乘真詮雖妙與旨未彰欲然洪炬於冥途俯愧凡愚之狹劣將駕慈航於苦海仰嗟聖智之淵源願濟群迷頓忘膚受悲臻後封不避管窺由是三復容言再思成疏可謂無說而常說不聞而恒聞終朝擾擾者爲救爲歸竟夜昏昏者作依作怙衆響莫二其源潛幽靈於法界萬象不違其轍顯德相於刹塵然後證知即咒即心全心全佛也矣

時

康熙歲次乙丑孟夏朔之八日

灌頂沙門續法題於上竺丈室

觀自在菩薩如意心陁羅尼咒經畧疏卷上

清上天竺講寺住持沙門續法述

稽首牟尼觀自在　如意寶輪王咒心
無量聖賢加護力　讃述玄妙契佛生

△疏此一經文分爲二㊙先畧標章門

將釋此經五門分別一教起因緣二藏乘教攝三辨教宗旨四總解名題五隨文別釋

㊙後詳釋義相五㊄一教起因緣

初教起因緣者中有二門初總論諸教約赴機緣謂酬因酬請顯理度生也克就佛意則唯爲一大事因緣故出現於世欲令衆生開示悟入佛之知見次別顯此經亦多因緣一爲顯菩薩心咒故二爲利九界衆生故三爲脫六道苦難故四爲除多生罪障故五爲淨身心惑惱故六爲成福慧事業故七爲證諸乘道果故八爲見聖賢淨土故有如是等因緣所以說此教也

㊄二藏乘教攝

二藏乘教攝者藏有二一聲聞菩薩藏中菩薩藏攝觀自在說故二經律論咒四藏中顯說法益經藏攝密演真言咒藏攝乘有四寶王經說一聲聞乘二緣覺乘三方廣大乘四最上金剛乘此如意輪王咒第一希有最上一乘攝也教有五初小乘教阿含等經咒也二大乘始教諸般若經陁羅尼也亦名分教諸方等經陀羅尼也三大乘終教亦名實教光明法華等經咒也四一乘頓教仁王楞伽等經咒也五一乘圓教毘盧神變楞嚴隨求陁羅尼也今此咒經如如意樹生如意珠乃至成佛常生佛前是一乘圓頓教所攝也

㊂三辨教宗旨

三辨教宗旨者統論佛教因緣爲宗世間法言種子因水土緣而芽得生無明因行支緣而識等生出世法言本覺因師教緣而始覺生又始覺因施等緣而佛果成又大悲因衆生緣而應化與故知世出世法不離因緣有無法華云佛種從緣起中論云未曾有一法不從因緣生別顯此經復有總別總以一心持咒爲宗滿足願求常生佛前悲救群迷爲趣別分五對一教義對崇尚悲心流演密教爲宗了達隨心饒益義旨爲趣二事理對舉持誦法式功能事相爲宗顯生佛法界緣起理性爲趣三境智對緣無盡法界境爲宗觀一切權實智爲趣四修證對修賢聖行位爲宗證妙覺果海爲趣五體用對歸元性無二體爲宗起悲心廣大用爲趣此之五對生起前後相由者矣

㊂四總解名題二　㊀先解經總題

觀自在菩薩如意心陁羅尼咒經

四總解名題者先經總題開作四門一畧明華梵觀自在梵語阿縛盧枳多伊濕伐羅菩薩者具云菩提薩埵秦言入佛道大心衆生如意梵語摩尼心者梵語質帝或云質多耶陁羅尼肇翻總持咒是華言經者梵語修多羅亦名素呾纜二通顯得名諸經得名或人或法或喻或物或單或複各各不同今以人法受稱是複非單也三對辨開合題中十三字共開八對一教義對經之一字能詮教也觀等十二字所詮義也二人法對就義中觀下五字人也如

下七字法也三名體對就法中陀羅尼咒名也如意心體也四顯密對亦名體用對就名中陀羅尼密體也咒顯用也五法喻對就前體中如意喻也心法也六通別對就前人中觀自在別也菩薩通也七生佛對就通中菩提上求佛道也薩埵下度衆生也八境智對就別中觀智也自在境也四具彰義類分為五段一觀自在梵語婆盧枳底此翻為觀梵語濕伐羅此云自在若云攝伐多此翻為音梵本有二不同故譯者隨異清凉云觀其音聲皆得解脫觀世音也若具三業攝化即觀自在所謂語業稱名除七災身業禮拜滿二願意業存念淨三毒一一得大自在賢首云謂於理事無礙之境觀達自在故立此名又觀機

往救自在無礙故以為名前釋就智後釋就悲若分釋之照窮正性察其本末稱之為觀隨類普救得無障礙稱為自在奘三藏云觀有不住有觀空不住空聞名不惑於名見相不没於相心不能動境不能隨眞可謂無礙自在也二菩薩賢首疏云菩提薩埵此翻覺有情有三義一約境所求所度求是佛佛即覺道也度是生生即有情也二約心有覺悟之智餘情慮之識也三約能所所求是佛智佛智即覺果也能求是自身自身即有情也小品云是為覺一切法無障礙故名為菩薩三如意心梵語末尼亦云摩尼此翻為如意亦云隨意音義云末謂末羅此云垢也尼云離也言此寶光淨不為垢穢所染也又云摩尼此

曰增長謂有此寶處必增其威德也心者主義要義本義況人心藏爲主爲要統極之本以喻如意爲一切珠寶中之精要心也華嚴云摩尼寶王變現自在雨無盡寶又六十二云味光摩尼淨福摩尼普光摩尼殊勝摩尼妙藏摩尼閻浮幢摩尼金剛師子摩尼日藏摩尼可樂摩尼如意摩尼則如意摩尼爲摩尼寶中之心王矣取此以喻咒者顯此咒爲諸咒中之心也神妙總統名如意心十界求願隨心饒益故下經云猶如意樹生如意寶令所希求應時果遂四陁羅尼咒梵語陀羅尼秦言能持集諸善法持令不失譬如好器盛水不漏亦言能遮不善惡心遮令不生欲作罪時遮令不作肇翻總持謂持善不失持惡不生又翻遮持要解曰總持者即諸佛密語有一字多字無字之異能以一字總一切法持無量義摧邪立正殄惡生善皆能總而持之也咒是華言祝願爲義如菩薩四願前二願拔苦即遮惡也後二願與樂即持善也例如此土禁咒等法便以咒名翻陀羅尼然亦不失遮持義意新譯名爲真言亦名爲明今則華梵雙標故云陁羅尼咒密部有三一佛部分五五佛所說也二菩薩部三鬼神部一一部内論上中下成就增益名爲上法禳災攝召名爲中法降伏邪魔名爲下法于上法中又分三品各有行儀各有觀法各有嚴禁而通以無上菩提心爲主若無師傳則名盜法若違行儀則招惡報若犯嚴禁輙以功效向他人

說則捃竒禍若料揀當經菩薩部增益法又此本不如諸譯限日期定滿數亦無嚴禁觀儀但一心持誦無間斷爲妙切須依經幸勿乖教上四段開釋也合釋之秪二段觀自在菩薩人也大悲經云觀自在已於過去作佛號正法明如來大悲願力安樂衆生故現爲菩薩如意心咒法也寶輪王陀羅尼是第一希有之法菩薩爲顯下云現身證驗心咒爲密下云最極甚深隱密心咒觀自在眞身常住三摩故陀羅尼應身隨所應現故自在願也悲也願以悲心拔諸苦故經云悲願盈懷如意行也慈也行持咒心得諸樂故經云若誦一遍悉皆遂意觀音是智能證理是慧如燈破暗咒王是斷能破惑是福如珠雨寶菩薩了因種也陀羅尼緣因種也觀自在本實不動本際隨自意照實智也如意心迹權迹任方圓隨他意照權智也通共十對如理思之五經者梵語修妬路古譯爲契經契謂契理契機經謂貫穿攝化佛地論云貫穿法相攝化衆生又訓經爲常爲法天魔外道不能改壞曰常聖智凡愚皆可軌則曰法慈恩云常則道軌百王法乃德模萬乘攝則集斯妙義貫乃御彼庸生稱之爲契經也

㈥次出譯人名

唐三藏法師義淨譯

次譯人名唐代名李唐也三藏者通經律論三藏也法師者佛法所屬人天師範故義淨諱也字文明范陽張氏子髫齔出家

弱冠具戒高宗咸亨二年三十七歲往西域求佛經經二十五年歷三十餘國至證聖乙未年五月還至河洛得梵本經律論近四百部合五十萬夾舍利三百粒天后親迎於東門外奉安佛授記寺勅令翻譯玄宗開元元年七月入寂壽七十九僧臘五十九塔于洛京龍門北之高原前後譯經律論五十六部凡二百三十卷譯者易也易梵成華也法師華梵兼善故奉詔譯此經傳之後世咸共流通也

(乙)五隨文別釋二　(丙)先叙意

五隨文別釋者先叙意一經分爲三分是道安法師高判初序分序時處不謬主伴可徵也次正宗分正明心咒宗崇法式也後流通分流布十方通傳來世也於正宗中依清凉國師科開四章初從爾時觀自在至隨汝意說名請求加護以生信開佛知見理也二從時觀自在至廣陳供養名正說心咒以開解示佛知見教也三從爾時世尊至不得生疑名讚示持法以成行悟佛知見行也四從爾時世尊至如是救苦名結勸親驗以證果入佛知見果也一經綱領旨趣如是而已次消文逐節消釋其句文也如下所明

(丙)次消文分三(丁)初序分

如是我聞一時薄伽梵在伽栗斯山與大菩薩無量衆俱

如是指此本咒經之法我聞謂文殊與阿難親從佛及觀自在前所聞者也一時者師資道合說聽同時也薄伽梵梵語佛地論明六義一自在不繫煩惱故二熾盛智

火燒煉故三端嚴相好莊飾故四名稱名德徧知故五吉祥一切供讚故六尊貴利樂有情故總衆德至尚之名即本尊釋迦佛也在住也伽栗斯亦云姞利四叉云姞栗陁羅矩此云狼迹峰形如狼之迹亦翻仙人諸仙依止故亦云負重山名摩竭陀國所屬之境與共也超出權漸名大繞攝二乘人天曰無量衆俱同時一處也此是結集經者序起之文令證信耳

(丁)二正宗分開四(戊)一請求加護以生信

二(巳)先菩薩請加　三(庚)初啟請威儀

爾時觀自在菩薩摩訶薩來詣佛所頂禮雙足右繞三匝以膝着地合掌恭敬白佛言

以下文分四分爲一經所宗之正義也敎被乘時故云爾時觀自在出故教人名摩訶薩者本是正法明佛迹現等覺位人上同下合非權漸比故爲菩薩中大菩薩也適化所及故來求證普爲衆生以至尊之頂禮至卑之足大悲也勤求於佛心無懈歇一度固未展其誠過三又覺其煩亂大願也方便不離實際故右膝着地二智淊合無二故乂手合掌大智也上明身儀尊重爲恭渴仰爲敬意業也由心恭敬運於身口成威儀故上示曰告下啟曰白直陳名言委悉名語口業敬也三業若不誠敬何能成三輪因圓三身德化三有滅三道耶

(庚)二出咒名相

世尊我今有大陁羅尼明咒大壇場法名青蓮華頂栴檀摩尼心金剛秘密常加護持所

謂無障礙觀自在蓮華如意寶輪王陁羅尼心咒第一希有能於一切所求之事隨心饒益皆得成就

初出壇名相咒後立壇壇必依咒故先舉咒獨絕無倫名之爲大曰明咒者諸大神咒皆依圓照清淨覺相而成永斷無明能成佛道故經云有大陁羅尼門名爲圓覺此是三陀羅尼之根本也寶積經陀羅尼品云如來之智攝諸善巧所有宣說諸陀羅尼無不清淨無有少法所得皆歸於空賢首釋云智鑒無昧名大明咒大下持咒須壇壇能護咒故次明壇初句舉體壇有事理事如像壇鏡壇印壇想壇理即法界經云以大圓覺爲我伽藍身心安居平等性智實乂難陀本云香水作方壇縱廣四肘用種種花燒白檀香壇中竪四幡張白幰葢壇上懸四白幡供養局事像也此本不出表理性也更無過上曰大密部中明四種曼茶囉一大曼茶囉二法曼茶囉三羯磨曼茶囉四三昧耶曼茶囉今是初一也梵語曼茶囉此翻爲壇千手眼儀軌云若無壇佛應結纔發意轉法輪菩薩印印現壇儀二手各作金剛拳進力檀慧相鉤結以此手印置於身前空中即盡虛空界成大曼茶囉以印安於心上即自身心成大曼茶囉是則曼茶囉全體即是法界性矣此則理事俱通者也法有四謂息災增益敬愛降伏今是希求世出世間種種勝利屬增益法也餘亦兼通名如意故次名句出名蓮花者出泥不染濯漣不夭上擎

雨露下蔭魚蝦隨諸風日所向自如表大悲持覆而不染着也青爲四色之長尊勝名項栴檀義翻與藥能除病故大論云白檀治熱病赤檀去風腫正法念云天與修羅戰時爲刀所傷栴檀塗之即愈華嚴云栴檀塗身火不能燒表大智能除三毒病也摩尼此云如意一雨寶如意二現色如意三離垢如意不爲諸垢穢故四無害如意大論云人得此珠毒不能害入火不害表大願隨心應量起諸妙行也精要名心心上香光莊嚴揀非粗疎者矣又青蓮爲項栴檀摩尼爲心猶見爲諸壇中之尊勝精要者也約理蓮即有爲法界檀即無爲法界摩尼即無障礙法界後金剛二句明用金剛密迹擎山持杵遍虛空界晝夜隨侍楞嚴金剛藏王誓言如是修心求正定人乃至散心遊戲聚落我等徒衆常當隨從惡魔欲來擾善人者我以寶杵殞碎其首恒令此人所作如願

次出咒名相先標名無句人也無障礙者一上同諸佛慈力起三十二應得無障礙二下合衆生悲仰施十四無畏得無障礙三中成自巳圓通獲四不思議得無障礙觀自在者一亡盡根塵觀中聞慧自在故起悲心拔一切苦二起照覺空觀中思慧自在故起深心行諸化道三極圓寂滅觀中修慧自在故起直心證究竟覺蓮句法也寶輪王者梵語爍迦羅此云金剛輪亦云金輪寶又名勝自在貴重爲寶摧碎爲輪自在爲王表摧碎生死煩惱最勝自在

故心咒者諸佛菩薩心中流出之咒又爲諸咒中之心也約理華即不空藏心意即空不空藏心輪即空藏心圓覺體中恒沙德用從本已來持之不失名陁羅尼諸大明咒皆從中出名爲心咒第下次顯用無上名第一超因位故無等名希有齊果德故一切求事總攝世出世間善因樂果也隨心益者願有小大誓有久近意有緩急志有勤怠皆隨其心量成利益安樂也

(庚)三求佛加護四 (辛)一願聽說施

世尊大慈聽我說者我當承佛威力施與一切衆生

慈聽有二意一上承佛力則契理二下施衆生則契機楞伽明諸菩薩現通說法皆由諸佛二種持力一令入三昧二身現其前若離佛加則不能說

(辛)二顯咒大力

世尊此陁羅尼有大神力大方便力我今親對佛前次第宣說

陀羅尼此云能遮惡不善心遮令不生故能有大神力除諸罪障離一切苦也行者持咒一心不亂即成禪定神通力自發矣陀羅尼此云能持種種善法持令不失故能有方便力成諸願事與一切樂也行者持咒攝心不散即成觀智方便力自發矣咒非一種須次第說

(辛)三懇佛護持

惟願世尊垂哀加護於我及一切持明咒者

經云世尊清淨願有大加持力初地十地中三昧及灌頂故願哀祐於我并持咒者

加有二種一顯加二冥加菩薩則顯行者通二又加益有四一遠離魔惱二不墮凡小三所得倍增四速入佛地

㊅四結加倍益

雨妙珍寶猶如意樹生如意寶珠於諸衆生令其所有希求應時果遂

先能生益無盡初句法世間七珍八寶出世間功德法財佛知見寶無不稱心雨也次二句喻華嚴云諸如意樹處處行列種種香樹恒出香雲種種鬘樹恒出鬘雲種種花樹常雨妙花種種寶樹出諸珍寶令則釋迦佛有轉苦成樂之力神咒法有融理變事之能菩薩僧有和因合果之功三寶功德利樂行人如惡义聚同時具足故取如意寶樹以喻法寶降雨穰穰也於下

次所求果皆遂衆生九界也增福消災人敬魔伏等求莫不滿定楞嚴觀音云我得佛心證於究竟是故能令求妻子得妻子求長壽得長壽求三昧得三昧乃至求大涅槃得大涅槃

㊁次如來印許二㊀初總申讚印

爾時世尊讚觀自在菩薩言如是如是

兩讚如是者初讚心咒理該真俗教攝偏圓具二力遂九界如所說言皆是真實也二讚悲願與悲運智下合上同隨緣赴感無時不在一如所説是實不虛也

㊀二別出所以二㊅初讚利生悲願

汝能悲愍諸有情類我加護汝即對我前令汝願求一切滿足

悲愍有三一生緣悲二法緣悲三無緣悲

今後一也有情三乘七趣八難三途類也菩薩悲心示教利喜爲因衆生善根欣厭感扣爲緣因緣具足成辦佛法加護汝者佛以身語顯加也以法樂濟施一切心與佛同不護而何此則菩薩慈悲善根成熟爲因諸佛不違本誓願護爲緣論云雖有正因熏習之力若不遇佛以之爲緣能斷煩惱入涅槃者則無是處令願滿足者菩薩爲衆生緣有二一差別緣從初發心至得佛時於中或爲眷屬父母諸親或爲知友給使宛家或起四攝無量行緣此又有二一近緣速得度故二遠緣久遠度故近遠緣内又復有二一增長行緣二受道果緣二平等緣一切菩薩皆願度生自然熏習常恒不捨以同體智力故隨應見聞而現作業是等緣願皆令滿足若不護念與衆生無緣難可度脱加之爲力大矣哉

㊁二印說咒隨意

汝欲宣說無障礙觀自在蓮華如意寶輪王陀羅尼者最極甚深隱密心咒隨汝意說

人入有爲法界度生自在法出不空藏心如華開敷稱名甚深人住無爲法界以觀觀者法居空藏心如寶輪王稱名隱密人徧無障礙法界圓融無礙法該空不空藏心如如意珠稱名最極如此圓妙咒心若不宣演衆生利樂何從故云隨汝意說

㊂次正說心咒以開解二 ㊀先正說三咒三 ㊀一大悲咒

時觀自在菩薩既蒙佛許悲願盈懷即于佛前以大悲心而說咒曰

南無佛馱耶一 南無達摩耶二 南無僧伽耶三 南無觀自在菩薩摩訶薩四 具大悲心者五 怛姪他六 唵七 斫羯羅伐底八 震多末尼莫訶九 鉢蹬謎十 嚕嚕嚕嚕十一 底瑟侘十二 篅攞十三 痾羯利沙也十四 吽癹莎訶十五

先標說意蒙佛許者初云我加護汝次云隨汝意說是蒙印可言也悲指利濟衆生願指弘揚咒法以大悲心而說咒者三藏心中當不空如來藏心也施諸有情離苦滅罪名曰大悲心依心密說其語咒祝衆生消災免難名曰大悲咒梁論釋云眞如於一切法中最勝由緣眞如起無分別智此智於諸智中最勝由此智流出後得智後得智所生大悲此大悲於一切定中最勝因此大悲如來欲安立正法救濟衆生說大乘十二部經此法是大悲所流於一切法中最勝今咒從大悲心中流出於餘咒法勝也明矣次出咒語翻譯有四例一翻字不翻音諸經咒語也二翻音不翻字卍以此方万字飜之字體還是梵書三音字俱翻諸經文也四音字俱不翻西來梵夾也今是初一例又奘法師明五不翻一祕密不翻陁羅尼是二多含不翻如薄伽梵含六義故三此無不翻如閻浮樹此方則無四順古不翻如阿耨菩提摩騰已來便存梵音五生善不翻如般若尊重智慧輕淺不翻令人生敬今亦初不翻也然諸咒中具四悉檀一咒是鬼神王名稱其王名部落敬主不敢爲非是世界義二咒是軍中密號相應無所呵問不相應即執治

是爲人義三咒是智人偈頌如賤人奔他國詐稱王子因以公主妻之多瞋人從其國來以偈頌法止瞋對治也四咒是諸佛密語唯聖乃知如王索先陀婆一名四實鹽水器馬四物同名群下莫曉第一義也今屬後悉兼通二三若準賢首般若疏云咒有二義一不可釋以是諸佛祕語非因位所解但當誦持除障增福不須釋也二亦可釋解即明心見性斷惑證真今若强釋者南無下皈依三寶菩薩南無此云皈命佛馱此云覺者佛寶有神通力達摩此云妙法法寶具威德力僧伽此云和合衆賢聖僧寶有禪定力觀自在說咒之主有大願力大悲心出咒之本成唯心力宗鏡問祖先殁久後嗣資悼違三界之唯心乖萬法之唯識荅有五力唯識不判一定力二通力三借識力四大願力五法威德力道一法師對唐明皇云佛力法力三賢十聖僧力並不能測二十唯識頌云展轉增上力二識成决定此約相宗分教說清凉云佛真心外無別衆生以衆生真心即佛真心故衆生全在佛中則果門攝法無遺佛性論云一切衆生悉在如來智内又衆生心外更無別佛以佛真心即衆生真心故諸佛全在衆生心中則因門攝法無遺華嚴出現品云菩薩應知自心念念常有佛成正覺一切衆生心亦如是以諸佛不離此心成正覺故由此二義佛真心現時不礙衆生真心現生佛相即故生佛相俱泯梵行品云知一切法即心自性如此圓融心識理

蓋實無盡矣交光楞嚴疏云衆生心也體常不動用可牽移身死非去未死之先本不偏局於此也身生非來未生之先本亦常徧於此也但因不了成往來相業遷使然性本不動故知迷則任牽悟則同體菩薩證窮故能隨緣赴感靡不周而恒處此菩提座猶如一月在天影臨萬水此約性宗實教說也則大悲心力爲諸力之本離此心外諸佛菩薩無有色聲功德矣怛姪他此翻所謂或云即說咒曰唵字下正是咒語唵引導義出生義吽降伏義發光明義莎訶成就義令前所作速疾圓成也此四字種通於諸咒餘句皆局所羯羅此云金剛伐底翻輪轉輾義以此金剛心咒願衆生斷諸煩惱令其息災證理也震多此云赤末尼此云如意莫訶翻大圓明義以此珠寶心咒願衆生疾成佛道令其增福得果也鉢蹬謎此云蓮花嚕嚕嚕嚕尼嚕翻青陀嚕翻黃迦嚕翻玄阿嚕翻赤底瑟侘此云光色覺照義以此蓮華心咒願衆生普度有情令其伏魔成行也篅攞翻栴檀香痾羯利此云沉香沙也翻赤色熏發義以此沉檀心咒願衆生修學法門令其人敬訓教也如是四法咒願如蜾蠃之咒祝螟蛉無有不成如是三十三字種如此方元亨利貞具無量德故衆生觀念一一皆得如意也咒有五部一佛部毘盧佛爲主二金剛部阿閦佛爲主三寶部寶生佛爲主四蓮花部彌陁佛爲主五羯磨部成就佛爲主今屬第四部也又咒有五說不

同一諸佛所說咒二諸菩薩所說咒三諸金剛王所說咒四諸天所說咒五諸鬼神所說咒今是第二菩薩說也餘如密部

㊎二大心咒

次說大心咒　唵一　鉢踏摩二　震多末尼三　篅攞四　吽五

初標咒名三藏心中空如來藏心也無量法門一一無相故名爲空求於諸佛與樂增福故名爲大佛智廣大如虛空今欲心同於諸佛故名大心依心說語咒願諸佛降吉賜祥名大心咒佛性論云一切衆生決定無有出如如境者並爲如來之所攝持

次陳咒語唵開導義吽擁護義亦通諸咒餘局本部鉢踏摩此云紅蓮花開暢義因此心咒祝願諸佛開緣因佛性種與化身福樂住於解脫德中辦度轉識斷業道學文字般若成方便菩提諸事業也震多末尼翻亦如意淨滿義因此心咒祝願諸佛顯正因佛性種與法身福樂住於法身德中辦度真識斷苦道學實相般若成真性菩提諸事業也篅攞翻栴檀離垢義因此心咒祝願諸佛故了因佛性種與報身福樂住於般若德中辦度業識斷惑道學觀照般若成實智菩提諸事業也如是三法咒願諸佛與佛覺心同一慈力多且勝焉名大心咒不亦宜乎

㊎三隨心咒

次說隨心咒　唵一　跋剌陀二　鉢亶謎三　吽四

初咒名此即空不空如來藏心也在自隨悲智心在他上隨佛心下隨生心故名隨心依此無障礙心咒演說祕密真言願自已起大慈悲現千手眼入不思議成妙功德咒願諸佛下隨生心救護自在咒願衆生上隨佛心得真圓通名隨心咒華嚴云以發心故即與三世一切諸佛體性平等即生隨佛義也出現品云如來成正覺時於其身中普見一切衆生成正覺等即佛隨生義也彌勒讚善財言此長者子於一生内則能淨佛刹化衆生以智深入法界圓滿一切大願即自隨他佛生義也

次咒語唵生起義吽湧現義滿足義跛剌陀此云隨意亦云稱心鉢亶謎翻蓮花心佛妙覺心如蓮花開生本覺心如蓮花合菩薩始覺心如蓮花半開半合施食經云菩薩思惟有情身各具覺悟之蓮花故能下合悲仰隨衆生心也思彼覺花照法界如來海會共廣大故能上同慈力隨諸佛心也以此密言而加持之全身總是大悲王尋聲救苦脫體俱成觀自在善得圓通或慈或威或定或慧隨心應量獲無障礙也

觀自在菩薩如意心陀羅尼咒經畧疏卷上

音釋

筩（市悅切音熱）　侘（丑佳切音吒）　亶（多旱切音胆）

觀自在菩薩如意心陀羅尼咒經畧疏卷下

清上天竺講寺住持沙門續法述

(巳)二別陳四瑞 四 (庚)初大地六震瑞

爾時觀自在菩薩摩訶薩說是大輪陀羅尼咒王巳即時大地六種震動

大輪具二義一轉開聖境二輾去凡塵爲諸咒之所歸往名爲咒王地震表消災入理相搖揚不安名動自下升高名起忽然騰舉名踊隱隱出聲名震振聲覺悟名吼砰磕發響名擊前三約形後三約聲今於聲形各標一也於六種中又各有三直動名動一也四天下動名徧動二也三千界動名等徧動三也餘五亦如是合成十八種約法表信住行向地等六位破無明也

(庚)二天宮驚動瑞

諸有天宮龍宮及藥义宮健達婆阿蘇羅緊奈羅等宮殿亦皆旋轉逃感所依一切惡魔爲障礙者見自宮殿皆悉歘起無不驚怖惡心衆生惡龍惡鬼藥义羅刹皆悉顛墜

此表伏魔成行相也諸有總舉所依處也略則三有謂欲色空廣則二十五有謂四洲四惡趣六欲并梵天四禪四空處無想及那含梵語提婆此云天樂勝身勝故即欲色等天也梵語那伽此云龍有四一天龍守天宮殿二飛龍興雲致雨三地龍決江開瀆四藏龍守輪王福人庫藏藥义此云勇健亦云暴惡有三一天行二空行三地行健達婆此云香陰不飡酒肉唯香資陰故在須彌山南金剛窟住乃天主俗樂之神也具緣幢倒擲之技阿蘇羅此云非

天有天福無天德故亦云無端正男醜女美故又云無酒採花醞海其味不變瞋妬誓斷故亦有天化生人胎生鬼卵生畜濕生四趣不同如楞嚴明緊奈羅此云疑神似人而頭有一角故是天主法樂之神也具絃管歌詠之技居十寶山身有異香即上奏樂等者指迦樓羅摩睺羅伽二部迦樓羅此云金翅兩翅相去三百三十六萬里金色光耀頸有如意珠以龍爲食常來居在贍蔔花樹之上摩睺羅伽此云大腹行什曰地龍肇曰蟒神宮殿所居舍宅也旋轉迷惑者如意明咒現前虛空尚殞況國土宮殿耶經云微塵國土皆是迷頑妄想安立一人發眞歸元此十方空皆悉銷殞云何國土而不振裂梵語魔羅秦言能奪命奪慧命故又云殺者殺法身故或言惡者多諸貪瞋嫉妬故又翻爲障能爲行人作障礙故欻起驚者寶輪王咒到處波旬宮殿自燬楞嚴云汝輩修禪菩薩羅漢心精通溜當處湛然魔王鬼神見其宮殿無故崩裂無不驚慴惡心衆生指九十五種外道及諸闡提斷善根人羅刹此云速疾又云可畏噉人精氣鬼也悉顛墜者蓮花心咒演時魍魎妖精戀此塵勞者於妙覺中自然摧滅矣經云奢摩他中覺明分析大力鬼神褫魄逃逝依正合共十二者表十二處中調伏十二類生顛倒妄想也

(庚)三三途離苦瑞

於地獄中受苦衆生皆悉離苦得生天上

此表愛敬教法相也地下之獄名爲地獄

婆沙論云贍部洲下過五百踰繕那乃有其獄輕名有間重名無間上品惡逆所招感者大輪咒王宣揚三途業報盡滅如阿鼻獄當遮那如來之光上升兜率十千魚聞流水長者之咒脫生忉利故云離苦生天約法表依三種般若轉衆生三種惡業而成如來三種善業也

(庚)四會前雨供瑞

于時會中於世尊前天雨寶華寶莊嚴具於虛空中奏天妓樂出種種聲廣陳供養

此表增福得果相也寶華即曼陁羅此云適意又云白華曼殊沙此云柔輭又云赤花等咒乃定身結成故感華供寶具指衣服傘蓋幢幡鬘網等咒乃戒身結成故感具供種種聲者謂諦緣度十力四無畏等咒乃慧身結成故感樂供說者持者增法化報三身之福樂得眞性方便實智三種菩提之果藉此爲先兆矣廣陳供者一財供亦名事供又二一內供三業禮敬稱讚等二外供五塵香燈果食等二法供亦名理供行願品云諸供養中法供養最所謂如說修行供養利益衆生供養不捨菩薩業供養不離菩提心供養約法表破二種執障而證諸佛二轉依也

(戊)三讚示持法以成行三(巳)初讚印令會衆起行滿願

爾時世尊以美妙音讚觀自在菩薩摩訶薩言善哉善哉觀自在汝所宣說是大咒王實難逢遇能令衆生求願滿足獲大果報

衆音悉具曰美如善口天女不出衆外曰

妙如梵王語音又順如曰美隨機曰妙上善哉讚所說咒如一切意也下善哉讚所利生滿一切果願也苟能行持功不唐捐

㊀二廣示令一切依教奉行二㊁初示誦咒法式二㊂一總標

若誦此咒所有法式我今當說

咒雖如優曇花如牟尼珠如天甘露如珍寶藏若不如法亦不成益故假佛說以顯無謬

㊂二別釋二㊃先直教一心持咒

若有善男子善女人苾芻苾芻尼鄔波索迦鄔波斯迦發心希求此生現報者應當一心受持此咒

善男女指一切淨信人八部六道中見聞隨喜皆攝苾芻梵語西土草名具含五德故取爲喻一體性柔軟喻僧能折伏身語不致麤獷二引蔓旁布喻僧能傳法度人連延不絕三馨香遠聞喻僧戒德芬芳爲衆所聞四能療疼痛喻僧能斷煩惱毒害不起五不背日光喻僧常向佛日智慧光明此舉出家比丘尼指出家比丘尼鄔波索迦唐言近事男在家五戒男也鄔波斯迦唐言近事女在家五戒女也發心希求願也此生現報總該世出世間善妙因果揀非酬過去恩圖當來報也意識想念曰受身口誦習曰持一心有二一事一心謂專心注意毫無間斷二理一心謂覺此念心能所取絕利智理受愚鈍事持中根通於二種

㊃次轉明持誦法式

欲受持時不問日月星辰吉凶并別修齋戒亦不假洗浴及以淨衣但止攝心口誦不懈百千種事所願皆成

此咒王即是黃道日紫薇星至時化凶爲吉遇難成祥故不須問日星凶吉此咒心即是菩薩心地戒到處自成齋戒故不藉修月齋日戒此密咒即法性水浣滌身田故不假浴悉同清淨此明咒即解脫服足遮慚愧故不待洗自然鮮潔但止者因也外儀固可出入內德不可踰閑故須三業精勤攝心意不亂口誦舌不語不懈身不怠如是行道縱不作壇還同入壇無有異也百千下果也一息災中除惡業煩惱重罪等障官事口舌鬼魅所著惡星陵逼饑疫兵水火風種種苦難二增益中求遷官祿增延壽年及諸福德聰明眷屬錢財勢力穀麥庫藏珠寶仙藥符訣神通三敬愛中乞聖賢加護天龍歡喜八部恭敬四衆欽仰說法辨才學問技藝知友親近宄家和順四降伏中降衆魔天伏諸外道及調一切惡毒鬼神惡龍惡獸損害人民礙心毒人謗三寶毀眞言行不忠孝作障礙事五出世因果法中速滿福德智慧頓圓諦緣度行超三祇登十地五乘勝位二轉依果以上種種不盡願求莫不遂意故云百千事皆成也唯恐口誦而不攝心暫勤而不久敬勿獲靈應或未可知

㊎二詳持咒功能二 ㊌先顯尊勝

更無明咒能得與此如意咒王勢力齊者

如意咒王是諸佛之母菩薩之父天地之

根神靈之本如輪王印如梵天勑如帝釋幢如國君詔如金剛劍如白牛車如海藏象藏香如華藏淨藏丸勢力最勝無可比並然六道衆生窮無福慧離大勢佛及斷苦法是故菩薩起大悲心説此微妙最第一咒得能受持其人勢力亦無齊者

㊉次明神力三㊈初令世間心願如意二

㊀先明所願二㊂初總

是故先當除諸罪障次能成就一切事業

惡逆曰罪妨害曰障罪報如霜雪明咒如日湯災障如灰沙輪咒如猛風故云除也未就曰事已成曰業喜事如焦炷神咒如香油吉業如舟航密咒如順水故云成也

㊂二别二㊃先滅過去罪報

亦能銷除受無間獄五逆重罪亦能殄滅一切病苦皆得除差

梵語阿鼻此云無間成論明趣果受苦時命及形五皆無間地獄中極重者果也五逆謂殺父殺母殺阿羅漢出佛身血破羯磨轉法輪僧上品罪惡因也咒作地獄赦書故云銷除種種病横牽纒亦由宿殃陳債咒爲良醫妙藥故云差滅問獄逆罪也病苦障也此等雖除禎祥事業何無成就答地獄纔銷人天事就病苦方除福樂業成文乃影顯故不言耳下倣此

㊃次滅現在罪報二㊄初除罪業

一切重業悉能破壞

上品惡逆是地獄因中品惡逆是餓鬼因下品惡逆是畜生因重罪尚破况輕小耶業如枯草咒如烈火遇之灰燼無餘

㊄二轉果報九㊈初瘧瘮

諸有熱病或晝或夜或一日瘧乃至四日瘧

風黃痰瘮三焦嬰纏如是病等誦咒便差

咒能差愈熱瘧風黃痰瘮三焦七種病者

長生符故經云欲得不死地當佩長生之

符長生符者三乘法是

㊈二蠱毒

若有他人厭魅蠱毒悉皆消滅無復遺餘

厭禱咒詛也梵語彌栗頭韋陀羅此云妖

善主厭禱者楞嚴云遇幽爲形名爲魘鬼

精魅迷惑也經云上品精靈中品妖魅下

品邪人諸魅所著蠱腹中蟲也毒金銀草

木毒也謂於根身衣食之中下諸蠱毒梵

語彌栗頭虔伽他此云善品主蠱毒者經

云遇蟲成形名蠱毒鬼咒能滅者甘露漿

故經云譬如有人飲甘露漿一切人物不

能爲害若常持者其身畢竟不變不壞

㊈三癰痛

假使一切癰瘻惡瘡疥癩疽癖周遍其身并

及眼耳鼻舌脣口牙齒咽喉項腦胷脇心腹

腰背脚手頭面等痛支節煩疼半身不隨腹

脹塊滿飲食不銷從頭至足但是疾苦無不

痊除

六腑不和生癰五藏不調生疽瘻瘤也一

十一種差二十三種疼無不痊者咒是不

死之藥延齡丹故經云譬如有人持善見

藥能持一切所有諸病又如有人服延齡

丹長得充健不老不瘦

㊈四鬼神

若有藥义羅刹毗那夜迦惡魔鬼神諸行惡

者皆不得便

毘那此云猪頭夜迦此云象鼻二鬼神名不得便者咒是天帝杵故華嚴云如釋天王執金剛杵摧伏一切修羅鬼神楞嚴云持此咒心頻那夜迦諸惡鬼王皆領深恩常加守護

㐅五災難

亦無刀杖兵箭水火惡毒惡風雨雹怨賊刼盜能及其身

水火風爲三災餘即八難無能及者此咒如摩尼冠如無畏丸經云帝釋著摩尼冠暎蔽諸餘天衆龍王戴摩尼冠遠離一切怨敵怖畏人得無畏丸藥離五恐怖所謂火不能燒水不能漂刀不能傷毒不能中烟不能熏

㐅六賊横

亦無王賊無有横死來相侵害

王賊九横中二大小諸横無侵害者咒是翳形法解脱方故經云譬如有人得翳形法人與非人悉不能見又人得安繕那以塗其目雖行人間人所不見又人得解脱藥方終無横難又得阿藍婆汁以用塗身身之與心咸有堪能

㐅七蟲獸

諸惡夢想蚖蛇蝮蠍守宮百足及以蜘蛛諸惡毒獸虎狼師子悉不能害

蚖蛇黑蛇也毒盛不觸而吸蝮虺蛇蠍蠍虎此二若觸則螫守宮蝘蜓也百足蜈蚣也咒令不能害者龍寶珠故大應伽故經云有人得龍寶珠一切龍蛇不能爲害人

持大應伽藥蛇蟲聞氣即皆遠去

㊞八軍陣

兵戈戰陣皆得勝利

咒如天力士將軍寶故於戰陣中得勝利也

㊞九官訟

若有諍訟亦得和解

咒如帝王旨長樂印故能私諍和官訟解也

㊞次明能持

若誦一遍如上諸願悉皆遂意

如上者初一消滅現在一切輕重罪障次九成就現在一切轉苦成樂事業合爲十種咒如如意珠周給一切貧乏咒如功德瓶滿足諸衆生心咒如如意樹能雨衆莊嚴具咒如伏藏出財無匱咒如明鏡普現形像故一遍皆遂況二七至七七耶

㊀二令出世心願如意二 ㊀先明能持

若日日誦一百八遍

日日顯精進不退非一暴十寒者比華嚴云如鑽燧求火未出而數息火勢隨止滅懈怠者亦然故當日念相繼切莫間斷百八表破百八見惱成百八法門也

㊀次明所願七 ㊀一遂諸求

即見觀自在菩薩告言善男子汝等勿怖欲求何願一切施汝

一切施者聲聞四果菩薩五位三明六通二空十力菩提涅槃一切願求盡皆施與也精誠所感現身以告

㊀二現佛身

阿彌陁佛自現其身

梵語阿彌陁此云無量壽亦云無量光咒即如來覺心誦之成佛覺亂上屬因此屬果合爲因果該徹門也

㊀三見樂土

亦見極樂世界種種莊嚴如經廣說

無有衆苦故名極樂觀音彌陁所住處也種種嚴者見極樂國七寶莊嚴寶地寶池寶樹行列諸天寶幔彌覆其上衆寶羅網滿虛空中水流光明鳧雁鴛鴦皆說妙法經指彌陀觀經而言咒即法性樂境持之自成受用對前後之正此稱爲依合名依正互容門也

㊀四瞻菩薩

并見極樂世界諸菩薩衆

無量壽經云彼國補處菩薩一名觀世音二名大勢至又餘菩薩聲聞其數難量佛告彌勒於此世界六十七億不退菩薩往生彼國小行菩薩不可稱計他方十四佛國中大菩薩往生者甚多無數今能見者以此陁羅尼中菩薩萬行盡總持故

㊀五覲諸佛

亦見十方一切諸佛

以此咒心出生諸佛十方諸佛因此咒心正覺降魔轉法授記故於百八遍内念念能見一切佛也望上是伴此是主合名主伴圓明門

㊀六觀聖居

亦見觀自在菩薩所居之處補怛羅山

所居處者菩薩應化所居處也補怛羅此

云海島又云小白花樹山多此樹香氣遠聞故西域記云有呾落迦山南海有石天宮是觀自在菩薩游舍華嚴云海上有山多聖賢衆寶所成極清淨華果樹林皆徧滿泉流池沼悉具足勇猛丈夫觀自在爲利衆生住此山長行文云見其西面巖谷之中泉流縈暎樹林蓊鬱香草柔輭右旋匝地觀自在菩薩於金剛寶石上結加趺坐無量菩薩皆坐寶石恭敬圍繞而爲宣說大慈悲法令其攝受一切衆生今亦見者咒即菩薩功德山故大悲海故

㊀七得淨身

即得自身清淨

自身淨者即法華中六根清淨也位當十信因六根都攝淨念相繼成此果耳咒從眞如心出法性身流誦之無不身淨對上菩薩處爲他此爲自合名自他攝入門也

㊁三令世出世間心願如意

常爲諸王公卿宰輔恭敬供養衆人愛敬所生之處不入母胎蓮花化生衆相具足在所生處常得宿命始從今日乃至成佛不墮惡道常生佛前

一現生王臣禮供士夫敬愛世間心願如意也二他生化相具足得宿命通出世心願如意也三從今至正覺時常生十方佛前總顯世出世願盡如意也咒如摩尼聚寶藏瓶故能隨願隨心若此

㊂三結誡令行者誠信勿疑

爾時觀自在菩薩白佛言世尊此栴檀心輪陀羅尼如我所說若苾芻苾芻尼鄔波索迦

鄔波斯迦若有至誠心所憶念能受持者必得成就惟須深信不得生疑更有藥法在本藏中此隱不出

梅檀心輪省文也具名梅檀摩尼心寶輪王至誠內不欺心外不欺人眞實無妄之謂心念意誠也身受身誠也舌持口誠也三業虔恭百求必遂信者善之首功之魁華嚴云信爲道元功德毋長養一切諸善根信能必到如來地信爲功德不壞種信能增益最勝智信能示現一切佛唯識云云何爲信於實德能深忍樂欲心淨爲性對治不信樂善爲業然信差別略有三種一信實有謂於諸法實事理中深信忍故二信有德謂於三寶眞淨德中深信忍故三信有能謂於一切世出世善深信有力能得能成起希望故由斯對治不信彼心

愛樂證修世出世善今此信亦有三一信咒有大神力求必如意二信佛所語不虛依之稱心三信觀自在菩薩具大悲願常加護持又起信中三寶前加一信根本所謂樂念眞如法故今此信得自心是佛自心作佛咒從心生果從心得離我眞如心外別無一法施設梵網所謂汝是當成佛我是已成佛當作如是信戒品已具足此即信眞如根本法也四信一起所願皆得此爲受持之要務故勸云惟須疑者惡之本罪之根孔子曰人而無信不知其可也然有三相一疑自非器二疑師悞我三疑法非理約當教明一疑咒無靈驗二疑佛菩薩未必加護三疑自巳罪障深重非是法器三疑在懷進求不猛世間因果尚難

況出世耶故誡云不得生此之勸誡爲菩薩最後垂範文下註云更有藥法者指實义難陀與寶思惟二譯本中皆詳課誦法及和愛樂藥法也須者檢之

(戊)四結勸親驗以證果二

(巳)先囑令證驗二

(庚)初讚顯靈驗

爾時世尊讚觀自在菩薩言善哉善哉汝大慈無量乃能說此微妙如意心輪陀羅尼法于贍部洲有諸衆生發心口誦即得親驗

初讚善哉持則成不持則不成如梅檀近則香遠則不香其語不誑也次讚善哉信則就不信則不就如水清珠投水則淨不投則不淨其言是眞也與無量樂名曰大慈靈感叵測曰微神應難思曰妙贍部此云勝金樹名林中有河樹果汁落河底染沙爲金其色赤黃兼帶紫燄唯南洲有此樹故取爲名親驗親得誦咒之靈驗也問菩薩雖無剎不現而與娑婆更有緣此中何獨指贍部耶答一者百億四大部洲中舉一以該餘也二者三千洲中唯南洲爲勝一如來降生二諸天願來三有般若典四能斷婬欲五識善惡念六勇猛精進前三緣勝後三因勝三洲不及故獨舉贍部衆生以勸發也

(庚)二勑教現證

汝依我教於諸有情數數勸加策勵示誨令得證驗爲現其身莫違我勑我當隨喜

數數者不分年日不論利鈍不揀教之小大不別理之分圓也勸加者增進之謂未種善根者令種已種者令長未成熟者令成熟已成熟者令解脫誡策以行警勵以

果開示以理勸誨以教爲其現身語而加持之令得證理果驗教行也天子制書曰勑法王教詔同於君命故云莫違我勑隨者順也喜者慶也隨順事理無二慶喜自他無别順事有權功順理有實德慶自有智慧慶他有慈悲權實無礙智悲平等故云隨喜約當經釋依教勤加策誨所以隨順也奉勑現身令證所以慶喜也佛尚隨喜況餘乘乎

㔾二受命不違二　㊣初出本誓

時觀自在菩薩白佛言世尊我於無量劫來以慈悲心於受苦衆生常作擁護唯願證知苦有二苦三苦八苦十苦等圍抱曰擁約身言包含曰護約心口言劫來慈悲爲内本因衆生作護爲外機緣佛之三智五眼早已知見未承佛勑如此況奉教以後耶故云願證法華釋尊讃曰弘誓深如海歷劫不思議聞名及見身能滅諸有苦楞嚴文殊讃曰離苦得解脱良哉觀世音於恒沙劫中入微塵佛國得大自在力無畏施衆生

㊣二明今心

爲衆生故説此如意輪陀羅尼若有受持常自作業專心誦者所願成辨我今承佛威力如是救苦

業有善惡淨染此指淨善業也作受持業身也專心意也誦念口也如是救苦者即現三十二應身在於火宅内外救度分段變易諸生死苦策誨五乘教行理也文含三力一陀羅尼咒有威神力也二持誦成

辦稱念淨業力也三承威救誓願攝取力也初後他力如舟遇順風中是自力如帆楫護念亦有三一爲衆生説自現身護也二誦者專心下能感護也三承威救苦上承加護也此明今心擁護所以令成道果不待言矣

㊀三流通分

爾時觀自在菩薩説此如意輪陀羅尼經已一切大衆皆悉歡喜信受奉行

自在菩薩能説人清淨也陀羅尼經所説法清淨也大衆法喜所得果清淨也一切衆指四衆八部歡喜者聞其教則喜信受者思其理則受奉行者修其行則行三慧圓發二利均成咒之流傳於歷刦經之弘通於法界理必然也此亦是經家結集之辭

觀自在菩薩如意心陀羅尼咒經畧疏卷下

音釋

砰普庚切音烹　磕卯蓋切音慨　慴與懾同　蝘煙上聲蝘蜓守宫也

# 藥師瑠璃光如來本願功德經直解

清天台苾蒭靈耀撰

清刻龍藏佛說法變相圖



藥師經直解叙

東漸聖教毎多註疏如金剛楞嚴動輙百十而藥師無解何哉古人意謂秦燔經而經存漢窮經而經亡牵於曲士蔓説耳此經起盡只一三法如日月在天有目皆見直捷顯了無事解釋也余既解矣而云直者不曲之謂也曲引勉證句貼字訓而正義反晦不直矣汎扯成文播弄講口而三德全皮不直矣兹惟隨經直示體宗用法爲衆生之三因即果人之三德俾造脩者可依之開解可憑之起行如日光明照見種種色而已不敢曲注蔓解以粖聖經者亦解即無解仰體古人無事解釋之意也已酉人日天台比丘靈耀書於魏塘之智證方丈

# 藥師經直解科

上卷

一總題
二別文三

一序
二正宗二
三流通○

一問二
二答二

一許說二
二正說二

一答藥師琉璃佛號 佛
二答東願功德諸門二
一正答本願功德二
下卷 二委明功德利樂二
一聞修遍拔三障功德二

一問佛名差別 爾
二問諸門功德 及
一讚許 爾
二領受 唯
一滅諦二願
二道諦三願三
三苦集七願三
一標 曼
二釋二
三結 是
一詳出十二大願三
一結示功德莊嚴二
一結廣 復次
二示畧二

一慧
二定
三戒
一根缺
二貧窮
三女身
一先出三苦三
二間示一集
三重明三苦三
一刑戮 十
二無食 十一
三無衣 十二
一依報 然
二正報 於其

二廣濟別轉報障利樂○
一詳與拔功德三
二出功德宗本○
一約聞名以顯功德二
二約神咒以顯功德三
三約修供以顯功德二
一畧示功德二
二廣顯功德二
一先示儀式 曼
二正明功德二
一廣生善德 隨
二廣滅惡功五
一滅夢想諸患 若
二滅淸無情怖 或
三滅盜賊侵擾 若他

三勸生 是故 上卷止
一拔三毒功三
二生二善德二
一助生淨善二
二女轉男身
一示意 復次
二正說二
三結勸二
一畧結功德 爾
二廣結勸修 曼
一修供生善德 復次
二傳通滅惡功三
一直示聞功深體 阿
二復約三慧揀顯三
三示甚深本體二

一拔愚癡二
二拔貪嫉
三拔瞋惡
一轉貪癡
二轉邪見
一深生淨土
二淺報人天 或
一入定 時彼
二說咒 光中
一發願通經 爾
二傳通滅惡 世尊
三法王印可 佛告
一約難信顯體三
二約難解顯體 阿
三約難聞顯體 阿

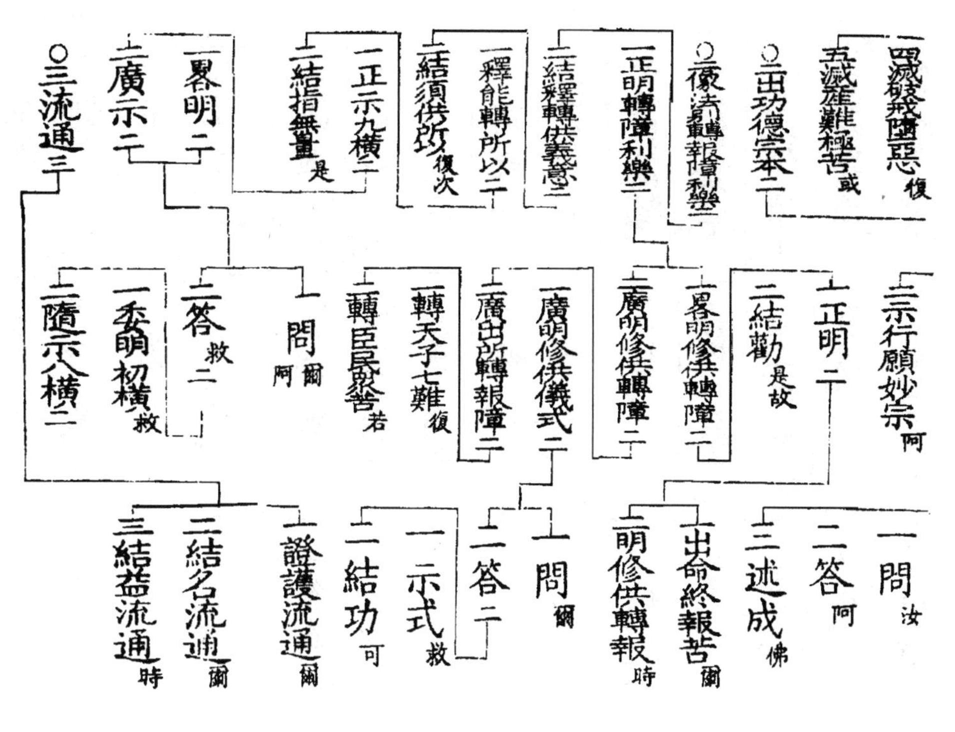
一四滅破戒墮惡 復
五滅産難極苦 或
○二出功德宗本二
○二從淺轉報障利樂二
一正明轉障利樂二
二結釋轉供義意二
一釋能轉所以二
二結須供所以 復次
一正示九橫二
二結指無量 是
一畧明二
二廣示二
○三流通三
二示行願妙宗 阿
一正明二
二結勸 是故
一畧明修供轉障二
二廣明修供轉障二
一廣明修供儀式二
二廣出所轉報障二
一轉天子七難 復
二轉臣民災害 若
一問 爾 阿
二答 救 二
一委明初橫 救
二隨示八橫二
一問 汝
二答 阿
三述成 佛
一出命終報苦 爾
二明修供轉報 時
一問 爾
二答二
一示式 救
二結功 可
一證護流通 爾
二結名流通 爾
三結益流通 時

# 藥師瑠璃光如來本願功德經直解卷上

清天台苾蒭靈耀撰

○一總題

藥師瑠璃光如來本願功德經

首題乃一經之綱要衆義之指歸不可不深長思不可不簡易示此經佛示三名一偏拔除業障一屬證護流通俱不能冠戴初後存而不論可也獨藥師瑠璃光如來本願功德一題則範圍衆義彌綸一經總別相符於斯爲美尋名識旨五義瞭然若欲直示則以人法爲名諸佛甚深行處爲體願行方便爲宗與拔功德爲用大乘生酥爲敎相

初釋名有通有別先解別名藥師瑠璃光如來是人名本願功德是法名而皆具足三法秘藏藥師者良由九界衆生具足報病業病煩惱病以欸如來同體大悲故不獲已得得出世用戒定慧法藥遍療衆瘵名之爲藥報病者衆生假四大以爲身則一大不調百一病起四大不調四百四病陡然而興金光明復論四時外感寒暑違和身爲苦本苦以逼身廣之則成無量惱身惡疾所謂天下無無罪衆生故天下無無病衆生也此則宜用世間皈戒十善等藥以治病本更用金石草木之藥以治病表業病者即衆生所搆殺盜淫妄五業十惡等罪此係現行惡因發於身口七支架造無邊大罪宜用欲定未到四禪八定等藥以息身口麤惡煩惱病又有三一見思病二塵沙病三無明病當用二十五王三

昧中即空藥以治見思病即假藥以治塵沙病即中藥以治無明病然雖藥能治病苟或用不得人則藥反成害縱是醍醐亦成毒藥如舊醫乳藥魔外邪治非徒無益而又害之矣今藥而稱師者正重能用藥人夫能行不能說國之用也能說不能行國之師也能說能行國之寶也如來則行說兼優雖大醫不治小醫拱手者法藥一逗沉痾頓起誠爲人師國寶故云藥師在涅槃名新醫在法華名良醫或名藥王或名醫王大醫王等實名異而義同也但佛治病時十身隨現不滯一隅如秦越人醫無定術若治報病即現爲流水長者子祇域神農越人倉公等精望聞問切之妙擅神聖工巧之名識寒熱溫平之藥察虛實寒熱之病如三事出假藥到病除起膏肓於彈指能肉骨而生死之者方爲世間藥師若治業病則現入深禪大定爲三界天王如天人丈夫觀世音大梵深遠觀世音或爲三藏如來等而諳練法藥對治衆症多貪者授以不淨多瞋者授以慈悲乃至一切處定之人授以非非想藥不令味住暗證譬如御馬亦愛亦策調護得宜不同數息不中塚人不淨錯施爐鞴者即爲禪定劣應之藥師若治煩惱病即現法報應身說即空觀藥治見思病即假觀藥治塵沙病即中觀藥治無明病如止觀破法遍中所用方爲無上藥王法華文句第十種良醫方名藥師娑婆釋迦東方正覺唯佛與佛乃能究用非下地能擬唯除一生所

繫差許仰窺耳又復應知既言藥師功在拔苦宜名斷德之用矣然病既差已自爾翛然累表成解脱德也藥師而復彰瑠璃光之號者三觀法藥得力即能治三障之病開三智大光明藏所謂垢盡明生淨極光通也若世藥治報病而有光則如經中樵夫擔薪入市内一枝光明外現識者售而檢出乃藥樹王身遍治衆病東土神農身如瑠璃内外明徹凡吃世間金石草木八萬四千藥草皆見入何經絡治何病症有毒無毒以定本草爲眞丹用藥鼻祖秦越人飲上池之水能見垣一方視病結癥人有光也不但人有其光即藥力得効自爾有光如人長服補天大造人參等藥則面有白光盲人遇藥則得光明此皆世間醫藥得力治報病而有光明者也若出世戒定慧六度之藥得力槩有光明如比丘受戒臨壇四羯磨成十方諸佛無作戒光如雲如蓋注入行人頂門名爲得戒天眼能見若圓大戒則梵網經戒名第一義光光非青黄赤白非色非心非因果法此服戒藥得力而有光即定亦然二十八天皆從定生而天天自有身光或名少光無量光光音不同總屬靜極光通服定藥得力而有光明也若六度中修之有光如迦葉紫光尼因施生光持戒者自有戒光煥發忍極光生精進光發一切衆生喜見菩薩燃身供佛光燭法界名眞精進禪定有光如四天忉利及上八定皆有光明智慧之光甚多若與今佛合志同方者如涅槃經

瑠璃光菩薩放青光至釋迦座前此光即名智慧此服六度之藥得力而有光也若服三觀上藥得力而有光則此光本是般若最能照破暗病有大光明但得之者淺深大小不同日光明照見種種色則夜遊者伏匿作務者興成大人蒙其光用嬰兒喪其睛明是菩薩般若智光也日既入已則月能照夜清凉朗燭即涅槃月愛三昧也夫日月若出則爝火無庸倘遇死魄傍死魄聖賢月沒則惟賴星光古云春星帶草堂即星光照夜明也若三光掩曜則藉燈明千年暗室一燈能破鑿壁分光尚能作成人事況然燈普照哉燈或未燃而中宵黑月雲霧晦暝則雖電光時促亦能破暗若光極小而能照物成功又如螢火之

光也藥師補處位居亞聖同心輔弼故如日光月光而藥王藥上夙與藥師同業同心名星宿光疇昔太子初生身光不息乃名然燈錠光若世第一後心一剎那引入見道時節甚促是名電光三昧波離螢光二乘螢火以有法緣慈悲隨世利物故二乘之智皆名螢火不及日光也如上所得光明或折空即空即假分中不同而只一般若智光分破三惑暗病以顯三諦妙理所謂無爲法而有差別也若極果藥師名瑠璃光則與西方無量光同一徹晝夜以長明亘古今而朗曜究顯大光明藏之般若德也問既是同顯般若何不同名無量光耶答瑠璃具足應云吠瑠璃翻爲青帝寶藥師在東方東方屬青故色宜青况震

方爲羣動之首甲木又發生之象以藥治病貴乎起死回生不當同金方肅殺之號也此由法題中了因大願發心而成之般若德如來者即法身本體乃法題中本字葢以境如如智智如如境境智冥一境智雙忘而隨緣感叩來成正覺廣治衆病若成應身如來則用戒定慧析體即空智藥以治衆生報業見思之病爲藏通藥師若成報身如來則用三事出假道種智藥以治衆生塵沙諸病爲别敎藥師若成法身如來則用一心三觀智藥治衆生無明重病爲圓敎無上藥師也由此三如來方能用三智光藥以治衆生三障之病得三藥師之號有此三智藥徧治法界三障方成三如來之身三法相須缺一不可合則雙美離則兩傷矣又三如來即法身本體具三三般若即般若瑠璃光具三而三藥師又功用解脱具三三各具三离之成九而一一三中互有主賓傍正不同如傳佛心印所明則雖九而三三即是一合离自在成圓三德也本願功德即上三德果人所成圓融三法亦由此圓融三法能成三德果人本即法身正體或名本眞本性本心本覺本源本際本體本地本來本智本願本明本根本然本法本有本如來藏本地甚深不同而只指至聖究盡圓滿德本若欲依本造修不無詮次所謂本因本果本國土本壽命本涅槃本感應本神通本說法本眷屬本利益書云君子務本本立而道生故凡自行因果化他能所均不離斯

法身大本也十方菩薩因究竟此本故名如來即別文中諸佛甚深行處是也願即了因之宗如上正因經體雖十界本周若無了因發心則素法身天人忽劣要須修成報智始爲奇特今以四弘誓願六度熏修福慧莊嚴則本覺彰而了因般若之光亦稱本無盡名瑠璃光矣經云無量菩薩行無量菩薩願是也功德二字乃宗成妙用世間謚法祖有功而宗有德則以滅惡拔苦爲功撫字生善爲德如來因中以王三昧力遍破三障之惡遍生三德之善境智冥後復以本功德藥遍治衆生三障病苦普與衆生三德妙樂凡經中聞名受持神咒等項率以拔苦與樂爲言而普令一切皆得翛然累表之大解脫夫病去飛昇苦盡樂証是法藥得力而醫王奏功矣故褒之以藥師之號也是則由因中與拔功德而成藥師由因中願行莊嚴而顯瑠璃光由因中修不離性萬行得本而成果上如來也非三德之妙法不能成三法之妙人非極果妙人不能弘圓融三法人法雖異秘藏實同也又復應知人能弘道非道弘人故人題居先而法名殿之問此經既始終只一三法秘藏胡宗體之言少而功用之言多耶須知如來歷劫修證境智內冥如人飲水冷煖自知不必委示縱爲肓人說乳何益無目者哉故不須多說畧點即足至於同體大悲果後方便只爲拔生之苦與生之樂是以功德妙用理當委明也況兩楹之間點出與拔宗本令解一一

無非宗成所起全體大用則行行無非實相事事均會妙宗故多亦三德少亦三德政不在語言多少間也經者別名既同一三法則通名經字即教經行經理經不言可知矣具如妙玄觀經疏若稽此經來由則釋迦說於方等時中而宋孝武時鹿野寺沙門慧簡初譯隋大業十一年達磨笈多同翻經沙門法行等於東都洛水南上林園翻經館重譯至唐三藏法師玄奘筆正流通只有顯教而無密咒至唐義淨三藏法師譯七佛經來內有密咒後人取義淨所翻神咒及咒前數語咒後乃至菩提等四百餘字置玄奘本內彌彰與拔用周而顯密圓通矣釋名竟

二以諸佛甚深行處爲體即是果人究盡寂光妙境此境離塵不屬因果而爲因果所依如華嚴普光明智楞伽自覺聖智普智乃於等妙之後別立則顯此境本非因果而爲等妙因果所依即大乘因者諸法實相大乘果者諸法實相實相元非因果而爲因果所趣也而云諸佛行處顯非在迷共有素法身而已矣須知共有實相未嘗非體但今日欲令行人依之起修必當攬果覺而爲因心以無上寂光爲觀體不可仍說在迷通體所謂取法於上也諸佛即題中如來行處即題中本字餘俟釋文中明

三以願行方便爲宗者經云彼佛無量菩薩行無量菩薩願無量善巧方便說不能盡願有總別總則四弘別分十二莫非了

因始覺觀照軌所謂發僧那於始心也行則六度由之塡願由之顯體由之克果所謂終大悲以濟難也如此因果具有萬行衆願復是圓頓上人所修故云無量菩薩行無量菩薩願願行既窮報智斯顯成瑠璃光妙宗矣又云無量善巧方便者如來因中以種種妙權方便斷惑證理果成之後復以種種大權方便普度衆生如十二大願及聞名供養均得利益等是也四以與拔功德爲用者此經始終只明拔苦與樂十二大願總依四諦依道滅五願是生善與樂依苦集七願是滅惡拔苦至聞名功德中拔三毒惡與二善樂受持供養中約廣畧以明與拔功德光中神咒則與拔並申經末雖似象季別轉報障偏於拔苦然此悲體圓拔苦義必與樂如是原始要終俱明與拔功德之用而一一不離甚深行處則無往而非全體大用此用既溥如阿伽陀藥沾之者必蒙解脫也在法題則曰功德在人題則曰藥師不其然夫五以大乘生酥爲教相者人法題名既同圓妙秘藏則體宗用法義竝從圓起盡現文一往判歸三教而即諸佛行處誰曰不即圓乘釋總題竟

○二別文分三一序二正宗三流通今序

如是我聞一時薄伽梵遊化諸國至廣嚴城住樂音樹下與大苾芻衆八千人俱菩薩摩訶薩三萬六千及國王大臣婆羅門居士天龍八部人非人等無量大衆恭敬圍繞而爲說法

此五事通證諸經而以遊化諸國圍繞說法兼得緣起序薄伽梵舍自在熾盛端嚴名稱吉祥尊貴六義五種不翻中多含不翻也然不出佛名而列薄伽梵者有二義一以顯世尊盛德彌多一以表此經顯密具足名含六義德多也薄伽梵之名出密部如瑜伽中曰巴葛瓦帝或曰婆葛瓦或曰薄伽伐帝即是今薄伽梵義但梵音有楚夏奢切之不同耳良由今經不但顯本願功德而復有密咒破惡之益故存密部之號遊化諸國足見如來弊屣天下無上道成竟忘自巳金輪尊貴法王無上而以同體大悲入泥入水悽悽惶惶教化衆生初不凝滯於一方一隅之繫戀孔子爲東西南北之人蘇張爲燕趙齊楚之客正如蒼梧一片雲或隨風而東或隨風而西易云不家食利有事於四方之謂葢大聖賢自覺巳圓復欲覺人靡不舍巳從人隨緣攝化書云予天民之先覺者也予當以斯道覺斯民也若匹夫匹婦有一不蒙堯舜之澤者若巳推而置之溝中故不忍一日之席煖突黔也即化之一字乃化有歸無化生成熟化凡入聖化偏會圓化權歸實五時調停一乘載導皆仰如來四悉普化而成褫之也諸國則通於十六而嚴城則定於毘耶樹下即說法親依之處當時六年苦行無上道成藉乎草樹及見機擬法則觀樹經行今遊化息足亦不離樹葢塚間樹下易起無常且無覆葢係戀之累故佛律中十二頭陀率以塚樹爲住止處其

猶孔子之杏壇乎各有所取之矣此樹在毘耶黎城雖名樂音未必稱實但處隨法轉境逐心移若俗人至此則惟苦風雨瀟瀟思鄉千里縱有好音亦成苦境所謂風聲鶴唳俱是晉兵矣今法王到處雖櫛風沐雨尚是佳境何況坐茂樹以終日披雄風而微凉自覺其風吟寶樹將天樂而同繁矣苾蒭草含五德喻淨衆可知常隨中苾蒭菩薩如風虎雲龍同佛威儀固其宜矣至於國王臣民有國有家者豈無正務亦隨集樹下耶須知悉達太子乃金輪聖王四方皈德萬國來王富有四海貴爲天子者尚棄去尊貴甘心苦行況其下者乎故其下王臣莫不仰効法王不躭富貴所謂其君好發者其臣決捨如風行草偃皆能輕家重法從佛轉輪也比如國王曰何以利吾國則大夫必曰何以利吾家而士庶人必曰何以利吾身上下交征利而不顧義矣至於天龍八部亦忘却自已多福多能多嗔多伎而爲佛禦侮正同如來初成正覺在寂滅道場四十一位法身大士及宿世根熟天龍八部如陰雲籠月一般蕭蕭風木之下儼然實報莊嚴土矣樹名樂音不亦宜乎而爲說法者當是說西方本願功德而爲說東方本願功德之緣起也

○二正宗二一問又二一問佛名差別

爾時曼殊室利法王子承佛威神從座而起偏袒一肩右膝著地向薄伽梵曲躬合掌白言世尊惟願演說如是相類諸佛名號

爾時指說彌陀經畢時也如是相類類即同也謂同於西方如來名號也

〇二問法門功德

及本大願殊勝功德令諸聞者業障消除爲欲利樂像法轉時諸有情故

本願功德即是問法門不同令諸聞者下乃出求說之意意在大悲益人而請非但好博喜多而已也須知此問即一經大破承題初問佛名即攝得題中藥師瑠璃光如來次問法門即攝得題中本願功德向下如來開示一大卷經只完得佛名功德二章至於像季轉報利樂乃法門功德中事非離題外別有所說如此方顯總別相收義只是一或有離題別立除障利樂之說則是總別徑庭互不收攝非徒文不如而且理不是矣

〇二答三一讚許

爾時世尊讚曼殊室利童子言善哉善哉曼殊室利汝以大悲勸請我說諸佛名號本願功德爲拔業障所纏有情利益安樂像法轉時諸有情故汝今諦聽極善思惟當爲汝說

爲拔業障二句乃釋明大悲勸請語極善思惟者以此經所說願行功德雖似世諦淺近之談要其旨歸一一皆本諸佛甚深行處而來當以實相心行世間事則事事無非實相以圓妙心聽佛說法則法法無非圓妙苟不善思則恐墮於深經淺解故當誡之

〇二領旨

曼殊室利言唯然願說我等樂聞

○三正說分二一荅藥師瑠璃佛號二荅本願功德法門今初

佛告曼殊室利東方去此過十殑伽沙等佛土有世界名淨瑠璃佛號藥師瑠璃光如來應正等覺明行圓滿善逝世間解無上士調御丈夫天人師佛薄伽梵

殑伽即恒河七佛經中從四殑伽數至第七尊則正過十殑伽沙佛土此河名天堂來有二因緣一是天女下主此河由神彰名故名天堂來大品中有河天品是也二由此河之水從阿耨達池分流而下發源處高人民不測其源故名此水爲天堂來秖如我土之水皆由雪山發來至積石山高峻水入地中行至黃河口上湧出爲中國水源而世人亦不知其發源由來但曰黃河之水天上來耳夫下難測上奚翅水哉即今西天目誌載人居山頂但見山下一片白雲中作嬰兒鳴而山下人已見天上轟雷大雨不可測識矣上荅佛名竟

○二荅本願功德法門分二一正荅本願功德二委明功德利樂初又二一詳出十二大願又三一標

曼殊室利彼世尊藥師瑠璃光如來本行菩薩道時發十二大願令諸有情所求皆得

○二釋凡諸別願皆約四諦願不依諦名爲狂願故今佛十二亦即四諦也或謂十二願中一一具四則須於苦中增樂樂中贅苦扭合勉强不順現文現文灼然是四諦義不可約混濫釋也分三一依滅諦二願

第一大願願我來世得阿耨多羅三藐三菩提時自身光明熾然照耀無量無數無邊世界以三十二大丈夫相八十隨形莊嚴其身令一切有情如我無異

第二大願願我來世得菩提時身如瑠璃内外明徹淨無瑕穢光明廣大功德巍巍身善安住焰網莊嚴過於日月幽冥衆生悉蒙開曉隨意所趣作諸事業

此二願即佛道無上誓願成熾然照耀如淨瑠璃光明功德焰網莊嚴者正成報身佛道如華嚴之雲臺寶網法華之光明遍照身也若論小乘四諦以苦集滅道爲次第則藏教聲聞以苦爲初門也若緣覺以集爲初門菩薩以道爲初門通菩薩以滅爲初門别菩薩以界外道諦爲初門今是

唯圓佛乘故以界外無作滅諦爲初門耳

○二依道諦三願三一約慧明道

第三大願願我來世得菩提時以無量無邊智慧方便令諸有情皆得無盡所受用物莫令衆生有所乏少

智慧方便即淨名有方便慧解有慧方便解權實二智悉皆具足故能稱法界衆生所求皆滿其願無令乏少

○二約定明道

第四大願願我來世得菩提時若諸有情行邪道者悉令安住菩提道中若行聲聞獨覺乘者皆以大乘而安立之

安住菩提安立大乘即是安置諸子秘密藏中未嘗不具三學今以行邪道者入菩提道即是令邪定聚衆生入正定聚故爲

定學法華云佛自住大乘定慧力莊嚴以此度衆生即是以九種大禪禪即實相而安立小乘謂之智亦可謂之定亦可但前願是慧後願是戒判此屬定上符佛旨下順修行又復大涅槃經聖行品唯以戒定慧三爲証天行之因今以戒定慧三爲克滅諦之本莫不一契

○三約戒明道

第五大願願我來世得菩提時若有無量無邊有情於我法中修行梵行一切皆令得不鈌戒具三聚戒設有毀犯聞我名已還得清淨不墮惡趣

大經根本十戒具足三聚所謂不破不穿不鈌不雜乃至無上道戒今言不鈌則舉律儀戒中一種事戒次具三聚則圓滿戒波羅密無上道矣小乘空有二宗各釋不同或云戒屬心聚色聚非色非心聚名三聚戒今是大乘攝律儀攝善法攝饒益有情之三聚也犯戒者必墮惡趣如斷多羅木更不復生今以聞佛名故不墮惡趣則是兩種大緣而得懺悔一者最初元在藥師法中持戒功德二者聞藥師名如阿伽陀藥徧治衆病故能起死回生不墮大辟上之三願皆依道諦而發所謂法門無量誓願學言無量則有八萬四千三昧陀羅尼門三十七道品四教六度不同而今但出三學者以此三學徧能攝盡一切法門故也如止觀道品調適中辨而集註中亦稍引示檢之可知但他經願學法門惟爲自已此經法門俱爲利生不同耳問既依

涅槃及順修行當以戒學爲先今何先慧答今是圓佛所修聖道貴乎先得權實二智普應衆生之求況三學中智能斷惑智能證理自行化他此急先務故居其首

〇三依苦集共七願爲三一先出三苦三一根缺

第六大願願我來世得菩提時若諸有情其身下劣諸根不具醜陋頑愚盲聾瘖瘂攣躄背僂白癩顛狂種種病苦聞我名已一切皆得端正黠慧諸根完具無諸疾苦

〇二貧窮

第七大願願我來世得菩提時若諸有情衆病逼切無救無歸無醫無藥無親無家貧窮多苦我之名號一經其耳衆病悉除身心安樂家屬資具悉皆豐足乃至證得無上菩提

〇三女身

第八大願願我來世得菩提時若有女人爲女百惡之所逼惱極生厭離願捨女身聞我名已一切皆得轉女成男具丈夫相乃至證得無上菩提

已上三願并下十十一十二三願皆衆生無邊誓願度之大悲拔苦但此悲體圓悲必具慈故拔苦已莫不與樂正藥樹一沾不惟瘵瘵且得飛昇但與樂中益有淺深之别根缺者即具諸根貧窮者即得豐足女身者即成丈夫皆敵對相番屬對治爲人兩悉檀淺益若成無上菩提即第一義深遠益也

〇二間明集諦

第九大願願我來世得菩提時令諸有情出

魔罥網解脫一切外道纏縛若墮種種惡見稠林皆當引攝置於正見漸令修習諸菩薩行速證無上正等菩提

此一依集諦發煩惱無盡誓願斷一切纏縛種種稠林正示煩惱無盡之相也良由一妄之後衆惑雲興所謂五鈍五利十纏十使六十二見百八煩惱乃至八萬四千塵勞生滅結縛衆生沉淪苦海無解脫時故喻如稠林目爲纏縛耳魔王著愛多貪眷屬嘗以彌天大網籠罩衆生外道著見如狂瀾飈起觸境即生牽生三有令不得出如稠林纏縛故言魔外則舉著見思之彌極者也而藥師一名功德能伏愛見二論遍破通別見思故云出網解脫也問藥師功德但破見思耶答三惑俱破塵沙即是習氣而無明名同體見思故但云破見思惑則界內外三惑均消也問依集諦發爲有幾願答若依祖誥惑與業俱搆造衆罪俱招感相則下邊第十一造諸惡業亦集諦攝今以下願飢渴所逼仍屬報苦故即見思惑示集諦之體也問苦集兩願何多少不次答如來對境立願隨便舉發前後多少皆無在也今以集諦一願間于拔苦六願之中者正以見前後報苦皆由惑造若能斷惑則如釜底抽薪衆苦氷消矣況言藥師則以拔現報病苦爲急先務故拔苦備詳六種而斷集只出一願

○三重出三苦三一刑戮

第十大願願我來世得菩提時若諸有情王法所加縛録鞭撻繫閉牢獄或當刑戮及餘

無量災難陵辱悲愁煎逼身心受苦若聞我名以我福德威神力故皆得解脱一切憂苦身心受苦句是總結上一切諸苦而對治中云解脱一切憂苦乃謹對上身心二字葢在心名憂在身名苦意根名憂五根名苦懼於後果爲憂嬰於現報爲苦求救無術名憂痛苦切膚名苦故也

○二無食

第十一大願願我來世得菩提時若諸有情飢渴所惱爲求食故造諸惡業得聞我名專念受持我當先以上妙飲食飽足其身後以法味畢竟安樂而建立之

安樂名涅槃通於十界如地獄有溫凊之安樂亦名涅槃乃至二乘偏空涅槃皆不畢竟獨如來名畢竟安樂涅槃也建立者

對無食惡人而來其本無安樂根性今佛爲之下種無者尚與下種況宿有善根者哉

○三無衣

第十二大願願我來世得菩提時若諸有情貧無衣服蚊蝱寒熱晝夜逼惱若聞我名專念受持如其所好即得種種上妙衣服亦得一切寶莊嚴具花鬘塗香鼓樂衆伎隨心所翫皆令滿足

寶莊嚴具等即實報土中雲臺寶網天衣妙觸而如其所好隨心滿足者即法華各賜大車普門隨類現身之意如上拔苦六願雖無輕重然根缺貧窮女人世間甚多而犯刑凍餧世間畧少大悲心中雖云等拔而不無先多後少之宜又復皆稱大願

者一一皆拔苦盡一一皆成佛道也

○三結

曼殊室利是爲彼世尊藥師瑠璃光如來應正等覺行菩薩道時所發十二微妙上願

○二結示功德莊嚴三一結廣

復次曼殊室利彼世尊藥師瑠璃光如來本行菩薩道時所發大願及彼佛土功德莊嚴我若一劫若一劫餘說不能盡

○二示畧二一依報

然彼佛土一向清淨無有女人亦無惡趣及苦音聲瑠璃爲地金繩界道城闕宮閣軒牕羅網皆七寶成亦如西方極樂世界功德莊嚴等無差別

然者從廣出略之詞葢言功德廣大雖說不能盡然不妨撮廣大以略示依正之相故云然也亦無惡趣亦如西方正對最初文殊所問惟願演說如是相類本願功德之問又顯序中而爲說法之句乃說淨土法門矣

○二正報

於其國中有二菩薩摩訶薩一名日光遍照二名月光徧照是彼無量無數菩薩衆之上首次補佛處悉能持彼世尊藥師瑠璃光如來正法寶藏

○三勸生

是故曼殊室利諸有信心善男子善女人等應當願生彼佛世界

佛讚西方如來功德莊嚴已極口相勸發願往生今東方旣與西方等無差別固當普勸發願往生

藥師瑠璃光如來本願功德經直解卷上

音釋

瘵音債勞瘵　翛音宵　癥音征腹內病也　疇音酬曩也　黔音鉗　褫音池

瀟音宵瀟瀟風雨暴疾貌　轟音薨　餒內上聲飢也　庋古委切音詭

# 藥師瑠璃光如來本願功德經直解卷下

清 天台 苾蒭 靈耀 撰

○二委明功德利樂已上但答藥師名號本願而未委顯名願之下功德利益故今約聞名神咒修供三端委顯功德復假解脫菩薩之請而開示像季有情轉報脫苦之神驗單複稠疊宣揚發洩大意只顯藥師如來名願內之功德二字非名願之外別有所說亦非總題之外別說像季利樂也倘更離題別科則爲離本之枝血脉不貫矣問前於本願之下已出功德莊嚴四字矣今胡重明荅前但結成名號本願非正明功德故云說不能盡略示其槩如西方而已何曾委明藥師與拔之能及功德之細哉則知上文雖是結示其意已是略標至下重重委釋於義更清爲二一聞修遍拔三障功德二像季別轉報障利樂初又二一詳與拔功德二出功德宗本初又三一約聞名以顯功德二約神咒以顯功德三約修供以顯功德初又二一拔三毒功爲三一拔愚癡爲二一轉貪癡拔三毒中一一皆先出病苦根本之惑次明因惑造業因業感報直至沉痾勢在不救然後以藥師一種名願之力如阿伽陀藥藥到病除敵體相番起死回生以顯其功苦既拔已即與妙樂樂分淺深或得生善或得第一義直至究竟而後已以顯藥師名願之下功德不貲至矣盡矣章章皆爾不必細科

爾時世尊復告曼殊室利童子言曼殊室利

有諸衆生不識善惡惟懷貪悋不知布施及施果報愚癡無智闕於信根多聚財寶勤加守護見乞者來其心不喜設不獲已而行施時如割身肉深生痛惜復有無量慳貪有情積集資財於其自身尚不受用何況能與父母妻子奴婢作使及來乞者彼諸有情從此命終生餓鬼界或傍生趣由昔人間曾得暫聞藥師琉璃光如來名故今在惡趣暫得憶念彼如來名即於念時從彼處沒還生人中得宿命念畏惡趣苦不樂欲樂好行惠施讚歎施者一切所有悉無貪惜漸次尚能以頭目手足血肉身分施來求者况餘財物

貪悋愚癡是内惑多聚財寶是貪之外相勤加守護是悋之外相自不受用是愚癡外相皆業也生餓鬼傍生即因貪悋之業以招報因果不爽昔時暫聞今復暫念即種有淺深故獲分厚薄然猶愈於不聞者矣故此聞字即曾染指藥師者也昔時少捨如割身肉今捨血肉如棄涕唾凡聖霄壤矣亦是經中字眼照映之妙

○二轉邪見

復次曼殊室利若諸有情雖於如來受諸學處而破尸羅有雖不破尸羅而破軌則有於尸羅軌則雖得不壞然毀正見有雖不毀正見而棄多聞於佛所說契經深義不能解了有雖多聞而增上慢由增上慢覆蔽心故自是非他嫌謗正法爲魔伴黨如是愚人自行邪見復令無量俱胝有情墮大險坑此諸有情應於地獄傍生鬼趣流轉無窮若得聞此藥師瑠璃光如來名號便捨惡行修諸善法

不墮惡趣設有不能捨諸惡行修行善法墮惡趣者以彼如來本願威力令其現前暫聞名號從彼命終還生人趣得正見精進善調意樂便能捨家趣於非家如來法中受持學處無有毀犯正見多聞解甚深義離增上慢不謗正法不爲魔伴漸次修行諸菩薩行速得圓滿

此屬僧倫法道流弊直至邪見墮惡而後已佛之所以必不捨此而令暫聞名號者以其最初元于如來法中受戒定慧學處故也餘皆可知

○二拔慳妬

復次曼殊室利若諸有情慳貪嫉妬自讚毀他當墮三惡趣中無量千歲受諸劇苦受劇苦已從彼命終來生人間作牛馬駝驢恒被鞭撻飢渴逼惱又常負重隨路而行或得爲人生居下賤作人奴婢受他驅役恒不自在若昔人中曾聞世尊藥師瑠璃光如來名號由此善因今復憶念至心皈依以佛神力衆苦解脫諸根聰利智慧多聞恒求勝法常遇善友永斷魔罥破無明殼竭煩惱河解脫一切生老病死憂愁苦惱

嫉妬之相起於慳貪因貪利位形於口四則自贊毀他如上官大夫之讒屈原是也夫貪人財物固當以身力血肉償他宿負而恒不自在受他鞭打者則當時强取人物必以刀杖嚇取或以謗令受累不安故今又當以不自在受鞭打還之矣

○三拔瞋惡

復次曼殊室利若諸有情好喜乖離更相鬬

訟惱亂自他以身語意造作增長種種惡業展轉常爲不饒益事互相謀害告召山林樹塚等神殺諸衆生取其血肉祭祀藥叉羅刹婆等書怨人名作其形像以惡呪術而呪詛之魔魅蠱道呪起屍鬼令斷彼命及壞其身是諸有情若得聞此藥師瑠璃光如來名號彼諸惡事悉不能害一切展轉皆起慈心利益安樂無損惱意及嫌恨心各各歡悅於目所受生於喜足不相侵陵互爲饒益

好乖喜離即是嗔心內相世人皆好和喜合而此人嗔心所使偏喜與人乖違遠離時時欲害一切與之爲寃爲仇更相鬬訟下即是嗔之外相分二一陽起鬬訟二陰起毒害蓋陽力不足而嗔心益盛勢必至於告陰狀咒起屍矣復言更相互相者正舉世間皆盲嗔對觸無一有智慧人也聞佛名而諸惡莫害者指前所害之人不受其害也如普門品中所云但令云皆起慈心互爲饒益較勝彼耳慈心正治嗔障而無嗔恨即不喜乖離也此中不出報病者造罪至此必墮三途不言可知矣拔三毒惡病以明藥功竟

○二生二善德爲二一助生淨善又二一出機

復次曼殊室利若有四衆苾蒭苾蒭尼鄔波索迦鄔波斯迦及餘淨信善男子善女人等有能受持八分齋戒或經一年或復三月受持學處以此善根願生西方極樂世界無量壽佛所聽聞正法而未定者

未定二字乃是感叩藥師之機

○二示應爲二一遠生淨土

若聞世尊藥師瑠璃光如來名號臨命終時有八大菩薩其名曰文殊師利菩薩觀世音菩薩得大勢菩薩無盡意菩薩寶檀花菩薩藥王菩薩藥上菩薩彌勒菩薩是八大菩薩乘空而來示其道路即於彼界種種雜色衆寶花中自然化生

助往生中或是淨土請主或是西方輔弼或是藥師同願或是忍土儲君皆同一願力接引後昆之賢也可知

○二近生十善

或有因此生於天上雖生天上而本善根亦未窮盡不復更生諸餘惡趣天上壽盡還生人間或爲輪王統攝四洲威德自在安立無量百千有情於十善道或生刹帝利婆羅門居士大家多饒財寶倉庫盈溢形相端正眷屬具足聰明智慧勇健威猛如大力士

家字不當作姑字讀

○二女轉男身

若是女人得聞世尊藥師瑠璃光如來名號至心受持於後不復更受女身

菩薩修行至阿僧伽滿方得離女身障今聞佛名即得遠離其德何如哉又生善中雖但約報然必具足內心因緣善業始得克果總科遍拔三障意可知也

○二約神咒以顯功德諸佛攝化有顯密二輪如醫人治病有丸劑二藥巳上詳示本願功德皆顯治衆生三障之病生二善之德如煎劑羅列以教化狂子者也脫有世智自用嫌藥寒熱妄生去取而不肯服

則爲擣篩和合成一彈丸於一塵內具足衆氣能服之者功與顯同故有密輪神咒之說唐譯元無從此至勿令𤸃忘四百餘字後人取七佛經中之文而足於此所以顯此經二輪竝運合則雙美也爲三一示意二正說三結勸今初

復次曼殊室利彼藥師瑠璃光如來得菩提時由本願力觀諸有情遇衆病苦瘦䜌乾消黃熱等病或被魘魅蠱毒所中或復短命或時橫死欲令是等病苦消除所求願滿

乾消即渴消病相如所害瑜伽云一滴清凉水能除飢渴消是也治病是功所求願滿一句即生善德

○二止說二一入定

時彼世尊入三摩地名曰除滅一切衆生苦惱既入定已於肉髻中出大光明

○二說咒

光中演說大陀羅尼曰南無薄伽伐帝鞞殺社窶嚕薜瑠璃鉢剌婆喝囉闍也怛他揭多耶阿囉訶諦三藐三菩提耶怛姪他唵鞞殺逝鞞殺逝鞞殺社三曼揭諦莎訶

密咒各有所爲天台大師約四悉檀釋不必煩引前已顯說本願功德無二無别但約密談愈彰深秘故顯了詮復秘密示耳今且先消章句前是皈敬之詞亦通解說從怛姪他下方是密語南無番皈依薄伽伐帝即通序初薄伽梵三字名含六義是故不番或云婆伽梵或云婆伽伐梵音楚夏也前但三字今多一帝字是梵音引聲奢切也密部中或云巴葛甩或癹葛甩帝

皆是此義以由玄奘法師重歷五天徧學梵音故回唐新譯音字稍異耳鞞殺社窶嚕即藥師薜琉璃又云吠琉璃名帝青寶鉢喇婆喝囉闍也合讀之即琉璃光世尊怛他揭多耶番如來阿囉訶帝番應供三藐三勃陀耶番正徧知聯絡其詞而讀之則曰皈依具六義之藥師琉璃光如來應供正徧知也夫將說此咒必先皈敬既皈敬已即當說之故曰怛姪他此三字番為即說咒曰四字唵字以下是正說密言下地難知咒功在乎除苦滿願咒體即是甚深行處光中音聲朗朗而初非文字之相言外妙義泠泠而亦不離文門顯寔髻中放光光非青黃赤白非色而色色而非色今則聲而非聲非聲而聲不即不離唯佛究竟和盤托出莫顯於斯此一粒靈丹徧治三障惡疾頓長地住法身四悉釋者約外相耳

○三結勸　一初略結功德

爾時光中說此咒已大地震動放大光明一切衆生病苦皆除受安隱樂

除病是功受樂是德

○二廣結勸修

曼殊室利若見男子女人有病苦者應當一心為彼病人常清淨澡漱或食或藥或無蟲水咒一百八遍與彼服食所有病苦悉皆消滅若有所求至心念誦皆得如是無病延年命終之後生彼世界得不退轉乃至菩提是故曼殊室利若有男子女人於彼藥師琉璃光如來至心殷重恭敬供養者常持此咒勿

令廢忘
病除是功生彼世界是德與前顯説功德
孱齊是故以下又是勸詞也約神咒以顯
功德竟
○三約修供以顯功德如上聞名持咒但
屬口耳之益縱至九亦同彰亦只名字開
解而已未起觀行薰修究竟甚深行處難
克比如火宅煩渴雖見清水稍慰中心若
不挹飲難解枯焦故今重示修供書寫受
持解義等五品觀行修功以求佛法性水
解無明渴趣甚深理夫聞名得益是教經
開解修供功德是行經起修圓滿菩提是
理經證果進由鴻漸修分六即自淺之深
法應爾也爲二一略示功德二廣顯功德
初又二一一修供生善德

復次曼殊室利若有淨信男子女人得聞藥
師琉璃光如來應正等覺所有名號聞已誦
持晨嚼齒木澡漱清淨以諸香花燒香塗香
作衆伎樂供養形像於此經典若自書若敎
人書一心受持聽聞其義於彼法師應修供
養一切所有資身之具悉皆施與勿令乏少
如是便蒙諸佛護念所求願滿乃至菩提
得聞名號是牒已前聞名開解事也聞已
誦持下是勸衆生依解起行以求淨法性
水滌除五住煩惱也然修行之下必具生
善滅惡功德故師資互相酬酢而顯出之
所求願滿一句即是略標生善之德至下
方廣示滿願之相曰求富饒得富饒求男
女得男女等也乃至菩提即生善中之第
一義益斯爲由行證理證起行絶之理經

矣

○二傳通滅惡功爲三一發願通經

爾時曼殊室利童子白佛言世尊我當誓於像法轉時以種種方便令諸淨信善男子善女人等得聞世尊藥師琉璃光如來名號乃至睡中亦以佛名覺悟其耳

聞佛所說五等熏修功德叵大即發僧那流通寶號以令永永聞修俱至菩提種種方便即同觀音普門設化現十界身而爲說法令得聞名或爲夫妻子女善友知識循循善誘汲引令聞乃至睡中者乃至二字超略之詞或于春夏秋冬或于行住坐立語默作作等時令得聞名倘此人于上一切時處不能得聞乃於睡中亦令得聞也亦之一字乃對非睡時說睡處尚令得聞況不睡時耶足見文殊智巧悲深不捨頑冥必令度脫也此有兩意一者爲愚癡凡夫數趨趨處竟無片暇可度宜于睡中令聞而不於行住坐中爲說也二者惡人深執邪見佛法難入縱使爲說其亦輕忽而不信受故於睡中點悟則是清明之氣猶存自然佛名可逗而驚信忽生如於沸湯取物必假一碗冷水入處下手可探也所以一切賢聖既於睡夢三界設化多以夢幻法門度生金光明夢金鼓而宣懺悔大涅槃夢羅刹而進道心準提經以夢吐黑飯爲滅罪之相方等經以夢十二王而入懺門地藏則夢入地獄而大願陡發法華夢證聖位而弘經相成漢顯宗夢金人而流通像法古國王夢臨刑以增進道心

二十年南柯太守九十歲拜將封王善哉聖賢託睡夢以點醒夢人之妙法也又焉知非文殊普門大願中之善巧方便耶如上所引睡中點化亦具四悉檀益可知

○二傳通滅惡

世尊若於此經受持讀誦或復爲他演說開示若自書若教人書恭敬尊重以種種花香塗香抹香燒香花鬘瓔珞旛蓋伎樂而爲供養以五色綵作囊盛之灑掃淨處敷設高座而用安處爾時四大天王與其眷屬及餘無量百千天衆皆詣其所供養守護世尊若此經寶流行之處有能受持以彼世尊藥師琉璃光如來本願功德及聞名號當知是處無復橫死亦復不爲諸惡鬼神奪其精氣設已奪者還得如故身心安樂

以天王守護故惡鬼不侵

○三法王印可

佛告曼殊室利如是如是如汝所說

略示功德竟

○二廣顯功德前略中但云修供今則詳示儀式前但云所求願滿今則廣明富貴男女皆得前但云不爲惡鬼奪氣今廣示滅惡諸相故云廣顯修供功德也爲二一先出儀式

曼殊室利若有淨信善男子善女人等欲供養彼世尊藥師琉璃光如來者應先造立彼佛形像敷清淨座而安處之散種種花燒種種香以種種幢旛莊嚴其處七日七夜受八分齋戒食清淨食澡浴香潔著情淨衣應生無垢濁心無怒害心於一切有情起利益安

樂慈悲喜捨平等之心鼓樂歌讚右遶佛像復應念彼如來本願功德讀誦此經思惟其義演說開示

造像供養是淨界結壇等事七日七夜以下是淨三業而淨三業中大要身論開遮口論說默意論止觀受持齋戒是遮澡浴淨衣是開無垢濁怒害是止慈悲平等是觀誦經演說是說思惟其義是嘿意論止中垢即貪心濁即癡心怒害即嗔心謂須止三毒心也亦即止觀中揀非顯是之法

○二正明功德二一廣生善德

隨所樂求一切皆遂求長壽得長壽求富饒得富饒求官位得官位求男女得男女

一切皆遂句則該四教聖賢三昧辨才願生佛國等出世正求下四即遂世間淺淺富壽之求此有二意一是如來藏中富有萬德雖淺求尚應何況出世之深求者乎二者如此倒求三界之法聖賢所訶而藥師皆遂者足見如來善巧方便漸次誘引之妙蓋不信之人不知出世妙道但知求世間淺果富壽等事以叩如來如來若不遂其所願則此人永無回心向佛之日矣故佛因其倒求且遂倒願願既遂已方知敬佛專心三寶可以誘之出世矣此獨藥師與觀音能爲之也近人不知此妙竟約四教法門定慧以釋富壽男女夫一切皆遂句已該出世四教定慧等矣而更約出世四教以釋四求則一彰佛有重煩之咎二失如來善巧方便之妙況以是求有益於得求在我者而結則將藥師妙應功德

皆推開矣可笑

○二廣滅惡功爲五一滅夢相諸惡

若復有人忽得惡夢見諸惡相或怪鳥來集或於住處百恠出現此人若以衆妙資具恭敬供養彼世尊藥師琉璃光如來者惡夢惡相諸不吉祥皆悉隱沒不能爲患

惡夢如金光明夢日墮齒落以喪幼子等惡相如左傳見良霄曰吾將殺帶又將殺段等怪鳥來集如賈太傅見鵩鳥入戶等百怪如呂太后見趙王如意爲蒼狗據腋齊襄公見公子彭生爲豕人立而啼等所謂國家將亡必有妖孽是也若四夢六夢阿含十夢於此不切不必煩引

○二滅情無情怖

或有水火刀毒懸險惡象獅子虎狼熊羆毒蛇惡蠍蜈蚣蚰蜒蚊虻等怖若能至心憶念彼佛恭敬供養一切怖畏皆得解脫

水火等是無情之怖惡象師子等是有情之怖皆能殺身害命故是大惡若約普門七難七大而釋則刀毒是地大水火可知懸險即空大師象及侵擾反亂即見識二大此皆滅世間之惡耳不必約普門煩惱業報釋之夫狂象無鉤師子咬人熊羆害命虎狼食人大怖可知毒蛇搜神記云嶺南蒙岫山中有蛇見人輒碎爲片片花塊行人不知捉其一塊則皆合集嚙人北地有蛇能呼人名人苟應之夜來食人腦髓經中有七步蛇傷之即死惡蠍俗名蠍虎北地有之南方則無故劉禹錫被召有喜照壁間而見蠍之詩蘇子瞻同京有行有

見蠍之喜句然人若觸之則尾上有毒最能傷人唐開元間有主薄以竹筒盛之帶過江南故南方亦甞嘗而有蜈蚣蚰蜒二俱喻嗔夫嗔之起皆主害人廣雅曰蜈蚣性能制蛇卒見大蛇便緣而啖其腦三教珠英曰蜈蚣見蛇能以氣禁之蚰蜒即蜒蚰身赤多足能緣壁高麗寺殿壁天雨輒滿矣蚊虻微細何足爲怖以藥師之力但破蚊虻之怖無乃大小乎此有二意一者南直有露筋娘娘廟相傳此方蚊子極大昔有姑嫂二人行至中途天晚嫂畏蚊故就客人蚊帳而宿其姑坐地受嘬至筋骨俱露而死起廟祀之以表貞節是則蚊虻雖小亦能傷人爲可怖也二者藥師當日修二十五王三昧時以圓三觀徧破二十五有見思無明惡業塵沙功力叵大無不破盡如此小怖尚破何況其大者哉正師子撲物皆用全力不因怖小求佛而佛即不救其苦也如上生善中富壽男女皆遂同一意耳當知與拔通用不欺之力方顯藥師大叩大鳴小叩小鳴之神應無方

○三滅盜賊侵亂

若他國侵擾盜賊反亂憶念恭敬彼如來者亦皆解脫

○四滅破戒墮惡

復次曼殊室利若有淨信善男子善女人等乃至盡形不事餘天惟當一心皈佛法僧受持禁戒若五戒十戒菩薩四百戒苾蒭二百五十戒苾蒭尼五百戒於所受中或有毀犯怖墮惡趣若能專念彼佛名號恭敬供養者

必定不受三惡趣生
四百五百律中無出良由律文有未度者
耳不必强不知以爲知扭揑配也
○五滅産難極苦
或有女人臨當産時受於極苦若能至心稱
名禮讚恭敬供養彼如來者衆苦皆除所生
之子身分具足形色端正見者歡喜利根聰
明安隱少病無有非人奪其精氣
此經拔女人之苦有三雖前後各言一端
合之必衆苦皆除也結云無有非人奪氣
正與前文殊略明拔苦中不爲惡鬼奪氣
縈縈照暎乃如來説法起伏貫通之妙也
巳上廣明與拔功德之用竟
○二出功德宗本凡上所明拔苦與樂滅
惡生善雖稠疊廣略互顯功德不同皆屬
化他之用用若無體即狂願妄行用若無
宗即凡夫外道故今點示正體名諸佛甚
深行處妙宗即無量願行方便宗體既立
則凡前後所明與拔功德無非果後化他
全體大用有宗有本非義襲而從之者也
爲二一示甚深本體二示願行妙宗初又
爲二一直示用即深體二復約三慧揀顯
今初
爾時世尊告阿難言如我稱揚彼世尊藥師
琉璃光如來所有功德此是諸佛甚深行處
難可解了
功德即行處乃點用即體如水爲波如波
爲水二本無二全體大用也六凡行處是
三界同如牢獄二乘行處是泥洹淺窄不
深菩薩行處可名爲深如云觀自在菩薩

行深般若波羅蜜多時然邊際之智未圓滿三諦之境未究竟不得名甚深唯佛與佛乃能究盡諸法實相窮源極底得名甚深行處須知諸佛即一心三智行處即三諦一境如來最初以無緣智緣無相境以無相境相無緣智無緣而緣無非三觀無相而相三諦宛然境智雙忘而言境智則始本一合如函蓋相冥正修得四德本有四德一一皆具常樂我淨爲十方諸佛所遊行處名常寂光也此境身土一如色心不二在境智契合時名甚深行處在空有雙亡時即中道寔相在一眞無染時名眞如在靈智普照時名佛性在三因究滿時名泥洹在染淨混融時名法界皆一體異名揭寔相正印爲此經四章所歸之本體也諸佛證此體已從體起用無緣與拔普利含生即名功德乃全體大用非用外有體體外有用二而不二不二而二則在前所明與拔功德皆從此體而起所謂無不從此法界流也今點前與拔之用即佛行處又無不還歸此法界也在法華則名如來入于無量義處在圓覺則名入于大光明藏在金光明則名遊于金光明甚深法性過諸菩薩所行清淨在涅槃則曰安置秘密藏中在般若則曰以不住法住般若波羅蜜中無往而非境智一合中寔體德然此正體生佛本具今言諸佛行處則顯果上始本一合之妙覺正體非含生在纏之素法身而已也所謂十界本周誰不具修成報智乃爲奇耳既是諸佛究盡行處

固非九界七方便所能仰窺是以難可解了或約迷中共有而釋佛甚深行處可謂不知輕重傍正唯扯現成語言塡塞白紙寧不混濫失旨乎

○二復約三慧揀顯良由佛證寔處不屬九界故約九界人難信難解難聞往復問荅以顯此體高深正與法華揀衆止觀揀非意同也爲三一約難信顯體信即思慧蓋學而不思則罔以由聞後善思故能生信若不善思則生謗墮苦矣豈非信即思慧哉又三一問

汝爲信否

○二荅爲二一仰信佛言

阿難白言大德世尊我於如來所說契經不生疑惑所以者何一切如來身語意業無不清淨世尊此日月輪可令墮落妙高山王可使傾動諸佛所言無有異也

仰信佛說不虛而已非自能究盡諸法實相於佛行處行也故下佛云汝今能受當知皆是如來威力

○二不信墮惡

世尊有諸衆生信根不具聞說諸佛甚深行處作是思惟云何但念藥師琉璃光如來一佛名號便獲爾所功德勝利由此不信返生誹謗彼于長夜失大利樂墮諸惡趣流轉無窮

○三述成

佛告阿難是諸有情若聞世尊藥師琉璃光如來名號至心受持不生疑惑墮惡趣者無有是處

佛謂但恐衆生夙無善根不能聞名則有誹謗墮苦之憂若能聞名則已於千萬佛所種善根者矣自然聞已即能至心受持深信不疑豈有聞後更生不信誹謗以墮惡趣哉故曰無有是處此段言雖重聞其實釋上難信之意

○二約難解顯體解即修慧深心修入方能解了如云唯除一生所繫菩薩豈非修慧之極方能解入乎

阿難此是諸佛甚深所行難可信解汝今能受當知皆是如來威力阿難一切聲聞獨覺及未登地諸菩薩等皆悉不能如實信解唯除一生所繫菩薩

此帶前未盡之意而來曰我之所以不敢深責衆生之信者良由佛行深處原非九界能窺故許其但能聞名已是圓解之人難得難得者矣何可論其信解也哉即汝阿難僅能領受我之語言亦不過仗佛威神如藕絲懸山仰信不疑而已豈汝自力能解佛境界乎然又非阿難一人難解即一切二乘方便菩薩修慧未深者皆難寔解法華揀衆實與此同所謂境不親嘗事非目擊故耳向下方打出圓修將竟一人方能解了即一生所繫等覺後心菩薩也言除非此人方許能解楞嚴明等覺後心覺際入交故能見佛所見蓋如來始本久圓高居常寂光土爲度生故寂照而出從寔起權以普鑒羣機等覺菩薩始覺方窮上冥本覺始本乍合故照寂而入以契證實體一人由此而出一人由此而入于此

覺際路上相交出入一雖久見一雖乍窺同一見也故云唯除一生所繫菩薩乃能解了也法華尚許信力堅固二人能解今經唯許等覺修極一人則知此經甚深實體的是妙覺圓極果德非生佛共有在纏眞如矣釋經者何不探清前後旨趣顧乃煩引理即全迷之談而浪注耶

○三約難聞顯體

阿難人身難得於三寶中信敬尊重亦難可得聞世尊藥師瑠璃光如來名號復難於是

能聞尚是難難何況能信能解故以聞慧居後反顯以前二慧叵得既非九界所能聞信解了即顯此體究竟圓極從體起用與拔功德悉皆有本亦究竟圓極非下地能知也

○二示願行妙宗

阿難彼藥師瑠璃光如來無量菩薩行無量善巧方便無量廣大願我若一劫若一劫餘而廣說者劫可速盡彼佛行願善巧方便無有盡也

且置彼佛實相之體九界難窺即彼佛修成因果之宗佛說難盡以九界難知顯體以佛說難盡顯宗極果法報呈露盡矣願即是因所謂發僧那于始心行即是果所謂終大悲以濟難一切聖賢大乘因果總不出願行二端凡願之總乃四弘心論願之別即有無量凡行之總乃六度法論行之别遂有無量别教明義一即無量圓人攬之無量即一乃依諸佛行處一乘之本以起萬行因果之宗則大乘因者諸法寔

相是大乘果者諸法實相是此全體之宗宗不離體故諸佛窮劫説不盡也若論善巧方便應是與拔之用今此乃如來願行中趣理斷惑之妙權故亦屬宗至于果後與拔重重如前所明方是宗成之用此用由于宗成而起果後化他即非凡夫外道煦煦孑孑愛見慈悲矣又復應知此經前後皆明功德之用而特于兩楹之間點示宗體者即有承前顯後之妙前明與拔功德竟隨示宗體則顯已前與拔皆宗成而起全體大用法法甚深事事佛行又顯已後別轉像季報障亦全體大用用不離宗三法相須而不相離離之三九合之唯一雖世間與拔淺深功德皆與實相不相違背也天台大師深得佛意故觀經疏於敘觀敘題兩楹之中點示宗體爲承前敘後之妙東土迦文信不誣矣又復此經甚深行處即首題中本字能究盡之人即如來願行之宗即題中願字能行之人即瑠璃光前後所明與拔之用即題中功德二字能與拔之人即題中藥師也總者總于別別者別于總總別雖二意義惟一

〇二像季別轉報障利樂前明與拔則功德互陳三障通指一真克證不獨令諸聞者業障消除而已今救横死病苦則惟拔報障現果不關惑業二端所謂病急治表利樂像法轉時諸有情也故先約廣略修供以轉報障使存亡利益病苦安樂然後委釋已盡報命復得延永者由于横死居多故邀佛力即能起死回生況人多罪業

尤須廣修供養庶幾苦報解脫正明之後復加結釋藥師拔苦之功至矣盡矣便須證護以入流通爲二二正明轉障利樂二結釋轉供義意初又二一略明修供轉障

二一正明又二一出命終報苦

爾時衆中有一菩薩摩訶薩名曰救脫即從座起偏袒右肩右膝著地曲躬合掌而白佛言大德世尊像法轉時有諸衆生爲種種患之所困厄長病羸瘦不能飲食喉脣乾燥見諸方暗死相現前父母親屬朋友知識啼泣圍繞然彼自身臥在本處見琰魔使引其神識至于琰魔法王之前然諸有情有俱生神隨其所作若罪若福皆具書之盡持授與琰魔法王爾時彼王推問其人計算所作隨其罪福而處斷之

先示報身病苦至無可挽回必死無疑以顯供養藥師如茅山一九即能起死回生之功効也

〇二明修供轉報

時彼病人親屬知識若能爲彼歸依世尊藥師瑠璃光如來請諸衆僧轉讀此經然七層之燈懸五色續命神旛或有是處彼識得還如在夢中明了自見或經七日或二十一日或三十五日或四十九日彼識還時如從夢覺皆自憶知善不善業所得果報由是證見業果報故乃至命難亦不造作諸惡之業

旛名續命如阿含經阿育王因病手自徧掛諸寺之旛得延二十五年壽命以得名也若方等觀旛幢道具是名慧觀諸經論旛一風轉得一轉輪王位是明福德今是

禳災延壽之旛用各不同

○二結勸

是故淨信善男子善女人等皆應受持藥師瑠璃光如來名號隨力所能恭敬供養

隨力則富羅天下之奇珍窮盡一身之所有初不責於豐儉佛唯享于克誠也

○二廣明修供轉障二一廣示修供儀式

二一問

爾時阿難問救脫菩薩言善男子應云何恭敬供養彼世尊藥師瑠璃光如來續命旛燈復云何造

○二荅二一示式

救脫菩薩言大德若有病人欲脫病苦當爲其人七日七夜受八分齋戒應以飲食及餘資具隨力所辦供養苾芻僧晝夜六時禮拜行道供養彼世尊藥師瑠璃光如來讀誦此經四十九遍燃四十九燈造彼如來形像七軀一一像前各置七燈一一燈量大如車輪乃至四十九日光明不絕造五色綵旛長四十九搩手應放雜類衆生至四十九

須七日七夜持戒者不同婬女持日戒屠兒持夜戒矣至七日夜則三業清淨一切徼求可以感通成就如胎中七日一增初果七生斷惑亡者七日一轉也况七乃少陽之數有生起之道如七發中說楚太子至七則太子之病霍然良巳今用此數正起病苦也一一皆須至四十九者必功用精進久而遂通且大衍之數五十其用四十有九此乃起用之數救病攸宜造像七軀者七佛經中藥師乃第七尊今欲求其

救苦要須請其合志同方者戮力施功也燈量大如車輪正如今之樹燈四十九揲手者佛之手掌并指長一尺則似宜長四丈九尺之旛若并肋亦筭之則佛手長二尺應用十丈之旛矣隨便隨宜二俱無在應放雜類衆生至四十九日者前是上求三寶以竭敬田此是下救衆生以盡悲田蓋衆生被獲命在須臾買而釋之如天恩大赦各歸仁壽之域德莫大焉况衆生病夭由于殺生今言放生即長壽因以今之善易昔之惡求脫病苦莫此爲良禮拜供佛既四十九日則買命放生亦須四十九日非謂四十九種衆生又非安于長旛上之供物也

○二結

可得過度危厄之難不爲諸横惡鬼所持

度厄結前爲種種患之所困厄不爲横鬼所持伏下遏九種横死此是經文前後照應處也

○二廣出所轉報障爲二一轉天子七難

復次阿難若刹帝利灌頂王寺災難起時所謂人衆疾疫難他國侵逼難自界叛逆難星宿變怪難日月薄蝕難非時風雨難過時不雨難彼刹帝利灌頂王等爾時應於一切有情起慈悲心赦諸繫閉依前所說供養之法供養彼世尊藥師瑠璃光如來由此善根及彼如來本願力故令其國界即得安隱風雨順時穀稼成熟一切有情無病歡樂於其國中無有暴惡藥义等神惱有情者一切惡相皆即隱没而刹帝利灌頂王等壽命色力無

病自在皆得增益

天子四海爲家臣妾億兆一人有慶兆民賴之四方有罪在予一人故歲祲民疫皆君休戚所當急先求懺者也且藥師之藥先治此人者一是責備賢者二是一正君而天下定之道也

○二轉臣民衆苦

若帝后妃主儲君王子大臣輔相中宮綵女百官黎庶爲病所苦及餘厄難亦應造立五色神旛然燈續明放諸生命散雜色花燒衆名香病得除愈衆難解脫

限爾臣民皆無普天重任故惟以病厄爲憂耳

○二結釋轉供義意爲二一釋能轉所以

非謂能轉已盡之報只由橫死故能轉耳

此卽釋明已上能轉之意也爲二一正示九橫二結指無量初又二一略釋爲二一問

爾時阿難問救脫菩薩言善男子云何已盡之命而可增益

○二答

救脫菩薩言大德汝豈不聞如來說有九橫死耶是故勸造續命旛燈修諸福德以修福故盡其壽命不經苦患

○二廣示爲二一問

阿難問言九橫云何

○二答爲二一委明初橫

救脫菩薩言若諸有情得病雖輕然無醫藥及看病者設復遇醫授以非藥實不應死而便橫死又信世間邪魔外道妖孽之師妄說

禍福便生恐動心不自正卜問覓禍殺種種衆生解奏神明呼諸魍魎請乞福祐欲兾延年終不能得愚癡迷惑信邪倒見遂令橫死入於地獄無有出期是名初橫

初橫中有三無醫藥看病授以非藥信邪倒造業二是夙感一是現造現造猶重所謂自作孽也解奏神明者解字其矮切乃祭祀之書名莊子云解曰牛之白鼻豕之亢額人之有痔者不以適河注云解者祭祀之書名漢書郊祀志云天子嘗以孟春解祠祠黃帝以一梟破鏡師古曰解祠者謂祠祭以解罪求福也則不應讀作解介字矣

○二隨示八橫

二者橫被王法之所誅戮三者畋獵嬉戲躭婬嗜酒放逸無度橫爲非人奪其精氣四者橫爲火焚五者橫爲水溺六者橫爲種種惡獸所噉七者橫墮山崖八者橫爲毒藥厭禱咒詛起屍鬼等之所中害九者饑渴所困不得飲食而便橫死

○二結指無量

是爲如來略說橫死有此九種其餘復有無量諸橫難可具說

橫既無量則非命盡而夭者亦無量矣故須上求藥師挽回復生也

○二結須供所以

復次阿難彼琰魔王主領世間名籍之記若諸有情不孝五逆破辱三寶壞君臣法毀于信戒琰魔法王隨罪輕重考而罰之是故我今勸諸有情燃燈造旛放生修福令度苦厄

不遭衆難

以由人多罪業故須修供求救庶幾不遭衆難

○三流通爲三一證護流通證者因服藥師妙劑轉大惡而爲大善也爲二一藥叉證護

爾時衆中有十二藥叉大將俱在會坐所謂宮毗羅大將伐折羅大將迷企羅大將安底羅大將頞你羅大將珊底羅大將因達羅大將波夷羅大將摩虎羅大將眞達羅大將招杜羅大將毗羯羅大將此十二藥叉大將一一各有七千藥叉以爲眷屬同時舉聲白佛言世尊我等今者蒙佛威力得聞世尊藥師瑠璃光如來名號不復更有惡趣之怖我等相率皆同一心乃至盡形歸佛法僧誓當荷負一切有情爲作義利饒益安樂隨於何等村城國邑空閒林中若有流布此經或復受持藥師瑠璃光如來名號恭敬供養者我等眷屬衛護是人皆使解脫一切苦難諸有願求悉令滿足或有疾厄求度脫者亦應讀誦此經以五色縷結我名字得如願已然後解結

十二皆有七千共成八萬四千昔是兇惡塵勞生滅今染指藥師神丹三障頓轉俱成八萬四千三昧總持妙善法門矣如云我等不復更有惡趣之怖即轉惡爲善之明證也縷結名字此令病人感叩求護之法得如願已然後解結此示必來救護之意亦藥叉仰體藥師如來十二大願普救衆生上行下効之弘誓願也

○二如來印勸

爾時世尊讚諸藥叉大將言善哉善哉大藥叉將汝等念報世尊藥師瑠璃光如來恩德者常應如是利益安樂一切有情

○二結名流通

爾時阿難白佛言世尊當何名此法門我等云何奉持佛告阿難此法門名說藥師瑠璃光如來本願功德亦名說十二神將饒益有情結願神咒亦名拔除一切業障應如是持

雖有三名正重教主故以藥師人法爲題則冠蓋始終囊括初後名能召實莫善於斯

○三結益流通

時薄伽梵說是語已諸菩薩摩訶薩及大聲聞國王大臣婆羅門居士天龍藥叉健達縛阿素落揭路荼緊捺落莫呼洛伽人非人等一切大衆聞佛所說皆大歡喜信受奉行

皆大歡喜是結益信受奉行是流通

藥師瑠璃光如來本願功德經直解卷下

音釋

孱音潺　挹音揖酌也　鵩音服不祥鳥　鉤古侯切　嚙同齩　咬音噭

咹音婁　煦音許　徼音驕求也　祲音浸　陬音鄒

# 兜率龜鏡集

清廣州南海寶象林沙門釋宏贊在犙輯

清刻龍藏佛說法變相圖



兜率龜鏡集緣起

是集之由作也初本師和尚侍者遠目上座以童真入道精修密踐得上生徵應緇素見聞莫不感羨咨嗟時清士曾通紹因啓師曰紹聞西方有往生集行世而兜率上生古今不乏名賢何獨無乎願師撰之以爲萬世龜鏡師曰善哉子之問也誠爲救病之良藥渡苦海之慈舟盖以凡夫一念迷真妄緣塵影流浪生死淼無返期六趣升沉三界奚出末階三賢十聖寧免分段生方況茲末世狂妄多以識心影子爲見性悟道錯認石火電光爲了却生死肆志空談撥無因果毀持戒者爲執相詆看教者爲鑽故紙貶往生者爲小根下愚不思馬鳴龍樹願覲彌陀無著天親誓見彌勒其爲何根何愚哉妄譏賢聖輕謗

經律罪將誰代雖云頓悟習惑未除一入他腹隔陰之昏難兌五祖戒青草堂遜長老嚴首座足爲前鑒識想紛飛擬齊先哲煩惱熾炎言超佛祖未證無生終隨業識流轉彌陀彌勒眞大知識捨而不參觀音勢至天台淨慈誠爲良友胡不親哉覺生毋鄒氏已蒙

慈尊接引得升內院洪恩浩瀚圖報莫由乃復懇本師速成斯集爲四衆之寶筏後代之資糧師由是撿諸經論傳記并所見聞者彙編成帙授我鋟梓公諸天下覺因問師曰未審和尚志在西方耶兜率耶師曰可問取木橛去曰某甲不解木橛音師曰蒼天蒼天曰乞和尚垂慈顯示師曰今日舌頭不快且待別時向你道覺因作禮述其巔末（五祖戒後身爲蘇長公青草堂後身爲曾魯公遜長老後身爲李侍郎嚴首座後身爲王龜齡厲蕩僧後身爲秦氏子檜）

旹

康熙歲次辛亥孟夏寶象林釋開覺和南識

目錄

兜率龜鏡集卷上

清廣州南海寶象林沙門釋宏贊在犙輯

○初集應化垂迹

一切大地菩薩住首楞嚴定於十方世界以種種色像普門示現誘化羣生同歸覺岸故首楞嚴三昧經云爾時名意菩薩白佛言世尊此彌勒菩薩一生補處次於世尊當得阿耨菩提得是首楞嚴三昧耶佛言其諸菩薩得住十地一生補處受佛正位皆得是首楞嚴三昧時彌勒菩薩即示現神力一切衆會見此三千大千世界諸閻浮提中皆是彌勒菩薩或見在天上或見在人間或見出家或見在家或見侍佛如阿難或見智慧如舍利弗或見神通如目犍連或見頭陀如大迦葉或見說法如富樓那或見客行如羅睺羅或見持律如優波離或見天眼如阿那律或見坐禪如離婆多如是一切中皆見彌勒或見入諸城邑聚落乞食或見說法或見坐禪時諸菩薩及諸天衆一切皆見彌勒菩薩現首楞嚴三昧神通勢力見已即大歡喜白佛言世尊譬如眞金雖復鍛磨不失其性是諸大士亦復如是隨所試處皆能示現不思議法性若能通達此三昧當知則能通達三乘一切道行餘如華嚴經善財童子入毘盧樓閣所見彌勒菩薩告善財言我爲化度與我往昔同修諸行今時退失菩提心者亦爲教化父母親屬及諸婆羅門而生於此閻浮提界摩羅提國拘吒聚落婆羅門家我住此大樓閣中爲隨順衆生心故爲成熟兜率天中同行天子故爲欲示現將降生時大智法門與

一生菩薩共談論故爲欲教化釋迦如來所遣來者令悉開悟故於此命終生兜率天上生經云佛告優波離兠率陀天十善報應勝善妙福處若我付世一小劫中廣說一生補處菩薩報應及十善果者不能窮盡依正兩觀詳如經文優波離白佛言世尊令此大士何時於閻浮提没生於彼天佛告優波離劫從十二年二月十五日於波羅奈國劫波利村波婆利大婆羅門家本所生處結加趺坐如入滅定身紫金色光明艷赫如百千日上至兜率陀天其身舍利如鑄金像不動不搖身圓光中有首楞嚴三昧般若波羅蜜字義炳然時諸天人尋即爲起衆寶妙塔供養舍利時兜率陀天七寶臺內摩尼殿上師子牀座忽然化生於蓮華上結加趺坐身如閻浮檀金色長十六由旬三十二相八十種好皆悉具足頂上肉髻髮紺瑠璃色釋迦毗楞伽摩尼百千萬億甄叔迦寶以嚴天冠其天冠中有五百億色一一色中有無量百千化佛諸化菩薩以爲侍者復有他方諸大菩薩作十八變隨意自在住天冠中彌勒眉間有白毫相光流出衆光作百寶色乃至艷出八萬四千光明雲與諸天子各坐華座晝夜六時常說不退轉地法輪之行經一時中成就五百億天子令不退於阿耨多羅三藐三菩提如是處兜率陀天晝夜恒說此不退轉法輪度諸天子閻浮提歲數五十六億萬歲爾乃下生於閻浮提是名彌勒菩薩於閻浮提没生兜率陀天因緣閻浮提新云贍部州此娑婆三千大千世界共有萬億閻浮提劫波利村即拘叱聚落釋迦毗楞伽此云能勝甄叔迦此云赤色兜率陀新云覩史多此云憙足彼

諸天多修慧足定故亦云知足於五欲知止足故

傅大士

大士姓傅名翕字玄風婺州義烏縣人父名宣慈字廣愛母王氏世爲農以齊建武四年丁丑歲五月八日生端靖淳和無所愛著少不學問時與里人漁每得魚常以竹籠盛之沉深水中祝曰去者去止者留時人以爲愚梁天監十一年年十六歲娶劉氏名曰玅光生子一曰普建二曰普成普通元年年二十四於稽停塘下遇一梵僧號嵩頭陁語大士曰我昔與汝於毘婆尸佛前發願汝今兜率天宮受用現在何時當還因命臨水觀影乃見圓光寶蓋大士笑曰鑪韛之所多鈍鐵良醫門下足病人當度生爲急何暇思天之樂乎於是結菴松山下雙檮樹間即今雙林寺是自號雙樹下當來解脫善慧大士日與玅光營作夜則行道見釋迦金粟定光三佛放光集大士身從是身常出妙香又感七佛相隨釋迦引前維摩接後每旦鐘鳴有仙人騰空而下隨喜行道嘗謂弟子曰我得首楞嚴三昧又曰我得無漏智弟子僉曰首楞嚴三昧唯十地菩薩方能得之故知大士是住十地菩薩示迹同凡耳告大衆曰學道若不値無生師終不得道我是現前得無生人昔隱此事今不覆藏以示汝等又弟子禮拜大士因謂之曰汝等禮我但禮殿中佛即我形像又曰我於夢中憶得過去師名曰善明世尊或問曰善明世尊得道時師耶發心時師耶答曰非發心時師也彼佛出世時我爲國王供養彼佛彼佛壽八萬歲我作佛時壽量亦

爾大通六年大士詣闕武帝問大士師事從誰答曰從無所從師無所師事無所事自是天下名僧雲集此處常降甘露大士躬寫經律千有餘卷願諸衆生離苦解脱大士三至京師所度道俗不可勝計謂弟子曰我於賢劫千佛中一佛耳若願生千佛中即得見我又告衆曰我捨此身時期嵩頭陁蹔往忉利天不久還兜率天汝願生彼即得見我也大同八年立誓持上齋作願文曰弟子善慧今啓釋迦世尊十方三世諸佛盡虛空徧法界常住三寶弟子自念今生無可從心布施拔濟受苦衆生自今立誓三年持上齋每月六日不飲食以此饑渴之苦代一切衆生酬償罪業速得解脱以不食之糧廣作布施願諸衆生世世備足財法無量永離愛染不作三業得大總持摧伏諸魔成無上道誓捨身命財普爲一切供養諸佛謹持不食上齋而取滅度執志燒身爲大明鐙爲一切供養三寶遂先告衆曰莫懷憂惱夫物有生有死事有成有敗天下恩愛皆悉離別今捨此穢濁之身當得無上清淨法身唯願徒衆無懷悲戀生生世世不相捨離永爲眷屬至成佛道但自相率共辦樵薪於雙林山頂營作火龕願以此因緣當來世界必爲佛事普度一切共同解脱至四月八日弟子留堅意范難陁等十有九人各請奉代師主持不食上齋及燒身供養三寶復有四部弟子刺心燒指割耳留大士久住世間又曰吾悟道已四十劫釋迦世尊方始發心葢謂能捨身苦行所以先我成佛耳嵩頭陁入滅大士心自知之乃集

諸弟子曰嵩公已還兜率天宮待我我同度衆生之人去已盡矣我決不久住於世乃作還源詩十二章時太建元年歲次已丑夏四月丙申朔大士寢疾告其子普建普成二法師曰我從第四天來爲度衆生汝等慎護三業精勤六度行懺悔法免墮三塗二師因問曰脫不住世衆或離散佛殿不成若何大士曰我去世後或可現相至二十四日乙卯大士入涅槃時年七十三肉色不變至三日舉身還煖形相端潔轉手柔軟更七日烏傷縣令陳鍾耆來求香火結緣因取香及四衆次第傳之次及大士大士猶反手受香沙門法璿等曰我等有幸預蒙菩薩示還源相手自傳香表存非異使後世知聖化餘芳初大士之末亡也語弟子曰滅滅度後莫移我卧牀後七日當有法猛上人送織成彌勒佛像來長鎭我牀上用標形相也及至七日果將彌勒佛像并一小銅鐘子安大士牀上猛時作禮流淚須臾忽然不見詳載本傳此乃大士證首楞嚴三昧示現如是如首楞嚴三昧經明

契此和尚

明州奉化縣布袋和尚不詳氏族自稱契此形裁腲脮蹙額皤腹居止無定寢卧隨處常以杖荷一布袋凡供身之具盡貯袋中入市肆聚落見物即乞或醯醬魚葅亦投囊中時號爲長汀子自說偈曰一鉢千家飯孤身萬里遊青目覩人少問路白雲頭或於雪中卧而身上無雪人皆奇之或示人吉凶必現相表兆亢陽即曳高齒屐人知必雨水潦則繫濕草屨人知必晴或坐街頭或立衢中兒童

競逐羣而戲之師有偈曰是非憎愛世徧多子細思量柰我何寬却肚腸須忍辱豁開心地任從他若逢知己須依分縱遇寃家也共和若能了此心頭事自然證得六波羅我有一布袋虛空無罣礙展開徧十方入時觀自在吾有一軀佛世人皆不識不塑亦不裝不彫亦不刻無一滴灰泥無一點彩色人畫畫不成賊偷偷不得體相本自然清淨非拂拭雖然是一軀分身千百億師於梁貞明三年在岳林寺東廊盤石上端坐示寂說偈曰彌勒眞彌勒分身千百億時時示時人時人自不識偈畢安然而化衆共埋之後見現於他州亦負布袋而行四衆競圖其像焉千百億即娑婆三千大千世界萬億四大部州

婆羅門

中天竺菩提樹東有精舍高百六七十尺下基面廣二十餘步疊以青甎塗以石灰層龕皆有金像四壁鏤作奇製或連珠形或天仙像上置金銅寶瓶東面接爲重閣簷宇特起三層榱柱棟梁戶扉寮牖金銀彫鏤以飾之珠玉廁錯以鎮之奧室邃宇洞戶三重外門左右各有龕室左則觀自在菩薩像右則慈氏菩薩像白銀鑄成高十餘尺精舍故地無憂王先建小精舍復有婆羅門更廣建焉初有婆羅門不信佛法事大自在天傳聞天神在雪山中遂與其弟往來求願焉天曰凡諸願求有福方果非汝所祈非我能遂婆羅門曰修何福可以遂心天曰欲種善種求勝福田菩提樹者證佛果處也宜時速返往菩提樹建大精舍穿大水池興諸供養所願當遂

婆羅門受天命發大信心相率而返兄建精舍弟鑿水池於是廣修供養勤求心願後皆果遂爲王大臣凡得禄賞皆便檀捨精舍既成招募工人欲圖如來初成佛像曠以歲月無人應召久之有一婆羅門來告衆曰我善圖寫如來妙相衆曰今將造像夫何所須曰香泥耳宜置精舍之中并一燈照我入已堅閉其户六月後乃可開門時諸僧衆皆如其命尚餘四月未滿六月衆咸駭異開以觀之見精舍內佛像儼然結跏趺坐右足居上左手斂右手垂東面而坐肅然如在座高四尺二寸廣丈二尺五寸像高丈一尺五寸兩膝相去八尺八寸兩肩六尺二寸相好具足慈顏若眞惟右乳上塗瑩未周既不見人方驗神鑒衆咸悲歎殷勤請知有一沙門宿心淳質乃感夢見昔婆羅門而告曰我是慈氏菩薩恐工人之思不測聖容故我躬來圖繪佛像垂右手者昔如來之將證佛果天魔來嬈地神告至其一先出助佛降魔如來告曰汝勿憂怖吾以忍力降彼必矣魔王曰誰爲明證如來乃垂手指地言此有證是時第二地神踊出作證故今像手倣昔下垂衆知靈鑒莫不悲感於是乳上未周塡厠衆寶珠瓔寶冠奇珍交飾設賞迦王不信三寶伐菩提樹已欲毀此像既覩慈顏心不安忍回駕將返命宰臣曰宜除此佛像置大自在天形宰臣受旨懼而歎曰毀佛像則歷劫招殃違王命乃喪身滅族進退若此何所宜行乃召信心以爲役使遂於像前横疊甎壁心慚冥闇又置明燈甎壁之前畫自在天功成報命王聞

心懼舉身生皰肌膚攫裂居未久之便喪沒矣宰臣馳返毀除障壁時經多日燈猶不滅像今尚在神功不虧云云無憂王即阿育王婆羅門此云梵志天竺四姓之一也

聞二百億阿羅漢

南天竺恭達那補羅國宮城側大伽藍中有精舍高五十餘尺中有刻旃檀慈氏菩薩像高十餘尺或至齋日神光照燭是聞二百億羅漢之所造也

末田地尊者是鞠多尊者弟子

北天竺瞢揭釐城東北踰山越谷逆上信度河途路危險山谷杳冥或履絙索或牽鐵鎖棧道虛臨飛梁危構椓棧躡隥行千餘里至達麗羅川即烏仗那國舊都也多出黃金及鬱金香達麗羅川中大伽藍側有刻木慈氏菩薩像金色晃昱靈鑒潛通高百餘尺末田底迦舊云末田地譌阿羅漢之所造也羅漢以神通力携引匠人升覩史多天親觀玅相三返之後功乃畢焉自有此像法流東派又中天竺戰主國大城西北伽藍中窣堵波無憂王之所建也中有如來舍利一升昔者世尊嘗於此處七日之中爲天人衆類記玅法其側則有過去三佛座及經行遺迹之處鄰此復有慈氏菩薩像形量雖小威神疑然靈鑒潛通奇迹間起

引正王

中天竺憍薩羅國西南三百餘里至黑峰山岌然特起峰巖峭險既無崖谷宛如全石引正王爲龍猛菩薩鑿此山中建立伽藍去山十數里鑿孔道當其山下仰鑿疏石其中則

長廊步檐崇臺重閣閣有五層層有四院並建精舍各鑄金像量等佛身妙窮工思自餘莊嚴惟飾金寶從山高峰臨注飛泉周流重閣交帶廊廡疏寮外穴明燭中宇初引正王建此伽藍也人力疲竭庫藏空虛功猶未半心甚憂感龍猛謂曰大王何故若有憂色王曰輙運大心敢樹勝福期之永固待至慈氏功績未成財用已竭每懷此恨坐而待旦龍猛曰勿憂崇福勝善其利不窮有此弘願無憂不濟今日還宫當極歡樂後再出遊歷覽山野已而至此平議營建王既受誨大石並變爲金王遊見金心口相賀回駕至龍猛所曰今日畋遊神鬼所惑山林之中時見金聚龍猛曰非鬼惑也至誠所感故有此金宜時取用濟成勝業遂以營建功畢有餘於是五層之中各鑄四大金像餘尚盈積京諸帑藏招集千僧居中禮誦龍猛菩薩以釋迦佛所宣教法及諸菩薩所演述論鳩集部別藏在其中故上第一層惟置佛像及諸經論下第五層居止淨人資產什物中間三層僧徒所舍聞諸先志曰引正營建已畢計工人所食鹽價用九拘胝金錢（龍猛舊云龍樹拘胝者唐言百億）

嗢嗢羅（唐言上）羅漢

南天竺珠利耶國都城西不遠有故伽藍提婆菩薩與羅漢論義之所初提婆菩薩聞此伽藍有嗢嗢羅阿羅漢得六神通具八解脫遂來遠尋觀其風範既至伽藍投羅漢宿羅漢所居之處惟置一牀提婆無以爲席乃聚落葉指令就坐羅漢入定夜分方出提婆於時陳疑請決羅漢隨難爲釋提婆尋聲重質

第七轉已杜口不酬竊運神通力往兜率陀天請問慈氏慈氏爲釋因而告曰彼提婆者曠劫修行賢劫之中當紹佛位非爾所知宜深禮敬如彈指頃還復本座乃復抑揚妙義剖析微言提婆謂曰此慈氏菩薩聖智之釋也豈仁者所能詳究哉羅漢曰然誠如來旨於是避席禮謝深加敬歎

清辯論師

南天竺大安達邏國都城南不遠有大山巖清辯論師住阿素洛宮待見慈氏菩薩成佛之處論師雅量弘遠至德深邃外示僧伽之服內弘龍猛之學靜而思曰非慈氏成佛誰決我疑於觀自在菩薩像前誦隨心陀羅尼絕粒飲水時歷三歲觀自在菩薩乃現𭃈色身謂論師曰何所志乎對曰願留此身待見慈氏觀自在菩薩曰人命危脆世間浮幻宜修勝善願生覩史多天於斯禮覲尚速得見論師曰志不可奪心不可二菩薩曰若然者宜往彼大安達邏國城南山巖執金剛神所至誠誦執金剛咒者當遂此願論師於是往而誦焉三歲之後神乃謂曰汝何所願若此勤勵論師曰願留此身待見慈氏觀自在菩薩指遣來請成我願者其在神乎神乃授祕方而謂之曰此岩石內有阿素洛宮如法行請石壁當開開即入中可以待見論師曰幽居無覩詎知佛興神曰慈氏出世我當相報論師受命專精誦持復歷三歲初無異想咒芥子以擊石壁豁而洞開是時百千萬衆觀覩忘返論師跨其户而告衆曰吾久祈請待見慈氏聖靈警祐大願斯遂宜可入此同見

佛興聞者怖駭莫敢履户謂是毒蛇之窟恐喪身命再三告語惟有六人從入論師顧謝時衆從容而入入之既巳石壁還合衆皆怨嗟恨前言之過也（阿修洛舊曰阿修羅此云非天）

佛馱跋陀羅禪師

佛馱跋陀羅此云覺賢本姓釋氏迦維羅衛人甘露飯王之苗裔也博學羣經多所通達少以禪律馳名常與同學僧伽達多共遊罽賓國同處積載達多雖服其才明而未測其人也後於密室閉户坐禪忽見賢來驚問何來答云蹔至兜率致敬彌勒言訖便隱達多知是聖人未測深淺後屢見賢神變乃敬心祈問方知得不還果（阿那含果也）

德光論師

中天竺秣底補羅國德光論師少而英傑長而弘敏博物强識碩學多聞本習大乘未窮玄奥因覽毘婆沙論退業而學小乘作數十部論破大乘綱紀製俗書數十餘部非斥先進所作典論覃思佛經十數不決研精雖久疑情未除時有天軍羅漢往來兜史多天德光願見慈氏決疑請益天軍以神通力接上天宫既見慈氏長揖不禮天軍謂曰慈氏菩薩次紹佛位何乃自高敢不致敬方欲受業如何不屈德光對曰尊者此言誠爲指誨然我出家弟子慈氏菩薩受天福樂非出家之侶而欲作禮恐非所宜菩薩知其我慢心固非聞法器往來三返不得決疑更請天軍重欲覲禮天軍惡其我慢懱而不對德光既不遂心便起恚恨即趣先林修發通定我慢未除不時證果

道法禪師

法姓曹燉煌人棄家入道專精禪業亦時行神呪後遊成都王休之費鏗之請爲興樂香積二寺主訓衆有法常行分衛不受別請及僧食乞食所得常減其分以施蟲鳥每夕輒脱衣露坐以飼蚊蟲如此者累年後入定見彌勒放齊中光照三塗苦報於是深加篤勵常坐不卧元徽二年於定中滅度平生繩牀貌如恒日分衛即乞食也

慧覽禪師

覽姓成酒泉人曾遊西域頂戴佛鉢仍於罽賓從達摩比丘諮受禪要達摩曾入定往兜率天從彌勒受菩薩戒後以戒法授覽還至于填國復以戒法授彼方諸僧乃歸東土宋文帝請住鍾山定林寺孝武帝起中興寺復敕令京邑禪僧皆隨踵受業

智嚴法師

嚴西凉州人弱冠出家便以精勤著名衲衣宴坐蔬食永歲志欲廣求經誥遂周流西國諮受禪法功踰十載請佛馱跋陀禪師東歸傳法東土元嘉四年共沙門寳雲譯出寳曜廣博嚴淨四天王等經嚴昔未出家時嘗受五戒有少虧犯後入道受具足常疑不得戒每以爲懼積年禪觀而不能自了遂更汎海重到天竺諮諸明達值羅漢比丘具以事問羅漢羅漢不敢判決乃爲嚴入定往兜率宮諮彌勒彌勒答云得戒嚴大喜於是歩歸至罽賓無疾而化年七十八

華手比丘

魏文帝三年内敕設無遮大會魏帝敕問此

土僧尼得戒源由有何證驗諸大德等皆不能答於時即有比丘請向西國問聖人得戒源由發足長安到於天竺見一羅漢咨曰震旦僧尼得戒以不羅漢答曰我是小聖不知得否汝在此住吾爲汝上昇兜率奉問彌勒世尊得不得來報即便入定向兜率天具問前事彌勒答曰僧尼並得戒訖仍請證驗彌勒即取金花云若邊地僧尼得戒願金花入羅漢手掌不得莫入發願既訖將花按手其花入掌中高一尺影現彌勒語曰汝到震旦比丘所亦當如我此法羅漢下來如彌勒語以花按比丘手即入掌中高一尺影現瑞應既徵其時即有遠方道俗來相欽仰求受三歸五戒者無數即號爲花手比丘當去之時有一十八人自餘慕住西國或有冒涉流沙風寒命過唯有花手比丘獨還漢地當本去日有迦毘羅神現身語花手比丘曰道路懸遠多諸險難弟子送師至彼往來清吉未還之間魏文帝殿前有金花空中現文帝問太史曰有何變怪太史卜曰西國正法欲來到此不盈一月花手比丘掌中金花來到此土初至之一日空裏金花即滅不現大瑞既徵故戒福永傳也

戴顒處士

晉世有譙國戴逵字安道風清槩遠遊心釋教且機思通贍巧疑造化至於和墨點采刻形鏤法雖周人盡策之微宋客象楮之妙不能踰也逵第二子顒字仲若素韻淵澹雅好丘園既負荷幽貞亦繼志才巧逵每製像常共參慮濟陽江夷少與顒友夷常託顒造觀

音像致力罄思欲令盡美而相好不圓積年無成後夢有人告之曰江夷於觀音無緣可改彌勒菩薩顒即停手馳書報江信未及發而江書已至俱於此夕感夢語事符同顒喜於神應即改爲彌勒於是觸手成妙初不稽思光顔圓滿俄爾而成有識讚仰感悟因緣之匪差此像舊在會稽龍華寺壽二戴像製歷代獨步其所造甚多並散在諸寺難悉詳録

僧護比丘

護本會稽剡縣人少出家便尅意苦節戒行嚴淨後居石城山隱嶽寺寺北有青石壁直上數十餘丈當中央有如佛燄光之形上有叢樹曲幹垂陰護每經行至壁所輒見光色煥炳聞絃管歌讚之聲於是擎爐發誓願博

山鐫造十丈石佛以敬擬彌勒千尺之容使凡厥有緣同覩三會以齊建武中招結道俗初就彫剪疏鑿移年僅成面樸頃之護遘疾而亡臨終誓曰吾之所造本不期一生成辦第二身中其願方果後有沙門僧淑纂襲遺功而資力莫由未獲成遂至梁天監六年有始豐令吳郡陸咸罷邑還國夜宿剡溪值風雨晦冥咸危懼假寐忽夢見三道人來告云君識信堅正自然安隱有建安殿下感患未瘳若能治剡縣僧護所造石像得成就者必獲平豫冥理非虚宜相開發也咸還都經年稍忘前夢後出門乃見一僧云去歲剡溪所屬建安王事猶憶此不咸當時矍然答云不憶道人笑曰宜更思之仍即辭去咸悟其非凡乃倒屣諮訪追及百步忽然不見咸豁然

意解具憶前夢乃剡溪所見第三僧也咸即馳啓建安王王即以上聞敕遣僧祐律師專任像事王乃深信益加喜踊充遍抽捨金貝誓取成畢初僧祐未至一日寺僧慧逞夢見黑衣大神翼從甚壯立於龕所商畧分數至明旦而祐律師至其神應若此初僧護所創鑿龕過淺乃鏟入五丈更施頂髻及身相克成鎣磨將畢夜中忽當萬字處色赤而隆起今像胸萬字處猶不施金箔而赤色在焉像以天監十二年春就功至十五年春竟座軀高五丈立形十丈龕前架三層臺又造門閣殿堂并立衆基業以充供養其四遠士庶并提挾香花萬里來集供施往還軌迹塡委自像成之後建安王所苦稍瘳今年已康復至唐有越州法華山寺玄儼律師乃當代名德因覩斯像雖金石絲竹四天之供施常聞功德莊嚴十地之琱鐫尚闕乃內傾衣鉢外率檀那布以黃金之色鎔以白銀之相銅錫鉛錯球琳琅玕七寶由是渾成八珍於焉具足雖寶積獻蓋界現三千迦葉貢衣金踰十萬如須彌之現於大海若果日之出于高山此又儼之功德不可思議者也至明萬曆丙午仲冬此像足生五色優曇華焉

僧旻法師

旻姓孫氏七歲出家爲僧廻弟子年十六而廻亡哀容俯仰喪禮畢師仰曇景安貧好學不避炎雪年二十六講成實論先輩法師高視當世排競下筵於是名振日下聽衆千餘孜孜善誘曾無告倦永元元年敕於惠輪殿講勝鬘經帝自臨聽時有靈根寺道超比丘

勤學自勵願明解如旻夢有人言僧旻法師毘婆尸佛已能講說君始修習云何可等但自加功不患不隨分得解後大領悟旻嘗造彌勒佛并諸供具朝夕禮謁乃夢見彌勒佛遣化菩薩送菩提樹與之菩薩曰菩提樹者梁言道場樹也弟子頗宣其言旻聞而觕之曰禮有六夢正夢唯一乃是好惡之先徵故周立占夢之官後代廢之正以俗人澆僞亟多假託吾前所夢乃心想耳汝勿傳之

慧思禪師

思俗姓李氏武津人也少以弘恕慈育知名嘗夢梵僧勸令出俗駭悟斯瑞辭親入道日唯一食不受別供誦法華等經三十餘卷數年之間千遍便滿又夢梵僧數百形服瓌異上座命曰汝先受戒律儀非勝安能開發於正道也既遇清衆宜更翻壇祈請師僧四十二人加羯磨法具足成就後忽驚悟方知夢受自斯已後尅念翹專得見三生所行道事又夢彌勒彌陀說法開悟故造二像並同供養又夢隨從彌勒與諸眷屬同會龍華心自惟曰我於釋迦末法受持法華今值慈尊感傷悲泣豁然覺悟轉復精進靈瑞重沓修尋定支束身長坐始三七日發少靜觀見一生來善惡業相因此驚嗟倍復勇猛慨無所獲自傷昏沉生爲空過深懷慚愧放身倚壁背未至間霍爾開悟法華三昧大乘法門一念明達不由他悟

蘇富婁

婁乃憲法師弟子憲遺囑令依釋道安所造丈八金像而婁不知模樣便鑄一冶遂成無

有缺少當鑄像時雨花如李遍一寺內又於家內造金銅彌勒像高丈餘後夢㥯令其更造佛像乃於楚雲寺造大像高五十九尺事如別顯昔隋初秦孝王後曾鎮襄都聞安師古像形制甚異乃遣人圖之於長安延興寺造之初鑄之夕亦感天樂雨花大有靈瑞像今現在延興寺也

法顯禪師

顯姓丁氏南郡江陵人十二出家依寶冥法師服勤累載諮詢經旨後依皓師示以降心之術因而返谷靜處閑居旦資蔬水中後絕漿晏坐道安梅梁殿中三十餘載此堂有彌勒像并光趺高四十尺八部圍繞彌天之所造也其寶冠華帳供具經臺並顯所營堂中五燈晝夜不絕忽一燈獨熾燄高丈餘又一夜著五色衣人持一金瓶來奉顯一生樂疾並信往業受而不治五十餘年足不出户夢身坐寶殿授四衆戒就牀跏坐儼然便絕彌天即道安法師

道積法師

積河東安邑人先講涅槃後數攝論并諸異部往往宣傳及知命將鄰偏弘地持以爲誡勗之極先沙門寶澄隋初於普救寺創營彌勒大像百尺萬工纔登其一不卒所願而澄早逝鄉邑耆艾請積繼之修建十年彫粧都了道俗慶賴欣喜相并初積受請之夕夢二師子於大像側連吐明珠相續不絕既覺惟曰獸王自在則表法流無滯寶珠自涌乃喻財施無窮冥運潛開功成斯在即命工匠圖夢所見於彌勒大像前今猶存焉像設三層

巖廓四合上坊下院赫奕相臨園磑田蔬周環俯就小而成大咸積之功貞觀十年九月十七日終於本寺春秋六十有九未終三日鐘不發聲逝後如舊衆咸哀歎

慧雲法師

雲姓姚氏湖湘人也十歲往南嶽初祖禪師禀承慈訓而能黠慧好味經教沉默如也弱冠受具自專護戒且喜毘尼尋罷講科專營福事江北行化來觀梁苑夜宿繁臺企望隨河北岸有異氣屬天質明入城尋覩乃歙州司馬宅西北園中池沼見瀾漪中有天宮影參差樓閣合沓珠瓔門牖綵繪而九重儀像透迤千狀直謂兜率之宮院矣雲覩此異事喜貫心膺吾聞智嚴經說琉璃地上現宮殿之影此不思議之境界也今決擬建梵宮答其徵瑞往濮州屬縣報成寺發願爲國摹鑄彌勒像舉高一丈八尺募人出赤金於時施者委輸一鑄克成相好奇特太極元年五月十三日改元延和是歲下敕凡寺院無名額者並毀雲所鑄像及造殿宇門廊猶虧彩繢遇新敕乃輟工雲於彌勒像前泣淚焚香告曰若與此有緣當現奇瑞策悟羣心少頃像首上放金色光照曜天地滿城士庶皆歎希有是時生毀謗者隨喪兩目有舌腫一尺許者遠近傳聞爭來瞻禮捨施如山乃全勝槩像坐垂趺人觀猶額涉惡報者雲望像爲其悔過斯須失明者重視舌卷者能言皆願爲寺之奴持鐘掃地也

貞辯法師

辯中山人也少知出塵長誓修學尅苦之性

人不堪其憂一志聽尋暇則刺血書經又鍼血畫立觀自在像慈氏像等嘗因行道困息有二天女來相撓惱辯誓之曰我心匪石吾以神光被汝自此道勝魔亦無蹤後歸中山講訓補故伽藍無不諧願有婦人陳氏布髮掩地請辯踏之撰上生經鈔爲學者所貴時號辯鈔者後終於此寺焉

鴻楚法師

楚字方外姓唐氏永嘉人也梁太后賜紫衣并號固讓弗聽終不披著所講法華經五十許座嘗撰上生經鈔一日楚之講堂中忽生蓮華重樹複葉香氣芬葤楚講貫外深夜行道誦經將逝之夕燈光忽暗經聲絕微告門人曰勞爾給使吾將往矣於長興三年六月五日無疾而化

眞表律師

表百濟人也家在金山世爲弋獵表多蹻捷弓矢最便當開元中逐獸之餘憩於田畝間折柳條貫蝦蟇成串置於水中擬爲食調遂入山網捕因逐鹿路由山北歸家全忘取貫蝦蟇至明年春獵次聞蟇鳴就水見去載所貫三十許蝦蟇猶活表於時歎惋自責曰苦哉何爲口腹令彼經年受苦乃絕柳條徐輕放之因發意出家自思惟曰我若堂下辭親室中割愛難離慾海莫揭愚籠由是遁入深山以刀截髮苦到懺悔舉身撲地志求戒法誓願要期彌勒菩薩授我戒法夜倍日功遶旋叩搕心心無間念念翹勤經七晝宵詰旦見地藏菩薩手搖金錫爲表策發教發戒緣作受前方便感斯瑞應歎喜徧身勇猛過前

二七日滿有大鬼現可怖相而推表墜於巖下身無所傷匍匐就登石壇加復魔相百端千緒至第三七日質明有吉祥鳥鳴曰菩薩來也乃見白雲若浸粉然更無高下山川平滿成銀色世界兜率天主逶迤自在儀衛陸離圍遶石壇香風花雨且非凡世之景物焉爾時慈氏徐步而行至於壇所垂手摩表頂曰善哉大丈夫求戒如是至於再三蘇迷盧可手攘却爾心終不退乃爲授法表身心和悦如第三禪意識與樂根相應也四萬二千福河常流一切功德尋發慈氏躬授三法衣瓦鉢復賜名曰眞表又於膝下出二物非牙非玉乃籤檢之制也一題曰九者一題曰八者各二字付度表云若人求戒當先悔罪罪福則持犯性也更加一百八籤籤上署百八煩惱名目如求戒人或九十日或四十日或三七日行懺苦到精進期滿限終將九八二籤參合百八者佛前望空而擲其籤墮地以驗罪滅不滅之相若百八籤飛迸四畔唯八九二籤卓然壇心而立者即得上上品戒焉若衆籤雖遠或一二來觸八九籤拈觀是何煩惱名抑令前人重復懺悔已正將重悔煩惱籤和八九者擲其煩惱去者名中品戒焉若衆籤埋覆八九者則罪不滅不得戒也設加懺悔過九十日得下品戒焉慈氏重告誨云八者新熏也九者本有焉囑累已天仗既廻山川雲霽於是表持天衣執天鉢猶如五夏比丘狗道下山草木爲其低垂覆路殊無溪谷高下之别飛禽鷙獸馴伏步前又聞空中唱告村落聚邑言菩薩出山來何不迎接

時則人民男女布髮掩泥者脫衣覆路者氈罽氍毹承足者華絪美褥填坑者表咸曲副人情一一廸踐有女子提半端白氎覆於途中表似驚忙之色廻避別行女子恠其不平等表曰吾非無慈不均也適觀氎縷間皆是狶子吾恐傷生避其悞犯耳原其女子本屠家販買得此布也自爾常有二虎左右隨行表語之曰吾不入郛郭汝可導引至可修行處則乃緩涉而行三十里來就一山坡蹲踞於前時則挂錫樹枝敷草端坐四望信士不勸自來同造伽藍號金山寺焉後人求戒年年懺罪者絕多今影堂中道具存焉蘇迷盧即須彌山

兜率龜鏡集卷上

音釋

豔鹽字去聲同艷好而美也　檮音陶剛木亦音稠一名檮著　逶迤上音威下音駝　栘棧上音諸下音殘上聲棚也所謂棧道也　帑音倘金帛藏也　覃音曇及也布也深廣也長延也　荼毘亦云闍維此云焚燒　禪那此云静慮　馝馞上音弼下音塗皆香也　沁侵字去聲水名　眣涓字上聲田中溝也又六眣爲一畝也　罽音記織毛爲之亦北天竺國名　氍毹上音渠下音舒　氎音牒細毛布也又西國有屮實如繭繭中絲如纑名曰白氎　狶音喜猪風也　郛音孚郭也　伽藍具云僧伽藍華言衆園謂衆僧共居則能生植道芽聖果也此方名寺或名院

# 兜率龜鏡集卷中

清廣州南海寶象林沙門釋宏贊在犙輯

## ○中集上生內院

上生經云佛告優波離佛滅度後我諸弟子若有精進修諸功德威儀不缺掃塔塗地以衆名香妙花供養行衆三昧深入正受讀誦經典如是等人應當至心雖不斷結如得六通應當繫念念佛形像稱彌勒名如是等輩若一念頃受八戒齋修諸淨業發弘誓願命終之後譬如壯士屈伸臂頃即得往生兜率陀天於蓮花上結加趺坐五千天子作天妓樂持天曼陀羅花摩訶曼陀羅花以散其上讚言善哉善哉善男子汝於閻浮提廣修福業來生此處此處名兜率陀天今此天主名曰彌勒汝當歸依應聲即禮禮已諦觀眉間白毫相光即得超越九十億劫生死之罪是時菩薩隨其宿緣爲說妙法令其堅固不退轉於無上道心如是等衆生若淨諸業行六事法必定無疑當得生於兜率天上值遇彌勒亦隨彌勒下閻浮提第一聞法於未來世值遇賢劫一切諸佛於星宿劫亦得值遇諸佛世尊於諸佛前受菩提記佛告優波離佛滅度後四部弟子天龍八部人等是諸大衆若有得聞彌勒菩薩摩訶薩名者聞已歡喜恭敬禮拜此人命終如彈指頃即得往生如前無異但得聞是彌勒名者命終亦不墮黑暗處邊地邪見諸惡律儀恒生正見眷屬成就不謗三寶天龍鬼神若有欲生兜率天者當作是觀繫念思惟念兜率陀天持佛禁戒一日至七日思惟十善行十善道以此功德

回向願生彌勒前者當作是觀作是觀者若見一天人坐一蓮花若一念頃稱彌勒名此人除却千二百劫生死之罪但聞彌勒名合掌恭敬此人除却五千劫生死之罪若有禮敬彌勒者除百億劫生死之罪設不生天未來世中龍華菩提樹下亦得值遇發無上道心佛說是語時無量大衆頂禮如來及彌勒足繞百千匝未得道者各發誓願我等天人八部今於佛前發誠實誓願於未來世値遇彌勒捨此身已皆得上生兜率陀天世尊記曰汝等及未來世修福持戒皆當往生彌勒菩薩前爲彌勒菩薩之所攝受作是觀者名爲正觀若他觀者名爲邪觀

金色獼猴

師子月佛本生經云佛在王舍城迦蘭陀竹園爾時衆中有一菩薩比丘名婆須蜜多遊行竹園間綠樹上下聲如獼猴或旋三鈴作那羅戲時諸長者及行路人競集看之衆人集時身到空中跳上樹端作獼猴聲者闍崛山八萬四千金色獼猴集菩薩所菩薩復作種種變現令其歡喜時諸大衆各作是言沙門釋子猶如兒戲幻惑衆人所行惡事無人信用乃與鳥獸而作非法如是惡聲徧王舍城王聞此語嫌諸釋子即勅長者迦蘭陀曰此諸釋子多聚獼猴在卿園中爲作何等如來知不長者啓王婆須蜜多作變化事令諸獼猴一時歡喜諸天雨花持用供養爲作何等臣所不知爾時大王前後導從往詣佛所遥見世尊身放光明如紫金山普合大衆同於金色尊者蜜多及八萬四千獼猴亦作金

色時諸獼猴見大王來作種種變中有採花奉上大王者大王見已與諸大衆俱至佛所爲佛作禮右遶三帀却坐一面白佛言此諸獼猴宿有何福身作金色復有何罪生畜生中尊者審多復宿殖何福生長者家出家學道復有何罪雖生人中諸根具足不持戒行與諸獼猴共爲伴侶歌語之聲悉如獼猴使外道笑惟願世尊爲我分別令我開解佛告大王諦聽善思念之乃往過去無量億劫之前有佛出世名曰然燈彼佛滅後有比丘於山澤中修行佛法堅持禁戒如人護眼因是即得阿羅漢時空澤中有一獼猴至羅漢所見於羅漢坐禪入定即取羅漢坐具披作袈裟如沙門法偏袒右肩手擎香爐遶比丘行時彼比丘從定覺已見此獼猴有好善心即爲彈指告獼猴言法子汝今應發無上道心獼猴聞說歡喜踴躍五體投地敬禮比丘復採花散比丘上爾時比丘即爲獼猴說三皈依爾時獼猴即起合掌白言大德我今欲皈依佛法僧比丘爲授三皈已次當懺悔具說罪業我得阿羅漢能除衆生無量重罪如是慇懃三爲懺已告獼猴言法子汝今清淨是名菩薩汝今盡形壽受五戒已求阿耨菩提爾時獼猴依教受已發願已竟踴躍歡喜走上高山懸樹墜死由受五戒破畜生業即生兜率天上值一生補處菩薩爲說無上道心即持天花下空澤中供養羅漢比丘羅漢見已即便微笑告言天王善惡之報如影隨形終不相捨獼猴天子白言大德我前身時作何罪業生獼猴中復有何福值遇大德得免

畜生生於天上羅漢答言乃往過去此閻浮提有佛出世名曰實慧如來至涅槃後於像法中有一比丘名蓮花藏多與國王長者居士而爲親友邪命諂曲不持戒行身壞命終落阿鼻獄如蓮花數滿十八隔具受諸苦壽命一劫劫盡更生如是經歷諸大地獄滿八萬四千劫從地獄出墮餓鬼中吞飲鎔銅經八萬四千歲從餓鬼出復墮牛猪狗猴中各五百身緣前供養持戒結誓重要今復遇我得生天上持戒比丘即我身是放逸比丘即汝身是獼猴天子聞此語已心驚毛豎懺悔前罪即還天上佛告大王彼獼猴者雖是畜生一見羅漢受持三歸五戒緣前功德超越千劫極惡重業得生天上值遇一生補處菩薩從是已後值佛無數淨修梵行具六波羅蜜住不退地於最後身次彌勒後當成阿耨菩提佛號師子月如來佛告大王欲知當來師子月佛者今此會中婆須蜜多比丘是也王聞此語即起合掌徧體流汗悲泣雨淚悔過自責向婆須蜜多頭面著地接足爲禮懺悔前罪佛告大王欲知此等八萬四千金色獼猴者乃過去拘樓秦佛時波羅柰國拘睒彌國二國之中共有八萬四千比丘尼行諸非法犯諸重禁狂愚無智如癡獼猴見好比丘視之如賊時有羅漢比丘尼名善安隱俱爲說法復懷忿恨時羅漢尼見諸惡人不生善心即起慈悲身升虛空作十八變時諸惡人見變化已各脫金環散羅漢尼上願我生生身作金色前所作惡今悉懺悔時諸惡人身壞命終墮阿鼻地獄次第歷至九十二劫

恒處地獄從地獄出五百身中恒爲餓鬼從餓鬼出一千身中常爲獼猴身作金色大王當知爾時八萬四千犯戒尼罵羅漢尼者今者會中八萬四千諸金色獼猴是也爾時供養諸惡比丘尼者今大王是此諸獼猴因宿習故持花持香供養大王爾時汙彼比丘尼者今瞿迦梨及王五百黄門是佛告大王身口意業不可不慎爾時王聞佛説對佛懺悔慚愧自責豁然意解得阿那含果王所將八千人求佛出家並成羅漢餘一萬六千人皆發菩提心八萬諸天亦俱發心八萬四千金色獼猴聞昔因緣慚愧自責遶佛千帀向佛懺悔各發無上菩提心隨壽長短命終之後當生兜率天上值遇彌勒得不退轉更過百萬億那由他阿僧祇恒河沙劫當得成佛八萬四千次第出世共同一劫劫名大光同一佛號並名金光明如來（古時禽獸能言語者以彼墮落受畜生身日淺今不能言者由其流轉地獄畜生道中日久故不能解人言也）

天女

首楞嚴三昧經云佛告阿難汝今見是二百天女合掌敬禮如來者不阿難言已見佛言是諸天女已曾於昔五百佛所深種善根從是已去當復供養無數諸佛過七百阿僧祇劫已皆得成佛號曰淨王是諸天女命終之後得轉女身皆當生於兜率天上供養奉事彌勒菩薩

童子

生經云時有五百幼童相結爲伴日日遊戲俱至江水聚沙興塔各言塔好雖有善心宿命福薄時天卒雨江水暴漲流溺而死佛告

衆人五百童子生兜率天皆同發心爲菩薩行佛放光明令其父母見子所在佛遥呼五百幼童天子來尋時皆至住於虛空中華散於佛下稽首禮言蒙世尊恩雖身喪亡得見彌勒佛佛言善哉卿等快計知道至眞與立塔寺因是生天見於彌勒咨受法誨佛爲説經咸然歡喜立不退轉各白父母勿復愁苦努力精進以法自修父母皆發道意天子禮佛右遶三帀忽然不現還兜率天

禽獸

心地觀經云過去世迦葉如來爲諸禽獸而説偈言

是身爲苦本　餘苦爲枝葉　若能斷苦本
衆苦悉皆除　汝等先世業　造罪心不悔
感得不可量　雜類受苦身　若起殷重心
一念求懺悔　如火焚山澤　衆罪皆消滅
是身苦不淨　無我及無常　汝等咸應當
深生厭離心

爾時無量諸禽獸等聞此偈已於一念心至誠懺悔便捨惡道生第四天奉覲一生補處菩薩聞不退法究竟涅槃

野干

未曾有因緣經云昔毘摩國徙陁山有一野干爲師子所逐墮一丘野井已經三日安心分死自説偈言

一切皆無常　恨不餧師子　奈何死厄身
貪命無功死　無功已可恨　復汙人中水
我悔十方佛　願垂照我心　前代諸惡業
現償皆令盡　從是值明師　修行盡作佛

時天帝釋聞之與八萬諸天到其井側曰不

聞聖教久處幽冥向說非凡願更宣法野干答曰天帝無訓不識時宜法師在下自處其上初不修敬而問法要帝釋於是以天衣接取叩頭懺悔憶念我昔曾見世人先敷高座後請法師諸天即各脫寶衣積爲高座野干升座曰有二大因緣一者說法開化人天福無量故二者爲報施食恩故天帝白曰得免井厄功報應大云何恩不及耶答曰生死各宜有人貪生有人樂死有愚癡人不知死後更生違遠佛法不值明師貪生畏死死墮地獄有智慧人奉事三寶遭遇明師改惡修善如斯之人惡生樂死死生天上天帝曰如尊所誨全命無功者願聞施食施法答曰布施饑餓濟一日之命施珍寶者濟一世之乏增益生死說法教化者能令衆生出世間道得三乘果免三惡道受人天樂是故佛說以法作施功德無量天帝曰師今此形爲是業報爲是應化答曰是罪非應天帝曰我謂是聖方聞罪報未知其故願聞因緣答曰昔生波羅奈國波頭摩城爲貧家子剎利之種幼懷聰朗特好學習至年十二逐師於山不失時節經五十年九十六種經書靡所不達皆由和尚之恩其功難報由先學慧自識宿命由受王位奢婬著樂報盡命終生地獄畜生（自下云云畧而不述）時天帝釋與八萬諸天從受十善欲還天宮問曰和尚何時捨此罪報得生天上野干曰尅後七日當捨此身生兜率天汝等便可願生彼天多有菩薩說法教化時野干一心專念十善行法不行求食七日命終生兜率天宮復識宿命復以十善教化諸天（野干）

似狖而小色青黃如狗巢於絕岩高木上

須達長者亦名給孤獨

時須達共舍利弗往舍衛城外規圖精舍基址須達自手捉繩一頭舍利弗自捉一頭共經精舍時舍利弗欣然含笑須達問言尊者何故笑答言汝始於此經地六欲天中宮殿已成即借彼道眼悉見六天嚴淨宮殿問舍利弗言六天何處最樂舍利弗言下三天色染上二天憍逸第四天中少欲知足恒有一生補處菩薩來生其中法訓不絕須達曰我正當生第四天中出言已竟餘宮悉滅唯第四天宮殿湛然雜阿含經云給孤獨長者疾病佛自往看之記其得阿那含果乃至命終生兜率陀天恒下來禮拜佛聽法已還歸天上此據迹中說其得小果若論其實是大菩薩

無著世親菩薩世親舊云天親

無著菩薩天竺健馱邏國人也佛去世後一千年中誕靈利見承風悟道從彌沙塞部出家修學頃之回信大乘其弟世親菩薩於說一切有部出家受業博聞強識達學研機無著弟子佛陀僧訶唐言師子覺者密行莫測高才有聞二三賢哲每相謂曰凡修行業願覲慈氏若先捨壽得遂宿心當相報語以知所至其後師子覺先捨壽命三年不報世親菩薩尋亦捨命時經六月亦無報命時諸外道咸皆譏誚謂世親菩薩及師子覺流轉惡趣遂無靈鑒其後無著菩薩於夜初分方爲門人教授定法燈光忽翳空中大明有一天人乘虛下降即進階庭敬禮無著無著曰爾來何暮今名何謂對曰從此捨壽命往覩史多天

慈氏内衆蓮花中生蓮花纔開慈氏讃曰善來廣慧善來廣慧旋遶纔周即來報命無著菩薩曰師子覺者今何所在曰我旋繞時見師子覺在外衆中耽著天樂無暇相顧詎能來報無著菩薩曰斯事已矣慈氏何相演説何法曰慈氏相好言莫能宣演説妙法義不異此然菩薩妙旨清暢和雅聞者忘倦受者無厭云云今人皆謂師子覺躭著天樂以此爲病然生兜率本爲求見彌勒親承法誨悟無生忍豈求天樂既無躭樂之念何患不生内衆又其師子覺初心發願所祈誰知既云密行莫測豈可得而思議哉

道安法師

安姓衛氏常山扶抑人也少出家驅役田舍至於三年執勤就勞曾無怨色數歲之後方啓師求經師與辯意經一卷可五千言安賚經入田因息就覽暮歸以經還師更求餘者師曰昨經未讀今復求耶答曰即已闇誦師雖異之而未信也復與成具光明經一卷減一萬言賫之如初暮復還師師執經覆之不差一字師大驚嗟而異之後爲受具戒恣其遊學至鄴遇佛圖澄澄見而嗟嘆與語終日衆見形貌不稱咸共輕怪澄曰此人遠識非爾儔也因事澄爲師澄講安每覆述後往受都寺徒衆數百常宣法化其所註般若道行密迹安般諸經並尋文比句爲起盡之義及析疑甄解凡二十二卷序致淵富妙盡深旨條貫既序文理會通經義克明自安始也時符堅遣使送外國金像結珠彌勒像金縷繡像織成像各一尊後住長安五重寺僧衆數千大弘法化初魏晉沙門依師爲姓故姓各不同安以爲如來大師之本尊莫過釋迦乃

以釋命氏後獲增一阿含經果稱四河入海無復河名四姓爲沙門皆稱釋種既懸與經符遂爲永式安每與弟子法遇等於彌勒前立誓願生兜率後至秦建元二十一年正月二十七日忽有異僧形甚庸陋來寺寄宿寺房既窄處之講堂時維那直殿夜見此僧從牕隙出入遽以白安安驚起禮訊問其來意答云相爲而來安曰自惟罪深詎可度脫彼答云甚可度耳然須更浴聖僧情願必果具示浴法安請問來生所生之處彼乃以手虛撥天之西北即見雲開備覩兜率勝妙之報爾夕大衆數十人悉皆同見安後營浴具見有非常小兒伴侶數十來入寺戲須臾就浴果是聖應也至其年二月八日忽告衆曰吾當去矣是日齋畢無疾而卒初安生而便左臂生一皮廣寸許著臂捋可上下唯不得出手後宣律師問天神乃知安是印手菩薩也

竺僧輔法師

輔鄴人也少持戒行執志堅苦學通諸論兼善經法道振伊洛一都宗事值西晉饑亂輔與釋道安等隱於濩澤研精辯析洞盡幽微後憩荆州上明寺單蔬自節禮懺翹勤誓生兜率仰瞻慈氏時瑯琊王忱爲荆州刺史聞輔貞素請爲戒師一門宗奉後未亡二日忽云明日當去至於臨終妙香滿室梵響相係道俗奔看來者萬數是日後分無疾而化春秋六十戒臘未聞

曇戒法師

戒一名慧精姓卓南陽人居貧務學遊心墳典後聞法道法師講放光經乃借衣一聽遂

深悟佛理廢俗從道事安公爲師博通三藏誦經五十餘萬言常日禮佛五百拜晉臨川王甚重之後篤疾常誦彌勒尊佛名不輟心口弟子智生侍疾問何不願生安養戒曰吾與和尚等八人同願生兜率和尚及道願等皆已上生吾未得去是故有願耳言畢即有光照於身容貌更悅遂奄爾遷化春秋七十仍塟安公墓右

玄藻尼

藻本姓路吳郡人安荀女也藻年十餘歲身嬰重疾良藥必進曰增無損時太玄臺寺釋法濟語安荀曰恐此病由業非醫所消貧道案經云若履危苦能皈依三寶懺悔求願者皆獲甄濟君能與女並捐棄邪俗洗滌塵穢專心一向當得痊愈安荀然之即於宅內設觀音像澡心潔意傾誠戴仰扶疾稽顙專念相續經七日初夜忽見金像高尺許三摩其身從首至足即覺沉痾豁然消愈既靈驗在躬遂求出家精勤匪懈誦法華經菜食長齋三十七載常翹心注想願生兜率宋元嘉十六年誦彌勒佛名寂然而逝

光靜尼

靜本姓胡名道婢吳興東遷人也幼出家隨師住廣陵中寺靜少而厲行長習禪思不食甘肥將受大戒絕穀餌松具戒之後積十五年雖心識鮮明而體力羸憊祈誠懇到每輒感勞動經晦朔沙門法成謂曰服食非佛盛事靜聞之還食粳糧倍加勇猛精學不倦從學觀行者常百許人元嘉十八年五月遇疾曰我厭苦此身其來久矣於是牽病懺悔不

離心口性理恬明神氣怡恱至十九年歲旦飲粒皆絶屬念兜率心心相續如是不斷至四月八日夜殊香異相滿虛空中其夜示寂

慧瓊尼

瓊本姓鍾廣州人也履道高潔不味魚肉年垂八十志業彌勤常衣麤麻不服綿纊綱紀寺舍兼行講說元嘉十八年宋江夏王世子母王氏以地施瓊瓊修立爲寺號曰南永安寺至二十二年蘭陵蕭承之爲起外國塔瓊於元嘉十五年𠞰造菩提寺堂殿坊宇皆悉嚴麗以元嘉二十四年隨孟顗之會稽敕弟子云吾死後不須埋藏可借人剝裂身體以食衆生至於終盡不忍屠割乃告句容縣令輿著山中使鳥獸自就啖之經十餘日儼然如故顏色不異令使村人以米散屍邊鳥食遠處近屍之粒皆在弟子慧朗在都聞之奔馳奉迎還葬高座寺前岡墳上起塔云瓊一生苦節志業彌勤故得終盡異人乃上生之明證也

淨秀尼

秀本姓梁安定人祖疇征虜司馬父桀之龍川縣都鄉侯秀幼而聰叡好行慈仁七歲自然持齋家中請僧轉涅槃經聞斷魚肉即便蔬食從外國沙門普練諮受五戒精勤奉持禮拜讀誦晝夜不休年十二便求出家父母禁之及手能書常自寫經至二十九方得聽許爲青園寺首尼弟子事師竭誠猶懼弗及三業勤修夙夜匪懈僧使衆役每居其首跋涉勤劬觸事關涉進止俯仰必遵律範善神敬護常在左右時有馬先生世呼爲神人也見秀記言此尼當生兜率嘗三人同於佛殿

内坐忽聞空中聲狀如牛吼二人驚怖惟秀恢然還房取燭登階復聞空中語曰諸尼避路秀禪師歸後時與諸尼同坐一尼暫起還房見一人抵掌止之曰莫擾秀尼欲請暉法師講十誦律但有錢一千憂事不辦夜夢見鵄鵲鴝雀子各乘車大小稱形同聲唱言我當助秀尼講及至經營有七十檀越爭設妙供宋元嘉七年外國沙門求那跋摩至都律範清高秀更從受戒麻衣藿食同住十餘人皆以禪定爲業秀手寫衆經別立經臺在於寺内娑伽羅龍王兄弟二人現迹彌日示其擁護知識往來無不見者每奉諸聖僧果食必有異迹又嘗七日供養禮懺胡跪攝心注想即見二梵僧舉手共語一稱彌佉一稱毘呿羅所著袈裟色如熟桑葚秀即以泥染衣色令如所見他日又請阿耨達池五百羅漢復請罽賓國五百羅漢及京邑大德見一梵僧合衆疑之即借問云從罽賓來始行十餘步奄忽不見又曾浴聖僧内外寂靜唯有橵杓之聲其諸瑞異皆類此也齊文惠帝竟陵文宣王厚相禮待供施無廢年耆力弱復不能行聽乘輿至内殿五年六月十七日苦心悶亂不復飲食彭城寺惠全法師六月十九日夢見一柱殿嚴麗非常謂兜率天宮見淨秀在其中全即囑之得生妙處勿忘將接秀曰法師是丈夫弘通經教自應居勝地全聞秀病往看之述夢中事至七月十三日少間自夢見旛蓋樂器在佛殿西北二十日請相識僧會別二十七日告諸弟子曰我升兜率天宮言畢而寂年八十九經云若有比丘及一切大衆不厭生

死樂生天者愛敬無上菩提心者欲爲彌勒作弟子者當作是觀作是觀者應持五戒八齋具足戒身心精進不求斷結修十善法一一思惟兜率陀天上上妙快樂作是觀者名爲正觀若他觀者名爲邪觀不求斷結者是大乘菩薩留惑度生非同二乘取證灰身斷智涅槃自出生死者比也秀攝心注想依經作觀故聖境現也

## 彥琮法師

琮俗緣李氏趙郡伯人也世號衣冠門稱甲族少而聰敏才藻清新識洞幽微情符水鏡遇物斯覽事罕再詳初投信都僧邊法師因試令誦須大拏經減七千言一日便了更誦大方等經數日亦度至年十歲方許出家改名道江以慧聲洋溢如江河之望也齊武平初年十有四晉陽延入宣德殿講仁王經帝親臨御筵文武咸侍皇太后及以六宮同昇法會勅侍中高元海扶琮昇座接侍上下而神氣堅朗希世驚嗟析理開神咸遵景仰及受具戒專習律檢進討行科時煬帝延入高第令住內堂講金光明勝鬘般若等經然而東夏所貴文頌爲先中天師表梵音爲本琮乃專尋葉典日誦萬言故大品法華維摩楞伽攝論十地等皆親傳梵音受持讀誦每日闇閱要周乃止大業二年下勅於洛陽上林園立翻經館以處之凡前後譯經合二十三部一百許卷制序述事備於經首大漸之晨即大業六年七月二十四日雖形羸而神爽問弟子曰齋時至未對曰未也還瞑目而臥如此再三乃迴身引頸向門視日齋時已至吾其終矣索水盥手焚香迎彌勒畫像合掌諦觀開目閉目乃經三四如入禪定奄爾而終持續屬之方知已絕春秋五十有四戒臘未聞

葉典者天竺以貝多羅葉書寫經卷故曰葉典

慧頵法師

頵姓李氏江夏人於遠行龍泉二寺造金銅彌勒像各一軀坐高一丈五尺用結來生之緣也有吳縣令陳士綽者排繁從義傾仰法音請講法華涅槃文軸纔竟疲役增勞即以麈尾付囑學士智琰曰強學待問無憚慧風師逸功倍不慙屢照誓言既止怡然瞑目以貞觀四年十月終於通玄春秋六十有七學士弟子等千餘人哀泗傷心共樹高碑焉（臨終怡然自若乃上生之明證誠結來生之緣願力所致若是乎）

玄奘法師

奘本名褘俗姓陳氏漢太丘仲弓之後祖康北齊國子博士父惠早通經術長八尺明眉目拜江陵令解纓而退師之兄即長捷法師也日授精理旁兼巧論年十一誦維摩法華卓然梗正不偶時流口誦目緣畧無閑缺時東都盛弘法席涅槃攝論阿毘曇等論一聞不忘見稱昔人隨言鏡理莫不鑿窮巖穴時皆訝其憶念之力終古罕類也年二十有一私自惟曰學貴經遠義重疏通鑽仰一方未成探賾若不輕生殉命誓往天竺何能具覩成言時年二十九也以貞觀三年三月西尋聖迹徑往姑臧漸至燉煌路由天塞裹糧弔影前望悠然但見平沙絕無人徑迴遑委命任業而前備經危難達伊吾高昌高昌王給以貨資傳送突厥展轉將送雪山諸蕃梵國具覩五天竺境經歷一百五十餘國以貞觀十九年正月二十四日屆於京郊之西道俗相趨屯赴闤闠數十萬衆如值下生召入內殿面奉天顏談敘真俗無爽帝旨從卯至酉

不覺時延即陳翻譯帝曰自法師行後造弘福寺其處雖小禪院虛靜可爲翻譯所須人物吏力並與玄齡商量務令優給又敕云所須官人助翻者已處分訖其碑朕自作及碑成請神翰自書蒙特許尅日送寺京寺咸造幢蓋又敕王公已下太常九卿及兩縣妓樂車從千餘乘駐弘福寺上居安福門俯臨將送京邑士女列於道側自北之南二十餘里充仞衢街光俗興法無與儔焉奘生常以來願見彌勒及遊西域又聞無著兄弟皆生彼天又頻祈請咸有顯證懷此專至益增翹勵後至玉華但有隙次無不發願生覩史多天見彌勒佛自翻大般若經六百卷了惟自策勤行道禮懺麟德元年告翻經僧及門人曰有爲之法必歸磨滅泡幻形質何得久停行年六十五矣必卒玉華於經論有疑者今可速問聞者驚曰年未耆耄何出此言報曰此事自知遂往辭佛先造俱胝十億像所禮懺辭別告寺僧曰奘必當死經云此身可惡猶如死狗奘既死已近宮寺山靜處藏之因既臥疾開目閉目見大蓮花鮮白而至又見偉相知生佛前命僧讀所翻經論名目已總有七十三部一千三百三十卷自懷忻悅總召門人有緣並集無常將及急來相見對寺僧門人辭訣并遺表訖便默念彌勒令傍人稱曰南謨彌勒如來應正等覺願與含識速奉慈顏南無彌勒如來所居內衆願捨命已必生其中至二月四日右脇累足右手支頭左手髀上鏗然不動有問何相報曰勿問妨吾正念至五日中夜氣絕神逝迨兩月顏色如

常又有冥應畧故不述下敕韰日聽京城僧尼幢蓋往送於是素蓋素幢浮空雲合哀笳哀梵氣遏人神四俗以之悲傷七衆惜其沉寂帝親臨城望送敕同如來金棺銀槨殯韰於曰花原四十里中後敕改韰樊川乃又出之衆咸歎異經久埋瘞色相如初自非願力所持焉能致此詳載本傳

道宣律師

宣姓錢氏丹徒人也母夢月貫其懷而娠復夢梵僧語曰汝所娠者即梁朝僧祐律師祐則南齊剡溪隱嶽寺僧護也宜從出家崇樹釋教云凡十二月在胎四月八日降誕九歲能賦十五厭俗誦習諸經依智顗律師受業十六落髮專精尅念感舍利現於寶函從智首律師受具習律纔聽一徧方議修禪顗師呵曰夫適遐自邇因微知章修捨有時功願須滿未宜即去律也抑令聽二十徧已乃坐山林行定慧晦迹於終南行般舟定時有羣龍禮謁若男若女化爲人形嘗送異華一奩形似棗華大如榆莢香氣馝馞數載宛然又供奇果味甘色潔非人間所遇也上詔與奘師翻譯撰疏鈔等二百二十餘卷三衣皆紵一食唯菽行則仗策坐不倚牀蚤蝨從遊居然自得嘗築一壇俄有長眉僧談道識者其實賓頭盧也復有三果梵僧禮壇讚曰自佛滅後像法住世興發毘尼唯師一人也乾封年初冥感天人來談律相言鈔文輕重義中舛誤皆譯者之過非師之咎請師改正故今所行著述多是重修本也貞觀中曾隱沁部雲室山人睹天童給侍左右於西明寺夜行

道足跌前階有物扶持履空無害熟顧視之乃少年也宣遽問何人中夜在此少年曰某非常人即北方毘沙門天王之子那吒也護法之故擁護和尚時之久矣宣曰貧道修行無事煩太子太子威神自在西域有可作佛事者願爲致之太子曰某有佛牙寶掌雖久頭目猶捨敢不奉獻俄授於宣宣保持供養焉復次庭除有一天來禮謁謂曰律師當生覩史天宮持物一苞云是棘林香爾後十旬安坐而化則乾封二年十月三日也春秋七十二僧臘五十二累門人窆於壇谷石室高宗下詔令崇飾圖寫師之真相蓋追仰道風也師之持律聲振竺乾師之編修美流天下是故無畏三藏到東夏朝謁帝問自遠而來得無勞乎欲於何方休息三藏奏曰在天竺時常聞西明寺宣律師秉持第一願往依止焉勅允之至懿宗咸通十年十月勅謚曰澄照塔曰淨光先所居久在終南故號南山律宗焉

## 窺基法師

基字洪道姓尉遲氏京兆長安人也隋代州西鎮將乃基祖焉考諱宗唐左金吾將軍松州都督江由縣開國公也基母裴氏夢掌月輪吞之寤而有孕及誕與羣兒弗類數方誦習神晤精爽奘師始因陌上見其眉秀目朗舉措疎畧曰將家之種不謬也哉脫或因緣相扣度爲弟子則吾法有寄矣復念在印度時計回程次就尼犍子邊占得卦甚吉彼云師但東歸哲資生矣遂造將軍之門化令出家父曰伊類粗悍那勝教詔奘曰此之器度

非將軍不生非其不識父雖然諾基亦強拒激勉再三拜以從命至年十七奉敕爲奘弟子學五天竺語解紛開結統綜條然聞見者無不歎伏年二十五應詔譯經講通大小乘教造疏計可百本後遊五臺至西河古佛寺宿夢見山下有無量人唱極苦聲有天童子持紙二軸及筆投之及旦過信度寺中有光久而不滅尋視之數軸發光者探之得彌勒上生經乃憶前夢必慈氏令我造疏通暢其理耳遂援毫次筆鋒有舍利二七粒而隕如吳含桃許大紅色可愛次零然而下者狀如黃粱粟粒基隨處化徒獲益者衆恒與翻譯舊人往還屢謁宣律師宣每有諸天使者執事或告雜務爾日基去方來宣怪其遲暮對曰適者大乘菩薩在此善神翼從者多我曹神通爲他所制故爾以永淳元年壬午示疾至十一月十三卒於慈恩寺翻經院春秋五十一法臘無聞基生常勇進造彌勒像對其像日誦菩薩戒一徧願生兜率求其志也乃發通身光瑞爛然可觀凡今天下佛寺圖形號曰百本疏主高宗製讃名諱上字故云大乘基今海內呼慈恩法師焉世有愚人謗宣師爲小乘故基至而天使者避去言天使者即南方天王將軍之使者言善神者或天將軍或護法神王其使者猶僕隸也此其神之有尊卑豈關人之有大小言大乘菩薩者乃使者尊基師之稱也非謂宣師小而稱彼大也昔宣師行道失足階下北天王那吒太子親爲捧之後示疾十月天王奉侯不少況宣師與基師共生內院同證不退又何大小之分耶愚人臆見私詆聖賢自取殃累耳

法上法師

上姓劉氏朝歌人也五歲入學七日通章八歲畧覽經誥博盡其理九歲閱涅槃經即生

厭世至於十二投禪師道藥而出家焉誦維摩法華纔浹二旬兩部俱度創講法華酬抗疑難無不歎伏而形色非美故時人諺曰黑沙彌若來高座逢災也後值時險衣食俱乏專意涅槃無心饑凍故一粒之米加之以菜一衣爲服兼之以草練形將盡而精神日進乃投光而受具焉既慧業有聞衆皆陳情乃講十地地持楞伽涅槃等部輪次相續並著文疏所得施利造一山寺山之極頂造彌勒堂衆事莊嚴備殫華麗四事供養百五十僧及齊破法湮不及山寺上私隱俗服習業如常願若終後覲覩慈氏如有殘年願見隆法更一頂禮慈氏如來形羸微篤設舉坐之弟子扛舉往昇山寺合掌三禮右遶三周便還山舍誦維摩勝鬘卷訖而卒春秋八十六即周大象二年七月十八日也

曇衍法師

衍姓夏侯氏南兗州人初生之時牙齒具焉世俗異之七歲從學聰敏絕倫十五擢爲州都公事有隙便聽釋講十八舉秀才貢過聽光公法席即稟歸戒棄捨俗務專功佛理學流三載績鄰前達年二十三投光出家即爲受戒聽涉無暇乃捐食息由是講事無廢毘贊玄理以開皇元年二月十八日忽告侍人無常至矣便念彌勒佛名聲氣俱盡於時正中傍僧同觀顏色怡悅時年七十有九自衍之生也殊相感人而立操貞直但見經像必奉禮迎送道遇貧陋必悲憐垂泣恒樂聽戒生來兩闕維摩勝鬘日緣一遍未終之前有夢見衍朱衣螺髮頒垂於背二童侍之昇空

而面北高逝尋爾便終時共以爲天道者矣

道丕法師

丕長安貴胄里人也母許氏爲求其息常持觀音普門品忽夢神光燭身因爾娠焉及其誕生如天童子七歲忽絶葷羶每遊精舍怡然忘返遂白母往保壽寺禮繼能法師尊爲軌範九歲善梵音禮贊十九歲學通金剛經義便行講貫至二十七歲遇曜州牧婁繼英招丕住洛陽福先彌勒院即晉道安翻經創洛之地也天祐三年丙寅齊陰王賜紫衣後唐莊宗署大師曰廣智丕精勤不懈一佛一禮佛名經法華金剛仁王上生四經逐一字一禮然其行頭陀十二行乞食時至二弟子隨行又立禮首楞嚴經二年以顯德二年乙卯六月八日微疾十日令弟子早營粥食告云今有首楞嚴菩薩衆多相迎令鳴椎俄然而化春秋六十七僧臘四十七首楞嚴菩薩惟內院多今相迎乃上生之明證也

兜率龜鏡集卷中

音釋

琱與彫同治玉也　鍇音楷好鐵也　球琳上音求下音林皆美玉也　蓋音誇花榮也　六事法念佛法僧施戒天也　餉音商去聲饋也進食於尊也

兜率龜鏡集卷下

清廣州南海寳象林沙門釋宏贊在𠫵輯

○中集之餘

寳襲法師

襲貝州人僧休法師之弟子十八歸依誦經爲業後聽經偏以智度論爲宗布響關東高問時傑從休入京訓勗爲任有弟子明洪善大論亦以榮望當時紹宗師業召入普光寺時復弘法而專營浴供月再洗僧繼踵安公歸心慈氏故得臨終正念矚望而升兜率也

智曉禪師

曉不詳氏族招集禪徒自行化俗供給定學自知終日急喚汰禪師付囑訖上佛殿禮辭遍寺僧衆咸乞歡喜於禪居寺大齋將散謂汰曰吾往兜率天聽般若去汰曰弟前去我七日即來其夜三更坐亡至四更識神往遍學寺寺相去十里至汰禪師牀前其明如晝云曉欲遠逝故來相別不得久住汰送出三重門外別訖入房踞牀忽然還暗弟子問云聞師與人語聲取火通照三門並閉方悟曉之神力出入無間即遣往問果云已逝汰後七日無何坐終其二髏骨全成無縫又有吳純等禪師多有靈異相從坐化畧不叙之

智晞禪師

晞姓陳氏潁川人童穉不羣幼懷物外見老病死達世浮危誓出塵勞訪尋勝境伏聞智者抗志台山安禪佛隴警訓迷途爲世津導丹誠馳仰遠泛滄波年登二十始獲從願一得奉值即定師資律儀具足稟受禪訣加修寂定如救頭然聞東山銅鐘聲大音震谷便

云噫㷀吾也未終數日語弟子云吾命無幾可作香湯洗浴適意山中鳥獸異色殊形常所不見者並皆來集房側履地騰空悲鳴㷀呼經日方散以貞觀元年十二月十七日夜跏趺端坐仍執如意說法辭理深邃既竟告弟子曰吾將汝等造次相值今當永別會遇靡期言已寂然無聲良久諸弟子哭泣便開眼誡曰人生有死物始必終世相如是寧足可悲可去勿鬧亂吾也又云吾習禪以來至於今日四十九年背不著牀吾不負信施不負香火汝等欲得與吾相見可自勤策行道力不負人弟子諮曰未審和尚當生何所答云報在兜率宮殿青色居天西北（涅槃經以兜率天常愛青色用青色三昧以破此天之有）見智者大師左右有諸天人皆坐寶座唯一座獨空吾問所以答云灌頂却後六年當來昇此說法十八日朝語諸弟子汝等並早須齋吾命須臾至午結跏趺坐端直儼然氣息綿微如入禪定因而不返春秋七十有二時虛空中有絃管聲合衆皆聞良久乃息經停數日方入石龕顏色數悅手足柔軟不異生平貞觀六年八月七日灌頂法師終於國清寺誠晞之言不謬矣（傳云智者臨終門人請問未審大師沒此何生報曰吾諸師友並從觀音皆來迎我輔行云然大師生存常願生兜率天臨終乃云觀音來迎當知軌物隨機順緣設化不可一準案觀經中品往生彌陀與諸大菩薩親迎豈惟觀音獨接智者大師乃信位菩薩寧無中品誠為隨機設化晞之所見乃是智者宿願也）

惠仙法師

仙姓趙河東蒲坂人雖多涉獵然以華嚴涅槃二部為始卒之極教也迄於暮齒躭味逾深謂人曰斯之二寶同如意珠無忽忘而暫

捨也夢僧告曰卿次冬間必當上生至九月中微覺不愈知終在近告侍人曰吾出家有年屢受菩薩戒今者欲更受之召諸大德並不赴命乃曰大德但自調耳何名度人又曰但取戒本讀誦訖自慶潛然而止入夜有異天仙星布前後高談廣述乍隱乍顯合寺見聞或見佛像未入房者日次將午忽起坐合掌召衆人曰大限雖多小期一念並好住願與大衆爲歷劫因緣遂臥氣絶年七十五即永徽六年十一月十七日也寺有亘禪師頴脫當時有聲京洛行彌勒業願生兜率天覩仙行業感徵必見慈氏矣

法誠禪師

誠姓樊氏雍州萬年人也童小出家止藍田王效寺事沙門僧弘誦法華經以爲恒任又謁禪林寺相禪師詢於定行而德茂時宗學優衆仰隋文欽德請遵戒範乃陳表固辭負笈長驅夢感普賢勸書大教誠曰大教大乘也諸佛智慧所謂般若時學士張靜者時號筆工罕有加勝乃請至山舍令受齋戒潔淨自修口含香汁身被新服靜利其貨竭力爲之終部已來誠恒每日燒香供養在其案前點畫之間心緣目視略無遺漏時感異鳥形色希有飛入室中徘徊鼓舞下至經案自然馴狎久之翔近明年經了將事興慶鳥又飛來前後如此者非復可述至貞觀十四年夏末忽感餘疾自知即世願生兜率索水浴訖又索絡鞶傍自檢校不許榮厚至月末日將現無故語曰欲來但入未暇絃歌顧侍人曰吾聞諸行無常生滅不住九品往生此言驗

矣今有童子相迎久在門外吾今去也爾等佛有正戒無得有虧後致悔也言巳口出光明照於楹内又聞異香苾芬而至但見端坐儼然不覺其神巳逝時年七十有八既願生兜率何言九品往生以兜率勝境現前即驗知九品往生不虛矣

大乘燈禪師

燈愛州人也幼隨父母汎舶往杜和羅鉢底國方始出家後隨唐使剡緒入京於玄奘法師處受具戒居京數載思禮聖蹤遂持佛像經論到師子國禮佛牙備盡靈異過東天竺耽摩立底國停一十二載習梵語循修福業遇義淨法師隨詣中天竺到那爛陀寺次向毘舍離國至拘尸城每自歎曰本意弘法重之東土寧志不我遂奄爾衰年今日雖不契本懷來生願畢斯志其常修覩史多天業夢會慈氏菩薩日晝龍花一兩枝用標心至云云

希圓法師

圓姓張氏姑蘇人宗親豪富而獨捨家從登戒法便遊講肆不滯一方勤修三學演暢經論乃著玄中鈔數卷皆辭義妙盡恒勸人急修上生之業且曰非知之難行之爲難汝曹勉旃圓六時禮懺未嘗少缺圓之修習願見彌勒一日講次屹然坐終於法座時衆聞異香褭音天樂錚鏦或絶或連七日此眞上生之證歟乃乾寧二年四月也荼毘收舍利七百餘粒被四明人齎往新羅國矣

令諲法師

諲姓楊氏陝府閿鄉人因遊洛南長水遇歸心檀信構伽藍就中講演經論三十餘載日

别誦維摩上生以爲恒課執行持心願生兜率以清泰二年乙未歲終於邑寺春秋七十一法臘五十一荼毘獲舍利學人檀越共建塔焉下生經云若釋迦文佛弟子修于梵行來至我所或奉持其去來至我所乃至若有書寫經頌宣於素上其有供養者皆來至我所

貞晦法師

晦姓包氏吳郡常熟人長講法華經旁讀大藏教文二時行道精進罔疲凡世伎術百家之言黜於議論之外誡門徒曰異端之說汩亂眞心無記不熏何須習俗吾止願爲師子吼不作野干鳴也但專香燭塗掃修上生業以內院爲息肩之地至後唐清泰二年二月十日召弟子五十餘人自具香湯澡浴令唱上生禮佛罄捨衣資爲非時僧得施至十一日望空合掌云勞其聖衆排空相迎滿百徒侶爾日皆聞天樂之音頃刻而卒俗壽七十三僧夏五十四臘經講計三十七座覽藏經二徧以其年二月十八日葬浚郊東寺莊之原幢旛威儀緇白弟子約千餘人會送焉經云若有精進修諸功德威儀不缺掃塔塗地以衆名香妙花供養乃至念佛形象稱彌勒名發弘誓願命終如屈伸臂頃即得往生兜率天蓮花上貞師即其人也古人以異學爲野干鳴經論亦云學習外書如刀割泥自傷其刃如觀日光自損其目今人猶恐學之不逮豈不患其自傷之不深乎

恒超法師

超姓馮氏范陽人祖父不仕世修儒道而家富巨萬超生而聰慧童穉不戲弄年十五早通六籍尤善諷騷辭調新奇播流人口忽一日因閱佛經洗然開悟乃歎曰人生富貴俞等幻泡唯有眞乘可登運載遂投駐蹕寺出俗學大小乘經律論講諸經論二十餘年宣

導各三十餘徧節操高邁緇素見之無不怯懼時郡守李君素重高風欲飛章舉賜紫衣超聞驚愕遂命筆爲詩云虛著褐衣老浮杯道不成誓傳經論死不染利名生厭樹遮山色憐聰向月明他時隨范蠡一棹五湖清李君復令人勸勉超確乎不拔相國瀛王馮道聞其名知是鄉關宗人先遺其書序以歸向之意超曰貧道閑人早捨父母尅志修行本期彌勒知名不謂浪傳於宰衡之耳也於吾何益門人敦喻不得已而答書具陳出家之人豈得以虛名薄利而留心乎以乾祐二年仲春三日微疾數辰而終於本院院衆咸聞天樂沸空乃升兜率之明證也春秋七十三僧臘三十五茶毘收舍利二百餘顆分施之外緘五十顆於本院起塔其邀名餐利之徒讀斯傳者宜退思之及時知省

循州山神

唐宣律師問天神曰南海循州北山興寧縣界靈龕寺多有靈跡何也答曰此乃文殊聖者弟子爲此山神多造惡業文殊愍之便來教化遂識宿命請爲留跡我常禮事得離諸惡文殊爲現今者是也於貞觀三年山神命終生兜率天見付屬儀按經云善男子善女人犯諸禁戒造衆惡業聞是菩薩大悲名字五體投地誠心懺悔是諸惡業速得清淨是也

繼倫法師

倫姓曹氏晉陽人也弱齒出家慧察過人登戒之後至年二十一學通法華經義理幽賾唯識因明二論一覽能講由是著述其鈔又撰法華鈔三卷以僞漢巳巳歲冬十月示疾心祈口述願生兜率内院終後頂熱半日方

冷則開寶二年也享年五十一荼毘畢淘獲舍利遠近取供養焉

從諫禪師

諫姓張氏本南陽人越壯室之年忽深信佛理遂捨妻孥求僧披剃焉甫登戒地堅護心珠因悟禪那頓了玄理禪客鱗集如孝子之事父母焉其子一日自廣陵來覲遇諫於院門威貌嚴莊不復可識乃問曰從諫大德所居諫指之東南可尋其子旣去遂闔門不出其割裂愛網又若此也咸通七年丙戌歲夏五月忽出詣檀越辭別曰善建福業貧道秋初當遠行故相聞耳至秋七月朔旦盥手焚香念慈氏如來已右脇而臥是日無疾而化行年八十餘矣門人奉遺旨送屍於林中施諸鳥獸三日復視之肌貌如生一無近者遂以餅餤覆之經宿有狐狼迹唯噉所覆身且儼如乃焚之收餘燼起白塔焉

息塵比丘

塵姓楊氏并州人年方十二因夢金人瑰奇之狀引之入精廬明旦白二親懇求出家未允之前泣而不食父母憫其天然情何猒塞遂曲順之即投草堂院從師誦淨名經菩薩戒達宵不寐年十七便聽習維摩講席粗知大義及乎弱冠乃受具戒執持律範曾無缺焉年二十三文義幹通復學因明唯識不虧敷演於天祐二年李氏奄有河東武皇帝請居大安寺淨土院四事供養專覽藏教修鍊上生業設無遮大齋前後五會塵常以身飼狼虎入山谷中其獸近嗅而奔走又於林薄棵體用啖蚊虻以爲布施旋贖鱗羽或施牢

獄人食或賑惠貧乏或捐幡蓋於淨明金藏二塔又講華嚴新經傳授崇福寺繼暉法師由是三年不出院門一字一禮華嚴經一徧字字禮大佛名經共一百二十卷平常唯衣大布不蓄盈長晉高祖賜紫服并謚號固讓於天柱寺示微疾至七月二十七日辰時唱上生而逝矣俗年六十三僧臘四十四焚之得舍利數百粒晉祖敕塟於晉水之西山小塔至今存焉

白居易侍郎

易字樂天太原人敏悟絕倫工文章年十七登進士第仕至刑部尚書居於東都疏沼種樹構石樓於香山自號香山居士嘗問心要於凝禪師元和四年詔惟寬禪師入見問禪要敕居易問師曰既云禪師何以說法師曰無上菩提者被於身爲律說於口爲法行於心爲禪律即是法法不離禪長慶二年易知杭州往問道於鳥窠禪師後至廬山復問道於歸宗常禪師嘗勸一百四十八人結上生會行念慈氏名坐想慈氏容願當來世必生兜率晚歲風痺遂專志西方析生安養晝西方變相一軸爲之願曰極樂世界清淨土無諸惡道及衆苦願如我身病苦者同生無量壽佛所一夕念佛坐榻上倏然而逝易嘗於鉢塔寺依如大師受八關齋戒者九度（易未達淨職由心苦樂皆妄故起取捨之情志願不一若悟惟心天宮淨土並是化境皆一同居之土然四大本空五蘊非我又何苦樂之有哉）

玄朗禪師

朗字慧明婺州東陽人姓傅氏雙林大士六世孫也九歲出家師授其經日過七紙弱冠

遠尋光州岸律師受滿足戒旋學律範又博覽經論聞天台一宗可以清衆滯可以趣一理因詣慧威法師受學不患貧苦達法華淨明大論止觀禪門等凡一宗之教迹研覈至精後依恭禪師重修觀法遊心十乘諦㝠三觀四悉利物六即體徧雖致心物表身厭人寰情捐田廬志栖林壑隱左溪岩因以爲號獨坐一室三十餘秋麻紵爲衣糲蔬充食每翹跪祈請願生兜率内院斂念之頃忽感舍利從空而下構殿壁績觀音賓頭盧像焚香斂念便感五色神光道俗俱瞻歎未曾有此後猿玃來而捧鉢或飛鳥息以聽經誨人匪倦講不待衆一鬱多羅四十餘年一尼師壇終身不易食無重味居必偏厦非因尋經典不然一燭非因現聖容不行一步其細行細心蓋循律法之制遂得遠域沙門鄰境耆耋擁塞塡門天台之教鼎盛何莫由斯也一日顧謂門人曰吾衆事云畢年旦暮焉以天寳十三年九月十九日呼門人曰吾六即道圓萬行未得戒爲心本汝等師之即端坐長别春秋八十有二僧臘六十一衆葽其居寳閣第四重是表第四天内院也荼毘已分舍利爲二分一塔左溪之西原一塔東陽之東原行其道者號左溪焉爲天台第八祖也

法興法師

興洛京人七歲出家不參流俗執巾提盥罔憚勤苦諷法華淨名經戒律軌儀有持無犯節操孤頴所霑利物身不主持付囑門人即修功德建三層七間彌勒大閣高九丈五尺尊像七十二位聖賢八大龍王罄從嚴飾大

和二年春正月聞空有聲云入滅時至兜率天衆今來迎導於是洗浴焚香端坐入滅建塔於寺西北一里所經云佛告優波離未來世中諸衆生等聞是菩薩大悲名稱造立形像香花衣服繒蓋幢幡禮拜繫念此人命欲終時彌勒菩薩放眉間白毫大人相光與諸天子雨曼陀羅花來迎此人此人須臾即得往生值遇彌勒頭面禮敬未舉頭頃便得聞法即於無上道得不退轉於未來世得值恒河沙等諸佛如來是彌勒菩薩當爲未來世一切衆生作大皈依處若有皈依彌勒菩薩當知是人於無上道得不退轉彌勒菩薩成佛時如此行人見佛光明即得受記此與之明證也

智江法師

江俗姓單幽州三河南管人也唐乾寧四載始年十五遂成息慈往五臺山梨園寺納木叉法自此擔簦請業擇木依師淨名上生二典疏釋煥然因著瑞應鈔八卷同光元年在徵子之墟住院締構堂宇輪奐可觀復塑慈氏釋迦二尊十六羅漢像咸加績彩克肖聖儀善務方辦俄遘沉痾以周顯德五年孟秋順終享齡七十四當屬纊時滿院天人雜沓若迎尊之狀疇昔誓生覩史之昭應也吏部員外郎李鉉著塔銘之上生經乃安陽侯所譯前哲已多疏釋今不一存惜哉無價寶珠識非薄福者能得安陽本沮渠國人是蒙遜之從弟爲人強記涉獵群書因曇無讖法師入河西弘闡佛法安陽乃銳意內典奉持五禁所讀衆經即能諷誦常以爲務少時嘗度流沙至于闐國遇天竺法師佛陀斯那諮問道義斯那天才秀發誦半億偈西方諸國號爲人中師子安陽從受禪祕要治病經東歸高昌得觀世音彌勒二觀經各一卷及還河西即譯出禪要轉爲晉文及僞魏吞併西涼乃南奔於宋晦志卑身不交世務常遊止塔寺以居士自卑初出彌勒觀音二觀經丹陽尹孟顗見而善之深加賞接復請出禪經臨華無滯旬有七日出爲五卷安陽無欲榮利宣通正法是以黑白咸敬而加焉

善本禪師

本俗姓董潁川人父祖皆宦母於佛前禱曰若得子必以事佛及生而骨相秀異既長博

學操履清修無仕宦意終日沉默嘉祐八年爲試大僧依圓成律師師語人曰本他日當有海内名遂使聽習毘尼妙法蓮華夜夢善財童子合掌導而南既覺曰諸聖加被我矣欲我南詢諸友乎時圓照禪師道振吳中即往謁之默契宗旨服勤五載盡得其要後遊浮山見巖叢之勝有終焉之志遂居大寂岩久之出世於婺州雙林潮東道俗追崇謂傅大士復生焉移住錢塘淨慈繼圓照之後禪徒千餘衆神宗詔住京師法雲寺賜號大通禪師又繼圓通之後王公貴人施捨填門廈屋萬間塗金縷碧如地湧寶坊陞堂說法如象王回顧學者多因此悟入大觀三年十二月甲子屈三指謂左右曰止有三日已而果歿有異禽翔鳴於庭而去將終之夕越僧數人夢師歸兜率天云塔全身於上方爲大鑒下十三代雲門下七世也

志德法師

德號雲巖山東昌鎦氏子也童年出俗聽習經論盡得其奥元世祖召見賜紫方袍命主天禧旌忠二刹日講法華華嚴金剛唯識等疏特賜佛光大師之號每與七衆授戒必令其父母兄弟相教無犯至於然香然頂指爲終身誓故恒以律繩自徒衆若互用常住物者誤一罰百故犯擯之居天禧三十餘年一衲一履終身不易午過不食夜則危坐達旦以苦誦喪明忽夢梵僧迎居兜率内院高座空中散花如雨因示微疾至治二年二月七日猶誦經不輟頃之辭衆安坐而化世壽八十八龕留二十一日顏貌紅潤如生荼毘舍

利無數

成慈尼

慈字戒芻廣州番禺沙灣人俗姓何生而敏傑不類羣嬰五歲即不茹葷羶親知非俗所畱遂送女菴中事佛執勞無憚多覺少寐年既漸長立性堅貞執行持心不狥餘情聽講思義頴悟異人崇禎庚辰歲年四十有一始得薙染時由尼衆甚希故滯年稔矣從受具來專攻律藏研究性遮故得持犯炳然戒德氷雪而靈根宿發趣向高邁志在大乘利人為急深厭有漏欲釋形拘嘗聞西方下品生者數劫乃得見佛皆非已志欲再生世間親近知識又疑隔陰之昏雖得人身貪嗔易染況末劫知識難值未免退墮忽一日閱藏經見有上生兜率內院親覲彌勒菩薩一生即便見佛聞法無有遲速之品階遂堅志上求因請余決曰上生宗旨可得聞乎余遂授與上生經一卷彼即懇請講釋余乃按經示以依正宗趣彼時依經作觀持名不輟心口體雖多病精爽過人素好坐禪脇罕著席後住廣州總持菴約徒甚嚴於崇禎丙戌四月望日告病越五月十七日午時忽於坐定中見一菩薩侍人忘其名倐然引至兜率內院覲種種莊嚴光明耀目慈氏菩薩相好難述彼遂舉身敬禮禮已白云願世尊攝受我大士告曰汝却後七日來生此處又於二十一日坐靜中忽覩慈氏菩薩現在其前自見已身成童子相即趨下禪牀拜求攝受次日告諸來問疾者曰我明日行矣當畱步送吾上山茶毘云云翌日午時與衆稱彌勒如來名寂

然而逝時同學尼戒芳并侍病者口述余筆隨錄之

釋開晢

晢字遠目廣州番禺鄭氏子生即卓異幼便能書筆法天成不因傳習年十二丁内艱誦蓼莪痛念劬勞莫能少報後讀佛書知有採菽之方遂謹奉歸戒如護鵝珠偶一日閱胞胎經達生死過患深厭塵網啟父出家父憐其矢志堅勇喜而從之復追裴相國之遺風具詞躬送禮韶之英邑西來山本師在和尚爲侍者時年十有七歲張樞部尚公高尚其事由是揮讚印其詞末焉十九薙髮執勞服役未嘗少憚事師則必敬必愼禪誦則夜以繼旦稟識才藻質同水鏡目不邪觀顧如象王臥類師子不易言不齒笑處衆無慍色對客有怡顔循循善誘淵默自若誠具大人之器度故緇白一見莫不敬伏時洪宗伯天擢覩其澄神肅侍師側嘉羨無已謂眞堪爲法門繩範焉至其發問難義非人可及聞即領旨理不再詢嘗披上生經不離欲界即覲彌勒不假斷結便階不退即鋭志誓求兜率内院比經修觀依正了然彌勒洪名動靜不離方寸至大清己丑歲年二十有三感病纏綿體雖羸弱起止未甞須人不盥嗽不進飡自病來曾無不愉之色况有呻吟之聲越明年燈夕前長坐半月至十七日進藥之際師臨慰曰四大虛假猶如夢幻須牢把正念勿隨妄波情想倐生漂淪苦海吾觀汝神思不踰旦夕矣晢即微笑曰如此世界早去一日得一日之安某一生篤志親覲彌勒如來信而

有徵苟不如願則諸佛誠言豈欺我哉但某尚欲誦上生經一卷以爲末後公據師曰汝還記得經文麽答曰灼然在臆師曰汝氣力既微可宜淨念相繫行後吾當代汝諷之即便澄目上觀寂然長往矣荼毘牙如珂雪舍利四色嗚呼昔孔門之有回也玆吾門之有兄歟今一旦云逝豈惟失我露潤誠摧法門之一棟矣惜哉同學弟開詗謹錄

開犖求寂

犖字鐵有俗姓黎廣州順德逢簡人孝弟天性慈善夙榮年十六便自惟曰苦海汩没若不猛省回頭則彼岸超登無日遂禮鼎湖山本師在和尚稟受歸戒踰次夏靈根迅發猶香象之脱鎖親欲阻而難羈徑趨和尚前求爲應法沙彌事師淳謹習學彌勤倘被師責

迴無不悦之色進止威儀若久修梵行之比丘常慕同學晳公上生徵應一心堅持慈氏洪名於順治丁酉歲臥疾歷十七日雖云困篤而持名不忘心口觀者歎其少年能持正念若是乎至於臨終之際唇齒既不能動其念佛之音猶亮及其息盡神色猶生從臥病以至荼毘絶無穢氣由此驗知決獲上生無疑矣同門友開詗錄

鄒氏優婆夷

廣州優婆夷鄒氏建陽令可與公之女南海緒生鄺國學妻也生便聰慧幼即隨父母持齋歸心三寶知有上生兜率法門遂念彌勒尊佛而居庭有訓孝慈劬儉周急愍危喜供僧尼建立精舍四事無缺凡所施願必回向上生幼男長女俱捨從入道畧無凝戀時值

國變難興惟心心默念佛名故得舉家老少安然嘗夢上昇兜率遊觀內院屢修懺法輒感祥瑞偶一日中午天色朗明家僮侍婢倏見一人身長丈餘峩冠麗服從户罅入徐步中堂遂至寢室忽然不現人有告知者鄒恬然嘆曰有生皆苦會必當離吾夙願既至其將行矣因搆微疾而淨念相繫延諸清衆日誦金剛般若以助生方自知時至即索香湯盥浴緇素圍繞同稱慈氏洪名便跏趺瞑目俟至日中寂然而逝於時異香滿室祥光映徹園林覩者莫不歎異斯誠上生之明證女中之丈夫矣時順治癸巳年二月也享齡四十有一

○後集經咒願文

夫欲進修勝業必藉聖教以爲司南出世殊勛固非心思臆見能臻厥要是以事理無違猶目足之斯應福慧齊乘若帆柁之相須故經云不可以少善根福德因緣得生彼國又云若有精進修諸功德掃塔塗地行衆三昧讀誦經典發弘誓願即得往生兜率彌勒佛前第以今時末代人競澆漓忽諸善行偏求虛理行說故違而誇齊先聖遇修持者則誹爲執相識情卜度妄擬深詣無生寧知如來設教顯密隨機或漸或頓巧施非一或以一理而彰衆行或以衆行而圓一理所謂實際理地不受一塵萬行門中不捨一法一言一字冥符中道一瞻一禮盡入華藏玄門況如來正法千生難值邊地豈易得聞法苑云自晉世末始傳斯經洎乎宋明肇興玆業鐫千尺之尊儀摹萬仞之道樹設供上林鱗集大

衆於是四部欣躍虔誠弘化每歲良晨三會無缺自齊代馭曆法筵增廣大宣德教彌綸斯旨從兹以降大會罕集行者亦希設有修學措心無法故今僅錄諸經眞言俾知歸向進趣有門依之修持則功高於知足内院比經作觀而神凝於覩史多天因階不退界垂三會矣

法華經普賢菩薩勸發品

若有人受持讀誦解其義趣是人命終爲千佛授手令不恐怖不墮惡趣即往兜率天上彌勒菩薩所菩薩有三十二相大菩薩衆所共圍繞有千百萬億天女眷屬而於中生有如是等功德利益是故智者應當一心自書若使人書受持讀誦正憶念如説修行

大灌頂經

佛告文殊師利若欲生十方妙樂國土者亦當禮敬藥師瑠璃光佛若欲得生兜率天上見彌勒者亦當禮敬藥師瑠璃光佛

大乘本生心地觀經

爾時如來爲妙德等五百長者説報恩品已復告五百長者言未來世中一切衆生若有得聞此心地觀報四恩品受持誦習解説書寫廣令流布如是人等福智增長諸天衛護現身無疾壽命延長若命終時即得往生彌勒内宫覩白毫相超越生死龍華三會當得解脱十方淨土隨意往生見佛聞法入正定聚速成阿耨多羅三藐三菩提

智光諸長者等既出家已請問如來云何修習無垢之業時佛即爲説無垢性品已告諸大衆若有淨信善男子善女人得聞如是四

無垢性甚深法門受持讀習解說書寫如是人等所生之處遇善知識修菩薩行永不退轉不爲一切諸業煩惱之所擾亂而於現世獲大福智住持三寶得自在力紹繼佛種使不斷絶命終必生知足天宮奉覲彌勒證不退位龍華初會得聞正法受菩提記速成佛道若欲願生十方佛土隨其所願而得往生見佛聞法究竟不退阿耨多羅三藐三菩提又世尊爲彌勒等諸大大菩薩說阿蘭若功德莊嚴品已告彌勒菩薩摩訶薩言善男子我涅槃後五百歲法欲滅時無量衆生厭離世間渴仰如來發無上菩提心入阿蘭若爲無上道修習如是菩薩行願於大菩提得不退轉如是發心無量衆生命終上生覩史天宮得見汝身無邊福智之所莊嚴超越生死證不退轉於當來世大寶龍華菩提樹下得阿耨多羅三藐三菩提

分別功德論

昔舍衛城中有夫婦二人而無子息敬信三寶時婦先亡由敬信故生忉利天顔面端正彼自念言我今端正此間誰堪爲我作夫便以天眼觀見本夫今已出家年老闇鈍專信而已常勤掃灑塔寺爲業必應生天時天女降下住其夫前比丘見已問其因緣天女答曰我是君婦今爲天女我觀天上無堪爲我夫見君精進常勤掃塔必應生天願同一處還爲我夫故來陳其情狀言訖還歸天上時比丘見此事已增加精進修補塔寺積功轉勝應生第四兜率天上天女憶夫復來語言君福轉勝當生兜率天我今不復得君爲夫

言訖還天比丘聞已倍更精進得阿羅漢

願見彌勒佛咒西國三藏口授得云

南無彌勒絲耶夜　菩提薩埵夜　哆姪他　彌帝絲　彌帝絲　彌哆囉　摩那栖　彌哆囉三皤𩊠　彌哆嚕皤𩊠　莎婆訶

彌勒菩薩法身印咒

以二小指二無名指叉於掌中以二食指各在中指背令頭著中指甲下以二大拇指豎其二中指頭相離一寸半許開頭指來去咒曰

唵　妹夷帝㘑二合一　妹夷帝㘑二合二　妹怛囉二合三　摩那西四那字上聲　妹怛囉二合三皤𩊠五　妹怛嚕二合婆𩊠六婆字上聲　莎訶七此咒同上願見咒前後兩譯字雖不同而梵音無異但聲有長短詳畧耳

七佛所說神咒經

爾時文殊師利菩薩所說陀羅尼名闍摩兜此言解衆生纏縛現在病苦悉皆消除能却障道拔三毒箭九十八使漸漸消除滅度三有流現身得道即說咒曰

支不多捺帝　闍浮支捺帝　蘇車不支捺帝　杌者不支捺帝　烏蘇多支捺帝　娑遮不支捺帝　闍摩賴長支捺帝　阿恕婆賴長支捺帝　恕波帝支捺帝莎訶

誦此咒三徧以五色縷結作三結繫項此陀羅尼四十二億諸佛所說若諸行人能書寫讀誦此咒者現世當爲千佛所護此人命終已後不墮惡道當生兜率天上面覲彌勒佛又有衆生能修行此咒者斷食七日純服牛乳中時一食更無雜食一日一夜六時懺悔先作億千垓劫所有重罪一時都盡得見千

佛手摩其頭即與授記宿罪殃惡悉滅無餘

佛說陀羅尼集經

爾時得大勢菩薩說大陀羅尼名烏蘇波置樓此言救諸苦病拔濟羣生出於三界令諸行人得從萬行阿那耆置樓一波羅帝那耆置樓二若摩陀羅置耆置樓三阿輸陀羅尼耆置樓四烏蘇波置那耆置樓五胡盧波置那波置樓六遮波副波置樓七若無梨置波置樓八耆浮呼梨那波置樓九若無阿遮不梨帝那十莎訶十一

誦咒五徧用縷三色結作三結繫項此陀羅尼是過去四十億恒河沙等諸佛所說我今已說此咒力能令十佛世界六種震動所有一切衆生以此咒法音光明入其毛孔塵勞垢集悉皆消除以我得大勢威神力故及此咒威神力故此諸衆生命終已後悉得往生兜率天上面覲彌勒若諸行人欲求解脫而爲業障之所滯礙懈怠懶憧三業不勤我時即以智慧火禪定水燒然洗滌業垢障道之罪令其惺悟使發菩提之心若有行人四大不調病苦殃身能讀誦此陀羅尼者我時與八部鬼神四大天王往是人所即時授與阿伽陀藥如意寶珠令無所乏是諸男子女人以我神力及陀羅尼力轉便精進即得大果

又佛說祕密八名陀羅尼經云若人受持讀誦者命終之後得生兜率陀天

持地論

菩薩說十種大願一者願一切種供養無量諸佛二者願護持一切諸佛正法三者願通達一切諸佛正法四者願生兜率天乃至般

涅槃五者願行菩薩一切種正行六者願成熟一切衆生七者願於一切世界悉能現化八者願一切菩薩一心方便以大乘度九者願一切正行方便無礙十者願成無上正覺

發菩提心論

菩薩有十大願常悉修行一者願我先世及以今身所種善根施與一切衆生廻向佛道令我此願念念增長世世所生終不忘失常爲陀羅尼之所守護二者願我以此善根生處值佛常得供養不生無佛國中三者願我親近諸佛隨侍左右如影隨形四者願我既得親近爲我説法成就五通五者願我通達世諦假名流布解第一義得正法智六者願我以無厭心爲衆生説示教利喜皆令開解七者願我以佛神力徧至十方一切世界供養諸佛聽受正法廣攝衆生八者願我隨順清淨法輪一切衆生聽我法者聞我名者即得捨離一切煩惱九者願我隨逐衆生將護與樂捨身命財荷負正法除無利益十者願我雖行正法心無所行亦無不行爲化衆生不捨正願願我以此十大誓願遍衆生界攝受一切恒沙諸願若衆生界有盡我願乃盡然衆生界不可盡故我此大願亦不可盡廣度衆生無邊法界所修善根皆悉廻向無上正覺生彌勒佛前聞清淨法悟無生忍但行住坐臥一生已分所修善根並共法界衆生廻向彌勒佛前速成不退（自外修念觀行見佛方法彌勒等業具在禪門十卷廣説此中略出其文以示上生者耳）

讚彌勒佛四禮願文（玄奘法師依經翻出）

至心皈命禮當來彌勒佛諸佛同證無爲體

眞如理實本無緣爲誘諸天現兜率其猶幻士出衆形元無人馬迷將有達者知幻未曾然佛身本淨皆如是愚夫不了謂同凡知佛無來見眞佛於茲必得永長歡故我頂禮彌勒佛唯願慈尊度有情願共諸衆生上生兜率天奉見彌勒佛

至心歸命禮當來彌勒佛佛有難思自在力能以多刹內塵中況今現處兜率殿師子牀上結跏坐身如檀金更無比相好寶色曜光輝神通菩薩皆無量助佛揚化救含靈衆生但能至心禮無始罪業定不生故我頂禮彌勒佛惟願慈尊度有情願共諸衆生上生兜率天奉見彌勒佛

至心歸命禮當來彌勒佛慈尊寶冠多化佛其量超過數百千此土他方菩薩會廣現神變寶憁中佛身白毫光八萬恒說不退法輪因衆生但能修福業屈伸臂頃値慈尊恒沙諸佛由斯現況我本師釋迦文故我頂禮彌勒佛唯願慈尊度有情願共諸衆生上生兜率天奉見彌勒佛

至心歸命禮當來彌勒佛諸佛恒居清淨刹受用報體量無窮凡夫肉眼未曾識爲現千尺一金軀衆生視之無厭足令知業果現閻浮但能聽經勤誦法逍遙定往兜率宮三塗於茲必永絕將來同證一法身故我頂禮彌勒佛唯願慈尊度有情願共諸衆生上生兜率天奉見彌勒佛

論曰夫期適千里必假舟車乃濟冀昇彼岸非藉行願莫登良以凡夫惑習障重勝行難成須求大聖冥應加被初機進步未牢善根

易退唯以大願互相輔翼故大莊嚴論云佛國事大獨力功德不能成就要須弘誓如牛雖能挽車全憑御者能有所至淨佛國土由願引成以願力故福德增長不失不壞常見佛故是以大論云有人修少福業聞有福處常願往生以斯福業乃至命終各生其中今志祈内院見佛聞法證不退地因緣非小故前代聖哲莫不乘本願力而能上升玄奘法師臨終尚令大衆唱偈發願寂然上生而彼嘗云西國道俗並作彌勒之業爲同欲界其行易成大小乘師皆許此法彌陀淨上恐凡陋穢其行難成如舊經論十地菩薩隨分得見報佛淨土依新論意三地菩薩始可得見報佛淨土豈容下品凡夫即得往生此亦隨機别時之意未可以斯爲定其愚夫愚婦乃至屠兒鶉鵠尚得往生況其餘具信行願者但各有旨無得互相是非然其淨土有四品階列九見佛有於遲速憙足内院無有斯分如屈伸臂頃便得見佛聞法至不退轉言同欲界其行易成斯有典實淨土有四者一凡聖同居土即極樂世界七寶莊嚴九品往生者是化佛所居之土二方便有餘土謂二乘人修方便道斷四住惑尚餘無明惑未盡受法性身而居此土也三實報莊嚴土菩薩方便已斷餘習未盡感得勝報即别教十地圓教三賢乃至等覺所居是報佛之土馬鳴龍樹往生者也四常寂光土即理性之土是妙覺菩薩究竟佛果法身所居也然其報土要修無漏正因與理行相成方得往生尚非二乘所居況容下凡能見下品凡夫本無勝業

隨起一行或修觀或持名乃至臨終十念成就即得往生同居見化彌陀是以經中或云彼土純是菩薩無有二乘或云有無量無邊聲聞弟子斯皆隨機感見土品殊分非關拯接有其高下西國大乘許小乘不許悉謂有餘實報二土然極樂天宮各隨志願宿根信發精專一業競趣寶所彼此見佛悟無生忍位階不退奚優奚劣無以私心窺測如來聖教猶豫結胸自賺賺他過非小矣智者鑒而慎諸

兜率龜鏡集卷下　終

音釋

裛音揖書囊也又香襲衣也　㬪撰集二音盛也又衆多也　闅音焚地名闅鄉縣屬陝州潼關　蠡音里蚌屬　檥音希蠡也杓也　十乘天台以十乘觀法令上中下根人修之而登彼岸一觀不思議境二發真正菩提心三善巧安心四破法徧五識通塞六道品調適七對治助開八知位次九安忍十離法愛　六即天台約事理修行次第位次高下以明六即佛一理即佛二名字即佛三觀行即佛四相似即佛五分證即佛六究竟即佛　四悉四悉檀也悉者徧也檀是梵語此云施也謂佛以此四法徧施一切衆生故也一世界悉檀二為人悉檀三對治悉檀四第一義悉檀　耊田字入聲年八十曰耊　晢音志目光也　四無垢性一衣服二臥具三飲食四湯藥此四事隨有所得麤細稱心遠離貪求是名無垢性　阿伽陀藥此云普去又云圓藥謂能去衆病華嚴經云衆生見者衆病悉除　四住惑即五住地惑之上四住也一一切見住即三界見惑二欲愛住即欲界思惑三色愛住即色界思惑四有愛住即無色界思惑二乘人修方便道斷此四惑尚餘第五根本無明住惑未斷也

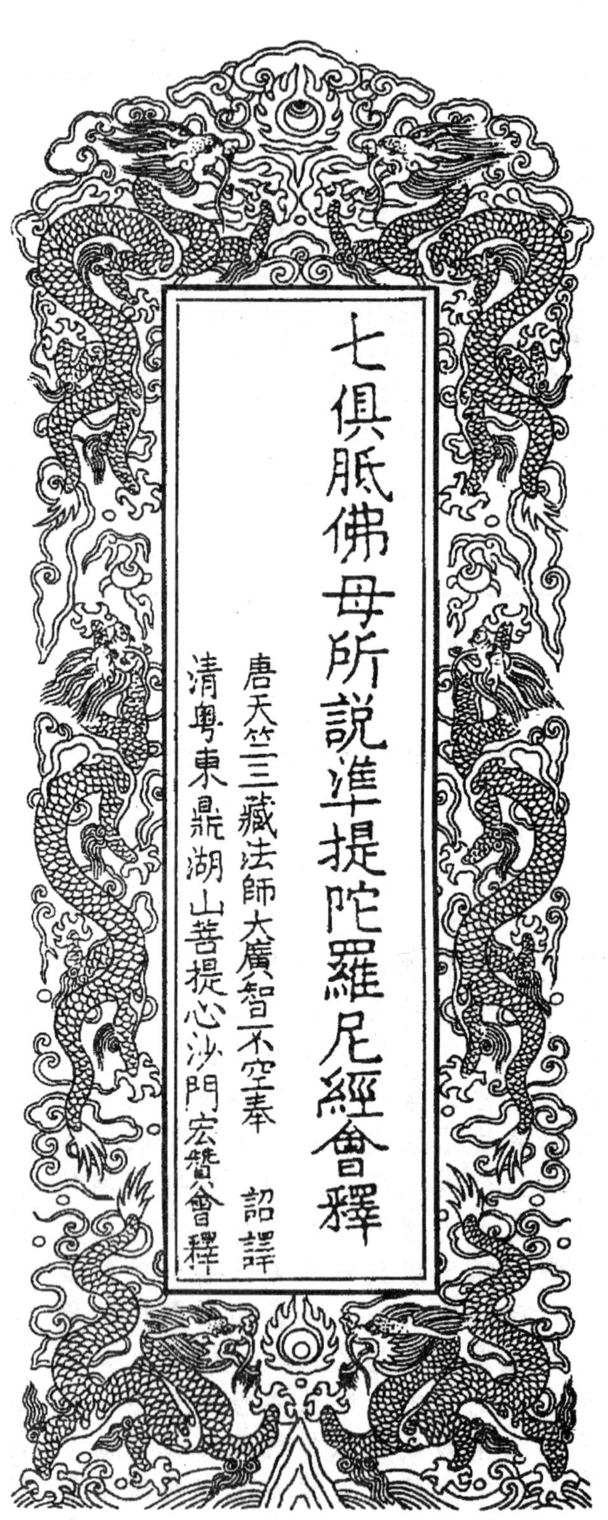
# 七俱胝佛母所説準提陀羅尼經會釋

唐天竺三藏法師大廣智不空奉　詔譯

清粤東鼎湖山菩提心沙門宏贊會釋

清刻龍藏佛說法變相圖



# 七俱胝佛母所說準提陀羅尼經會釋卷上

唐天竺三藏法師大廣智不空奉　詔譯
清粵東鼎湖山菩提心沙門宏贊會釋

按如來一代說法教分三藏所謂修多羅毘柰耶蘇怛纜即經律論也藏雖分三而不出顯密二門顯則廣談性相曉悟玄理修證法身密乃但令誦持不加了知默登聖位然悟有頓漸位有淺深漸則歷諸僧祇頓即立超十地淺則聲聞緣覺菩提深即現證佛果大乘今此準提陀羅尼即經藏密教默證十身佛果大乘也或於三藏外立一雜藏收諸部陀羅尼或於三乘外別立最上金剛乘即是陀羅尼藏若據神變疏則判陀羅尼爲大不思議成佛神通乘故此經以大秘密爲宗法界真如爲體不思議爲用三密爲門最上乘爲教相以一切法皆從金剛陀羅尼乘中流出如千流萬派發自崑崙石磧之山三藏十二分教出乎總持秘密之藏乃至六度萬行莫不從陀羅尼所出謂真言一一字全是無相法界而六度萬行無不從法界中流出故云唵字者是三身義亦是一切法本不生義由一切法本不生故即得不生滅由不生滅故即得相無所得相無所得即是無相法界實則證法界真如故白傘蓋頌云誦滿一萬八千遍遍遍入於無相定號成堅固金剛幢自在得名人中佛又五秘密修行儀軌云金剛薩埵者是普賢菩薩即一切如來長子是

一切如來菩提心如經所說金剛薩埵三摩地名爲一切諸佛法此法能成諸佛道若離此法更別無有成佛欲知金剛者名爲般若波羅蜜能通達一切佛無滯無礙猶如金剛是故出生諸佛若於顯教修行者久經三大無數劫然後證成無上菩提於其中間十進九退或證七住以所集福德智慧迴向聲聞緣覺道果仍不能證無上菩提若依毘盧遮那佛自受用身所說內證自覺聖智法及大普賢金剛薩埵地受用身智乃至應時集得身中一大阿僧祇劫所集福德智慧則爲生在佛家其人從一切如來心生從佛口生從佛法生從法化生得佛法財從此已後受得廣大甚深不思議法超越二乘十地是知真言秘密之旨尚非因位菩薩所知況容凡夫小智能測兹會衆譯升諸疏鈔畧爲互相發明以便初學持誦有所指心非敢曰釋如神變疏云金剛手方可探其顯蓮花眼始能窺其與首楞嚴云諸佛秘密法唯佛與佛自相解了非是餘聖所能通達但持誦之能滅大過速登聖位天竺止觀云上聖方能顯密兩說凡人但能宣傳顯教不能宣傳密教故非下凡所識師心可知今按此準提真言前後數譯而不空三藏深得密教之傳由昔金剛薩埵親於毘盧遮那牟尼如來前受瑜伽最上乘義後數百年傳於龍樹菩薩龍樹又數百年傳於龍智阿闍黎龍智傳於金剛智法師金剛智來遊震旦以五部瑜伽及毘盧遮那經蘇悉執範授與不空三藏及智滅度三藏奉其遺教復遊天竺諸國增廣其學於師子國從龍智阿闍黎求開十八會金剛灌頂及大悲胎藏之法法化相承自毘盧遮那如來至於不空三藏九六葉矣空既遍遊天竺復得親傳之旨故其所譯本真言儀軌委悉詳備今恐初學未閑梵音印契由是於諸譯中多取智所譯本而會明之以其師資相承授受無替故也

如是我聞 謂如來如實相理說是準提陀羅尼法故云如是阿難尊者親從佛聞如是之法故云我聞 一時 是說此經之時也 薄伽梵 此是如來衆德至尚之稱具六種義一自在二熾盛三端嚴四名稱五吉祥六尊貴廣如餘處釋 在名稱大城 梵言舍衛 逝多林 舊云祇樹謂林樹是祇陀太子所施也 給孤獨園 給孤獨是須達長者之別名園是長者布金所買之地二人共施故名合稱也 與大苾芻衆并諸菩薩及諸天龍八部前後圍繞 比是聽法之衆 愍念未來薄福惡業衆生即入準提三摩地說過去七俱胝佛所說陁羅尼曰 愍念謂如來悲愍慈念衆生也梵語三摩地華言等持謂定慧平等任持者也俱胝華言百億陀羅尼華言總持謂總持一切法門含攝無盡教理行果又持善不夫持惡不生故亦翻爲遮持謂遮二邊之惡持中道之善別名爲咒元非正翻既含多義

故非名言所能宣釋究其實乃毘盧遮那如來諸佛大不思議秘密心印也

曩謨颯多引南引一三藐三没馱引俱引胝南引二怛你也二合他引三唵四者禮五主禮六準泥七莎嚩二合引賀引八

○九誦真言唵字當引句須分明聲要不緩不急詳如下釋

此真言八句上三句是歸敬諸佛說咒之辭下五句正是咒體言引者謂長引其聲二合者謂二字合爲一音金剛智譯作折隸主隸準提莎嚩訶其上多字南字皆有口傍隸字去聲○地婆訶羅譯作折戾主戾準提莎婆訶○闍那崛多譯作折麗主麗準遇莎訶○天息災譯作曩莫颯鉢哆喃三藐訖三没馱句致喃怛你也他唵左隸咀隸嘌祢娑嚩賀莫字入聲鉢哆字二合他字去聲唵字及兩隸字皆引嘌字上聲祢字引餘並同上法賢譯大同天息災初句皆同次句訖三字二合祖字尊字無口此中諸譯不同皆由梵音有輕重之轉故字不一然既梵音即取字之音不取字之義若其善梵音者誦上諸譯而無有異任取一譯誦之但於梵音不訛者皆得也凡是口傍字者須彈舌道之即得其音矣曩謨或作娜麼或作納莫或作南無華言歸命亦云皈依怛你也他華言所謂亦言即說莎嚩賀譯爲成就義亦云吉祥義亦云圓寂義亦云消災增益義亦云無住義即是無住涅槃盡未來際利益有情無盡期故

若有修真言之行出家在家菩薩誦持此陀羅尼滿九十萬遍無量劫造十惡五逆四重五無間罪悉皆消滅所生之處常遇諸佛菩薩豐饒財寶常得出家十惡者謂殺盜婬妄言綺語兩舌惡口貪瞋邪見四重者謂破四禁戒殺盜婬妄也五逆者一弑父二弑母三出佛身血四弑阿羅漢五破和合僧若造一逆即墮阿鼻地獄一劫受苦具五逆者故云五無間罪梵語阿鼻此云無間謂墮此獄中一大劫受苦無彈指頃間歇也若是在家菩薩修持戒行堅固不退誦此陀羅尼常生天趣或於人間常作國王不墮惡趣親近賢聖諸天愛敬擁護加持若營世務無諸灾横儀容端正言音威肅心無憂惱若出家菩薩具諸禁戒三時念誦依教修行現生所求出世間悉地定慧現前證地波羅蜜圓滿疾證無上正等菩提在家菩薩奉持五戒十善菩薩大戒故云修持戒行出家菩薩俱持沙彌比丘律儀菩薩木叉故云具諸禁戒出世間悉

地者即定慧現前乃至證無上正等菩提是也悉地此云成意謂成就世出世間所求大願由含多義故無正翻言證地者釋陀羅尼云瑜伽中從凡至聖總為四地一勝解行地通目地前二普賢行願地通目十地三大普賢地即等覺地四普照曜地即成正覺地亦云成毘盧遮那三身普光地波羅蜜者謂六波羅蜜及十波羅蜜大乘寶王等經云持誦真言行者日日得具六波羅蜜圓滿功德故諸陀羅尼經說真言行者現世能成無上菩提五字陀羅尼頌云諸佛本誓力現成諸聖事即於一座中便成最正覺若誦滿一萬遍智譯云十萬遍即於夢中見佛菩薩即吐黑物黑物表惡業即吐是罪滅福生之相故自見口中吐出黑物或云黑飯其人若罪尤重誦二萬遍餘譯云二十萬遍亦見自口中吐出黑飯即夢見諸天堂寺舍或登高山或見上樹不為罪業所累故能升躋成就善因故見天堂寺舍或於大池中澡浴滌除罪垢得清淨身或見騰空不為罪業所纏故身輕舉或見與諸天女娛樂謂與慈善根力相應故見與之娛樂或見說法得示教利喜也或見拔髮剃髮拔髮是西國外道之法拔髮剃髮皆表斷除煩惱根株也智譯云或見拔髮自身剃頭或食酪飯飲白甘露食酪飯是成就世間

福善飲甘露謂得出世法味或渡大海江河得越苦海或升師子座謂得法王之座或見菩提樹是見道相或乘船是乘般若船得登彼岸之相蘇悉地經云或見乘師子象牛鹿鵝等皆是悉地成就之相或見沙門得離世染而出三界或見居士以白衣黃衣覆頭黃表正白表淨以白淨正法而覆護之智譯云以衣籠覆其頭或見日月表破無明煩惱暗也或見童男童女不為貪欲煩惱所染也或上有乳果樹乳者白義白者善業謂得世出世間善業果報也或見黑丈夫口中吐火焰共彼鬭得勝謂與瞋煩惱魔共戰得勝或見惡馬水牛欲來觝觸持誦者或打或叱怖走而去謂於癡煩惱魔得勝故也或食乳粥酪飯謂得上味福善成就或見蘇摩那花華言稱意花色黃白而極香樹高三四尺下垂如蓋謂表所求善法必得稱意智譯云或見有香氣白花香表五分法身之香謂得五分善業或見國王謂得大人護念獲尊貴勝業也若不見如是境界者當知此人前世造五無間罪應更誦滿七十萬遍即見如上境界應知罪滅即成先行

此令誦七十萬遍上言一萬二萬疑誤應如餘二譯云十萬二十萬爲當如上所夢境界皆是行者證驗成就之相蘇悉地經云於其夢中見真言主背面而去或不與語當應更須起首念誦如是再三若夢中見真言主與語當知此人不久成就若無境界不應誦持若強念持恐與人禍初持誦時於淨密處起首然後依法畫本像謂準提本尊像或三時或四時或六時依法供養求世間出世間悉地乃至無上菩提皆悉獲得若有修持此陀羅尼當知未來成就處所有難無難悉地遲疾應於淨室以瞿摩夷塗一小壇隨力供養以結界真言結十方界四方四維上下以香水一缻置在壇中一心念誦其缻動轉當知所爲所求事成就若不動轉其事不成結界真言如下結地界墻界等出智譯云若於佛像前或於塔前若清淨處以瞿摩夷塗地而作四肘方壇復以香花幢蓋飲食燈明燭火隨力所辦依法供養若欲求願先須念誦加持香水散於八方上下結界既結界已於壇四角及其中央各置一香水之缻行者面向東方互跪誦一千八十遍其缻即便自轉隨意東西任以上下訶羅譯云咒香水散於四方上下以爲結界於壇四角中央各置一香水缻持咒者於其壇中面向東方胡跪誦咒一千八十遍言加持香水者當誦根本真言三七遍十方洒之

又法取一瓦碗以香塗置於壇中專心念誦碗若轉動事即成就若不動事即不成智譯云以淨瓦鉢燒香熏之內外塗香盛滿香水并好香花置壇中依前缻法而作念誦其鉢即轉與缻無異若欲得知一切成就不成就事即燒香啓白聖者願決心疑若右轉即成就若左轉即不成就

又法欲知未來之事先塗一小壇令一具相福德童子澡浴清潔著新淨衣服以七俱胝真言加持香塗童子手又加持華七遍置童子手中令童子掩面立於壇中又取別華誦真言加持一遍一打童子手背乃至二十一枚即問童子善惡之事童子皆說智譯令取好花念誦一百八遍以香末塗童子手捧花掩面復自手更取別花念誦擲童子身

又法取一明鏡置於壇中先誦真言加持華

一百八遍已然後又誦真言一遍一擲打鏡面於鏡面上即有文字現說善惡事智譯或使者即身現鏡中使者即佛母之使者

又法欲知事善不善成就不成就取蘇摩那華香油誦真言加持一百八遍塗右手大拇指面誦真言聲不斷絕令童子觀指面上現諸佛菩薩形像或現文字具說善惡智譯云或以硃砂或以蘇摩那花浸胡麻油中塗拇指甲念誦一百八遍即現天神及僧菩薩佛等形像若心有所疑三世中事一一問皆知即拇指上自現

又法若人患鬼魅病取楊柳枝或茅草誦真言拂患者身即得除愈訶羅譯云以咒咒茅拂病人得香茅第一不得直茅亦得智譯云以石榴枝白茅香等草念誦鞭拂之

又法若患重病者誦真言一百八遍稱彼人名以牛乳護摩即瘥謂以茅草等搵乳誦咒作法擲火中燒之名爲護摩智譯云以茅草置酥中念誦七遍擲著火中燒之令烟熏病人即愈所言酥者謂以牛乳鑽煉成酪酪鑽成生酥生酥鑽成熟酥熟酥鑽成醍醐

又法若孩子夜啼令童女右搓線誦真言加持結二十一結繫於頸下孩子即不夜啼餘譯云令童女合五色縷一咒一結滿二十一結與病人小男女等頸上繫者惡魔鬼魅等病即得除瘥

又法先加持白芥子一百八遍然後取芥子誦真言一遍一擲打彼鬼魅者滿二十一遍其鬼魅馳走病者除愈智譯云或以白芥子置酥中取芥子少許念誦一遍一擲火中如是二十一度病即除愈

又法或有患鬼魅以瞿摩夷塗一小壇以麩炭畫地作鬼魅形誦真言以石榴等杖鞭之彼鬼啼泣馳走而去智譯作法同此訶羅譯令於病者前以墨畫其病人形咒楊枝打此畫形亦得除瘥瞿摩夷此云牛糞

又法若人被鬼魅所著或復病者身在遠處不能自來或念誦人又不往彼取楊柳枝或

桃枝或華加持一百八遍使人將往病人所以枝拂病人或以華使病人嗅或以華打病人鬼魅即去病者除瘥智譯云遣人將去語彼云汝去某甲遣將此枝鞭汝汝若不去損汝無疑若不去鞭之即去

又法若被鮀所魅或拏吉你女鬼所持旋繞病人誦真言其病即愈謂繞誦病人數帀即愈

又法若人患癰腫等及諸毒蟲所螫取檀香汁和土爲泥誦真言七遍塗瘡上即愈智譯令取熏睦香和凈水土塗丁瘡癰瘑癬漏即愈

又法若人在路行誦此真言不被賊劫傷損亦離諸惡禽獸等難智譯云若在路夜行念誦不缺無有賊盜虎狼惡咒等怖畏難處持心念誦并作護身彼等諸難即皆自滅若乞食時常持此咒不爲惡人惡狗等類之所侵害乞食易得

又法若鬬諍言訟論理及談論求勝者誦此真言強勝準提真言如金剛杵擬物皆碎無敢當者故於諍訟理論談説名言法義無不獲勝

又法若於江河中行誦此真言不被漂休及水中惡龍摩竭黿鼉等傷害摩竭此云鯨魚長十餘里或數百里能吞大舟等者謂諸毒虫虬類也智譯云或虬咬即遣彼人圍繞念誦人數帀即愈

又法若被囚禁繫閉者誦此陀羅尼速得解脱菩提心體自性空故離一切物猶如逆性不爲垢染今此陀羅尼從諸佛菩提心流出故持誦者自然速得解脱

又法若國中有疾病十夜以油麻粳米和酥蜜作護摩即得災滅國土安寧智譯云或國土水旱不調牛馬六畜等疫毒流行應以油麻大麥粳米粟豆酥蜜乳酪白乳木諸雜香等皆置一邊燒香發願爲一切衆生除去災難即作手契護身念誦取前諸物念誦加持擲著火中燒之如是七日日別三時作法時別一千八十遍即得滿願一切安樂一切三寶悉皆護念亦能成就一切大願訶羅譯云應以酥和胡麻粳米用手三指取其一撮咒之一遍擲火中燒或經七日七夜六時如是相續不絕一切災疫無不消滅言手契者謂手結印也

又法若求豐饒財寶者每日以種種食護摩

即得財寶豐饒智譯云若求富饒以粳米油麻置酥酪中手把少許發願念誦七遍擲著火中燒之隨力七日乃至七七日即如其願訶羅譯云以酥和稻穀咒一百八遍火中燒之隨心所願無不成諦財寶增盈也言護摩者即是以前諸物擲著火中燒之以爲供養蘇悉地經云於尊像前作護摩爐頂方一肘四面安緣量深半肘緣高四指以牛屎和牛尿塗用香水洒或作圓爐其念誦之處若在房室應出於外望見尊像而穿作爐隨其事業依法作之乳木等物及以香花置於右邊護摩器皿置於左邊坐茅草座攝心靜慮先誦本尊真言一遍請安本座依法供養願尊垂納護摩之食其護摩木有十二種此方無有可用紫檀或堅實乳木代之取其枝端直者量長兩指或云十指皆新採濕潤者觀其上下一面置之香水淨洗細頭向外麤頭向身以乳酪酥蜜搵兩頭擲於爐內如念誦時置兩手在雙膝間護摩時亦應如是護摩畢用本真言淨水以手遠廻散洒爐中如是三度護摩都了如法發遣若以酥蜜油作法當用杓至娑嚩賀字餘聲未盡即瀉爐中初以一杓滿酥護摩一遍中間小杓護摩畢還以一杓滿酥護摩一遍重獻閼伽乃至供養準前重作護身等印乃至解界方可發遣如下所明

又法欲令人敬愛歡喜者真言句中稱彼人名即得歡喜順伏訶羅譯云稱彼前人名字一咒一稱滿一百八遍即便敬念

又法若無衣念誦即得衣

又法意中所求念誦皆得如意準提真言是諸佛心寶如摩尼珠王隨眾生念故云皆得如意

又法若人身體肢節痛加持手二十一遍摩觸痛處即瘥若自爲若爲他皆得

又法若患瘧及頭痛以加持手二十一遍摩觸亦得除瘥此等皆謂已成就先行或長持誦準提真言行人故得隨手應物悉驗若初誦行人梵音未淳心不專一五遍無驗獲罪彌深

又法塗一小壇取一銅碗滿盛淨灰令童子兩手按灰碗上持誦者應誦真言本尊使者入童子身其碗即轉即下語童子即自結三部三昧耶印誦三部真言即取滑石過與童子童子即於地上書過去未來事吉凶善惡及失脫經論廢忘難義真言印即得知解此中

不言遍應是百八遍或持至童子自結印咒爲限

又法兩軍相敵於樺皮上書此陀羅尼懸於竹竿上令人手把誦真言彼敵即破已上數條餘譯俱缺

又法若女人無男女以牛黃於樺皮上書此真言令帶不久當有男女智譯云於樺皮葉上書此陀羅尼并畫童子以紫綵裹之念誦一千八十遍安著髻中即孕或曰諸佛本意令人斷貪瞋等諸煩惱今何却令人起貪念求於世事名利等耶答曰此是諸佛不思議力度生方便之妙用若有衆生不肯直求無上菩提且隨其所欲令持咒求之盡得遂心由是神咒不思議力熏罪業消滅菩提種成自然超凡入聖如此真言諸佛境界十地菩薩尚非其量況凡夫人而得思議哉若具智眼者須終日求而無能求所求之相即與般若相應故非佛縱衆生起貪等煩惱也

又法或有女人夫主不敬重取一新瓶滿盛水於瓶中著七寶及諸靈藥五穀白芥子以繒帛繫瓶項以真言加持一百八遍令女人結根本印安頂上以水灌頂即得寵愛敬重非但敬重亦得有子息在胎牢固智譯云取淨瓶盛滿香水別置淨處以牛糞塗作壇念誦一百八遍如是七瓶皆作此法於淨處以香花爲道場取瓶內香水洗浴夫即愛樂亦得有孕婦不樂夫亦如前法按一大藏經中陀羅尼神咒總爲五部一佛部謂諸佛咒二蓮華部謂觀自在等諸持蓮華菩薩咒三金剛部謂金剛手菩薩并諸金剛神咒四寶部謂諸天咒五羯磨部謂諸鬼神咒此五部每一部各有五部總成二十五部今此準提真言總持攝二十五部故隨所用之無不成就

又法行者每念誦時結大印誦真言印塔滿六十萬遍所求之事即得滿足觀自在菩薩金剛手菩薩多羅菩薩即爲現身所求如意或作阿蘇羅宮中王或得菩薩地或得長年藥或得敬愛法成就智譯云於大海邊或河渚間沙灘之上以塔形像印印沙灘上爲塔形像念誦一遍印成一塔如是數滿六十萬遍即覩見聖者觀自在菩薩等隨其心願皆得滿足或見授與神仙妙藥或見授與菩薩之記或現前來問隨其乞願皆得菩薩等位若欲求聰明取石菖蒲牛黃各半兩擣作末以酥和於佛前作壇念

誦五千遍服之即得聰明持明藏經云若有行人欲作最上殊勝成就者一心專注精勤修習先於大海岸邊誦準提根本眞言造沙塔六洛叉已於所求事必獲成就金剛手亦名金剛藏

又法於菩提道場於大制底前誦此陀羅尼得見聖僧共語與悉地成就得共彼同行即得同彼聖僧菩提道場在中天竺摩竭國佛坐其中成等正覺故以爲名制底是佛塔也此塔在菩提場中智譯云右繞菩提樹像行道念誦一百萬遍即見佛菩薩羅漢爲其說法欲隨菩薩即得隨從所求如願乃至現身成大呪仙即得往詣十方淨土歷事諸佛得聞正法又欲得見一切鬼神取牛黃念誦令烟火出即塗目并服之即見持明藏儀軌云誦一俱胝數滿得阿羅漢現身與語獲大利益此後與阿羅漢同行亦同其威德

又法於高山頂上念誦一俱胝遍金剛手菩薩即將此人領五百六十人同入阿蘇羅宮壽命一劫得見彌勒菩薩聽聞正法聞法已獲菩薩地得不退轉言一劫者此當一小劫計有一千六百八十萬年入阿修羅宮以待彌勒下生上生經云彌勒菩薩五十六億萬歲爾乃下生阿蘇宮其處非一且如清辯論師所入者其宮在南天竺安達羅國城南不遠大山崖石壁間論師咒芥子擊石壁豁然洞開入中待見彌勒菩薩下生

又法上毘補羅山此山在摩竭國又云但有高山亦得有舍利塔像前念誦隨力以香華供養乞食以支身命從月一日至十五日誦陀羅尼滿三十萬遍取其滿日一日一夜不食倍加供養至後夜即見金剛手菩薩將行人往自宮中爲行者則示阿修羅窟門入窟中得天甘露壽齊日月金剛手者手持金剛杵表內心具大菩提外摧伏諸煩惱魔又自體堅固成金剛智杵破邪見山證金剛定常持於掌中故名金剛手菩薩者具云菩提薩埵菩提是能覺義薩埵是有情義謂自能覺悟復任生死中覺悟一切有情也智譯不言上山但云在塔前或佛像前或舍利塔前初言在塔前者或如來八大靈塔或法身偈塔非舍利塔也

又法於三道寶階從天下處寶塔行者乞食旋繞誦俱胝遍即見無能勝菩薩與願爲說

妙法示無上菩提道或見阿利底母將此人入自宮中與長年藥還童年少端正可喜獲得伏藏大人許可應廣利益三寶得一切菩薩安慰示其正道乃至菩提道場若誦此陀羅尼者乃至未坐道場一切菩薩爲其勝友故常安慰示以三十七品菩提之道令其進修乃至坐菩提樹下成等正覺故云坐道場阿利底母即鬼子母本名歡喜母伏藏謂得地中寶藏諸佛菩薩許其將以廣利羣生供養三寶不得慳悋自用三道寶階在中天竺僧伽舍國昔佛昇忉利天爲母説法三月訖從天來下天帝化作三道寶階中央黃金左瑠璃右瑪瑙佛從中下後阿育王於其處建立寶塔也智譯云若於轉法輪塔前或佛生處塔前或寶階塔前或舍利塔前念誦右繞滿七七日即見彼二菩薩隨其所願皆悉滿足云云持明藏云菩薩授與聖藥變行人身具殊勝相及得一切菩薩接引證道乃至速坐菩提道場

又法若人無宿善根無菩提種不修菩提行纔誦一遍則生菩提法芽何況常能念誦受持智譯云若讀一遍即得菩提分根器芽生何況誦持常不懈廢由此善根速成佛種

無量功德皆悉成就訶羅譯云若得聞此大準提陀羅尼法速疾證得阿耨多羅三藐三菩提若人憶持誦念常不懈廢此佛母心大準提陀羅尼者無量善根皆得成就佛説此大準提陀羅尼法時無量衆生遠離塵垢得大準提陀羅尼大明咒功德得見十方諸佛菩薩諸聖衆等作禮而去

## ○七俱胝準提陀羅尼念誦儀軌

智譯云依經梵本有十萬偈我今畧説念誦觀行供養次第若有四輩弟子發菩提心行菩薩行求速出離生死者先須入三摩耶灌頂道場受持禁戒堅固不退愛樂大乘菩薩戒行於四威儀修四無量發四弘願求離三途於一切事業心不散亂方可入此秘密法門

若有修習此陀羅尼求成就者先須澡浴應著淨衣蘇悉地經云三時澡浴應具三衣又內衣一日三時浣濯其衣乾燥香熏灑淨別置睡衣及以澡衣於此三時替換內衣日別一洗乾聽熏灑澡浴洗淨大小便利皆用真言和水而洗淨之若不如法洗淨即無靈驗故根本雜事律佛言若苾芻苾芻尼鄔波塞迦鄔波斯迦以我爲師者咸應洗淨若不洗淨不應繞塔行道禮佛誦經諸天不喜所持咒法皆無效驗若作齋供書經造像得福寡薄云云其洗淨法備載律中蘇悉地

經洗淨並同但用咒印及澡洒身有別其洗浴洗淨去穢洗手各有真言俱如餘處應知持明藏儀軌云復誦甘露軍荼利菩薩心真言加持水三掬用灌自頂即成沐浴真言曰

唵引阿蜜哩二合帝引吽引一句復誦二十一遍加持水用洒淨及遣魔障然後隨意沐浴所用拭巾亦灌令清淨又洗二手作潔淨已却入道場近於賢聖又凡結印當用塗香塗其二手

嚴飾道場安置本尊隨力所辦其道場法應擇勝地作四肘壇掘深三肘謂嚴飾道場隨力所辦旛蓋香花飲食等勝地如下所明智譯云東西南北各量取四肘作方壇掘深一肘除去瓦礫惡土髮毛及骨灰炭蟲蟻等以好淨土填滿築平掘無惡土即取舊土填土若有賸當知其地是大吉祥速疾成就取未墮地瞿摩夷以香水和淨好土為泥誦無能勝菩薩真言加持二十一遍然後塗壇塗已復取五淨相和五淨者瞿摩夷汁牛尿酪乳酥餘部令取黃牛五淨以無能勝菩薩真言加持一百八遍右旋遍塗其壇梵語曼荼羅華言壇壇者生也謂出生無盡功德故又壇者集也是無邊聖賢會集之處如是壇法乃諸佛不思議之神用勿生疑惑依法結之所求必獲如願

若在山石上建立或在樓閣或居船上一切賢聖得道處但以五淨塗拭智譯云若在山中及好淨屋不須掘地依前塗拭即張天蓋四面懸旛若有本尊俱胝佛母形像安置壇中面向西若無本尊有諸佛像舍利及大乘經典供養亦得面向東坐結無能勝印按地誦真言七遍加持壇中心又取諸藥七寶并五穀各少分掘壇中心深一肘安諸藥及七寶復取舊土填滿平治以右手按誦地天偈三遍警覺地天神偈曰

汝天親護者　於諸佛導師　修行殊勝行

淨地波羅蜜　如破魔軍衆　釋師子救世

我亦降伏魔　我畫曼荼羅

誦地天真言曰

曩謨三滿多沒馱引南引畢哩二合體作以切微

曳二合娑嚩二合賀引

○地天者謂夜叉羅刹阿修羅龍迦樓羅乾闥婆緊那羅摩睺羅伽部多畢舍遮鳩槃茶等真言亦曰妙言謂從諸佛心中流出乃真實微妙秘密之語一切諸天魔梵及因位菩薩不可得而思議也

誦偈加持已然後以檀香塗九箇聖位如滿月智譯云磨白檀香塗作八壇猶如滿月或似八葉蓮華本譯令塗九聖位即是供養根本九字真言智譯令塗八壇擬供全咒八句任意作之皆得以新淨供具金銀熟銅商佉貝玉石瓷木等新器盛諸飲食及好香華燈燭閼伽香水隨力所有布列供養商佉即螺盃也蘇悉地經三時塗地獻華香水種種供養除去萎華續置新者獻供鉢器三時洗挑若在家出家菩薩求成就者每入道場先應禮佛懺悔隨喜勸請發願已應自誓受菩提心戒據此若比丘比丘尼及在家已受三歸五戒八戒者入道場時皆須自誓受菩提心戒蘇悉地經云每日三時澡浴換衣三時供養禮拜懺悔隨喜勸請發願三時讀經及作曼茶羅三時歸依受戒三時護身如是作法定得成就智譯亦令三時受戒禮佛懺悔隨喜而文缺勸請發願今以禮佛懺悔隨喜勸請發願五法詳附

于後真言曰

唵冐引地止多毋怛跛二合引娜野引弭冐地亦作菩提止亦作唧又作質跛或作麽弭亦作彌瑜伽釋云冐地止多此云覺心冐字爲種子冐字者詮一切法無縛義也若能知自身中菩提之心自性成就三世平等猶如虛空離一切相則能了知一切有情心及諸佛心皆如自心本來清淨則起大悲深生矜愍種種方便令諸有情離苦解脫得至究竟無縛無解是爲廣大菩提心也

菩提心者離一切我執遠離蘊處界及離能取所取於法平等自心本不生自性空故如過去一切佛菩薩發菩提心我亦如是此名自誓受菩提心戒由誦一遍思惟勝義諦獲得無量無邊無爲功德莊嚴三業乃至菩提道場其福無間斷速滅一切業障真言速得成就本尊現前如華嚴入法界品慈氏菩薩爲善財童子說菩提心功德蘊即五蘊處即十二入界即十八界如餘處釋受菩提心戒儀云今所發覺心遠離諸性相蘊界及處等能取所取執諸

法皆無我平等如虛空自心本不生空性圓寂故如諸佛菩薩發大菩提心我今如是發餘如入法界品明

自誓受菩提心戒已全加半加隨意而坐端身閉目即結定印想空中準提佛母與七俱胝佛圍繞遍滿虛空定中禮一切諸佛及準提佛母然後以香塗手應結契印

先結定印次結禮佛印俱如後出智譯云安心定坐除一切妄想觀六道衆生無始以來生死海中輪廻六趣願皆發菩提心行菩薩行速得出離即以塗香摩手而結手印結印時以衣覆手勿令人見先結三部三摩耶契次結諸契

○佛部三摩耶印即三昧印

蘇悉地經云先於室內當置尊容檯或制底或但置座入時面向於尊合掌曲身口誦真言入便禮已而供養之真言曰唵入嚩二合里多二合路者泥餅泮吒七遍誦之次即應作三部三摩耶印及真言

二手虛心合掌開二頭指屈輔二中指甲下第一節側二大指各附二頭指根下即成當心誦真言七遍想於如來三十二相八十種好相好分明如對目前智譯云福智手並仰檀戒忍慧便願微屈相拄進力壓忍願上節禪智附進力側即成蘇悉地經印同智譯檀戒忍進禪從右手小指起慧便願力智從左手小指起此是十波羅蜜真言曰

唵引一怛他引蘖覩引二納婆二合嚩引野娑嚩二合引賀三引

○觀或作妬納或作娜智譯作唵怛他蘖覩嚩皤耶娑嚩訶以契頂上散之皤字去聲下並同

由結此印誦真言故即警覺一切如來悉當護念加持行者以光明照觸所有罪障皆得消滅壽命長遠福慧增長佛部聖衆擁護歡喜生生世世離諸惡趣蓮華化生速證無上正等菩提大寶樓閣經云或山頂上誦咒盡目所覩處五逆十惡諸衆生等皆得滅一切罪來世生諸佛淨土蓮華化生而咒持咒行者不蓮華化生滅一切罪耶

○蓮華部三摩耶印

以二手虛心合掌散開二頭指二中指二無

名指屈如蓮華形安印當心誦眞言七遍想觀自在菩薩相好具足於頂右散二小指二大指相著餘六指散開微屈如開蓮華觀自在菩薩相好如觀無量壽經説眞言曰

唵引一跛娜謨引二二合納婆二合嚩引野娑嚩引二合賀引三○跛娜或作鉢納智譯作唵鉢頭牟嚩皤耶莎嚩訶

由結此印誦眞言故即警覺觀自在菩薩等持蓮華者一切菩薩光明照觸所有業障皆悉消滅一切菩薩常爲善友無量壽如來供養儀軌云由結此印及誦眞言警覺觀自在菩薩及蓮華部聖衆皆來加持行者獲得語業清淨言音威肅令人樂聞無礙辯才説法自在

○金剛部三麽耶印

以左手翻向外以右手掌背安左手背以左右大小指互相鉤如金剛杵形安於當心想金剛手菩薩誦眞言七遍頂左散印蘇悉地經云兩手中間六指微令開如三股杵此三印名爲大印諸佛菩薩猶不能違況諸魔類等非但順教亦滅諸罪以除諸難所求之法必得順願智譯令左覆右仰大小指相交然其印成皆同本譯眞言曰

唵一引嚩日嚧二合引二納婆二合嚩引野娑嚩二合引賀三引○智譯作唵嚩折嚕婆皤耶莎嚩訶

由結此印及誦眞言故即警覺一切金剛聖衆加持擁護所有罪障皆得除滅一切痛苦終不著身當得金剛堅固之體供養儀軌云由結此印及誦眞言警覺金剛藏菩薩并金剛部聖衆皆來加持行者獲得意業清淨證菩提心三昧現前速得解脱按智譯結三部三摩耶印後即結佛母根本身印誦佛母眞言七遍今本譯在持珠念誦前結根本印如欲結者準理無妨其印如後閼伽印出

○次結第二根本印用護身智譯以此印在後持數珠念誦前用而别有辟除一切天魔惡鬼等印咒本譯用此印及心眞言護身後復以無能勝印咒辟除障者

二手外相叉二頭指二大指並直竪即成誦

佛母心真言印身五處所謂額次右肩次左肩次心次喉頂上散真言曰

唵迦麽黎尾麽黎準泥娑嚩(二合)賀(引)

結護身印時起大慈心徧緣六道四生願一切有情被大誓莊嚴堅固金剛甲冑速證無上正等菩提(大誓莊嚴堅固金剛甲冑者謂菩薩以四弘誓而為莊嚴不為邪魔之所沮壞遇逆順緣心無退轉故願諸有情皆披如是堅固金剛甲冑離諸障難速證無上菩提如是想已即成被金剛甲冑一切諸魔不敢障難)

○次結地界橛印

二手內相叉竪二大指二頭指二小指各相合屈左頭指如鉤三掣大拇指指地印成一掣誦真言一遍(智譯云以左右二中指二無名指叉入掌右壓左右頭指屈如鉤左頭指直豎二大指二小指令面相著)真言曰

唵準你你枳(引)邏野娑嚩(二合)賀(引)

○智譯唵準你泥枳邏耶莎嚩訶誦一遍以印大拇指觸地一回如卓橛勢三度作即休

由結此印誦真言加持地界故下至水際如金剛座天魔及諸障者不為惱害少加功力速得成就(地中所有諸穢惡物由此印咒加持力故悉皆清淨)持誦者

次應於壇中心想八葉大蓮華上有師子座座上有寶樓閣垂諸瓔珞繒旛幢蓋寶柱行列垂妙天衣周布香雲普雨雜華奏諸音樂寶甁閼伽天妙飲食摩尼為燈如無曼荼羅但於空中觀想即成作此觀已應誦此偈

以我功德力　如來加持力　及以法界力
普供養而住

誦此偈已即誦大虛空藏菩薩真言曰

唵(一)誐誐曩(引)三婆嚩(二)嚩日囉(二合)斛(引三)

○三字去聲婆字去聲誐字或作伽字輕呼

由誦此真言加持故所想供養具真實無異一切聖眾皆得受用(按無量壽儀軌誦大虛空藏真言先令結印以

二手合掌二中指右押左外相叉博著手背二頭指相蹙如寶形想從印流出無量諸供養具衣服飲食宮殿樓閣等行者縱使觀念力微由此印咒加持力故諸供養物皆成真實廣大供養又準別部有出生供養印二手當心合掌以十指右壓左頭相交復安在頂上誦出生供養真言二十一遍即唵字也由唵字真言及印不思議力自然遍法界出生無盡香華燈燭幢旛寶蓋衣服臥具樓閣宮殿音樂唄讚等種種諸供養具供養遍法界無邊佛法僧三寶等若無飲食香華等但對像前結印誦唵字真言自然有無量供養遍供法界無盡三寶是知唵之一字如摩尼珠隨心所現亦如本經所想悉皆成就又此唵字是一切真言字母能生一切真言字義是故一切真言皆首宣之

○次結寶車輅印車昌遮切撦平聲輅魯故切音路

二手內相叉仰掌二頭指橫相拄以二大指各捻頭指根下想七寶車輅佛部使者駕御七寶車輅乘空而去至於色界頂阿迦尼吒天毘盧遮那佛宮殿中誦真言七遍智譯云先以二手向內相叉右壓左即仰開掌二頭指直伸頭相拄以二大指撥二中指頭來去即成心想阿迦尼吒天宮中毘盧遮那如來十地菩薩圍繞集會中請準提佛母聖者乘七寶莊嚴車輅上有白蓮華座座上有如所畫形像心中想念如在目前阿迦尼吒天此云色究竟天是色界最頂天亦名有頂天

真言曰

唵引覩嚕覩嚕吽二引

○嚕字轉舌呼智譯無吽字有莎嚩訶字

由誦真言結印加持故七寶車輅至色界頂準提佛母并八大菩薩及諸聖眾眷屬圍繞乘七寶車輅八大菩薩者一觀自在二彌勒三虛空藏四普賢五金剛手六文殊師利七除蓋障八地藏菩薩若毘盧遮那佛內心證得三摩地智則流出十六菩薩一金剛薩埵二金剛王三金剛愛四金剛善哉五金剛寶六金剛威光七金剛幢八金剛笑九金剛法十金剛劍十一金剛因十二金剛語十三金剛業十四金剛護十五金剛藥叉十六金剛拳菩薩瑜伽分別聖位修證法門云夫真言陀羅尼宗也是一切如來秘密之教自覺聖智修證法門亦是菩薩具受淨戒無量威儀入一切如來海會壇受菩薩職位超過三界受佛教敕三摩地門具是因緣頓集功德廣大智慧於無上菩提皆不退轉離諸天魔一切煩惱及諸罪障念念融證佛四種身謂自性身受用身變化身等流身滿足五智三十七等不共佛法然如來變化身於閻浮提摩竭陀國菩提道場成等正覺為

地前菩薩聲聞緣覺凡夫說三乘教法或於他意趣說或自意趣說種種根器種種方便如法修行得人天果報或得三乘解脫果或進或退於無上菩提三無數大劫修行勤苦方得成佛王宮生雙樹滅遺身舍利起塔供養感受人天勝妙果報及涅槃因不同報身毘盧遮那如來於色界頂第四禪阿迦尼吒天宮雲集盡虛空徧法界一切諸佛十地滿足諸大菩薩證明警覺身心頓證無上菩提自受用佛從心流出無量菩薩皆同一性謂金剛性對毘盧遮那如來受灌頂職位彼等菩薩各說三密門以獻毘盧遮那佛及一切如來便請加持教敕毘盧遮那佛言汝等將來於無量世界為最上乘者令得現生世間出世間悉地成就若依次說前後有差據報身佛頓證身口意三種淨業徧周法界於一一身法門一理趣一一毛孔身分相好盡虛空界不相障礙各住本位以成徧照光明毘盧遮那自受用身他受用身若依二乘次第而說若不具修三十七菩提分法證得道果無有是處若證自受用身佛必須三十七三摩地智以成佛果梵本入楞伽偈頌品云自性及受用變化并等流佛德三十六皆同自性身并法界身總成三十七也以三十七內證無上金剛界分智或力加持頓證毘盧遮那之身從無見頂相流出無量佛頂法身雲集空中以成法會光明徧覆如塔相輪十地滿足莫能覩見真加有情身心罪障悉令殄滅無能知者雖不能知能息諸苦而生善趣從光流出十六菩薩及八方等內外大護展轉出光照觸惡趣以成窣堵波階級衛護諸佛窣堵波法界宮殿成為全身現證金剛界如來毘盧遮那徧照之身也是知準提佛母乃從毘盧遮那身流出而準提真言即諸佛內心自證之法故云七俱胝如來所說以能出生諸佛故云佛母也

○次結請車輅印

準前印以二大指向身撥二中指頭即成誦真言七遍真言曰

曩麼悉底哩(三合)野地尾(二合)迦(引)南(引一)怛他(引)

蘗多(引)南(引二)唵嚩日啷(二合引)擬(研以切)你也(二合)(引三)羯哩灑(二合)也娑嚩(二合)賀(引四)

○南亦作難啷亦作朗又作嚂擬亦作祇蘖多應作孽跢你也亦作孃字上聲羯哩亦作迦囉

由誦真言加持故聖衆從本土來至道場空中而住(智譯無此真言印契唯用後真言印契請之修真言行者隨準一法皆成)

○次結請本尊印從車輅下降於道場(本尊即準提佛母)

準前第一根本印以二大指向身招誦真言三遍第一根本印即前佛部印下言準前根本印同此智譯云以二大指來去招之三度想聖者從寶車上下來道場中白蓮華座上蘇悉地經請云今有某甲爲某事奉請仰惟尊者以本願故降赴道場願垂哀愍受此閼伽及微獻供當請之時誠心作禮再三啓白若不誠心徒多念誦乃至真言亦皆慇懃加醫醯字此更秘密速滿其願真言曰

唵者禮主禮準泥醫醯曳呬婆戰嚩底丁以切娑嚩二合賀引

○娑字去聲呼智譯作唵折隸主隸準提噎醯曳醯薄伽嚩底莎嚩訶伽誐揭尊四字同音戰字疑是戰字當伽字輕呼蘇悉地經云奉請已作如是言善來尊者慈我等故降臨道場復垂哀愍當就此座坐受微獻供復起誠心頻與作禮而白尊言大悲垂慈乘本願故而見降臨非我所能應須辦供先獻塗香次施華等復獻燒香次獻飲食次乃然燈如其次第

○次結無能勝菩薩印辟除障者

二手右壓左內相叉作拳豎二中指頭相合即成繞身右旋三帀作是思惟所有障者毘那夜迦諸惡鬼神遠走而去所來聖衆不越本三麼耶大悲而住願垂加護凡修真言行者及坐禪人須先以咒印除諸魔障故金光明經云十地菩薩尚以咒護持況其凡夫如首楞嚴經云若不持咒而坐道場令其身心遠諸魔事無有是處悉地經云若成就諸餘事者應當發遣諸有障者若不遣除後恐傷及所以先須作遣除法真言曰

曩莫三滿多沒馱引南一唵引二戶嚕戶嚕三戰拏引里四麼引蹬者娑嚩二合賀引五

○戰或作贊者或作儗里作哩持明藏云此咒能成就一切事

○次結墻界印

準前地界印屈右頭指展左頭指右旋三帀隨心近遠即成金剛堅固之城諸佛菩薩尚不違越何況諸餘難調伏者毘那夜迦及毒蟲利牙爪者不能附近無量壽儀軌云想從印流出熾焰以印右旋繞身三轉隨心大小成金剛光焰方隅墻界諸魔惡人虎狼師子及諸毒蟲不能附近

神變疏云持咒行者得諸佛歸命故佛頂偈云十方世界諸如來護念歸命受持者然諸佛尚且歸命持咒人而敢有違越者乎毘那夜迦此云猪頭象鼻真言曰

唵準你儜鉢囉二合迦囉耶娑嚩二合引賀引

○智譯儜字作泥字誦三遍以印右揮三帀

○次結上方網界印

準前墻界印展左頭指右壓左當中節相交即成誦此真言三遍智譯云準墻界印開仰著右大指捻左頭指頭左大指捻右頭指頭小指依舊相拄即成真言曰

唵準你儜半惹囉娑嚩二合引賀引

○惹字自攞切智譯儜字作泥字囉字作邏字誦三遍以印隨日揮三度按別部以印於頂上右旋轉便散

由誦真言結印加持故即成金剛堅固不壞之網無量壽儀軌云由印咒加持力故即於上方覆以金剛堅固之網乃至他化自在諸天不能障難行者身心安樂三摩地易得成就

○次結火院密縫印

以左手掩右手背相重令無縫直竪二大指即成誦真言三遍右旋三帀想金剛墻外有大金剛火焰圍繞智譯云以左手密掩右手背相重直竪二大指相去二寸許無量壽儀軌云想從此印流出無量光焰以印右旋三帀則於金剛墻外便有火焰圍繞即成堅固清淨火界真言曰

唵一阿三莾擬宜以切你二合吽引發吒二半聲呼

○三字去聲莾字上聲亦作摩或作鉿又作謄引攞或作儗蘇悉經令咽聲念之智譯作唵阿三摩柢你許莎嚩訶

由結此印誦真言成大結護密縫不被諸魔入

○次結閼伽印

閼伽或作遏伽又作阿伽此云器凡供養之器皆稱曰閼伽謂以鬱金龍腦白檀香等水盛于閼伽妙器中而奉獻之其器或金銀寶玉銅石瓦木螺盃及綴蓮葉乳樹葉皆得為閼伽供養有云法中使熟銅作閼伽器最上蘇悉地經云作扇底迦法當用白器置少小麥及乳作布瑟徵迦法當用黄器應著胡麻及酪作阿毘遮嚕迦法當用黑器當致粟米

及牛尿或自血餘如下釋

二手内相叉豎二中指頭相著以二頭指捻二中指背二大指側附二頭指根下即成根本印準前根本印微屈二大指入掌即成闕伽印誦真言三遍智譯云準前根本印以二大指各捻頭指根第一節側下即成真言曰

唵者禮主禮準泥遏鉗鉢囉二合底引蹉婆誐嚩底丁異切娑嚩二合引賀引

○智譯作唵折隷主隷準提遏鉗薄伽嚩帝鉢囉底槎莎嚩訶按此真言與本譯同但後二句相倒不同耳本譯以鉢囉底蹉在先娑誐嚩底在後彼以薄伽嚩帝在先鉢囉底槎在後為別持明藏經亦同智譯

行者思惟聖衆了了分明想自身在諸佛聖衆足下手持七寶閼伽器盛香水浴聖衆足由獻閼伽香水故行者三業清淨洗滌煩惱垢業障消滅無量壽儀軌云由獻閼伽香水浴聖衆雙足令行者三業清淨洗除一切煩惱罪垢從勝解行地至十地及如來地當證如是地波羅蜜時得一切如來授與甘露法水灌頂又五字心陀羅尼云飲此水者除諸災患

○次結蓮華座印

準前根本印並二大指向身豎運想從此印流出無量師子座奉獻一切聖衆是諸聖衆各各皆坐智譯印咒並同而印云並二大指向身開豎之即成心想道場中種寶鈿師子座上開白蓮華安置聖者即誦真言三遍真言曰

唵一迦麼邏娑嚩二合賀引二

○麼亦作摩上聲邏亦作攞或作囉

由結座印誦真言奉獻聖衆故行者當得十地滿足得金剛之座行者亦得三業堅固猶如金剛言金剛座者謂坐金剛座而成等正覺也今此神咒是諸佛境界有不可思議神力但當生信誦持自然滅障成德超九證聖故云當得十地滿足得金剛之座持明藏經云行人誦真言已即言惟願聖衆處此座已安住道場受我供養

○次結澡浴印

準前根本印以二大拇指頭捻二中指中節即成誦真言三遍智譯以二大指各並捻二中指下節側真言曰

唵者娑嚩二合引賀引

想從此印流出無量光明一一光明道有無量七寶賢瓶想滿天妙香水灌注一切聖衆澡浴復想空中有無量天樂供養本尊諸佛菩薩一切聖衆由結此印誦真言故行者不久當得法雲地法雲地是第十地謂菩薩修行功滿唯務化利衆生大慈如雲普覆一切也神變疏云如餘菩薩爲求菩提雖行難行苦行如救頭然經無量劫尚不能得真言行者不虧法則只於此生得菩提也大教王經云若不依秘密課誦修行終不成於無上菩提也

○次結塗香印

準前根本印以二大指傳著右頭指下節側即成誦真言三遍智譯印咒悉同真言曰

唵禮娑嚩二合引賀引

想從此印流出無量光明一一光明道有無量天妙塗香末香雲海供養本尊諸佛菩薩一切聖衆由結此印誦真言故當證一切如來戒定慧解脫解脫知見香香以熏聞爲義故感證五分法身之香如餘菩薩由持戒清淨則戒體成就而得無持無犯若修習無漏禪定則根塵泯淨而便離諸散亂若修習無漏智慧則能斷三界煩惱而出離生死若不作諸業則脫諸界縛而得自在知即無生智眼謂照了識心虚妄分別則無生之智眼自在明了今持真言行者不假餘修由真言力故即越諸階級而證得五分法身理趣疏云性德力大塞咒功强解行雖劣解脫則疾故成佛心要云顯教圓宗須要先悟毘盧法界後依悟修滿普賢行海得離生死證成十身無礙佛果如病人得好藥方要須自知分兩炮炙法則合成服之方得除病身安今密教圓宗神咒一切衆生并因位菩薩雖不解得但持誦之便具毘盧法界普賢行海自然得離生死成就十身無礙佛果如病人得合成妙藥雖不知分兩和合法則但服之自然除病身安故大般若經云總持猶妙藥亦如天甘露能療衆惑病服者常安樂

○次結華印

準前根本印以二大指傳著左頭指下節即成誦真言三遍節字下應有側字智譯印咒並同

唵主娑嚩二合引賀引

想從此印流出無量光明一一光明道有無量種種水陸天妙華雲海供養本尊諸佛菩薩一切聖衆由結此印誦真言故當得大慈三摩地成就能利樂無邊衆生諸災難不著身故大慈即無緣慈也皆言雲海者雲是隨緣義謂此供具色相顯然而智鑒無性從法性空無生法起能現所現能現即行願力所現即供養具遍無所依應用而來來無所從用謝而去去無所至而能含悲潤注法雨益濟萬物重重無盡故如雲像言海者以表供養稱理故深稱事故廣以深廣故喻之如海如是一一供具稱於真理等虛空界即以全法之身遊諸佛刹稱真之物供養諸佛聖衆行者安心觀行於諸供具當稱理而成就以是法施供佛名真供養也

○次結燒香印

準前根本印屈右頭指捻二大指頭即成誦真言三遍智譯印咒並同真言曰

唵禮娑嚩二合引賀引

想從此印流出無量光明一一光明道有無量和合俱生天妙燒香雲海供養本尊諸佛菩薩一切聖衆由結此印誦真言故當得普徧法界三摩地成就

○次結飲食印

準前根本印以左頭指捻二大指頭即成誦真言三遍智譯印咒並同真言曰

唵準娑嚩二合引賀引

想從此印流出無量光明一一光明道有無量天妙種種飲食雲海供養本尊諸佛菩薩一切聖衆當得法喜禪悅食三解脫最勝味三摩地成就以愛樂大法得法資長道種心生歡喜不嗜世味常持正念是

爲法喜食由得禪定自資長養慧命道品圓明正念現前心常喜樂不貪世味是爲禪悦食穌悉地供養法云若不辦塗香乃至燈明供養但誦如上奉塗香等真言及作手印亦成圓滿供養次運心供養者以心運想水陸諸華無主所攝遍滿虛空盡十方界及與人天妙塗香雲燒香燈明幢旛繖蓋種種鼓樂歌舞倡妓真珠羅網懸諸寶鈴華鬘白拂微妙磬鐸如意寶樹衣服之雲天諸廚食上妙香美種種樓閣寶柱諸天嚴身頭冠瓔珞如是等雲行者運心遍滿虛空以至誠心如是供養最爲勝上是發行者以決定心而行此法運心供養誦真言及作手印如上所想供養皆悉成就穌悉地經云若香華飲食無可獻者但誦本色真言及此手印獻之表云供物無可求得但納真言以真心故速滿其願離此之外有四供養遍通諸部一切處用一謂合掌二以閼伽三用真言及慕捺羅四但運心此善品中隨力應作或復長時供養中置無過運心如世尊說諸法行中心爲其首若能標心而供養者滿一切願又復應知不可纔聞運心即便慳貪不辦供養悉地難成若能辦諸供養加以真言運心最爲殊勝故彼經云持誦之人不獻飲食違本部者其人乃著魔障身無精光風燥饑渴恒惡思想不能成就本尊真言皆由不獻本尊果食當於六齋等日廣設供養奉獻本尊并諸眷屬當淨洗手嗽口噏水次下飲食若準本部真言運想香花等供養皆從印中流出尤勝以水陸無主香華運想或恐初學觀心未淳用此助成亦妙言三解脱者一空解脱二無相解脱三無願解脱亦名三三昧此三即涅槃門是諸賢聖所常食履一切解脱法中無過於此故云最勝味

○次結燈印

準前根本印以二頭指各捻二大指頭即成誦真言三遍真言曰

唵泥娑嚩引二合賀引

○智譯印咒並同彼云已上塗香印等各各印觸當色物上供養按諸部陀羅尼別有香華飲食等供養印咒而字句頗繁今此準提陀羅尼唯改本印以本六字真言而成六種供養誠爲妙用不可得而思議者

想從此印流出無量光明一一光明道有無量種種七寶燈燭雲海供養本尊諸佛菩薩一切聖衆當得般若波羅蜜光明五眼清淨

一肉眼二天眼三慧眼四法眼五佛眼般若此云智慧波羅蜜此云到彼岸由獻燈故感智慧光得五眼淨而登彼岸也此上作法結界供養真言與持明藏儀軌經同唯契印有異耳彼經云如是諸印相行人處心記憶習令精熟於作法時無令誤失若稍疑誤不成

印契不成印契即賢聖不喜凡所祈求不獲成就

# 七俱胝佛母所說準提陀羅尼經會釋卷上

## 音釋

**法財** 謂三密菩提心教法也

**十二分教** 一修多羅此云契經二重頌三授記四孤起五無問自說六因緣七譬諭八本事九本生十方廣十一未曾有十二論義

**苾蒭** 舊云比丘新云苾芻本香草名含五義一體性柔輭喻出家人能折伏身口麁獷二引蔓傍布喻出家人傳法度人連延不絕三馨香遠聞喻出家人戒德芬馥為眾所聞四能療疼痛喻出家人能斷煩惱毒害五不背日光喻出家人常向佛日故

**菩薩摩訶薩** 菩薩如上釋摩訶薩者摩訶是大義薩即薩埵是有情義亦名心亦云勇猛以勇猛不怯弱故三大無數劫積集二種資糧故名摩訶薩

**八部** 一天謂諸天神也二龍謂龍神也三夜叉此云勇健有在地有在空有在天者四乾闥婆此言香陰不食酒肉天帝樂神也五阿修羅亦作阿蘇羅此云非天謂其果報最勝鄰次諸天也六迦樓羅此云金翅即金翅鳥神也七緊那羅此云疑神似人而頭有角是天帝樂神也八摩睺羅伽此云大腹行即地龍是大蟒神也

**[亻水]** 同溺

**黿** 音元似鼇長一二丈

**鼉** 音陀類魚有足長丈餘甲如鎧

**樺** 音話木名皮可貼弓

**四無量** 慈悲喜捨

**四弘願** 眾生無邊誓願度煩惱無盡誓願斷法門無量誓願學佛道無上誓願成

**礫** 音力小石

**賸** 與剩同餘也

**鈿** 音田金華飾也

**六道** 亦名六趣一天二人三阿修羅四地獄五餓鬼六畜生

**四生** 胎卵濕化

**五智** 一通達智二隨念智三安立智四和合智五如意智謂菩薩起行度生分別顯示而能覺了通達諸法憶持不失違立正教令他修行觀一切法隨緣和合隨意所欲無不滿足故有五種之別詳如攝大乘論釋所明

**三十七不共佛法** 謂佛證四種身一自性身二受用身三變化身四等流身梵本入撈伽經偈頌品云自性及受用變化并等流佛德三十六皆同自性身并法界身總成三十七不共佛法餘一切聲聞緣覺菩薩所不共有也唐實又難提譯云自性及受用變化復現化佛德三十六皆自性所成元魏菩提畱支譯云實體及受樂化復作諸化佛眾三十六是諸佛實體化

**窣堵波** 即佛塔也

**十身** 一菩提身二願身三化身四力持身五相好莊嚴身

六威勢身七意生身八福德身九法身十智身

閼伽閼音過閼伽水真言中過鉗字亦作阿哩伽合二

阿伽阿入聲音過

蘖與蘖不孽蘖同

十波羅蜜一施二戒三忍辱四精進五禪定六慧七方便八願九力十智

藥叉舊云夜叉

蹉音蹉挪也

五分法身一戒二定三慧四解脫五解脫知見

洛叉此云十萬

凡經律論中華言梵語各不同者良由如來滅度一百一十餘年後時諸比丘互執見聞各引師說分經律論爲五部致於文言咒語有詳有畧大雖不殊小則不無其異然佛在世曾已預記我涅槃後經律論當分爲五部而皆是如來金口所說但爲聞聽不廣故成多部猶如甘露散於人間但同飡飲無不除病延年隨一乘一部修行悉成道果是以五天竺國各宗一法咸獲聖證既知如來先爲預記則無是無非是故智者不可於中妄生疑惑阻自前進失郄千生萬劫之殊妙因果也

七俱胝佛母所説準提陀羅尼經會釋卷中

唐天竺三藏法師大廣智不空奉　詔譯

清粤東鼎湖山菩提心沙門宏贊會釋

○次誦讚歎

阿嚩咀囉左覩囉娜(二合)舍(引)囉馱(二合)娑麽(二合)囉哩補句致鉢囉(二合)拏麽跛娜尾呬帝阿者禮怛蘇娑哩素你祖禮悉蔽思準泥薩囉(二合)悶底南(引)婆嚩捨麽你娑嚩(引二合)罕(引)帝薩鉢囉(二合)拏吠怛你也(二合)作(引)訖灑(二合)囉(引)拏蘖帝阿尾你多薩怛嚩(二合)娜麽你鉢囉(二合)臬(引)那路(引)迦怛囉(二合)野(引)囉佗(二合)迦唎囉訖多(引二合)囉尾孕(引二合)那戍(引)鼻你播(引)怛囉(二合)迦囉那訖使(二合)顐娑普(二合)砧(底浪切)悉體(二合)怛嚩(二合)進底多麽囉貪(去二合)鉢囉(二合)瑟砧(二合)李佉惹曩你爾娜(引)你薩帝(知曳切)曩鉢囉(二合)庫舞(二合)地囉邏始佉嚓野薩怛梵(引二合)囉抳焰(二合)惹閉怛毋(二合)你帽(引)你(你夷切)嚩日哩(二合)捨枳邏馱彌焰(二合)素囉哩補婆嚩喃鉢囉(二合)吠奢野底阿引哩野(二合)嚩路(引)枳帝皤悉蔽底諾僧捨闍薩怛多惹播(引)多(半音多語切)旦曩(引)悉底(二合)惹孽底緊旨你也(二合)薩怛梵(引三合)曩那娜(引)悉薄羯底(二合)毘藥(二合)壹底娑迦羅播(引)跛曩(引)舍你婆誐嚩底跛耻多麽(引)怛囉(二合)悉地迦哩布囉野麽努(引)囉貪寘臬(引)娜底曩怛梵(引二合)娑麽(二合)嚩迦室子(二合)多(半音)婆誐嚩底準泥陀(引)囉尼薩姤(二合)怛囉(二合)薩麽跛多(二合)

讚歎者謂稱揚讚歎聖德之美具足無邊福智能成就衆生所求一切世出世間之樂然智譯鈌此讚法持明藏中雖備其文尤繁行者若不能作此梵讚當如蘇悉地經讚偈蘇悉地經云共讚歎文應用諸佛菩薩所説歎偈不應自作而彼經無讚準提文今披本經

述一偈以讚本尊偈曰

大慈救世尊　善導一切衆　福持功德海
我今稽首禮　真如舍摩法　能淨貪瞋毒
善除諸惡趣　我今稽首禮　得法解脫僧
善住諸學地　勝上福德因　我今稽首禮
大聖準提尊　哀愍於世間　成就諸悉地
我今稽首禮　大悲觀自在　一切佛讚歎
能生種種福　我今稽首禮　大力忿怒身
善哉持明王　降伏難伏者　我今稽首禮
忿怒身即明　王大威金剛

○次說本尊陀羅尼布字法

從頂至足觀一一真言字屈曲分明流出光明照六道四生輪迴有情深起悲愍施與安樂用陀羅尼九字布列於行者身即成以如來印八大菩薩所加持身若作息災增益降伏敬愛隨四種法所謂白黃黑赤成辦悉地即結布字印二手內相叉二大指二頭指二小指相合直竪即成（智譯云結此手契成即想自身猶若釋迦如來三十二相八十種好紫磨金色圓滿身光想已以手契觸頭上布唵字觸眼中布折字一一依字次第乃至兩足皆以契觸布之）

想唵字安於項以大拇指觸頭上　次想左字（即者字）兩目瞳人上俱　想禮字復以大拇指觸左右眼上　次想祖字（即主字）安於頸上用大拇指觸　次想禮字當心以大拇指觸　次想準字安左右肩以大拇指觸　次想泥字安臍上以大拇指觸　次想娑嚩（二合）字安右左兩胜上以小指觸　次想訶字安右左兩脛上以小指觸（智譯每字皆以偈釋及令觀字色相然其安布與本譯略有參差故不錄如欲知者下持誦法要當出又當知令想九字真言皆是天竺梵書非此方之文故一字頂輪王儀軌云所言觀諸字唯聽於梵書非是隨方文有大神力用或問曰何以梵字皆有不思議神用耶答曰謂每一一字當體即是諸佛菩薩心故當體即是離相法界故當體即是教理行果故是以有不可思議神用也又天竺梵字法爾本有何以故以世界初成時梵王傳說不同此方蒼頡等創製若然者凡天竺梵字皆有不思議神用何得偏讚真言中字耶答曰以真言中字由諸佛不思議神力加持體含多義法性如然故偏有神用即如此方語

言文字是一唯急急如律令等語咒火不燒咒湯不熱咒刀不傷咒毒不中由作咒語偏有此神用非餘一切文言皆有此功力天竺亦爾文字雖一唯眞言中字偏有神力非餘一切字皆有如是神用也或曰咒是諸佛秘密之法尚非因位所知何以今解釋此九聖字義答曰據賢首心經疏及神變疏并密藏諸經釋陀羅尼字意而有二門一不可說門謂咒是諸佛密法唯佛與佛相傳不通他解但當持誦不須强釋二强說門謂眞言中隨舉一字或作人或作法横竪該羅自在解說以要言之無盡法門於一字中解說都盡方是陀羅尼字義就此而言假使十方諸佛經恒沙劫共說眞言中一字義亦不能盡故莊嚴寶王經云六字陀羅尼是觀自在菩薩微妙本心無量如來而尚難知其因位菩薩云何而能解耶是知知者尚難況其受者今於一字中畧爲解釋即是强說門中少分一途義耳謂於眞言一字中或作二義五義十義乃至百義等解釋名爲少分義若作一義解釋名爲一途義上云尚非因位能解者此據密教圓宗不可說門而言也其不可說門義當密教圓宗離言果海其强說門義當顯教圓宗帶言因分也

由想布眞言結印加持故行者身即成準泥佛母身滅除一切業障積集無量福德吉祥其身成金剛不壞體若能常專注觀行一切悉地皆得現前速證無上正等菩提智譯云如是布字想念已便成準提勝法門亦名本尊眞實相能滅諸罪得吉祥猶如金剛堅固聚是名準提勝上法若常如是修行者當知是人速悉地故持明藏儀軌經云若於準提菩薩法中求成就者先觀準提菩薩根本微妙字輪安自身分一一分明是人先身所造一切罪業悉得除滅凡有所求决定成就神變疏云眞言行者能令三業即同本尊三業又眞言中每一一字皆是諸佛全身故云行者身即成準泥佛母身故知此準提神咒體即法身圓圓果海用即不可思議所以得速證無上菩提

〇次結根本印如前闕伽印出持明藏經云行人結根本印誦根本眞言時本尊菩薩歡喜顧視行人誦根本眞言七遍頂上散印智譯用第二根本印誦根本眞言即取菩提子念珠具一百八依法貫穿即以塗香塗其珠上以二手掌中捧珠當心誦眞言七遍加持念珠蘇悉地經云捧數珠時微小低頭以至誠心頂禮三寶諸佛菩薩若作阿毘遮嚕迦法應用諸首而作數珠速成就故眞言曰

唵吠嚧引遮那引麽羅娑嚩二合引賀引〇此是持

珠真言吽字無蓋切智譯作徵字於麽字上有阿字餘悉同吽嚧遮那此云徧照亦云大日如世間日唯照晝不照夜照一世界不照餘世界不得名大日如來色身法身普周法界十方世界悉皆照耀若人稱名皈依禮拜則得法界一切諸佛菩薩賢聖乃至八部加持衞護加持頂戴心口作是願言我今欲念誦惟願本尊諸佛菩薩加持護念願令速得隨意所求悉地圓滿然後以左手無名指大指承珠右手以大指無名指移珠手如說法相先以珠加持頂戴後方結此持珠印有云右手大指捻無名指頭直舒中指小指微屈以頭指著中指上節側此是佛部執數珠印智譯云二手相去一寸許餘指散開微屈當於心前持珠念誦其聲不緩不急此名言音持誦根本真言智譯云不得高聲須分明稱字而令自聞此名聲念一字佛頂輪王念誦儀軌云字句分明呼不緩亦不急不頻伸欠嗌咳嗽與唾涕染等心相應及與緣苦受如是等過患皆不得成就心專注不異緣觀自身同本尊身相好具足又於身前壇中觀想七俱胝佛母與眷屬圍繞了了分明對坐智譯云所觀本尊及身上布字念誦記數於一念中並須一時觀見不得有缺使心散亂蘇悉地經云念誦之時不作異語想真言如對目前如是傾誠不應散亂心緣別境身雖疲極不縱放之制諸惡氣世間談話皆不思念不捨本尊縱見奇相而不怪之每稱娑嚩二合引賀字同時移一珠智譯云誦本尊陀羅尼一遍以右手無明指捻一珠過周而復始一百八或一千八十為念誦遍數常須限定若不滿一百八即不克求悉地遍數蘇悉地經云依本法念誦了應起誠心作祈請云我依本法念誦數滿唯願尊者領受為證於其夢中為授教誨正念誦時若有謦欬昏佪欠呿忌真言字即起就水作洗淨法已還從前念被所障隔為須一一皆從始念掐珠將畢時申禮一一拜終而復始數珠一帀一觀本尊顏而作禮若正念誦時忽然錯誤當誠心懺悔過由放逸故致斯誤願尊捨過便申頂禮復須從始而念誦之念誦畢已蟠珠於掌中頂戴發願作是願言以我念誦功德一切眾生所修真行求上中下悉地速得成就安珠於篋中言上中下悉地者每地各有三品共成九品下三品者若下品成就能攝伏一切四眾凡有所求舉意從心一切天龍而來問訊又能伏一切蟲獸及鬼魅等若中品成就能驅使一切天龍

八部能開一切伏藏或要入阿修羅宮龍宮便得入之去住隨心若上品成就便得仙道乘空往來天上天下而得自在世出世間事無不通達中三品者若下品成就便得諸咒仙中爲王住壽無數歲福德智慧三界無比若中品成就便得神通往餘世界爲轉輪王住壽一劫若上品成就現證初地已上菩薩之位上三品者若下品成就得至五地已上菩薩之位若中品成就得至八地已上菩薩之位若上品成就三密變成三身只於此生得證無上菩提之果此是持咒人九品成就若直求成佛不須求中下三品等即當求上三品成就餘如下增益法明

卽結定印端身閉目澄心靜意當於胸臆身內炳現圓明如滿月皎潔光明起大精進決定取證若能不懈怠專功必當得見本源清淨之心於圓明中想唵字餘八字右旋於圓明上布列於定中須見真言字分明既不散動得定卽與般若波羅蜜相應卽晝圓明月輪

即結定印者以兩手外相叉仰於臍下或以二手仰掌展舒將右手在左手上二大拇指甲相拄安於臍輪下又無量壽儀軌云以二手外相叉二頭指背相著從中節以上直豎二大指捻二頭指即成此之三印隨結其一皆得作

此圓明觀法名爲瑜伽念誦故智譯云若求解脫速出離生死作此三摩地瑜伽觀行無記無數念者即想自心如滿月湛然清淨內外分明以唵字安月心中以折隸主隸準提莎嚩訶字從前右旋次第周布輪緣諦觀一一字義與心相應不得差互

圓明布列梵書圖

持明藏儀軌云唵字爲毘盧遮那佛根本左字爲大輪明王根本隸字爲大忿怒不動尊明王根本又爲馬頭明王根本祖字爲四臂佛身根本隸字爲不空羂索菩薩根本亦觀自在菩薩根本尊字爲大尊那菩薩根本祢字爲金剛薩埵菩薩根本莎字爲伊迦惹吒菩薩根本賀字爲嚩日囉最佉明王根本

次應思惟字母種子義

此九聖字能生一切字故云字母言種子者是引生義攝持義以初一字爲種子而下諸字所有觀智依所引生攝入初字若得唵字門秘密相應即得諸佛無盡法藏則悟一切法本不生一以普及爲言切以盡際爲語由悟一切法本不生即達諸法坐以諸法入實相中故不生不滅乃至悟一切法言語道斷故無言説法相平等如霔大雨故云平等於

一一字專注思惟觀察則一切行願皆得滿足

唵字者是三身義亦是一切法本不生義智譯云唵字門者是流注不生不滅義復於一切法爲最勝義左字者一切法不生不滅義智譯云於一切法是無行義禮字者一切法相無所得義祖字者一切法無生滅義智譯云於一切法是無起住義禮字者一切法無垢義準字者一切法無等覺義泥字者一切法無取捨義娑嚩字者一切法平等無言説義訶字者一切法無因義於一切法是無因寂靜無住涅槃義由一切法本不生故即得不生不滅 由不生不滅故即得相無所得 由相無所得故即得無生滅 由無生滅故即得無垢 由無垢故即得無等覺 由無等覺故即得無取捨 由無取捨故即得平等無言説 由平等無言説故即得無因無果般若相應無所得以爲方便入勝義實則證法界眞如以此爲三摩地念誦畢已

謂由悟一切法本不生故平等無二成無分别智與般若波羅蜜無智無得相應由此無所得智以爲方便悟入最勝義諦證法界眞如此法界眞如海不可以言詮是佛境界自覺聖智所證非思量分别所能知智譯云所説文字義雖立文字皆是無文字義既無文字須諦觀一一義相週而復始無記無數不得斷絶不斷絶者爲流注不生不滅最勝義是故無行爲無行義乃至云無因寂靜無住涅槃爲無因寂靜無住涅槃義是故不生不滅最勝無斷週而復始此名三摩地念誦按諸陀羅尼經持誦法亦有多種今畧出其六一三摩地持亦名瑜伽持但想心月中布字如本經布字法所明二出入息持即於出入息中想有梵書眞言字若息出字出若息入字入字字分明朗如貫明珠不得間斷如息出時想自心月輪中九聖梵字字字連環皆有五色光明從自口中流入

準提菩薩口中右旋安布菩薩心月輪內如息入時想菩薩心月輪中字字連環皆有五色光明從菩薩口出流入自口中右旋安布心月輪內如是終而復始想之三金剛持急口齒舌不至喔但口中微動四言音持亦名微聲持但令自耳聞之不緩不急字字分明稱之五高聲持令他聞之滅罪此須觀時若有不信者在傍聞聲反生毀謗便獲重罪只宜微聲持之六降魔持內以悲心爲本外現威怒之相顰眉厲聲念之如後阿毘遮嚕迦法是也復有二種持誦一無數持誦謂不持珠定數常無間斷念之二有相持誦謂掐數珠每日須得限定其數不得闕少於上八種數持誦隨用其一依法念誦無有間斷所祈勝果決定成就準金剛智所譯本亦出多種持誦故智譯本次說準提求願觀想法云若求無分別者當觀無分別無記念若求無相無色當觀文字無文字念若求不二法門者應觀兩臂若求四無量當觀四臂若求六神通者當觀六臂若求八聖道當觀八臂若求十波羅蜜圓滿十地者應觀十臂若求如來普遍廣地者應觀十二臂若求十八不共法者應觀十八臂即如畫像法觀也若求三十二相當觀三十二臂若求八萬四千法門者應觀八十四臂如上觀念當入一切如來三摩地門甚深方廣不可思議地是正念處是正真如正解脫念誦觀行了欲出道場復須依前次第更結燒香燈明飲食等手契供養懺悔隨喜發願即結前第一根本印誦根本陀羅尼七遍頂上散之復結前輅車印云云

應結根本印〇次結澡浴印〇次結五供養印〇次誦讚歎獻閼伽〇次結阿三摩擬你二合印左轉一帀解界謂結前火院印誦阿三摩擬你真言左轉一帀解前所結諸界持明藏儀軌經云復作供養讚歎懺謝某甲上來供養絕無殊妙唯願菩薩布施歡喜又獻閼伽而作頂禮作法畢已發遣賢聖復作護身次作阿三摩擬你印

〇次結寶車輅印此中諸印準前應結輅車者乃大車之總名此方黃帝始制天子所乘法車名曰玉輅今寶輅是佛母所乘上有幰蓋垂諸花纓四面懸鈴周帀欄楯七寶間錯種種嚴飾

以大拇指向外撥中指頭奉送聖者還本宮準智譯以二大拇指向外三度撥二中指頭誦真言三遍奉送真言曰

唵者禮主禮準泥蘖車蘖車婆誐嚩底娑嚩二合引婆引嚩南布娜囉引誐麼那引野娑嚩二合引賀引〇車字當書何切蘖車蘖車即奉送句前請輅車𦐛哩洒耶即迎請句

〇次結三部三麼耶印各誦真言一遍禮佛

如前懺悔隨喜勸請發願迴向無上菩提隨意經行轉讀大乘經典華嚴大般若等經印塔像浴舍利右旋繞思六念以此福聚迴向自所求悉地智譯云誦大般若或華嚴或無邊門或法華楞伽涅槃大經論等思惟講說或以七俱胝佛像塔印用印香泥沙上紙上隨意印之多少如念誦有功如經所說境界一一分明了知次第蘇悉地經云爲淨心故常持六念心注一境而不散亂一念佛二念法三念僧四念施五念戒六念天前三是念他後三是念自以施戒是自因天是自果而果有近遠近是生天遠是第一義天又前三亦可爲念自謂念一體三寶也優婆塞戒經云念佛法僧名智慧莊嚴念施戒天名福德莊嚴然上所修爲欲速得圓滿福智及十波羅蜜頓出世間超三無數劫現生祈尅聖果故須發菩提願運大悲心常欲利樂一切有情同於準提菩薩復仗無邊諸佛菩薩以大悲願加持護助使速成就準此必須依前選擇勝處爲所修壇場限四月四日爲一期屏絕往來言語方得三密相應面向東方吉祥之位或復餘方若不能依上如法結壇者別有一法亦須擇一靜處於準提聖像前置一淨鏡爲壇如上向方跏趺對於聖像行者先於自頂上想一嚂字變成三角火輪從項至足燒盡自已有漏之身及燒此有爲世界如同劫火燒盡無遺但有空寂而已又想一暗字在自頂門中此字體即是諸佛光明法水用灌佛子之頂此是秘密灌頂法門也復想建立無爲之壇於最下方遍想欠字雜色而爲空輪於空輪上遍想含字黑色變成風輪風輪上遍想嚂字赤色變成火輪火輪上遍想鑁字白色變成水輪水輪上遍想阿字黃色變成金剛地於金剛地上遍想有大蓮華一一華上皆有準提菩薩飲食幢旛等諸供養具而爲供養皆對準提鏡壇三密相應又行者無準提像并華果飲食等供具但作此觀亦得吉祥成就如是想已一心諦觀準提菩薩具無盡相好光明於菩薩心月輪中有九聖字右旋布列行者想自心月輪中亦有九字如前布列於自身分從頂至足亦布九字次誦唵嚂淨法界真言并唵齒臨護身真言各二十一遍然後結根本印或金剛拳誦準提真言無記無數專精一意勤策身心不令懈怠欲近成就時或有種種障起應如後作息災等法而降伏之於一期中隨自根性必獲三昧現前即於定中見無數佛會聞妙法音證得十地菩薩之位行者欲於此法求成就者須依前預誦準提真言一萬遍乃至十萬遍而爲先行如蘇悉地經云若不先誦遍滿念持所求下法尚不得成就況求上中悉地成就以是義故作勝上心而先念誦既爲先行便於夢中見諸佛菩薩吐出黑物等即是罪滅福生成就之相如念所求決獲果遂莫生疑惑之心勿起取捨之念更須策發三業加功誦持亦不得以是境界衒賣於人唯同道者不

爲名利敬讚方得說之或曰見如上相得無成邪妄耶曰今依經持誦正觀成就勝境自現非同他修斥離取相如不達經各有旨雷同取謗毀滅大乘自陷泥犁然行者若欲持誦眞言必須求於明師善曉梵音作法之者指決字句契印不令訛謬切勿師心持誦無驗於咒生疑自招愆咎蘇悉地經云若復有人久至持誦下品眞言縱自無力於本尊邊轉求上品自成若於上品眞言之中心懷猶豫念持供養復不精誠雖於上品眞言彼念誦心輕致招下品成就故知持誦皆由心意誠心念誦皆獲悉地若人持誦眞言久無效驗不可棄捨倍增廣願轉加精進以成爲限如此之人速得成就於其夢中或於虛空有聲告言汝不應持是眞言法亦不應棄復不瞋彼何以故並是魔故唯須精進不應退轉心不惡思攀緣諸境縱放諸根恒常獲淨而念誦之故香王陀羅尼經云日別濾水香湯洗浴別著衣裳大小行來皆須洗淨入壇之時須嚼楊枝然後入壇一心誦咒莫思外事持咒之法不得破戒身亦不得近觸著女人若觸著者即無驗

○次說息災增益敬愛調伏四種法

○扇底迦法者求滅罪轉障除災害鬼魅疾病囚閉枷鎖疫病國難水旱不調蟲損苗稼五星陵逼本命悉皆除滅煩惱解脫是名息災法扇底迦義譯爲息災復含上多義故存梵音而不直翻華言下三法準此應知

作此法時著白衣面向北交脛豎膝吉祥坐觀本尊白色供養飲食果子香花燈燭地等悉皆白色交腳豎膝名爲吉祥坐塗香用白檀燒香用沉水燈用酥然如無酥用白茶油本譯云觀作白色智譯云並用白色下三法亦然從月一日至八日日三時念誦夜作護摩息災眞言曰

唵者禮主禮準泥令某甲若爲他念誦當稱彼名扇引底矩嚕二合娑嚩二合賀引

○智譯云欲作扇底迦等種種方法或爲自身或爲他人即任依法而作念誦若欲求息災除一切鬼神及聰明長命求解脫者即於道場中面向北交腳豎膝而坐乃至日三時念誦及護摩等法若念誦時先誦根本陀羅尼三七遍已然後但從唵字誦之妙言曰唵折隸主隸準提與彼某甲除災難莎嚩訶○作此法時並須於道場壇中如無場壇或於準提像前安置鏡壇更須想一白色圓壇於壇中遍想[悉曇字]嚩字或[悉曇字]鑁字尊像供具并自身想在圓壇中或於像前只塗一圓壇亦得以慈心相應從月一日初夜起至月八日每日三時洗浴三時換衣至日滿時或斷食或食三白食謂乳酪粳米飯

○布瑟置合二迦法者求延命官榮伏藏富饒聰慧聞持不忘藥法成就金剛杵等成就或作師子象馬類以眞言加持三相現隨上中下所求獲果如蘇悉地經廣說欲求持明仙入阿蘇羅窟及諸八部鬼神窟求入者皆得及證地位神通求二種資糧圓滿速成無上菩提是名增益法作此法時身著黃衣面向東結跏趺坐觀本尊黃色所供養香花飲食果子燈燭地等並皆黃色塗香用黃檀或白檀加少鬱金燒香用白檀然麻油燈從月八日至十五日日三時念誦夜作護摩眞言曰

唵者禮主禮準泥令某甲布瑟徵合二矩嚕合二娑嚩二合賀引○徵音紙智譯云若欲求增長五通轉輪種種寶藏布著輪貯賢瓶如意寶安善那庾里迦鐘及鉞斧羂索三叉等一切財寶藥草求成就者身著黃衣乃至念誦如前妙言曰唵折隸主隸準提與彼某甲所求如意莎嚩訶○如無壇塲可於準提像前安置鏡壇更想一黃色方壇於方壇中遍想[illegible]阿字或[illegible]暗字尊像供具自身俱想在方壇中或像前塗一方壇亦得以喜悅心相應如前洗浴換衣至日滿時亦如前斷食等三相現者謂火𦦨烟出煖氣若眞言行人欲求成就時按諸陀羅尼經用四種物一者弓箭鉞斧鉤輪杵鏡或數珠瓶鉢袈裟等僧家所用種種之物二者雄黃雌黃等種種藥物三者取河岸上土塑作師子象馬牛駝或雞鵝孔雀金翅鳥等種種禽獸之形四者或塑畫雕刻種種佛菩薩明王等形像隨心所樂用作一事依法成已而置壇中如法誦咒若得火𦦨出時或手執或塗身或乘之與助伴知識飛騰虛空或有人見成就者或成就者見彼人等總得騰空遊諸世界供養諸佛菩薩皆壽命一劫獲初地百法明門若烟出時依前用之得諸仙中爲王住壽萬萬歲若煖氣出時得一切人天敬愛所求如意此是成就三種相現若得火光出是上品成就相得烟出是中品成就相得煖氣出是下品成就相西方昔有一人得上品成就引五百人升空又云若火光現得一切咒神常來擁護八部之衆皆常恭敬一切神咒用之皆得最勝靈驗若烟相現隨所去處而無障難所求遂心若煖氣現得一切諸人并鬼神等同心敬愛蘇悉地經云若欲成就藥物等者有三種成光焰爲上烟氣爲中煖氣爲下若乘空自在而進此爲最上藏形隱跡爲中成就世間諸事爲下三種成就隨上中下更分別之上成就法得持明仙乘空遊行成就五

通或得諸漏斷盡或得辟支佛地或證菩薩地位或知解一切事或辯才多聞或成吠蹉羅尸或成藥叉尼或得眞陀羅尼或得無盡伏藏具上等事名上中上成就之法若藏跡於身得大勢力先來懈怠而得精勤入修羅宮得長壽藥成鉢鯠史迦天使或能使鬼或能成就娑羅室爾迦樹神或成多聞悟深義理或合藥或纔塗足項即遠所涉無有疲乏如上所説悉名中成就之法若下成就法令衆喜見或攝伏衆人或能懲罰惡人降諸怨衆及餘下事名下中下成就之法若見幢像舍利塔等忽然搖動或光焰出當知不久速得成就餘如上念誦法中上中下九品法明若欲成就輪仙法者鑌鐵作輪量圓兩指一磔輪安六輻輞緣銛利若欲成就雌黃法者取光雌黃如日初出色光亦如融金色光是爲上好若欲成就刀法者取好鑌鐵刀量長兩肘以小指齊濶四指無諸瑕病其色紺青如栟施鳥毬若欲成就佛項法者當以金作佛項猶如畫印安置臺上其臺撐用薩頗胝迦寶若欲成就蓮華法者金作八葉蓮華如兩指一磔手量或用銀作或熟銅白檀木作若欲成就拔折羅法者以好鑌鐵作拔折羅長十六指兩頭各作三股或紫檀金銀熟銅作若欲成就雌黃法者取雌黃色如融金塊成分折復上有光如是雄黃能成上事若欲成就牛黃法者當取黃牛牛黃爲上若欲成就護身線法者取細白氎縷三合爲股復三股合索童女右撚合或縷金合若欲成就牛糞者取蘭若處淨牛糞燒作灰和龍腦香用

若欲成就弓箭槍矟獨股叉梏及諸器杖隨世用者如意而作若欲成就戰馬車乘牛羊一切鳥獸諸餘物等隨世人共將爲上隨意樂作所成就物置於金銀器或熟銅螺盃石木土器等或數有乳葉香葉蓮葉蕉葉或新氎隨取敷之又葉五重先敷地上置成就物復以五重葉而覆其物或可是散或種種衣或諸雜物次第應知所盛之器然後以不散亂心作三簸多法以心光明其物及散洒之手執杓緩彈其酥置其物上誦本眞言至莎嚩字即瀉爐中至訶字還觸其物却至酥器如是去來三處觸物不得斷絶是名三簸多護摩法三簸多時以杓遍霑其物皆令潤膩初置物時先以水洒次按持誦若成有情之物作其形像杓觸於項而作護摩若欲成自身以杓觸自項若爲他作但稱其名其護摩物復有三種差別一但稱名二以物蓋隔之三但露現眼所觀見如是皆用其酥而作護摩若不得酥當用牛乳或酥和乳或用三甜或觀成就差別應當用之或以眞言持誦香水而洒其物如前光顯物法此亦如是又蘇悉地供養法云眞言中有唵字者及歸命字應寂心誦若作息災增益之事應小聲念誦若眞言有吽字及泮吒字應嗔猛誦言二種資糧者謂菩薩欲證佛果必須廣修福智二法以爲資糧福智圓滿方證佛果菩提今持眞言行人不假餘修但依法念誦即得圓滿速成無上菩提

○伐施迦囉拏法者若欲令一切人見者發

歡喜心攝伏鈎召若男若女天龍八部藥叉女及攝伏難調伏鬼神有諸怨敵作不饒益事皆令廻心歡喜諸佛護念加持是名攝召敬愛法作此法者身著赤衣面向西豎二膝並脚名爲賢坐坐法畧有三種一結跏坐二半跏坐三記賢坐令身端直勿使動搖而作念誦觀本尊及所供養香華飲食果子燈燭地等並皆赤色塗香用鬱金燒香以丁香蘇合和蜜燒之然諸果油燈從十六日至二十三日每日三時念誦夜作護摩攝召真言曰

唵者禮主禮準泥令某甲嚩試矩嚕二合娑嚩二合引賀引○智譯云若欲呼召一切天龍鬼神人非人等應作此法乃至妙言曰唵折隷主隷準提爲彼攝召某神成就我願莎嚩訶○如無壇場可於準提像前安置鏡壇更想一赤色半月形壇於半月壇中遍想[illegible]賀字或[illegible]含字尊像供具自身俱想在半月壇中或於像前只塗一半月壇亦得内以悲心外現怒相應洗浴斷食如前

○阿毘遮嚕迦法者犯五無間謗方廣大乘毀滅佛性背逆君主惑亂正法於如是等人深起悲愍應作降伏法若爲自巳所求及有怨讐而作此法準諸經說必定反招災禍及反得盡世癡騃行者宜愼之故金剛陪囉嚩輪儀軌經云持咒之人自心不得愚癡憎嫉於諸有情具衆善人輙作此法爲惱害者當來感果入於號叫大地獄中受於衆苦經無量劫持咒之人當須遠離如是過惡方可修習此曼荼羅求諸成就以驢糞或駝糞或燒屍灰以用塗壇作此法時身著黑衣或青衣面向南左脚押右脚蹲踞坐觀本尊黑色取臭無香氣黑色或青色華供養所供養飲食香華果子等燈燭地等並皆黑色或青色押即壓也有云閼伽用黑器飲食用石榴汁染作黑色或青色塗香用栢木閼伽用牛尿以黑色華及芥子栢木塗香等各取少分置閼伽水燒安息香然芥子油燈持明藏儀軌云其閼伽水若作息災法用乳汁大麥同作若作增益法加脂麻若作調伏法加血及蕎麥所用閼伽器亦有差別蘇悉地經云羹臛之中味甘甜者及乳粥扇底迦用味酢甜者及石榴粥酪粥等布瑟徵迦用味苦辛淡者及胡麻粳米豆子等阿毘遮嚕迦用如前所說諸食味等或隨方所種種有異觀上中下而

奉獻之凡猛利成就及阿毘遮嚕迦事日月蝕時最是相應其爐三角以已身血塗或用苦楝木或用燒屍殘柴而用護摩大著已後以燒屍灰和已身血而用護摩及以毒藥自血芥子油赤芥子和而用護摩從月二十三日至月盡日取午時中夜二時念誦夜作護摩真言曰

吽者禮主禮準泥令某甲鉢囉二合喃伽多野吽發吒吽字合口呼如牛鳴聲吒字半聲呼智譯云若欲降伏一切惡鬼神及損三寶人天者有多罪業障重衆生難調伏者能令發菩提心修諸善業者應起慈悲心而作此法云云蘇悉地經云或有真言初有鉡字後有柿吒字速得成就阿毘遮嚕迦法復須善解修真言法隨所求事隨稱彼法真言之相誦彼真言即得成就持明藏云若作息災增益法時輕輕誦吽字及發吒字若作調伏法當起忿怒心厲聲持誦吽字發吒字〇若無壇場可於準提像前安置鏡壇更想一青色三角壇於三角壇中遍想[梵字]囉字或[梵字]嚂字尊像供具自身俱想在三角壇中或於像前只塗一三角壇亦得以忿怒心相應洗浴換衣斷食如前若惡人等身心不安或得大病或命欲終即當勸彼令發善心若是悔過自責永斷惡心者即爲彼人作息災法念誦彼人即免災難此上四種法若欲於中求成就者須預前持誦準提真言五十萬遍或七十萬遍或百萬遍而爲先行方於四種法中隨

心所作一法決定成就當依本經用真言印契結界護身供養迎請本尊念誦畢復如前作供養解界奉送本尊等印咒故持明藏經云若作如上四法必須請召本尊及衆賢聖作法竟却發遣蘇悉地經云護摩了已用本尊真言真言淨水以手遠廻散灑爐中如是三度護摩都了乃至復作供養等已如法發遣又持真言行者不應與彼別持誦人更相試驗若緣小過者不應作降伏之法持明藏云又行人以紅花染線用童女合以真言加持一千遍結七結已繫於腰側真言曰唵引賀囉一賀囉二滿提戍訖囉二合馱引哩尾三悉提引娑嚩引二合賀引四作〇緘亦此真言亦能禁伏戍訖囉及能破設咄嚕蘇悉地經云取白氎絲及以麻纓令童女染紅色或鬱金色作線取結爲真言索持誦七遍而作一結一一如是乃至七結置本尊前以真言持經一千遍或持誦時及護摩時欲卧之時應以繫腰不失精穢卧時應如師子王右脇而卧真言同上但滿提字彼作滿馱滿馱爲異又蘇悉地供養法云其腰線者令童女右旋搓合經三合已重更三合若網調雲作以五淨用灑之佛部五淨真言曰那謨婆伽嚩帝烏瑟膩二合沙也微輸鞞上提微囉誓尸吠扇引底羯里莎訶又云以紅藍華染或鬱金染如前法成就已以結索真言持誦千遍於念誦護摩時及以睡時繫於腰間能止失精念誦之時及護摩時須上下著衣偏袒右肩若大小便應著木屐於本尊及二師著宿前不應著之言謗方廣大乘者謂華

嚴法華楞嚴楞伽維摩圓覺勝鬘涅槃諸大經典廣談眞如實相謂一切衆生本來成佛性具恒沙德用誹謗不信自損損他俱墮阿鼻千佛出世莫能救拔毀滅佛性者謂一切衆生本具佛性只因妄想煩惱積集而不證得若息妄歸眞即與諸佛同一覺源凡夫邪見毀而不信自他斷滅佛性種子作一闡提永劫難救故於如是等人深生悲愍作法降伏令其回心向善也持明藏經云若以唵字爲首者能成就一切法若左字於息災增益降伏三法有大威力隸字能破壞設咄嚕亦作發遣及擁護法功力最大主字能作破壞及散他軍如金翅鳥能食於龍隸字破諸大惡有最勝力準字能成就一切而能破堅固禁縛泥字能破魔怨及諸大惡莎字能自擁護及能破怨賀字能除大毒及一切病如是等字猶八正道能使有情解脫輪廻後得涅槃若諸眞言所用加唵字能爲警覺及作發遣若加唵隸吽三字力能斷截若加唵羅吽發吒五字力能驚怖及能破壞亦能擁護若加唵主最護四字皆能成就敬愛法若加唵主吽三字能退他軍若加唵隸發吒四字者能息大鬪戰

七俱胝佛母所說準提陀羅尼經會釋卷中

音釋

[illegible]乃挺切音寧去聲梵音亦同你　皺切身　薺音齊　枲音徙　抪音暨　衒音眩自矜也又賣也　設咄嚕此云寃家也　安善那眼藥　攣音見抒滿也　柎音不　噦嗑上音洲入聲下音抑　咳嗽上音慨下音搜去聲　臰同臭惡氣也　棓同棒又連枷　跋折囉此云金剛杵

# 七俱胝佛母所說準提陀羅尼經會釋卷下

唐天竺三藏法師大廣智不空奉　詔譯

清粵東鼎湖山菩提心沙門宏贊會釋

○次說準泥佛母畫像法（亦名尊那菩薩）

取不截白氎去毛髮者㲲於淨壁先應塗壇以閼伽飲食隨力供養畫師應受八戒齋清淨畫像其彩色中勿用皮膠於新器中調色應畫準泥佛母像身黃白色結跏趺坐坐蓮華上身佩圓光著輕縠如十波羅蜜菩薩衣上下皆作白色復有天衣角絡瓔珞頭冠臂皆著螺釧檀慧著寶環（檀慧即二小指智譯云種種莊嚴其身腰下著白衣衣上有華又身著輕羅綽袖天衣以綬帶繫腰朝霞絡身其手腕以白螺爲釧七寶莊嚴一一手上著指環都十八臂）其像面有三目十八臂上二手作說法相右第二手作施無畏第三手執劍第四手持寶鬘（貫寶華爲鬘）第五手掌俱緣果（梵云微若布羅迦果華言子滿果西竺國有此間無）第六手持鉞斧第七手執鈎第八手執金剛杵第九手持念珠（智譯以第四手持念珠第九手持寶鬘法賢譯第四手執寶鬘而無寶鬘）左第二手執如意寶幢第三手持開敷紅蓮華第四手執軍持（澡罐也）第五手執羂索第六手持輪第七手持商佉（螺也）第八手持賢缾（即淨缾也）第九手掌般若梵夾蓮華下畫水池池中難陀龍王塢波難陀龍王拓蓮華（智譯云二龍王共扶蓮華）華座右邊畫持誦者手執香爐瞻仰聖者準提佛母矜愍持誦人眼下顧視上畫二淨居天子一名俱素陀天子手持華鬘向下承空而來供養聖者畫像已隨力僧次請七僧供養請開光明呪願讚歎於像下應書法身緣起偈（偈云諸法從緣起如來說是因彼法因緣盡是大沙門說）將像於精室秘密供養以帛覆像念誦時去覆帛瞻禮

供養念誦畢却以帛覆慎勿令人見何以故從師受儀軌畫像法若轉與人呈像被魔得便當須秘密白氎若無可倩人織與西洋布相似長短濶狹隨宜織之如無能織者可取西洋布權用之亦得彩色中不聽用皮膠當用白膠香等此亦無者可用桃樹膠或以肥皂莢仁去上麤皮取内白淨煎膠或磨黃豆白芨用之皆得僧次者恐無財力不能總請衆僧又復如來不聽擇請故隨僧中次第差赴請也

○附五悔儀

經云每入道場先應禮佛懺悔隨喜勸請發願已應自誓受菩提心戒此之五法乃諸菩薩六時行道之軌轍文備諸經論今略錄其要以便修持行者初入道場長跪合掌專心定意手擎香爐云願此香華雲徧滿十方界

一一諸佛土無量香莊嚴具足菩薩道成就

如來香供養已次應起禮敬

一心頂禮毘盧遮那牟尼世尊分別聖位修證法門云如來最初於無上乘發菩提心由阿閦佛加持故證得圓滿菩提心由證菩提外感空中寶生佛灌頂受三界法王位由觀自在王佛加持語輪説無量修多羅法門由不空成就佛加持於諸佛事及有情事所修行利樂皆悉成就是故如下當次第一一禮之

一心頂禮阿閦世尊

一心頂禮寶生世尊

一心頂禮觀自在王世尊

一心頂禮不空成就世尊

一心頂禮極樂世界阿彌陀世尊

一心頂禮十方法界諸佛世尊

一心頂禮七俱胝佛母所説大準提陀羅尼

一心頂禮十方法界修多羅藏一切陀羅尼門

一心頂禮毘盧遮那宮殿中七俱胝準提佛母菩薩摩訶薩

一心頂禮觀自在菩薩摩訶薩

一心頂禮彌勒菩薩摩訶薩

一心頂禮虛空藏菩薩摩訶薩

一心頂禮普賢菩薩摩訶薩

一心頂禮金剛手菩薩摩訶薩

一心頂禮文殊師利菩薩摩訶薩

一心頂禮除蓋障菩薩摩訶薩

一心頂禮地藏菩薩摩訶薩

一心頂禮無能勝菩薩摩訶薩

一心頂禮大勢至菩薩摩訶薩

一心頂禮十方法界一切菩薩摩訶薩

一心頂禮摩訶迦葉尊者諸大聲聞僧

一心頂禮十方法界一切三乘賢聖僧已上俱一拜至準提佛母及準提陀羅尼各須三拜此之人法是道場主故禮已次當懺悔行者應想自身對三寶前憶念先罪及今生所造若不懺悔當墮阿鼻地獄受極大苦豈能成就所修真言妙行持明藏儀軌經云行人於瑜伽法門若欲修習求諸悉地者先於自身種種作法懺除宿業令無障難若不如此聖道難成金剛智譯本與此儀軌雖出懺悔等五法而文簡略恐行者臨文懇禱之情難伸故述餘經以詳其旨如無量壽儀軌云自身五體投地想於一一佛菩薩前恭敬作禮已即右膝著地合掌當心虔誠發露懺悔無始以來一切罪障則隨喜諸佛菩薩聲聞緣覺一切有情所修福業又觀十方世界所有如來初成正覺者請轉法輪所有如來現般涅槃者請久住世不般涅槃又發願言我所積集善根禮佛懺悔隨喜勸請以此福聚迴施一切有情乃至見佛聞法速證無上正等菩提如是知已心生哀切口宣懺悔

我弟子某甲至心懺悔自從無始生死以來隨惡流轉共諸衆生造業障罪爲貪瞋癡之所纏縛由身口意造五無間罪及十惡業自作敎他見作隨喜或塔物僧物自在而用於諸善人橫生毀謗見學聲聞緣覺大乘行者喜生罵辱令諸行人心生悔惱見有勝已便懷嫉妒法施財施常生慳惜無明所覆邪見惑心不修善因令惡增長於諸佛所而起誹

謗如是衆罪佛悉知見我今歸命對諸佛菩薩聖衆前皆悉發露不敢覆藏未作之罪更不復作已作之罪今皆懺悔所作業障應墮三途及八難處願我此生所有業障皆得消滅所有惡報未來不受亦如過去未來現在諸大菩薩修菩提行所有業障悉皆懺悔我之業障今亦懺悔咸悉發露不敢覆藏已作之罪願得除滅未來之惡更不敢造懺悔已歸命禮三寶

我某甲至心隨喜過去未來現在一切衆生修行施戒心慧所有善根我今皆悉深生隨喜由作如是隨喜福故必當獲得尊重殊勝無上無等之果又於過去未來現在一切諸佛菩薩聲聞緣覺所有無量功德之聚我今至心悉皆隨而歡喜讚歎隨喜已歸命禮三寶

我某甲至心勸請十方一切諸佛世尊現得無上菩提者未轉法輪我皆至誠勸請轉大法輪安樂有情十方一切諸佛世尊欲捨報身入涅槃者我今頭面頂禮至心勸請久住世間度脫安樂一切衆生勸請已歸命禮三寶

我某甲至心廻向從無始來至於今日於三寶所修行成就所有善根乃至施與衆生一搏之食復以如是持誦秘密功德懺悔勸請隨喜善根皆悉攝取回施一切衆生無悔悋心是解脫分善根所攝如諸佛世尊之所知見不可稱量無礙清淨如是所有功德善根悉以回施一切衆生不住相心不捨相心我亦如是功德善根悉以回施一切衆生共諸衆生同證無上菩提得一切智因此善根更復出生無量善法亦皆回向無上菩提又如

過去未來現在諸大菩薩修行之時功德善根悉皆回向一切種智然我所有功德善根亦皆回向無上菩提是諸善根願共一切衆生俱成正覺如餘諸佛坐於道場菩提樹下不可思議無礙清淨住於無盡法藏陀羅尼首楞嚴定破魔波旬無量兵衆一刹那中悉皆照了於後夜中獲甘露法證甘露義我及衆生願皆同證如是妙覺猶如諸佛示現應化得無上菩提轉妙法輪爲度衆生我亦如是示現應化得無上菩提轉妙法輪度諸衆生迴向已歸命禮三寶

我某甲至心發願願諸衆生悉發無上菩提之心常念十方諸佛功德智慧復願一切衆生頓破無明得見佛性猶如諸大菩薩一切天龍八部增益威光擁護國土及於壇場刦諸魔怨令我所修諸佛秘密法要速獲成就

發願已歸命禮三寶次應自誓受菩提心戒如上懺悔隨喜勸請迴向文出大金光明經而五法皆言悔者以其悉能除障滅罪禮佛能除我慢障得尊貴身懺悔能除三障得依正俱足隨喜能除嫉妒障得大眷屬勸請能除慢法障得多聞智慧迴向者謂迴自所修善根向於三處即實相菩提及與衆生能除著有及慳悋心由迴向少善徧入三際如滴水投海如聲入角則能遠徧發願能除退屈障得總持諸行速獲妙果然迴向即兼發願今於迴向開出發願以對治無決定心喜退屈障或可入道場時禮佛乃至迴向持誦畢方兼發願亦得念誦畢如前次第結印各誦真言徧復修五悔若時速不能如上誦懺悔等文可爲偈曰

我弟子某甲至心懺悔

歸命十方佛　大聖準提尊　一切賢聖衆
悉知悉見我　今身若前身　所造諸惡業
我今盡發露　衆罪皆懺悔

我弟子某甲至心勸請

十方一切佛　現在成道者　我請轉法輪
安樂諸衆生　十方一切佛　若欲般涅槃
我今頭面禮　勸請久住世

我弟子某甲至心隨喜

三世諸如來　菩薩聲聞衆　修習三乘人
乃至凡夫類　所有諸福善　施戒禪定慧
忍辱并精進　我今皆隨喜

我弟子某甲至心發願

願諸衆生等　悉發菩提心　永斷諸煩惱
常證一切智　復願我今修　準提秘密行
所求諸悉地　隨心速成就
我弟子某甲　至心回向　回向諸有情
以我所修福　及與真言行　禮拜及懺悔
共成無上道　復以今所修　悉施與衆生
勸請幷隨喜　發願回向善　法界真如海
永離三途苦　同趣大菩提

○附持誦法要

今此法要蓋爲初機行人依經修習三業未淳不能作諸觀行然聞陀羅尼功德殊勝而心急欲持誦或鈍根之人聞經真言觀行心生退怖遂失菩提法芽無量功德如經所說若人纔誦一遍即生菩提法芽何況常能念誦受持由此善根速成佛種無量功德皆悉成就故持明藏云若有衆生作大惡業無有善種於菩提心無由生起菩提分法永不獲得如是之人忽遇知識誦此真言一歷耳根重罪滅劣善種即生何況恒常持誦專注精勤曼荼羅疏云念如來之神呪心心暗契如來心誦菩薩之密言願願冥符菩薩願何生死而不出何涅槃而不得有斯利故由是集此法要以便受持行者若欲持誦先須屏息諸緣起慇重心生難遭想至聖像前或對鏡壇正立作合掌頂禮相此是準提菩薩最上頂禮印然後注心觀想尊容五體投地頂禮十方佛法僧三寶次禮毘盧遮那牟尼如來準提佛母觀世音菩薩金剛手菩薩及一切聖衆已胡跪合掌至心懺悔作如是言我弟子某甲自無始以來身口意所作之罪今對三寶諸佛菩薩前發露懺悔不敢覆藏乃至過去現在未來三世諸佛菩薩福智圓滿種種功德我今隨喜然後結金剛正坐以右足壓左胜上或半加趺或隨意坐次結大三昧

耶印以二手仰掌展舒將右手在左手上二大拇指甲相拄安齋輪下此印能滅一切狂亂妄念雜染思惟既澄定身心即觀六道衆生無始已來於生死海中輪廻六趣願彼皆發菩提心行菩薩行速得出離作是念已即便入淨法界三昧謂想自身頂上有一梵書嚂字此字遍有光明猶如明珠或如滿月想此字已復結金剛拳印以左手大拇指捻無名指根第一節餘四指握大拇指作拳此印能除内外障染成就一切功德右手持數珠即口誦淨法界真言二十一遍真言曰

唵嚂（或單持嚂字亦得嚂或作覽）○（此是梵書唵嚂字）

此淨法界嚂字若想若誦能令三業悉皆清淨一切罪障盡得消除又能成辦一切勝事隨所住處悉得清淨衣服不淨便成淨衣身不澡浴便當澡浴若用水作淨不名真淨若兼此法界心嚂字淨之即名畢竟清淨瓶如靈丹一粒點鐵成金真言一字變染令淨偈云囉字色鮮白空點以嚴之（梵書囉字上安空點即成嚂字矣）如彼髻明珠置之於頂上真言同法界無量衆罪除一切觸穢處當加此字門故蓮華部念誦法云若觸穢處當觀頂上有法界生字放赤色光明所謂嚂字也（若實外緣不具無水洗浴闕新淨衣用此嚂字淨之若外緣具者而不洗換託此以爲淨是無敬信懈怠之人尚不免輕慢之愆何能滅罪生福成就所求悉地若先用水如法澡浴洗淨著新淨衣更用此真言淨之即内外俱成清淨所祈速獲靈驗）

次誦護身真言當結本經第二根本印誦心真言七遍或結無能勝菩薩印誦無能勝真言七遍今時多誦他部所謂文殊一字真言

唵齒嚂（二合嚂字當作囉禁切彈舌道之或直音疾陵）（此是梵書唵齒

（嚂字）[illegible]（此亦唵齒嚂字原梵書兩種不同亦如此方之隸篆也）此齒嚂字作二合或作三合叱哩陵或作四合體哩呬溼義淨法師譯作叱洛呬[illegible]如是四字合爲一言方成梵音一字如不善梵音者實難得其眞妙此一字呪王功力甚大不可思議如文殊根本一字陁羅尼法云世尊告諸天衆言應知此陁羅尼於諸呪中是大呪王有大神力若善男子善女人能受持者文殊師利菩薩常來擁護或於覺時或於夢中爲現身相及諸善事此呪尚能攝得文殊師利菩薩呪餘菩薩及世出世賢聖等衆此呪能消一切五逆四重十惡罪業當知是呪於世出世種種呪中最爲殊勝是諸佛心能令一切所願皆悉滿足未作法時即能成辦如意等事若發無上大菩提心誦之一遍力能守護自身若誦兩遍力能守護同伴若誦三遍力能守護一宅中人若誦四遍力能守護一城中人若誦五遍力能守護一國中人若誦六遍力能守護一天下人若誦七遍力能守護四天下人若以淸旦誦一遍呪水洗面能令見者歡喜乃至云若有衆生爲飛頭鬼所執以手自摩其面誦呪一百八遍作可畏相貌便以左手作本生印（以大拇指屈在掌中用後四指壓大拇指上急把拳）即自努目陰誦此呪而著病者所患即除若患一切鬼病以呪呪右手一百八遍燒安息香熏之左手作本生印右手摩病人頭患即除愈若欲經過師子虎狼毒蛇怨賊一切險難之處當須盡其身心不得近諸女人及喫五辛一切酒肉於諸衆生起大悲想至心誦呪四十九遍而諸怨惡自然退散假令遇

之無不歡喜此呪假令一切衆生或於一劫或無量劫乃至名字不可得聞何况得見專心念誦此陀羅尼能令衆生現世當來常獲安隱與諸如來大菩薩衆常爲眷屬是故慇懃生難遇想勿生輕慢起疑惑心廣如經説此不繁錄別譯云若誦百遍能護一國若誦千遍能護四天下舊令誦此一字呪王已復誦六字大明眞言一百八遍然後誦準提陀羅尼今恐多雜他部行人反見雜持故此不錄如欲持者當如後誦之

次誦加持數珠眞言用末香塗珠上以二手掌捧珠當心誦眞言七遍加持數珠眞言曰

唵吠嚧引遮那引摩羅娑嚩二合引賀引

加持珠已心口作是願言我今欲念誦惟願本尊諸佛菩薩加持護念令速如意所求圓滿然後以左手無名指及大拇指承珠右手以大指無名指移珠當於心前澄心觀想準提佛母與眷屬圍繞了了分明對坐誦準提眞言時其聲不緩不急每稱娑嚩賀字同時移過一珠或一百八遍或一千八十遍常須定限不得缺減若務忙者誦一百八遍已後隨意散持之或結根本大印於菩薩臂上記數念誦誦畢頂上散印若一百八滿已不能多記可以左手作金剛拳印右手持珠念誦根本眞言曰

曩謨颯多引南三藐三沒馱引俱引胝南引

怛你也二合他引唵者禮主禮準泥娑嚩二合引賀引

此是梵書準提眞言

若所求事欲速得成就者當依如上本經作

法斷除酒肉葷辛方得應驗如或隨時獲益滅罪生福在家不能全斷酒肉妻妾可於十齋日持誦如欲長持無間斷者非十齋日縱令酒肉妻妾但當一心誦持亦能使短命者增壽疾病者消除經律中謂在家不能長持齋戒令於每月中十日受持八關戒齋斷殺盜婬妄酒香華歌舞戲樂等八事為戒過中不食為齋由此十日淨持齋戒故令念誦真言必獲速驗今時不知齋戒但以不食酒肉為齋謬之久矣茲許酒肉妻妾持誦者由近代俗流酒肉妻妾是其常業雖聞佛戒習性難改若不用此大不思議神呪救拔何日得出生死故佛頂須云不持齋者名持齋不持戒者名持戒若聞念佛頂陀羅尼便得具於聲戒其有齋戒清淨依法持誦者豈不速出生死乎或有無福無相者求官不遂貧苦所逼常誦此呪能令現世得轉輪王福所求官位必得稱遂若求智慧男女等無不稱意此真言似摩尼珠一切隨心所欲皆得乃至欲請梵王帝釋四天王閻羅天子等但誦此呪隨請必至所有驅使隨自心願此呪於南贍部洲有大勢力移須彌山竭大海水呪乾枯木能生華果何況更能依法持誦不轉肉身得大神足往兜率天聽聞正法及往十方世界承事諸佛獲菩提記若欲成就壇法如前依經作法或但用鏡壇可取一新鏡未曾用者於佛像前從月十五日夜面向東方置鏡座前隨力莊嚴供養具諸香華閼伽淨水然後結根本大印當於心前誦根本真言呪鏡一百八遍以囊盛鏡常將隨身每欲念誦但以鏡壇置於面前結印誦呪若不能逐日對鏡念誦但於十齋日對鏡念誦餘日不對鏡念亦得若無鏡者但觀想一鏡在前持誦亦成或不能觀想者但只專注念誦亦得成就此準提呪七十七俱胝如來同說龍樹菩薩以偈讚曰

準提功德聚　寂靜心常誦　一切諸大難
無能侵是人　天上及人間　受福如佛等
遇此如意珠　定獲無等等

今時多於準提真言下兼誦佛頂大輪一字明王真言所謂部林字[梵字]（此是梵書部林字亦作[梵字]彈舌道之二字合爲一字亦作步林或作噌又作嚨又作部隴又作勃龍不空三藏譯作勃噌唵三字合爲一字其註云噌字彈舌共爲一音又引聲從胸喉中出其聲如擊大鼓古譯云步林訛不正也如此則音難得其正惟善梵音者能之）根本儀軌經云此佛頂大輪一字明王得成就者乃至於諸如來法欲滅時能爲佛事復能擁護諸佛如來一切法藏此一字明王於佛滅後末法之時行於世間爲無能勝諸真言亦諸佛菩薩悉所受持乃是過去佛菩薩之所傳説若復所在有彼行人專心持誦此大明者於彼所在五由旬内地界之中所有一切諸惡宿曜不能侵近諸惡鬼神皆自馳散乃至一切諸惡不能爲害至於天人聖人亦不敢近若持誦者一切業障皆得清淨若作擁護能隱身入一切部多中無所障礙於世間出世間不能爲害能摧世間一切惡呪此真言是一切諸佛之頂是文殊菩薩之心能施一切衆生無畏能與一切衆生快樂凡有修持隨意得果同如意珠能滿一切之願若持誦餘一切呪不成就者用此真言共餘呪一處同誦持之決定成就若不成就及靈驗其呪神等即當頭破七分是知此真言能助一切呪疾得成就若欲單持此真言求一切法成就者當依彼經作法念誦若持誦者不能如前誦淨法界真言護身真言乃至大輪一字真言者便可專持此準提陀羅尼若年老衰邁氣力短

少不能誦全真言可初誦三遍已後但從唵字起誦下九字亦得又或不能結準提大印即當作金剛拳念誦凡誦咒訖却用金剛拳印誦吽字真言而印五處先印額上次印右肩次印左肩次印心上後印喉上印竟於頂上散之能除一切魔障成就一切勝事又隨所住處欲辟除鬼神可結金剛界但誦準提真言咒香水二十一遍八方上下灑之即成辟除結界（持明藏儀軌云或作法時在壇內睡卧或得惡夢即誦佛眼真言八百遍當誦時右手持珠左手執金剛杵真言曰唵引度曩嚩日囉𠰘二合）每日依法持誦時須限定其時分若一時持即當早晨若二時持則兼黃昏若三時持則加正午如務忙者不能依時但有暇時即便持之若上根者持得三密相應一身密（端坐結印）二語密（口誦真言）三意密（一念專法或想真言梵字或緣持誦之聲或想準提聖容或想菩薩手中所執杵瓶華果等物）神變經疏云若用三密為門不須經歷劫數具修諸行只於此生滿足諸波羅蜜故五秘密儀軌云三密金剛以為增上緣能證毘盧遮那清淨三身果位釋陀羅尼文字云若有諸佛不修三密門不依普賢行願得成佛者無有是處若成佛已於三密門普賢行願有休息者無有是處若正持誦時未滿一百八遍不得共人語話如必欲語話時於自舌上想一梵書嚂字縱語話不成間斷語話竟即當續前持之問曰為當只持一道真言功德成就為復廣持多道真言功德成就答曰此有二門一者隨根所樂門謂人根機有於多種好樂不同或有樂持三道五道十道乃至百道等於中隨根所樂皆得持誦二者疾得成就門謂欲求一切功德

疾得成就宜專持誦一道真言成時一切真言功德皆悉成就故文殊儀軌經云若欲一切功德成就不得於別真言而起思想是也如上雖有數道真言而皆是持誦準提真言之次第助成勝妙故也又每日對鏡初欲持誦時當如本經想自心如一月輪圓明皎潔有九聖字梵書每一一字想有種種光明布於心月圓明中或不能想此九字可於心月輪中想一梵書唵字或想九梵字安布自身分中言梵書九字有種種光明者如金剛智所譯本頌云唵想安頭上其色白如月放於無量光除滅一切障即同佛菩薩摩是人頂上折字安兩目其色如日月爲照諸愚暗能發深慧明隸字安頸上色如紺瑠璃能顯諸色相漸具如來智主字想安心其色如皎素猶心清淨故速達菩提路隸字安兩肩色黃如金色猶覩是色相能拔精進甲準字想臍中其色妙黃白速登妙道場不退菩提故提字安兩脞其色如淺黃速證菩提道得坐金剛座莎嚩字安兩脛其狀作赤色常能想是字速得轉法輪訶字置兩足其色猶滿月行者作是想速得達圓寂按顯密圓通取諸部陀羅尼字義安布觀想今恐初學反見尤難故依本宗爲持誦法要或欲觀想他字義者當如本經末別出一法中所明如有復不能想此梵書者但只專心持誦亦具一切三昧故大悲心經云陀羅尼是禪定藏百千三昧常現前若人緊切持誦時或遇種種魔障或忽然怕怖或口舌難誦或身心不安或多嗔多睡或見諸異相或於呪生疑心不欲持誦

等當作對治之法應依本經結第二根本印誦心眞言或作無能勝眞言印契或觀梵書囉字或觀阿字隨作一法隨觀一字彼等境界自然消滅若分別心多者當觀灑字即成無分別若著有爲心多者應觀舍字即得因緣法本空故又持明藏經云行人欲作法時先須澄心離諸諠鬧於自身分想微妙字相一一現前若得現前一切罪垢皆得消滅微妙字者先於口門想其唅字於右肩上想暗字於左肩上想惡字於頭上復想暗字於右臂上想阿引字左臂上想嚩字於臍輪中想吽字復於遍身想阿引字行人每想如是字於身分現時即復誦眞言曰　吽引左隸祖隸尊祢引吽引　此眞言若誦至一洛叉能除一切罪

又眞言曰　唵引左隸祖隸尊祢引發吒半音　此眞言若誦至一洛叉得大智慧　又眞言曰　曩莫引左隸祖隸尊祢引曩莫此眞言常持能除一切塵垢其唅字是妙吉祥菩薩根本眛字是慈氏菩薩根本室哩字爲如來根本暗字爲普賢菩薩根本惡字爲虛空藏菩薩根本阿字爲一切如來根本阿字又爲觀自在菩薩根本又爲金剛手菩薩根本吽字爲焰鬘得迦忿怒明王根本今略出其印相先正足立後却作右旋轉以二手各作拳舒中指作動搖相此名惹嚩曩印若行人於大難中或被禁縛時用彼一切事無能爲害　又以右手作拳直竪中指此名幢印若鬬戰時或有大怖時用　又先作跏趺坐以左手作拳直竪拇指以右手執左手拇指安

於臍輪此名法印求解脱用一切天人皆悉稱讚　又以二手展舒手指各相離於頭上旋轉如輪相此印名八輻輪威力能斷除一切大惡　又先正立作右舞勢右轉以右手作施願左手作三旛相安額上復作右舞勢復作左舞勢此名方位印能伏師子龍虎及部多必舍左鬼等乃至賊盜等　又以二手各安臂上各豎頭指此名鉢哩伽印能除一切癃病　又以二手作拳相合以拇指相交此名搗杵印當用息除大惡宿曜　又以右手拇指與小指安於頭指頭此名鉢致娑印能降伏阿蘇羅　又以二手合掌二拇指如針此名說法印於供養本尊時用當得諸佛菩薩及天龍八部諸持明天尊皆悉歡喜能施成就（已上諸印皆誦本部真言）如欲成就大事速求靈驗者必須依經立壇作法方獲果遂

○修悲敬二田

○初修敬田

行者欲得定慧增長福智圓明必須廣修悲敬二田上供十方三寶下濟六道四生以此爲定慧之基菩提之本故云菩提心有二種度無邊衆生爲因無上菩提爲果曼荼羅疏云夫爲道者上若不供諸佛菩薩何處展智欲求菩提下若不濟諸仙餓鬼何處行悲行者如欲修敬當依本經結五供養印誦根本真言運想供養本尊諸佛菩薩一切聖衆成就所願福智圓滿如或常須供養不能依經作法今準諸部陀羅尼并成佛心要略而出之先當於聖像前一心恭敬五體投地遍禮十方法界無盡佛法僧三寶如五字陀羅尼

頌令結金剛印以兩手各相背二小指二拇指相鈎口誦眞言七遍眞言曰

唵引嚩日囉二合勿微吉切亦作吠

誦巳以印頂上散之由此眞言印不思議力自然遍法界無盡三寶前皆有自身禮拜奉事然後以飲食香華等隨力所辦感於淨器結普通吉祥印印之以右手拇指與無名指相捻餘三指舒散誦淨法界眞言加持二十一遍眞言曰

嚂

由此眞言加持及手印力其飲食器物等自然清淨遍於法界蓮華部念誦法云於一切供養香華等皆加持此𑖨𑖽嚂字放白色光即無穢觸所供養物皆遍法界次誦無量威德自在光明勝妙力變食眞言合掌加持二十一遍眞言曰

娜謨薩嚩無可切下同怛他引去聲蘖路引一嚩路引枳帝二唵引三三去聲跋囉三跋囉吽引四

由此眞言加持力故其飲食等即變成諸天種種餚饍上味奉獻供養十方無盡三寶亦爲讚歎勸請隨喜功德復結出生供養印二手外相叉合掌十指各兩節相交安在頂上誦出生供養眞言二十一遍眞言曰

唵

由此眞言及印不思議力自然遍法界出生無盡香華燈燭幢旛寶蓋衣服卧具樓閣音樂等種種供具供養遍法界無量三寶等若無飲食香華等但於佛前運想結印誦呪亦自然出生如上種種供具供養法界三寶此變食眞言理趣功德如下廣明

○次修悲田

欲施諸仙食者以一淨器盛滿飲食誦變食眞言二七遍投於淨流水中即變成天仙美妙之食供養百千俱胝恒河沙數諸仙彼諸仙等得加持食各各成就根本所願諸善功德若人以此眞言加持飲食施諸仙衆能令現世增長福壽心所見聞正解清淨具足成就梵天威德一切寃讐不能侵害

欲濟諸餓鬼者每於晨朝及一切時悉無障礙取一淨器盛少淨水置於少飯及諸餅食以左手持器右手作寶印以大拇指頭指中指小指舒以無名指用攪食上施諸仙食亦作此印誦變食眞言七遍加持已然後稱四如來名號

南無多寶如來能破餓鬼慳悋業得福德圓滿

南無妙色身如來能除餓鬼醜陋形得色相具足

南無廣博身如來能令餓鬼喉咽寬大所施之食悉皆充足

南無離怖畏如來能除餓鬼一切怖畏得離鬼道

稱如來名號已彈指七遍取其食器於淨地上展右臂瀉之淨石木上瓦器亦得佛言加持此陀羅尼七遍能令一食變成種種甘露飲食充足百千俱胝那由他恒河沙數一切餓鬼及異類鬼神皆得飽滿如是等衆一一各得摩伽陀國七七斛食此食此水量同法界食之無盡皆獲聖果解脫苦身得生天上及生淨土其能施者便能具足無量福德則同供養百千俱胝如來功德等無差別當知此無量威德自在光明勝妙力變食陀羅尼即是三德秘藏此之秘藏具一切法故能流出無窮出生無量周徧法界普興供養三德者法身般若解脫各具常樂我淨四德法身不獨法身必具般若解脫般若解脫互具亦爾言威德自在者即解脫德也光明者般若德也勝妙者法身德也力者三德之力也梵語陀羅尼此云總持謂總持三德要在一心一心三德法爾而具然則

一心即陀羅尼陀羅尼即是法食莫不以三德共爲之體亦莫不以三德共爲之用圓敎之人由能了知三德秘藏具一切法一切諸法體是三德故能舉體起用作此現前所施分段之食於一食出生一切天須陀甘露味及歡喜九酥酪醍醐一切美味莫不悉具於此一一味中亦復出生妙香寶華天衣瓔珞衆寶輦輿一切服用鐘磬金鏡笙簫角貝樂絃歌一切妙音流泉浴池華果園林光明臺殿一切住處復於一一美味一一服用一一妙音一一住處彼彼出生如上六塵一切妙供無不周徧一器之食至微至約而所以能有如是不思議用者以此一即三德之全體故也我今持此三德所熏六塵妙供普施法界無量羣生一時充足無所乏少雖施之物亦本無有我及衆生亦無有相是爲以空爲觀者雖復無與無取無物無我無衆生而其施者受者及中間物莫不宛然歷歷可見是爲以假爲觀者於一心中了知施者受者及所施物非有非無三輪俱絶是爲以中爲觀者三觀照一念中得無後無前何思何慮作如是觀而行施是爲不住相施是諸衆生受此施時一一自然皆得禪悅法喜之食以故居天道則轉增勝福在人倫則頓悟眞歸修羅調伏瞋心餓鬼咸獲飽滿畜生自得智慧地獄永脱拘囚即於此時咸悔業因進求出世應知是法是食俱得爲利譬如熏藥藥隨火勢入人身中患除方復法隨食入亦復如是或近或遠終破無明

若取水一掬用甘露眞言加持七遍散於空中其水一滴即皆變成十斛甘露一切餓鬼並得飲之無有乏少皆得飽足眞言曰

南無素嚕皤耶怛多揭他耶怛姪他唵素嚕素嚕皤囉素嚕皤囉素嚕莎嚩二合訶設無飲食即以甘露眞言加持水施之令一切餓鬼皆悉飽滿若有四輩弟子以此眞言及四如來名號加持飲食施諸餓鬼便能具足無量功德壽命延長福德增榮又得顏色鮮潔威德強記速能滿足檀波羅蜜一切夜叉羅刹諸惡鬼神人非人等皆畏是人不敢侵害

○智炬如來心破地獄眞言

別行經云此呪若誦一遍無間地獄碎如微塵於中受苦衆生悉生極樂若梵書此呪於鐘鼓鈴鐸作聲木上等有諸衆生得聞聲者所有十惡五逆等罪悉皆消滅不墮惡趣之中眞言曰

曩謨阿瀝吒二合悉底引喃引三藐也二合三母

馱故緻引喃引唵艮𧮫二合曩引嚩婆引悉蹄

哩提哩吽

以梵漢字兼書之於鐘鼓等上更妙

○毘盧遮那佛大灌頂光真言

不空羂神變經云若諸衆生具造十惡五逆四重之罪數如微塵滿斯世界身壞命終墮諸惡道以此真言加持土沙一百八遍散亡者屍骸上或散塚墓上彼所亡者若在地獄餓鬼修羅傍生等中以此真言加持力故應時即得光明及身除諸罪報捨所苦身往於西方極樂國土蓮華化生直至成佛更不墮落真言曰

唵喉中擡聲引呼一阿謨引伽上聲尾嚧左曩二摩賀

引母捺囉二合麽抳三鉢納麽二合入嚩二合囉四

鉢囉二合韈哆野韈亦作韤

吽引五○合口呼胸喉中聲如牛吼尾亦作吠麼微左亦作遮者母亦作畝抳亦作儗

阿字去聲呼阿謨伽此云無間斷古云不空者謬也尾嚧左曩亦作吠嚧遮娜或用紙帛等書此真言置亡人身上或骨上亦妙故偈云真言梵字觸屍骨亡者得生淨土中見佛聞法親授記速證無上大菩提不空羂索經云若聞此呪二三七遍經耳根者即得除滅一切罪障若有衆生連年累月瘵黃疾惱苦楚萬端是病人者先世業報以是真言於病者前一二三日每日高聲誦此真言一千八十遍則得除滅宿業病障若爲鬼嬈魂識悶亂失音不語持真言者加持手一百八遍摩捫頭面以手按於心上額上加持一千八十遍則得除瘥若諸鬼神魍魎之病加持五色線索一百八結繫病者腰臂項上反加持衣則便除瘥矣

○觀自在菩薩甘露真言

觀自在菩薩陀羅尼經云若人誦此呪者所有過去現在四重五逆謗方等經一闡提罪悉皆消滅無有遺餘身心輕利智慧明達若身若語悉能利樂一切有情若有衆生廣造一切無間等罪若得遇此持呪人影暫映其身忽得共語或聞語聲彼人罪障悉皆消滅又若欲利益一切有情者每至天降雨時起大悲心仰面向空誦此真言二十一遍其雨滴所霑一切有情盡滅一切惡業重罪皆獲利樂真言曰

曩謨囉怛曩二合怛囉二合夜引野　曩謨阿引去

哩也二合嚩路枳帝濕嚩二合囉平引野　冒地薩

怛嚩二合野　摩賀引薩怛嚩二合野　摩訶迦

引嚕抳迦野　怛你也二合他引唵引度顊度

顊　迦度顊　娑嚩二合賀引

迦或作葛抳或作禰顊或作你若樂略者但唵字以下持之唵字已上是歸敬辭又但你也他已上之文或不慣誦可依大悲呪曩謨字誦起至迦盧尼迦耶向下如本真言誦之若書此真言於鐘鼓鐸等一切出聲物上或有撞擊吹振出聲一切衆生聞此聲者悉皆清淨命終得生西方淨土

○六字大明真言

唵引麼抳鉢訥銘二合引吽引

莊嚴寶王經云時觀自在菩薩說此大明時四大部州并諸天宮悉皆震搖四大海水波

浪騰湧一切諸魔作障者悉皆怖散馳走佛告除蓋障菩薩言此六字大明陀羅尼難得值遇若有得此六字大明王者是人貪瞋癡毒不能染污若戴持在身中者是人亦不染著三毒病此真言無量相應如來而尚難知菩薩云何而得知此觀自在菩薩微妙本心處耶若人能常受持此大明者於持誦時有九十九殑伽河沙數如來集會復有微塵數菩薩集會復有無數天龍八部而來衛護是人此持誦人七代種族皆當得其解脫腹中所有諸蟲當得不退轉菩薩之位若身中頂上戴持有人得見是戴持人則同見於金剛之身乃至見於如來若能依法念誦即得無盡辯才日日具六波羅蜜圓滿功德若口中所出之氣觸他人身彼人發起慈心離諸瞋毒當得不退轉菩薩疾證無上菩提此戴持之人以手觸人或以眼見乃至異類諸有情等悉皆速得菩薩之位如是之人永不受生老病死諸苦又佛言所有微塵我能數其數量乃至大海水我能知其數量若有念六字大明一遍所獲功德而我不能數其數量假如四大部洲一切男女皆得七地菩薩之位所有功德與念六字大明一遍功德而無有異若人書寫此大明者同寫八萬四千法藏若以天金寶造作如來形像如微塵數不如書寫此六字大明中一字所獲果報功德不可思議是人當得一百八三摩地門但念一遍當得一切如來以衣服飲食湯藥及座卧等資具一切供養此法於大乘中最上精純微妙一切如來及諸菩薩而皆恭敬合掌作

禮說此六字眞言時有七十七俱胝如來皆來集會同說七俱胝準提陀羅尼是知此六字眞言與準提眞言首尾相須如欲與準提眞言同誦者可於準提眞言前念誦然須要得其訥銘二字合爲一字始符梵音不謬或欲單持誦者功德準如上說若欲如法結壇念誦詳彼經文此不繁錄

○文殊菩薩五字心咒

阿囉跛者娜梵書 金剛頂經五字眞言勝相云若人纔誦一遍如誦八萬四千十二圍陁藏經若誦兩遍文殊普賢隨逐加被護法善神在其人前又若誦一遍能除行人一切苦難若誦兩遍除滅億劫生死重罪若誦三遍三昧現前若誦四遍總持不忘若誦五遍速成無上菩提若人一心獨處閑靜梵書五字輪壇依法念誦滿一月已文殊菩薩即現其身或於空中演說法要是時行者得宿命智辯才無礙神足自在勝願成就福智具足速能皆證如來法身但心信受經十六生決定成正覺欲作法加持結界詳如五字心陀羅尼品

○大寶廣博樓閣善住秘密陀羅尼

曩謨薩嚩怛他引孽多去聲喃引一唵二尾補攞孽陛三亦作毘布羅揭陛尾又作肥陛亦作鞞麼抳鉢囉二合陛四抳亦作尼去聲囉亦作臘怛他多五他上聲多去聲你捺捨寧六亦作那捺你揩泥又作達囉設你麼抳麼抳七抳亦作尼上聲蘇上聲鉢囉二合陛八蘇亦作素囉亦作臘尾麼黎九亦作肥摩麗又作毘末梨娑引孽囉十孽亦作竭儼鼻隸十一亦作鉗鼻㘑又作鉗必槃吽十二吽十三入嚩二合攞入嚩二合攞十四亦作什噃羅又作什伐羅沒馱尾盧枳帝十五亦作勃陀嚩嚕枳羝又作勃陀毘路吉帝麌呬夜二合地瑟恥二合多上聲孽陛十六麌呬夜亦作矩醯耶娑嚩

二訶引十七合下是梵書舊本多訛今校五若欲書於物上須華梵兩存然書華文不必書其句下別譯之文

引　引一　二

三　四　五　六

七　八　九　引　十

十一　十二　十三　十四

十五　十六　十七　〇心呪

唵一麽抳嚩日囉二合吽三

二　三　〇隨心呪　唵一麽抳尾軫切馱上聲二哩二合吽三泮吒半音四

一　二　三

四

此呪前後三譯初譯失譯人名開元附梁錄次菩提流志譯三不空三藏譯今恐初學苦於梵音乃校其三譯正錄不空所譯之文以餘二譯字有不同者贅於句下俾習者宛得其音而無疑滯焉

經云此陀羅尼有大威德佛由此成道由此降魔能滅惡障能成六度若書於幢上殿上氍紙上墻板等上有諸衆生暫得見者或身手觸者或影中過者及餘人轉觸此人者或佩身或頂戴或書於有聲物上其聞聲者或讀誦者或有但聞此陀羅尼名者如是衆生等縱有四重五逆十惡等罪悉皆消滅決定當得無上菩提能於現世獲無量百千功德常得國王宰官四衆喜敬不受世間種種諸苦毒藥刀杖水火等難一切師子虎狼諸惡禽獸不敢爲害又無一切盜賊鬼神邪魅諸毒蛇難又現身不受一切諸病所謂一切瘧病眼病耳病鼻病舌病齒病脣病喉病頭病項病諸支分病手病背病腰病臍病痔病淋病痢病瘻病瘡病髀病脚病疔病斑病肚病疥病疱病癩病癬病如是等病悉不著身不

爲厭禱蠱毒呪詛著身無横災死臥安覺安於其夢中見百千佛刹及見諸佛幷諸菩薩圍繞臨命終時心不散亂一切諸佛現前安慰又一切傍生鹿鳥蚊蝱飛蛾螻蟻乃至胎卵濕化諸有情等聞此陀羅尼名者或身觸者或影中過者決定當得無上菩提又人於高山頂上誦此陀羅尼者盡眼所見處一切衆生皆得滅除一切罪業如廣經說

○功德寶山陀羅尼

南無佛陀引耶　南無達磨引耶　南無僧伽引耶　唵　悉帝護嚕嚕　悉都嚕　只利波二合　吉利婆二合　悉達哩　布嚕哩娑嚩二引　訶引○護亦作胡都亦作度只亦作遮波亦作婆哩亦作尼去聲

大集經云若人誦此呪一遍如禮大佛名經四萬五千四百遍又如轉大藏六十萬五千四百遍造罪過十刹土入阿鼻大地獄受罪劫盡更生念此呪一遍其罪皆得消滅不入地獄命終決定往生西方世界得見阿彌陀佛上品上生造罪過十刹土者謂造罪過於十世界微塵也劫盡更生者謂此娑婆世界壞時其罪未畢即寄往他方世界地獄中此界成已復移其人同此方地獄中受苦也

○三字總持眞言

唵啞吽啞亦作阿 此是梵書唵啞吽字

瑜伽大教王經云唵字是大遍照如來即毘盧遮那佛啞字是無量壽如來即阿彌陀佛吽字是阿閦如來即不動佛如來因住多年修道不得菩提後習此觀於初夜分便成正覺謂唵字具含無量法門是一切眞言之母一切如來皆因觀想此字而得成佛阿字是毘盧佛身亦是法界亦是菩提心若人想念能生無量功德吽字總攝金剛部一切眞言是金剛部主身亦是三解脫門若常想念能除一切罪障成就一切功德

諸教決定名義論云吽字即法身阿字即報身唵字即化身如是三字攝此三身彼分別說三乘解脱道是爲正說因所有聲聞緣覺及一切智智由是出現說一切法即彼三字亦是金剛三業如實安住所謂唵引阿引吽引此中唵字是名金剛身業阿引字金剛語業吽字金剛心業又復吽字而爲心智覺了一切法如上所說一切文字當知皆從盎阿引吽三字所生由是諸法起種種相今當分別彼一切法皆與盎阿引二字初後相攝此中吽字出生一切於三界中出現衆色所有天人龍阿修羅迦樓羅緊那羅乾闥婆成就持明天吉祥天辯才天烏摩天帝釋天梵王天那羅延天大自在天如是等天及天后所有一切有情界中男子女人乃至諸佛菩薩等皆從此吽字出生變化彼一一心住此字相若心想此字時當住虛空出生無礙所謂三界心同此一心入入是心已此得名爲現證菩提當知此心無等無取無著無住無表無相是即虛空平等一切智無所得相應無自無他相應正行世間所有旃陀羅等最下族類彼等諸行乃至傍生等類彼所行行種種差別如是諸行雖復差別皆亦不離一切智智相應正行云云

成佛儀軌頌云

由誦此唵字　加持威力故　縱觀想不成
於諸佛海會　諸供養雲海　眞實具成就
由諸佛誠諦　法爾所成故　由適誦啞字
摧滅諸罪障　獲諸悦意樂　等同一切佛
超勝衆魔羅　不能爲障礙　應受諸世間

廣大諸供養　由吽字加持　虎狼諸毒蟲
惡心人非人　盡無能陵屈　如來初成道
於菩提樹下　以此印密言　摧壞天魔衆

大佛頂陀羅尼經言設有衆生於散亂心口持神咒尚有八萬四千那由他恒河沙俱胝金剛藏王菩薩種族一一皆有諸金剛衆而爲眷屬晝夜常隨侍護此人縱令魔王求其方便終不可得諸山鬼神去此善人十由旬外若魔眷屬欲來侵擾是善人者諸金剛衆而以寶杵殞碎其首猶如微塵恒令此人所作如願已上修持悲敬諸真言等若不能各真言亦得以準提真言似如意珠若持誦行人處處用之皆得成就也上言誦持真言能滅五逆十惡四重罪者須知罪有性遮懺具事理性則無論受戒與不受戒作便是罪遮謂曾受佛戒故心毀犯事須披陳發露禮佛名經行方等儀能伏業本理謂專觀實相達罪性空滅業根源此諸真言神咒若能依法誦持即事理雙遣業本罪源並消若犯禁戒準律説悔加以神呪則事理兼備性遮齊遣不可纔聞神呪功力便乃違犯禁戒不依律懺遮罪猶存或托真言儀軌數造衆過譬如愚人恃王勢力廣作諸惡禍終滅頂業心不斷罪實難除必使身心俱捐方得罪滅如日消霜矣

○數珠功德法

夫數珠者記心之奇術積功之初基持之者成德戴之者滅垢世出世果莫不由斯如金剛頂瑜伽念珠經云爾時毘盧遮那世尊告金剛手言善哉善哉爲諸修真言行菩薩者說諸儀軌哀愍未來諸有情等說念珠功德勝利由聞如是妙意趣故速證悉地時金剛薩埵菩薩白佛言唯然世尊我今爲說之爾時金剛薩埵菩薩而說偈言

珠表菩提之勝果　於中間絕爲斷漏
繩線貫串表觀音　母珠以表無量壽
愼莫驀過越法罪　皆由念珠積功德

硨磲念珠一倍福　木槵念珠兩倍福
以鐵爲珠三倍福　熟銅作珠四倍福
水精真珠及諸寶　此等念珠百倍福
千倍功德帝釋子　金剛子珠俱胝福
蓮子念珠千俱胝　菩提子珠無數福
佛部念珠菩提子　金剛部法金剛子
寶部念誦以諸寶　蓮華部珠用蓮子
羯磨部中爲念珠　衆珠間雜應貫串
念珠分別有四種　上品最勝及中下
一千八十以爲上　一百八珠爲最勝
五十四珠以爲中　二十七珠爲下類
二手持珠當心上　靜慮離念心專注
本尊瑜伽心一境　皆得成就事理法
設安頂髻及掛身　或安頸上及安臂
所說言論成念誦　以此念誦淨三業
由安頂髻淨無間　由帶頸上淨四重
手持臂上除衆罪　能令行者速清淨
若修真言陀羅尼　念諸如來菩薩名
當獲無量勝功德　所求勝願皆成就

三部念誦持數珠手印相今當分別如蘇悉地供養法云以右手大指捻無名指頭直舒中指小指微屈以頭指著中指上節側此通三部執數珠印其蓮花部執珠印以右手大指捻中指頭餘三指直舒左手亦然其金剛部執珠印以右手作拳展直大指捻頭指左手亦然持明藏儀軌經云用童女合線以二十一合成條穿珠或持誦持以大拇指掐一珠一誦

真言

七俱胝佛母所說準提陀羅尼經會釋卷下

音釋

郝音壑　幀音諍張開畫繒也　穀音斛紡絲織之細如霧一名方空言其紗薄如空也　那由他此云萬億　拔折羅此云金剛即金剛杵　棓同棒　部多鬼也　淨居天子色界第四禪共有九天上五天名五淨居天也　瘻音閭痀瘻曲脊病　必舍左此云啖精氣謂噉人及五穀之精氣　嬈

伽河舊云恒河三障一煩惱障二業障三報障五悔法一禮佛二懺悔三隨喜四勸請五發願餘經或不以禮佛爲五以迴向足五元迴向即兼發願若本經初入道場時令發願持誦畢乃兼迴向意謂以現所修真言功德迴向三處也或有以隨喜在勸請後謂先懺滌身器次欣法雨後攝他同己迴向三處若勸請在隨喜後以隨喜是懺悔中別義事勢相連故先明之平等廣大方堪聞法也大金光明經云有四種重業難可滅除一者於諸菩薩律儀犯極重罪二者於大乘經心生誹謗三者於自善根不能增長四者貪著三有無出離心有四對治能滅四罪一者於十方佛至心親近說一切罪二者爲一切衆生勸請諸佛說深妙法三者隨喜一切衆生所有功德四者所有善根悉皆迴向無上菩提如是隨喜當得無量功德之聚如恒河沙三千大千世界衆生皆成阿羅漢有人盡其形壽以上妙四事供養不及隨喜功德十分之一其勸請所得功德假使人以滿恒河沙數大千世界七寶供養一切諸佛所得功德其勸請功德亦勝於彼云云

跋鞞揭切數珠

一百八表除一百八煩惱謂九十八使更加十纏是也儗偶起切音擬

有清信士問曰準提有懺法否答曰經云每入道場先應禮佛懺悔隨喜勸請發願此之五悔即是懺法無別有以爲懺也問曰近見有云夢授懺儀或云鏡中所現復圖諸形像令某甲未辯邪正特請師決答曰若不與本經文合皆是魔事或持呪行人不善作法魔現佛像菩薩像種種異相令行人生喜生怖皆不足信倘行人遇斯境者觀其所現不合經文即當以無能勝呪印辟除之魔遂不得便問曰鏡上可用梵書九字否答曰行者不能如法結壇故以鏡爲壇元梵書只宜想布於心月輪中奚用書於鏡爲問曰世云五月初生日復云某月日是準提菩薩誕辰果否答曰準提乃法身菩薩旣不降生人間何有誕耶

# 溈山警策句釋記

清粵東鼎湖山沙門釋宏贊在犙註

清刻龍藏佛說法變相圖



潙山警策句釋記序

生死事大迅速無常學道人當時刻以此爲念日月易邁若弗云來生者不修死將奚具饕餮陋習誠爲可恥此潙山警策之所以作也卍湖在和尚敷揚妙道誘誨來學諄懇切篤奬掖備至偶一日大衆請師開示潙山警策宗趣師以無礙慧辯悅可衆心因復請師分科句釋使警策之旨洞然無論上哲中流皆可循修悉詣至道師之上足石箭詷公記師日前闡演之言註于章末如錦添花如膏助明是書大有裨于後學匪細故也讀是書者而如見潙山焉而如見在和尚與潙山異口同心能推從上佛祖竭力爲人之處與大衆相勸勉咨儆焉昔大安禪師云我在潙山三十年看水牯牛今變作露地白牛常在面

前終日露迴迴地趂亦不去此真可謂能自
警策者也吾願天下學道人皆以大安禪師
能自警策者而策之
旹
順治庚子歲臘月禺山弟子鄺裔書于龍江
山麓

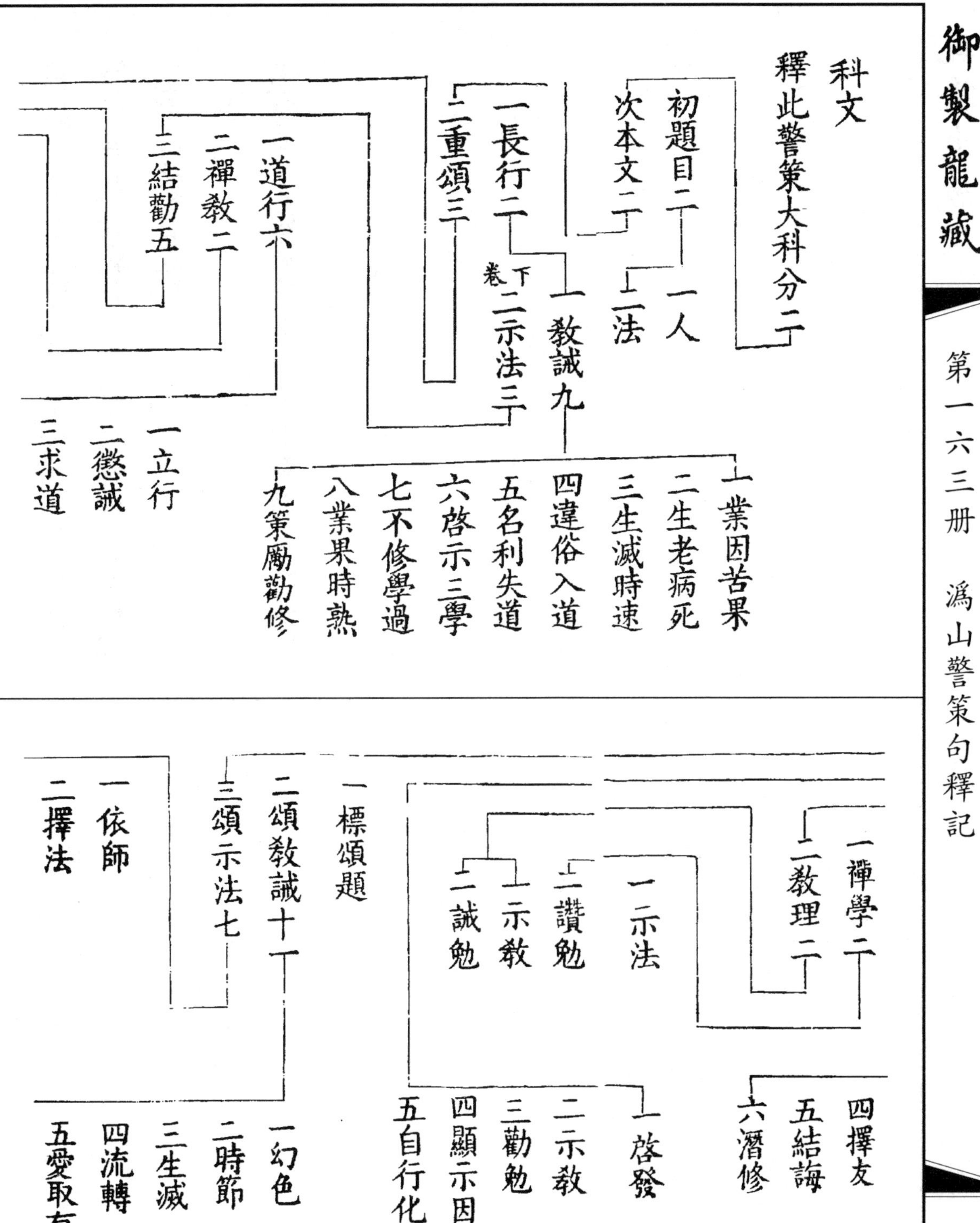
科文
釋此警策大科分二
初題目二
一人
二法
次本文二
一長行二
一教誡九
一業因苦果
二生老病死
三生滅時速
四違俗入道
五名利失道
六啓示三學
七不修學過
八業果時熟
九策勵勸修
二示法三
下卷
一道行六
一立行
二懲誡
三求道
二禪教二
三結勸五
二重頌三
一禪學二
一示法
二讚勉
一示教
二誡勉
二教理二
四擇友
五結誨
六潛修
一啓發
二示教
三勸勉
四顯示因果
五自行化他
一標頌題
二頌教誡十一
一幻色
二時節
三生滅
四流轉
五愛取有
三頌示法七
一依師
二擇法

三了妄
四歸真
五相忘
六寂照
七雙泯

六虚生空老
七無明惑
八慨時命速
九現因後果
十因果所由
十一循環不息

# 潙山警策句釋記卷上

清粵東鼎湖山沙門釋宏贊在犙註

將釋此文大科分二初釋題目次釋本文

●初釋題目二 一人 二法

○一人

潙山

題目四字上二字是能詮之人下二字是所詮之法人以山爲稱法以警策爲目人以山爲稱者山踞長沙郡西北因師居之以尊人故而稱山也師諱靈祐俗姓趙福州長谿人也年十五出家二十受具戒精究大小乘經律二十三遊江西叅百丈大智禪師丈一見許之入室遂居叅學之首一日侍立次丈令撥爐取火師撥云無火丈自起深撥得少火舉以示之曰汝道無這箇是甚麼師因而悟入禮謝陳其所悟丈曰此乃暫時岐路耳經云欲識佛性義當觀時節因緣時節既至如迷忽悟如忘忽憶方省己物不從他得故祖師云悟了同未悟無心亦無法秖是無虛妄凡聖等心本來心法元自備足汝今既爾善自護持師後充典座之職時有司馬頭陀自湖南來謂丈曰頃在湖南尋得一山名大潙是一千五百人善知識所居之處丈曰老僧往住可乎陀曰非和尚所居丈曰何也陀曰和尚是骨人彼是肉山設居之徒不滿千丈令侍者喚首座來問曰此人何如陀請聲欬一聲行數步陀曰不可也復喚典座來問陀一見乃曰此正是潙山主也丈夜召師入室囑云吾化緣在此潙山勝

境汝當居之嗣續吾宗廣度後學師遂往居焉其山峭絶蟠木窮谷幾千百里爲羆豹虎兕之宅人迹罕至師與猿狖爲伴拾橡栗充餐經六七載鄉民稍知率衆共營梵宇由是道傳天下禪學輻輳遂建潙仰一宗敷揚正敎四十餘載得悟者不可勝數入室者四十一人於唐大中七年正月九日盥漱趺坐怡然而化世壽八十三僧臘六十四塔於本山南阜敕謚大圓禪師塔曰清淨記曰傳云師住潙山日久自知前身曾爲越州村寺誦法華經僧師示寂歲去如來滅度一千八百零二年矣司馬頭陀其人内秘直指之宗外蘊人倫之鑒兼窮地理諸方創寺多取決焉首座即華林和尚也

○二法

警策

此二字乃一卷文之宗致也警謂警諸未悟策謂策諸後進時潙山大師因覩法末情敝日滋僧同陋俗饕餮懈怠無向上志遂作此警策以曉悟勉進焉記曰按諸經論或以單人爲名或以单法爲名或以人法爲名今此警策正以人法爲名潙山二字是後人所置非大師自立如常途註述於題目下別出作者名今就題中標出故以人法爲名也

○次釋本文二　初長行　次重頌

△初長行二　一敎誡　二示法

△一敎誡九　一業因苦果　二生老病死　三生滅時速　四違俗入道　五名利失道　六啓示三學　七不修學過　八業果時熟　九策勵勸修

○一業因苦果

夫業繫受身未免形累

上句明業果下句明衆苦此是業繫苦相

業屬過去苦果屬現在言其因中有繫故其果中有累累非一致故云衆苦衆苦者畧言三苦八苦廣則八萬四千塵勞諸苦益由凡夫不了自心起惑造業以業繫縛故難免分段生死之形累天台云一切有爲心行常爲無常患累之所逼惱故名爲苦智論云無量衆生有三種身苦老病死三種心苦貪嗔癡三種後世苦地獄餓鬼畜生法句經云昔有四比丘論世苦事一言婬慾惱人一言饑渴逼體一言嗔恚擾亂一言驚怖恐懼共競是非佛言汝等所論不究苦義身爲諸苦之本衆患之源當求寂滅此爲最樂記曰夫萬累本於身有身由業繫而生業因煩惱而得以煩惱無明惑故作衆行業由斯業故繫縛有情不得解脫故於三界六道中受種種身形衆苦之累是則因業受身身還造業有身必苦有形必累老子亦云吾有大患爲吾有身吾若無身何患之有欲得無身須得無心心爲業用業從緣起若一念無生患累俱捐故肇論云萬累滋彰本於妄想妄想既袪則萬累都息言三苦者苦苦壞苦行苦謂衆生受於有漏五陰分段之身性常逼迫是爲苦又與苦受相應即苦上加苦故名苦苦若樂相壞時苦相即至是名壞苦有漏之法四相遷流常不安隱故曰行苦八苦者謂生苦老苦病苦死苦愛別離苦怨憎會苦求不得苦五陰盛苦謂生老病死等衆苦聚集故名五陰盛苦也言分段者聲聞緣覺菩薩所執法相不忘受於變易生死之苦凡夫爲愛見所覆不了境界虛妄起惑造業受於分段生死之苦言煩惱者謂昏煩之法惱亂心神與心作煩令心得惱畧則三毒十惡廣則百八煩惱乃至八萬四千諸塵勞門塵勞門即萬累也

○二生老病死

稟父母之遺體假衆緣而共成

上句明色本下句明假合此二句總屬生法即萬累之原也稟即稟受體即四大色身從初一念顛倒攬父母赤白二穢爲身故曰遺體假衆緣者假謂假借亦藉也衆

緣即四大六根及十二因緣圓覺經云四緣假合妄有六根六根四大中外合成言四大者即地水火風其體各異中無實性亦無主宰能自和合爲身必藉宿因衆緣三事而成因緣不具色即不住十二因緣者所謂此有故彼有此生故彼生從無明緣行行緣識識緣名色名色緣六入六入緣觸觸緣受受緣愛愛緣取取緣有有緣生生緣老死起憂悲苦惱如是純大苦蘊積集而生然此十二法展轉能感果故名因互相由藉而有謂之緣因緣相續則生死往還無際若破無明不起取有則三界二十五有生死皆息所謂此無故彼無此滅故彼滅從無明滅則行滅乃至老死憂悲苦惱純大苦蘊積集皆滅矣記曰身假衆緣所成

緣合則起而爲生緣散則滅而爲死是以法從緣故不有緣起故不無既從緣有故無眞宰常主止觀云從頭足支節一一諦觀了不見有我何處有人及與衆生業力機關假爲空聚從衆緣生無有主宰也十二因緣者亦名緣起又名緣生謂先無其事而從彼生名之爲因素有其分而從彼起名之爲緣一日無明即昏暗之義謂過去世煩惱之惑覆蓋本性無所明了也二日行行即行業謂過去世身口造作一切善不善業也此二支是過去因三日識識即識心謂由過去惑業相牽致令此識投托母胎一剎那間染愛爲種納想成胎即攬父母精血二滴合成一滴大如豆子住胎藏中與三事和合一命二煖三識是中有報風依風名爲壽命精血不臭不爛名爲煖是中心意名爲識如是三事缺一則腐敗不住此是入母胎中初七日位名一歌羅邏狀如凝酥從此以後隨母氣息上下七日一變止觀云人托胎時神識始與精血合帶繫在臍臍能連持謂臍既爲諸腸胃之源在胎之時以母之臍注子之臍故母所食從臍而入以資於子氣息亦爾子初在胎依於母息故俗名子以之爲息四日名色名即是心謂心但有名字而無形質也色即色質謂從托胎後至第五箇七日名形位生諸根形四支分別是名爲色以父母精血爲身根種識在其中故合名名色五日六入謂從入胎巳後至第六箇七日名髮毛爪齒位至第七箇七日名具

根位謂六根開張有入六塵之用故名六入六日觸觸即觸對謂從出胎乃至三四歲時眼耳鼻舌身意之六根雖觸色聲香味觸法之六塵而未能了知生苦樂之想故名爲觸七日受受即領納之義謂五六歲至十二三歲時六根觸對六塵即能納受前境好惡等事雖能了别然未起貪愛婬染之心也此五支是現在果八日愛愛即貪愛謂從十四五歲至十八九歲時貪種種勝妙資具及婬欲等境然猶未能廣徧追求故名爲愛九日取取即求取謂從二十歲後貪愛轉盛於色聲香味觸五塵之境四方馳求故名爲取十日有有即後有因果之不亡也謂因求取諸境起善惡業積集牽引當生欲界色界無色界二有之果也此三支是現在因十一日生生即受生謂今生所作善惡之業來世於三界六道中受生也十二日老死老即根熟死即根壞謂來世受生已至五陰身熟名老熟已壞滅名死此二支是未來之果斯十二支是三世因果循環不斷之法以由過去世無明行爲因感斯現在識名色六入觸受爲果由斯果故起愛取有爲現在之因由斯因故招感未來世生老死之果果復造因因復感果三世相續無有間斷如車輪轉故曰輪迴

雖乃四大扶持常相違背

上句假合下句乖順夫人攬外地水火風合集成身共相扶翼執持命根住壽一期然於其中常相乖順一大不調百一病生四大不調則四百四病同時俱作所言大者謂此四法無處不有徧諸方域故稱爲大萬事萬形皆四大成在外則爲土木山河在内則爲四肢百骸聚而爲生散而爲死生則爲内死則爲外内外雖殊而大不異堅性屬地即髮毛爪齒皮肉筋骨等此若不假水則不和合濕性屬水即涕唾精液大小便利等此若不假地則便流散熱性屬火即身中煖氣若不假風則不增長動性屬風即出入息及身之動轉若無此風則身不能動轉施爲然此四大性本無患以衆緣合集增損相尅病患由是而生故地增則令身沉重水積則涕唾乖常火

盛則頭胸壯熱風動則氣息擊衝即沉重痰癊黄熱氣發之病也由此四病則有四百四病生起風病百一黄病百一痰癊病百一總集病百一如是諸患無時不生故曰常相違背記曰大論云四大爲身常相侵害一一大中百一病起冷病有二百二水風起故熱病有二百二地火起故火熱相地堅相堅相故難消難消故能起熱病血肉筋骨脈髓等是地分除其業報者一切法皆和合因緣而生也輔行云四大不順者行役無時强健擔負擔觸寒熱外熱助火火强破水是增火病外寒助水水增害火是爲水病外風動氣氣吹火火動水是爲風病或三大增害於地名等分病或身分增害三大亦是等分病屬地病飲食不節亦能作病如薑桂辛物增火蕉蜜甘冷增水梨增風膏膩增地黄瓜爲熱病而作因緣即是噉不安之食而生病也古云病從口入禍從口出此之謂歟

無常老病不與人期

上句明三相下句明無主三相本空原無有我何能作主任情與之期尅除其識心

達本者能之昧者不覺也無常者謂本無今有暫有還無乃刹那不住之謂也從出胎來至壯至老至病乃至命盡於其中間念念遷流不住故曰無常亦死之異名老者根熟衰耄形枯色悴精神昏昧髮白面皺將死不久之謂也病者四大不調四百從生身力疲敗飲食不安精神減損坐起須人故名爲病若以法次第相因則死在後今以無常一法體徧一切該於生老病死諸法故也記曰新新不住念念不停謂之無常經云無常力大迅速過於山水折論云無常有三種一念念壞滅無常二和合離散無常三畢竟如是無常

○三生滅時速

朝存夕亡刹那異世

上句言現生下句言後世此二句並釋無

常義下更以霜露等喻明言刹那者時之極速也謂人臨終捨壽只在最後一刹那項即諸根壞日識還離際捨此故身別受餘質時也識謂第八識去居殿後來爲先鋒一刹那間攬父母精血住胎藏中爲生死之根苦果之源也記曰識有八種一眼識二耳識二鼻識四舌識五身識六意識七末那識八阿賴耶識

譬如春霜曉露倏忽即無

上句設體下句釋性以霜露遇日即消體既不堅性亦非常譬如者設況之詞倏忽者暫有而無也記曰本文二句是釋朝存夕亡一句總明時速也倏者速疾也宗鏡云雖年百歲猶若刹那如東逝之長波似西垂之殘照擊石之星火驟隙之迅駒風裏之微燈草頭之朝露臨崖之朽樹爍目之電光若不遇於正法必永墮於幽途矣

岸樹井藤豈能長久

上句出體下句釋義臨崖之樹非長二鼠侵藤豈久大集經云昔有一人避二醉象緣藤入井下有三龍吐火張爪彼即懸藤而住上有黑白二鼠嚙藤將斷傍有四蛇欲螫其人仰望二象已臨井上憂惱無托忽有蜂過遺蜜五滴入口是人唼蜜全忘危懼今以二醉象喻生死藤喻命根入井喻無常二鼠喻日月四蛇喻四大三龍喻三毒五滴蜜喻五欲三毒乃三惡道之因故藤一斷即有墮落之患矣記曰本文二句釋不與人期一句斯明年月日速也身似臨崖樹業風一至非力能挽命如井中藤日月時虧使人不覺岸樹是年不長井藤是日月之速言井藤者是井邊所生之藤或云樹根井謂丘墟枯井也羅什法師曰昔有罪人怖罪逃走王令醉象逐之其人怖急自投枯井云云三毒者貪嗔癡也三惡道者地獄餓鬼畜生也五欲者色聲香味觸也或以財色名食睡爲五欲謂衆生迷於五欲少樂全忘生死危險諸苦也

念念迅速

念謂凡夫生滅心之妄念前念未滅後念續生念念生滅如燈燒炷起滅不停如是生滅迅速之相非具慧眼者莫見記曰此明念速也妄念故生滅不停眞心則常住不還

一刹那間轉息即是來生

梵語刹那此言一念乃時之極速也僧祇云二十念爲一瞬二十瞬名一彈指俱舍云壯士一彈指頃有六十五刹那然念有大小大念者一念中有九十刹那一刹那中有九百生滅此言一刹那者小念也息即出入息此息名曰壽命以一期爲壽連持曰命一期連持息風不斷故出入息名爲壽命轉即出已不復更入名曰命終此只在一刹那間即第八識捨前陰受後陰時今不言中陰者以舉前後而該其中也又中陰遲速不定遲則七七之日速則疾於心念便捨中而受後矣來生者總該六道隨善惡業而報生其處也記曰本文二句即釋上刹那異世一句此明刹那速也上善生天中善生人下善生阿修羅上惡生地獄中惡生餓鬼下惡生畜生言瞬者目動也言中陰者謂人命終出入息斷時第八識捨離前陰身即有中陰身在虛空中冥無所覩以香爲食於有緣處即見父母交會欲火之光隨念便至以顛倒想一刹那頃攬赤白二點而成後陰其中陰即滅矣若其生方未定或父母不會此中陰身七日一死乃至七七日必定托生不出四十九日若彼業報已定或生人天或墮鬼畜一刹那間捨前陰受中陰捨中陰受後陰迅逾電光非凡所測唯佛能知

何乃晏然空過

何乃猶何爲亦反詰之詞亦承上轉下之語以上示知生死過患無常迅速向下令悟捨俗入道依法勤修期出輪迴晏然者

安然也總謂光陰迅速人命無常何爲飽食終日無所用心而晏然虛度不謀上進以脫生死者乎

○四違俗入道

父母不供甘旨六親固以棄離

上句缺反哺下句缺敬睦父母者子之天地也詩云哀哀父母生我劬勞欲報之恩昊天罔極經云若有供養父母得無量福佛言父母於子有大增益乳哺長養隨時將育四大得成若人右肩負父左肩負母經歷百年便利背上無有怨心四事供養無乏此子猶不足報父母之恩欲報恩者當勸父母於佛法僧因果等法未信者令信已信者令增長無淨戒者勸受持戒有慳貪者勸行惠施無勝慧者勸修勝慧令善安住以自調伏乃名眞實報父母之恩六親者父母兄弟妻子也又曰一父二子三從父昆弟四從祖昆弟五曾祖昆弟六族昆弟棄離者經云菩薩出家捨離六親不記不憶勤修道行以速成菩提故記曰甘旨者美食也猶不足報父母恩者謂雖色養無違而不能置親神於上界欲利親靈於多生者必須勸持齋戒廣修福慧若出家者父母貧乏不能自活佛聽教令信心授彼三歸五戒然後乞食供之南山云眞出家者怖四怨之多苦厭三界之無常辭六親之至愛捨五欲之深著能如是者名眞出家則可紹隆三寶度脫四生利益甚深功德無量矣

不能安國治邦家業頓捐繼嗣

上句缺致君澤民下句缺承業繼嗣釋子出家捨生育繼嗣紹隆三寶種族雖似忠孝有缺然立身行道以報親恩說法勸善用羽皇化如斯報德孰能加焉昔宋文帝

謂何尚之曰若率土皆淳釋化則朕坐致太平矣尚之對曰夫百家之鄉十人持五戒則十人淳謹千室之邑百人修十善則百人和睦人能行一善則去一惡去一惡則息一刑一刑息於家萬刑息於國此明旨所謂坐致太平者也記曰上文明違俗下文明入道

緇離鄉黨剃髮稟師

上句離俗下句入道緇者遠也謂遠離鄉俗趣向無爲即捨家趣於非家也剃髮稟師者棄俗容儀壞世飾好做同如來具佛德相稟命於師從師受學乃入道之玄規出世之洪範也記曰世以鬚髮爲容儀飾好比丘出家違俗慕道棄世所好絶滅愛情今時留鬚長髮號曰頭陀名既叛而行復乖矣梵語頭陀此云抖擻謂抖擻三界塵勞煩惱其行則有十二法今以披髮號爲頭陀者訛妄之甚也佛言鬚髮爪長是惡比丘破戒之相若阿蘭若獨住比丘無人剃者聽髮極長一寸爪長如一麥不得過捨家趣非家者棄世俗之家入無爲之舍也文殊菩薩白佛言云何如來說父母恩大不可不報又言師僧之恩不可稱量其誰爲最佛言其在家者孝事父母在於膝下莫以報生長之恩以生育恩深故言大也若從師學開發知見次恩大也夫出家者捨其父母生死之家入法門中受微妙法師之力也生長法身出功德財養智慧命功莫大焉追其所生乃次之耳鄉黨者鄉向也謂衆人之所向也黨朋黨也古以五百家爲黨周禮云百家之内曰鄰漢志以五家爲鄰五鄰爲里四里爲族五族爲黨五黨爲州五州爲鄉斯則以萬二千五百家而爲鄉也稟者受命也

内勤克念之功外弘不諍之德

上句明念慧下句明和敬内切念慧外闡六和乃入道之功勲立德之基本也肇師云非眞心無以具六法非六法無以和羣衆如衆不和非敬順之本也記曰一戒和同修二見和同解三身和同住四利和同均五口和無諍六意和同悅

迥脫塵世冀期出離

上句出世俗家下句出三界家欲脫塵俗須發足超方期超三界當斷煩惱始符出家之本誓也此二句總結上文以起下詞記曰上句結父母六親邦國繼嗣鄉黨五句下句結剃髮内勤外弘三句迥者寥遠也冀者欲也望也

○五名利失道

何乃纔登戒品便言我是比丘

上句明無作始霑下句明止德未備曰名行未當非稱比丘之義辭親入道内勤外弘本爲期出生死何以纔入僧數即便饕餮名利放逸恣情造有漏因結生死果違背初心失出離行耶纔登戒品者方稟具足無作初成也戒品有四謂五戒十戒具足戒菩薩戒前後俱通在家出家中二唯局出家我是比丘者具足戒人也比丘是梵語名含三義一破惡二怖魔三乞士含此三義不能翻譯故存本音記曰無作者亦名無教又名無表色乃戒體也從三羯磨而得得此體已任運止惡任運行善不用再作故名無作言止者謂止斷諸惡令不更起也破惡者如初得戒以三羯磨發善律儀破惡律儀故若通就行解能破見思之惡也怖魔者既能破惡而魔王念言此人非但出我界域或有傳燈化我眷屬空我宮殿故生驚怖也乞士者乞是乞求之名士是清雅之稱謂内修清雅之德外離四邪之食淨命自居福利衆生破憍慢心謙下自卑告求資身以成清雅之德也今人多求多畜豈稱清雅之德既乖其名尚得爲比丘者乎

檀越所須喫用常住

上句明信施下句明僧物若無戒德則寸絲滴水難消況檀越之四供僧祇之受用乎檀越者檀是西音此言施越乃此方之語謂能行施則生生越度貧窮苦海也常住有四一常住常住謂僧寺房舍衆具花

果田園僕畜等以體局當處不通餘界但得受用不通分賣故重言常住也二十方常住如寺中供僧常食體通十方唯局本處此二名僧祇物三現前現前謂僧現得施物唯施此處現前僧故四十方現前如亡五衆輕物若未羯磨物通十方僧若已羯磨物屬現前僧此二名現前僧物記曰所須者通食用喫用者喫局飲食醫藥用通衣服卧具房舍等

不解忖思來處謂言法爾合供

上句失觀下句癡議以無觀慧故不解思法由癡暗故別生愚見無慚無愧慢怠貪嫉因之而生矣忖謂計度思謂籌量也謂言者自出非語也法爾者理之當然也合供者有二一謂他合當供養於我二謂我當合受他供來處者計一鉢之飯作者功用不少施者割妻子之分以種福田自德不全豈合受供衆德雖備猶須觀行方消信施故文殊問經云菩薩若無思惟飯亦不應食也記曰迦葉經云時五百比丘言我等不能精進恐不能消信施供養請乞歸俗文殊菩薩讚言若不能消信施之食寧可一日數百歸俗不應一日破戒受人信施佛告文殊若有修禪解脫者我聽受人信施食慈恩法師云不蠶衣不田食織女耕夫汗血力爲成道業施將來道業未成爭消得慈受深禪師云如今有等初學飽食高眠任性過日猶嫌不稱意不知出家人如一塊磨刀石一切人要刀利便來石上磨磨來磨去別人刀利自家石漸消薄有等更嫌他人不來我石上磨有甚便宜處此語最切如施金針中人病處假其石如金剛不妨嫌他不來磨智度論云思惟此食墾植耘除收穫踩治舂磨淘汰炊煮乃成用功甚重計一鉢之飯作夫流汗集合成之食少汗多此食作之功重辛苦如是入口食之即成不淨更無所直宿昔之間變爲屎屎本是美味人之所嗜變成不淨惡不欲見行者自當思惟如此弊食我若貪著當墮地獄噉燒鉄丸從地獄出當墮畜生牛羊駱駝償其宿債或作猪狗常噉糞穢如是觀之生厭離想方堪受食道安法師云減割之重一米七

斤無戒食施死入泰山燒鐵爲食烊銅灌咽如斯之痛法句所陳所謂學道不通理復身還信施長者八十一其樹不生耳若也一念回光忽與道合萬兩黃金亦消得

喫了聚頭喧喧但說人間雜話

上句總標下句別釋以喧喧未審何言故釋曰人間雜話喫了者飽食已聚頭者共相聚首也雜話者世俗之言不涉經律之語猶無克念外發言非不修觀慧奚解忖思三業不勤掉舉由生遺教經云若種種戲論其心則亂雖復出家猶未解脫是故急當捨離戲論散亂之心求於無爲寂滅之樂欲得寂滅樂者唯當善攝其心滅除戲論之患長蘆賾禪師自警文云若乃竊議朝廷政事私評郡縣官寮講國土之豐凶論風俗之美惡以至工商細務市井閒談邊鄙兵戈中原寇賊文章技藝衣食貨財自恃所長隱他好事揄揚顯過指摘微瑕既乖福業無益道心如此游言並傷實德坐消信施仰愧龍天罪始濫觴禍終滅頂何也衆生苦火四面俱焚豈可安然坐談無義古德尚言自警我等何人好不自思

記曰喧者譁也掉舉者有三種一身掉掉謂好遊走諸雜戲謔坐不暫安二口掉謂好喜吟咏競爭是非無益戲論世間語言等三心掉謂心情放逸縱念扳緣思惟文藝世間才技諸惡覺觀等宋光孝安禪師在定中見二僧倚檻相語初有天神擁衛傾聽久之散去俄而惡鬼唾罵掃其脚跡詢其故乃二僧初論佛法次序間濶末談資養安自是終身未嘗言及世事律云有二苾芻隨路而行說非法語時有不信心夜叉欲吸其精氣佛言苾芻在路行應思惟善法有二種事一作法語二如聖默然至止息處說聖伽陀令人終日閒談雜話尚不免神鬼呵責而況求其擁護可得乎哉

然則一期趣樂不知樂是苦因

上句明逸樂下句明苦因謂今生恣情放

逸於欲樂即是當來之苦因苦因斯集苦果便至故云因地不眞果招紆曲目前交報歿後沉淪斯之謂歟一期者謂諸衆生受身雖云壽命長短不同然皆是一期果報是則一生逐樂誠爲萬劫之苦殃矣記曰欲樂者五欲樂也

曩劫徇塵未嘗返省

上句明隨塵習下句明失慧眼由無始劫來一向順自惑習隨逐諸塵妄境至今熾然胸中未嘗一念返照知非何能尅修定慧破彼惑習而出塵勞耶記曰曩謂曩昔劫是長時即無始劫來也塵者塵垢是染汚義謂諸妄塵惑習能染汚自心眞性不得見道故也

時光淹沒歲月蹉跎

上句是晝夜失下句是年月失淹沒者湮滅也蹉跎者虛過時日也若不專修定慧非但埋沒光陰實乃徒喪百年矣記曰言時光者是晝夜互舉也時謂十二支干光謂三光也

受用殷繁施利濃厚

上句自用下句他施他爲求福施之無厭而受者須生慚愧知量受用言受用者身心納潤恣情享施殷繁者四供滋多百一盈長施利者四事供養百一所須也殷繁濃厚名異而義同也記曰惠休法師三十年著一緉鞋遇軟地則赤足嘗誨衆曰汝今種種受用未饑而食未寒而衣未垢而浴未睡而眠道眼未明心漏未盡如何消得殷者盛也繁者多也濃者不淡厚者不薄也四供者飲食衣服卧具醫藥百一者沙門供身所須之物也

動經年載不擬棄離

上句言時下句言心由受用殷繁耽味不休故致不覺經歷年載曾未生一念棄捨厭離之心記曰擬者所謂擬之而後爲即揣度以待也芙蓉禪師云爲厭

塵勞求脫生死休心息念斷絕扳緣故名出家豈可等閒利養埋沒平生直須兩頭撒開中間放下遇聲遇色如石上栽花見利見名如眼中著屑況從無始以來不是不曾經歷何須苦苦貪戀如今不歇更待何時

積聚滋多保持幻質

上句畜不堅物下句養夢幻身謂積聚四供不堅之財保持五陰夢幻之質一朝無常到來積之何用四大分散保之奚在故淨住法云生不可保唯欲營生死必定至不知顧死況此危命凶變無常俄頃之間不覺奄死然其惡因既積惡果難逃形曲影圖豈虛言哉記曰財屬五家故曰不堅謂水漂火焚賊盜官得之惡子敗之無作禪師云福劣財强財必爲殃德薄任大任速成害古人只要心達不要身達他賢莫捹我賢莫伐若如此則知其命合其道終一身而自保矣

導師有勅戒勗比丘進道嚴身三常不足

上二句誡勉下二句示法如來爲三界之法王四衆之導師窮盡物性觀機授法應病與藥是故立法制戒勅令諸弟子修行進道必須精勤少欲知足以三事而自嚴身三事謂飲食衣服睡眠斯三者使人之所蔽障道之因緣故令常須不足方與道合記曰導師者引導衆生出於三界之火宅也思益經云於諸衆生生大悲心令入正道不求報恩故名導師報恩經云示涅槃徑使得無爲常樂故名大導師遺教經佛言汝等比丘若欲脫諸苦惱當觀知足知足之法即是富樂安隱之處知足之人雖臥地上猶爲安樂不知足者雖處天堂亦不稱意不知足者雖富而貧知足之人雖貧而富不知足者常爲五欲所牽爲知足者之所憐愍汝等比丘受諸飲食當如服藥於好於惡勿生增減趣得支身以除饑渴如蜂採花但取其味不損色香比丘亦爾受人供養趣自除惱無得多求壞其善心又云汝等比丘當自摩頭以捨飾好著壞色衣執持應器以乞自活又云汝等比丘晝則勤心修習善法無令失時初夜後夜亦勿有廢中夜誦經以自消息無以睡眠因緣令一生空過無所得也當念無常之火燒諸世間早求自度勿睡眠也勗謂勉勗嚴謂嚴正

人多於此躭味不休日往月來颷然白首上二句貪利下二句忘生噫貪著世利猶未息不覺白髮堆頭矣日往月來如旋火死符不久又將至記曰於此者三事也颷者猶風颷然而至也如阿含經云有四事先不語人一頭白二老三病四死是四事不可避亦不可却

後學未聞旨趣應須博問先知

上句言他乏益下句令先自利謂虛生空老無言以接後來欲得利他先須自利自利則博問先知徹佛祖心性之源利他則了達眞宗廣示事理方便之門博問則不擇尊卑不恥下就所謂依法不依人廣示則不揀怨親不分貴賤所謂心慈體正法施平等設懷彼我自他兩失法句經云學先自正然後正人調身入慧必還爲上身不能利安能利人心調體正何願不至雖誦千言不行何益不如一聞勤修得益雖誦千言不求出世不如一悟絕離三界雖誦千言不存悲智不如一聽自他兩利記曰旨即經律之宗旨趣則宗之所歸也宗者尊也崇也旨是意旨謂經律之所崇所尊所主意旨歸趣究竟處也博謂廣叅問謂請益先知者先覺也事鈔曰古云博學爲濟貧僧傳曰非博則語無所據故學不厭博博則通矣子曰君子博學於文約之以禮亦可以弗畔矣夫苟生而貧於學者懦夫也死而富於道者君子也是知博學乃濟識見之貧也莊子曰人而不學謂之視肉學而不行謂之撮囊弗畔謂不違道也

將謂出家貴求衣食

此二句結上起下之文將者欲也擬也亦抑詞也然捨俗出家本以道爲重非以衣食爲所貴也記曰道安法師誡衆云卿已出家棄俗辭君財色不顧與世不羣金玉不貴惟道爲珍約已守節甘苦樂貧近德自度又能度人

○六啟示三學

佛先制律啟𢪸發蒙

上句明五篇七聚下句明開發初機以律是定慧之首學萬善之基本也蒙是蒙昧謂從未證聖位以來皆曰蒙昧况餘初學薄地凡夫乎佛先制律者葢由衆生煩惱熾盛三毒競興顛倒亂想失智慧明造生死業是故如來應機設教首以木叉防非止惡次以禪定息慮忘緣後以智慧破惑證眞故南山云但身口所發事在戒防三毒勃興要由心使故先以戒捉次以定縛後以慧殺理次然乎記曰佛即本師釋迦如來梵語具云佛陀此言知者亦言覺者謂於菩提樹下了了覺知三世衆生非衆生數有常無常等一切諸法三覺圓明故稱爲佛一者自覺悟性眞常了惑虛妄二者覺他運無緣慈度有情界三者覺行圓滿窮源極底行滿果圓故梵語毘尼此云律律者詮也謂詮量輕重開遮持犯等梵語波羅提木叉此云別解脫即戒也謂三業七支各各防非別別解脫又受戒已隨對殺等事不作別別無因則別別無果故名別別解脫也𢤱者初也謂立法𢤱業之始也五篇七聚詳具大律乃比丘二百五十戒法尼則三百四十八戒法智論云尼受戒法畧則五百廣則八萬

軌則威儀淨如氷雪

上句示法下句設喻軌則者律之軌範法則也人能稟受斯則即便直趣無上道也威儀者謂有威可畏有儀可敬由比丘奉持禁戒衆德威嚴令人可畏於行住坐卧儀端表正令人可敬是則內嚴外正一塵不染故如氷之潔雪之白也記曰本文二句是戒體下之四句是戒用

止持作犯束斂初心

上句明持犯下句明功能然止即是持作便是犯止則三業不馳妄境諸惡不生持則守志堅貞心離散逸是爲束斂乃入道之首約定慧之初門故云初心記曰止則諸惡不起

持則吉羅無犯又止則心無妄動持則執而不失束則念無散逸歛則定水湛然輔行云有言大乗何須執戒者此謬也言不執者乃是持而不執若令不持名不執乃是執破何名不執執持尚無妄持安在

微細條章革諸猥弊

上句明戒相下句明對治以戒具三千威儀八萬細行故曰微細條章對治八萬四千諸塵勞故曰革諸猥弊 記曰條章者即二百五十戒中諸微細條相也革者悛除也猥弊者即三毒十使諸惑習染也諸惑者畧言三結十使廣言八十八使乃至八萬四千塵勞能結縛衆生驅使流轉三界不得解脫三結者一身見二戒取三疑結更加貪嗔癡慢邊見邪見見取爲十使此之十使歴三界四諦下增減不同共成八十八使盖欲界苦諦下十使具足集滅二諦下各有七使謂除身見邊見戒取三使道諦下有八使謂除身見邊見二使則四諦合爲三十二使也色界無色界四諦下皆如欲界只於每諦下又除嗔使以上二界嗔使不行故一界有二十八使二界合五十六使并前欲界三十二使總成八十八使也八萬四千諸塵勞者以貪嗔癡行及等分行各具二萬一千共爲八萬四千也三千威儀八萬細行者二百五十戒法以行住坐卧四威儀各有二百五十合爲一千循過現未來三世爲三千威儀以此三千配身口七支成二萬一千以此二萬一千復對治貪嗔癡及等分四種煩惱爲八萬四千細行是爲對治八萬四千諸塵勞門也

毘尼法席曾未叨陪了義上乗豈能甄别

此承上起下相因之詞上二句戒律未習下二句經教叵明曾未叨陪者謂未曾五夏依師十席就聽既戒爲三藏首學定慧初門學擬躐等教理何明初門未進堂奥寧窺是知戒律未嚴慧解靡生而無上了義之宗安能辯析悟入者乎言了義者謂諸大乗經教乃決擇顯了之談廣明中道實相之義非諸小乗經典及餘覆相密意含隱之說也 記曰忠國師云禪宗法者應依佛語一乗了義契取本源心地轉相傳授與佛道同不得依於妄情及不了義教横作見解疑悞後學俱無利益如師子身中蟲自食師子肉非天魔外道而能破滅佛法矣毘尼法席者講演戒

律處也律制比丘縱證三明六通亦須五夏依師學律若律不明乃全終身不離依止資持云律制比丘五夏已前專精律部若達持犯辦比丘事然後乃可學習經論今越次而學行既失序入道無由大聖訶責終非徒爾今時纔霑戒品便乃聽教參禪爲僧行儀一無所曉況復輕陵戒檢毀呰毘尼貶學律爲小乘忽持戒爲執相於是荒迷塵俗肆恣兇頑且戒必可輕汝何登壇而受律必可毀汝何削髮染衣是則輕戒全是自輕毀律還是自毀妄情易習至道難聞拔俗超羣萬中無一請詳聖訓能無從乎十席就聽者昔宣律師其師勉之十徧往聽毘尼元宜師非鈍尚就十聽蓋欲極其精妙盡其旨趣爲定慧之本無生之要也甄別者分析明了義理之謂也

可惜一生空過後悔難追

此二句是慨歎詞謂經律不明即失身戒心慧而玄道無因契悟是爲空過生死到頭悔之不及故曰難追律是戒學經屬定學已示二學竟下明慧學以道由般若妙慧方能契會也

教理未嘗措懷玄道無因契悟

上句慧解未具下句頓悟無由教理者詮理之謂教教之所詮曰理詮理之教者即十二部經良由如來依理立言令羣生修行而證於理四教義云說能詮理化轉物心故言教也化轉有三義一轉惡爲善二轉迷成解三轉凡成聖所言詮理者謂詮眞諦理及中道理也玄道者即佛祖心印强而言之曰幽玄微妙寂滅無相之道也若不以如來教理爲正因則佛祖無上妙道頓悟無由故達磨西來以四卷楞伽爲心印黃梅五祖勸持金剛般若天台證入法華圭峰頓悟圓覺故宗鏡云西天諸祖此土六代乃至馬祖南陽鵝湖空山禪師等並博通經論圓悟自心所有示徒皆引誠證終不出自胸臆妄有指陳是以綿歷歲華眞風不墜以聖言爲定量邪僞難移

用正教爲指南依憑有據但莫執義上之文隨語生見直須探詮下之旨契會本宗則無師之智現前天眞之道不昧故知教有助道之力初心安可暫忘所以從上先聖諸祖莫不研窮三藏至理印可自心觀風化物今之學者不能全此反生輕謗是何心哉苟得魚忘筌則經律何過如來金口所說一言一字百劫千生尚不聞見況得受持解悟故知教不迷人人自迷教耳圭峰云諸宗門下皆有達人然各安所習通少局多以承稟爲户牖各自開張以經論爲干戈互相攻擊情在函矢而遷變法逐人我爲高低致使是非分拏莫能辯析經如繩墨楷定邪正繩墨非巧巧者必以繩墨爲憑經論非禪叅禪者必以經論爲凖當知經是佛語禪是佛心律是佛行如來身口意業本不相違良由人與法差法與人病捨一執一自爲顛倒若是至人回萬法於己者則奚是奚非何相違之有哉

記曰本文二句言無慧學即無因頓悟是則因律明教因教明道問曰頓悟乃直指之宗不立文字何用經教爲指南耶答曰豈不聞乎依經解義三世佛怨離經一字即同魔說又云今人看古教未免心中鬧欲免心中鬧應須看古教寶藏論云古鏡照精其精自形古教照心其心自明若知一切法本是如來藏中性德妙用又何是何非何文字之有耶十二部經者如來一代說法教分十二統攝三藏一契經二重頌三受記四伽陀五無問自說六因緣七譬喻八本事九本生十方廣十一未曾有十二論議南陽忠國師鵝湖大義禪師思空山本淨禪師

○七不修學過

及至年高臘長空腹高心不肯親附良朋惟知倨傲

上二句明我相下二句明慢相又初句年

臘高而無德次句心高而無道故曰空腹不肯親附是自恃惟知倨傲是凌他此二皆屬慢相然慢有六種一過慢謂於相似法中執已爲勝二慢過慢元他本勝已而强謂勝他三我慢謂恃已凌他也四增上慢原自未得道謂已得道五下劣慢謂本已無能反自矜誇六邪慢謂執著邪見凌慢他人也今於六慢中此屬慢過慢及我慢下劣慢也 記曰徒自年高而德不併唯知倨傲而無道可尊年是生年臘是戒臘親附即親近良朋是善友倨傲謂不謙遜即慢他也

未諳法律戢斂全無

上句教律失下句身心失不肯親近明師善友奚識教律修持未解修持安能收攝身心 記曰教防三毒律禁七支未諳者未識也戢斂者收攝也

或大語高聲出言無度不敬上中下座婆羅門聚會無殊椀鉢作聲食畢先起

初二句語業失次二句意業失亦儀軌失後二句身業失亦規矩失以不知法律三業無規故致斯失若能戢斂則無事不辦矣婆羅門者西國俗士四姓之一惟論年尊不貴德長故無上中下座之敬或先至先尊後來後坐聚會無規憒鬧非一由無戢斂是故與彼無殊 記曰梵語婆羅門此云淨行亦云梵志四姓者一刹利王種也二婆羅門貴姓也三毘舍商賈也四首陀農人也無度謂無法度也聚會即聚集或祭祀集或節會集或論議集無殊即無別也出家以戒臘高故其德長不論生年爲尊也

去就乖角僧體全無

上句法失下句儀失往來不存此此軌則如圭之失方故曰乖角動靜不具小小威儀如婆羅門聚會故曰全無 記曰乖背也違也角方也

方者法也道也去就乖角乃措置乖方也圭體上圓下方象天地之規矩方圓也圭失方即非圭僧乖法即非僧故曰全無

起坐忪諸動他心念

上句自失下句失他三業不謹故坐起無恂躁動非一是以令他動念記曰忪音忠忪諸者心意躁動情不安隱舉止非常也慈受禪師云使人動念魔障易生衆口爍金自家何樂作福雖多不如避罪暗中動念自昧不知日往月來面黃身瘦

不存些些軌則小小威儀將何束斂後昆新學無因傚傚

上二句自失規法下二句不能法他既自不存軌法何能法範他人是故來學無由取則矣記曰新學即初學後昆是後賢即後學也傚傚猶取法也書云不矜細行終累大德世儒尚然況出家者乎

纔相覺察便言我是山僧

上句他成下句自慢謂他賢正欲以善言相成而自便生我慢遂出此無慚語也記曰言我是山僧者謂我是住山之人只知一箇話頭那管經律威儀細行之事法昌禪師云有一般漢記取一肚葛藤摩唇捋嘴胡言漢語道我解禪解道輕忽好人作無間業一朝眼光落地業境現前如落湯螃蟹手忙脚亂從前學得活計總用不著若聞人舉著他肚裏事嗔心忿起便道佛法豈有與麼事大悟不拘小節斯等好似將牛屎比栴檀有甚交涉慈覺禪師云或自恃天真撥無因果妄謂但向胸中流出不依地位修行所以麁解法師不通教眼虛頭禪客不貴行門此偏枯之罪也或則渾身破碎滿面風埃三千細行全無八萬威儀總缺或則追陪人事緝理門徒身遊市井之間心染闠閭之態所以山野常僧未免農夫之誚城隍釋子反為儒士之羞此懶惰之罪也向下指出無細行懶惰之由

未聞佛教行持一向情存粗躁

上句失聞修下句失戒定法律未聞何識行持戒定未修故致情同猿馬記曰聞即聞慧行持即修慧聞思修三慧今舉聞修以該其思矣三皆云慧者謂由三法各能生無漏聖慧若無此慧則不能斷惑證真也

如斯知見蓋爲初心慵惰饕餮因循

初句承上起下之詞次句入道不勤後句貪利喪日如斯知見者如上惡習之識見也蓋爲初心慵惰等者謂由初心入道不勤故曰慵惰未聞佛敎修持遂乃饕餮名利不肯親附良朋是以因循過日染緣漸深惡習滋長故致如斯知見正所謂打頭不遇作家者也

記曰慵音戎嬾也饕音滔貪財也餮音鐵貪食也法滅盡經云佛言法欲滅時諸魔沙門壞亂吾道著俗衣裳樂好袈裟五色之服不修戒律半月半月雖名誦戒厭倦懈怠不欲聽聞不樂讀誦經律設有讀者不識字句爲强言是不諮明者貢高求名虛無雅步以爲榮貴望人供養命終死後當墮無間地獄五逆罪中餓鬼畜生靡不更歷於無邊恒沙刧受罪竟乃出生在邊國無三寶處如佛所記半月誦戒不欲聽聞今時誦戒尚希況得聽聞嗚呼誠爲法滅相矣昔齊僧雲住鄴下寶明寺以講演著名襟帶衆理於四月十五誦戒時僧集雲居座首乃白衆曰戒本防非人人誦得何勞數聞可令一僧竪義使後生開悟衆無敢抗遂廢誦戒至七月十五日旦忽失雲所在衆四出追見乃於寺外三里許古塚中得之血流徧體問其故則云有一猛士手執大刀厲聲呵曰爾何人敢廢布薩妄克豎義即以刀剸我身痛毒難忍扶接還寺竭誠懺悔經於十年至心盡敬說戒布薩讀誦衆經以爲常業臨終之日異香來迎欣然而逝時咸嘉其即世懲革不墜彝倫又大覺寺僧範戒德清高嘗宿他寺於十五日衆議共停布薩令僧豎義有僧升座叙曰豎論法相深會聖意何勞布薩乃僧常聞耳忽見一神高丈餘雄峻驚人問豎義者曰今是何日答云布薩日神即以手搦之曳於座下捶頓將死次問上座答亦同前搦還將死陵害二三上座已神掉臂而出時道俗共覩範師既見由是自勵一生僧事私緣無敢說欲乃至病重不堪扶舉由請僧就房恭敬說戒斯時崇經論偏禪學而輕戒律者請觀此思之

荏苒人間遂成疎野不覺躘踵老朽觸事面墻

上二句涉俗成野下二句空老無識又初句交熏次句習成三句奄爾衰至四句無明日蔽蓋爲不修正業散漫自放日涉俗

緣攀緣塵境縱恣六情故至心行遂成疎野染習日深無觀照力奚覺四相遷流倏爾衰老時至心徑不通百無一曉屬物成壅如人面壁此等皆由不肯博問先知故至到老遂成骨董記曰荏苒猶散漫侵尋也躘踵乃行不前也朽即衰朽所謂年既已老無三種味空生空死虛棄一期無三種味者譬如甘蔗既被壓已滓無後味壯年盛色既被老壓無三種味一者不能誦經解義二者不能坐禪修觀三者不能勞務作福四相者生住異滅也骨董者墨談云羅浮穎老取飲食雜烹之名今俗多借用之

後學咨詢無言接引縱有談說不涉典章

上二句他失潤益下二句言不關典既爾觸事面墻將何以接後昆縱有一言半句不關佛祖典模何異不見水老鶴哉記曰如來去世不久有一比丘錯誦法句經偈云若人生百歲不見水老鶴不如生一日而得見了之時阿難尊者聞之愴然而歎曰如來正法滅何速哉乃語彼比丘言如佛所說若人生百歲不見生滅法不如生一日而得見了之是比丘回向師說其師言阿難老耄言多錯謬不可信也汝當還如前誦案昔正法尚存訛替若此況今去聖時遥不覩良朋不近明師而能出言涉於典章乎

或被輕言便責後生無禮嗔心忿起言語該人

初句無德被誚二句不省已過下二句嗔毒傷人言既不涉典何怪他輕已過不省反責他非嗔火一縱無不燎然記曰嗔怒也忿恨也又忿他爲嗔自忿爲恚道安法師云經道不通戒德全無朋友嗤弄同學棄捐如是出家徒喪天年

○八業果時熟

一朝臥疾在床衆苦縈纏逼迫曉夕思忖心裏恛惶

上二句身苦下二句心苦異熟時至四大乖常一大不調百脈筋抽伏枕思忖無善

可記束手泉門何疑之有豈不惘惶者哉記曰縈者繞繫也纏者束縛也逼迫者驅逼急切不安之謂也曉夕者早晚也思忖者思惟忖度也惘惶者昏亂恐遽也

前路茫茫未知何往從茲始知悔過臨渴掘井奚爲

上二句不知去處下二句追悔不及六道險途生死曠野不知來處焉知去處日前不預打點臨時悔之何及佛言人癡故有生死何等爲癡本從癡中來今生爲人復癡心不解不開不知死當所趣向此正所謂未知何往也記曰本文初句言三途六道寬曠無際次句心識不知去處第三句臨終始悔先愆第四句設喻以明之百喻經云昔外國有一貧人善能作鴛鴦鳴欲偷蓮花即入王池作鴛鴦鳴時守池人疑而問曰池中是誰貧人失口答言我是鴛鴦守者捉得將詣王所至中途復更作鴛鴦鳴守者言汝先不作今作何益世間愚人亦復如是終身作衆惡業不習心行使令調善臨命終時方言我今欲修善時獄卒將去付閻羅王所雖欲修善亦無所及如彼愚人欲到王所方作鴛鴦鳴

自恨蚤不預修年晚多諸過咎臨行揮霍怕怖慞惶

上二句自責下二句失主日前三毒不除年晚積罪如山臨終之際業境現前縱饒强作主張難免怕怖慞惶正是日前足跟不穩臨行手忙脚亂記曰過咎者罪愆也霍當作攉乃手反覆也搖手曰揮反手曰攉謂如反掌迅速之間怕怖慞惶者畏懼恐遽之甚也

轂穿雀飛識心隨業如人負債强者先牽心緒多端重處偏墜

初二句身心隨業次二句業强牽心後二句報偏由心重又初句喻先業果謝次句心隨業往三四句喻業强報先五句妄念非一六句報從心墮然善惡之業强弱由

心果報之處輕重自分垢心濁重即墜三途善業輕舉便升人天若據出世法中人天原是有漏之果亦名爲墮唯其一心不生方脫淪墜轂穿雀飛者雀乃小鳥也大論云鳥來入瓶中以轂掩瓶口轂穿鳥飛去識神隨業走今以瓶喻四大轂喻命根鳥喻識神識神即識心也因其乘前善惡業來受報如鳥入瓶爲業所繫如羅轂掩果報若謝即便隨業如轂穿鳥去去必逐業故名隨走由識心繫以業繩在於色瓶而無處不至業繩未斷去已復還瓶破繫斷即去不返謂現今四大若壞名爲去已復受後身名爲復還至無學果方名瓶破後生業盡名爲不返言識心者即第八心王阿賴耶識執持善惡種子爲總報主隨業者謂六識所造善惡之業能引第八於六道中受總報身業爲能引識爲所引故云隨業先牽者謂善惡二業何者强重即牽之先往而受來報也心緒等者謂第六識種種妄想分別非一攀六塵境作衆惡業墜墮三途心多則墮重妄少則墜輕圭峰云作有義事是惺悟心作無義事是散亂心散亂隨情轉臨終被業牽惺悟不由情臨終能轉業欲驗臨終受生自在不自在但驗尋常行心塵境自由不自由二六時中當省察耳此是圭峰一貼發汗散諸仁者好自檢驗看切勿蹉過也　記曰阿賴耶此云藏識謂能含藏善惡世出世間諸法種子故以由最初不覺心動成於無明熏習真如而爲阿賴耶識以執持種子能令生死流轉不斷故此識亦名執持或名異熟識謂能引生死善不善業異熟果故異熟者謂今生作業來生受報因滅果生異時而熟

售云果報是也宗鏡錄問云諸根壞日識遷離時捨此故身別受餘質去來之識相狀云何答曰如顯識經云識之運轉遷滅往來猶如風大無色無形不可顯現而能發動萬物示衆形狀或搖振林木摧折破裂出大音聲或爲冷爲熱觸衆生身作苦作樂風無手足形容亦無黑白諸色識界亦爾無色無形無光明顯現所薰因緣故顯示種種功用同性經云衆生捨此身已業風力吹移識將去自所受業而受其果

縠音斛是薄紗即方目紗也

無常殺鬼念念不停命不可延時不可待

上二句無常速下二句時命速以無常爲殺鬼者謂彼無常雖無形質可見而能斷人命根故云殺鬼止觀云無常殺鬼不擇豪賢危脆不堅難可恃怙云何安然規望百歲四方馳求貯積聚斂聚斂未足溘然長往所有產貨徒爲他有冥冥獨逝誰訪是非念念不停者是遷流不住之義智度論云無常有二種一相續法壞無常二念念生滅無常涅槃經云菩薩修於死想觀是壽命常爲無量怨讐所繞念念損減無有增長猶山瀑水不得停住亦如朝露勢不久停如囚趣死步步近死命不可延者命謂壽命乃前業異熟定報故不可延也時不可待者時即時刻既是前業定報非人力可能留待所謂閻王注定三更死定不留人到五更定業難逃此之謂歟記曰躄踵老朽是老苦臥病在床是病苦無常殺鬼是死苦也正法念處經云臨命終時刀風皆動如千尖刀刺其身上十六分中猶不及一若有善業則苦惱少

人天三有應未免之如是受身非論劫數

上二句業果難逃下二句生死無際言三有已該人天欲令文義互彰故疊言之三有即三界衆生所作有漏善惡業因致感當來有漏善惡果報因果不亡故名爲有

一欲有謂欲界人天及四惡趣衆生皆不離欲染故名欲有二色有謂色界四禪天雖離欲染尚有色質故名色有三無色有謂無色界四空天四大已空無有色質惟餘四蘊故名無色有斯等皆由因造有漏果繫有爲既已無常不離三界受生故曰應未免之果復造因因還感果輪廻無際故曰非論劫數 記曰劫數者世界有成住壞空四時每一時經二十小劫四時共經八十箇小劫一小劫共計一千六百八十萬年八十箇小劫名一大劫通計一十三萬四千四百萬年今乃人住二十小劫中共計三萬三千六百萬年茲當第九小劫尚餘十一箇小劫過已即壞劫時至矣四蘊謂受想行識也其六欲天四惡趣四禪天四空天俱如下釋

○九策勵勸修

感傷歎訝哀哉切心豈可緘言遞相警策

上二句感切下二句勸勉溈山因覩末法緇流貪利廢道淪落生死故此感傷嗟嘆情切不忍默言乃作此警策遞相警悟策發而勸勵之 記曰訝嗟怪也緘封也遞傳遞也

所恨同生像季去聖時遥佛法生疎人多懈怠

上二句慨不遇聖世下二句慨法末人頑像季者季即末也葢由釋迦如來教法住世而分正像末三時也正法者正猶證也謂如來滅度後初一千年間人有稟教便能修行即能證果像法者像似也言有教有行似正法時也謂如來滅後二千年間人有稟教便能修行而多不能證果末法者末即末後亦微末也謂如來滅度正像之後一萬年間教法垂世人雖稟教而不能修行證果或云末法有三萬年溈山唐

代出世如來滅度垂千八百年故云像季復與如來相去將二千載故曰時遥時代遥隔傳法大人漸稀是曰生疎既失良導又丁末劫根器下劣無向上志故曰懈怠記曰季次孟仲之後若以像法一千年言之後三百年屬季若以正像末三時言之季是正像之後時也聖世者是如來在日又正法時亦名聖世

畧伸管見以曉後來若不蠲矜誠難輪逭

上二句示勉下二句誡勉既有所感傷不無言示以勉修持也畧伸管見者畧猶未廣伸謂伸述管見如管窺天之見此是溈山大師之謙詞也以曉後來者以此曉諭後學懲過遷善之謂也若不蠲矜二句是結上勸修之語謂不滌除如上惡欲習染傲慢放逸之過則實難挽回矣記曰蠲音涓滌濯也除免也矜音京驕矜自負也又矜誇自飾也逭音換轉也輪逭猶挽回也誡勉者令斷諸惡行而勉修衆善也

溈山警策句釋記卷上

音釋

羆音卑似熊　兕詞字上聲一角野牛重千斤　橡音象栩實乃柞櫟也花黄色九月結實實外有房可以染皂色　搪音唐搪揬觸也　驟音騶疾速也　隙輕字入聲孔也　揄音干揄揚譽言也　謔香字入聲戲謔也　檻咸字上聲軒窻之下欄檻也　叵音頗不可也不能也

# 潙山警策句釋記卷下

清粵東㠀湖山沙門釋宏贊在犙註

△二示法三　一道行　二禪教　三結勸△一道行六　一立行　二懲誡　三求道　四擇友　五結誨　六潛修

○一立行

夫出家者發足超方心形異俗紹隆聖種震懾魔軍用報四恩拔濟三有

初句標宗次句超塵三句入聖四句繼聖五句降魔六句報德七句利生以德備故能摧惡而安善也夫出家者出家有二一出世俗家足離塵俗遠叅知識二出煩惱家斷妄證真頓超三有發足超方者謂從初發心即當履踐大方勿滯時流小徑以階級不循乃曰超方心形異俗者外則圓頂方袍相同如來內則背塵合覺心齊佛慧紹隆聖種者續佛慧命繼踵如來宣揚正教三寶由是興崇震懾魔軍者德高慧廣則羣邪驚懾說法弘道則魔膽震落用報四恩者立身行道以報親恩德盈道大自然福被四恩一國王恩二父母恩三師友恩四檀越恩拔濟三有者一切衆生躭荒五欲沉溺愛河說法教化令出苦津超登彼岸　記曰懾者怖也伏也大方者道經云大方無隅今借況真理無際以初出家須踐實際之大理無滯時俗及小乘之蹊徑也國王是水土之恩以一切水土皆屬國王故又蒙治化之力無強弱凌逼之憂而得安修道業恩豈小哉父母是生成養育之恩如昊天之罔極復聽出家修道恩莫大焉師友恩者師有生長戒身慧命教誨之恩友有善成講明開發之德斯出世之恩德孰可比哉檀越有供給之恩令得身安辦道恩非小也或有以佛替師友爲四恩菩薩以三寶衆生替師友檀越爲四恩

○二懲誡

若不如此濫厠僧倫

上句違修下句混法謂不如上修履混入法衆非僧非俗罪若彌天如驢混入牛中皮毛雖似頭角不同而鳴聲亦異也記曰濫謂汎濫厠謂混雜也有五尺之身而無智慧佛謂之痴僧有三寸之舌而不能說法佛謂之啞羊僧非俗非僧佛謂之鳥鼠僧亦曰禿居士佛言云何賊人假我衣服稗販如來造種種業此正所謂濫厠者也

言行荒疏虛霑信施

上句解行失下句信施失言行不淳是曰荒疎無德以報施者之恩故曰虛霑古哲云道德不修衣食斯費此之謂焉記曰言是言說即解也行即修履荒是荒蕪疎謂疎散亦畧也既無行解之德施不獲福是曰信施失

昔年行處寸步不移恍惚一生將何憑恃

上二句舊習不忘下二句無善可記昔年是舊時行處是心之所履諸惑習染此有二種一是過去無始之無明二是日前之熏習寸步不移者謂於諸習曾未一念捨過自新恍惚一生等者謂無潛神玄黙之照終日心逐塵境不覺月徃年來無善可憑無功可恃大智律師云追遠報恩棄儒從釋刮磨舊習洗滌世緣截斷衆流壁立千仞文章筆硯盡把焚除雪月風花無勞嘲咏酒色財氣更莫回頭聲利榮華豈須著眼末流狂妄正法澆漓但欲變形何嘗涉道雖云捨俗俗習不除盡說出塵塵緣不斷纔親講肆擬作闍黎未入叢林望爲長老避溺投火豈覺盲癡却步求前實爲顛倒記曰恍惚昏懵也

況乃堂堂僧相容貌可觀皆是宿植善根感斯異報

上二句是現在果下二句明果由因至況乃者發語之詞堂堂僧相者堂容也明也謂具佛容儀超塵獨步人大師匠巍巍僧寶也容貌可觀者六情收攝五官無妄威儀具足不預常流見者欣仰故曰可觀皆是宿植善根感斯異報者葢由宿世種植良因今生感得如斯超塵越俗之奇報豈不異乎哉記曰五官謂口鼻耳目形也

便擬端然拱手不貴寸陰事業不勤功果無因克就

上二句坐喪光陰下二句因無果失便擬端然拱手等者古人重寸陰而輕尺璧一日不作一日不食我等何人端然拱手而不修福慧者乎事業不勤者事業即戒定慧諸善行也不勤謂無勝進也行既不勤功無能就而福智之果失其因矣記曰雲峰禪師云今時後生纔入衆來菜不摘一莖柴不搬一束十指不沾水百事不干懷雖則一期快樂爭奈三途累身光陰可惜時不待人一朝眼光落地緇田無一簣之功鐵圍有陷百刑之痛偁法師云端拱無爲安閒不役徐行金地高坐華堂身上衣而口中食豈易消乎圓却頂而方却袍爲何事也袈裟下失却人身實爲苦也泥犁裏受諸異報可謂屈焉

豈可一生空過抑亦來業無裨

上句因失下句果失不修福慧是爲空過豈惟今生空過無有所得然亦將來行業無所補益也記曰將來者後來也

○三求道

辭親決志披緇意欲等超何所曉夕思忖豈可遷延過時

初句彰本次句徵問後二句思本慕道辭親決志披緇者發勇猛心而辭雙親立決定志而入大道也意欲者心所希望也等超何所者爲超何階級等何佛祖也曉夕思忖等者心地未明生死呼吸靜地裏思量寧不著忙而可遷延過時虛度光陰者哉記曰頓悟即超階情志即等佛寶林傳云楊衒之問達磨云西國相承稱祖者何義磨曰明佛心宗行解相應名爲祖師緇音支是黑紺色即壞色衣乃沙門所著之服非五大色也紺者青含赤也

心期佛法棟梁用作後來龜鏡常以如此未能少分相應

上二句立願垂範三句志願恒存四句行解未備又三句是縱四句是奪心期佛法棟梁者發心立願荷持如來正法用作後來龜鏡者垂範來學龜鏡即師範義以龜能卜知去來之事鏡能鑒照現前美惡常以如此者志願不忘也未能少分相應者雖具志願而行解未備必須行解相稱願始不虛若有行無願其行即孤有願無行其願必虛行願雙全始曰相應記曰屋脊柱曰棟負棟曰梁皆能荷負堂屋之謂今借言師匠能爲法門棟梁以佛法二寶皆藉僧弘故曰人能弘道非道弘人是也

出言須涉於典章譚說乃傍於稽古形儀挺特意氣高閑

上二句言說有本下二句身心超卓謂言須合典謨要宗古不可臆見如同魔說然解備則言說無謬行克乃挺特高閑又內蘊般若心閑一境名利聲色莫能動其志恒以道自處故曰意氣高閑外具德相不預凡流超羣拔萃是爲形儀挺特記曰高僧法安

是其人也安身長八尺有三絕一風儀挺特二解義窮深三精進潔巳景德雲法師曰游三藏之教海玩六經之詞林言不妄談語有典據此之謂焉典謂典籍即諸經律也章謂章註即解釋經律之語也傍謂近傍稽謂稽考古謂古德之言句也

○四擇友

遠行要假良朋數數清於耳目住止必須擇伴時時聞於未聞故云生我者父母成我者朋友

上二句行藉友益次二句居須伴利後二句生成之德謂行要良朋數以利益之言清於耳目居須善伴時以未所聞法而令聞之耳目清則見地正聞未聞則勝解生解生則悟入無生見正則不受渠瞞是故父母有生身之恩師友有成立之德所以聞思悟入成長法身實由師友之力也記曰假者藉也良朋者善友也又同門曰朋同志相交曰友擇伴者家語云君子居必擇衆遊必擇方文中禮樂云君子先擇而後交故寡尤小人先交而後擇故多怨若擇其善者而從之見賢而思齊之是爲善擇益友如捨緣銘云邪師惡友畏若狼虎善導良朋親如父母低心似地緘口如愚摧挫我人消停意氣永嘉云博問先知決擇之次如履輕氷必須側耳目而奉玄音肅情塵而賞幽致忘言晏旨濯慮飡微夕惕朝詢不濫絲髮如是則乃可潛形山谷寂累絕羣哉

親附善者如霧露中行雖不濕衣時時有潤

上句是親善下三句喻善益親附猶親近也善者乃善知識諸良朋也霧露喻善友行喻親附不濕衣喻未證有潤喻善益謂親近善者雖不立證無生而朝聞夕益足以潤澤心田如本行經佛說偈曰若有手執沉水香及以麝香藿香等須臾執持香自染親附善友亦復然若人親近善知識隨順彼等所業行雖不現證世間利未來當得盡苦因又與善師相值者得免衆苦

與惡師相值者則習惡事不離衆禍示語後世之人不可不慎記曰朋友相資曰麗澤謂彼此交潤猶兩澤也宗鏡云雖有世智若無勝友常迷道故未能自悟要須良友也善知識者聞名爲知見形爲識是人益我菩提之道名善知識惡師者如河北空人無禁捉蛇阿梨吒比丘等是也

狎習惡者長惡知見曉夕造惡即目交報歿後沉淪一失人身萬劫不復

上句近惡下六句明惡過失又第二句是惡見第三句是惡因第四句是現報第五句是生報第七句是後報狎習者親近薰習也惡者即惡知識不善之友也長惡知見者由被薰故增長惡覺不正之見故經云無知無善識惡友損正行蜘蛛落乳中是乳轉成毒曉夕造惡者見既不正終日惟造不善之業即目交報者業因已積惡果斯至因果不亡故即目前交報歿後沉淪者死墮三途也如佛所説若人親近惡知識現世不得好名稱必以惡友相親近當來亦墮阿鼻獄一失人身者從此失却人道也萬劫不復者惡因非一惡果難盡故得人身如爪上土墮落三途猶大地坭得人身者如龜值穴可不艱哉記曰現報者今生作善作惡即今生現受其報生報者今生所作善惡來生方報後報者今生所作善惡來生未報於後後生乃至百劫千生方報業因即三毒十惡猶此因故便感當來地獄餓鬼畜生惡果也地獄日長壽命難盡罪若未畢此界壞時復寄他方地獄罪報若盡更生餓鬼壽亦無窮復生畜生牛馬禽獸魚鼈等形受身非一故云萬劫難復值穴者經譬人身難得如巨海內有一楂穴隨風東西海中有一盲龜過一百年一舉頭欲穿楂穴海既無涯木隨風漂龜復無目百年一出而欲值之豈可得哉楂音茶水中浮木也

○五結誨

忠言逆耳豈不銘心者哉

上句示誨下句勸持古云苦口正是良藥逆耳必是忠言大師如此婆心激切鐵石人也汗流其有血性者可不大生慚愧銘刻心腑爲終身龜鑑哉

○六潛修

便能澡心育德晦跡韜名蘊素精神喧囂止絕

上二句內濯外晦下二句內蘊外絕夫欲淨心培德必須遁跡灰名蘊潔澄神非喧囂止絕莫能澡心則惑習便除育德而道自高精神蘊則六根澹然喧囂絕則寂慮寧神名跡晦而人神莫測水邊林下長養聖胎斯之謂歟記曰澡育蘊習是內因自力晦韜止絕是外緣助力然眞如體性本自虛淨而爲無量煩惱垢之所染若不假內因外緣交熏種種淘汰則無由得淨復本眞明故起信論云行者爲折伏煩惱故應遠離憒鬧常處寂靜修習頭陀等行潙山云一念頓悟自理猶有無始曠劫習氣未能頓淨須教渠淨除現業流識即是修也不可別有法教渠修行趣向從聞入理聞理深妙心自圓明不居惑地以要言之則實際理地不受一塵萬行門中不捨一法若也單刀直入則聖凡情盡體露眞常理事不二即如如佛矣蘊素精神者心之最靈曰精靈而難測曰神心彌靜而行彌廣與太虛而合其德精神蘊而心愈明寂而常照故永嘉云調古神清風自高神清慮淨細而研之此之謂焉喧囂止絕者謂內蘊般若以潔精神外絕聲色以淨六根由納忠言便能如是也晦跡猶隱跡也韜音叨藏也囂音鴞喧鬧也澹謂澹泊恬靜無爲也

△二禪教二　一禪學　二教理

○一禪學二　一示法　二讚勉

○一示法

若欲叅禪學道頓超方便之門心契玄津研幾精要決擇深奧啓悟眞源

初二句標宗第三句得旨第四五句窮理

第六句達源又第三句見道第四五句是操履即尋流也第六句悟本是達源也參謂參直指之禪學謂學無上之道頓超方便之門者泯絕權乘不落階級心契玄津者一念相應便與道合研幾精要者研覈也幾心也幽微也謂研覈自心至理之幽微故曰精要決擇深奧者以無漏智慧決斷揀擇去其麤淺擇取幽玄啓悟眞源者窮源極底也記曰方便者權方宜便即權乘之教教有權實權則躡事實乃窮理故云窮源若歷三阿僧祇劫廣修六度萬行而證三賢十聖皆是權乘思蓋經云得諸法正性者不從一地至一地故曰不落階級言一念相應便與道合者謂若得稱眞則無惑可斷無理可證無行可修無位可得故曰便與道合心雖契道力不自由見有幻相未除空塵未脫應以如幻之智斷幻惑證幻理修幻行求幻位故曰研覈自心至理擇取幽玄直須斷至無斷證至無證方曰窮源極底圭峯云然禪定一行最爲神妙能發起性上無漏智慧一切妙用萬行萬德乃至神通光明皆從定發故三乘人欲求聖道必須修禪離此無門離此無路至於求生淨土亦修十六觀禪及念佛三昧般舟三昧等也又眞性即不垢不淨凡聖無差禪門則有淺有深階級殊等若帶異計欣上厭下而修者是外道禪若正信因果亦以欣厭而修者是凡夫禪悟我空偏眞之理而修者是小乘禪悟我法二空所顯眞理而修者是大乘禪若頓悟自心本來清淨元無煩惱無漏智性本自具足此心即佛畢竟無異依此而修者是最上禪亦名如來清淨禪亦名一行三昧亦名眞如三昧此是一切三昧根本若能念念修習自然漸得百千三昧達磨門下展轉相傳者是此禪也達磨未到古來高僧皆依前四禪八定修之並得功用天台南嶽令依三諦之理修三止三觀教義雖最玄最妙然其趣入門戶次第亦只是前之諸禪行相獲證三賢十聖之階梯唯達磨所傳者頓同佛體迥異諸門故宗習者難得其旨得即成佛疾證菩提失則成邪速入塗炭亦隨人之根器禪名雖同而門不一深入一門皆證道果如石膏一物性分冷熱南石性冷北石性熱其熱病者應服南石其冷病者應服北石以愈病爲最出世爲要學者思之自取決焉三止者一體眞止謂體達無明妄想即實相之眞二方便隨緣止謂隨緣歷境安心不動三離二邊分別止謂不分別生死涅槃有無之相三觀者一空觀二假觀三中觀三諦者一眞諦二俗諦三中諦謂觀

一念之心即具三諦之法若觀心空則一切法皆空即是真諦若觀心假則一切法皆假即是俗諦若觀心中則一切法皆中即是中諦此之三觀全由性發實非修成故於一心宛有三用所謂一心三觀是也又三一無礙即是圓融三諦廣如別釋

博問先知親近善友此宗難得其妙切須子細用心可中頓悟正因便是出塵階漸

初二句叅請師友次二句宗幽理致後二句悟本惑除謂此直指之宗乃心地法門非麤心淺學者能得其妙故須叅問知識請益善友得悟真源爲心地之正因惑淘業解塵勞漸出所謂理雖頓悟事要漸除是也記曰先知善友是正緣欲得正因必得正緣相助玄之又玄曰妙凡聖路絶曰宗幽言思所不能及曰理致無窮幽之智曰麤心非廣叅博問曰淺學永嘉云應當博問先知伏膺誠懇執掌屈膝整意端容曉夜忘疲始終虔仰折挫身口蠲矜息慢不顧形骸專精至道者可謂澄神方寸歟

此則破三界二十五有

上句總標下句別出斯明衆生依正二報約依報則分三界二十五處論正報則具四生十二類有此則者舉上彰下之詞以頓悟出塵故破界有原界因心建心悟則界破有從妄立妄息則有空故楞嚴經云諸法所生唯心所現一切因果世界微塵因心成體一人發真歸源十方世界盡成消殞古德云若人識得心大地無寸土斯則一念頓悟自心而三界二十五有了不可得是爲破矣三界者欲色無色界也二十五有者畧言三有廣言九有二十五有以破邪遣執故分而言之欲界則四洲四惡趣及六欲天色界則四禪及梵王無想五淨居天無色界則四空天共爲二十五有也然梵王無想及五淨居俱在四禪天

中而別出其名者以外道計梵王爲常是生萬物之主計無想以無心故妄謂涅槃計五淨居爲眞解脫故經論別出此三天爲對破外道之邪計也記曰有云五淨居天中有大自在天王處外道之人計彼天王能爲造化之本歸之則得解脫如來爲破此見故別標之四洲者東勝身洲南贍部洲西牛賀洲北俱盧洲四惡趣者修羅地獄餓鬼畜生六欲天者一四王天二忉利天三夜摩天四兜率天五化樂天六他化自在天四空天者一空處天二識處天三無所有處天四非非想處天四禪者初禪有二天謂梵衆天梵輔天梵王天二禪有三天謂少光天無量光天光音天三禪有三天謂少淨天無量淨天徧淨天四禪有九天謂無雲天無想天福生天廣果天無煩天無熱天善見天善現天色究竟天後五名五淨居天乃三果聖人所居亦云五那含天梵王天居初禪二禪中間無想在第四禪中言九有者即九地以欲界人天鬼畜地獄總爲一地色界四禪爲四地無色界四空爲四地共爲九也

內外諸法盡知不實從心變起悉是假名

上二句總相下二句別相內則身心外則器界又內是四蘊外是色蘊四蘊是心色蘊是身身即四大所成心乃六塵緣影器界是衆生所依之境即三千大千世界界數雖多而不出三界有情雖衆而不出二十五有如此身心器界悉從妄念而有妄心無體分別始生了此心境元虛是知不實則五蘊身心器界當下不可得矣從心變起悉是假名者謂諸衆生妄認四大爲自身相六塵緣影爲自心相四大假合無我我所畢竟是空而凡夫迷自法身故執四大爲自身相六塵是境識體是心心對根塵即有緣慮相起六塵是所緣妄識是能緣六塵無實猶如影像從識所變舉體即空故此緣心本無有實乃至妄起凡聖見等故曰悉是假名如是了達即知本來

心性空淨具足圓明惑不能染智無所淨虛寂澄湛真覺靈明本非緣慮而衆生久迷此心妄認攀緣六塵影像作起作滅虛妄之念以爲自心念念隨之是故輪廻三界二十五有也

記曰本來心性既非染淨
云何而爲根塵識等所惑
良由衆生最初不覺心起與生滅合成阿
賴耶識復由執此爲我法故轉起餘七成
八種識各由識體起能見分由能見故似
外境現執取此現爲定實故造種種別業
共業故内感自身外感器界一切諸法既
由識起故盡知不實凡聖見等者謂真如
界内絕生佛之假名平等慧中無自他之
形相故也本文四句不出色心二法元色
從心造全體是心故經云三界無別法惟
是一心作毘婆沙云心能爲一切法作名
字若無心則無一切名字當
知世出世間名字悉從心起

不用將心湊泊但情不附物物豈礙人

上句誡擬心卜度次句敕心離境下句境不妨心元至理虛玄擬之已差心境本空將之即錯情忘執謝其境自寂至理現前何物礙人所謂但自無心於萬物何妨萬物常圍繞三祖云欲取一乘勿惡六塵六塵不惡還同正覺智者無爲愚人自縛法無異法妄有愛著將心用心豈非大錯

記曰
既是變起假名何用將之湊泊然情物即
妄心境心源若止法界同寂何物礙人

任他法性周流莫斷莫續

上句得性下句契理既不礙人故任使周流法性即是物境心不起妄法法全真在有情中名曰佛性在無情中則曰法性法性本自如如體常寂滅猶若虛空廓周沙界取之則迷捨之則喪若斷若續即墮斷常不取不捨方爲妙契苟能得諸法正性者則橫臥法界任使周流逍遙無礙矣

記曰
斷即滅續即常常即有滅即空生滅斷常
空有名異而義同取即續捨即斷故墮二
邊捨二邊故契中道之理也若妄心取相
即隨境生滅故若斷若續真心無著故任

之周流周流故無住無住故廓周沙界清涼國師云至道本乎其心心法本乎無住無住心體靈知不昧性相寂然包含德用該攝內外能深能廣非有非空不生不滅無終無始求之而不得棄之而不離迷現量則惑苦紛然悟真性則空明廓徹雖即心即佛唯證者方知有證有知則慧日沉沒於有地若無照無悟則昏雲掩蔽於空門若一念不生則前後際斷照體獨立物我皆如直造心源無智無得不取不捨無對無修然迷悟相依真妄相待若求真去妄如棄影勞形若體妄即真似處陰影滅若無心忘照則萬慮都捐若任運寂知則衆行爰啓放曠任其去住靜鑒覺其源流語默不失玄微動靜未離法界言止則雙亡知寂論觀則雙照寂知語證則不可示人說理則非證不了是以悟寂無寂真知無知以知寂不二之一心契空有雙亡之中道

聞聲見色蓋是尋常

上句根塵相對下句了達心境情忘執謝如鏡對像無取捨心故曰尋常兜率悅頌曰等閒行處步步皆如雖居聲色寧滯有無一心靡異萬法非殊潙山云一切時中視聽尋常更無委曲亦不閉目塞耳但情不附物即得從上諸聖秪說濁邊過患若無許多惡覺情見想習之事譬如秋水澄渟清淨無爲澹渟無礙喚作道人亦名無事人也記曰聞見是根聲色是塵塵即境也覺知是心知心離念了境元空耳聞目覩不起真妄之見是曰尋常龐居士曰但自無心於萬物何妨萬物常圍繞鐵牛不怕獅子吼恰似木人看花鳥木人體本自無情心鏡如如逢人亦不驚木人只這是何慮菩提道不成

這邊那邊應用不闕

上句得體下句得用前舉見聞聲色之根塵已該盡一切諸法法法圓融事理交徹通身應物體用全彰折旋俯仰縱橫自在觸目皆真遇緣受用所謂臨機不礙應物無拘是非情盡凡聖皆除誰得誰失何親何疎拈頭作尾指實爲虛翻身魔界轉脚

邪途了非逆順不犯工夫故大珠云解道者行住坐臥無非是道悟法者縱橫自在無非是法四祖云蕩蕩無礙任意縱橫不作善不作惡行住坐臥觸目遇緣皆是佛之妙用所謂念念釋迦出世步步彌勒下生分別現文殊之智動用運普賢之行門門而皆出甘露味味而盡是醍醐不出菩提之林長處華藏之海晃晃而無塵不透朝朝而遊日騰輝豈勞妙辯以宣揚何假神通而顯示斯乃無事道人大自在用非凡境界識心所知得者即如如佛矣記曰謂真如法界性全體而起一切世出世間諸法是則諸法全是性起起無別起全體而起故全體即用全用是體體用全彰事理交徹故得任運騰騰體周用遍是以通身應物上來了達事理體用向下正明用德以大用無方化被一切上酬四恩下資三有故曰往來三界爲他作則

○二讚勉

如斯行止實不枉披法服亦乃酬報四恩拔濟三有

上二句明自益下二句明益他謂如上修履誠爲不徒在緇門旣而德行備克四恩自然被益傳唱敷揚三界盡沾利樂記曰法服即袈裟梵語袈裟此云壞色謂以青黑木蘭三如法色染之三世如來同著此衣故云法服披之能斷煩惱復名離塵服龍得一縷則免金翅鳥食故名救龍衣亦名忍辱鎧亦名蓮華服亦名解脫服亦名福田衣有如是種種功能故佛制之常與近身不得離宿事鈔云律制謹護三衣如身薄皮鉢如眼睛敬之如塔常須隨身如鳥二翼飛走相隨諸部律文幷制隨身今時但護離宿不應教也記云今時希有護宿何况常隨多有畢生身無法服是則末世護宿猶爲勝矣良由自無淨信慢法輕衣現前袈裟離體當來鐵鍱纏身眞出家兒願遵聖訓無自輕也

生生若能不退佛階決定可期往來三界之賓出沒爲他作則

上二句自行下二句化他謂雖頓悟自心而塵沙煩惱無始習氣非一日可淘故須澡心育德蘊素精神始不被隔陰之昏乃能生生不退習盡德圓法身顯露而佛果自證不住生死不住涅槃以悲智而相輔翼運無緣慈度有情界隨類分身入廛垂手和光同塵周旋六趣與衆生作不請之友爲人天三乘之軌則者也記曰前悟真源是契自心真如因地佛此中言佛階者乃證究竟果位佛也欲要不被隔陰之昏須得此心常不昧方能往來自由出沒任已或曰既證佛階是得無生何有出沒答曰諸佛證得無住處涅槃非同二乘所證灰身斷智無餘涅槃故不住生死及與涅槃利樂有情窮未來際若住涅槃無度生用若住生死無斷障用以能斷障及能度生故名無住雖窮未來際具無量利生大用而體永寂故名涅槃又教有權實真俗兩門真諦門中則聖凡有無之心俱泯俗諦門中則聖凡緣生之心不無故有感隨應爲他作則也言和光同塵者和是渾雜光是智用塵謂三界六道塵汚之境而聖人渾和其間以教智光而開導之周旋者即往來出沒也

此之一學最妙最玄但辦肯心必不相賺

上二句歎道下二句勸進言此教外一宗離文字相絕心路學不落階級直指人心見性成佛是爲最妙最玄惟恐當人信之不及若也無疑肯心决志向前必無賺悞者也

〇二教理二　一示教　二誡勉

〇一示教

若有中流之士未能頓超且於教法留心溫尋貝葉

上二句明機下二句明教以如來隨機設教觀根授法故有三乘十二之分教外別傳之異倘或未能頓超方便之門必須留心熟研教典文熟則理彰因指自見月所

謂尋流達源者矣記曰此不言下士者謂中人可以語上下士聞道則笑故此不錄且於教法留心者恐非師子兒不能從空翻身且令沿溪傍徑免有喪身失命之患故使溫尋令從理悟入也貝葉即三藏經典梵語貝多羅此云岸影其樹如此方椶櫚直而且高葉長廣色光潤西國書寫皆取用焉

精搜義理傳唱敷揚接引後來報佛恩德

初句自行次二句化他末句報德欲報佛恩必須傳揚接引故偈云假使頂戴經塵劫身爲牀座徧三千若不傳法度衆生畢竟無能報恩者夫欲傳揚正法先須溫尋貝葉探賾幽玄研究性相窮盡義理不滯筌罤宗趣爰啓開發初機使之悟入方爲報佛恩德也記曰上令熟究其文此令推窮義理義者教之所顯理者義之所歸筌罤者筌爲得魚罤爲得兔指爲月標得意忘言始不滯於筌罤故經云修多羅教如標月指若復見月了知所標畢竟非月如是知者方能因教悟心不迷經旨自利利他報佛恩德誠爲國之寶也

時光亦不虛棄必須以此扶持住止威儀便是僧中法器

初句讚德次句囑荷下二句行稱具如上解行報德誠爲光陰不虛喪矣去聖時遙法音久寂若不勉力扶持法滅在邇終非報德必須堅志荷持正法自行化他覺行漸圓名眞報恩旣爾德充行盈內外合轍儼然僧寶人天師匠即如來使行如來事矣故長蘆云上上之機一生取辦中流之士長養聖胎至如未悟心源時中亦不虛棄近爲末法之津梁畢證二嚴之極果記曰如來使者須傳佛旨故名爲使使即所使宣佛因果名如來事德充行盈內外合轍是爲任止威儀也儼然僧寶人天師匠是曰僧中法器也華嚴經云具足受持威儀教法能令三寶不斷蓋由佛法二寶幷藉僧弘僧寶所存非戒不立故云順則三寶任持違則覆滅正法是知威儀不可不具持也

豈不見倚松之葛上聳千尋附托勝因方能廣益

上二句設喻下二句示法松喻勝因葛喻附托千尋喻廣益勝因即教理附托即觀智以智觀理悟入無生見齊佛地辯慧無窮敷揚利物誠眞法器記曰松喻理葛喻智以智觀理得見法身第一義諦縱未親證而法眼已明不受聲色所惑方能傳唱敷揚利濟群品廣益有二一自廣益見齊佛地二廣益他數揚利物言第一義諦者最上甚深之理其體湛寂其性虛融無名無相絶義絶思眞俗不二空有雙非顯中道義故曰第一義又不墮諸數量故言第一如經云雖一亦不爲一爲破諸數故

懇修齋戒莫謾虧踰世世生生殊妙因果

上二句戒因下二句戒果懇謂懇切修謂修持齋之爲言齊也以食齊日中倣同諸佛履踐中道之謂也又佛欲制斷六趣因故令同三世佛食如經云諸天早起食諸佛日中食畜生日西食鬼神日暮食僧隨佛學故從中食然中前得食者以表前方便得有證義中後不得食者表法界外更無別法或曰中士護戒可爾上士應不在論答曰大士護戒猶急於聲聞畏小罪如怖大惌歷代祖師亦未聞有破齋犯戒之者如清涼國師乃華嚴菩薩自以十律嚴身永嘉不食鋤頭下菜中峰不離水囊迦葉尊者首傳心印行頭陀自至終身日中一食午前不飡中後不飲果漿正爲斷除三界之習因不著二邊之過失亦表頓超方便不由門户而證入者也或曰教中有乘急戒緩戒急乘緩乘戒俱急乘戒俱緩之語此則戒似可緩乘宜可急答曰乘理也戒事也事由理立理因事生事理圓融

方名上士如鳥二翼鈌一即失萬里之翥猶人兩目毀一則無互用之照故其乘急戒緩乃墮修羅鬼畜而聞法由乘戒俱急遂生人天而悟道其緩急優劣斯可見矣戒者防非止惡滅除三毒之謂也虧踰者虧謂虧鈌乃違犯也踰謂踰越而弗學也殊妙因果者以戒淨故現則身心皎潔當來生生報以端嚴之體乃至三十二相萬德莊嚴之軀莫不以戒爲因由其因殊故其果妙若不持戒尚不得人身況得功德之體又戒不淨且無正信縱有懸河之辯而行解全違豈能傳唱敷揚報佛恩德今之禪學慢佛毘尼復違祖誡尚非信人焉名上士奚能敷揚利物傳佛心印者哉記曰果漿者謂以諸果壓漿濾滓澄清滴淨飲之三世如來食不過中者以諸佛性恒處中道是故如來自誕王宮乃至涅槃於其中間曾未有非時之食故論云如來性離非時食故佛言中後不食有五福一少婬二少睡三得一心四無下風五得身安隱亦不作病言謾者欺也又與慢同怠也忽也不敬也起信云乃至小罪心生怖畏慚愧改悔不得輕於如來所制禁戒當護譏嫌不令衆生妄起罪過斯誡自利利他荷持正法敷揚利物報佛恩德者也

〇二誡勉

不可等閒過日兀兀度時可惜光陰不求升進

上二句誡無虛度下二句慨無上進口旣閒過時復虛度不謀上向坐喪光陰實爲可惜記曰大禹惜寸陰陶侃惜分陰況爲生死出家者如救頭然而可虛度哉兀兀是不動貌乃悠悠度日無所用心不求升進如窳者焉

徒消十方信施亦乃孤負四恩積累轉深心塵易壅觸途成滯人所輕欺

初二句無德報恩次二句罪深障重後二

句由障成失若無升進不但無功以消信施亦乃無德以報四恩功既不施德無從立積罪日深惑塵心源無大人之見失聖人之明背覺合塵故乃觸途成滯慧解既封焉能開發後來縱使年高臘長亦何免人所輕欺記曰障即煩惱惑也以貪嗔癡垢塵蔽胸中豈能心光透漏既無自利復缺利他故爲後學之所輕欺又此心從無始來惡習種子緣深今復熏之豈不易塵乎哉觸謂遇對途謂道路即事理也滯謂滯礙是不通之義以心塵塵塞故遇事不通對理不達也

古云彼既丈夫我亦爾不應自輕而退屈

上句令做先哲下句勸自勉進先聖後賢人人有分彼既如是我何不然豈可自輕而退屈已志故佛誡羅睺羅云十方世界諸菩薩念念已證善逝果彼既丈夫我亦爾不應自輕而退屈涅槃經云若人不知佛性者則無丈夫相皆名女人記曰亦爾者亦然也丈夫者智人也彼既丈夫我亦智人不可高推在彼而自負己靈一切衆生本來成佛是故六凡四聖同一心源迷則爲凡悟即成聖一念相應便同諸佛若也未能當以身戒心慧內外熏修則步步離凡念念階聖一生取辦亦何讓他哉善逝者謂第一上升永不復還也亦云好去謂於種種諸三昧無量智慧中去此乃如來十號之一也聖賢者三乘人未見道已前名賢修習福智具賢德故也見道已後名聖聖者正也以無漏智正合理故也

若不如此徒在緇門荏苒一生殊無所益

上二句違教下二句失利若不如上修行實乃枉披法服混濫一生無功可記無德可錄故曰殊無所益記曰徒者空也緇門者以服色而稱法門也

△三結勸五　一啓發　二宗教　三勸勉　四顯示因果　五自行化他

○一啓發

伏望與決烈之志開特達之懷舉措看他上流莫擅隨於庸鄙今生便須決斷想料不由別人

初二句博達意氣次二句宗賢杜愚後二句悟不由他伏望乃懇禱之詞與決烈志者發勇猛心秉丈夫之氣開特達懷者恢擴胸襟立向上智舉措看他上流者動靜履踐須宗上德莫擅隨於庸鄙者不可自專隨習庸流時輩故范蜀公送圓悟禪師行脚云觀水莫觀汚池水汚池之水魚鱉卑登山莫登迤邐山迤邐之山草木稀觀水須觀滄溟廣登山須登泰山上所得不淺所見亦高斯之謂也今生便須決斷者一刀兩段當下決了今若不了更待何時不由別人者自心還自決自修還自悟非關於別人縱饒父子亦難相代所謂借人鼻管出氣不得是也記曰庸鄙即庸愚鄙陋之人也決謂決了又果決無猶豫之詞斷乃判決之謂也迤音駝邐音里山之卑小而連接人所常行者也

○二示敎

息意忘緣不與諸塵作對心空境寂只爲久滯不通

上二句遣妄下二句原真息意忘緣者意乃六根之主主若止息而攀緣之心自忘矣不與諸塵作對者凡夫不了自心種種妄執隨事攀緣分別六塵境界若一念無生離諸分別則意息緣忘六塵誰與作對是則根不緣塵而塵境自寂矣心空境寂者真心本空塵境元寂良由迷真執妄故有諸境紛然心若無執則終日對境而境

恒寂亦非泯絶心境蕩除萬物然後爲寂但不迷眞其境自寂故經云盡見諸法而無所見是也久滯不通者從無始際不覺一念心起則萬劫情生不達本空執之爲有擁蔽眞心滯而不通致使本覺圓明變爲能見之妄見無相眞體變爲所見之妄境妄爲眞礙故曰不通若不返照破彼根塵則無能復其本矣記曰遣妄者謂離妄根境妄心元無自體攬塵成體隨境有無境來即生境去即滅既因境而起則全境是心又因心照境則全心是境而各無自性唯是緣生若心離念則根境寂然原眞者謂推原其始唯一眞心性淨明體逈絶根塵靈知寂照湛然無際周徧法界鐵圍不能遮其輝穹蒼不能覆其體萬法不能隱其眞塵勞不能易其性由其最初迷一法界不覺妄起而有其念隨染淨緣心境互生障本靈明至今未曾返省故曰久滯不通盡見諸法者心境歷然也而無所見者眞心無知眞境無相無知故空無相故寂無知者非同木石之無知乃心不起分別寂而常照無相者非蕩盡萬物之無相乃即相無相照而常寂故也扳緣心者即妄想心也此心分別有三謂心意識而初心對境覺知異乎木石名之爲心次心籌量名之爲意了了別知名之爲識妄想若息三者都忘境界亦滅唯一眞心虛通無礙無所不適而更有何物之可滯哉

○三勸勉

熟覽斯文時時警策强作主宰莫狥人情

上二句依法自警下二句勉志上趣熟覽等者謂須熟讀其文藴之胸中時時自警深思其義策勵進修不可一經耳目便置之高閣强作主宰等者凡夫爲無明所熏久習成性觸境即便隨緣苟不自勉立决烈之志開特達之懷秉智慧弓執堅固箭暫爾隨流則必爲羣邪所誘四魔所害也記曰四魔者一五陰魔二煩惱魔三死魔四天魔

○四顯示因果

業果所牽誠難逃避聲和響順形直影端因

果歷然豈無憂懼

上二句業報次二句設喻第五句不昧第六句動慎業果所牽等者業即所作不善之因果由因至因移果熟牽報難逃如法句經云昔有梵志兄弟四人俱得五通各知七日後命必當終共相謂曰我等神通自在豈不能避此難耶其兄曰吾入大海正處其中上不出水下不至底無常殺鬼焉知我處二弟曰吾擘須彌山開入中還合無常殺鬼焉知我處三弟曰吾處虛空隱形無跡無常殺鬼安知我處四弟曰吾隱居大市衆人猥鬧之中各不相識無常殺鬼若至隨得一人何必取我四人議訖各適所至七日期滿各從其處而皆命終佛以道眼觀見其死終不可避而說偈曰

非空非海中非入山市間無有地方所脫之不受死此正所謂難逃者也聲和形直喻善因響順影端喻善果若其聲暴則其響烈其形曲則其影咼理之必然非有聲而無響亦非形影而有相乖聲響不異形影無差因果不亡故曰歷然業報靡爽豈容不信交報目前寧無憂懼哉記曰如來尚受馬麥金鎗羅漢不免蛇螫餓亡況我凡輩可不懼哉

故經云假使百千劫所作業不亡因緣會遇時果報還自受

上二句明因時下二句明果時經云者引如來言假使者設況之詞百千劫者舉其大數以該無始也又舉其近以況其遠知其遠以曉其近也所作業者謂身口意所造不善之行不亡者毫釐無失因緣會遇

時者業果相牽時至即會遇果報還自受者果以酬因交報無謬自作還自受別人替不得記曰百千屬遠時所作屬遠因會遇是近時自受是近果舉百千以知無始故曰舉近况遠舉百千以知現前故曰知遠曉近

故知三界刑罰縈絆殺人努力勤修莫空過日

上二句令識苦境下二句令知修斷謂令知苦境而勤修出離道也以三界衆生生不免老病死諸苦故曰刑罰諸惑結使纏縛衆生輪轉三界不得出離是爲縈絆煩惱怨賊能斷慧命故曰殺人努力勤修者無上妙道非懈怠者能得莫空過日者不可坐喪光陰須求升進日有其益記曰苦境者即三界六道衆生受報之處然此果報由積惡因而有欲免苦果須斷惡因欲得涅槃寂滅之樂當修無上出離之道苦果是世間惡報涅槃是出世間妙果修斷者謂斷惡而修善也日有其益者所謂爲學日益爲道日損損之則道業踰高益之則學功踰遠損益即斷修之異名也

○五自行化他

深知過患方乃相勸行持願百劫千生處處同爲法侶

上二句自覺覺他下二句誓同法界深知者自覺徹見也過患者五欲迷人如窖中藏毒非智者莫知三界火宅惟長者乃識相勸者覺他也令識毒而悟火宅也行持者依教奉行也願百劫千生等者此乃溈山冥古今析長劫達生死本空涅槃如夢了一切法皆即眞如器界即法界心佛衆生三無差別故誓曰百劫千生同爲法侶記曰百劫千生者舉其大數也以達生死本空涅槃如夢不離三界常處華藏共爲菩提法屬作他不請之友故曰同爲法侶

△次重頌三　一標頌題　二頌敎誡

三頌示法

○一標頌題

乃爲銘曰

此銘乃依前長行中文重宣其義結之爲頌使學者記取終身不忘也然其中文句次第稍異長行不必逐文穿鑿但以意會則理無不周矣記曰銘者警戒之辭所謂刻骨銘心如鐫石不忘也今舉其大綱攝其切要結之爲頌俾學者而易持誦焉

△二頌敎誡十一　一幻色　二時節　三生滅　四流轉　五愛取有　六虛生空老　七無明惑　八慨時命速　九現因後果　十因果所由　十一循還不息

○一幻色

幻身夢宅空中物色

夢宅物色俱喻幻身然夢宅因寐而有物色由翳而生業繫本虛四大妄有故名爲幻如世幻術之人以草木巾等幻作人物禽獸往來動止色相宛然幻法一收人畜了不可得此身無實亦復如是空中旣無物色夢裏豈有華堂良由迷眞執妄故長夜寐而不覺爲愛見病之所翳故見空中有諸花相及第二月記曰第二月者月本惟一以目病故見有重輪似有二月空及本月喻法身花及第二月喻幻質衆生惟一法身元無幻質由迷色心故認五蘊四大幻軀爲自所有如夢所見長夜輪廻而不醒覺

○二時節

前際無窮後際寧尅

前際謂無始後際謂未來前旣無始故曰無窮後亦無終故曰寧尅謂諸衆生前之

生死受身捨身不能窮其邊量後之生死寧定其邊際惟有一念不生則前後際斷矣

○三生滅

出此沒彼升沉疲極

出是生沒是滅即生此死彼也升則人天修羅沉則地獄鬼畜疲極者心神爲業驅使流轉不息寧不勞倦疲極哉

○四流轉

未免三輪何時休息

三輪者三界輪廻也何時休息者由因感果果復造因捨身受身如牛壞軛生死無際何有休息惟破三界二十五有者能之

○五愛取有

貪戀世間陰緣成質

貪戀是愛取陰緣成質是有世間謂情器世間陰即五陰緣即十二因緣以衆生貪愛戀著情器世間故禀父母遺體此身本無由假陰緣而有故曰成質記曰器世間者謂世界如器衆生安住其中即此三千大千世界也情世間者謂五陰和合而成者是也楞嚴云由此無始衆生世界生纏縛故於器世間不能超越是也纏縛即貪戀也世以隔別爲義亦三世也間是間差謂種種差別而不相謬亂也然此情器世間本來無有以妄想故而建立之故淨名云從無住本立一切法天台釋云若迷無住則三界六道紛然而有因立世出世間一切諸法若解無住即是無始無明返本還源發真成聖楞嚴云一人發真歸源十方世界盡成消殞此則情器世間俱破而質不可得矣

○六虛生空老

從生至老一無所得

此言生老二支生無所益是名虛生老無所得是名空老記曰一無所得者於戒定慧門出世諸法無一安足處也

○七無明惑

根本無明因茲被惑

一切衆生本具真如實相妙淨明心良由最初一念不如實知不覺心動忽然念起妄見境界名爲無明斯即無明最初生相爲生死苦本染法之因由此因故熏習真如心體增長而成六法一貪（此以染著爲性）二嗔（此以憎恚爲性）三慢（此以自恃陵他爲性）四無明（此乃於諸事理迷暗爲性）五疑（此乃於諸諦理猶豫不決爲性）六不正見（此乃於諸諦理顛倒推度爲性此見有五一身二邊三邪四見取五戒禁取）此之六法能生隨等諸煩惱以能生故曰根本由此根故迷本圓明覆蔽真心於諸世出世間等法不能明了故曰無明一切衆生因斯無明迷惑真性不能見道惟造有漏之因故曰被惑若能一念返照則此無明内被真如所熏發起正信修行成於淨業由此淨因反熏真如了明自心頓同諸佛所謂一念淨心成正覺也（記曰由不了真如實相妄念忽興名爲無明既迷真實乃稱爲惑迷惑既深三業熾然故造善惡由善惡業牽向六道妄受生死所以一切衆生迷真逐妄故於不遷境上空受輪廻向無脫法中妄生纏縛如春蠶之作繭似秋蛾之赴燈以二見之絲纏無明之繭以無明貪愛之翅撲生死之火輪從生至生念念相續故受生死輪廻無有休息苟能離念則一切煩惱生死悉皆盡矣）

○八慨時命速

光陰可惜剎那不測

一生空過是爲可惜無常忽至非人可測所謂一剎那間轉息即是來生是也

○九現因後果

今生空過來世窒塞

今若不植明慧之因豈招當來通達之果

記曰窒塞是塵蔽之義即不通之謂也

○十因果所由

從迷至迷皆因六賊

從迷是空過至迷即窒塞此亦三世互舉也由昔不悟至今昏迷今若不了迷更轉深此迷無有別法皆因六賊所致雖曰六賊難防意爲其主主若被獲五都亡矣 記曰不了即迷也轉深即來生以至後後生也賊者劫害之義謂此六根數取六塵境界染汚真心喪失智慧劫功德財功德財者畧有七一信二戒三聞四捨五慧六慚七愧乃至無漏根力禪定等

○十一循環不息

六道往還三界匍匐

因果展轉相感不息故曰往還升沉疲極故曰匍匐總由被賊驅使流轉六道升沉三界無有休息故也 記曰匍匐乃匍上匐下即升沉之謂又急遽貌會意可知

△三頌示法七 一依師 二擇法 三了妄 四歸真 五相忘 六寂照 七雙泯

○一依師

早訪明師親近高德

明師能令法眼明正高德能使戒德清高早訪言不可蹉跎延時親近謂須久久依止 記曰明師能令慧光朗發故得法眼明正高德能使尸羅皎潔故得戒德清高是以古人千里叅尋知識得遇作家手眼即高掛蒲團折却柱杖如南嶽徑山等若無善知識所護則爲邪師惑亂內發邪因外行邪業何能决擇去其荆棘者乎永明壽禪師云若逢真正導師切須勤心親近假使叅而未徹學而未成歷在耳根永爲道種世世不落惡趣生生不失人身纔出頭來一聞千悟益非小也

○二擇法

决擇身心去其荆棘

決之在心擇之以慧行者當以無漏慧揀擇身心去其不善擇其善者而修之如鵝王之擇乳也荆棘乃無明妄想五蓋十習諸不善法也記曰水乳相和鵝王入口則水乳自分而飲其乳棄其水也凡夫善惡二法相參渾於八識田中行者修行須具慧目擇取善者棄其不善使身心皎潔則去道不遠斯即七覺意中之擇法覺也五蓋者一貪欲二嗔恚三睡眠四掉悔五疑蓋十習者一婬二貪三慢四嗔五詐六誑七怨八見即邪見也九枉謂逼壓良善也十訟謂相論得失也

○三了妄

世自浮虛衆緣豈逼

世間一切有爲諸法猶如夢幻遊雲皆從妄而生了無實性衆緣即世間諸法既自浮虛豈能逼人然世諸緣事法悉從真性隨緣而成如水隨器方圓遇風波生凡夫由妄想風激於本源波濤洶沸見波忘源故執事迷真而爲種種事緣所逼如不迷真即不受其瞞也記曰水喻真性器波喻衆緣事法即境也風喻妄想知波全水即了妄歸真是曰不受其瞞

○四歸真

研窮法理以悟爲則

要得無疑田地直須行到水窮山盡始方休記曰法乃自心之法法之所顯曰理研窮如除鏡垢垢盡光生故曰以悟爲則然法是軌持義軌生物解任持自性也任持自性者一切衆生皆有本覺妙明真性雖流轉六道受種種形而此覺性不曾失滅生解者衆生悟入知見雖因知識善友開示然其智解從覺性生如木土之潤生穀等芽而芽從種生不從水土生故也

○五相忘

心境俱捐莫記莫憶

心即人境即法莫記莫憶即人法兩忘矣四祖云一切不留無可記憶虛明自照不勞心力盤山云心月孤圓光吞萬象光非

照境境亦非存光境俱忘復是何物譬如擲劍揮空莫論及之不及斯乃空輪無跡劍刃無虧若能如是心心無知全心即佛全佛即人人佛無異始爲道矣記曰心是能境是所若知能所無體頓悟人空法空忽了物我無依始信境寂心空無知者經云聖心無所知無所不知即本覺心體也本覺真心心性寂滅本無知覺故能知能見如鏡無像故能鑒物雖曰能鑒然鑒而無鑒靈知本寂故終日知而未嘗知有知即無明有見即妄想智體本無無明及於妄想以無知故故曰智有窮幽之鑒而無知焉

○六寂照

六根怡然行住寂默

心境俱捐二障解脫照體獨立絕知會忘能所得於內應於外是故六根自若脫洒洒地豈不怡然行住坐臥動靜皆如故曰寂默永嘉云行亦禪坐亦禪語默動靜體安然是也記曰目對千山心閒一境是以六根自若優游三界脫洒四生不爲聲色塵勞所累其神逍遙物外故曰怡然永嘉云妙悟玄宗虛心冥契動靜常矩語默恒規恬澹息於內蕭散揚於外華嚴論云唯寂唯默心造如來之樣不著不戀入道合法之轍是也言寂照者寂是體照是用道之所極極於此也

○七雙泯

一心不生萬法俱息

不與萬法爲侶者則前後際斷是曰俱息記曰萬法者是指其總數而實該於一切也今舉前後則包括十方三世一切事理內外諸法盡矣萬法雖衆不出心境心空境寂獨露堂堂一絲不掛是曰不與萬法爲侶一心者本覺妙明真心也起信論云唯是一心故名真如心體離念故曰不生楞伽云心生則種種法生心滅則種種法滅所謂心異則千差競起心滅則萬法坦然心染則六道四生心空則一道清淨宗鏡云何謂一心謂真妄染淨一切諸法無二之性故名爲一此無二處之法實不同空性自神解故名爲心一心之體來去寂滅不可以有無處所窮其幽跡不可以識智詮量談其妙體唯證入者只在心知但能內觀一念無生則空花三界如風捲煙幻影六塵猶湯沃雪廓然無際唯一真心此心本自圓明元清淨體無起無生自體不動不爲生死所染不爲涅槃所淨問曰

心既唯一妄從何生答曰葢由最初迷一法界不覺妄起而有其念如睛勞有空花現睡熟有夢寐生即此名爲妄心此之妄心元無自體但因前塵隨境有無境來即生境去即滅是心是境各無自性唯從因緣而生如鏡裏像水中月愚夫認此爲眞二祖於此心不安而求安心法於一言下便了此心不生故云覓心了不可得即知眞心虛靈明妙遍一切處含十方界既心因境起若此妄心不生則塵境頓滅故云俱息前云寂照猶存境智兩立今智境交徹而兩亡故曰雙泯境智既泯唯一本覺眞心寂滅無相體同諸佛故永嘉云境智冥一萬累都泯妙旨存焉問曰智泯何以應機接物境亡則奚能感彼來應答曰般若無知論云智彌昧照逾明神彌淨應逾動境彌寂應逾感別行鈔云由理智冥合故得一切諸法無非法身十方衆生有發菩提心心識淨者無不應現而爲說法故此眞如體性猶若摩尼隨色所現何無感應之謂哉

溈山警策句釋記卷下

音釋

偁古稱字 非

縈絆上音縈繫也下音半繫足也

窳音與惰也

勔音免勉也勸

咼快字平聲不正也俗作歪

軛音厄駕牛領木

二障煩惱障所知障

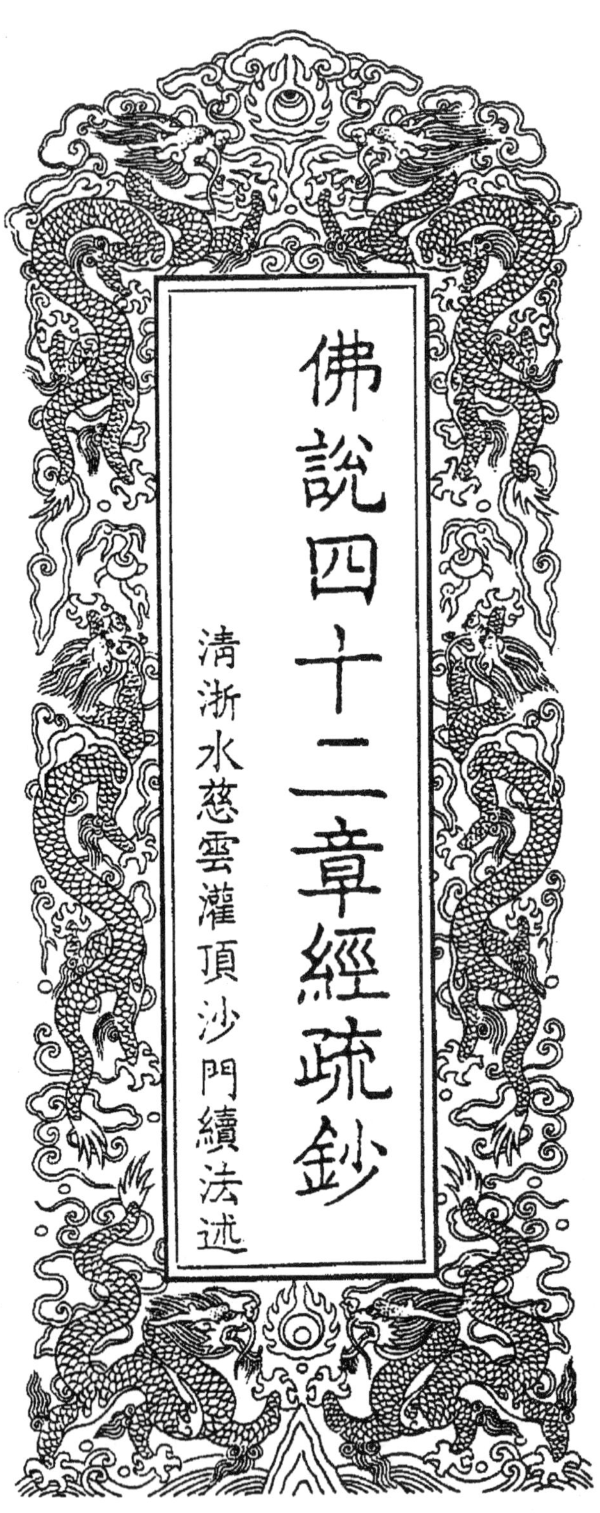

# 佛說四十二章經疏鈔

清浙水慈雲灌頂沙門續法述

清刻龍藏佛說法變相圖



序

聖人作賢人述而大道弘矣如來說菩薩論而佛教盛矣然而作者述者說者論者爲經爲傳爲藏爲典幾令學者望洋焉佛氏馬鳴作大乘論先歸眞之博後起信之約龍樹記華嚴經先上本之詳後下本之略不特爲利鈍諸根均其教澤且可以總統眞如聖凡一致矣摩騰竺法蘭之四十二章即此意也蓋嘗漢帝兆夢之後法蘭于月氏說法以三藏之汪洋五乘之浩瀚也乃於十二部中取四十二章以爲諸宗之綱領東渡之舟航焉其見性學道者性也識自心原者相也觀靈覺即菩提者密也不歷諸位而自崇最者禪也爲四眞道無作

無爲者小乘之有宗大乘之空宗也如一眞地無不見知者華嚴之法界法華之知見也律宗則止惡行善也淨宗則達佛深理也統攝諸宗其有過於此者乎雲棲講而未遂鳳山註而未詳今慈雲伯亭法師爲騰蘭使行佛祖事重爲疏鈔顯義則如珠現彩分科則如光辨相點睛出髓當下釋黏緬思我

皇上誠孝

太皇太后懿旨刊刻經藏

裕親王理其事卿貳咸襄助之衢忝與

焉今伯亭法師刊此疏鈔是體

聖意以廣化亦吾儒之能述釋氏之能論者也敢不爲之序以使欲通佛國者得從流沙以達葱嶺拈莖草者一閱疏鈔而作丈六金身耶是爲序

奉直大夫欽天監左監副邵泰衢拜題

## 四十二章經疏鈔序

六道之所以爲凡者欲而已矣三乘之所以爲聖者道而已矣是故徇道則升貪欲則墜然道之與欲俱出吾心心念道也道理長而欲情消心念欲也欲情強而道理弱則知自心之動念也豈可以不識哉吾佛出世大事因緣在於識自心達佛理斷愛欲修道行以是正覺始成即說三乘之教雖圓初唱便空二執之障直指心源廣明理性務在得中而守眞愼勿信意以思想然後欲愛乾枯會其

至道心地澄清復於本有是則此經說也其功不亦大乎經雖美矣奈之何自西天白馬䭾來優鉢火中開後竺法摩騰最先譯出漢明帝緘之石室蘭臺晉魏朝固與像教所宗尚者皆餘法門而此一典不能傳布唐宋及今未見善本亦未曾聞解此章者猶祕之海藏龍宮豈不惜哉嗟夫三藏十二部皆佛語也譬如食蜜中邊皆甜何得舉後遺前棄本逐末將此妙法存而不論雖欲從之末由也已予於坊間偶得善本遂乃稟雲棲之遺訓隨文註釋遵賢首之義門懸演宗承欲令微塵剎土無非四十二章欲不斷而自斷恒沙世界總為五百餘言道不證而自證縱文身不到聞熏處盡作法身或淺智不解疑信時亦成佛智竺法之教光於今猶故摩騰之神變厥後還彰此述作之真實心也略敘本致普告後之覽者時

康熙庚申年九月重陽日灌頂行者續法題於慈雲丈室

佛説四十二章經

後漢沙門迦葉摩騰竺法蘭同譯

○初序分

爾時世尊旣成道已作是思惟離欲寂靜是最爲勝住大禪定降諸魔道當轉法輪度脱衆生於鹿野苑中轉四諦法輪度憍陳如等五人而證道果

復有比丘所説諸疑求佛進止世尊敎詔一一開悟合掌敬諾而順尊勅

○二正宗分

爾時世尊爲説眞經四十二章

○一出家證果章

佛言辭親出家識心達本解無爲法名曰沙門常行二百五十戒進止淸淨爲四眞道行成阿羅漢阿羅漢者能飛行變化曠劫壽命住動天地次爲阿那含阿那含者壽終神靈上十九天證阿羅漢次爲斯陁含斯陀含者一上一還卽得阿羅漢次爲須陀洹須陀洹者七死七生便證阿羅漢愛欲斷者如四肢斷不復用之

○二達理崇道章

佛言出家沙門者斷欲去愛識自心源達佛深理悟無爲法内無所得外無所求心不繫道亦不結業無念無作非修非證不歷諸位而自崇最名之爲道

○三割愛取足章

佛言剃除鬚髮而爲沙門受道法者去世資財乞求取足日中一食樹下一宿愼勿再矣使人愚蔽者愛與欲也

○四轉惡成善章

佛言衆生以十事爲善亦以十事爲惡何等爲十身三口四意三身三者殺盜婬口四者兩舌惡口妄言綺語意三者嫉恚癡如是十事不順聖道名爲惡行是惡若止名十善行耳

○五改過滅罪章

佛言人有衆過而不自悔頓息其心罪來赴身如水歸海漸成深廣若人有過自解知非改惡行善罪自消滅如病得汗漸有痊損耳

○六忍惡無瞋章

佛言惡人聞善故來撓亂者汝自禁息當無瞋責彼來惡者而自惡之福德之氣常在此也

○七呵佛招禍章

佛言有人聞吾守道行大仁慈故致罵佛佛默不對罵止問曰子以禮從人其人不納禮歸子乎對曰歸矣佛言今子罵我我亦不納子自持禍歸子身矣猶響應聲影之隨形終無免離慎勿爲惡

○八害賢滅巳章

佛言惡人害賢者猶仰天而唾唾不汚天還從巳墮逆風颺塵塵不至彼還坌巳身賢不可毀禍必滅巳

○九守志會道章

佛言博聞愛道道必難會守志奉道其道甚大

○十助施得福章

佛言覩人施道助之歡喜得福甚大沙門問曰此福盡乎佛言譬如一炬之火數千百人各以炬來分取火去熟食除冥此炬如故福

亦如之

○十一舉田較勝章

佛言飯凡人百不如飯一善人飯善人千不如飯一持五戒者飯持五戒者萬不如飯一須陀洹飯百萬須陀洹不如飯一斯陀含飯千萬斯陀含不如飯一阿那含飯一億阿那含不如飯一阿羅漢飯十億阿羅漢不如飯一辟支佛飯百億辟支佛不如飯一三世諸佛飯千億三世諸佛不如飯一無念無住無修無證之者

○十二尊親顯孝章

佛言凡人事天地鬼神不如孝其二親二親最神也

○十三詳難勉行章

佛言人有二十難貧窮布施難豪貴學道難棄命必死難得覩佛經難生值佛世難忍色離欲難見好不求難有勢不臨難被辱不瞋難觸事無心難廣學博究難不輕未學難除滅我慢難心行平等難不説是非難會善知識難見性學道難隨化度人難對境不動難善解方便難

○十四守道淨命章

沙門問佛以何因縁得知宿命會其至道佛言淨心守志可會至道譬如磨鏡垢去明存斷欲無求當得宿命

○十五行善志大章

沙門問佛何者爲善何者最大佛言行道守眞者善志與道合者大

○十六忍力心明章

沙門問佛何者多力何者最明佛言忍辱多

力不懷惡故兼加安健忍者無惡必爲人尊心垢滅盡淨無瑕穢是爲最明未有大地逮於今日十方所有無有不見無有不知無有不聞得一切智可謂明矣

○十七澄濁見道章

佛言人懷愛欲不見道者譬如澄水致手攪之衆人共臨無有覩其影者人以愛欲交錯心中濁興故不見道汝等沙門當捨愛欲愛欲垢盡道可見矣

○十八滅暗存明章

佛言夫見道者譬如持炬入冥室中其冥即滅而明獨存學道見諦無明即滅而明常存矣

○十九無相會眞章

佛言吾法念無念念行無行行言無言言修無修修會者近爾迷者遠乎言語道斷非物所拘差之毫釐失之須臾

○二十觀覺得道章

佛言觀天地念非常觀世界念非常觀靈覺即菩提如是知識得道疾矣

○二十一推我成空章

佛言當念身中四大各自有名都無我者我既都無其如幻耳

○二十二求名危身章

佛言人隨情欲求於聲名聲名顯著身已故矣貪世名常而不學道枉功勞形譬如燒香雖人聞香香之燼矣危身之火而在其後

○二十三貪財招苦章

佛言財色於人人之不捨譬如刃刃有蜜不足一餐之美小兒舐之則有割舌之患

○二十四繫妻溺泥章

佛言人繫於妻子舍宅甚於牢獄牢獄有散釋之期妻子無遠離之念情愛於色豈憚驅馳雖有虎口之患心存甘伏投泥自溺故曰凡夫透得此門出塵羅漢

○二十五戀色亡道章

佛言愛欲莫甚於色色之爲欲其大無外賴有一矣若使二同普天之人無能爲道者矣

○二十六欲損道益章

佛言愛欲之人猶如執炬逆風而行必有燒手之患天神獻玉女於佛欲壞佛意佛言革囊衆穢爾來何爲去吾不用天神愈敬因問道意佛爲解說即得須陀洹果

○二十七逆情順性章

佛言夫爲道者猶木在水尋流而行不觸兩岸不爲人取不爲鬼神所遮不爲洄流所住亦不腐敗吾保此木決定入海學道之人不爲情欲所惑不爲衆邪所嬈精進無爲吾保此人必得道矣

○二十八踈意遠色章

佛言慎勿信汝意汝意不可信慎勿與色會色會即禍生得阿羅漢已乃可信汝意

○二十九正念待女章

佛言慎勿視女色亦莫共言語若與語者正心思念我爲沙門處於濁世當如蓮花不爲泥汚想其老者如母長者如姊少者如妹稚者如子應當諦觀彼身何有惟露穢惡盛諸不淨生度脫心息滅惡念

○三十趣道避欲章

佛言夫爲道者如被乾草火來須避道人見

欲必當遠之

○三十一患婬斷心章

佛言有人患婬不止欲自除陰佛謂之曰若使斷陰不如斷心心如功曹功曹若止從者都息邪心不止斷陰何益佛爲說偈欲生於汝意意以思想生二心各寂靜非色亦非行佛言此偈是迦葉佛說

○三十二離愛絶憂章

佛言人從愛欲生憂從憂生怖若離於愛何憂何怖

○三十三堅心得果章

佛言夫爲道者譬如一人與萬人戰挂鎧出門意或怯弱或半路而退或格鬬而死意若無懼或得勝而還沙門學道應當堅持其心精進勇銳不畏前境破滅衆魔而得道果

○三十四處中證理章

沙門夜誦迦葉佛遺教經其聲悲緊思悔欲退佛問之曰汝昔在家曾爲何業對曰愛彈琴佛言絃緩如何對曰不鳴矣絃急如何對曰聲絶矣急緩得中如何對曰諸音普調佛言沙門學道亦然心若調適道可得矣於道若暴暴即身疲其身若疲意即生惱意若生惱行即退矣其行既退罪必加矣但清淨安樂道不失矣

○三十五去垢成行章

佛言如人鍜鐵去滓成器器即精好學道之人去心垢染行即精淨矣

○三十六舉勝顯難章

佛言人離惡道得爲人難既得爲人去女即男難既得爲男六根完具難六根既具生中

國難既生中國值佛世難既值佛世遇道者難既得遇道興信心難既興信心發菩提心難既發菩提心無修無證難

○三十七憶戒得果章

佛言佛子離吾數千里憶念吾戒必得道果在吾左右雖常見吾不順吾戒終不得道

○三十八知命了道章

佛問沙門人命在幾間對曰數日間佛言子未知道復問一沙門人命在幾間對曰飯食間佛言子未知道復問一沙門人命在幾間對曰呼吸間佛言善哉子知道矣

○三十九學佛信經章

佛言學佛道者佛所言説皆應信順譬如食蜜中邊皆甜吾經亦爾

○四十盡惡圓覺章

佛言沙門行道無如磨牛身雖行道心道不行心道若行何用行道

○四十一出欲免苦章

佛言夫爲道者如牛負重行深泥中疲極不敢左右顧視出離淤泥乃可蘇息沙門當觀情欲甚於淤泥直心念道可免苦矣

○四十二視法了幻章

佛言吾視王侯之位如過隙塵視金玉之寶如瓦礫視紈素之服如敝帛視大千界如一訶子視阿耨池水如塗足油視方便門如化寶聚視無上乘如夢金帛視佛道如眼前華視禪定如須彌柱視涅槃如晝夕寤視倒正如六龍舞視平等如一眞地視興化如四時木

佛説四十二章經

佛說四十二章經疏鈔卷第一

清浙水慈雲灌頂沙門續法述

釋此一經大分爲二㊙初敘義門二㊚先略標

將解此經文分二章初懸敘義門次隨文疏鈔前有六義一教起所因二藏乘時攝三教義分齊四所被機宜五能詮體性六宗趣通局

將下通序也前下別開也初句標一下列此例起信疏旨略開六門耳夫聖人說教必有因緣故先辯教因因緣既興有所起教於藏乘分何種所攝故次約藏攝藏乘時分雖知其攝於五教義判歸何教故三顯教義已知教義深廣未審被何根器故四明被機既知教義普被諸機未識能詮何爲體性故五論教體能詮文義已知該羅所詮宗旨通局若何故六宗宗趣此即六義之生起也

㊚次詳釋六㊛初起因

初教因者謂如來出現非以一緣非以一事譬如須彌山王不以無事及小事緣令得振動今經興起亦復如是具多因緣一爲欲令在家者改過遷善故二爲欲令出家者速超生死故三爲欲令權乘者不迷圓實故四爲欲令斷欲愛輪廻根本故五爲觀塵界無常苦空故六令悟根身無我不淨故七欲示修諸行不沉空寂故八爲欲知幻空不着法相故九爲欲令明心性達佛深理故十爲欲令守眞常疾得道果故

初句標牒謂下釋義二先總如來等引華

嚴出現文非一緣一事者如酬因應請顯理度生也譬如等引智度論文以喻證上法也今下合也一下次別佛未出時凡夫造諸惡逆外道起諸邪見迷昧六塵沉淪於四趣之中纏綿五蓋沒溺於三途之下及佛降靈說此妙典能令凡外不起邪非罪滅福生離苦得樂也下云衆生以十事爲善亦以十事爲惡改惡行善罪自消滅又云被辱不瞋難不說是非難忍辱多力不懷惡故忍者無惡必爲人尊（如四五六七八章等）二下雖解在家多諸罪累剃除鬚髮而爲沙門未得離生脫死之方寧有超凡入聖之路佛說此經能令戒七支登四果知人命呼吸間一心學道而已下云如牛行淤泥中疲極不敢迴顧急走出之方可蘇息

（如一二三三十八四十一章等）三下權乘者即三乘五乘等人也未聞經前菩薩則退大向小二乘則沉空滯寂人天則享福受樂既聞經後人天也願超三界下云得羅漢乃可信汝意（二十八章）視大千如訶子（四十二章）二乘也回小向大下云發菩提心難（三十六中）隨化度人難（十三中）菩薩也會權歸實從因趣果下云知識靈覺即是菩提得道疾矣（二十章總證也）又云佛涅槃如夕寤無上乘如夢金（四十二章別證會漸歸頓）又云喜助人之施道得福還有盡不佛言如一炬火然百千炬火盡不耶（十章會偏歸圓）則知開悟權教五乘者無越此經矣四下一切衆生皆以婬欲而正性命是故欲爲輪迴之本楞嚴云想愛同結愛不能離則諸世間父母子孫相生不斷是等則以欲

貪爲本十住斷結經云是時座中有四億衆自知死此生彼牽連不斷欲爲之源今說此經初後皆明斷愛離欲去婬遠色爲得解脫之本愛心不除塵不可出下云慎勿視女色亦莫共言語又云當觀欲情甚於淤泥等前後共十九章五下六塵色境如幻泡影三界火宅八苦交煎凡外不了執眞常樂起諸惑業輪轉不休故說此經令悟無常下云觀天地非常世界非常二十中又云視王位如隙塵寶玉如瓦礫紈素如敝帛興化如四時四十二中淨名云所見色與盲等所聞聲與響等所齅香與風等所食味不分別受諸觸如智證觀諸法如幻化楞嚴云見聞如幻翳三界若空花華嚴云住於夢定者了世皆如夢則塵界苦空豈可貪戀耶六下一切男女身分皆有無量過患貪欲之獄恒爲煩惱繫纏臭穢之坑常被諸蟲唼食似行厠而五種不淨若漏囊而九孔常流嗔恚毒蛇起害心而戕慧命愚痴羅刹執我見而噉智身不堅似芭蕉水沫無常如焰影電光雖灌吞而反作寃仇每將養而罔知報恩猶惡賊而舉世皆嫌類死狗而諸賢並棄奈何凡迷從無始來執身爲我因寶我故貪求名利欲榮益我忿恨違情恐侵損我非理計較展轉相續若能常觀此身本來無我不淨即三毒自滅三界自離也下云當念身中四大無我二十一中等又有貪女色者不知羅衣單了髏囊錦被遮却屎尿桶簪花草於腥臊頭上帶麝香於臭皮袋畔外假粉塗內惟蟲聚

鮑肆厠孔糞丸瘡疱猶如彩畫瓶中多盛膿血糞穢亦如西域尸陀林樹果如初生孩子色甚鮮白須臾墮在地上脹爛臭穢女身亦爾鯹羶垢惡如何迷昧漢尚逞風流却似厠蟲樂糞懞憧郎猶生顛倒好像青蠅逐臭眼前圖快活不及一時身後受苦報經歷多刧縱使妻兒相惜無計爲君假饒骨肉滿前有誰替汝佛説此經令離女色大患莫切于有身大苦莫甚於有欲是故見諸女身當作糞囊行厠膿袋蟲窟觀惡瘡穢器火坑花箭觀無底枯井觀杻械枷鎖觀癆病癰毒死尸膖脹觀髑髏骨鎖火燒歸塵觀等若能如是自然出離五欲成證四果也下云於色不捨如刀上蜜有割舌患二十三中又云繫於妻子甚於牢獄情愛於色投泥自溺二十四中無能爲道二十五執炬燒手二十六禍殃橫生二十八種種憂怖三十二等是則無我觀爲破身見之本不淨觀爲斷色貪之根求道者可不修歟七下欲階聖位須修妙行萬行不修諸位徒設撥無因果墮於斷見外道畢竟寂滅同於偏空二乘今則持七支戒進四眞道一取足三行善四悔過五孝親十二明大力十五六滅衆魔三十三發菩提心三十六方便化度十三此即入於大乘者也八下根身器界生滅萬變總是水中月影空裏花光聖人了知虛妄無取捨心所以隨處自在得大安樂凡夫於此執以爲實愛憎取捨煩惱熾然因惑造業因業受苦皆由不能識破而已譬如兩人同觀水中之月愚者妄謂實月

欲圖撈取費力懊惱智者了知虛妄袖手安坐快樂自在永嘉集云心與空相應譏毀讚譽何憂何喜身與空相應刀割香塗何苦何樂依報與空相應施與刦奪何得何失今致興也正令知幻以般若照五蘊皆空聚沫之色既虛水泡之受何有陽燄之想非實芭蕉之行唯空幻識倏爾無依空大湛然不動窮四大根本性相尚無則六根枝條影響奚有身見既不立妄境又無從理窮於此人法俱空見五陰中無有主宰即人空慧見六根上皆如幻化即法空慧下云內無所得外無所求二中觸事無心對境不動十三念無念念行無行行十九無修無證三十六中如化如夢等四十二中九下此心凡聖之宅根境之原凡愚執作阿賴耶識成生死苦惱之因聖者達爲如來藏心受涅槃常樂之果衆生隨情執重不信有如來藏念念昧如來法界之性步步造衆生業果之因惡業日新苦緣無盡于安隱處生衰惱心向解脫內成繫縛果受燄口針喉之體經刦而饑火焚燒作披毛戴角之身觸目而網羅縈絆或墮無間獄抱劇苦而常處火輪或生修羅宮起鬬諍而恒雨刀劍或暫居人界剎那而八苦交煎或偶處天宮倏忽而五衰陷墜長沉三障不出四魔皆爲不知如來藏心遺失唯識妙性背眞慈父傭賃外方捨大智王依投他國是以諸佛驚入火宅說三乘教引導衆生出離三界開悟之方唯在明心心有大小理有淺深明六識心性達我空眞如理成

小乘教果明八識心性達法空眞如理成大乘分教果明無生心性達二空眞如理成大乘始教果明如來藏心性達依言不空眞如理成大乘終實教果明自覺境智心性達離言眞如理成一乘頓教果明圓融無盡心達一眞法界眞如理成一乘圓教果如此理性一通自可從凡夫而圓妙覺矣下云識心達本（一章）達佛深理（二章）觀靈覺即菩提（二十中）又云心如功曹（三十一中）學道應當堅持其心（三十三中）心若調適道可得矣（三十四中）十下一切塵境皆從識變無盡諸法並逐想生離識無塵離想無法如此明達頓悟前非杌見鬼空蠅消蛇想終不更待空裏之華將期結果取夢中之物擬欲牢藏遂乃靜慮虛襟若凌空之逸翮隨緣養性猶縱浪之虛舟畢故不造新契眞而合道故楞嚴云以諸衆生從無始來循諸色聲逐念流轉曾不開悟性淨妙常不循所常逐諸生滅由是生生雜染流轉若棄生滅守於眞常常光現前根塵識心應時銷落則汝法眼應時淸明云何不成無上知覺下云守志奉道其道甚大（九章）又云淨心守志可會至道（十四中）又云學道之人不爲情惑不爲邪嬈精進無爲吾保此人必得道矣準知居一切時循常守眞不起妄念乃是修證之要門也此十因中前三約人後七約法四五六小教義也七相宗八空宗九終教十頓教又後二兼圓教義若序其生起者如來說經專爲度生生可愍者莫於凡外故初爲在家令其染者淨耳二

所以染轉淨者欲其出三界火宅家故三既得超凡入聖爲欲回小向大會三歸一故四五性等人出二死者必有斷絶輪迴法故五欲斷愛根應觀塵界苦空六出三界苦須悟根身無我七欲得二空當修二無我觀六度萬行八雖常行行度生而不住於法相九欲不着相在於明心十若使明心達理須當淨意守眞又由守眞得道所以令在家改過出家超生如此始終鉤鎖不斷故此教與有多緣也

㈣二藏攝

二藏攝者三藏之中契經藏攝二藏之内聲聞藏攝於五乘中後三乘攝十二分教長行文攝於三時中轉照初轉時攝十化儀門隨機不定門攝

二下標章門三下釋義相五初藏攝三藏者謂經藏律藏論藏也於三學中經詮定學律詮戒學論詮慧學契經者契理契機之經也而云攝者以此經中佛自直説四諦觀無我觀無常觀菩提觀乃至對境不動心行平等守眞合道定如須彌故是契經藏攝詮定學也下云吾經亦爾其義皆快亦兼律論少分下云憶念吾戒必得道果兼律義也又問荅人命在幾間兼論義也二藏者謂聲聞藏菩薩藏也此經正爲提視佛道亦是引攝小乘回向於大乘也故是聲聞藏攝約兼亦可菩薩藏攝發心二乘傍化菩薩故無菩薩在會而云觀菩度人大乘義也於下二乘攝五乘者謂人天聲聞緣覺菩薩五乘也人則三歸五戒

天則十善八定聲聞四諦法門緣覺十二因緣菩薩六度二果今此經中談四果度衆生視涅槃守一眞不説歸戒禪善故非人天乃是後三攝也十下三分攝十二分者一長行二重頌三授記四孤起五因緣六無問自説七本事八本生九方廣十未曾有十一譬喻十二論議長行攝者始從爾時世尊成道終至比丘歡喜奉行皆屬長行文義無有重頌等故略兼自説譬喻論議四十餘章不待請問自説也磨鏡澄水炬室蜜刀等譬喻也問命道荅明力商火善較琴道論議也於下四時攝三時者謂先照時轉照時還照時也初轉攝者葢轉照中又開三時一初轉時如日出已自下轉上也次中轉時如日昇已自東轉西

也三後轉時如日暮已自上轉下也今此一經即在鹿野苑中度五比丘之後而説故屬初轉非中後也問若爾何以通大乘耶荅以一時會不唯局一小乘教故密迹力士經説佛初成道竟七日思惟已即於鹿園中爲轉法輪廣益三乘衆得大小等果大品經云佛初在鹿野轉四諦法輪無量衆生發聲聞心無量衆生發獨覺心無量衆生發菩提心行六度等十下五儀攝華嚴疏鈔化儀有十一本末差别門二依本起末門三攝末歸本門四本末無礙門五隨機不定門六顯密同時門七一時頓演門八寂寞無言門九該通三際門十重重無盡門不定攝者以此經義隨聞一章一句各各異解不同如云識自心源達佛

深理悟無爲法亦有入小乘者或有成相宗者又有會實教者如云心不繫道亦不結業無念作非修證不歷諸位而自崇最或有悟徧眞者亦有解無相者復有住頓教者餘諸文言例此可知故下喻云譬如食蜜中邊皆甜則十門内不定攝矣亦可兼差別門無礙門中顯了三乘通益三機一分之義下云飯一羅漢不如飯一支佛飯一支佛不如飯一諸佛等

(丙)三教義

三教義者分別分齊開爲二門一約教詮法通局顯分齊教類有五一小教唯談人空故二始教但明法空故亦名分教但說法相故三終教復說中道故亦名實教多談法性故四頓教唯辨眞性故五圓教直談法界故初一小乘二三大乘四五一乘若將此經顯分齊者正屬小乘教下云世界非常四大無我爲四眞道成四向果亦可兼通餘四教發菩提心隨化度人分教義也無修無行會者近爾始教義也覺即菩提得道甚疾終實義也識自心源不歷諸位頓教義也經如食蜜邊中皆甜圓教義也二約法生起本末顯分齊法相亦五初唯一心爲本源所言法者謂衆生心是心則攝一切世間出世間法即華嚴明一眞法界心也圓教齊此二依一心開二門一者心眞如門所謂心性不生不滅即頓教分齊也始教中空義亦是密說此門以空宗人不知如來遺相處以爲顯眞性故非彼分二者心生滅門謂依如來藏故有生滅心所謂不生不滅與生滅和合非一非異名爲

阿梨耶識即終教分齊也分教中識義亦是密說比門以相宗人不知佛說如來藏以爲阿賴耶故非彼分三依後生滅門明二義一者覺義謂心體離念等虛空界二者不覺義謂不如實知眞如法一故即破相宗齊此覺義以爲返本還源之地以彼宗未明眞空相即眞如心性故說諸法無不是空縱有一法勝涅槃者我亦說爲如幻如夢凡所有相皆是虛妄離念相者即是法身依此法身說名爲覺故空宗詮法唯齊覺義四依後不覺義生三細一業相二轉相三現相即唯識宗齊此業相以爲諸法生起之本以彼宗未明此三細等與眞如同以一心爲源故說眞如無知無覺凝然不變不許隨緣但說八識生滅縱轉成四智亦唯是有爲不得即理故相宗詮法唯齊業識五依後現相生六麤一智相二相續相法執也三執取相四計名字相我執也五起業相六業繫苦相小乘教明唯齊第三但斷我執未證法空故人天乘教唯齊第五但知善惡業相不識二執惑故下云識心達本無上一眞即一心也心不繫道亦不結業即眞如也心中濁興心如功曹即生滅也言語道斷非物所拘會者近爾迷者遠乎即覺不覺義也欲生於汝意意以思想生即三細也邪心不止斷陰何益智相續義人隨情欲求於聲名取名字義勿與色會會即禍生業苦相義即六麤也是知此經具詮本末矣

三下標章分下釋義先總列一下次別明二初教唯人空者少說法空故但法空者

未盡大乘不空理故但法相者有不成佛未盡大乘法性理故說中道者談緣起無性之理揀非空宗無相不說妙有也多法性者無性闡提悉當成佛方盡大乘法性之理揀非唯識多談法相少及法性也唯眞性者揀非終敎猶帶法相說也談法界者性海圓融緣起無礙故初一下依敎明乘也若將下以敎判經也正屬小者四十章中明小多故如云佛爲解說得須陀洹透得此門出塵羅漢得羅漢已可信汝意此等皆小義也二下次法依起信論所詮染法從本起末略開五重也即華嚴下所宗雖四法界統唯一眞法界故行願鈔云一眞法界即諸佛衆生本源清淨心也文密說此者頓之離言絕相正爲顯眞如中體性故於此門名爲顯了正說始之離言絕相但爲明眞如上空相故此稱名密意傍說原人論解云破相義通兩勢若取破相明空爲大乘初門合入始敎即當覺義若取破相顯性即屬頓敎當眞如門長水記云此眞如門說心性不生不滅乃至絕言絕慮故是顯談心經謂諸法空相即是眞如之相雖明其相而不克顯眞如體性故云密說文二者下原人論解云論文於此作兩重能所依初重以如來藏爲所依總相生滅不生滅二義爲能依別相不生滅心即眞如屬前頓敎生滅心即根本無明屬後始分敎眞妄和合邊正屬此終敎也第二重以賴耶識爲所依總相覺不覺二義爲能依別相由前不生滅眞心故有

覺義覺義者是眞如氣分故屬後始敎由前生滅妄識故有不覺義不覺義者是無明氣分故屬後分敎二義未分已前屬此終敎文故云阿梨耶識即終敎分齊也終敎顯如來藏中心性故稱顯了正説分敎但明如來藏中識相故於此門名密説也長水記云分敎雖説賴耶而不説是藏性所成今説性成故非彼分密嚴經云佛説如來藏以爲阿賴耶惡慧不能知藏即賴耶識文三下約生法先標一下後釋論云所言覺義者謂心體離念離念相者等虛空界無所不遍法界一相即是如來平等法身依此法身説名爲覺所言不覺義者謂不如實知眞如法一故不覺心起而有其念則知悟離念相便名爲覺迷離念相

便名不覺故是空宗齊也即破相下顯分齊返本還源地者論云依本覺故而有不覺依不覺故説有始覺何以故本覺義者對始覺説以始覺者即同本覺又以覺心源故名究竟覺不覺心源故非究竟覺疏曰以始覺同本覺故則無本覺平等平等離言絶慮尚無始本之殊況有三身之異是故佛果圓融翛然無寄文問此覺義與前眞如門何别荅前眞如門但明心體不變此門覺義但顯染中淨相本覺及反流始覺還源究竟覺故有顯性空相之不同也以彼下出所以問云何起信疏中無此一段文耶荅有二意一疏主以離言破相顯眞如義同故於眞如門中便預判云始敎空義亦密説此令人會通也覺義中不釋者既

上二門中判始分二敎密說非分下三細內配分敎唯識則二覺義中顯說始教真空義例自可知也故闕略之原人論解主以顯性明空義別故判真如門屬性宗頓教覺義屬始教空宗恐人混濫也此師解釋不唯開人法眼而且得疏深意故特補之二疏主原本或有圭山删本去之未可知也今準上下文義不妨重爲配釋四下約法生起對後事識六麄名爲三細業相賴耶自證分也轉相能緣見分也現相所緣相分也即唯識下顯教分齊彼說諸法生起但依賴耶以爲其本故名此識爲總報主一切種子根身器界皆此識變仍獨說此以爲所熏熏成種已後起現行皆依此識故云生起本也以彼下出其緣由彼

宗未說一心爲生滅真如二門之源以留在終教說故若盡說之權實何分故說等者以不知真如即心故說體無知覺堅如玉石不可受熏既非熏性焉能隨緣由是但執真如不變不隨緣也但說等者既不許真如隨緣成諸染淨故說賴耶爲生滅本由是明法生起但齊業相根本既唯生滅成智亦是有爲然理是無爲安得與之相即如鎔金範土各成其器故云不得即也智相俱生法執相續分別法執執取俱生我執計名分別我執上四皆惑道也起業業道也繫苦苦道也齊第三者菩薩始能斷法執障故不至二齊第五者二乘方知業從何生故不至四下云下引文證欲生等者起信云意有五種一業識二轉識

三現識四智識五相續識依此五意轉生意識隨事攀緣分别六塵名爲意識故云欲生於意也論又云言不覺者謂不如實知眞如法以有不覺妄想心故故云意以想生也餘易可知

㈥四被機

四被機者機開三門一三聚此經正爲正定及不定聚下云投泥自溺故曰凡夫透得此門出塵羅漢兼爲邪定作遠因緣二四乘正爲三乘人令其成菩提兼爲一佛乘令增長妙行下云觀世界念非常觀靈覺即菩提又云視方便門如化視無上乘如夢三五性正被三乘不定性人下云既得遇道與信心難既與信心發菩提心難既發菩提心無修無證難兼被一類無種性人作遠因緣下云天神獻玉女於佛因問道意佛爲解説即得初果則知一切衆生無非爲所被也

四下牒門機下釋相一下正定三乘性也邪定凡外種也無正知决擇不撥無因果名不定也正爲正定者下文俱云學佛道者或云夫爲道者不定如疏引邪定作遠緣者如下謂惡人罵佛佛默不對恐禍歸身愼勿爲惡等二下四乘者謂聲聞小乘緣覺中乘菩薩大乘最上一佛乘也觀世界非常等者小乘下智觀苦空無常得聲聞菩提中乘中智觀因緣生滅無常得緣覺菩提大乘上智觀諸法如夢幻泡而無常得菩薩菩提一乘上上智觀一切法剎那無常空無生性得佛菩提楞伽云一切法不生我説剎那義初生即有滅不爲愚

者說又云下方便三乘也無上一乘也三下既得等證三乘不定既發等證一乘性人天神六欲中魔天也則知下一切衆生皆有佛性有佛性者皆得作佛故盡爲機不同相宗唯被菩薩性及不定性也

㊅五能詮

五能詮者略作四門一隨相門又五一名句文身體二音聲言語體三通取四法體上三皆能詮四通攝所詮體下云佛所言說其義皆快五諸法顯義體下云視世界如一訶子視與化如四時木二唯識門前五教體皆是自識之所變故下云識自心源達佛深理三歸性門此識無體唯眞如故下云識心達本解無爲法法無念修言語道斷四無礙門謂前三門理事心境同一緣起混融無礙下云譬如食蜜中邊皆甜吾經亦爾準此教體通攝四門也矣

五下標門略下釋義總也一下別也隨相者約六塵境相以出體也名詮諸法自性如名色名心等句詮諸法差別如言形色顯色眞心妄心等文即是字爲性別二所依止故音聲體者音聲實也名等假也離聲無別名等攝假從實故通取四者名等是聲上屈曲假相音聲是名等實體唯聲則不能詮表唯名等則無自體今兼四法是以假實體用兼資也所詮義理也若不詮義教文何用若無聲文理從何顯經云文隨於義義隨於文文義相隨乃成教體下云下上句證前能詮爲體下句證今所詮爲體諸法顯義者謂遍六塵境總有生

解義悉爲教體如光明香飯等唯識者謂說者淨識所現文義爲增上緣令聞者識上文義相現故達理者上唯明境此則顯心較前爲深也無爲眞如性也心之體故無礙者約三門無礙以出體也理性也心識也事境相也心境理事交徹相攝故云無礙約教初門小二門始三門終頓四門圓也

㊄六宗趣

六宗趣者先總辨諸宗宗途有六一隨相法執宗即小乘諸師依阿含緣生等經造婆沙俱舍諸部論等一唯識法相宗即無着天親依方廣深密等經造瑜伽唯識論等三眞空無相宗即提婆淸辨依般若妙智等經造中觀百論等四藏心緣起宗即堅慧馬鳴依勝鬘涅槃等經造寶性起信論等五眞性寂滅宗即馬鳴龍樹依楞伽般若等經造眞如三昧智度論等六法界圓融宗即龍樹天親依華嚴等經造不思議十地論等今此經宗當其初一門也次别明此經有總有别總以斷欲去愛識心達理爲宗悟入無爲超證菩提歸無所得爲趣别有五對一教義對宗教說爲宗會義意爲趣如天神獻女因問道意佛爲解說即得道果等二事理對舉事相爲宗顯理性爲趣如云欲從於意思想生二心寂靜非色行等三境智對緣理境爲宗觀智行爲趣如云行道守眞者善志與道合者大心垢滅盡淨無瑕穢得一切智四修證對修成賢爲宗證入聖爲趣如云學道見諦無明即滅等五因果對歷因位爲宗克果德爲趣如

云既發菩提心無修無證難心若調適清淨安樂道可得矣此五是從前起後漸漸相由者也

六下章門當部所崇尚者曰宗宗旨之所歸者曰趣先下義相諸宗者通指大小乘宗一切經論也小有二十部異大有性相空宗隨相法執者謂一切我法中起有無執故唯識法相者謂一切諸法皆唯識現故真空無相者謂一切諸法皆空無相故藏心緣起者謂一切諸法唯是真如隨緣具恒沙性德故真性寂滅者謂相想俱絶直顯性體故法界圓融者謂無盡法界如因陀羅網主伴重重普融無礙故然此六宗後勝於前初一小乘教後四大乘二即相宗分教三即空宗始教四終教五頓教六圓教俱性宗又教與宗互有寬狹宗則一宗容具多經隨何經論皆此宗故教則一經容有多教若局判一經以爲一教則抑諸大乘矣當初一者正破二乘情執令其囘小向大菩薩不預會故依大疏分合二十部爲六宗一我法俱有二法有我無三法無去來四現通假實五俗妄真實六諸法但名前四宗唯小乘後二義通大乘今當第五六也别下教説者即四十二章也義意者文下必有義故若無所詮之義則同乎篇韻殊無意况矣如天下解説教也道意義也又云佛所説經其義皆快二下事理義所具者如下上句證事下句證理又如舉彈琴絃急緩事也顯身心疲暴適中理也三下境智理内出者守真境也

與合智也心垢淨境現證也一切智智發得也又云觀天地念非常等四下修證隨智起者小則資加爲賢四果爲聖大則住行向爲賢十地等爲聖如下學道賢也見諦聖也大小乘俱通又云觀靈覺即菩提視佛道如眼華五下因果證中成者小則四向已下爲因四果無學爲果大則等覺已下爲因妙覺佛位爲果如下初句證因次句證果心若二句因道句果也又云得羅漢已可信汝意得一切智可謂明矣視無上如夢視涅槃如寤從前起後者謂有教義然後有理事而境智又從理事生故曰相由以要言之不出教理行果亦可教義宗理事趣理事義宗境智修證趣亦可翻後向前以明宗趣舉因果爲宗修證智爲趣修證智宗達理事教義爲趣亦是相由義也

佛說四十二章經疏鈔卷第一

音釋

紈音完素也　鯹音星魚臭　髑髏上音讀下音樓髑髏首骨也

佛說四十二章經疏鈔卷第二

清浙水慈雲灌頂沙門續法述

(甲)二隨文註 三 (乙)初題目

佛說四十二章經

【疏】佛者梵語具云佛陀此云覺者謂覺了真妄性相者也覺有三義一自覺我空揀異凡夫二覺他法空揀異二乘三覺滿俱空揀異菩薩即本師釋迦牟尼佛也說者悅也四辯宣演悅所懷故教須佛口暢彼機心以教合機故稱佛說揀非餘四人所說也章篇也條也所說法門約有四十二篇四十二條表二乘回小向大大乘轉權成實超歷四十二重位也經者梵語修多羅此云契經契謂契理契機也經謂貫攝常法也

【鈔】先隨相釋分四初能說佛覺了真妄性相者妄小教真終教相始教性頓教真性妄相融通交徹圓教覺此五者始名佛也覺有下復有三覺一本覺二始覺三究竟覺初則全覺全迷中則覺而未盡末乃無所不覺今指後一覺也又離心名自覺離色名覺他俱離名覺滿三覺俱圓故曰佛爲自他覺滿之者說下二正明說四辯法義詞樂說也中論云佛依二諦爲衆生說詞法二無礙智以世智差別說樂說義無礙智以第一義智善巧說悅所懷者得機而說暢本懷故教須下上離釋此合釋也揀餘四者說通五人一佛二菩薩三天四仙五化人今是佛口親宣不同後四人說經也章下三所說法四十二章者如漢高

祖之約法三章也若陳列之一出家證果章佛二達理崇道章佛三割愛取足章佛四轉惡成善章佛五改過滅罪章佛六忍惡無瞋章佛七呵佛招禍章佛八害賢滅己章佛九守志會道章佛十助施得福章佛十一舉田較勝章佛十二尊親顯孝章佛十三詳難勉行章佛十四守道淨命章沙十五行善志大章沙十六忍力心明章沙十七澄濁見道章佛十八滅暗存明章佛十九無相會真章佛二十觀覺得道章佛二十一推我成空章佛二十二求名危身章佛二十三貪財招苦章佛二十四繫妻溺泥章佛二十五戀色亡道章佛二十六欲損道益章佛二十七逆情順性章佛二十八疎意遠色章佛二十九正念待女章佛三十趣道避欲章佛三十一患婬斷心章佛三十二離愛絕憂章佛三十三堅心得果章佛三十四處中證理章佛三十五去垢成行章佛三十六舉勝顯難章佛三十七憶戒得果章佛三十八知命了道章佛三十九學佛信經章佛四十盡惡圓覺章佛四十一出欲免苦章佛四十二視法了幻章佛四十二重位者謂十住十行十向十地等妙覺也表超歷者恐有難云何以不多不少而獨四十二耶故此通云為超四十二地位故是以不多少也經下四結說名案五印土呼線席經井索聖教皆名修多羅線能貫花經能持緯索能汲水教能詮義若敵對翻應名聖教今不取者濫律論故去線索者此方不貴重故獨

取席經者古德見此方聖説爲經賢説爲傳彼土佛説名修多羅菩薩羅漢説名阿毘達摩遂以此聖經代彼佛説修多羅兼借彼席經以目彼聖教故不稱餘而名爲經借義助名更加契字則不同乎席經矣契有二義一契理合道之言也二契機逗根之教也經有四義一貫謂貫穿所説之理也二攝謂攝持所化之生也三常古今不易也四法近遠同尊也前二佛地論義後二此方釋義則四字中攝盡餘義矣若畧明之謂釋迦佛所説四十二章之契經也

【疏】此一題中有八事四對一教義對經之一字能詮教也佛等六字所詮義也二人法對就前義中分出佛説能説人也四十二章所説法也三通局對就前法出章之一字通也四十二局也四應感對就前人分佛顯我能應之主也説悦彼所感之機也

【鈔】次作對釋先總一下次別始從世尊成道終至比丘奉行聲名句文皆能詮經也名下必有意味文中必有理趣皆所詮義也瑜伽云謂經題體略有二種一文二義文是所依義是能依大疏云語言皆能詮義旨皆所詮教義相成成經題體二下亦可名境智對體用對佛説法身境體也四十二章報化智用也三下亦可名總別對四十二條並稱爲章總也通也前前文義非同後後別也局也四下亦可名生佛對機教對因果對佛乃果上能應之教主也

說是因中所感之生機也是則依四對義以立此題名耳

【疏】離合釋之佛之說經依主釋也佛說有四十二章有財釋也四十二章帶數釋也四十二章即經持業釋也佛說四十二章經非大方廣華嚴疏鈔相違釋也

【鈔】三離合釋此且順題以作五釋詳則兼一兼二不同佛說之四十二章佛說四十二章之經皆依主也若改之爲即皆持業也又改爲有字有財可知更改爲非字是相違矣

【疏】諸經立名不出人法喻或單或複此經以人法受稱者也

【鈔】後得名釋單者彌陀經單人般若經單法梵網經單喻也複者佛報恩經人法無喻妙法蓮華經法喻無人菩薩瓔珞經人喻無法大方廣佛華嚴經具足人法喻三矣諸經得名其類繁廣人法稱者佛說人也四十二章法也有人有法故標名焉

(乙)二譯人

後漢沙門迦葉摩騰竺法蘭同譯

【疏】後漢標代對前高祖稱之曰後亦名東漢都洛陽故即光武之後孝明帝朝也沙門下出名先通稱梵語具云沙迦懣曩此云勤息謂勤修戒定慧善法息滅貪瞋癡惡事也迦下次別號迦葉摩騰中天竺人也婆羅門種解大小乘經以遊化爲任有一小國請騰講金光明經能令隣國不侵請和求法竺法蘭亦中印度人誦經百餘萬言學徒千餘同譯者顯德翻梵語爲華

言謂之譯二祖共翻音字謂之同漢紀云明帝永平三年夜夢金人項有日光飛至殿上旦問群臣太史傅毅對曰臣聞西域有神其名曰佛身長丈六放金色光陛下所夢將非是乎博士王遵推周書異記佐之至七年勅郎中蔡愔中郎將秦景等十八人西求佛法至天竺隣境月氏國遇梵僧騰蘭二人請歸漢地將畫釋迦佛像并諸經典用白馬馱來以永平十年臘月三十入關進獻帝大悅遂館於鴻臚寺復勅於雍門外立寺騰蘭居之名白馬寺不多時日便善漢言即為譯出四十二章經一卷約有二千餘言緘在蘭臺石室中明帝勅畫工圖寫佛像置清凉臺山大孚靈鷲寺內及顯節陵上後騰卒於洛陽蘭與愔等復譯出五部經所謂十地斷結佛本生法海藏佛本行等凡十三卷會移都寇亂四部失本不傳唯四十二章經江左現行漢地有三寶自騰蘭始也故云同譯

【鈔】明帝光武子也沙門有四瑜伽論云一勝道即佛菩薩等二說道謂說正法者三活道修諸善品者四汙道作諸邪行者涅槃說四比丘一畢竟道（無學）二示道（初二三果）三受道（通內外凡）四汙道（犯四重者）義同上今譯主據本說即畢竟勝道依迹論是開示說道也又律明四種沙門一威儀沙門名充像比丘二形服沙門名幢相比丘三名聞沙門名虛誑比丘四實行沙門名如法比丘大論云僧有四種一有羞僧持戒不破二無羞僧身口不淨三啞羊僧根鈍無慧四真

實僧向四果道義亦同上今二三藏皆是後一種也梵語西天梵國語也華言東土華夏言也譯者翻也謂翻梵天之語轉成漢地之言也譯者易也以其所有易其所無故以此方之言音換彼土之佛語也周禮掌四方之語各有其官東曰寄南曰象西曰狄鞮北曰譯今通西語而云譯者盖漢世多事北方而譯官兼善西語故騰蘭始至即譯此經因稱譯也翻音字者西梵語字與此全殊若譯佛經須先隨其梵音以此方之字易之名爲翻字然亦仍同咒語不知其爲何等又須兼通兩土言者一一翻之謂之翻音推周書者王遵奏曰臣按周書異記云周昭王甲寅二十四年四月八日子時分有五色祥光貫太微宮時王問群臣所以有太史蘇由對曰西方有大聖人生焉却後千年教流於此陛下夢者是其人矣故云佐也佛像者依優填王栴檀像而畫也大孚靈鷲者會玄記云明帝時摩騰天眼見有阿育王舍利塔在五臺焉請帝立寺帝信佛理即立寺以勸人山形似於靈鷲故號爲大孚靈鷲也本行等者指四十二章經言三寶紀云永平十六年摩騰示寂竺法蘭自譯經五部共十三卷 文三寶自騰始者傳云永平十四年正月十五日帝勅僧道並集白馬寺道士置三壇别開二十四門南岳褚善信華岳劉正念恒岳桓文度岱岳焦得心嵩岳呂惠通霍山天目五臺白鹿等十八山道士祁文信等六百九十人各賫靈寶真文太

山王訣三元符録等五百九卷置於西壇茅成子許成子黄子老子等二十七家子書二百三十五卷置於中壇饌食奠祀百神置於東壇帝御行殿在寺南門佛像舍利經寶置於道西道士以柴荻和沉檀爲炬焚經悉成灰燼褚善信等相顧失色南岳道士費叔才自感而死騰得羅漢果飛身空中廣現神變諸天雨華作樂感動人情法蘭歎三寶德説善惡業六道三乘皆有果報又稱出家功德最高初立佛寺同梵福量後宫陰夫人王婕妤與諸宫娥等二百三十人出家司空楊城侯劉善峻與諸宰官士庶人等一千餘出家四岳諸山道士吕惠通等六百三十人出家京都張子尚等三百九十人出家便立十所寺城外七所安僧城内三所安尼故曰自騰始也

㊂三經文三 ㊀初序分二 ㊀先證信序二

㊀初序成道思惟以證教主

爾時世尊既成道已作是思惟離欲寂靜是最爲勝住大禪定降諸魔道當轉法輪度脱衆生

疏證信者標列六種成就以爲證據令總信受也爾時者當彼三十成道已後三七思惟之時也世尊者十號中一盖釋迦佛爲三世間之所尊故道者梵語菩提此云覺道悟而不迷曰覺至妙虚通曰道即識自心源達法性理也證知曰成究竟曰已作思惟者自覺已圓能覺他者如來應世是故始坐道場之時觀樹經行思惟三事

也過去因果經云佛成道初七日思惟法妙無能受者二七日思惟衆生上中下根三七日思惟機緣誰應先聞（文）法華亦爾今下寂靜思法妙也轉輪思誰聞也度生思三根也欲爲三毒之首十惱之元六道之本二死之基今得離欲衆苦便滅非如衆生深著五欲入於險道受苦不斷也不生滅曰寂無煩惱曰靜諸法體性離諸欲故常寂滅故本不生故此寂滅場阿蘭若處於諸法中莫能比並故爲最勝梵語禪那華言思惟修亦云靜慮定者攝心專注不流散故深妙曰大超出世間凡外禪故住者能住三業也所住禪定也於四住中當三三昧梵語魔羅秦言殺者殺慧命故亦言能奪奪法財故或言惡者多愛欲故又翻爲障作障礙故佛以功德智慧度脫衆生入涅槃爲事魔以破壞衆生出世善根令流轉爲事故成道時波旬懷惡來惱害也道有二義一者道途二者道法楞嚴云縱有多智禪定現前如不斷婬必落魔道（道途也）上品魔王中品魔民下品魔女彼等諸魔亦有徒衆各各自謂成無上道（道法也文）魔有四種謂煩惱五蘊生死天子故云諸也降者能降禪定也所降諸魔也因修觀法果得離欲住於深禪降天惱魔因修止法果得寂靜住於妙定降死蘊魔餘如別說故思此法爲最妙也轉展也自我之彼也法軌持也輪如車輪有摧碾義能摧障惱也展開佛心中法度入他心碾破其惑業名轉法輪度脫衆生者濟度衆生脫

離生死此岸煩惱中流到於涅槃彼岸也當者正顯作思惟相爲誰先聞何等根也然此思惟中實通三時故釋離欲等六法亦該五會今就以方便力爲五人說且約小教釋也

鈔所以言三七者爲表如來三時說法也三世間者謂情器智情即天龍八部器即地水火風神等則攝世間凡也智正覺即三乘則攝出世聖也世出世間共所尊崇故云世尊菩提覺道畧言也具云阿耨多羅三藐三菩提此翻無上正等正覺知道菩提覺道揀三途不覺三正揀凡外不正三藐正等揀二乘不等阿耨多羅無上揀大乘菩薩有上約教乘初即人天次即聲聞緣覺三即始終頓菩薩四即圓佛故能成此即名佛也識達釋覺心性釋道識六識心達我空性小教佛也識八識心達法空性始教佛也識藏識心達緣起性終教佛也識真識心達寂滅性頓教佛也識圓融心達法界性圓教佛也今對當經且依初義法華亦爾者經云我始坐道場觀樹亦經行於三七日中思惟如是事我所得智慧微妙最第一衆生諸根鈍著樂痴所盲如斯之等類云何而可度文所得思法妙也對今經彼約智此約境稍有異耳諸根思三根也何度思誰聞也問若爾世親那云初七思惟因自所得法緣所化機宜不說第二七日即說華嚴耶答十地論謂初七擬宜得一乘機故二七中即說大經法華因果經謂奈有三根不同一乘化之不得故於

二七說華嚴時重復思惟至三七後隨宜說三是以經云我即自思惟若但讚佛乘衆生沒在苦不能信是法華嚴大教法也我寧不說法疾入於涅槃文故無違也欲爲下離欲通教行寂靜約理果出已所證法相最勝讚其妙也證此最勝名爲世尊修此最勝名最勝子不生下合釋也謂離情愛欲則轉煩惱而得菩提受用法樂靜妙也離塵境欲則轉生死而得涅槃法性真樂寂滅也若開釋之亦可云離煩惱欲成菩提果寂靜生死成涅槃果二果法中最勝也阿蘭若者此云無諠諍事則所居閑處無諸憒閙法則所證真理無有雜染事理俱寂名阿蘭若今且約法言也超出世間凡外禪者禪有三一世間禪謂四禪一四空二四無量心三二出世間禪謂九想一八念二十想三八背捨四八勝處五十一切處六觀禪也九次第定七鍊禪也師子奮迅三昧八薰禪也超越三昧九修禪也至於六妙門一十六特勝二通明觀三亦世間亦出世間禪也三出世間上上禪謂自性禪清淨禪實相定楞嚴定真如三昧海印三昧等今皆證入故曰深圭山集云帶諸異計欣上厭下而修者是外道禪正信因果亦以欣厭而修者是凡夫禪悟我空偏真之理而修者是小乘禪悟我法二空所顯真理而修者是大乘禪若頓悟自心本來清淨元無煩惱無漏智性本自具足此心即佛畢竟無異依此而修者是最上乘禪亦名如來清淨禪文佛悉成就故曰妙約教且住出世小

乘禪故云爾也四住者佛攝衆生隨宜而
住或現天住謂欲天因即十善道施戒心
也一或現梵住謂梵王因即四禪四無量
心也二或現聖住謂三乘因即三三昧也
三或現佛住謂一乘因即首楞嚴百八三
昧也四波旬此云極惡常有惡意成惡法
故違佛亂僧罪莫大故釋尊出時魔王名
也如別說者處胎經云菩薩坐閻浮樹四
十八日觀樹思惟感動天地光蔽魔宮波
旬恐怖名臣兵會千子告四女曰汝現姿
媚壞佛道意女往佛前變成老母文觀佛
三昧云魔王大怒遍勅八部各與四兵盡
其變態又勅閻羅阿鼻苦具一切都舉向
菩薩所菩薩徐舉眉毫擬獄罪人白毫出
水注火滅已心得清凉稱南無佛以智慧
力伸手按地應時地動魔與兵衆顛倒而
墮文餘如本起軌持者持是法體謂任持
自性也如火性煖水性濕等軌是法用謂
軌生物解也如火熟物水浮舟等今苦集
下墜滅道上升性各决定持也苦集成凡
滅道作聖業自差別軌也實通三時者以
不別出二七三七故六該五者初思華嚴
會先照時離十不可說諸法愛欲無障礙
涅槃法勝住法界禪觀降十無盡魔轉根
本輪度圓頓根熟衆生次思阿含會初轉
照時離有漏情欲寂靜偏空涅槃法妙住
諦緣禪觀降界內四魔轉小乘法輪度人
天中凡夫外道深容會中轉照時離無漏
法欲靜居無住涅槃勝境住唯識禪觀降
界外四魔轉三乘法輪度二乘愚法一類

妙智會後轉照時離漏無漏諸法相欲寂止無相涅槃勝境住真空禪觀降界内外取法相魔轉一乘法輪度三乘權教一類三思法華涅槃會還照時離漏無漏諸法性欲究竟如來大般涅槃寂靜法勝住諸法實相禪觀降界内外非法相魔轉歸本輪度一乘根熟衆生下文既云鹿苑轉諦則小教義顯餘會隱含自可知矣又諸佛出世必具八相謂降兜率托胎出胎出家降魔成道轉法輪入涅槃今成道中攝前四相度生中攝涅槃相餘思之

(戊)二序轉輪度人以證處衆

於鹿野苑中轉四諦法輪度憍陳如等五人而證道果

(疏)鹿野苑者群鹿所居故亦名仙苑古仙棲止故亦名柰苑從樹爲名也四諦謂苦集滅道四真諦理苦以逼惱爲義即三苦八苦等集以招感爲義即見思二惑等滅以累盡爲義即有餘無餘二種涅槃道以除患爲義即三十七道品前二是世間因果後二是出世因果有苦可知苦定是苦等故名爲諦轉有三一示相轉謂此是苦乃至此是道二勸修轉謂苦應知集應斷滅應證道應修三作證轉謂苦我已知不復更知乃至道我已修不復更修此即十二教法輪也又轉四諦法時即能生聖慧眼別有三相名智明覺依去來今而有差別或眼智明覺隨轉隨生此即十二行法輪也唯行無教不名爲法有教無行亦無輪名爲有三根生三慧成三道故三轉輪

憍陳如者姓也此翻火器婆羅門種其先事火從此命族名阿若此翻已知亦翻爲解或云了本際等等五人者即頞鞞跋提迦葉拘利也頞鞞此云馬勝跋提此云小賢并拘利太子父之親也十力迦葉及憍陳如母之親也證道果者太子入山父王思念乃命家屬三人舅氏二人尋訪住止隨侍動靜二人著五欲太子初食麻麥勤行苦行便捨之去三人著苦行太子後受飲食乳糜酥油捨其苦行亦復遠去洎成佛果念誰先度因思五人侍隨勞苦即往波羅奈（此翻江繞城即柰苑也）爲說四諦陳如得法眼淨四人未得佛又重說四諦四人得法眼淨因語之曰一著五欲一著苦行皆非中道離此二邊是名中道次又爲說四諦

五人同時得無生忍成羅漢果佛三問知法未即三答云已知地神唱空神傳乃至梵世陳如最前見佛相聞法鼓（教）服道香（行）嘗甘露（理）入聖流（初果）成無漏（四果果也）在一切人天羅漢之先故但標陳如以攝餘四也轉四諦輪是法五人證果是僧加前世尊是佛前思離欲法勝今令證道前思轉何法輪今示四諦法藥先聞鹿野前思度何衆生今度陳如五人準知前章唯主成就此章攝餘五成就矣鹿野處中攝時賢首教章云或三七後說如法華等或六七後說如四分律薩婆多論或七七日說如興起行經或八七日說如十誦律或五十七日後說如智度論或第二年方度五人如十二遊經（文）轉輪開成就也證道信成

就也下之四十二章皆釋四諦相故五人而言衆者大論引大品經云初轉法輪時陳如得初果八萬諸天得無生忍等文六既成就豈不足徵則遐方異世自諦信而無餘議矣

鈔八苦等者指十苦百一十苦凡三界内六道生死皆苦相也二惑等者惑與業俱能招生死苦故累生死也惑業既盡則無生死累矣故云累盡爲滅滅諦之體是二涅槃子縛已盡名有餘灰身泯智名無餘雖非真諦能冥於理故患煩惱也廣雖三十七畧唯戒定慧此正助道能除煩惱通至涅槃故因果者集爲因苦爲果道爲因滅爲果也先果後因者小乘根鈍知苦斷集慕滅修道故等者謂有集可斷集定是集有滅可證滅決定滅有道可修道必是道遺教經云苦諦實苦不可令樂乃至道是真道更無餘道世尊月可令熱日可令冷佛說四諦不可令異文諦者真實不虚也又下釋有二意初會玄約諦每一諦下生智等三諦雖三轉智等無異故十二也去來今者智去明來覺今也或下二文句約轉初轉四諦時生眼智明覺四心二三亦然故十二也苦法忍因也爲眼苦法智果也爲智苦類比也忍爲明苦類智爲覺餘三諦亦爾共有四十八也唯下將教釋法用行釋輪法以開解爲義若不解理非法也有行無教豈能解理輪以摧碾爲義若不摧惑非輪也唯教無行豈能摧惑故教十二爲能轉行十二爲所轉也爲下難云何故

須三轉耶通曰爲衆生有上中下三種根故生聞思修三慧各别故成見修證三道有前後故已知證知四諦也或言無知即是知滅耳亦可以無生智爲名也解者楞嚴云我初稱解了本際者即是知真諦際耳婆沙阿毘曇皆稱此名諸經有翻爲得道謂最先得道果故所以言等頞鞞下有云釋摩男或云跋提摩男或云摩男拘利或單云摩訶男因此諸釋混濫莫辨今定解云摩訶男者摩訶翻長大男子也乃長子之通稱釋摩男者指阿若言四姓出家同名釋氏佛初成道最先得度故分别功德論云佛最長子即陳如也最小子者即須跋也跋提摩男摩男拘利者跋提甘露飯王之長子拘利斛飯王之長子故皆稱摩訶男也單云摩男者觀餘四名知此是某如云拘隣頞鞞摩男拘利迦葉則摩男指跋提也或云頞鞞跋提摩男拘隣迦葉則摩男指拘利也拘隣即憍陳有混作拘利者非至梵世者輪王出世聲至他化以十善生欲天故陳如得道聲至梵天以離欲寂靜直徹梵故佛得道聲至尼吒天以佛道究竟上窮有頂故雜阿含說毘沙門天王持蓋燈隨刦賓那帝釋持蓋燈隨迦葉梵王持蓋燈隨陳如阿難持傘蓋燈隨如來後文亦此意也問何先度此五人答宿緣所追一者如來昔爲忍辱仙人爲諸女說法歌利王瞋割身臂等血變爲乳佛誓令初聞法得甘露味王者拘隣是仙者如來是二者佛昔饑世化爲赤目大魚木

工五人先斫魚肉佛誓來世先度此等與無生忍三者世尊昔爲太子名須闍提與父母避難至隣國未到糧盡太子每日割三斤肉二分奉親一分自食天帝試之誓言真實即時身瘡平復如故帝釋歎善願當來世得菩提時先度我等太子者佛是天帝者陳如是四者迦葉佛時九人學道五人未得果誓於釋迦佛法中最先開悟成羅漢果詳如因果報恩經明初二佛願先度後二自願先聞故先成也轉四諦下上別釋此總明先出三寶以鹿苑初唱三寶始名故法華云及以阿羅漢法僧差別名 文 前思下次對三思法華亦云思惟是事已即趣波羅奈諸法寂滅相不可以言宣以方便力故爲五比丘說是名轉法輪

便有涅槃音 文 方便爲說有涅槃音則思法妙無妄也爲五比丘則思根器不虛也趣波羅柰轉四諦輪則思誰聞有在也問何法華中名五比丘今經稱人耶答一者彼約出家僧言此約在俗人說釋迦譜曰佛爲解說三有諸苦陳如最初悟解得法眼淨 初果見諦也 次爲四人重說四諦亦離塵垢時彼五人既見道迹欲求出家世尊喚言善來比丘鬚髮自落即成沙門重說五陰苦空無我證成羅漢二者此約最初開漸之始欲令轉凡成聖故言人彼約最後劇談祕妙欲令轉權成實故言比丘又佛生人世人爲證故於六道中唯人能故天從人中得善利故唯人道中具四衆故僧佛事業示同人故是以此經特言人也準

知下三結六就六種可證又何疑哉故智論云說時方人令生信故文

㊀次發起序三 ㊁初會衆陳疑

復有比丘所說諸疑求佛進止

疏發起者發明生起正宗之法也如維摩示疾楞伽歡笑金剛乞食法華放光蘭盆救母彌陀根悅今經以陳疑開解為發起何者疑去則信自生解來則理自顯由之斷惑證真超凡入聖若不疑悟道果何從所以信相懷疑纔聞壽量之談韋提起惑始明淨土之說則一咨決之間其利豈曰小哉復有者承前謂佛說四諦時不但五人與會復有無量聲聞人等亦所同聞也比丘梵語此云乞士乞食資身乞法資心故亦云怖魔出家離欲魔大怖畏故亦云破惡能破一切煩惱惡使故諸疑者謂於三有五蘊十善四諦等諸法中起種種惑也求祈懇也進止取捨也謂進取悟門而捨去疑網也

鈔復有無量聲聞人者一約同會如大論云諸佛法輪有二種一者顯二者密初轉時諸聲聞見八萬諸天陳如一人得法眼淨顯也諸菩薩見無量阿僧祇人得二乘無量阿僧祇人得無生忍無量阿僧祇人發無上道心行六波羅蜜阿僧祇人得初地乃至十地密也文準知當會自有無量二乘人矣二約別時釋迦譜會玄記皆曰十二遊行經云佛成道第二年度五比丘第三年度迦葉兄弟三人第五年度身子目連等文則於諸處所度亦復有無量也

比丘下又有翻爲淨戒或云正命共成五義今以乞食攝淨命破惡攝持戒故三義也種種疑者謂三有中苦耶不苦耶常耶無常耶五蘊中有我耶無我耶是淨耶不淨耶十善中順聖道耶不順聖道耶四諦中可修證耶不可修證耶等者斷見思時得四果耶不得四果耶證涅槃時出三界耶不出三界耶進止下又法相隱晦者具釋曰進可通者且闕曰止言教緊要者細詳曰進不切者節畧曰止義理深難者發明曰進淺易者類通曰止見解真正者取上曰進邪謬者捨置曰止根機下鈍者令對論曰進上利者令退省曰止如是妙應皆在於佛也疏順求義約機鈔順佛義約教二意皆通

(戊)二世尊妙應

世尊教詔一一開悟

疏 師誨曰教王命曰詔今佛爲法王師範人天所垂言句猶如君命故云教詔也頓破無明曰開豁然貫通曰悟又開除惑障令悟體空也一一對諸疑言所謂大疑大悟小疑小悟也

鈔 頓下先通能所上局能化下通所化故交光云啓閉曰開自惺曰悟文 又下次局能化義本清涼一下如佛在於鹿苑初爲陳如說曰世有八苦謂五陰盛苦生苦病苦老苦死苦愛別離苦怨憎會苦求不得苦如是諸苦由我爲本應當知苦斷集證滅修道若人不知四聖諦者不得解脫次爲四人說曰汝應知色受想行識實是無

常苦空無我又往王城住於杖林爲瓶沙王說曰大王當知此五陰身以識爲本因於識故（意識也）而生意根以意根故而生於色而此色法生滅不住如是觀者則能於身善知無常如此觀身不取身相即能離我及於我所若能觀色離我我所即知色生便是苦生若知色滅便是苦滅如此觀者名爲解脫不作斯觀是名爲縛王聞法已心開意解與八萬大臣那由它諸天各離塵垢得法眼淨準上所答則知諸疑無有不悟者矣

（戊）三普會蒙益

合掌敬諾而順尊勅

（疏）合掌身手不散也敬心意欽仰也諾口語信崇也順從也兼通三業又順有三種一耳根發識信聞章句而不解義是順言也二意識於言採取其義而不得意是順義也三尋義取意意旨得時忘於言義是順意也於斯三者有一不契道去遠矣何名爲敕天子制書曰勅佛之戒勅亦猶是也

（鈔）合下如來三輪不思議化故會衆三業莫不得益也若敵對之教詔口業說法也名正教輪令以諾順之開即身業現化也名神輪通令以合掌順之悟即意業鑒機也名記心輪令以敬順之又下謂信五蘊苦空無常無我之說順言也推尋此身色心和合爲相色有地水火風四大心有受想行識四蘊若即是我即成八我展轉推至三十六物八萬毛孔若皆是我我即百

千便悟此身但是衆緣似和合相元無我人順義也翻覆推我我不可得遂不滯心於三界但修無我觀智以斷貪等諸業證得我空真如成羅漢果順意也故智論云聽者端視如渴飲一心入於語義中踊躍聞法心歡喜文天下不經鳳閣鸞臺不得稱勅佛之金口不同菩薩天仙化人之說故云詺勅也

佛說四十二章經疏鈔卷第二

音釋

鞮都兮切革履也　婕妤婕即桀切音接妤羊諸切婕妤婦官

# 佛說四十二章經疏鈔卷第三

清浙水慈雲灌頂沙門續法述

㊄二正宗分二㊅初畧標總相分

爾時世尊爲說真經四十二章

疏正宗者謂此爲一經所宗之正義揀非前是敘述此經之端緒後是流通此經之文言也爾時者當彼說疑開悟敬順之時也真經者事則水火不壞理則非物所拘體也無爲爲性相也具諸功德用也生二因果理以真如法性爲體教以如來識上顯現行以大悲心中流出果以修道證滅而成故云真也

鈔真下先約二法釋真義水火不壞者如漢明法本内傳云永平十四年五岳道士褚善信費叔才等正月一日朝賀之次表請願與佛教比試騰蘭白於帝曰吾佛出世間法水火不能壞請驗之帝令築壇勅以正月十五日就火焚之而道家靈寶諸經并爲灰燼佛家經像儼然不動舍利光色直上空中旋環如葢徧覆大衆映蔽日輪時太傅張衍語褚善信等曰所試無驗卽爲虛妄宜就西域佛家真法文唐太宗題焚經臺詩曰門徑蕭蕭長綠苔一回登此一徘徊青牛謾說函關去白馬親從印土來確實是非憑烈焰要分真僞築高臺春風也解嫌狼藉吹盡當年道教灰文非物拘者言語道斷故體下次約三大釋真義無爲性者下云識自心源悟無爲法名之爲道楞嚴云汝觀世間可作之法誰爲不壞然終不聞爛壞虛空何以故空非所

作無壞滅故文事空既爾無爲理然俱舍論説虛空無爲正是此義故云真也二因果者謂世間人天善因樂果出世二乘等善因樂果也若夫仙經雜入凡外則無世間因果功德諸天説經則無出世因果功德豈得云真今是佛經如天子詔不同諸王百官等語故云真也問小乘經中何有三大荅約所被機通小通大在能化法無大小故又我空真如性中豈無體相用耶既通少分配也無妨理下後約四門釋真義識上顯現者謂佛自宣説若文若義皆是如來妙觀察智相應淨識之所顯現也大悲心中流者梁論釋云真如於一切法中最勝由緣真如起無分別智無分別智是真如所流此智於諸智中最勝由此智流出後得智後得智中生起大悲此大悲心於一切定中最勝因此大悲如來欲安立正法救濟衆生説十二部經此法是大悲所流此法於一切法中最勝文故云真也

(丁)二廣明別相分三　(戊)初十二章顯示果德生信分三　(己)初明出世果二　(庚)先舉果令其信樂三　(辛)先總示能修人

佛言辭親出家識心達本解無爲法名曰沙門

疏先舉德業有五謂辭親解法等辭親者謂辭去親愛也出家有二一身出家辭親是也二心出家識解是也復有四義一出世俗家亦辭親也二出五蘊家識心也三出煩惱家達本也四出生死家無爲也心

指意識此一意識於六根中應用卽名六識本指貪欲諸苦所因貪欲爲本阿含云貪恚愚癡是世間根本文識達者謂以此三毒爲能熏現在色心爲所熏造業受報輪轉三界此爲染根本若以無貪等三善根法爲能熏現在色心爲所熏修道斷惑超出三界此爲淨根本染之與淨由三有無除此毒識更無所依故清凉釋小敎云但依六識三毒建立染淨根本文若不知此不名爲識達也無爲者無造作故又揀有爲故名無爲會玄云略有四義一不生不滅揀四相故二無去無來非三世故三非彼非此離自他故四絕得絕失不增減故卽顯無爲離此生等四種文然無爲有三一虛空無爲二擇滅無爲三非擇滅無爲論曰虛空但以無礙爲性由無障故色於中行擇滅卽以離繫爲性遠離繫縛證得解脫擇力所得滅名爲擇滅非擇滅者永礙當生得滅異前得不因擇但由緣闕名非擇滅文了此三法寂寞冲虛湛然常住無所作爲名曰解無爲也心本約能修斷無爲約所證滅名下後結人名沙門梵語此云功勞言修道有功勞也亦云勤行勤行取涅槃也或翻勤息謂勤行衆善止息諸惡漢書郊祀志云沙門漢言息心削髮去家絕情洗欲而歸於無爲也文人依法成法因人顯則沙門名非易稱矣

鈔等指出家識心達本三德出下身心相對應具四句一身心俱不出凡夫也二身出心不出外道也三心出身不出道心人

也如淨名等四身心俱出家比丘衆也復下對進佛法家亦四一進真諦家二進法身家三進觀智家四進無生家故南山云真出家者怖四惡之多苦厭三界之無常辭六親之至愛捨五欲之深着能如是者名真出家則可紹隆三寶度脱四生功德無量利益甚深現在色心者謂現在根塵識三也生等者指生滅去來彼此得失虛空下清凉曰小乘說虛空秖就外空文謂於真諦離諸障礙猶如虛空豁通無礙從喻名也色於中行者例如色心等法在於真諦中行也擇下擇謂揀擇即差别慧各别揀擇四聖諦故滅有二義一因滅惑顯理名滅此從能顯得名二理性寂滅名滅此從所顯得名今是擇力所得之滅名爲擇滅如牛所駕之車名曰牛車是也永礙當生者謂能永礙未來生法也清凉曰當來生法緣會則生緣缺之時法亦不生得非擇滅礙當生法令永不起名畢竟礙故偈云畢竟礙當生别得非擇滅言别得者謂非擇滅有實體性於緣闕中起别得故非擇滅得名非擇滅以不因擇滅但因緣闕故文了下大乘唯依識變小乘離心外有故清凉云小乘說三無爲皆實有法文此揀大小乘解各有别也心下上别釋此總結也心本俱通染淨何者心是罪之首功之魁如順正理論說以現在識心等爲染淨因文貪等爲惑苦之本無貪等爲解脱之本心貪嗔等能斷也心無貪等能修也亦可心識能修也若本能斷也漢書下

瑞應云息心達本源故號爲沙門文或具名沙門那此云乏道以爲良福田故能斷衆生饉乏以修八正道故能斷一切邪道故迦葉品云沙門那者卽八正道沙門果者從道畢竟永斷一切貪嗔癡等世言沙門名乏那者名道如是道者斷一切饑乏斷一切邪道以是義故名八正道爲沙門那從是道中獲得果故名沙門果文又沙門出家之都名佛法及外道凡出家者皆名爲沙門故若對揀有四句一是釋子非沙門釋迦王種也二是沙門非釋子婆羅門等也三非沙門非釋子餘二賤姓也四是沙門是釋子乃比丘衆也故增一阿含云佛告諸比丘有四姓出家者無復本姓但言沙門釋子其猶四大河水皆從阿耨泉出入依法者淨名云夫出家者爲無爲法文法因人者人能弘道非道弘人故末二句誡策也人有如是責任名有如是詮表爲沙門者豈可忽諸

㊉次別詳所證果四㊀初證四果位

常行二百五十戒進止清淨爲四真道行成阿羅漢阿羅漢者能飛行變化曠刦壽命住動天地

疏常下先總舉因果初三句因也二百五十戒者是比丘所持五篇之戒也進衆善奉行也卽作持止諸惡不作也卽止持毘尼以止惡行善爲宗清淨者梵語尸羅此云清涼離熱惱因得清涼果故戒乃三昧之本四果之基故首舉之爲四真道行者卽修證四諦禪觀也遺教經云依因此戒

律得生諸禪定及滅苦智慧文故定慧次明之合則三學開有三十七品正語業命戒也四念處等定也喜擇思等慧也阿羅漢句果也翻有三義一殺賊九十八使煩惱盡故二無生後世不受生死報故三應供堪爲人天良福田故而云成者從因至果行位有五一資糧位修五停心别總相念緣苦諦境二加行位煖修正勤觀四諦境頂修如意用觀同前轉更明朗忍修五根於四諦中堪忍樂欲永不退墮世修五力於四諦中無間必得發真無漏在世間法更無勝故三通達位建立覺支如實覺知四聖諦故能發無漏八忍八智頓斷三界分别見惑證見生空所顯真理亦名爲見道位四修習位修八聖道所以者何道旣見已安隱行於八正道中重慮緣真進斷思惑竟到二種涅槃城故五無學位斷盡三界見思煩惱證得八十九品無爲成五分法身圓十無學法我生已盡梵行已立所作已辦不受後有故名無學然聲聞有三一者上根頓機大超斷也二者中類根機小超斷也三者下根漸機次第斷也今則一生取辦四果是爲大超上類根矣故非分成是圓成也阿下次别示果相飛行變化者三明六通十八神變也曠刧壽命者謂得羅漢更不復生三界有淨佛土出於三界彼無漏界無煩惱名受變易身享三昧樂若初果人七生始滅經八萬刧乃得生心若於一身得第二果二生涅槃經六萬刧卽能發心若於一身得第三果

不還欲界卽入涅槃經四萬刧卽得發心若於一身得阿羅漢卽現滅定經二萬刧卽能發心今壽當後二萬刧也住動天地者謂行住坐卧之間皆能驚動天地感格鬼神外道皈依魔君拱手也

鈔五篇者一四波羅夷(翻棄又云極惡)四條二僧伽婆尸沙(華言僧殘)十三條不定法二條三波逸提(翻墮)一百二十條四提舍尼(華言向彼悔)四條五突吉羅(此云惡作)卽衆學戒法一百條滅諍法七條此名出家具足戒也又此一句結集家詞如四分云善護於口言自淨其志意身莫作諸惡此三業道淨能得如是行是大仙人道此是釋迦如來於十二年中說是戒經從是已後廣分別說(文)常行者語黙動靜無有須臾離故止行爲宗者迦葉如來戒經頌云一切惡莫作當奉行諸善自淨其志意是則諸佛教(文)三昧本者所謂尸羅不清淨三昧不現前四果基者楞嚴優波離云性業遮業悉皆清淨身心寂滅成阿羅漢(文)正語下道品雖多三學攝盡戒攝三謂正語正業正命也定攝十謂四如意足定根定力除覺定覺捨覺正定也慧攝十八謂四念處四正勤進根慧根進力慧力擇覺進覺喜覺正見正思惟正精進也定慧雙通攝四謂念根念力念覺正念也三學俱通攝二謂信根信力也九十八使者見有八十八使加思惑十使也三應供下問如來亦稱應供與聲聞何別答羅漢局於人天佛則魔外人天二乘菩薩所應供也五停心者謂多貪不淨

觀多瞋慈悲觀多癡因緣觀多障念佛觀多散數息觀別總相念者別則觀身不淨觀受是苦觀心無常觀法無我總則觀身不淨受心法皆不淨乃至觀法無我身受心亦無我正勤者謂未生惡令不生已生惡令消滅未生善令發生已生善令增長四正勤也如意者謂欲念進慧四如意足也五根者謂信進念定慧五根也五力者卽修前五根增長成力能破惡障也覺支者謂念擇進喜除定捨七覺分也八忍八智者觀於欲界苦諦所有無漏定慧若在無間道中名苦法忍解脫道中名苦法智觀於色無色界苦諦無間道中名苦類忍解脫道中名苦類智其餘三諦例此可知以此十六心頓斷三界分別所起煩惱種子見一切法決定無我亦無我所卽顯真諦寂滅之理得成無漏七菩提分也八正道者謂見思惟語業進定念命也二種涅槃者有餘無餘也八十九品者見道八智證八品（欲界四諦并上二界爲一四諦也）及修道八十一品也但斷煩惱在無間道證無爲在解脫道五分法身者謂戒定慧解脫解脫知見前三從因而顯德後二就果以彰能蓋以因修三學果得戒定慧身盡智則正習俱斷名解脫身無生智則了了覺照名知見身也十無學法者謂正語正業正命（攝戒身）正念正定（攝定身）正見正思惟正精進（攝慧身）正解脫（攝解脫身）正智（攝知見身）也梵行因修戒學果名殺賊也所作因修定學果名應供也我生盡智不受無生智因修慧學果名無

生也四智已圓三界已出無法可學成羅漢矣餘如俱舍婆沙大鈔然聲聞下楞伽云須陀洹果差別有三謂下中上下者於諸有中極七反生中者三生五生上者卽於此生而入涅槃文教章云初果人有三種一漸出離斷欲六品得一來斷九品得不還斷上二界得羅漢二頓出離於一生中頓斷三界九品修惑卽得羅漢更無餘果三非漸非頓復二一若倍離欲人入真見道倍離欲惑前六品得一來二若已離欲人入真見道兼斷九品得不還如瑜伽等說文俱舍論云聲聞有二一次斷次第斷惑經於七生二超斷又二一小超或超至五品乃至八品羅漢向等二大超聞唱善來卽成羅漢無受生緣文通明神變者

楞伽云阿羅漢者謂諸禪三昧解脫力通悉已成就煩惱諸苦分別永盡名阿羅漢文得羅漢下智論云阿羅漢入滅時住在何處具足佛道答得阿羅漢更不復生三界有淨佛土出於三界無煩惱名於是國土具足佛道若爾羅漢受法性身應當疾得菩提何以稽留答以捨衆生捨佛道故文享三昧樂者楞伽頌云味着三昧樂安住無漏界無有究竟趣亦復不退還得諸三昧身乃至刦不覺文若初果下詳如教章七生始滅者須陀洹人受七生已方入涅槃滅心心法始入滅定復經八萬刦乃得生心受佛教化發菩提心下三例知

㊀二證三果位

次爲阿那含阿那含者壽終神靈上十九天

證阿羅漢

疏初句總舉因果爲因也那含果也梵語阿那含此云不來亦云不還命終一往天上更不還來下界受生故此斷欲界九品修惑下三品盡進斷上八地思而不能盡亦不能得取證四果入般涅槃故云次爲那含謂次於前之一生速得四果上根者卽爲中人阿那含也後三句別示果相變化不測曰神定中所發用也感而遂通曰靈觀智得來體也十九天者以五不還天當第十九層也亦可指四空天證羅漢者寄居色無色界研斷七十二品取無爲脫生死也

鈔不還來者欲界下三品思惑共潤一生今已斷之更無惑潤故不再還來也變化下孟子曰充實而有光輝之謂大大而化之之謂聖聖而不可知之之謂神文世聖尚爾況那含乎故稱神靈若約法釋修止成定定發於身則有神變不測修觀成慧慧發於心則有不思議靈通以體用言神屬用靈屬體也十九天句義通二釋一者指五淨居謂欲界六天色界四禪共十二天今則寄居第四禪上故云上十九也楞嚴云此中復有五不還天於下界欲界中也九品習氣思惑也俱時滅盡苦樂雙忘下無卜居故於捨心衆同分中安立居處文二者指無色界按經論中三果聖人斷下思盡於中有二根性一者樂慧則修夾熏禪生五淨居卽無煩等五不還天二者樂定則修四空定生無色界樂慧根利卽於色界速出生

死樂定根鈍故於無色界遲出生死然無色界居在四禪十八天上故云上十九也寄居色無色者謂居色界那含天上更練四禪前後用無漏心夾熏中間有漏心色定轉明進斷餘惑或已斷下四地染未斷上四地染即居無色界天修四空定進斷餘惑也取無爲者金剛疏云即以見道八品無爲及修道九品無爲爲此三果體文再取上八地七十二品無爲也

㊀三證二果位

次爲斯陀含斯陀含者一上一還即得阿羅漢

疏次下舉因果此則一生取二果次於上之一生得那含也斯陀含梵語此云一來斯下示果相於修道中重慮緣真進斷欲界思惑前六品後三品猶在唯潤一生故從此命終一往天上一來人間即斷餘惑成無學也

鈔一來者更須一來人間受生斷餘下三品殘思也潤一生者欲界九品修惑能潤七生今斷六品已損六生止存三品但潤一生故從此下金剛疏問據此次第合是第三云何便言即得羅漢答所言即得者非謂踰越不證第三但約欲界惑盡往而不來望一去說故云即得也文況有根利者將餘下三品一生斷盡便往羅漢豈非即得耶

㊀四證初果位

次爲須陀洹須陀洹者七死七生便證阿羅漢

疏次下舉因果次於前之斯陀含者卽爲須陀洹也上二果中根此屬下根矣梵語須陀洹此翻預流初預聖人流故亦翻入流初入眞諦法流故亦翻逆流已逆生死有流故須下示果相七死生者初果見眞之後進斷欲界思惑然欲界思能潤七生上上品潤兩生上中上下中上三品各一生中中中下二品共潤一生下三品共一生故於天上人間七度往來也便證羅漢者謂於諸有中極七反生不唯斷欲界九品亦能斷盡上二界思惑而入涅槃也

鈔逆流者金剛云不入色聲香味觸法 文 卽是逆凡流也刊定記云十六心斷三界四諦下八十八使分別粗惑得初果證卽以見諦八智爲初果體

經後通結所斷惑

愛欲斷者如四肢斷不復用之

疏愛欲者謂貪愛樂欲也唯識云云何爲貪於有有具染着爲性云何爲欲於所樂境希望爲性 文 又愛爲根欲爲末圓覺經云當知輪迴愛爲根本欲因愛生命因欲有 文 若對三毒十使則貪欲皆爲根本是故修四諦觀斷四住時則階四果而出四生不復還在三界受生如斷四肢無人作用而起業也若使超凡入聖其在斷愛欲矣

鈔有謂三有因果不忘之謂有卽三界果報有具謂招果器具卽有漏惑業之因貪爲根本煩惱欲則通染通淨皆心所也由愛欲心方起一切不善事業若無貪欲則

無惑業苦矣愛爲根者生於心也欲爲末者發於境也經云由有諸欲助發愛性是故能令生死相續文三毒貪瞋癡也十使謂貪瞋癡慢疑五鈍使身見邊見邪見見取戒取五利使也皆爲根者謂欲對貪爲枝末對餘毒使則爲根楞嚴云想愛同結愛不能離則諸世間父母子孫相生不斷是等則以欲貪爲本文四住者謂見一切住地欲愛住地色愛住地無色愛住地開名四住煩惱合則但云見思也若使下結示經云一切衆生從無始際由有種種恩愛貪欲故有輪迴卵生胎生濕生化生皆因婬欲而正性命是故衆生欲脫生死免諸輪迴先斷貪欲及除愛渴文

(庚)次明因令其修習四

(辛)初達理崇道

佛言出家沙門者斷欲去愛識自心源達佛深理悟無爲法内無所得外無所求心不繫道亦不結業無念無作非修非證不歷諸位而自崇最名之爲道

疏先達理絶貪欲斷集也去恩愛知苦也識六識觀心修道也達佛涅槃理證滅也欲斷而識心源愛去而達佛理沙門之能事畢矣悟下次崇道三初標悟莫之爲而爲者眞諦理也理若不悟道亦不得内下次釋相謂釋無爲相也法性自天而然苦不能惱故無求無得不妨因去愛而知道不能通故不繫不妨因識心而顯集不能染故不結不妨因斷欲而淨滅不能除故無作無修不妨因達理而證不下後結顯崇最尊重也謂不假行位因果教理智斷

而自冥會契合以尊尚也法性如月苦集覆理如雲籠月道滅除集以會真如風撥雲而見月則知苦集之雲但是能覆不能惱染道滅之風但是能顯不能明淨理本明淨豈能妨害故云不歷位而自崇也道者真諦之謂道性道也貫上不歷不繫無爲率性之謂道修道也貫上自崇不結等悟

(鈔)阿含云捨離恩愛出家修道攝御諸根不染外欲慈心一切無所傷害遇樂不欣逢苦不戚能忍如地故號沙門文 初二句去愛次二句斷欲次二句識心五停心中畧舉多瞋慈悲一觀也後四句達理無生法忍從此入矣不假行位者結與釋中有影顯意釋中苦不能惱乃至滅不能除即結中不歷結中不假行位即釋中無得無證若配釋云内無位得外無行求心不智道亦不斷業無理念無教作無因修無果證釋中去愛知苦乃至達理證滅即結中崇最結中冥會契合即影顯釋中有體達若無能體達者誰知無得無證觀標悟言自無疑矣不結等悟者既以道崇豈可結業故崇最照應不結業句又能體悟無得無證不繫不結亦崇最義故云等悟通二意一影釋釋中體悟二指上標中悟字問既分性修道有二耶答從性起修全修即性豈有二耶

(辛)二割愛取足

佛言剃除鬚髮而爲沙門受道法者去世資財乞求取足日中一食樹下一宿慎勿再矣

使人愚蔽者愛與欲也

【疏】佛下先修頭陀行剃鬚除髮表斷煩惱也受道法者則以佛法爲務道德爲重也資生財物發愛欲之源故當去乞食知足爲頭陀之本應求取經云多欲之人多求利故苦惱亦多少欲之人無求無欲則無此患又云若欲脫諸苦惱當觀知足知足之法即是富樂安隱之處不知足者常爲五欲所牽文日下次各出其相先取足相一食一宿十二頭陀中二苦行也再者指中後飲漿坐高廣大床也楞嚴云衣鉢之餘分寸不畜乞食餘分施餓衆生我教比丘循方乞食令捨貪故文使下次財欲相愛是心欲是境由外塵欲牽起愛心亦由愛心貪著於欲所貪之境既多能貪之愛亦衆然貪與愛亦有四句此當亦貪亦愛其中復開四相一內愛欲緣自身形按拭摩觸起諸染着二外愛欲緣他男女姿態妖艷念念貪愛三內外愛欲於他已身柔輭細滑攀緣不捨四遍一切處愛欲緣於一切五欲塵境生結使心故涅槃云因愛生憂因愛生怖若離貪愛不憂不怖文佛名經云有愛則生愛盡則滅故知生死貪愛爲本文則愛欲也愚蔽一切人矣

【鈔】經下證去財又下證取足皆遺教文又云知足之人雖臥地上猶爲安樂不知足者雖處天堂亦不稱意不知足者雖富而貧知足之人雖貧而富文十二頭陀者一阿蘭若二常乞食三糞掃衣四一坐食五節量食六中後不飲漿七塚間八樹下九

露坐十常坐十一次第乞十二但三衣欲是境者圓覺疏問欲應是心何言色等答瑜伽云欲有二種一煩惱欲二事欲事卽五塵今謂心起合塵塵卽名欲經云由於欲境起諸違順又無常經云常求諸欲境文四句者圭山鈔云一貪非愛如人貪忙不是愛忙又如買苦口治病之藥秤兩不免貪多何曾愛也二愛非貪如人愛看相打相殺何肯貪求又如見他外人可意孩兒或猫狗等亦何貪求縱與之未肯受三亦貪亦愛卽名利財色之類四非貪非愛卽一切違情境及平平境文五欲塵境者財色名食睡爲五欲境色聲香味觸爲五塵境也此等皆能起愛生欲故老子云五色令人目盲五音令人耳聾五味令人口爽馳騁田獵令人心發狂難得之貨令人行妨文爲道者可不檢欲也歟

(辛)三轉惡成善

佛言衆生以十事爲善亦以十事爲惡何等爲十身三口四意三身三者殺盜婬口四者兩舌惡口妄言綺語意三者嫉恚癡如是十事不順聖道名十惡行是惡若止名十善行耳

疏 佛下先總標衆生法相生名曰衆生瓔珞云順理生心名善乖背爲惡又益物爲善損物爲惡善爲能治惡爲所治善惡皆在一念心中一念善則惡止一念惡則善滅改惡遷善無如不忘念也

鈔 衆法五蘊也色心和合成衆生故不忘念者遺教云不忘念者煩惱不入若失念

者失諸功德是故汝等常當攝念在心文

【疏】何下後別釋二先惡何句徵也身下列也身三下釋也令前人命斷曰殺有三或用內色謂手足等或用外色謂刀杖等或雙用內外色謂手執刀杖等不與而取名盜有八或灼然刦取或潛行竊取或詐術騙取或勢力强取或詞訟取或牴謾取或受寄托而不還或應輸稅而不納汙穢交遘深愛不捨謂之婬亦有和順强暴二種兩舌者謂向此說彼向彼說此離間恩義挑唆鬬爭等惡口者謂粗惡罵詈忿怒咒咀令他不堪等妄言者謂以是爲非以非爲是見言不見不見言見虛妄不實等綺語者謂莊飾浮言靡語艷曲情詞導欲增悲蕩人心志等殉自名利不耐他榮妒忌曰嫉雖屬瞋分亦貪所感圓覺經云由於欲境起諸違順境背愛心而生憎嫉造種種業文依對現前不饒益境瞋惱忿恨起諸凶暴曰恚於諸理事無明迷暗曰癡由此無明起疑邪見貪等煩惱此十惡業作有三品畧舉四重一約時謂於欲作正作作已三時俱重名上隨一時輕爲中三時俱輕爲下二約境殺人爲上殺畜爲中蚊蚋爲下三約心猛利心作爲上泛爾心作爲下處中爲中四約人具自作教他爲上唯自作爲中教他作爲下以要言之純從分別所發惡業名上雜從見愛煩惱所起名中但從任運所發惡業名下華嚴云十不善業上者地獄因中者畜生因下者餓鬼因若生人中殺罪得二果報謂短命多

病盜得貧窮共財婬報妻不貞良得不隨意眷屬妄語多被誹謗爲他所誑兩舌眷屬乖離親族獘惡惡口常聞惡聲言多諍訟綺語言無人受語不明了貪嫉心不知足多欲無厭瞋恚常被他人求其長短恒被於他之所惱害邪癡生邪見家其心諂曲是故應當遠離十不善道文 如是下結也不順聖道者戕法身傷慧命損功德失法財乖理害物故名惡也

鈔身三等者謂身上所惡有三口中發業有四意地起毒有三意地爲本餘七爲末也妬忌嫉者詩傳云以色爲妬以行爲忌害賢曰嫉修羅一類嫉賢忌行佛爲諸天說四念處彼說五念處佛說三十七品彼說三十八品雖屬下難曰唯識謂嫉是瞋分攝餘經論明貪爲意首此云何通故答釋云雖瞋亦貪發也圓覺下引證可知由此起邪見者則癡爲諸煩惱本矣一約時下瑜伽云三時復二一者約心如疏二者約時盡壽作爲上多時爲中少時爲下文 猛利强盛也泛爾不獲已也敎爲下者自不忍作故以要言下準如來祕密藏經大迦葉問佛十惡何者最重佛言殺及邪見釋曰此卽十惡互望論耳又經云十惡等乃至小罪堅執名犯若不堅執乃至無間不名爲犯釋曰此卽約心意明邪見執着爲重言不犯者意是輕微故從見惑起者爲上思惑起者爲下雜者爲中也華嚴下明果報三途是正報人中是餘報也疏云因有三品果有三途然依正法念經三途

各有邊正正者爲重邊者爲輕正鬼望邊畜則餓鬼罪重故雜集等鬼次於獄若正畜望邊鬼則畜生罪重故今經云下者餓鬼因又十不善各有二果差別一報果差別所謂三途異熟二習氣果差別卽人中殘報是正報之餘經云若生人中得二種是又雜集瑜伽等論明三果十不善業異熟果者於三惡道中隨下中上受旁生餓鬼捺落迦異熟等流果者各隨其相感得自身衆具衰損所謂壽命短促常貧窮等如其所應增上果者各隨其相感得所有外事衰損所謂外具乏少光澤俱舍論云何緣此十各招三果答此令他受苦斷命壞滅故且初殺生令他受苦受異熟果斷他命故受等流果令他失滅受增上果文

盜得下皆影畧其文以明人中餘報也

【疏】是下後善十善對十惡立以止惡故卽名爲善謂不殺不盜不婬不妄不綺語不兩舌不惡口不貪嫉不嗔不癡此名止善也復有十種行善謂放生布施梵行誠實質直和合柔軟喜捨慈悲正信也行十善時亦有三品四重一約時如欲行善時正行善時行善已時三時無悔者爲上作已方悔爲中正作能悔爲下二約境於劣不殺爲上如蚊蚋等於勝不殺爲下謂父母人等餘者爲中如禽畜等三約心猛利重心爲上處中心爲中不獲已而心爲下四約自他具自作敎他爲上唯自非他爲中自雖不作而敎他作爲下下者修羅因中者人道因上者諸天因華嚴云十善業道

是人天乃至有頂處受生因又此上品十善業道以智慧修習心狹劣故怖三界故闕大悲故從他聞聲而解了故成聲聞乘又此上品十善業道修治清淨不從他教自覺悟故大悲方便不具足故悟解甚深因緣法故成獨覺乘又此上品十善業道修治清淨心廣無量故具足悲愍故方便所攝故發生大願故不捨衆生故希求諸佛大智故淨治菩薩諸地故淨修一切諸度故成菩薩廣大行又此上上十善業道一切種清淨故乃至證十力四無畏故一切佛法皆得成就是故我今等行十善應令一切具足清淨文則十善業該於十法界矣十法界報盡出自心心惡十善翻爲十惡便成三途心善百非轉爲百行便成五乘心生心滅不可忽焉至於善果具如十善業道六波羅經

鈔十善下十善即五戒亦世間五常但開合有異不殺仁也不盜義也不婬禮也不妄語則攝口四信也酒能昏性起過制不飲酒以防意地則攝意三智也故十善道爲世出世間善因善果之本下者下修羅因時懷猜忌心雖行戒善欲勝他故下品也人在因地善念淳熟數修施戒不輕他故中品也天居因位善心猛利戒施超勝慈育物故上品也華嚴下引證也疏云人天是世間之善人善爲下欲天爲中色無色界爲上文圭山云三乘是出世間善聲聞善爲上下緣覺善爲上中菩薩善爲上上佛善爲上上中上文又清凉鈔云然其

十善亦有三果異熟果者離三惡道得生人天等流果者卽於彼處各隨其相感得自身衆具興盛所謂長壽無病苦等增上果者謂卽於彼各隨其相感得所有外事興盛資具等物精微光美受用無乏文十法界下賢首品鈔云若心念念專貪嗔癡攝之不還拔之不出日增月甚起上品十惡此發地獄心行火途道一若心念念欲多眷屬如海呑流如火焚薪起中品十惡如調達誘衆此發畜生心行血途道二若心念念欲得名聞四遠八方稱揚歎詠內無實德虛比賢聖起下品十惡此發餓鬼心行刀途道三若心念念欲勝於彼不耐下人輕他珍己如鵄高飛下視人物而外揚五常起下品善心行阿修羅道四若心念念欣世間樂安其臭身悅其癡心此起中品善心行於人道五若其心知三惡苦多人間苦樂相間天上純樂爲求天樂閉六根不出六塵不入此起上品善心行於天道六若其心念欲得利智辯聰高才勇哲鑒達六合十方顒顒此發勝智心行尼犍道七若其心念欲大威勢身口意業纔有所作一切弭從此發欲界主心行魔羅道八若心念念五塵六欲外樂蓋微三禪之樂由如石泉其樂內熏此發大梵心行色無色道九若心念念善惡輪環凡夫躭湎賢聖所訶破惡由淨慧淨慧由淨禪淨禪由淨戒尚此三法如饑如渴此發無漏心行三乘道十若心若道其相甚多畧舉十耳文餘可例知百非百行者瑜伽論云

謂有十事一少時作二多時作三盡壽作四少分作五多分作六全分作七自作八教人九讚歎十隨喜十惡用之即是百非十善用之名爲百行文五乘謂人天聲聞辟支菩薩也十善業道者經云言善法者謂人天身聲聞菩提獨覺菩提無上菩提皆依此法以爲根本故若離殺生得成十法謂施無畏起慈心斷瞋習無病長壽非人守護無惡夢解怨結無惡道怖命終生天離偷亦十謂財盈人愛不負讚美不憂善名無畏安樂懷施生天離邪婬四謂諸根調離諠掉世所稱妻莫侵離妄言八謂口香淨世信伏言敬愛安慰生得勝樂無誤失尊奉慧勝離兩舌五謂身無能害不壞眷屬信順法行善知識離惡口八謂法度利益契理美妙承領信用無識盡愛離綺語三謂智人愛如實答威德勝離貪嫉五謂諸根具財自在福德位尊利息離瞋恚八謂無惱無瞋無諍柔和慈心利生相嚴生梵離邪癡十謂意樂侶信因果歸佛正見生人天福慧增行聖道捨惡業住無礙見不墮諸難文解曰上皆明花報也又云行十善業若能回向三菩提者後成佛時得佛隨心自在壽命不殺報清淨大智不盜報隱密藏相不婬報如來真語不妄語報魔外不壞菩提眷屬不兩舌報梵音聲相不惡口報諸所授記皆不唐捐不綺語報三界特尊皆共敬養不貪嫉報觀者無厭不瞋恚報神通自在不邪癡報文解曰此是明果報也六波羅者大乘理趣六波羅密經淨戒品云此十善業一一皆感四

種果報一現在安樂二煩惱怨賊勢力羸弱三於當來世常得尊貴無所乏少四精勤修習當得無上正等菩提文解曰前三花報後一果報也若約轉三障義二轉煩惱障四轉業障初三轉報障若約轉三報初二轉現報益報由業感業由惑造今了業因不從報法起惑由是惑種羸弱業現衰殘也第三轉生報第四轉後報旣十善報其大如此奈之何不奉行哉

佛說四十二章經疏鈔卷第三

音釋

牴音抵觸也　鴃音迭鳥名　顒魚容切玉平聲　湎音勉

# 佛說四十二章經疏鈔卷第四

清浙水慈雲灌頂沙門續法述

㊅四返妄歸真

佛言人有衆過而不自悔頓息其心罪來赴身如水歸海漸成深廣若人有過自解知非改惡行善罪自消滅如病得汗漸有痊損耳

疏 先明不悔則成妄染過失也由貪瞋癡發身口意作諸惡業名衆過也梵語懺摩此云悔過若別說者懺名陳露先罪悔名改往修來不自悔者不肯追悔往愆也過而不改是謂過矣頓安也息止也業從心造還自覆藏名爲頓息其心有過必有罪日積月累故成其大猶如河海不擇細流漸成深廣也若下後明懺悔還成真淨先法善惡皆由心造心能改惡行善罪亦隨心消滅如人轉謗爲讚怨結解而親自成矣夫欲懺悔者須具此三法一知非謂慚愧克責明信因果怖畏惡道翻前不悔也二改惡謂發露先罪斷相續心也三行善求滅罪方法修功補過也此二翻前息心上三法因下罪消果翻前罪深也故涅槃云佛法有二健兒一者自不作罪二者作已能悔文 此是能悔者也如下後喻凡人有病服藥若得汗則疾愈而身安猶如衆生起過行懺若法喜則罪滅而心清過既非一時起懺亦莫能頓除故云漸也

鈔 初三句明覆藏次三句明增廣又前四句具含七義衆過中含二一縱恣三業無惡不爲故二事或不廣惡心遍布故息心唯一謂覆諱過失不欲人知故不悔中含

三一撥無因果作一闡提故二虜扈抵突不畏惡道故三無慚無愧不畏聖賢故罪赴亦一謂惡心相續晝夜不斷故梵下有二一翻懺爲悔二半梵半唐釋梵語懺摩此云請忍悔是唐言體即百法中惡作也厭先過失故謂請三寶忍受悔過然此厭罪定是善法不同識論不定所攝若準佛名經說則懺是懺謝之名悔以悔責爲義文

追悔徃愆者相部律疏解云興善罰惡爲懺追變徃愆爲悔文

積累成大者合抱之本生於毫末九層之臺起於累土罪始濫觴禍終没頂亦猶是也經云莫輕小罪以爲無殃水滴雖微漸盈大器漢昭烈曰勿以善小而不爲勿以惡小而爲之遺教云譬如小水常流則能穿石文

一下知非中具三義一慚愧慚者慚天天見我屏處造罪故愧者愧人人見我顯處作逆故又慚者内自羞恥翻前無慚不顧自法輕拒賢善也愧者發露向人翻前無愧不顧世間崇重暴惡也二信因果信得善有善報惡有惡報所以經云假使滿百刦所作業不亡因緣會遇時果報還自受易云積善之家必有餘慶積不善之家必有餘殃設無因果則修福者屈造罪者幸如何今見貧富貴賤苦樂不同也三怖惡道謂造上品十惡死墮地獄中品餓鬼下品畜生原人論云殺盜婬等心神乘此惡業生於地獄鬼畜等中佛名經云若不懺悔者大命将盡地獄惡相皆現在前當爾之時悔懼交至不預修善悔何及乎當爾之時欲求

一禮一懺豈可復得衆等切莫自恃盛年財寶勢力放逸自恣死苦一至不令人知盛年富貴無得免者怖心起時如履湯火六塵五欲不暇貪染翻前不畏三惡道也改惡中具三義一露先罪謂不覆瑕玼也根露則枝枯源乾則流竭翻前覆藏二斷相續謂已作者懺令清淨未作者不敢更作如王法初犯得恕更作則重初入道場罪則易滅更作難除也行善中唯一義昔因三業造諸罪惡不計晝夜今以善身口意策勵不休匪移山岳豈塡溝壑以此翻前縱恣三業惡心遍布二種然滅罪法有事有理事則洗淨身口著鮮潔衣燒香散華禮佛誦經於三寶前陳白過犯三時七日乃至累月經年如法修行取滅方止理則觀罪性空罪心無生心性滅時罪亦亡矣淨名云彼罪性不在內不在外不在中間如佛所說心垢故衆生垢心淨故衆生淨心亦不在內外中間如其心然罪垢亦然華嚴云菩薩知諸業不從東方來不從南西北方四維上下來而共積集止住於心但從顛倒生無有住處文問云何知罪滅相答若如是至心懺時或得好瑞好夢或復見光見華或覺身體輕利或有善心開發或入諸禪或識法相等故普賢觀經云一切業障海皆從妄想生若欲懺悔者端坐念實相衆罪如霜露慧日能消除是故應至心勤懺六根罪文

㊁二明世間果三㊀初善不可撓

佛言惡人聞善故來撓亂者汝自禁息當無

瞋責彼來惡者而自惡之福德之氣常自在此也

疏 存心不善曰惡人志仁無惡曰善人身口辱曰撓意來辱曰亂有意非無心曰故禁息意忍也無瞋責身口忍也依華嚴明忍具八心一忍辱心如司空圖之耐辱耐人之所不耐二柔和心如老子柔弱勝剛强三諧順心如婁師德之唾面自乾四悅美心如孫登之投水嬉笑五不瞋心如孟子之横逆自反六不動心如帝釋之訶其愚癡七不濁心如黃憲之汪洋萬頃撓之不濁八不報心如陳騫之含隱怨害置之不報若配此文身加辱而忍耐不瞋口毀罵而美順不責意嫉害而柔和不報不動不濁此其所以爲善人也善人若還對彼此無智慧不對心清涼罵者口熱沸故云而自惡也經言彼重以惡來吾重以善往福德之氣常在此間害氣重殃反在於彼此明禍因惡積福緣善慶故云福氣常自在也易曰積善之家必有餘慶積不善之家必有餘殃不其然乎

鈔 初二句所對境次二句能治心末四句出罪福司空圖者唐人居中條山作休休亭自號耐辱居士柔勝剛者德經云天下柔弱莫過於水而攻堅强者莫之能勝弱之勝强柔之勝剛天下莫不知又云天下之至柔馳騁天下之至堅文今謂他人陵我以剛强我則騁之以柔和也婁師德者唐人有弟出守代州教之耐事弟曰人有唾者拭之而已師德曰拭之是違其怒也

使自乾爾投水笑者晉孫登爲人絕無恚怒人或投其水中戲之旣出嬉笑自如橫逆自反者孟子曰有人於此其待我以橫逆則君子必自反也我必不仁也必無禮也此物奚宜至哉其自反而仁矣自反而有禮矣其橫逆由是也君子必自反也我必不忠自反而忠矣其橫逆由是也君子曰此亦妄人也已矣如此則與禽獸奚擇哉於禽獸又何難焉文　訶愚癡者雜阿含云有阿修羅與帝釋戰不如遭五繫縛將還天宮輒瞋罵詈御者白帝釋曰釋今爲畏彼爲力不足耶能忍阿修羅面前而罵辱帝曰不以畏故忍亦非力不足何有黠慧人而與愚夫對御者又曰若但行忍者於事則有闕愚癡者當言畏怖故行忍是故當苦治以智制愚癡帝曰我常觀察彼制彼愚夫者見愚者瞋盛智以靜默伏非力而爲力是彼愚癡力愚癡違遠法於道則無有若使有大力能忍於劣者是則爲上忍無力有何忍於他極罵辱大力者能忍文　黄憲者漢時人郭林宗曰黄叔度汪洋若萬頃之波澄之旣不清撓之亦不濁未可量也陳騫者晉傳云騫沉厚有大度量雖加怨害惱怒並皆含隱不報此則含人之所不含者也

(庚)二聖不可訶

佛言有人聞吾守道行大仁慈故致罵佛佛默不對罵止問曰子以禮從人其人不納禮歸子乎對曰歸矣佛言今子罵我我亦不納子自持禍歸子身矣猶響應聲影之隨形終

無免離愼勿爲惡

【疏】先引明罵佛自禍二初默然不對有人指六師外道諸惡人也守道以理存心也仁者愛人慈者憐人施於身曰行遍法界曰大有本云愚人以吾爲不善吾以四等慈護濟之彼以惡來吾以善往釋曰四等四無量心也故云行大仁慈罵有二種一作色二戲笑於中或帶宗親或但自身復有十相一種族二形貌三稱名四據齒五家業六品位七威儀八事迹九罪過十善道致罵亦二義一愛人者人恒愛之則佛有弟子而外道無眷屬故致罵也二下士聞道則大笑之此乃不得絕聖絕仁之意是故不但背後笑毀而且致面罵也默者笑其狂愍其癡忍其怒治其罵也內含四悉默具事理見者適悅是世界悉檀得歡喜益單爲彼默舊善心生是爲人悉檀得生善益不對罵止新惡除遣是對治悉檀得破惡益悟入聖道永不爲惡是第一義悉檀得入理益下問答中亦具四悉例此可知問下二舉事況顯子者雖無伏斷亦住正因故有外子之名字也迎送拜揖謂之禮以禮待人人受禮尚歸於自況於不受禮乎則知受罵不受罵亦皆歸自身矣所以然者蓋受禮則生自福如育王之禮僧不受禮則自有禮如不輕之深敬受罵則自招殃如歌利罽賓國王不受罵則訶罵自如魏多叔孫武叔今來罵佛是自求禍禍豈不隨其身者哉故法華明獲重罪楞嚴亦墮無間孟子貶爲亡者老子斥名

死徒也宜矣

鈔諸惡人者法華謂諸外道梵志在家外道事梵天故尼犍子此云離繫出家外道等及造世俗文筆讚詠外書及路伽耶陀此云善論亦名師破弟子是順世外道計順世情故逆路伽耶陀此云惡論亦名弟子破師是不順世外道以逆君父之論故也以理守心者揀彼邪師心遊道外也仁慈揀彼惡人無仁慈也孔子曰道二仁與不仁而已矣文遍法界者佛之同體大慈揀乎菩薩未遍二乘人天梵王大千世界帝釋六欲四洲之仁慈也愛人句出孟子具云君子所以異於人者以其存心也君子以仁存心以禮存心仁者愛人有禮者敬人愛人者人恒愛之敬人者人恒敬之文下士句出老子德經云上士聞道勤而行之中士聞道若存若亡下士聞道大笑之文不得絕仁意者老子曰絕聖棄智民利百倍絕仁棄義民復孝慈絕巧棄利盜賊無有此三者以爲文不足故令有所屬見素抱朴少私寡欲文解曰絕聖令還天理也棄智令反無爲也絕仁令復眞心也棄義令歸本源也絕巧令抱朴素也棄利令守公正也不得其意遂以棄絕爲是仁智爲非而來呵佛罵祖毀聖詆賢此則名爲迷中倍人可憐愍者默者下有本云佛默不答者愍之癡冥狂愚使然默具事理下大通佛之默然受諸梵請老子不言之教無爲之益世界也楞伽四答中一向反詰分別置止也止論以制外道世論婆羅門默然不辭而退爲人也如來教令容擯惡比丘公主說偈容默治王子瞋昔有一微賤人從此

國逃彼國詭稱王子彼國以公主妻之多瞋難事有一明人從其國來主往說之共人語曰再若瞋時當說偈云無親遊他國欺誑一切人粗食是常事何勞復作瞋說已默然瞋歇後不復瞋是主及餘諸人但聞偈不知意也對治也淨名默住不二智積默然信受第一義也楚語悉檀此翻徧施佛以四法徧施衆生也問中具四悉者問明善惡歡喜不瞋世界也爲說善法生彼善心爲人也以令善教破除惡駡對治也得悟其理非善非惡第一義也子者下博地凡夫稱名字子具正因住自性佛性而未有觀行故小乘七方便大乘三賢稱相似子具緣因引出性佛性緣理伏惑故小乘四果辟支大乘十聖稱眞實子具了因至得果佛性斷惑證眞故外子者一凡外外子也未入佛家故二二乘庶子也未付家業故三菩薩眞子 也紹

隆佛位故今於二種三子中皆初子義故稱子也育王禮僧者阿育王經云王見福田僧不問大小悉皆禮拜耶奢大臣怪而諫曰應當自重何輕作禮王集群臣不聽殺生仰勑各得一頭若牛若馬之類唯勑耶奢得死人頭旣皆得已使貨於市餘頭賣盡人頭獨存王問衆臣一切物中何者爲貴答曰唯人最貴王言人貴應得多價何以不售答言人生雖貴死乃最賤頭尚可惡況有價乎王問一切人頭皆賤否耶答言皆爾王言今我頭亦賤耶爾時耶奢懼不敢對王言若不異者汝何遮我不使禮拜汝若是我善知識者應當勸我禮拜使我將來得諸天身賢聖勝頭頭有所直何故我自作禮汝尚嗤笑文不輕深敬者

法華云常不輕菩薩見諸四衆言我深敬汝等不敢輕慢汝等行菩薩道當得作佛乃至遠見四衆亦復故往禮拜四衆之中有生瞋者惡口罵詈或以杖木瓦石而打擲之不輕菩薩能忍受之其罪畢已六根清淨增益壽命得無量福漸具功德疾成佛道彼時四衆輕賤我故二百億劫不值三寶千劫於阿鼻獄受大苦惱文　歌利者此云極惡金剛疏云佛昔作忍辱仙人山中修道王獵疲寢妃共禮仙王問得四果否皆答不得王怒割截身體天怒飛砂雨石王懼求懺仙言無瞋誓後身復如故文　罽賓王者傳燈録云師子尊者因罽賓國王秉劍於前云師得蘊空不曰已得問離生死不曰已離問既離生死就師乞頭得不曰身非我有豈況於頭王便斬之白乳涌高數尺王臂自墮文　毱多者魔王名莊嚴經論云尸利毱多因設火坑并諸毒食害佛不得悔過號泣世尊告言汝勿憂怖即説偈言害我我無瞋久捨怨親心右以旃檀塗左以利刀割於此二人中其心等無異文　武叔者魯論云叔孫武叔毁仲尼子貢曰無以爲也仲尼不可毁也他人之賢者丘陵也猶可踰也仲尼日月也無得而踰焉人雖欲自絶其何傷於日月乎多見其不知量也文　自求禍者所謂禍福無門唯人自造也孟子曰般樂怠傲是自求禍也禍福無不自已求之者詩云永言配命自求多福太甲曰天作孽猶可違自作孽不可活此之謂也文　獲重罪者法華四

卷云若於一劫中常懷不善心作色而罵佛獲無量重罪其有讀誦持是法華經者須臾加惡言其罪復過彼文墮無間者楞嚴八卷云毀佛法僧五逆十重更生十方阿鼻地獄文梵語阿鼻此云無間謂受苦無間刻也貶爲亡者孟子曰天子不仁不保四海諸侯不仁不保社稷卿大夫不仁不保宗廟士庶人不仁不保四體今惡死亡而樂不仁是猶惡醉而强酒文强酒而欲無醉既不可得樂不仁而欲無死亡又豈可得哉斥名死徒者德經云人之生也柔弱其死也堅强萬物草木之生也柔脆其死也枯槁故堅强者死之徒柔弱者生之徒又曰我有三寶持而寶之一曰慈二曰儉三曰不敢爲天下先慈故能勇仁慈則用力救助儉故能廣節儉自用寬廣不敢爲天下先故能成器長今捨慈且勇捨儉且廣捨後且先死矣夫慈以戰則勝以守則固天將救之以慈衛之文今則不仁不慈而恃强横死亡也可知

疏猶下次結誡止惡行善初二句喻也次一句合也後一句誡也惡因惡果既如形聲影響則善因果亦爾是故應當止惡行善轉禍爲福也

鈔善惡能感因如形聲禍福所報應如影響此感彼應毫髮不爽故云隨無離也而曰終者縱經多劫因果亦不亡也經中說言有三業報一現報業者現作善惡現受苦樂二生報業者此生作善作惡來生受苦樂報三後報業者此生作善作惡直至

未來無量生中受苦樂報若見惡人好者此是過去生報後報善業熟故所以有此樂果豈關現作惡業而得好報若見善人苦者此是過去生報後報惡業熟故現在善根力弱不能排遣所以有此苦果豈關現作善業而招惡報文中竺大士名闍夜多問鳩摩羅多尊者曰我家父母素信三寶而常縈疾瘵凡所謀爲皆不如意隣家一人久爲旃陀羅行而身常勇健所作和合彼何幸而我何辜耶尊者答曰善惡之報有三時焉凡人但見仁夭暴壽逆吉義凶便謂亡因果虛罪福殊不知影響相隨毫釐靡忒縱經百千萬劫亦不磨滅文原人論云殺盜等心神乘此惡業生三途中施戒等心神乘此善業生於人天然雖因

引業受得此身復由滿業故有貴賤貧富壽夭病健盛衰苦樂若前生敬慢爲因今感貴賤之報乃至仁壽殺夭施富慳貧種種別報不可具述是以此身或有無惡自禍無善自福不仁而壽不殺而夭等者皆是前生滿業已定故今世不同所作自然如然愚者不知前世但據目覩唯執自然復有前生少者修善老而造惡或少惡老善故今世少年富貴而樂老大貧賤而苦或少貧苦老富貴等俗人不知唯執否泰由於時運文此皆不明三世輪迴者也則知善惡之報有大小遲速矣即影響之喻乃言其必然非謂其速也影之隨形亦有遠近影遠則大影近則小報之遲速亦猶是也速則報輕遲則報重又或惡業多而

先受惡報善業多而先受善報抑或善心退轉則又因福而得禍惡心改悔則又因禍而得福雖有種種差殊總之一定不移故曰應隨終無離也書云惠迪吉從逆凶惟影響正此意耳

(夷)三賢不可毀

佛言惡人害賢者猶仰天而唾唾不汚天還從己墮逆風颺塵塵不至彼還坌己身賢不可毀禍必滅己

(疏)初標舉神明不測謂之聖才德出衆謂之賢又聖者正也捨凡性入正性故四果十地等賢者良也背惡心向良心故三資四加等心無悲愍損惱於他名之爲害猶下次喻明初喻毀斥上等聖賢次喻逼惱同學良善含血噴天還汚己身如方士之訶責賢祖身自瘡疱把塵揚風反坌自體如蔡京之貶剥司馬自取戮辱也雜阿含云健罵婆羅門遥見世尊作粗惡語瞋罵訶責把土坌佛時有逆風還吹其土反自坌身世尊說曰若人無瞋恨罵辱以加者清淨無結垢彼惡還歸己猶如土坌彼逆風還自汚時婆羅門懺過而去賢下後合示譬喻經云有清信士初持五戒後時衰老多有廢忘爾時山中有渴梵志從其乞飲田家事忙不暇看之遂恨而去梵志能起尸使鬼召得殺鬼勑曰彼辱我往殺之山中有羅漢知之往田家語言汝今夜早然燈勤三自皈可得安隱主人如教通曉念佛誦戒鬼莫能害鬼神之法人令其殺即便欲殺但彼有不可殺之德法當反殺

其使鬼者其鬼乃恚欲害梵志羅漢蔽之令鬼不見田家悟道梵志得活法華云呪咀諸毒藥所欲害身者念彼觀音力還著於本人皆是毀賢禍已之明證也

鈔又下比證曰賢親證曰聖資粮加行位名通大小乘方士訶賢祖者天授二年曾州牧宰迎請三祖藏和尚講華嚴因論邪正時有方士在會嫉恨面興愠色口出惡言謂三祖曰但自講經何起誹毀祖曰今講經旨無他論議問一切諸法悉平等耶祖曰諸法亦平等亦不平等又問何法平等何法不平等答諸法不出二種一者眞諦二者俗諦若約眞諦無此無彼無自無他無淨無穢一切皆離故平等也若約俗諦有善有惡有尊有卑有邪有正豈得平等方士詞窮無對猶瞋不解但加罵詈毀辱而已歸去經宿明朝洗面眉髮俱落通身瘡疱方生悔心敬信三寶求哀三祖祖令持華嚴經百遍以贖前愆誦至八十遍忽感眉髮重生身瘡頓愈又如四禪無聞比丘謗阿羅漢身遭後有墮阿鼻獄皆是唾天自汚也蔡京者宋徽宗時蔡京爲相用事排陷元祐諸臣目曰奸黨首列司馬光刻石殿門又自書大碑頒布州縣長安中無敢議者惟石工安民辭曰司馬相公海内稱其正直今謂之奸邪我不忍刻也官欲加罪民泣曰乞免鐫安民二字於石末恐得罪後世聞者愧之靖康中京既正罪安民亦得褒贈後合下毀賢合唾天颺風禍已合墮已𨓏身三業之中口業實重

好言是口夸言是口讚則靡德不歸猶如寒谷生春毀則何惡不往宛似炎天飛雪關係旣大招致不輕報恩經云佛告阿難人生世間禍從口生當護於口甚於猛火猛火熾然能燒一世惡口熾然燒無數世猛火熾然燒世間財惡口熾然燒聖七財口中之舌鑿身之斧滅身之禍莊子曰為不善於顯者人得而誅之為不善於幽者鬼得而誅之則知毀聖害賢者必有滅巳之大禍不可作也法華下圓通解曰毒藥交兼相呪詛惡心仍更禱神祇彼來於我起侵傷還著本人招橫害豈是等慈成過失自然黑業果相隨則還著者還是自害自也

(巳)三明上上果二(庚)初道果顯勝二(辛)初

奉道得大智果

佛言博聞愛道道必難會守志奉道其道甚大

疏博學多聞則涉於名言愛道廣遠則高於門境那知道不遠人徒增慳慢法本離言何勞强記猶如阿難徒聞未全道力故云難會心之所至謂之志理之所詣謂之道持守其志則無如外智體奉其道則無智外如心境相契如蓋合底體包太虛用周沙界故云甚大三乘菩提皆在自心得矣豈遠乎哉

鈔上二句明不善學之失執着法相曰慳自恃其道曰慢本離言者起信云是法從本已來離言說相離名字相離心緣相畢竟平等唯是一心故名真如文阿難證也

楞嚴云汝雖歷劫憶持如來祕密妙嚴不如一日修無漏業頌曰阿難縱强記不免落邪思文守志下二句明善學之益志能也心也智也道所也境也如也三乘二句上智契心得佛菩提中智契心得辟支菩提下志契心得聲聞菩提心賦註云天有道以輕清地有道以寧靜山谷有道以盈滿草木有道以生長鬼神有道以靈聖君王有道執王天下道即靈知心也故曰在自心得道在邇而求諸遠事在易而求諸難豈不可惜若夫達磨西來不立語言直指人心賢首頓教不說法相唯辨真性可謂得斯意矣

(辛)二助道得大福果

佛言覩人施道助之歡喜得福甚大沙門問曰此福盡乎佛言譬如一炬之火數千百人各以炬來分取火去熟食除冥此炬如故福亦如之

疏 初直明隨喜福大施道是法施揀非財施助歡是隨喜揀非自作見作曰覩人通五乘福甚大者大品明不可知數法華謂無量無邊以隨喜施道揀非隨喜施財也沙門下次問答福報無盡先問上大且約橫遍法界此盡乃對竪窮時世故疑難云此福雖大亦有盡耶佛下次答先喻一炬之火本喻初聞隨喜者福千百炬來分取喻百千人展轉聞而隨喜得福熟食喻得定身福禪悅食也除冥喻得慧身福生空慧除界內無明也亦可熟食喻涅槃法性身福法喜食也除冥喻得智身福法空智

除界外無明也如故謂本炬之火不減喻不因展轉分取其福而致初聞隨喜之福有減損也末一句合法轉聞分取福尚無減況自行持福豈盡乎經云財施有盡法施無盡則隨喜福亦無盡也

鈔法施以五教乘施衆生也財施內則身命外則寶物淨名云當爲法施何用是財施爲華嚴云諸供養中法供養最隨喜者隨則順事順理無有差別喜是慶巳慶人聞微妙法順理有實德順事有權功慶巳有智慧慶人有慈悲別行疏云由昔不喜他善故今隨喜爲慶悅彼除嫉妬障起平等善文通五乘者行願品云諸佛從初發心乃至菩提所有善根六趣四生聲聞辟支所有功德一切菩薩難行苦行我皆隨喜婆沙云所有布施福持戒修禪慧從身口意生去來今所有習學三乘人具足一乘者無量人天福皆隨而歡喜文大品者彼經隨喜品中明大千海水一毛破爲百分滴取海水可知其數隨喜之福不可知數文法華者六卷隨喜品云如是展轉至第五十人聞經隨喜功德尚無量無邊何況最初於會中聞而隨喜者其福復勝無量無邊阿僧祇不可得比文先喻下炬喻隨喜火喻福報人喻行者分取喻轉教他人作隨喜福揀上自行隨喜也冥黑暗也有室內室外之別

佛說四十二章經疏鈔卷第四

音釋

瑕玼 上音遐下音泚 玉色鮮潔貌

瘵 音債 勞瘵

佛說四十二章經疏鈔卷第五

清浙水慈雲灌頂沙門續法述

㊎二聖果顯勝二　初備顯飯善令得無漏

佛言飯凡人百不如飯一善人飯善人千不如飯一持五戒者飯持五戒者萬不如飯一須陀洹飯百萬須陀洹不如飯一斯陀含飯千萬斯陀含不如飯一阿那含飯一億阿那含不如飯一阿羅漢飯十億阿羅漢不如飯一辟支佛飯百億辟支佛不如飯一三世諸佛飯千億三世諸佛不如飯一無念無住無修無證之者

疏先凡位中較田勝非善非惡謂之凡貪病等也仁慈無害謂之善忠恕等也皈信佛律名持五戒兼攝餘戒定慧人天及小教中七方便也飯百下次聖位中較田勝初四果中較也飯十下次三乘中較也別行鈔云辟支佛者此云獨覺獨一覺故亦名緣覺從緣生覺故飯一三世諸佛者謂於三世諸佛中隨飯一佛也聲聞斷使如燒木成炭支佛侵習如燒炭成灰佛則正習俱除如灰炭俱盡而又說法利生故增勝耳飯千下後有無乘較也千億諸佛者謂諸佛中飯至千億尊佛也念心住境修因證果也無念揀凡夫善人之有念無住揀持戒之有住無修揀三果之有修無證揀羅漢辟支諸佛之有證前九較中後後勝前雖有福報猶住於相以生心動念即乖法體故今則無心不取於相所獲福報亦如虛空不可思量以取捨情亡等於真空故指要録云佛爲須達說布施果報謂

多施少報少施多報供養百千白衣不如供養一淨行人乃至供養百千諸佛不如供養一無心道人問施食有何功德答食施獲五福報一曰施命二曰施色三曰施力四曰施安五曰施辨亦云無盡功德猶彼尼拘類樹種如纖芥生長高四十里歲下數萬斛實是故婢捨一紋得公主之貴女施二錢感正后之榮文荼舉家皆福那律多刦無貧德勝獻麨爲人王使女施潘成支佛問貧者將何作施答優婆塞戒經云貧者説無財施是義不然何以故貧賤之人亦有食分食已洗器棄蕩滌汁施應食者亦得福德若以塵麨施於蟻子亦得無量果報天下極貧誰無塵許麨耶誰有三日食三揣麨命不全者是故諸人應以食半施於乞者善男子極貧之人誰有赤裸無衣服者若有衣服豈無一線可以施人天下之人誰貧無身如其有身見他作福身應往助亦名行施亦得福德文如迦旃延教一老婢取水以施是也問若施聖人得福多者云何經説智人行施不簡福田答釋有多意明能施人有愚智之别所施境有悲敬之殊悲是貧苦敬是三寶悲是田劣而心勝敬是田勝而心劣若取心勝施佛則不如施貧如經説言供養諸佛菩薩聲聞不如施畜一口飲食其福勝彼百千萬億故舍利弗一飯上佛佛回施狗此明悲田最勝也若據敬法重人敬田即勝如經説言若施畜生得百倍報乃至須陀洹得無量報羅漢辟支尚不如佛況餘

類耶若據平等而行施者無問悲敬等心而施得福弘廣故維摩云分作二分一施難勝如來一與城中乞人福田無二也鈔貧病等人者田有三一苦田悲心愍之貧病人也二德田敬心奉之三寶等也三恩田孝心事之父母師長等也忠恕等者德田中人也皈信佛律者善而兼戒者也五戒後有八戒十戒等戒學後有定學慧學等近而人乘天乘遠而三資四加今皆超畧故云兼攝餘也三乘者聲聞小乘辟支中乘佛大乘也獨一覺者獨宿孤峯觀物變易自覺無生故從緣生覺者由觀因緣覺眞諦理故別行鈔云此有二種一麟喻二部行謂觀外物因生覺解自得道果猶如麒麟獨一角故故名麟喻出無佛世

以神通化物者也若部行者即因聞解生悟解無性或觀因緣而得菩提或觀老死而得菩提名爲緣覺唯一果向名爲有學辟支佛果名爲無學文有無乘者諸佛唯有一佛乘也無證無有一佛乘也楞伽云三乘與一乘非乘我所說第一義法門住於無所有何建立三乘諸禪無量等又云諸天及梵乘聲聞緣覺乘諸佛如來乘我說此諸乘乃至有心轉諸乘非究竟若彼心滅盡無乘及乘者無有乘建立我說爲一乘引導衆生故分別說諸乘文後後勝前前者蓋人有優劣德有大小位有高下斷有深淺故飯之者福報亦有不同耳少報多報者菩薩本行經云何謂施多報少雖多布施無歡敬心貢高自大所施之人

信邪倒見不得快士猶如耕田下種雖多收實甚少何謂施少福大所施雖少清淨心與而不望報所施之人復得快士佛及辟支猶如良田種子雖少收實甚多般若經云若恒捨無量財而不回向菩提願與有情同證一切智智如是多行布施攝受少福若施少分財物而能回向菩提有情如是行少布施攝受多福文 一曰下經云人若不食則七日壽終顏色顦顇身羸力弱心愁體危困不能言若能施與世世獲報財富長壽端正人喜多力無耗安隱無患人採法言文 無盡德者尊那經云無盡功德乃有七種一園林池沼二建立精舍三牀衣卧具四財穀等物五往來僧物六病苦僧物七飲食湯藥尼拘類樹者譬喻經云佛至舍衛城外乞食有女作禮飯著鉢中佛爲咒願種一生百種百生億得見道諦其夫不信佛言卿見尼拘類樹種如纖芥生長高四十里歲下數萬斛子鉢飯種福亦然夫婦心開得初果道文 公主貴者育王一婢偶因掃地得一銅錢即施僧中命終爲育王女右手出一金錢而無窮盡往問夜奢羅漢始知前因正后榮者靈山有一貧女於糞壤中拾得兩錢即施衆僧當用買食上座咒願女大歡喜出到樹下黄雲覆之時王相師見此貧女福堪爲王夫人更衣迎至王所王喜甚重文荼者王城有一織師因辟支乞食夫婦兒媳奴僕各減分與後生跋提城皆有大福文荼長者入倉兩穀婦飯隨滿兒囊瀉金媳斛

出米僕耕七壠奴香遍塗那律者阿那律陀昔於饑世以稗飯施辟支佛獲九十一刧天人之中受如意樂絶無貧乏獻麨者阿育王經云佛入王城乞食德勝小兒弄土而戲作舍宅倉庫以土爲麨著倉庫中見佛歡喜掬倉土麨奉上世尊願我當來葢於天地廣設供養後爲育王王閻浮提施瀋者普曜經云佛入城乞食人皆閉門有一使女見佛空鉢欲以瓦器瀋澱弊食供之佛即受取咒言十五刧中天人中樂最後出家成辟支佛文取水施者賢愚經云迦旃延尊者在阿槃提國時有一老婢大家走使受苦無訴晝夜求死尊者語言貧何不賣婢言云何賣貧尊者教施婢言貧窮尊者與鉢教取水施授爲咒願次與

皈戒教勤念佛日日當謹走使伺大家卧竟即於自居止處數坐觀佛後命終時生忉利天還詣迦旃延所聞法證初果道文問下詳在諸經要集若以心田相對有四料揀一心勝田劣如悲愍貧病等二田勝心劣如慢心飯僧等三心田俱勝如恭敬齋佛等四心田俱劣如慳惜濟貧等

㊁二别顯孝德令成正覺

佛言凡人事天地鬼神不如孝其二親二親最神也

疏天通三界地攝四居鬼盡疫厲蠱毒神該水火晝夜事者如塗灰外道事自在天安荼論師事大梵天圍陀論師事那羅延天方論師計地方路迦耶計微塵諸迦葉波勤役四大復有梵志尼犍子等告名山

林樹塚等神殺諸衆生取其血肉祭祀藥叉羅刹婆等孝者竭力事奉盡心供養也二親父母也不如者天唯覆地唯載神能福鬼作威父母於我福威覆載無不施設故事天地鬼神不如孝二親也心地觀云父有慈恩母有悲母若詳説之有十種德則長養恩彌於普天憐愍之德過於大地假使有人爲福供養一百淨行大婆羅門一百五通諸大神仙一百大智師長善友不如一念住孝順心以微少物供養父母又彼父母能生我身修道器故若孝養之即爲供佛令得速成無上菩提揀非敬事天地鬼神但成世間有漏福也大集經云世若無佛善事父母事父母者即是事佛父母於我爲先覺故心地觀云若人至心供養佛復有精勤修孝養如是二人福無異三世受報亦無窮報恩經云爲孝養父母知恩報恩故令我速成阿耨菩提如釋尊目連道紀鑒宗故云二親最神也

鈔四居者海居洲居山居林居也如楞嚴明鬼者歸也魂魄歸於地也又威也能令他畏其威也神者申也精氣申於天也又能也大力者能移山塡海小力者能隱顯變化也尸子曰在天曰靈在地曰祇鄭玄曰聖人之精氣謂之神賢人之精氣謂之鬼長阿含云一切人民所居舍宅一切街巷四衢道中屠兒市肆及丘塚間皆有鬼神無有空者凡有鬼神皆隨所依即以爲名依人名人依村名村乃至依河名河一切樹木極小如車軸者皆有鬼神依止廣

列三財九類如蘭盆疏事者下出華嚴玄談孝者下有二一世間孝奉養甘旨二出世孝教親佛法經云飯羅漢辟支不如以三尊之教度其一世二親孝子經云子之養親百味恣口衆音娛耳名衣耀體肩荷周流未爲孝矣若親頑暗不奉三尊子當極諫以啓悟之心崇正道奉佛五戒於是二親處世常安壽終生天諸佛共會得聞法言長與苦别唯此爲孝耳十種德者一名大地母胎爲所依故二名能生經苦而能生故三名能正恒理五根故四名養育隨時長養故五名智者能以方便令生智慧故六名莊嚴妙衣嚴飾故七名安隱母懷止息故八名教授善巧導引故九名教誡善言令離惡故十名與業付囑家業故則長下經云長養之恩彌於普天憐愍之德廣大無比世間所高莫過山岳悲母之恩逾於須彌世間之重大地爲先悲母之恩亦過於彼文今畧引也又彼下釋最神謂無父母生長色身法身慧命無所依故事佛聞法亦無據故大集下引證如釋下舉事謂釋尊行孝成佛目連盡孝證果道紀至孝明經鑒宗篤孝悟道雜寶藏經云雪山有一鸚鵡常取好菓奉盲父母後因田主發施願心即取其穀供親田主見虫鳥作踐生瞋便設羅網捕得鸚鵡鸚鵡語言見施心故乃敢來取供盲父母又何見捕田主咨嗟禽獸尚能孝養父母豈况於人汝從今後應常此取田主者舍利弗是鸚鵡者我身是盲父母者淨飯摩耶是由

昔孝養今得成佛心地觀云佛昔修行爲慈母感得相好金色身名聞廣大遍十方一切人天咸稽首人與非人皆恭敬自緣往昔報慈恩我昇三十三天宮三月爲母說眞法令母聽聞歸正道悟無生忍常不退如是皆爲報悲恩雖報恩深猶未足文此是如來孝親得成佛也崇行録云佛世目連事母至孝生則養導其正信死則葬又薦其靈心猶未安故出家修行欲度母親報乳哺恩因此精進得六神通成羅漢果心地觀云神通第一目犍連已斷三界諸煩惱以神通力觀慈母見在受苦餓鬼中目連自往報母恩救免慈親所受苦上生他化諸天衆共爲遊樂處天宮當知父母恩最深諸佛聖賢咸報德文此是目連孝親成羅漢也齊道紀性誠孝勞於色養語人曰母必親供者以福與登地菩薩等也衣著食飲大小便利躬自經理不煩他人習成實及餘經論後忽豁然悟通造金藏論七卷於鄴城東郊講演道俗感化者甚衆唐鑒宗湖州長城人姓錢父晟有疾宗割股肉饋之曰他畜之肉能治疾者也父病因愈乃求出家後謁鹽官悟空禪師頓徹心源住徑山爲二祖此明紀宗孝親得道者也陰陽不測之謂神彌勒勸孝偈云堂上有佛二尊懊惱世人不識不用金彩粧成亦非栴檀雕刻只今現在爺娘便是釋迦彌勒若能供養得他何須別作功德文是故盡力孝養則世出世間善果無不能得猶如天地造化人莫能知故曰神

鈔萬物而爲言者也上鬼神約人言此最神約法言

戊二十四章分別因功起行分二己初總明世出世行

佛言人有二十難貧窮布施難豪貴學道難棄命必死難得覩佛經難生値佛世難忍色離欲難見好不求難有勢不臨難被辱不瞋難觸事無心難廣學博究難不輕未學難除滅我慢難心行平等難不說是非難會善知識難見性學道難隨化度人難對境不動難善解方便難

疏先總標貧下次別列中先世間行難貧者無福窮者無慧又貧無財産窮無衣食施有三一者財二者法三者無畏貧賤施財豈不爲難道則戒善禪定等法然饑寒困苦道心易發富貴尊榮學道則難色心連持爲命物物貪生人人怕死故棄命爲難然難與易俱出於心若心生疑非難成難心若無疑是難非難貧者肯施如賣薪三錢紡績一縷磨鏡手指牧羊草葢設不信施雖富貴亦難如摩訶南長者又肯學道何拘豪貴波琉璃王持名見佛祇陀太子因酒念戒又順情而背理雖臨終而謀活如大舜出於浚井西伯釋於羑里若順理而逆情縱殺身而不顧如孔聖甘於夕死初果願於刀山薩埵投身餓虎達王割肉饑鷹

鈔施有下先直釋其難然難下次雙出所以三錢者雜寶藏云昔有一賣薪人得三文錢捨於毘婆尸佛鉢中回家五里步步

歡願時賣薪者今汝惡生王是緣施三錢於佛五里欣慶世世尊貴常得五里三重錢藏迦旃延尊者荅也一縷者寶積經云旁耆羅私佛時有紡綫者名績日施一縷滿千五百願成佛道攝受一切由此福故十五拘胝為轉輪王作天帝釋成佛號善攝受如來手指者昔有長者鳩留不信佛法與五百遠行饑渴甚見一叢林到彼唯一樹神禮已求食神於手指出諸飲食甘美難言五百伴亦皆得食問曰何福所致荅曰我於迦葉佛時極貧為磨鏡業每有沙門乞食常以此指示齋主家及接衆處如是非一壽終生此長者大悟日飯八千僧入於佛道草葢者菩薩本行經云佛行村落間一牧羊兒念言暑天盛熱路無蔭凉編草作葢用覆佛上捉隨佛行佛告阿難此人心敬當在人天得七寶葢竟十三刧成辟支佛摩訶南者雜阿含云舍衛城長者名摩訶南家財億萬以慳貪故惜不衣食父母妻奴不能供給貧窮乞兒訶責不與無有子胤遇患命終家業入官佛言曩施支佛一飯不至心與後復生悔故今雖富不為享用又為財故殺異母弟今受福盡入于地獄波璃王者木槵子經云波琉璃王白言國多災患使我憂勞願求易修要法佛言欲滅三障當貫槵子百八記數稱三寶名二十萬遍生燄摩天滿百萬遍斷百八結獲無上果王即常念軍旅不廢後餓三日佛即應形而告王曰苾芻比丘念經十歲得成初果今在普香世界作辟支佛

祇陀者此云戰勝未曾有經云祇陀太子白言向受五戒酒戒難持畏恐得罪今欲捨戒受十善法佛言飲時有惡不耶答曰國中豪族雖時時相率賫持酒食共相娛樂而已餘外無惡得酒念戒惡亦止也佛言若如是者終身飲酒有何患哉大舜者昔瞽瞍使舜完廩捐階焚之舜不就死將兩斗笠自捍其身而下又使浚井從而揜之舜又旁鑿一穴暗地走出故孔子曰舜之事父也索而使之未嘗不在側求而殺之未嘗可得小箠則待大箠則走以逃暴怒也立而不去殺身陷父以不義不孝孰是大乎西伯者紂殺九侯鄂侯爭之并殺鄂侯周侯昌聞之歎息崇侯虎以告於紂乃囚昌於羑里昌之臣散宜生閎夭等求得有莘氏之美女及餘珍寶使嬖臣費昌以獻紂因釋昌賜以弓矢鈇鉞稱爲西伯孔聖者論語孔子曰朝聞道夕死可矣初果者智度論云一初果人生屠殺家父母與刀并羊一口閉着屋中語言若不殺羊無求見日其兒思惟若一殺者終爲是業豈以身口作此大罪即便以刀自殞父母開户見羊活兒死彼兒殞時即生天上薩埵者金光明云摩訶羅陀王有太子摩訶薩埵出遊林野見一母虎產生七子饑餓欲絶當必噉子念從昔來多棄是身曾無利益今捨幻身濟衆生命求於法身即投身虎前虎食其肉唯留餘骨時薩埵者今我身是虎瞿夷是七子舍利目連五比丘是達王者度無極經云昔薩婆達王行大

布施天帝試之勅命邊王作鴿自化爲鷹鴿趣逹王足下鷹尋後至王割髀肉乃至盡身稱髓令與鴿等鷹復本身問曰何志答曰吾願成佛救度彼衆帝釋驚歎以天藥傅之瘡痍頓愈乃至比干剖心夷齊餓死皆是致命成仁者焉

【疏】得下次出世行難三初依教起行難教典積如山岳盡是甘露醍醐八苦交煎何能得覩佛在世時我沉淪我出頭時佛滅度故佛前佛後是名爲難美色人所欲也珍好衆貪求者不欲不求可謂難矣富貴逼人以直報怨臨事而懼是常情也今欲無心而不瞋臨豈不難哉若能捨全軀而求半偈造佛像而受記音夫婦一牀而分寢寐見妙五欲而無歡樂臨罵而佯爲不聞被射而慈愍無怨無心行欲類木人之看花鳥不意斬殺猶伎兒之聽訟獄則此諸難亦不難矣

【鈔】教下先明難佛前後爲難者經云八難一者地獄二者餓鬼三者畜生四者邊地五者長壽天六者雖得人身癃殘百疾七者生邪見家八者生於佛前或生佛後以直二句出魯論彼具云以直報怨以德報德臨事而懼好謀而成此則有瞋有心者也要如夷齊不念舊惡老莊恬淡無爲始名爲無瞋無心也若能下次不難半偈者涅槃經云佛昔作婆羅門雪山坐禪求法修道天帝往試化爲羅刹說半偈云諸行無常是生滅法菩薩求說後半答曰腹饑難說問欲何食答曰人血請曰願說我當

身施即說偈曰生滅滅已寂滅爲樂菩薩以偈遍書木石即上樹捨身羅剎手接之還復本形作禮而去受記者造像功德經云帝釋請佛昇忉利天度夏三月爲母說法時優塡王渴思不見欲造木像毘首羯磨天化爲匠者操斧斫香木聲上徹諸天至佛會所如來遙歎授菩提記則知別相同相不離住持三寶報身法身不離應現影像是以一見尊容一聞經聲即爲覩佛聽法當自生大慶幸而城東老母與佛同生俱在一處共經一世曾不見佛不棠法音以故心疑是難未必異時亦爲難也分寢寐者佛本行經云畢鉢羅耶童子與跋陀羅女爲夫婦同願修行不相染觸子若眠時女起經行女若睡時子復經行周歷十二年同在一室而不同寢後女睡時一手垂地忽一蛇來夫恐螫女擎於婦臂安置牀上時婦責曰今乃何故起如是心夫以實情告之後投佛出家皆得成道夫即摩訶迦葉婦即紫金光比丘尼是也無歡樂者行願鈔云佛滅百年波吒梨城王名阿輸柯亦阿育此云無憂因弟毘多輸此云除憂敬信外道疑僧不能離欲假設方便令入佛法語大臣言我今洗浴汝當將我所脫衣服天冠與弟令登王座謂言王乃無後汝當即位今者試之有何不可王出見怒勑令殺之諸臣諫勸王言暫延七日即以種種妓樂婇女供給侍衛一切臣民皆往問訊更有青衣披髮搖鈴行殺之者執刀門立至七日滿將詣王所王問弟言作王七日

妓樂恣意婇女問訊汝貪愛不王弟答言我於七日中妓女歌舞聲宮殿及卧具名衣諸珍寶思惟懼死故不知如此事以見行殺者執刀門外立又聞搖鈴聲死鏺釘我心不知劫五欲不得安隱眠王語弟言汝於七日中思惟生死畏而無有歡樂不起貪愛心佛諸弟子等日日觀生死云何有歡樂而起煩惱心觀身如怨家三有如火宅深樂解脫法不貪於五欲共心如蓮花處水而不著弟因回心歸信三寶後即出家成羅漢果不聞者富弼少時嘗有詬詈之者富如不聞或以告之富曰恐是罵他人耳又曰明呼公名答曰天下多有同姓名者非罵我也呂蒙正相叅政正入朝堂朝士指曰此子亦叅政耶蒙正佯爲不

聞同列欲詰其名正堅止曰一知姓名終身不忘不如無聞也慈愍者優塡王正后皈佛受戒得須陀洹王聽諂言挽弓射后后見不懼不怒一心念佛慈愍於王箭繞三匝還住王前百箭皆爾王大恐怖詣佛懺悔無心下釋觸事句無心欲者淨諸業障經云無垢光比丘持鉢乞食遇婬女咒術因共行欲歸以自責投佛懺罪佛問汝有心耶曰無心也佛云汝旣無心云何言犯楞嚴化樂天云我無欲心應汝行事於橫陳時味如嚼蠟不意殺者梁武帝斷重罪則終日不懌或謀反事覺亦泣而宥之唐太宗謂侍臣曰朕以死刑至重故臨刑三覆奏然後行刑此是不獲已殺非故意也善見律云育王太子帝須出家興隆佛

法時有一臣僻取王意殺諸比丘帝須遮護臣即置刀往白王言令僧説戒僧不順勅依罪斬殺帝須禁止王聞悶絶蘇後責言我令説戒何以殺耶王往白僧衆言不審此事誰獲罪耶有僧問王有殺心不王言我本以功德意遣來無殺心也僧曰王若如此王自無罪殺者得罪上證自殺無意此證教殺無意故喻木人看花伎見處斬皆無貪瞋煩惱心也

疏廣下二學道證果難一句難了況欲窮通三藏上座尚譏豈能遜讓初學空腹高心有恃者可知勝負氣厚齊物也難論是非情濃隱惡揚善者少入耳出口道聽途説者多稍有覺悟便言見性明心道理未窮焉能該因徹果必也如阿難之多聞不輕之禮敬難陀稽首波離帝釋請問野干受苦辱而無諍順師教而遍參女子深觀見諦得果老僧繫念斷惑證真是則觸向成易又何難哉

鈔一句下初明難三藏通大小乘譏上座者毘婆尸佛滅後有一年少比丘通達三藏多人供養復有一摩訶羅老比丘聲形醜惡年少駡言如是音聲不如狗吠老比丘言汝何毀也我得四果即舉右手放大光明普照十方汝何不識作是惡業三藏心驚禮足懺悔以呵駡上座故五百身中常作狗身有恃者或以多聞識達陵人或以篇章技藝傲物或辨口利辭或華門望族或年壽或福德起諸貢高生大憍慢慢雖多相我慢爲本齊物者莊子有齊物論

謂方生方死無成無毁天下莫大於秋毫之末而太山爲小莫壽乎殤子而彭祖爲夭天地與我並生萬物與我爲一般若云是法平等無有高下圓覺云不敬持戒不憎毁禁不重久習不輕初學今既人我見存自他心立何能齊長短而一榮枯也入句見善知識徹法底源道聽途說德之棄也今人不參善友唯功口耳故於知識無緣稍有下釋見性句道通教行理果上豪貴道且屬教行此見性道屬理果也必下次不難阿難不輕可知難陀者普曜經云佛弟難陀初落髮時次第作禮到優波離止而不禮是我家僕世尊告言據戒前後不在貴賤當思聖法勿生憍慢爾時難陀去自貢高禮優波離大地震動請問者未

曾有經云帝釋問野干曰施食施法有何功德答曰布施飲食濟一日之命布施財寶濟一世之乏增益繫縛說法教化名爲法施能令衆生超出世間解曰天帝下心於野干則無自他高下之見識矣如舍利弗以一鉢飯上佛佛即回施於狗問曰汝以飯施我我以飯施狗誰得福多答曰佛施狗得福多何者福從心生不因田出心爲内主田是外事舍利弗千萬億倍不及佛心佛以平等心故福勝舍利弗以取捨心故福微則知勝劣由心不在田也無諍者昔一比丘乞食至珠師門珠師爲王穿大摩尼之珠進去取食有鵝見珠映比丘衣而作赤色其狀似肉即便吞之珠師持食出來見珠不知所在語比丘言得我珠

耶比丘恐害鵝命而不敢告珠師即加棒打絞縛眼耳鼻口盡皆出血鵝來飲血鵝亦打死比丘即説其因珠師剖鵝得珠即號哭哀懺而説偈言南無堅持戒爲鵝身受苦不作毁缺行此事實難有爲畜受苦尚不分辨豈於人中起兩舌耶徧參者即善財徧參五十三員善知識也女子者雜寶藏云昔有女子深信三寶請僧齋供至心求法比丘不解潛身歸寺然此女人念有爲法無常苦空不得自在深心觀察獲須陀洹果文此證見性不難也老僧者彼經又云昔有比丘年老昏塞見諸年少比丘説四果法心生羡慕語言願以四果見受於我諸少嗤言須得好食老者大喜即待餚饍諸少戲弄之曰汝在此舍一角頭坐當與汝果老者歡喜如教諸少即以皮毱打其頭上語言此是須陀洹果老者聞已繫念不散即獲初果諸少復戲弄言汝今雖得初果猶有七生七死更移一角諸少復以毱打語言與汝斯陀含果老者益加專念即證二果諸少復言雖得二果然有往來生死之難汝更移坐諸少復以毱打語言與汝阿那含果老者倍加至心復證三果諸少又弄之言雖得三果猶於色無色界受有漏身無常遷變念念是苦汝更移坐諸少復以毱打語言與汝阿羅漢果老者倍加至心復證四果即大歡喜設齋報謝與少共論道品諸少滯塞老者語言我實已得羅漢道果諸少咸皆求懺戲弄之罪是故至心求無不獲文此證學道

不難也是下結成

疏隨下三廣化衆生難衆生無邊心行無盡云何可度令出生死如沙彌退心學人不願故難也眼貪愛色耳分別聲鼻齅諸香舌嗜於味欲逆流根至不生滅豈易得耶衆生病根既廣如來法藥亦多感有剛柔邪正機宜應有慈威逆順教門不能一一善解奚使人人入道豈如迦旃延之善教歸戒舍利弗之巧化浣金力藍不覺車聲空生不聞鼓響末利假酒而救廚官大悲用殺而活賈客審爾難亦非難矣故知難之爲語罪在於人人有心願者入刦燒升梵天把虛空擲大千未足爲難人無心願者得覩佛經尚難況能上弘下化者乎今佛舉言難者正欲吾人發猛勇心立堅固願能行其難行常人而爲難得人也

鈔衆下先明難退心者智度論云昔有羅漢領一沙彌攜持衣鉢沙彌忽發大菩提心羅漢知之便取衣鉢令其前行行到前途遇一水潭多諸細虫思衆生多難可化度便退大心羅漢原令持衣後行沙彌問答云汝發大心應前羅漢既退道意乃是凡夫不合居我聖人之前不願者法華持品云復有學無學八千人作是誓言我等亦當於它國土廣說此經所以者何是娑婆國中人多弊惡懷增上慢功德淺薄瞋濁諂曲心不實故流根者六根流轉於六塵也逆者返流旋一六用不行也不生滅者如如不動也問此對境不動與上觸事無心有何義別答上約三業作事不起善

惡心此約六根緣境不動染淨念衆生二句楞伽云如醫療衆病以病不同故方藥種種殊我爲諸衆生滅除煩惱病知其根勝劣演說諸法門感有二句剛强衆生以威折之柔輭衆生以慈攝之邪見衆生以逆而同其事正知衆生以順而進其道若欲盡解實爲難也是故二乘不能破所知障大乘亦有塵沙煩惱豈如下次不難先度人不難善教者律中云迦旃延善能教化歸戒令屠者受夜戒婬者受晝戒後受報時各於晝夜見前樂相長阿含云有外道執斷見謂無他世破言若無他世則有今日而無明日一問我見人死不還云何說其受苦故無他世答如罪人被駐寧得歸不二問若生天何不歸答如人墮厠得出寧肯更入厠不又天上一日當此百年生彼三五日未遑歸心設有歸者而汝已化寧得知之三問我鑊煮罪人密葢其上伺之不見神出故無他世答汝晝眠時傍人在邊見汝神出不四問我剥死人皮臠肉碎骨求神不得知無他世答如小兒析薪寸寸分裂求火寧有可得不五問我秤死人更重若神去應輕既無神去則無他世答如火與鐵合鐵則輕鐵失火則重人生有神則輕人死失神則重六問我見臨死人反轉求神不得故知無他世答如人反轉求於貝聲寧得聲耶七外道讚伏又世典婆羅門語五百釋能與我論不五百釋言出家下者周利槃特汝與論勝我與汝名世典便屈後時于路遇槃特伽問何

名答當問義何問名問汝能與我論義耶答我能與梵王論況汝盲無目乎問盲即無目無目即盲豈非煩重周利作十八變即云此僧但能飛變更不解義迦旃延天耳遙聞即隱槃特示身如彼從空而下問汝字何等答字男丈夫問男即丈夫丈夫即男豈非煩重世典答止止置此雜論可論深義即問曰煩不依法得涅槃耶答不依五陰法能得涅槃一問五陰依何生答因愛生二問云何斷愛答依八正道即能斷愛三 世典聞此遠塵離垢巧化者莊嚴論說目連教二弟子久無所證問舍利弗舍利弗言以何法教答金師之子教不淨觀浣衣之子教數息觀舍利弗言錯矣鍛金之子應教數息浣衣之子應教不淨目連依教即得羅漢歎身子曰我常在河邊習浣衣自淨安心於白骨相類易開解不大加功力速疾入我意金師常吹囊出入息是風以其相類故易樂入安般衆生所翫習各自有勝劣行自境界中獲得所應得行他境界中如魚墮陸地第二轉法輪佛法之大將於諸聲聞中得於最上智力藍下次對境不難泥洹經云大臣福罽歡喜前禮佛問得何法喜對曰比丘力藍坐於樹下時有五百車過纔次人至問曰見車過不答曰不見又曰還聞車聲答曰不聞曰卧耶答不卧在觀道耳因讚歎曰車聲哅哅覺而不聞用心何專難有乃爾遂得法喜佛言我亦如是昔遊阿沉暴雷霹靂連煞四牛耕者二人同時怖死我亦不

聞定覺經行一人作禮隨我而步吾問何念念耳答言向者霹煞四牛二人世尊獨不聞乎我言不聞曰卧耶我曰不卧自三昧耳其人亦歎亦得法喜空生者如幻三昧經云假使以大地為鼓須彌為槌於須菩提耳邊打不能令其微念心動何以故入空定故末利下後方便不難未曾有經云波斯匿王遊獵饑甚勅斬厨官修迦羅名也唯此一人稱王意者時夫人末利聞之即具酒餚將諸妓女來至王所共飲相樂王嗔乃歇后即詐傳王命莫殺厨官王至明旦顏色憔悴夫人問何患耶王言昨晚饑火所逼怒殺厨官悔恨愁耳夫人笑曰其人猶在王大歡喜即同夫人詣佛懺罪謂持五戒犯此飲酒妄語二戒其事云何世尊答言似此犯戒得大功德無有罪過何以故為利益故大悲者寶積經云然燈佛時有五百賈人入海採寶內有一盜欲殺諸人謀取其寶時有導師名曰大悲夜夢神報盜若殺此五百菩薩當墮地獄可作方便各全其命大悲思惟殺此一人五百全命我受獄苦彼離惡道生哀愍已即以矟矛刺殺惡賊令諸商人安隱得還時大悲者即我身是五百賈者即賢刦中五百菩薩由我行方便故得超億刦生死之難故知下後結示入刦等者法華云假使刦燒擔負乾草入中不燒亦未為難若以大地置足甲上升於梵天亦未為難假使有人手把虛空而以遊行亦未為難若以足指動大千界遠擲它國亦未為難又云

我滅度後誰能護持讀說此經今於佛前自說誓言一唱也諸佛子等誰能護法當發大願令得久住二唱也諸善男子各諦思惟此爲難事宜發大願三唱也諸餘經典數如恒沙雖說此等未足爲難若持八萬四千法藏十二部經爲人演說令諸聽者得六神通雖有是益亦未爲難文準知有心難亦不難也人無等者法華云佛滅度後於惡世中暫讀此經是則爲難於我滅後誰能受持讀誦此經今於佛前自說誓言此經難持若暫持者我則歡喜文準知無願非難成難也上弘等者得覩經等七難中修自身也廣學七難上弘佛道也隨化三難下化衆生也自尚不修豈能弘化令佛下通妨妨云若爾云何獨言難耶故今通云若不舉難心願不發是以法華三唱衆願弘持也

佛說四十二章經疏鈔卷第五

音釋

顦顇上慈消切下秦醉切顦顇憂貌　稗傍卦切似禾而别也　潘孚袁切米汁也　澱堂練切滓垽也

# 佛說四十二章經疏鈔卷第六

清浙水慈雲灌頂沙門續法述

(己)二別明世出世行 二 (庚)先明修出世得淨之行 三 (辛)初明對治法門令悟俗諦 五

(壬)初淨心斷欲

沙門問佛以何因緣得知宿命會其至道佛言淨心守志可會至道譬如磨鏡垢去明存斷欲無求當得宿命

(疏)親生爲因助長爲緣宿命六通中一至道即諦理也此是眞如性亦即諸法勝義佛言下答也先道眞如道理徧一切處旣無形相非作意得但依衆生心現衆生心者猶如於鏡鏡若有垢光色不現心若有垢道理不現要當守志行淨心性即見道眞如鏡之垢去即現形像也斷下次命斷欲則人我自空無求則受想滅盡一切蘊處不能爲礙如是過去無數刦中捨身受身皆現在前故宿命通亦備於我非外得也設謂求外是邪說矣

(鈔)問有二先命後道所以然者意謂命道皆無形影可以擬議設有緣法得知宿命道或因之亦可會矣因緣有多義一約三世間釋謂種子爲因水土人時等爲緣而芽得生又泥團爲因輪繩陶師等爲緣而器得成此約外之器世間也染則無明因業行緣而生識等淨則發心因佛教緣而得道果此約內之情世間也大悲爲因衆生爲緣而應化得興此約智正覺世間也二約五教乘釋人天小教則以衆生機感爲因諸佛應化爲緣而善果得成始教種

性因聞熏緣而成菩提終頓本覺内熏因師教外熏緣而得究竟覺圓教一眞法界心性因遍悉知識起普賢行願等緣而佛果得成今是情世間小始教中義也答中先道後命者道爲本命爲末道尚可會宿命豈有不可得哉故經云斷欲守空即見道眞知宿命矣道中前二句法後二句喻守志止定也如用手把定淨心觀慧也如水等磨盪求外是邪說者諸外道師謂求梵天自在天等即得宿命或謂别有法術可致神通此皆邪說誣民亦屬鬼神有漏五通非是佛說無漏通也

㊣二守眞合道

沙門問佛何者爲善何者最大佛言行道守眞者善志與道合者大

疏問中二初善世間有戒善禪定出世有諦緣度行不知何者一法爲至善也次大世間有五大出世有七大未審何法爲最大也佛下答先善守性眞自利行也揀非世禪等比行覺道利他教也揀非權教等比性修兼具故爲至善志句後大志願也心志期求意又誓也心志必固意隱居以求其志行義以達其道志因道顯道因志弘故云合居天下之廣居行天下之大道上符諸佛傳心之妙下契衆生明心之宜域中有四道理最勝故云大此之大善唯人道爲能耳人而不爲吾末如之何也已矣

鈔五大地水火風空也七大瑜伽論云一法二發心三信解四增上意樂五資糧六

時七果圓證般若無著論中亦同此説雜集論云一境經敎廣大也二行二利行大三智四精進五方便六證得果德大也七業建立大佛事也也守性定也衆生迷眞合塵即名散亂行者背塵合眞名爲禪定圭山云本源心地是禪定理忘情契之是禪定行文非世禪者涅槃云定有三種上者佛性中者初禪等下者定心數圭山云眞如三昧達磨所傳者四禪八定諸家所解者文今是眞性禪揀餘功用禪也清涼云定有二種一制之一處無事不辦事定門也二能觀心性契理不動理定門也文今屬理定非事定矣行覺慧也有本有末實相本文字末觀照般若本末雙通明達法相事觀也善了無生理觀也觀照實相無生起諸文字法相使

先知覺後知也非權敎者以斯道覺斯民非餘人天小敎而爲化也性下總結守則獨善其身行則兼善天下故曰善而云至者一切法中有性善有性不善有修善有修不善性修不善貪嗔等也修善非性善無貪等也性修俱善眞如道法性理也故曰至今云守眞守之至善也金剛三昧云守一者守一心如行道行之至善也金剛三昧云常以一覺覺諸衆生大學止至善孟子道性善義亦大同心志下又願爲志中克遂意誓爲願中勇烈意雲棲云期其志而必到者願爲之先導也堅其願而不退者誓爲之後驅也文求志依道起志也達道依志行道也孟子曰得志與民由之不得志獨行其道富貴不能淫貧賤不能

移威武不能屈此之謂大丈夫域中四者老子曰有物混成先天地生寂兮寥兮獨立而不改周行而不殆可以爲天下母吾不知其名字之曰道强爲之名曰大故道大天大地大王亦大域中有四大而王居其一焉人法地地法天天法道道法自然解曰物者道爲物之本故字曰道者以通能通生能生表其德也名曰大者以包含目其體也道大者能包羅天地人也天大無不覆幬也地大無不持載也王大者能法地則天行道也人即王也人爲萬物之靈王爲萬人之主先當法地安靜柔和次當法天運用生成又當法道清淨無爲令物自化若爾即合道法自然之性也前則道大居先後則道爲法本是知天地間道理最大矣至於五大七大皆有爲相非如道理無相無爲之大故不稱最若志與其合者亦復高而無上羅而無外故能彌綸天地之道豈不大哉唯人能者裴序云生靈之所以往來者六道也鬼神沉幽愁之苦鳥獸懷獝狘之悲修羅方瞋諸天正樂可以整心慮趣菩提唯人道爲能耳 文此四句勉勵也

(壬)三忍惡滅垢

沙門問佛何者多力何者最明佛言忍辱多力不懷惡故兼加安徤忍者無惡必爲人尊心垢滅盡淨無瑕穢是爲最明未有天地逮於今日十方所有無有不見無有不知無有不聞得一切智可謂明矣

(疏)問中先力次明堪能而不怯弱謂之力

洞徹而不昏昧謂之明

疏佛言下次答亦二初忍爲多力二先標百行之本忍之爲上不忍則感七損三苦忍則七益四樂是故多力阿含云力有六種孩子以啼女人以瞋國王以憍慢沙門以忍辱羅漢以精進諸佛以慈悲此之謂也不下次釋忍有二一生忍有逆有順逆者謂於瞋罵打害境中而不生於忿恨怨惱順者謂於恭敬供養境中而不生於貪愛憍逸二法忍有心法非心法心法者謂淫欲瞋恚憂疑邪見慢等非心法者謂寒熱饑渴風雨老病死等今不懷惡即生中忍逆境也安健即法中忍非心也又初名他不饒益忍所謂應忍他人之惱心不懷報亦名耐怨忍忍彼怨家惱害是忍外障也次名安然受苦忍所謂忍於利衰毀譽稱譏苦樂等法亦名安受忍忍彼貧病等苦是忍內障也忍無惡者唯識云忍有三種謂耐怨害忍安受苦忍諦察法忍釋曰後一是前二忍所依止處堪忍甚深廣大法故又般若云忍有二種一安受忍謂於刀仗加害毀罵凌辱而不起加報心蚊虻蚤虱寒熱苦惱而不生忿恨心二觀察忍思惟諸行如幻不實誰呵毀我誰加害我誰受凌辱誰受苦惱唯是自心虛妄分別我今不應橫起執著今是後一諦觀察也又不懷安健有相事忍也此之無惡無生理忍也謂以正慧觀察生法性空辱不可得苦空無我誰爲忍者辱忍既空無生現前便證寂滅又何惡哉戒經云忍辱第一

道阿含云是法可尊貴故住三忍者爲人世第一尊矣

鈔內心安耐忍外所辱之境名爲忍辱七損七益者子張欲行辭於夫子願賜一言爲修身之本夫子曰百行之本忍之爲上子張曰何如忍之夫子曰天子忍之國無害諸侯忍之成其大官吏忍之進其位兄弟忍之家富貴夫婦忍之終其世朋友忍之名不廢自身忍之無禍患子張曰不忍如何夫子曰天子不忍國空虛諸侯不忍喪其軀官吏不忍刑法誅兄弟不忍各分居夫妻不忍令子孤朋友不忍情意疎自身不忍患不除子張曰善哉非人不忍不忍非人文此明世忍得失也三苦者無著論云不忍因緣有三種苦謂流轉生死苦

衆生相違苦鈌乏受用苦四樂者刋定記云一忍熟故樂行忍純熟如役力之人久得其志也二正定故樂常踞大定寂滅不動也三慜他故樂如孩子杖父父即生樂也四自利故樂以此幻形易得堅質也文此明出世忍苦樂如此又法集經云何者是菩薩忍辱力爲他所罵而不加報以得如響平等智力故爲他所打而不加報以得鏡像平等智力故爲他所惱而不加報以得如幻平等智力故爲他所瞋而不加報以得內清淨平等智力故世間八法所不能染以得世法清淨平等智力故一切煩惱不能染不能勝以得集因緣平等智力故文故云忍於一切法中有多力也安健者謂安然忍受苦法強健有力不動不

壞也語云忍是身之寶不忍身之殃舌柔常在口齒折只爲剛正斯意耳利衰等者起信疏云利則財榮潤已衰則損耗侵陵毀則越過以謗譽則踰德而歎稱則依實德讚譏則準實過論苦則逼迫侵形樂則心神適悅文忍此八者則八風不能動也忍有三下自攷云耐怨即生忍是成熟有情因安受即法忍是成就佛果因文筆削記云耐怨不報有二意一爲解怨結故如律中長生王偈云以怨報怨怨終不止唯有無怨怨自息耳二爲證佛果故以有正智知彼此境空無所有不忍沉墜生死忍則疾成佛道安受入境不出違順違則易忍順則難忍天台說爲强輭二賊諦察法者但於忍境體法無生唯心所現三輪空寂唯一眞實也謂以正慧下般若云無生法忍者謂令煩惱畢竟不生及觀諸法畢竟不起微妙如智常無間斷文戒經下釋人尊句四分云忍辱第一道佛說無爲最出家惱他人不名爲沙門如釋云忍辱無爲是出世善因樂果惱他不名是生死惡因苦果出家不行忍辱而反怨報他人則違無諍之道豈成勤息之行阿含下中阿含云時諸比丘數共鬬諍佛說偈曰若以諍止諍究竟不能止唯忍能止諍是法可尊貴又尊有多意老子曰聖人欲上民必以言下之欲先民必以身後之是以天下樂推而不厭以其不爭故天下莫能與之爭清涼疏云仁王經伏忍下品當住中品行上品向信忍下中上初二三地柔順忍

下中上四五六地無生忍下中上七八九地寂滅忍下中上十地等妙覺也文此約人約位稱尊老子曰兵强則不勝木强則共强大處下弱柔處上刋定記云忍之爲義本末五重一是本源之心非動非靜二不忍以怨報怨三忍雖不加報未能忘懷即未至彼岸忍也四忘情絶慮寂然不動即至彼岸忍也五非動非靜即超彼岸忍也爲治動心且居靜境動既非實靜豈是眞若明五門方爲究竟文此約法約行稱尊兼上三忍成四力矣不懷力安健力無惡力人尊力故云忍者多力是則修羅以嫉恚爲力比丘以忍戒爲力豈不誠然乎哉

疏心下二心爲最明三初離垢明三障斷二執空名垢滅盡現行穢種習瑕悉淨無餘淨極光通寂照含空矣末下二性覺明自性本來靈知靈覺不昧不昏推之無始引之無終先天地而不滅後天地而不生迎之不來縱之不去云有則空虛無相云無則神解不測耀古今透金石日月雖徧不照覆盆今此靈明徹而又徹大地雖堅難逃刧壞今此眞寂恒而又恒故云自未有天地已來無法不達未有甚於心明者也起信云從本已來自性滿足一切功德所謂自體有大智慧光明義故徧照法界義故眞實識知義故楞嚴云性覺妙明本覺明妙得下三究竟明智者無不知也以遠離微細念故得見心性一見性時則衆物之表裏精粗靡所不徹到此始名爲圓滿覺得一切智也唯心具三故爲最明佛

具三明名明行足

欽初離垢下依起信義離明即始覺性明即本覺究明即究竟覺也三障煩惱業報也二執我法也二執中復各有三一現行粗中之粗如泥露穢二種子粗中之細細中之粗三習氣細中之細如玉含瑕心垢不滅瑕穢不淨雖有靈明亦昏昧矣今則内障外障以全消粗惑細惑而永離靈光獨耀逈脱根塵故最明也二性下未有天地者謂元氣混沌天地未分也逮於今日者謂兩儀已判三才悉備也所有六塵等法也眼觀色曰見耳聽聲曰聞鼻舌身意覺香味觸法曰知根性雖六唯一藏心此心從來惺惺不昧了了常知仰觀天文俯察地理幽明之故鬼神之狀始終之數死生之説無不洞然而照徹也三究下離細念者起信云一切衆生不名爲覺以從本來念念相續未曾離念故説無始無明若得無念者則知心相生住異滅皆無自立同一覺故文得見心者論又云覺心源故名究竟覺不覺心源故非究竟覺文靡不徹者起信問虚空世界衆生心行皆悉無邊云何能了名一切智答一切境界本來一心衆生妄見境界故不能了諸佛離於見相無所不遍心體顯照一切妄法有大智用無量方便故得名一切智文唯心下總結也三明指上離性究也亦可初即正知智次即徧知智後即正遍知智故智爲最明佛具三智名正遍知則前恐力是約境言此之智明是約心説

(壬)四澄濁見道

佛言人懷愛欲不見道者譬如澄水致手攪之衆人共臨無有覩其影者人以愛欲交錯心中濁興故不見道汝等沙門當捨愛欲愛欲垢盡道可見矣

(疏)人下初標起愛心熾盛道心隱微人若懷欲豈能見道譬下次舉喻水有三緣不能現影一者濁楞嚴云譬如清水清潔本然有世間人取彼土塵投於淨水土失留礙水亡清潔容貌汩然文二者動或以五彩投中攪之或以手指挑撥或以風括起諸波浪三者蓋有本云猛火着釜下中水踊躍以布覆上衆生照臨亦無覩其影者文人下三合法心如水貪愛煩惱如濁欣厭五欲如手五指攪動或五塵欲境生滅於心如五彩投中風起波浪又有本云心中向有三毒涌沸在內五蓋覆外終不見道文則以三毒合火五蓋合布道理合影汝下四結勸當捨者有本云若人漸解懺悔來迎知識水澄穢除清淨無垢即自見形文捨法有二一懺則內之因行勝也垢穢除矣自見道之影用二近則外之教緣勝也心水淨矣自見道之形體愛欲下愛盡則心自澄清欲盡則心自不動垢盡則心自開顯道欲不現其形影亦不可得也經云衆生心水淨如來影現中文有本云惡心垢盡乃知魂靈所從來生死所趣向諸佛國土道德所在耳文從來宿命明也趣向天眼明也佛國性德漏盡明也三明具時道用彰矣

鈔愛盛道微者圭山鈔云所愛之境有順道乖道如聞善淨眞法流注於心得其滋潤愛之不巳是順道也愛父母孝也伯叔義也兄弟悌也亦然若愛名利女色等是乖道也文今屬乖違故不見道水有下水以濕爲體八功德爲相潤物鑒像爲用喩道心以知爲體恒河沙性功德爲相能生一切因果爲用若遇障緣用相不現矣有本者流通本中二三差別彼有理在亦爲引證若具文云佛言人懷愛欲不見道者譬如濁水以五彩投其中致力攪之衆人共臨水上無能覩其影愛欲交錯心中爲濁故不見道若人漸解懺悔來近知識水澄穢除清淨無垢即自見形又猛火着釜下中水踊躍以布覆上衆生照臨亦無覩其影者心中本有三毒涌沸在内五蓋覆外終不見道惡心垢盡乃知魂靈所從來生死所趣向諸佛國土道德所在耳釋曰人下初一節法喩合結也又猛下次一節喩合結也會通配對如上疏列心如下經云愛欲交錯心中濁

與故疏以愛濁合濁五欲錯與合手彩風圓覺疏云愛有三種一惡愛謂禽荒色荒及名利等二善愛謂貪來報行施戒等三法愛謂樂着名義及貪聖果而修行等文今是初一愛也又有種種恩愛貪欲或天屬恩愛如父母等或感事恩愛如得惠賚等或任運欲愛即名利色味六親自身等或因敬成愛如敬三寳親近師長諸知識等本因敬法漸成情愛請益雖足亦不忍去圭山鈔云恩之與愛應成四句一恩非愛如名位人得他種種重恩彼施恩人亦是機心結託不因情愛後時窮乏遠不相投此受恩人亦失權勢貧苦之甚見其人來心生大惱將何以報豈有愛耶二愛非恩如多欲人遇一美女憐愛雖甚何有恩

耶三亦恩亦愛如得朋友情人重恩或得情深女人重恩毎相聚會難忍別離四非恩非愛即是尋常外人乃至怨家也文由有種種愛心貪着於欲故造業受報生死不斷肇論云衆生所以久流轉者皆由着欲故也若欲止於心則無復生死潛神玄默與虛空合其德是名涅槃而見道矣五葢者貪欲瞋恚睡眠掉悔疑惑也以此五事覆葢於心如煙塵雲霧阿修羅手障蔽日月不能明照故知識有三一外護善知識經營供養善能將護於行人故二同行善知識共修一道互相勸發三教授善知識以内外方便禪定法門示教利喜今是後一知識也垢盡者即棄除五葢也諸佛佛也國土生也依必有正故道德心也性具謂之德緣起謂之道證知心佛衆生三無差別故云在耳實則歸無所得安有所在哉

㊀五滅暗存明

佛言夫見道者譬如持炬入冥室中其冥即滅而明獨存學道見諦無明即滅而明常存矣

疏佛下法也譬下喻也持炬喻修學觀道冥室喻有漏陰處冥喻無明煩惱明喻覺智菩提滅存者大集經云譬如百年暗室一燈能破明來暗去不容兩立如風吹水動顯靜隱也學下合也小乘但修無我觀智以斷貪等止息諸業證我空眞如得須陀洹果乃至滅盡患累得羅漢果成無生智大乘依於二空之智修唯識觀及六度

四攝等行漸漸伏斷二障證二空所顯眞如十地圓滿轉八識成四智菩提也

(鈔)滅存下又正法念經云佛告迦葉譬如空舍無有户牖經百千年亦無人物是室冥暗忽有天人於彼舍中然其燈明迦葉於意云何如是黑暗念言我經百年住此故今不去有此事不迦葉答言不也世尊彼暗無力燈光若生决定須去佛言迦葉彼業煩惱亦復如是經百千刦住彼識中行人於一晝夜正觀相應生彼慧燈此業煩惱定無所有合也者無我唯識觀道合炬我空二空眞如合諦息業滅患斷障轉識合無明滅得四果道轉成四智合明常存小乘下修無我觀修道諦也以斷貪等證滅諦也無生智者小乘智有二一斷見思盡得盡智二證無生理得無生智所謂我生已盡梵行已立所作已辦不受後有也二空者非唯無我亦復無法也二障者煩惱所知也顯眞如者眞如障盡成法性身大涅槃也八識四智者轉第八識而成大圓鏡智轉第七識而成平等性智轉第六識而成妙觀察智轉前五識而成成所作智唯識云有漏位中智劣識强無漏位中智强識劣爲勸有情依智捨識故說轉識得此四智文

(辛)二明無相法門令悟眞諦

佛言吾法念無念念行無行行言無言言修無修修會者近爾迷者遠乎言語道斷非物所拘差之毫釐失之須臾

(疏)佛下一住無相乃會法謂法性覺道也

而云吾者衆生在迷不能證知佛得大覺法唯佛有也此二字貫下四法含衆妙而有餘故可念行言修相用紛然故超言思而逈出故無念之可念乃至無修可修眞體空寂故念約理修約果敎行可知法相雖多不出此四若忘情絶慮而體會之道不遠人我欲仁斯仁至矣但衆生迷自本心道在邇而求諸遠雖終日行而不自覺哀哉言下二涉擬議則墮口欲辨而詞喪故云道斷心欲緣而慮忘故云非拘理圓言偏言生理喪故云差之毫釐經云凡有言說皆成戲論是也法無相想思則亂生故云失之須臾經云汝暫舉心塵勞先起是也

(鈔)貫下四者吾何行行道法也實無行行乃至吾何修修道法也實無修修修約果者小乘二三果等大乘十地等覺皆屬修也不出四者難云何唯無此四相故此答曰法相雖衆若總括之不出敎行理果四也忘情絶慮無分別智也體會觀照也不遠者在自心故仁者自仁也自心性中具恒沙德無惻隱之心非人也故欲之即至是以云近肇論云道遠乎哉觸事而眞聖遠乎哉體之即神日行不覺者衆生日用不離心性由迷本心用諸妄想楞嚴云迷已爲物認賊爲子則道遠矣然此遠近猶羅刹與諸佛只在當人一縁念之隔耳毫釐約處須臾約時差失者以生心動念即乖法體故

(疏)三明總相法門令悟第一義諦

佛言觀天地念非常觀世界念非常觀靈覺即菩提如是知識得道疾矣

疏上而三界之天下而四洲之地橫則十方之界竪則三際之世皆有爲法終歸敗壞也經云汝當照明諸器世界可作之法皆從變滅靈覺即當人本具靈知之心也在有情名佛性兼無情名法性復有多名謂本心本覺眞如眞性法界實際如來藏等六道凡夫迷此而起煩惱三乘聖人悟此而得菩提法爾如然非作得故是一切法勝義諦也識無常之法相不有知靈覺之眞性不無非空非有而性而相雙融無礙具在一時故是中道第一義諦觀也三諦觀中獨此爲勝如是修者得道甚疾

鈔科云總相者前之對治則偏於有無相則偏於空今則雙觀成總相矣經云天地世界者天則攝於虛空界則攝於情器敗壞者無常有二一敗壞無常二念念無常今則雙通然人覺前而不覺後故佛說云念非常也前念已故後念又新終日相見恒是新人故曰交臂已謝豈待白首然後變乎亦可釋作憶念之念問楞嚴云不聞虛空彼汝隳裂何以故空無形相又云汝觀世間可作之法誰爲不壞然終不聞爛壞虛空何以故空非可作由是始終無壞滅故準知虛空是常何亦非常耶答若對世界世界無常虛空是常若對眞性眞性是常空亦無常楞嚴云由汝妄想迷理爲咎故有空性當知虛空生汝心内猶如片雲點太清裏汝等一人發眞歸元此十方

空皆悉銷殞頌云迷妄有虛空依空立世界空生大覺中如海一漚發有漏微塵國皆依空所生漚滅空本無況復諸三有則知虛空粉碎天何常哉有情名佛性者知覺乃衆生故無情名法性者想澄成國土故佛法雖異性體同一猶如眞如法界名義雖殊體性無二是故靈覺在六道名六道性在三乘名三乘性在生死煩惱爲生死煩惱性在涅槃菩提爲涅槃菩提性至於色心染淨亦然人不之察苦苦爭辨無情有佛性佛性在法性外有起諸法執成所知障是則名爲迷中倍人執唯一佛性無有法性迷也執法性與佛性爲二體倍迷也可憐愍者豈不見藏和尚疏云法性者明眞如體普遍之義非直與前佛寶爲體亦乃通與一切法爲性即顯眞如遍於染淨通情非情深廣之義故智論云在衆生數中名爲佛性在非衆生數中名爲法性又言眞如者此明法性遍染淨時無變異義眞者體非僞妄如者性無改異如海因風起於波浪波雖起盡濕性無變文是則隨緣義邊名法性佛性不變義邊即名爲眞如矣六道迷三乘悟者筆削記云依覺有不覺不覺是惑不覺與覺是正敵對轉依不覺之惑方始造業業與覺義猶隔一重故非敵對其猶塵鏡在匣匣與鏡非敵對塵與鏡是正對故云迷起煩惱悟得菩提也識無常下有本云觀天地念非常觀山川念非常觀萬物形體豐熾念非常執心如此得道疾矣一日常當念道行道遂得性根其福無量釋曰前

明觀俗後明觀眞眞俗融通故是中也

(庚)後明修世間離染之行二 (辛)初離染自能得果二 (壬)初明離染功二 (癸)先推我本空

佛言當念身中四大各自有名都無我者我旣都無其如幻耳

(疏)名者地水火風是四物名堅濕煖動是四物體也身中四大者是內四大揀非外四大也楞嚴云則汝身中堅相爲地潤濕爲水煖觸爲火動搖爲風都無我者四大相違各各差別未審我身屬於何大若總相屬即是四我若總不屬即應離四別有我身今推我體但由假立非實有性其如幻者圓覺云我今此身四大和合四大各離今者妄身當在何處即知此身畢竟無體和合爲相實同幻化當念者行住坐卧一切時處常當如是念身無我如幻觀也

(鈔)是內非外者楞伽云虛妄分別津潤大種成內外水界炎盛大種成內外火界飄動大種成內外風界分段大種成內外地界文今成根身之大非器界之大也相違者地有形礙而沉滯風無形礙而輕舉敵體相違水火亦互相陵奪也未審下原人論云衆生五蘊都無我主但是形骸之色思慮之心從無始來因緣力故念念生滅相續無窮如水涓涓如燈焰焰身心假合似一似常凡愚不覺執之爲我保此我故即起貪等三毒三毒擊於意識發動身口造一切業業成難逃故受五道苦樂等身此別業所感三界勝劣等處此同業所感於所受身

還執爲我還起貪等造業受報身則生老病死死而復生界則成住壞空空而復成刦刦生生輪迴不絕無終無始如汲井輪都由不了此身本不是我不是我者此身本因色心和合爲相今推尋分析色有地水火風之四類心有受想行識之四種若皆是我即成八我況色中復有三百六十段骨段段各别皮毛筋肉肝心脾腎各不相是皮不是毛等諸心數等亦各不同見不是聞喜不是怒旣有此衆多之物不知定取何者爲我若皆是我我即百千一身之中多主紛亂離此之外復無别法翻覆推我皆不可得便悟此身心等但是衆緣似和合相元非一體似我人相元無我人文四大和合者寳積經云此身生時與其父母

四大種性一類歌羅邏身若唯地大無水界者譬如有人握乾麨灰終不和合若唯水界無地界者譬如油水無有堅實即便流散若唯地水無火界者譬如夏月陰處肉團無日光照即便爛壞若唯地水火三無風界者則不增長楞嚴云因緣和合虛妄有生汝身現摶四大爲體見聞覺知壅令留礙水火風土旋令覺知相織妄成文四大各離者圓覺云髮毛爪齒皮肉筋骨髓腦垢色皆歸於地唾涕濃血津液涎沫痰淚精氣大小便利皆歸於水煖氣歸火動轉歸風今者下圓覺疏云淨名云四大合故假名爲身四大無主身亦無我定知四大非我但約和合假名爲身亦如幻化無實體也智論問若自身無我而計我者

他身無我亦應計我答亦有人於他物中計我如外道坐禪入地觀時見地即是我水火風空識亦如是又如有人見鬼擎一尸來復有一鬼來爭此皆緣他計爲我也文由此愚夫所執實我但隨妄情而施設矣當念下楞伽云觀蘊界處離我我所無知愛業之所生起是名人無我智又云應如是觀大種造色悉皆性離無我我所住如實處成無生相文智論云離婆多尊者在家時遠行獨宿空亭見有二鬼爭屍皆言我先持來取其分判即自思惟我隨說一持來彼不得者必當見害寧實語死不誑妄終遂如實答小者持來大鬼嗔怒被拔手足隨而食之小鬼得屍便取屍上手足補之彼鬼食竟拭口而去及明憂惱常疑此事若是我身眼見拔去若是他身何隨我動猶豫不決逢人便問衆僧見云此人易度而語之曰汝身本是他人遺體非巳有也何以疑爲因悟假合即成道果文人如尊者疑念若此自能見諦成無我矣作觀者可不當心也歟

佛說四十二章經疏鈔卷第六

音釋

獝狘上音橘下音曰驚走貌　麨音炒糗也

佛説四十二章經疏鈔卷第七

清浙水慈雲灌頂沙門續法述

㊇次明業不失二 ㊀初習染即危身火宅二 ㊁初聲名喪身

佛言人隨情欲求於聲名聲名顯著身已故矣貪世名常而不學道枉功勞形譬如燒香雖人聞香香之燼矣危身之火而在其後

疏先法德者名之實名者德之標則有實德於已而其名譽自彰如兒童之誦司馬苟無其德但隨情欲好求聲名有意馳求名成身喪矣何者貪流俗之華名不守道真枉功勞形故譬下次喻栴檀等香木喻人隨情喻遇火求名喻燒香起烟顯著喻人聞香烟香木燼喻人身故不自靜守喻不學道危火在後喻業報流轉炮製喻枉功薰炙喻勞形問孔子疾没世而名不稱惡四十五十之無聞何云枉功勞形耶答此是勉人進德修業當在少壯之時德建名立如佛十號非教如王莽謙恭下士沽名弔譽者也是故三代已上唯恐好名老子亦云良賈深藏若虛君子盛德容貌若愚觀文殊責彌勒意可知矣况名實無當貪求何爲

鈔兒童誦者宋司馬光爲相田夫野老皆號相公婦人孺子知爲君實東坡云兒童誦君實走卒知司馬隨情欲者但隨習俗要求華名沽買虛譽不以道德名稱普聞也經云名常者名利虛假道德眞常凡愚不揣捨本逐末謂此聲名垂于竹帛而無窮勒于鼎彝而不朽也枉功者行術招致

詭辭動人（如好選詩文偏講聲氣賄囑要路買求薦揚等）也勞形者有動乎中必搖其精也危火後者香木雖滅於前而炭火猶存在後喻如欺世盜名者非但勞形喪命而已還有身後之禍也問下通妨也如王莽者白樂天詩云周公恐懼流言日王莽謙恭下士時若使當年身便死兩人真僞有誰知則三代已下惟恐不好名者是亦勉勵以善聞人非要譽於鄉黨也責彌勒者法華文殊頌曰最後然燈佛時有一弟子心常懷懈怠貪著於名利求名利無厭多遊族姓家棄捨所習誦廢忘不通利以是因緣故號之爲求名亦行衆善業具六波羅蜜其後當作佛號名曰彌勒楞嚴彌勒亦云我從燈明佛時而得出家心重世名好遊族姓爾時世尊教我修習唯心識定歷刦已來以此三昧事恒沙佛求世名心歇滅無有至然燈佛得成無上（文）名實無當者肇論云物無當名之實名無得物之功是以名不當實實不當名（文）名既虛假貪求無益也

（丑）二財色招苦

佛言財色於人人之不捨譬如刀刃有蜜不足一餐之美小兒舐之則有割舌之患

疏佛下先法財色五欲中二常能誑惑一切凡愚令生愛著至死不捨也譬下次喻刀刃喻三界火宅生死世間蜜喻財色不足一餐喻財不能稱一生色不能至一時小兒喻凡愚舐喻貪愛不捨割舌喻喪身亡家墜入三途果常此觀自能疎財遠色矣

〔鈔〕大論訶云哀哉衆生常爲五欲求之不已此五欲者得之轉劇如火益薪其燄轉熾五欲無樂如狗嚙骨五欲增諍如鳥競肉五欲害人如踐毒蛇五欲無實如夢所得五欲不久假借須臾如擊石火世人愚惑貪著五欲後受三途無量苦惱又雜阿含經云佛告比丘世間美色在於一處作種種歌舞伎樂戲笑有人語士夫言汝當持滿鉢油於諸伎女中過使一殺者扳刀隨後若失一滴油即斷其命而彼士夫自見其後有扳刀者常作是念我若落油一滴當截我頭唯一心繫念油鉢雖於種種美色衆中徐步而過不敢顧盼若有沙門一其心念不顧聲色真吾弟子隨順教者文此皆訶欲避色法也

（子）二離染即出塵羅漢

佛言人繫於妻子舍宅甚於牢獄牢獄有散釋之期妻子無遠離之念情愛於色豈憚驅馳雖有虎口之患心存甘伏投泥自溺故曰凡夫透得此門出塵羅漢

〔疏〕佛下先正明其過人喻罪者妻室喻牢獄繫縛喻禁閉遠離喻散釋愛色喻作惡驅馳喻役使虎口喻殺身心地觀云在家逼迫如牢獄欲求解脫甚爲難今云甚於牢獄者益獄有出日畏牢獄苦不隨惡使恐殺身故妻無離意愛著美色隨妄情驅甘虎口故投下次總出得失愛如水欲如泥潤濕不升自然從墜故云溺也汝愛我心我憐汝色以是因緣常在纏縛故貪欲即爲凡夫經云一切諸衆生不得大解脫

皆由貪欲故墮落於生死初果不入色聲四果離欲無諍故透此即成羅漢經云若諸衆生永捨貪欲先除事障即能悟入聲聞境界則在塵出塵秖唯一欲關耳聖凡得失豈可不知

鈔愛如下楞嚴云因諸渴仰發明虛想想積不休能生勝氣諸想雖別輕舉是同飛動不沉自然超越因諸愛染發起妄情情積不休能生愛水諸愛雖別流結是同潤濕不升自然從墜文想淨善想也情染惡情也想則輕清而上升情則重濁而下墜汝下四句亦楞嚴文開有八句汝愛我心我憐汝色我愛汝心汝憐我色汝愛我色我憐汝心我愛汝色汝憐我心也經云下長行云卵生胎生濕生化生皆因婬欲而正性命當知輪迴愛爲根本由於欲境起諸違順境背愛心而生憎嫉造種種業是故復生地獄餓鬼知欲可厭愛厭業道捨惡樂善復現天人皆輪迴故不成聖道文此明四生五道皆以愛欲爲生死因也初果二句義出金剛經云下圓覺云若諸衆生永捨貪欲未斷理障但能悟入聲聞緣覺二障已伏即能悟入菩薩境界若事理障已永斷滅即入如來微妙圓覺文此明五性三乘皆以斷欲爲得道因也則下貪欲則在塵爲凡夫失也離欲則出塵爲聖人得也知之者可諦審矣

(丑)二示近染過

佛言愛欲莫甚於色色之爲欲其大無外賴有一矣若使二同普天之人無能爲道者矣

疏先示色欲甚大毘曇云眼觸色塵生愛乃至意觸法塵生愛是爲六愛也欲略開十謂女色財寶聲名飲食睡眠家宅田園衣服眷屬官貴也於諸愛欲境中唯有女色甚大良以身生於欲欲成於女濬恩愛海牢生死根無過於女色矣是故儒有亡家敗國之訓佛有失通入獄之徵故云無外頼下次明障礙深重長無明墜三途礙菩提障涅槃唯色欲一法假有二法同在世間則出了地網又入天羅東纏西縛何能解脱道雖現前亦無可爲今止一端斷猶易矣不淨等觀正爲對治思益云貪欲之人以淨觀得脱不以不淨

鈔眼愛色者眼觸色時貪愛男女形貌姿態朱唇皓齒修目長眉及諸世間玄黃紅緑珍翫寶物乃至者超略之詞具云耳愛聲者耳觸聲時貪愛男女歌詠語笑及宫商絃管金石等聲鼻愛香者鼻觸香時貪愛男女身肉薰香世間飲食沉麝名香舌愛味者舌觸味時貪愛衆生血肉鮮美餚膳飲食及諸甘辛鹹淡酸苦種種滋味身愛觸者身觸觸時貪愛男女手足柔軟身分細滑錦綉繒縠華冠麗服意愛法者意觸法時貪愛男女色貌語言姿態儀容及諸世間五塵法相緣念不捨欲略下就女色中復有六種貪欲一顔色長短黑白等二形容巧笑美目等三威儀進止窈窕等四語言低聲順應等五細滑膚腠潤澤等六人相美貌妖態等如大論説敗國訓者夏以妺喜（桀之寵妃）商以妲己（紂之寵妃）周以褒姒

幽王寵妃而亡其國酒味色論云晉文公得南之威三日不聽朝遂推南之威而遠之曰後世必有以色亡其國者失通者如一角仙因觸欲故爲婬女騎頸遂失神通又如五百仙人於雪山住聞甄陀羅女歌聲即失禪定心醉狂亂入獄者寶蓮香尼持菩薩戒私行婬欲妄言行婬非殺非偷無有業報發是語已先於女根生大猛火後於節節猛火燒然墮無間獄不淨觀者一外貪男女身分互相貪著用九想觀治一膖脹二青瘀三壞四血塗漫五膿爛六噉七散八白骨九燒二內外貪於他已身而起貪愛用八背捨治一內有色相外觀色背捨二內無色相外觀色背捨三淨背捨身作證背捨四空處背捨五識處背捨六無所有處背捨七非非想處背捨八滅受想背捨三遍一切處貪資生五塵等物用八勝處治一內有色相外觀色少勝處二內有色相外觀色多勝處三內無色相外觀色少勝處四內無色相外觀色多勝處五青勝處六黃勝處七赤勝處八白勝處又可四種想治貪欲一顯色謂赤白等作青瘀想二形色謂長短等作爛壞想三妙觸自他身分細軟光澤作蟲蛆想四供奉祇承適意用死想治故云等也思益下證等字淨觀實相正觀也觀照般若能治衆病猶如阿竭陀藥非惟不淨除貪欲也問世間美色與脹爛死屍宛然二相何得視同一體答假如夏月猝死即便脹爛可畏豈是二物則現前身虛假不實又如糞囊行厠膿血袋蛆蟲窟種種不淨大可厭患觀行純熟對境生憎與死屍無異矣史載蕭譽惡見婦人近數步許便聞其臭譽是許玄度後身也是故女色壞人障道如截多羅樹頭芽永不生

女刀截故智種不發如蛇華所覆如灰土覆火猶如見毒樹智者應捨離

(辛)二離染令他得果 一 (壬)初直明欲患

佛言愛欲之人猶如執炬逆風而行必有燒手之患

【疏】人若愛欲婬火熾然況逆圓覺解脫境界之風而行法性身中毋陀羅臂豈不燒害猶如黑夜行險道中雖遇逆風貪火炬故執持不釋必有燒手患也古云人呼爲牡丹佛說是花箭射人入骨髓死而不知怨是故如來色目行婬名爲欲火菩薩見欲如避火坑若能如火頭金剛遍觀百骸諸煖觸氣化多婬心成智慧火設入大火火亦不能燒矣又何手患之有

【鈔】毋陀羅此云印火遇風則熾婬遇癡愈盛現則焚燒五臟死則抱於銅柱全身尚滅況手臂耶經云婬習交接發於相磨研磨不休大猛火光於中發動如是故有鐵床等事花箭者唐玄宗自武惠妃薨後後宮無當意者乃制香箭列宮女而射之中者即幸焉宮中歌曰風流箭中者人人願不知香箭纔發火箭立至香箭因也火箭果也因亡果喪則火箭不足畏可畏者香箭而已又火箭徑直而害淺人遠而避之死者萬不得一香箭隱伏而害深人狎而翫之死者十有八九人不畏香箭而畏火箭豈非是顛倒乎若能如下經云烏芻瑟摩白言我多貪欲時佛空王說多婬人成猛火聚敎我遍觀百骸四肢諸冷煖氣神光內凝化多婬心成智慧火從是諸佛名

我火頭我以火光三昧力故成阿羅漢又觀音菩薩知見旋復遠離貪欲令諸衆生設入大火火不能燒故知離欲爲出塵第一法也有本云人執火炬逆風而行愚者不釋必有燒手之患貪婬恚怒愚癡之毒處在人身不早以道除斯禍者必有危殃猶愚貪炬自燒其手也釋曰此本單喻貪毒彼本通喻三毒矣學道者又不可不知

(壬)二即境證益

天神獻玉女於佛欲壞佛意佛言革囊衆穢爾來何爲去吾不用天神愈敬因問道意佛爲解說即得須陀洹果

疏天神欲頂魔王天也佛意正覺心也問道滅苦道也解說苦空法也天神所以獻者一以試佛意二以觀佛道不知玉女秖可誑俗難動六通况大覺尊豈受魔耶觀佛三昧經云菩薩將成道時魔遣三女莊飾妖冶來至白言我是天女盛美無比今以微身供給左右可備灑掃次以寶器天味上獻恭敬禮拜爾時菩薩身心寂然以白毫擬之令三天女自見身内膿囊涕唾九孔不淨八萬戶蟲唼食諸藏滓盡汁出入眼爲淚入鼻爲涕聚口成唾放口成涎筋髓諸脈悉生諸蟲細於毫末不可具陳其女見此即便嘔吐從口而出無有窮盡由是驚號匍匐而去昔有慧嵬禪師雲林修定魔化美女謂云天帝令我以備掃灑師曰我心如地難可傾動無以革囊見試於我女又說偈誘惑答曰無羞敝惡人說此不淨語水漂火焚之不欲見聞汝魔乃

讚曰海水可竭須彌可傾彼上人者秉志堅貞又持世菩薩住於靜室魔從萬二千女狀如帝釋鼓樂絃歌語言正士受是天女可備掃灑菩薩曰憍尸迦無以非法之物要我非我所宜時維摩言非帝釋也魔來嬈耳即語魔言女可與我如我應受魔即驚懼不能隱去語諸女言魔以汝等與我今汝皆當發菩提心此有法樂可以自娛不應復樂五欲樂也何謂法樂樂供三寶樂離五欲觀五陰如怨賊觀四大如毒蛇樂六度業樂三脫門樂修無量道品之法是爲法樂波旬告女汝還天宮女言此有法樂我等甚樂不復還樂五欲樂也魔言居士可捨此女維摩詰言我已捨矣汝便將去諸女問言我等云何止於魔宮答言有法門名無盡燈汝等當學譬如一燈然百千燈冥者皆明明終不盡夫一菩薩開導百千衆生令發三菩提心於其道意亦不滅盡汝住魔宮以是無盡燈令無數天子天女發菩提心者爲報佛恩爾時天女禮維摩足隨魔還宮是則維摩詰於毘耶離城現大神力令魔未發道心者發起道心世尊於鹿野苑中作師子吼令魔未成聖果者得成聖果則降魔制外唯以斷欲爲善本矣餘如因果月藏等說

【鈔】天下初覺悟無惑天下二令成聖果革囊衆穢者臭皮袋中惟盛膿血糞穢充滿流液涕唾蟯蛔盤聚故一切身皆從不淨智論明五一種子不淨謂攬父母精血及自業因識種以成身分二住處不淨住母

胎中生臟之下熟臟之上不淨流溢汙穢充滿三自體不淨三十六物穢物生長譬如死狗盡海水洗不令香潔四自相不淨前約內體此約外相謂九孔常流諸不淨物耳出結聹臍出泥垢大小便利手足臭穢五究竟不淨氣絶命終捐棄塚間膖脹臭爛不淨流溢蛆蟲蠅蚋唼集其上穢氣徧滿人皆掩鼻昔有國王躭荒五欲比丘諫曰眼爲眵淚窟鼻爲穢涕囊口爲涎唾器腹是屎尿倉但王無慧目爲色所躭荒貧道見之惡出欲入道場慧嵬者高僧傳云師入定時有一惡鬼而現其前有身無首令禪師懼師慰之曰喜汝無頭痛之患次現無腹之鬼復云喜汝無五臟之憂如是隨來隨遣竟不能惑因果月藏者因果經云如來成道魔王恐諸衆生皈依持箭以射箭化成花復令三女供給以亂定意三女忽然變爲陋形魔王白言汝若不樂人間欲樂我捨天位及五欲具悉持與汝答言汝於先世修少施因今得爲自在天此福有期盡即下墜非我所須我昔曾以頭目髓腦國城妻子而用布施求無上道汝今不應惱亂於我魔王慚怖還宮月藏經云佛在大集會上說法魔王波旬亦作神變復無能爲即說偈曰我今歸依佛世尊從是終不起惡心瞿曇心定容恕我我當守護佛正法

(戊)三十六章詳明修斷證果分 三 (巳)初略顯能修證人

佛言夫爲道者猶木在水尋流而行不觸兩

岸不爲人取不爲鬼神所遮不爲洄流所住亦不腐敗吾保此木決定入海學道之人不爲情欲所惑不爲衆邪所嬈精進無爲吾保此人必得道矣

疏 夫下先舉喻木喻學者水喻法性尋流喻順界外無爲兩岸喻生死涅槃人取喻人天有漏善業樂果鬼遮喻外道惡見天魔欲愛惡業苦報洄流喻回入三界作有爲法腐敗喻闡提撥無二乘滅盡海喻薩婆若智學下次合法人學道合木在水精無爲合尋流行不爲情欲惑合不爲兩岸人取不爲衆邪嬈合不爲鬼神洄敗得道合入海有大智故了衆生非有則不觸生死此岸有大悲故不捨衆生界則不觸涅槃彼岸有大智故雖行四無量心而不貪著生於梵世有大悲故雖觀佛國如空而現種種清淨佛土有大智故雖行三界而不壞法性雖攝一切衆生而不愛着有大悲故雖樂遠離而不依身心盡雖行於空而植德本如是智悲並運真俗融通第一之道自會入矣梵網云如是一心中方便勤莊嚴諸佛薩婆若悉由是處出

鈔 鬼遮下鬼喻外道神喻天魔次合下道即法性中道情即生死欲即涅槃人取通二有下三段初釋兩岸華嚴云此菩薩雖了衆生非有而不捨一切衆生界譬如船師不住此岸不住彼岸何以故了一切法法界無二故淨名亦云在於生死不爲汚行住於涅槃不永滅度是菩薩行次釋人取鬼遮後釋洄住腐敗義如維摩如是下

總結也梵綱下引證具云智者善思量計我着相者不能生是法滅壽取證者亦非下種處欲長菩提苗應當靜觀察諸法真實相不生亦不滅不常復不斷不一亦不異不來亦不去如是一心中方便勤莊嚴菩薩所應作勿生分別想是名第一道亦名摩訶衍一切戲論惡悉從是處滅諸佛薩婆若悉由是處出是故諸佛子宜發大勇猛則法性道中絕於有無一異邊矣

(巳)二廣明所修斷法二(庚)先斷妄五(辛)一攝意

佛言慎勿信汝意汝意不可信慎勿與色會色會即禍生得阿羅漢已乃可信汝意

(疏)先誡勸意乃動身發語之元色是四重十惡之首若不信意身三口四一切枝葉自不能生若不會色五欲六塵一切情境自不染着是故離欲先當遠色遠色先當捨意捨意先當觀心能修九想即除六欲淵矣信意惑業起會色禍患生不其然哉得下次結顯羅漢即離欲會色無礙四果成無諍信意何傷不言乃可與色會者欲生於意意尚可信况會色耶楞伽云大慧白言衆多貪欲彼何者斷佛告大慧愛樂女人纏綿貪着種種方便身口惡業種未來苦彼須陀洹則不生起所以者何得三昧正受樂故是故彼斷初果尚斷三結况四果耶

(鈔)九想除六欲者死想九想前方便也破威儀言語兩欲脹壞噉想破形貌欲血塗青瘀膿爛破色欲骨燒破細滑欲九想通除所著

人欲又啜散想除着意人將上九想觀所愛人乃知言笑歡娛盡屬假合凉溫細軟究竟歸空即我自身後亦當爾有何可愛而貪著哉九想純熟與定相應破欲除意莫此爲尚又永明云斷想薪乾愛油止念風息欲火防制意地恒順真如德山云毫釐繫念三塗業因暫爾情生萬劫覊鎖則知色心纔動骸骨如山欲外安和但内寧靜此形灣影曲聲和響順之理再言愼勿勸誡深矣禍患業苦境也智度論云於世間中五欲第一若受餘欲猶不失智慧婬欲會時身心慌迷深着自没如人墮在深泥難以拯濟優填王經云女人最爲惡難與爲因緣恩愛一縛着牽人入罪門正法念處經云天中大係縛無過於女色女人縛諸天將至三惡道如術婆伽欲心内發欲火燒身等不言下通妨也難云上誡因特愼意愼色今顯果位何無色會故此釋云意想是好色之本好色是意想之末本既會妄歸真末豈有不融耶纏綿女人者經律異相云有優婆塞持戒精嚴因疾困甚婦大悲苦我何所依子何所怙夫聞愛戀大命終後魂神即還在婦鼻中化作一蟲婦哭不止時一羅漢往化其婦蟲從鼻出婦將脚踏羅漢告曰莫殺是卿夫婿化作此蟲婦曰吾夫奉經持戒何緣作此羅漢曰過起愛戀今生爲蟲即爲説法卿既持戒福應生天但坐恩愛墮此蟲中蟲聞意解命終生天可見婬心不除塵不可出其心不婬不隨生死今須陀洹不入色聲

預聖流也宜矣三昧樂者即四諦觀滅盡定等三結謂身見戒取疑也楞伽云須陀洹斷三結貪癡不生

㊥二正想

佛言慎勿視女色亦莫共言語若與語者正心思念我爲沙門處於濁世當如蓮花不爲泥汚想其老者如母長者如姊少者如妹稚者如子應當諦觀彼身何有唯露穢惡盛諸不淨生度脫心息滅惡念

疏先誡莫親近視聽言動當出於正猶如伯夷拘羅者然視女色非禮也與女言非義也纔動口眼淫念即生淫念一生諸念盡起法華云不應於女人身取生欲想而爲說法亦不樂見若入他家不與小女處女寡女等共語若下次示觀想法二初總心王也思念所也心王無邪思念自正律云觀心初置名念徘徊觀處名思長阿含云阿難問佛如來滅後女人見云何佛言勿相見設相見莫共語設與語當自檢心法華云莫獨屏處爲女說法若說法時不露齒笑不現胸臆不獨入他家若有因緣須獨入時但一心念佛上則視善語善此則心善日有三善名爲吉人吉神擁護福禄來降心念一邪例李退夫不見二神五百仙被殺身矣我下二别先觀自濁世五濁惡世也所謂劫濁見濁煩惱濁衆生濁命濁五事交擾渾濁世界故名濁世今則性本淵澄道行高潔外則不爲時勢逼惱欲塵染着内則不爲見愛縈纏貪戀迷惑如彼蓮花出淤泥而不染濯清漣而不夭

華嚴云於諸惑業及魔境世間道中得解脫猶如蓮花不着水亦如日月不住空四分律云比丘入聚落不違戾他事但自觀身行若正若不正想下次想他二先親屬觀梵網云一切男子是我父一切女人是我母我生生無不從之受生禮記云年長以倍則父事之十年以長則兄事之五年以長則肩隨之昔有患色者問于王龍谿先生曰有人設帷帳一所指謂此中有一名娼可就之入視乃汝母妹女也一片婬心此時頓息否耶對曰息矣則此對治觀想豈非法門之妙哉應下次不淨觀經律異相云世尊曰雖覩女人長大者如母中如姊妹少者如子女敬之以禮義當內觀身自頭至足皆露穢惡無可愛者外如畫瓶中滿不淨則知淡粧濃抹不異盼面鬟頭明眸素齒不異鶴髮雞皮輕脚輭手不異毒體瘡身螓首蛾眉不異死屍腐骨觀智一起邪念冰消矣生下後雙觀先他也既如親屬豈不應度如持世語魔女當觀五欲無常而修堅法維摩入諸婬舍示欲之過若在內宮化正宮女息句次自也既唯不淨婬念何生老子曰不見可欲使心不亂此之謂也

【鈔】伯夷者孟子曰伯夷目不視惡色耳不聽惡聲拘羅者阿含云有一異學問薄拘羅汝於正法中曾行欲事否答云莫作是語我八十年來未曾起欲想未曾視女人面未曾與尼相問訊乃至道路中亦不與共語諸念起者邪緣未湊生癡想心方便

勾引生奸詐心稍有阻礙生瞋恨心愛戀不已生貪着心奪人所好生毒害心取爲已有生邪見心反惡夫等生伉怨心處女居處在家未嫁之女也寡女即無夫者律云下善見云念思者何於觀處初置心是名念以心置觀處中心徘徊觀處是名思譬如鐘聲初大如念後微如思如鳥翔空初動如念後定如思如蜂採花初至如念後選擇如思文上則下反之視女身惡也共語口惡也邪思意惡也日有三惡名爲凶人凶神隨之禍殃來矣李退夫者退夫隱居南嶽求師不得忽聞空中彈碁舉頭視之見二神仙奕于樹杪退夫亟往致敬方問道間俄有田婦出傍不覺反顧則二奕者已失所在五百仙者婆沙論云優陀延王將諸宮人詣鬱毒波陀山林五欲自娛時五百仙以神足力飛過彼處見色聞聲嗅香想念便失神通墮彼林中王問之曰汝得初禪耶答曰曾得而今已失或有住眼識退者或有住耳識退者或有住鼻識退者或有住意識退者王即瞋恚有欲之人見我宮女非其所以便拔利劍斷仙手足劫濁者梵語劫波此云時分四濁交湊因之得名悲華云人壽減至二萬歲時即入劫濁見濁者五利使爲體身見邊見戒取見取邪見也諸見熾盛故煩惱濁者五鈍使爲體貪瞋癡慢疑也鬬諍堅固故衆生濁者攬五陰見慢果報爲體惡名穢稱充滿世界故命濁者色心連持爲體催年減壽故楞嚴約因今經約果有此五濁名爲惡世無此五濁

即名善世當知世濁由於心濁心淨則佛土淨苟能破五陰而超五濁色盡超劫受盡超見想盡超煩惱行盡超衆生識盡超命斷五欲而成五果小則四果支佛大則信住行向地猶如蓮花雖出淤泥亦何濁哉今則下性澄超命如蓮體淨刼高潔超衆生如色相香光不爲時惱超劫如不畏炎日合華嚴世道得脫不爲欲染亦超劫濁如不染淤泥合華嚴魔境得脫不爲見纏超見如不懼風雨合華嚴諸惑得解不爲貪惑超煩惱如濯漣不夭合華嚴諸業得解四分下初句證沙門處濁蓮花出泥次三句證不爲濁惡不爲泥汚也梵網下引内經禮記下引外典昔有下引故事則此下結讚也經律下亦有二觀對治今引證後一也則知下總結假想方便善巧對治

也粧抹當施粉黛時也眵鬆未經梳洗際也明素少壯歲也鶴鷄衰老年也輕輭強健日也瘡毒病苦日也螓蛾生前相也死腐歿後相也持世下具云語言善來雖福應有不當自恣當觀五欲無常以求善本於身命財而修堅法維摩下又云諸仁者是身無常無強無力無堅速朽之法不可信也爲苦爲惱衆病所集是身不淨穢惡充滿是身虛僞雖假以澡浴衣食必歸磨滅是身爲災百一病生等此皆度他法也不見可欲者可欲有二一貌美二行端玉耶經云何者端正除去耶態八十四垢定意一心是爲端正不以顏色爲端正也今明不見可欲亦開二義一見一切女人皆作不淨觀如上諸說經云種種不淨物充

滿于身中常流出不淨如漏囊盛物二見一切女人皆作不好觀女人惡態大義有八慧人所惡一者嫉妬二者妄嗔三者罵詈四者呪詛五者鎮壓六者慳貪七者好飾八者含毒是爲八大邪態譬喻經云昔婆羅門兩女端正懸金期募有能訶女醜者便輸與金十日竟無有應募者將至佛所佛便訶言此女皆醜無有一好阿難白佛此女有何不好佛言人眼不視色是爲好眼耳鼻及口亦爾身不着細滑是爲好身手不盜他財是爲好手今眼根愛色乃至身喜細滑手喜盜財如此等者皆不好也七女經云長者有其七女端正無比國人無敢説其不好將至佛所佛言不貪世間色聲香味觸法爲好此女何所好也迦葉佛時國王七女不着歡娛入尸陀林觀見死屍各説所以如此者好汝女何者好也文體既不淨行又不端有何可愛而生欲耶此二爲離欲定心之本

佛説四十二章經疏鈔卷第七

音釋

箠是爲切音垂竹名　羑以久切音牖　閎胡盲切音宏巷門也　痍延知切音夷傷也　畤諸市切音止　毱渠竹切與鞠同皮毛丸也　駐株遇切音注馬立也　訩翔拱切衆言也

# 佛說四十二章經疏鈔卷第八

清浙水慈雲灌頂沙門續法述

(辛)三遠欲

佛言夫爲道者如被乾草火來須避道人見欲必當遠之

疏 衆生發起妄情能生貪泉愛水如田間草而滋潤者修道之人根境不偶貪愛乾枯如彼乾草愛習初乾未與如來法流水接是故遇彼欲火婬烟急須遠避設一近之不唯失通難返而且瘡身墜於獄矣問婬怒癡俱是梵行得失念無非解脫何必區區對治迹類小乘耶答此是大乘根器所行履處然亦多刦熏成故能入淨入穢處處無礙中下之人垢習尚強欲累未盡豈能頭頭是道法法圓通說空行有其過非細故曰諸佛深法不可於初心學道人前說可不信夫

鈔 根境不偶者楞嚴云持禁戒人心無貪婬於外六塵不多流逸塵既不緣根無所偶也愛習二句約法明喻上乾草設遇甘露法雨不避火也可矣失通難返者刦擲仙人得五神通飛行往返時王禮敬積有多年一日有務遠行令女事奉彼飛仙至女以手擎坐著案上觸女柔軟即起欲意欲心一動遂失神通不能飛還瘡身者百緣經云拘樓孫佛時有長者子好色見一婬女心生躭著無物可與遂至塔中盜花與之夜乃共宿曉發惡瘡痛不可言醫莫能治有云栴檀塗瘡可得除愈時長者子即賣家宅計得金錢六十萬買牛頭栴檀

香六兩擣以爲末即入塔中發誓願言我今所患乃是心病用香塗塔以償花價惟願慈悲受我懺悔速除此患瘡尋得瘥毛孔香氣墜獄者楞嚴云阿難當知是十種魔（怪魃魅蠱毒魘勝厲大力川林山海精芝草自在天）於末世時在我法中讚歎婬欲破佛律儀魔師弟子婬婬相傳如是邪精魅其心腑近則九生多踰百世令真修行總爲魔眷命終之後必爲魔民失正遍知墮無間獄雲棲云莫貪欲染境地獄根本故問下通妨也法法頭頭者淨名云雖處居家不著三界示有妻子常修梵行示有眷屬常樂遠離此乃菩薩家風如來境界若是初發意者必須深厭室家離欲自淨始得問若盡修梵行時人類不幾絕乎答如果人人離欲清淨自居此界便成安養樂土蓮花化生何慮人類之絕耶只是無心求道眞爲出世耳汝憂及此與杞人何異

㊁四斷心

佛言有人患婬不止欲自除陰佛謂之曰若使斷陰不如斷心心如功曹功曹若止從者都息邪心不止斷陰何益佛爲說偈欲生於汝意意以思想生二心各寂靜非色亦非行佛言此偈是迦葉佛說

疏 有下先明本婬欲事也不止過度也患者有十所以一邪思（毀戒謗法等）二動火（發熱口乾舌苦等）三耗精（沒神失力筋戰畏寒懼暑悲風苦雨等）四損身（皮黃體瘦腰酸腿輭等）五招病（癆怯渴瘠生瘡發毒等）六怠事（好睡懶行等）七慢人（傲師疎友等）八易老（色滅血衰等）九促壽（輕夭喪神等）十憂死（罪罰苦報等略爲十廣四十）陰者

指男根隱密處物也不如斷心者陰爲末心爲本也功曹謂考功之官曹也從者謂錄福善禍惡之列職也婬心爲因譬功曹也婬境爲緣婬方爲法婬根爲具譬隨從也兵隨將轉伴逐主行例今心安陰靜心生陰動經云心著行婬男女二根自然流液可見斷陰存心豈非世俗倒知之癡人乎佛下次引證欲思想所也於所樂境希望爲欲令心造作業行爲思於境取像分齊爲想意第六意識王也若配五蘊欲受也領納前境起愛欲也思行也驅役自心造業行也意識也意即分別事識也色想可知謂能動色體由欲念生希望欲境本於意識與心相應種種取像唯以思想二心所生則王所心爲欲本矣心王心所二法寂時陰根色體亦復靜矣到此之際五蘊皆空又何色行之有婬慾之患從是息矣佛下上正引偈此出說人梵語迦葉此云飲光過去佛也除欲除心諸佛同道汝若修斷此法爲最

〔鈔〕心本陰末者心通受等四蘊陰即色蘊也功下亦可傳送之官名功曹主也同事之人名從者伴也婬心因者即下生意思想婬境下即下欲色梵網云婬因婬緣婬法婬業一念本起染污之心爲因瞻視隨逐等事多種助成其婬爲緣婬中資具摩觸稱歎等事方則爲法正起作用二相交遘成就婬事爲業律云此戒五緣成重一婬心二是衆生三衆生想等四是道五事遂則知作不淨行唯在邪婬心矣斷陰無

葢者猶如黄門尚取妻室不男不女還戀欲事故楞嚴云必使婬機身心俱斷斷性亦無於佛菩提斯可希冀大慧云識破自心起處無邊業障一時清淨種種殊勝不求自至正此意也二心寂靜非色非行者此修念處乃能如是人於五藴起四顛倒於色多起淨倒於受多起樂倒於想行多起我倒於識多起常倒如來爲除四倒故説四念處觀一觀身不淨破色淨倒二觀受是苦破受樂倒三觀心無常破識常倒四觀法無我破想行我倒四倒既空五藴非有患從何處而生起耶又永嘉云於諸女色心無染著凡夫顛倒爲欲所醉躭荒迷亂不知其過如捉花莖不悟毒蛇智人觀之毒蛇之口熊豹之手猛火熱鉄不以爲喻銅柱鐵牀燋背爛腸血肉糜潰痛徹心髓作如是觀惟苦無樂革囊盛糞膿血之聚外假香塗内惟臭穢不淨流溢蟲蛆住處鮑肆厠孔亦所不及智者觀之但見髮毛爪齒皮膚血肉汗淚涕唾膿脂屎尿臭處如是等物一一非人識風鼓擊妄生言語詐爲親友其實怨妬敗德障道爲過至重應當遠離如避怨賊智者觀之如毒蛇想寧近毒蛇不親女色所以者何毒蛇殺人一死一生女色繫縛千生萬刼種種楚毒痛苦無窮諦察深思難可附近此亦静心離色之觀法也宜篤行之

㊅五離愛

佛言人從愛欲生憂從憂生怖若離於愛何憂何怖

(疏)初二句本生則末生後二句本滅則末滅境初順情生欲欲久貪戀生愛愛初別離生憂樂去苦來生怖維摩詰言從癡有愛則我病生不起愛見絕於攀緣憎愛情忘離我我所我人尚空復有何境起憂怖哉

(鈔)愛欲惑業也憂怖苦報也樂非常住久必壞生故憂有七一身力憂二疾病憂人有五欲七情病有五勞七傷又四百四病多從婬欲而起三壽命憂耗損精氣戕身喪命故廣成子云無搖汝精乃可長生四罪惡憂萬惡婬爲首故五殃禍憂天道福善而禍淫故六別離憂瞥爾睡去室家男女便帶不去受用不著況死亡後豈能相歡娛乎復有愛成怨者七死亡憂忘身狥欲死亡立至楞嚴云盛行貪欲未逾年歲肝腦枯竭以至殂歿墮無間獄怖有五一不活怖二惡名怖三大衆威德怖四死怖五墮惡道怖上愛欲是順情樂境此憂怖是違情苦境則知樂是苦因怨從親起若各異處何憎何愛入平等空非違非順如一美色婬人觀之爲美貪愛起欲妬婦觀之爲苦眼不欲見常人觀之無所適莫學人觀之成不淨觀是故苦樂違順境本自空喜怒哀樂情亦非有於畢竟寂滅中而起愛怖顛倒妄想豈非是愚人焉

(庚)次修眞四　(辛)初明修行法三　(壬)初堅心得果

佛言夫爲道者譬如一人與萬人戰挂鎧出門意或怯弱或半路而退或格鬭而死意若無懼或得勝而還沙門學道應當堅持其心精進勇銳不畏前境破滅衆魔而得道果

(疏)先喻一人喻沙門學道萬人喻衆魔軍

挂鎧喻淨戒騎乘如禪定利器如智慧出門如出教門怯弱喻畏懼不進半退喻半途而廢鬭死喻被魔縛著㬋寶覺身無懼喻直破生死勇斷煩惱如孟施舍之養勇子龍一身都是膽也得勝喻得道果法華云賢聖軍與五陰魔煩惱魔死魔共戰有大功勳滅三毒出三界破魔網是也沙下次法學道合與戰堅進不畏合無懼力強破魔得果合得勝高遷堅心住理也精勇修行也不畏明教也滅魔證果也

【鈔】衆魔者略則唯四一天子欲界頂魔王天也深著世樂憎嫉佛法故生死緣也二煩惱染化三界則有見愛魔王淨化三界則有二障魔王受用三界則有種障魔王法性三界則有習障魔王法界土中則有無盡執障魔王生死因也三五陰四大六根等是色衆魔違順苦樂等是受衆魔無量念慮等是想衆魔起諸貪嗔等是行衆魔諸識分別等是識衆魔四死魔無常因緣破相續五陰離煖息識故後二生死果也廣有八萬四千謂十使互具成一百五根五塵歷一千華嚴云眼等於色聲香味觸境其内有五百煩惱其外亦有五百煩惱身口七支爲七千三世共成二萬一貪嗔癡等分四心各具二萬一千共成八萬四千魔數挂下鎧喻戒者護持身故乘喻定者乘正乘故器喻慧者壞諸物故此三與教俱通大小不進謂中下根意怯膽弱者半途小則煖位尚退始則性地終等十信如四禪無聞比丘舍利弗六心退等鬭

死下楞嚴云當處禪那覺悟無惑則彼魔事無奈汝何若不明悟彼魔所迷則汝阿難必爲魔子此乃隳汝寶覺全身如宰臣家忽逢籍没宛轉零落無可哀救孟施舍者孟子曰孟施舍之所養勇也曰視不勝猶勝也量敵而後進慮勝而後會是畏三軍者也舍豈能爲必勝哉能無懼而已矣子龍膽者魏王操臨漢中趙雲將數十騎視之值操揚兵大出雲且鬬且却操追至營下雲入營更大開門操疑有伏引去備明旦至雲營視之曰子龍一身都是膽也賢聖軍者小則七賢四果等前後諸將大則十聖三賢等將陰惱死者小則界内有漏五陰分段生死果魔也見愛煩惱因魔也大則界外無漏五陰變易生死果魔也

塵沙無明乃至色上堅固妄想受虛明想融通行幽隱識上罔象妄想皆因魔也功勳有三一滅毒惱魔離矣二出界死魔離矣三破網陰魔離矣故云大功大集經云知苦壞陰魔斷集遠惱魔證滅絕死魔修道降天魔涅槃四依品云天魔波旬若更來者當以五繫縛汝解曰五繫即五停心觀門治彼五種魔也滅等三句謂斷貪種習即出欲界破陰魔網轉五陰而成法身斷瞋種習即出色界破煩惱魔網轉煩惱而成菩提斷癡種習即出無色界破死魔網轉生死而成涅槃矣力強無懼者戒忍堅進慈悲定慧力也高遷者法華云王見兵衆戰有功者即大歡喜隨功賞賜或與田宅聚落城邑或與衣服嚴身之具或與

種種珍寶象馬車乘奴婢人民如有勇健能爲難事王解髻中明珠賜之如來亦爾見賢聖軍與之共戰其有功者心亦歡喜於四衆中爲説諸經賜以禪定解脱無漏根力諸法之財又復賜與涅槃之城末後乃爲説是法華能令衆生至一切智釋曰田喻禪定宅喻解脱聚落喻聲聞四果城喻辟支涅槃邑喻菩薩淨土衣服喻慚忍善法嚴具喻一切助道珍寶喻七覺支牛馬象車喻三乘觀智奴婢喻神通人民喻知見髻中明珠喻如來種智則知還中有小大賢聖道果之不同矣竪下教行理果亦通小大小則六識心生空觀滅苦教二乘果大則八識等心諸法空觀嚴土度生教大乘𠃔覺果是知堅進勇破乃爲道之當務也問何以知然作此配耶答有本云人能牢持其心精鋭進行不惑於流俗狂愚之言欲滅惡盡者必得道矣故斯作配自有憑也

㊣二處中證理

沙門夜誦迦葉佛遺教經其聲悲緊思悔欲退佛問之曰汝昔在家曾爲何業對曰愛彈琴佛言絃緩如何對曰不鳴矣絃急如何對曰聲絶矣急緩得中如何對曰諸音普調佛言沙門學道亦然心若調適道可得矣於道若暴暴即身疲其身若疲意即生惱意若生惱行即退矣其行既退罪必加矣但清淨安樂道不失矣

疏先叙其不善用心夜誦者僧則日間辦常住事夜間修自己行時刻治心無少懈

也佛遺教者乃賢劫中第三佛所遺之經教也悲者哀根之不利緊者苦經之不熟悔者嗟僧之難爲退者想道之難就孟云其進鋭者其退速故口緊而心悔也佛問下次示以適中之道二初舉問令知彈琴通二喻對上喻誦經對下喻學道調絃亦二喻調聲調心急緩喻緊慢進懈中喻不徐不疾聲絶不鳴喻文義不熟理性不通普調喻文明義顯理窮性盡楞嚴云譬如琴瑟箜篌琵琶雖有妙音若無妙指終不能發若大樹緊那羅王絃歌一動聲震大千須彌山王踊没低昂一切聲聞皆起舞戲則允執厥中之道眞可謂聖賢相傳不易法矣佛言下二例明學法先略例調則不急昏病除矣適則不緩散病去矣又調則進而身淨非遽暴也適則循而心樂非頹靡也不躁不懈於道豈有不得者哉佛於阿含會上告耳億曰極精進者猶如調戲若懈怠者此墮邪見若在中者此則上行如是不久成無漏人圓覺亦云其能證者無作無任其所證者無取無捨欲求入佛道應如是修習於道下次詳明暴者由其志意太高工夫急驟也疲者奮發之氣過激精神易於衰耗力已竭而難繼怠惰隨矣意生惱者急遽無序還歸於廢弛故罪必加者不責自已不善用心反謗誦經無功學道無益起大邪見造諸惡業故此如彈琴絃急聲絶矣於道若因循懈怠急亦身疲而昏惰意即散亂難攝而懊惱由此毀道難進怨經難學起大瞋癡作諸罪

障此如彈琴絃緩不鳴者也清淨調身不至于急暴也道自進矣安樂適心不至于寬緩也道自成矣此如彈琴急緩得中諸音普調者然故知學道應倣伯牙之善調也

鈔夜誦下楞伽云當離羣聚習俗睡眠初中後夜常自覺悟修行方便遺教經云汝等比丘晝則勤心修習善法無令失時初夜後夜亦勿有廢中夜誦經以自消息無以睡眠因緣令一生空過無所得也當念無常之火燒諸世間早求自度勿睡眠也聲悲屬口思悔屬心孟下人之學道固不可不用心亦不可太用心若進而勇鋭者則其氣易衰而其退必速此則過用其心功不成矣不及太過各有弊也進向也漸

履不急之謂循順也從容操存之謂佛於下阿含經云有尊者名二十耳億晝夜修行精勤不捨於欲漏心不能解脱而白佛言沙門甚難今欲捨服還作白衣持物廣施佛問在家善彈琴不對曰能佛問若絃太急音可聽不對曰不也又問若絃稍緩可採聽不又對不也復問不急不緩可採聽不對曰可聽世尊告曰此亦如是極精進者猶如調戲若懈怠者便墮邪見若在中者此則上行如是不久成無漏人爾時二十耳億思惟佛教在閒靜處修行其法如實知之證阿羅漢釋曰調戲如趕路人邪見如躱懶人故圓覺云修證妙法應離二病一者作病謂我作種種行欲求圓覺彼圓覺性非作得故二者任病謂我今者

不斷生死不求涅槃任彼一切隨諸法性欲求圓覺彼圓覺性非任有故潙山云教法留心温尋貝葉精搜義理時光亦不虛棄便是僧中法器則知頹靡自安固不足以有爲而躁暴無序亦難圓滿其功緩急得宜終始成也於道若下補缺也經不明者失在過用心故疏雙出者急緩皆爲弊故清淨下上無欣求謂之清下無厭捨謂之淨外不著有謂之安内不躭空謂之樂此皆不偏之中道也如斯行止道果可尅伯牙善調者伯牙學琴於成連三年不成連曰吾師方子春今在東海中能移人情乃與俱往至其山留伯牙曰子居習之吾將迎汝伯牙四顧無人但聞海水洶湧歎曰先生移我情矣乃作水仙操曲終成連迎之而還伯牙遂爲天下妙後遇鍾子期善聽伯牙鼓琴志在高山子期曰善哉峩峩兮若泰山志在流水即曰善哉洋洋兮若江河伯牙所念子期必善得其意又伯牙遊於泰山之陰卒逢暴雨止於巖下心悲乃援琴而鼓之初爲霖雨之操更造崩山之音音曲每奏子期輙窮其趣伯牙乃捨琴而歎曰善哉子之聽夫志想象猶於吾心也吾何以逃其聲哉設伯牙不善調絃子期亦不能知流水高山之志矣

㊄三去染成行

佛言如人鍛鐵去滓成器器即精好學道之人去心垢染行即清淨矣

疏先舉喻人喻學道之者鍛燒煉也喻修斷鐵喻道心滓渣滓也喻垢染器喻道行

精好揄清淨學道下次合法垢染慼也麁垢見思煩惱也細染塵沙無明也心垢則逐情而造業苦報無量生死不休行淨則順理而證眞住涅槃界恒受安樂是故心去垢而成極清淨行矣餘如無差别論

鈔鐵則先燒麁渣令成好器心則先斷煩惱麁垢而成我空澄清觀行鐵則次煉細滓令成精器心則次除所知細染而成法空潔淨觀行約教小乘去麁垢始分除細染終相即頓俱泯圓融通無礙約位不淨衆生界染中淨菩薩二乘亦攝最極清淨者説名爲如來無差别論者彼云舍利弗即此法身爲本際無邊煩惱藏所纏從無始來生死趣中生滅流轉説名衆生界復次舍利弗即此法身厭離生死漂流之苦捨於一切諸欲境界於十波羅蜜及八萬四千法門中爲求菩提而修諸行説名菩薩復次舍利弗即此法身遠離一切苦永除一切煩惱隨煩惱垢清淨極清淨最極清淨住於法性得無障礙説名如來應正等覺解曰衆生界文證上心垢菩薩如來證上行淨法身即是心之異名垢染去心清淨法身成矣

㊉二舉證果難

佛言人離惡道得爲人難既得爲人去女即男難既得爲男六根完具難六根既具生中國難既生中國值佛世難既值佛世遇道者難既得遇道興信心難既興信心發菩提心難既發菩提心無修無證難

疏佛下初舉世間果明難有五百八十劫

空過無佛常行不善多墮惡道故離三惡道爲難佛問比丘甲頭土多地上土多諸比丘言地土甚多佛言天上命終生人中者如甲頭土墮地獄者如地上土如帝釋天夜摩天鬱陀羅伽仙等故知人身難得一失人身萬刦不復女有五障十惡或遇公姑慘毒夫主狠戾或逢父母恩薄子媳頑逆乃至閨閣禁制生育艱難男則無此具四行法如善旻爲董司户之女海印爲朱防禦之女法華尼後身作官妓可見轉女成男具丈夫相亦難得也雖得男身癃殘百疾盲聾瘖瘂攣躄背傴則諸根具足五體端嚴非爲易也六根雖具無諸疾苦然生邊地或處北洲不知仁義不信因果縱有頗羅墮將弟子往亦難化導非如中國南洲能斷婬識念精進勇猛也既生下二舉出世果明難有四身居中土報在閻浮其奈佛前佛後不覩色像過百三十刦乃能得一見如優曇花時一現耳法華云諸佛出於世懸遠值遇難誠哉是言也設值佛世若無善友開導不能見佛聞法亦爲徒然如紗莊嚴阿闍世王世智辯聰起大邪見乃至舍衛三億家及諸不欲見聞者可不悲夫雖遇知識得聞佛法不能起四信行十善逢惡因緣即便退失或得信心成就非如鴻毛上下又不能發三心立四願修五行證二果涅槃云發心畢竟二不別如是二心先心難自未得度先度他是故頂禮初發心則知發心化度修證可謂甚希有矣既發下三舉世出世間上上

果明難大心已發萬行已修設毫釐繫念還落事相之功瞥爾情生便乖法性之體有作修證多刦終成敗壞無心體會一念頓契佛家般若云不住色生心無住相布施楞嚴云當度衆生滅除度相乃至圓滿菩提歸無所得是則無功用道實爲難中難矣然此十難亦不爲難華嚴云雖住海水刦火中堪受此法必得聞況今脫離三途得在人道爲大丈夫身相完具共住中國值有道君瞻對尊像餐服甘露親近善友遠惡知識起大乘正信除疑捨邪執復樹良因發大善願拔濟衆生生人福業即一切法離一切相唯即與離二無所著迹此推之應自慶幸當知能以專心爲道又何難之有不能以道爲心無難亦如何

**鈔**疏有二意初直釋其難以警策世間果難五中初離惡難即八難內三途難也百八二句法華東南諸梵頌曰一百八十刦空過無有佛三惡道充滿諸天衆減少常行二句上方梵頌曰於昔無量刦空過無有佛三惡道增長阿修羅亦盛諸天衆轉減死多墮惡道不從佛聞法常行不善事又有經言蟻子自七佛以來未脫蟻身安知何日得人身乎則離三惡誠爲難矣佛問下二爲人難諸天退墮尚不得人況人還復能爲人乎又有經言世尊取地少土置之爪上告迦葉言有人捨身還得人身捨三惡身得受人身諸根完具生于中國具足正信能修習道修正道已能得解脫入般涅槃如爪上土捨人身已得三惡身

捨三惡身得三惡身諸根不具生於邊地信邪倒見修習邪道不得解脫常樂涅槃如十方界所有地土如帝釋下正法念處經云帝釋名菴舒摩作忉利天福盡退爲摩伽羅海大身之魚復有三四帝釋退墮三惡道中夜摩天王以福盡故墮呌喚獄智度論云鬱陀羅伽仙人得四空定生非非想處天於彼壽盡報爲飛狸殺諸魚鳥作無量罪墮三惡道無色界天樂著定心不覺命盡墮欲界中受禽獸形色界諸天墮在欲界六天福盡退墮地獄女有下三成男難五障者超日月經云一者不得作梵天王清淨垢染不同故二者不得作帝釋少欲多欲差殊故三者不得作魔王剛強懦弱相異故四者不得作轉輪王仁慈

嫉妬逈絶故五者不得作佛身萬德煩惱各別故十惡者玉耶經云一者初生父母不喜二者舉養視無滋味三者心常畏人四者父母憂嫁五者父母生離六者畏夫喜怒七者懷產甚難八者少爲父母檢錄九者中爲夫婿禁制十者老爲兒孫所訶具四行者涅槃經云具足四法名爲丈夫一近善知識二聽聞正法三思惟其義四如說修行善旻海印皆沙門名也具載樂邦文類六卷法華尼者歐陽永叔知潁州一官妓口氣作蓮花香有僧知宿命言此妓前世爲尼誦法華經三十年一念之差遂至於此問妓云曾讀法華經否荅云失身於此何暇誦經遂與法華讀誦如流與之他經則不能讀問婦女固不及男設墮

其類如何轉捨答涅槃經云是大乘經有文夫相所謂信知自身中有佛性男若不知即爲婦女婦女若知即男丈夫又能念佛修行亦得轉女成男太平府官圩楊氏秪生一遺腹女婆媳皆寡居專心禮念觀音菩薩其女四月後變爲男子又龍施女經云須富長者女名龍施於高樓見佛發菩提心化成男子出家修道腹中女聽法經云女人在胎聽法轉身爲丈夫相出家證果丈夫相者瑜伽論有七義一壽命長久二玅色端嚴三無病少惱四非僕非女五智慧猛利六發言威肅七有大宗葉具此七法名丈夫相孟子曰富貴不能淫貧賤不能移威武不能屈此之謂大丈夫問據涅槃說雖是女人能信自身有佛性者

即是丈夫如何此經去女爲男耶答女是淫穢之軀生育之本雖可作善不能成佛男子若修現證菩提故身子云女身垢穢非是法器云何能得無上菩提如須摩提經八歲女人轉身爲男出家說法法華經龍女變成男子往無垢界成等正覺正明女身不能成佛登座說法也問胎經云魔梵釋女四種皆不捨分段生身亦不受實報性身悉於現身得成佛道頌云法性如大海不說有是非凡夫賢聖人平等無高下唯在心垢滅取證如反掌淨名經中天女答舍利弗男女幻無定相今乃變男成佛義云何通答涅槃即男約出世理性實證也今經去女約人世事相權教也淨名胎經不變約自行證眞如性說實本也法

華變男約化他八相成道說權迹也若會通之權實雙融理事無礙隨機設教無不得益也雖得下四根具難即八難中六根不具瘖瘂百疾難也六根下五中國難即邊地長壽天二難也人間北俱盧洲邊邦小國天上無想或長壽天不得值佛受聖人化佛告文殊是法華經於無量國中乃至名字不可得聞何況得見受持讀誦大論云南洲以三事故尚勝諸天況北洲耶一能斷婬欲二識念力三勇猛精進因本經云諸天及三天下各有三種勝閻浮提一者長壽二者色勝三者地勝南閻浮提有五種勝三天下及餘諸天一者勇健二者正念三者佛出世處四者是修業地五者行梵行處故涅槃云下下因緣故生北洲上上因緣故生南洲何者若論果報南洲爲下下若得值佛南洲爲上上是故諸天下來聽法又發願言願生南洲爲人出家禮佛誦經毋受此樂報不得於聖化也縱有下通妨也難云聖人於北洲不出其中而闡化云何寳雲經明頞羅隨將弟子六百人住鬱單越故通云雖不生彼非不居彼雖住於彼亦難闡化分别功德論云婆拘羅尊者長壽第一於百歲中又加六十阿難問曰尊者長壽何以不生三方答曰諸佛不生三方以其人難化故此土衆生利根捷疾精進勇猛取道不難是故往古諸佛皆生此中身居下一值佛難即生於佛前或生佛後難也百三十者法華南方諸梵頌曰世尊甚難見過百三十刦今

乃得一見如優曇鉢華優曇鉢此云靈瑞花三千年一現現則金輪王出舉此以喻佛待時出難值遇也法華下後有頌曰正使出於世說是法亦難能聽是法者斯人亦復難設值下二遇道難即生邪見家世智辯聰難也玅莊嚴者法華云淨藏淨眼二子勸母聽經母告子言汝父信受外道深著婆羅門法二子白言我等是法王子而生此邪見家即爲其父現諸神變父見歡喜出家修道時玅莊嚴王白佛言此我二子以神通變化轉我邪心住佛法中是我善知識佛言如是善知識者是大因緣所以化導令得見佛發菩提心阿闍世者此云未生怨以未生日相師占言此兒生已定當害父故觀經云王城太子名阿闍世隨順調達惡友之教收報父王頻婆娑羅次執利劍欲害其母時臣月光及與耆婆白言刦初已來有諸惡王貪國位故殺害其父一萬八千未聞無道有害母者王今爲此臣不忍聞我等不宜復住於此闍王驚怖懺悔求救即便捨劍勑閉深宫涅槃云一切衆生得阿耨菩提近因緣者莫先善友何以故阿闍世王若不隨順耆婆語者來月七日必定命終墮阿鼻獄是故近因莫若善友普超經云闍王從文殊懺悔得柔順忍則知識中善者成福惡者成罪一得一失在親近間訪友者可不慎歟然欲辨别如孔子曰視其所以觀其所由察其所安則益者三友損者三友自難匿矣雖遇下三興信難四信者信論云一者

信眞如是法根本二者信佛有無量德三者信法有大利益四者信僧能正修行自利利他或得下四發心難鴻毛者不信因果名邪定聚決定不退名正定聚欲求大果而心未決或進或退如空中毛名不定聚今是正定斷疑深信者也三心者一直心正念眞如法故二深心樂集諸善行故三悲心欲拔衆生苦故四願者一願度衆生二願斷煩惱三願學法門四願成佛道五行者一布施門二持戒門三忍辱門四精進門五止觀門二果者一轉煩惱而成菩提果二轉生死而成涅槃果然此下次轉示不難以勸發三初引證海水是龍畜生趣攝刧火是天火災初禪生在二禪長壽等天火不及者於此得聞人天道中已兼北洲辯聰亦不揀根缺聾者目視盲者耳聞佛會之上神鬼得聽地獄蒙光堪受必聞何有佛前後難故淸凉云見聞爲種八難超十地之階彼後頌曰其有生疑不信者永不得聞如是義則知舍衛半億人與佛同居而不見佛非難成難矣况今下次舉明八難中三途爲三我等相與各獲人身脱此三難即爲自三慶人中有四相具脱癃殘中國脱北洲對像脱佛前後善友脱邪見家即爲自七慶天上唯一起信願等脱長壽難即八自慶依今經脱十難即十自慶如是慶事既有多種云何還不越生死海進涅槃城耶當知下三結示可知

佛說四十二章經疏鈔卷第八

音釋

瘥才何切坐平聲病也　潰音會散也　逃　滓音子濁也

# 佛說四十二章經疏鈔卷第九

清浙水慈雲灌頂沙門續法述

(辛)三示依教鈔三(壬)初順戒得道

佛言佛子離吾數千里憶念吾戒必得道果在吾左右雖常見吾不順吾戒終不得道

[疏]學佛道者名爲佛子然在始覺中也報恩云戒有三品五戒爲下十戒爲中具戒爲上又有經云戒如平地萬善從生戒如良醫能療衆疾戒如明珠能破昏暗戒如船筏能渡苦海戒如瓔珞莊嚴法身智度論云破戒者墮三惡道若下品持戒生人間中品持戒生欲天兼行四禪八定生色無色界天上品持戒有三下等持戒清淨得阿羅漢中等持戒清淨得辟支佛上等持戒清淨得佛道果是故千里憶戒即爲常在佛前疾成道也設縱五根入五欲中意念分別諸邪非法衆善功德皆不得生猶如惡馬無轡狂象無鉤猿猴得樹騰躍踔躑犯人苗稼喪人善事此則雖在佛之左右戒心不具與佛無緣可謂階前萬里也觀波羅脂國二比丘事足爲此徵見與不見秖在一戒瓶矣如之何勿持

[鈔]佛子下持則有益在吾下毀則有損始覺中者佛覺也具縛凡夫名本覺佛子發心修行名始覺佛子復有三位初識法門名義名名字覺佛子次與觀行相應名相似覺佛子後得分證法身名隨分覺佛子方盡玅覺名究竟覺佛子今經不順不得名字也念戒得道通始覺三兼究竟也設縱下遺教云汝等住戒當制五根勿令放

逸入於五欲如牧牛人執杖視之不令縱逸犯人苗稼若縱五根非惟五欲將無涯畔不可制也衆善二句彼經又云當持淨戒勿令毀缺是則能有善法若無淨戒諸善功德皆不得生二比丘事者諸經要集云波羅脂國有二比丘來舍衛國問訊世尊中路渴乏前到一井一比丘汲水便飲一比丘看水見蟲不飲問言汝何不飲答曰世尊制戒不得飲於蟲水彼又勸言汝但飲水勿令渴死不得見佛答曰寧喪我身不毀佛戒遂即渴死飲水比丘往到佛所佛知故問汝自何來有同伴不答言我從波羅脂國而來二人爲伴道中渴乏井水有蟲我飲水故得見世尊彼堅守戒不飲渴死佛言汝謂見我實不見我彼死比

丘已先見我若有比丘放逸懈怠不攝諸根雖共我住彼離我遠我不見彼若有比丘在海彼岸能不放逸精進不懈斂攝諸根雖去我遠我常見彼彼常近我一戒瓶者雜譬喻經云持戒之人無事不得破戒之人一切皆失譬如貧人四方求乞經十二年奉天不捨常爲供養祝願富貴人心既至天即愍之問求何等答求富貴天與一器名功德瓶凡所願者悉從瓶出有客問曰汝何驟富答言我得天瓶客借瓶視其人驕逸執之不固失手瓶破一切諸物俱時滅去例持戒人無願不得若毀戒者瓶破物失是知戒爲第一安隱功德住處正順解脱之本也

㊀二知命了道

佛問沙門人命在幾間對曰數日間佛言子未知道復問一沙門人命在幾間對曰飯食間佛言子未知道復問一沙門人命在幾間對曰呼吸間佛言善哉子知道矣

疏煖息識三事連持一期果報不斷名之曰命此依第八種子假立故知人命無常出息不保入息一息不來便同灰壞而曰在於數日及飯食間可謂不知人命無常之理剎那生滅之說烏足與言道焉若夫匿王觀得念念遷謝新新不住與今沙門答人命呼吸間即能知其已解死生之道勿蹉時光勇猛進修不待言矣審如是而猶謂之謬讚其善得乎

鈔煖息色也識心也開蒙問何爲命根答依業所引第八種上連持色心不斷功能假立命根又有經說壽煖識三說名爲命釋曰阿賴耶識相分色法名煖此識種子名壽此識現行名識唯識云然依親生此識種子由業所引功能差別住時決定假立命根釋曰謂依親生第八識種子此種由先善放生等惡殺生等業之所引而有持身久近差別之功能令色心等住時隨因長短決定依此種子說爲命根以此種子爲業力故有持一報之身功能差別令得決定若此種子無此功能身便爛壞幾間幾時間也剎那生滅者仁王經云衆生一念中有九十剎那一剎那間經九百生滅匿王者楞嚴匿王答言變化密移我誠不覺沉思諦觀剎那剎那念念之間不得停住審如是下楞伽云初生即有滅不爲愚者

説今此沙門悟得諸行無常喻如呼吸一言之下頓契佛心不讚其善而讚誰哉

㊀三依經證道

佛言學佛道者佛所言説皆應信順譬如食蜜中邊皆甜吾經亦爾其義皆快行者得道矣

疏初法初句人也次二句法也法有教行理果四種言説教也即人天禪戒二乘諦緣大乘分教五位百法始教八十一科終教一心二門一乘頓教四十一門圓教十無盡門學者行也即事行觀苦空觀法相觀眞空觀藏心觀眞性觀法界觀信順理也教詮理故即我空眞如法空眞如依言不空眞如離言無性眞如唯一法界總相眞如佛道果也佛成道故即人天樂果羅漢辟支三賢十地等妙二覺廣在教章譬下次喻食喻行甜喻果花喻理蜜喻教邊喻人天小教中喻頓圓不邊不中喻始終食皆甜者豎而次第言之離苦得樂超凡入聖回小向大自始至終會漸歸頓轉偏成圓故五教乘皆爲機益小大雖異終必歸圓所以者何皆住性故金剛種故行方便故圓爲極故法華云求聲聞者求辟支佛者求菩薩道者無得惱之令其疑悔語其人言汝等去道甚遠終不能得一切種智是故燒香散華合掌低頭皆爲佛道因也横而圓融言之法無大小大小在機則知門門五教事事三乘亦在教儀機益中明故楞嚴云聖性無不通順逆皆方便方便有多門歸元性無二法華云諸所説法

隨其義趣皆與實相不相違背若說俗間經書治世語言資生業等皆順正法涅槃云下智觀諦緣者得聲聞菩提中智觀諦緣者得辟支菩提上智觀諦緣者得佛菩提吾經下後合經教也義理也行行也道果也何以快得葢由人天提冐二乘阿含始教深密般若終教妙智涅槃頓則楞伽圓覺圓則法華華嚴皆從眞如流出梁論云眞如流出十二分教攝論云無不從此法界流仁王云法輪者法本如應頌如乃至論議如等既一切皆如何莫而非葢也

鈔人指學者法謂佛說百法唯識論八十般若經二門起信論四十楞伽經十門華嚴明事行六行觀也厭下苦麄障欣上淨妙離故屬人天行五種眞如出起信論三

賢等妙教餘四教教章指五教儀及一乘教義章等住性者一切衆生皆有佛性有佛性者無不作佛故如涅槃圓覺經說金剛種者華嚴出現品云如人食少金剛終竟不銷要穿其身出在於外於如來所種少善根要穿一切煩惱身過到於無爲究竟智處方便者法華云一切諸如來以無量方便度脱諸衆生入佛無漏智無數諸法門其實爲一乘諸聲聞衆皆非滅度汝等所行是菩薩道諸佛方便力分別說三乘唯有一佛乘息處故說二既知是息已引入於佛慧圓爲極者清凉疏云權教菩薩不受圓法後因熏習方信圓融以離此普法無所歸故權教極果無實事故鈔云五教因果唯圓教有實事前四因中則有

至果皆無由修權因若入地後即入實故猶如百川浩蕩千里亦無究竟歸處究竟歸處即是海故燒香二句詳如法華第一卷末教儀機益者謂在五教儀教中第四隨機攝益門內廣明也法華涅槃引證人天小教亦通餘四教也餘四教亦通三根五性例此可知梁論下第十釋云由緣眞如起無分別智由此智流出後得智後得所生大悲說十二部經救濟衆生無性攝論云眞如所流十二分教乃至者超略之謂具云法本如重頌如授記如不頌偈如無問而自說如戒經如譬喻如法界如本事如方廣如未曾有如論議如釋曰戒經者即因緣經因事制戒故法界者即本生經界即因義故等者指餘經論金剛三昧云如我說者義語非文唯識云眞如所流教法於餘教法最爲勝故彼疏釋云由三地中得於三慧照大乘法觀此法教根本眞如名勝流眞如既一切下謂一切聖教皆從眞如流則無如非教衆生聞思修者無不還歸此法界而爲眞如所攝也所謂依金作器器器皆金正此義耳

(辛)四顯稱理勝二　(壬)初竟斷愛根頓成覺道

佛言沙門行道應漸拔去愛欲之根譬如摘懸珠者一一摘之會有盡時惡盡自得道也

[疏]初法也道即眞如理性以此化他名爲行道愛是煩惱惑欲爲生死業皆妄也十煩惱本先於貪愛十惡業種始於淫欲故名爲根證眞由於斷惑斷惑應去其根草

不除根春來還發而云漸者理則頓悟乘悟併銷事非頓除因次第盡也譬下次喻也懸珠菓樹名梵語惡义又翻線貫珠其子形如此方杏仁一枝三子生必同科名惡义聚喻惑業苦三道次第相連同時具足今滅苦止業斷惑猶如摘惡义果漸次摘去果自盡矣惡句後合也愛欲惡盡法性理顯道果安有不得者哉

【鈔】懸珠者三顆同蔕如絲懸珠故線貫珠者次第相連如線貫珠故楞嚴云一切衆生從無始來種種顛倒業種自然如惡义聚長水疏云惡义梵語此云線貫珠應法師云惡义樹名其子形似沒石子生必三顆同蔕如此間杏仁故如三道以無始無明熏成業種業必招果子子相生熏習不斷如縱貫珠次第相連名惡义聚經云諸法於識藏藏於法亦然更互爲果性亦常爲因性今滅苦下生因惑有滅從苦除故云次摘又聲聞人知苦斷集緣覺人集爲初門菩薩人道爲發覺故滅三道亦無有前後一定也如經可思之

（壬）二直心念道圓斷諸苦

佛言夫爲道者如牛負重行深泥中疲極不敢左右顧視出離淤泥乃可蘇息沙門當觀情欲甚於淤泥直心念道可免苦矣

【疏】先舉喻牛喻行人重喻道法泥喻情欲疲喻怯弱左右喻違順境蘇息喻二涅槃車牛負重溺泥故一心行去而不敢懈非如磨牛身雖行道心道不行也沙門下次合法沙門合牛修觀合行走直心合正中

道而行不顧左右念道合負重免苦合息處住於三百由旬化城可免三界生死苦也惟人自生至老自老至病自病至死其苦無量苦又生惱心惱即罪生死不息苦更難説如是苦惱皆由情欲故欲於泥殆有甚焉心能行道出五欲泥不唯息二涅槃而已亦可直至寶所嬉戲快樂自在無礙如此者是謂全免苦者也

鈔行人指權教三乘道法謂諦緣度等欲喻泥者五欲穢汚没溺道心故喻怯弱者經云若衆生但聞一佛乘者則不欲見佛不欲親近便作是念佛道長遠久受勤苦乃可得成左喻五欲違境求不得故右喻五欲順境愛别離故二涅槃者有餘無餘也經云佛知是心怯弱下劣以方便力而於中道爲止息故説二涅槃又云如來知其志樂小法深着五欲爲是等故説於涅槃是人若聞則便信受磨牛喻趣寂二乘雖不溺泥亦不前進故云心不行道應知沙門學道無如磨牛心道若行何用身道車牛即權教三乘漸入佛道者有大悲故行深泥中有大智故出離不顧非如衆生全陷五欲泥内溺於貪愛水者故法華云見六道衆生深着於五欲如犛牛愛尾以貪愛自蔽不求大勢佛及與斷苦法息處者經云爲止息故化作大城惟人下釋甚字泥没一世人身欲溺多刦法身苦惱深淺遠近可比知矣心能下重顯免意愚法二乘身行心不行故但止化城滅分段苦此名分免今權教三乘人身心俱能行道

故直至寶所滅變易苦此名全免法華云我本立誓願欲令一切衆如我等無異今爲汝說實汝所得非滅息處故說二學佛道者顧可負諸

㊇三結示能所如幻

佛言吾視王侯之位如過隙塵視金玉之寶如瓦礫視紈素之服如敝帛視大千世界如一訶子視阿耨池水如塗足油視方便門如化寶聚視無上乘如夢金帛視佛道如眼前華視禪定如須彌柱視涅槃如晝夕寤視倒正如六龍舞視平等如一眞地視興化如四時木

疏初明世間諸法如夢幻有五一名位隙塵言輕微也似有非實故王位如過塵者言其易過而不久也萬八千歲王氣俄收七十二君彈指便過楊升菴云富貴一場駕枕夢是非千載馬蹄塵殘山剩水年年在不見圖王覇業人視金下二財利人爲財死者以實重故若作瓦礫觀雖鋤金不顧豈如漂人之受誅耶視紈下三衣食錦繡繒縠鮮白羅綺是人之所欲也今志於道不耻惡衣雖加紈服亦如緼袍此即佛門之迦葉孔門之仲由也視大下四世界大千廣濶不異訶子小者葢無相無爲者大有相有爲者小本覺常住者大迷妄而有者小楞嚴云微塵國土非無漏者當知虛空生汝心内猶如片雲點太清裏況諸世界在虛空耶汝等一人發眞歸元此十方空皆悉消殞云何國土而不振坼人於家園田產作活計者可醒悟矣視阿下五

河海阿耨達西域記云贍部洲之中者阿那婆答多池唐言無熱惱在香山之南雪山之北琉璃頗胝飾其岸馬金沙瀰漫銀波皎潔東面銀牛口流出殑伽河繞池一匝入東南海南面金象口流出信度河繞池一匝入西南海西面琉璃馬口流出縛芻河繞池一匝入西北海北面頗胝師子口流出徙多河繞池一匝入東北海而言如塗足油少者池雖深廣例如涓滴所以者何皆是幻化非有實故

鈔萬八千者按帝王甲子記云天皇氏治一萬八千年地皇氏治九千年人皇氏治四千五百年有本云三皇皆治一萬八千年王氣者秦始皇時望氣者云東南有王者氣故巡遊東南以應之至建業鑿秦淮河埋金以爲厭勝故曰金陵至六朝時陳後主窮奢極侈隋文帝命將出師伐之後主曰王氣在此彼何爲者也傅縡諫曰陛下忌忠直若讐冦視生民如草芥神怒民怨衆叛親離臣恐東南王氣俄頃而盡矣七十二君者司馬相如封禪書云繼昭穆受謚號畧可道者七十有二君故管子云昔者封太山禪梁父者有七十二家梁父即太山下小山名也楊升菴下前四句云記得東周併入秦回頭楚漢鬧乾坤時來驟雨推潢潦勢敗狂風捲片雲又有詞云追想千年往事六朝踪跡茫然隋唐相繼統中原世態幾回雲變則知功名富貴猶如電光石火夢覺黃粱一笑何有嗚呼龍爭虎鬬者往矣鋤金不顧者管寧華歆共

在園中鋤菜見地有片金管揮鋤與瓦石不異華提而擲之漂人受誅者六度集經云昔菩薩爲大理家積財巨億慈向衆生見市賣鼈問其價答曰百萬菩薩云善將鼈歸家臨水放之鼈至後夜齧門語曰無以報恩知水盈虛洪水爲害願速嚴舟臨時相迎菩薩啓王遷下處高鼈至水來即急下載隨鼈所之有蛇趣船菩薩曰取鼈曰善狐來亦取鼈亦善之又覩人漂菩薩曰取鼈曰慎勿取也菩薩曰蟲類尚濟人豈不救於是取之後鼈辭曰恩畢請退狐蛇繼去狐以穴居獲伏藏黃金百斤報菩薩恩漂人曰可分吾半菩薩以十斤惠之漂人曰掘塚刦金何不平分菩薩答云我欲等施餘貧困者汝欲專之不亦偏乎漂人遂告有司菩薩見拘無所告訴蛇遂啣藥入獄付菩薩曰吾將齚於太子其毒莫治菩薩以藥聞王傅即瘳矣蛇如所云太子命危王令曰能濟者封之相國菩薩上聞一傅果瘳王喜問之陳其本末王自咎曰吾暗甚哉封爲相國即誅漂人大理家者吾佛是國王者彌勒是鼈阿難是狐舍利是蛇目連是漂人者調達是今志下以道爲心無不平等故觀寶服與礫帛無有異也迦葉者糞掃衣故佛弟子中頭陀第一仲由者魯論云衣敝緼袍與衣狐貉者立而不恥者其由也與衣既隨常食不求精可知

疏視方下次明出世諸法如夢幻亦五一方便佛以種種因緣譬喻善巧方便而爲

衆生演説諸法令入佛道猶如遊行仙點石成金耿先生削雪成銀救濟窮乏感激其心也視無下二無上上乃三乘權教故曰方便今是一乘實教故曰無上既一待三明一亦非有實對權立實豈是真故曰如夢金帛覺後金何在心空教亦無也視佛下三佛道狂心頓歇歇即菩提菩提圓滿歸無所得故知智果亦如空花不可得也視禪下四禪定對散亂者説禪定行一心不動作何禪觀故如拄須彌之柱豈有實耶視涅下五涅槃迷則生死寐覺則涅槃寤生死寐若無涅槃寤亦忘故曰如晝夕寤經云有諍説生死無諍説涅槃生死及涅槃二俱不可得

（鈔）出世法亦五者初二教也第三果第四行第五理也一方便下佛以化現法財濟諸窘急故起信云若有衆生來求法者隨巳能解方便爲説若見一切來求索者所有財物隨力施與遊行仙者楞嚴云堅固金石而不休息化道圓成名遊行仙解曰撮土點石化實成金以遊戲人間名遊行也耿先生者異人録云耿公有道術保太中召入宫削雪爲銀錠投熾然火中不融救濟感激者西域傳云昔有仙士能使瓦礫爲寶人畜易形但未能馭風雲入天宫耳後得一方要先築壇命一烈士執劒上前屏息絶言自昏達曙求仙者中壇而坐手按長刀口誦神咒收視反聽達明登仙於是訪求烈士曠歲未諧後遇之其人傭工五年一旦違失被笞無得悲號巡路仙

命同遊到茅廬中以術力故化諸餚饌令入池浴服以新衣又遺五百金錢囑曰盡當來求幸勿外也厥後數加重賂潛行陰德感激其心烈士懇求効命以報知已仙曰非有他圖願一夕不聲耳烈士曰死尚不辭豈徒屏息於是依法行之隱仙誦神咒烈士按銛刀殆將曉矣忽發聲叫是時空中火下烟燄雲蒸隱仙疾引此人入池避難已而問曰誡子無聲何以驚叫烈士曰受命後至夜分惛然若夢變異更起見昔事主躬來慰謝忍不報語主人震怒遂見殺害猶願歷世不言以報厚德遂託生一富貴家出胎受業冠婚喪親生子皆念前恩忍而不語年至六十妻曰汝可言矣若不語者當殺汝子我念衰老唯此稚子因止妻云不可殺害遂發此聲耳隱仙曰此魔嬈耳烈士感恩悲事不成憤恚而死若開導未悟能令如此生信仰心豈有不濟度耶三下菩提佛之覺道智果也對煩惱立煩惱本空菩提何有楞嚴云言妄顯諸眞妄眞同二妄説有菩提亦眼華耳如拄須彌柱者須彌山崩故應柱拄山王輩因何有拄柱晝夕寤者晝夜朝夕之中匪寐則寤若佛菩薩色空天等無寐無寤則知寤因寐立寤豈眞耶

〔疏〕視倒下後明世出世法如夢幻有三初中諦觀事爲倒生滅故理爲正無生故俗爲倒情有故眞爲正理無故有爲倒緣生故無爲正無性故邊爲倒遍計故中爲正圓成故即爲倒有着故離爲正無住故偏

爲倒局一故圓爲正普融故皆對待立無有實法如六龍舞或上或下何有一定辨是非耶視平下二眞諦觀平等對不平等而立故如一眞之地然眞如實際不受一塵豈有其地高下既無又何平等視與下三俗諦觀與諸法生起也化諸法變滅也因緣和合虚妄有生因緣别離虚妄有滅生住異滅皆隨緣轉無有實性猶如花木春至敷榮冬來凋謝皆隨時氣非眞常也故般若云一切有爲法如夢幻泡影如露亦如電應作如是觀

〔鈔〕中諦觀者事理無礙眞俗融通名中道諦遮照同時空有不二名中道觀事爲下約教開六初小次分相宗三始空宗四終五頓六圓皆無定實故如六龍舞也豈有地者華嚴云普賢身相如虚空依眞而住非國土故云實際理地但有地之名也諸法生滅者正則心有生住異滅身有生老病死依則界有成住壞空時有春夏秋冬皆隨緣轉者經云諸法從緣生亦復從緣滅住異例知無實性者觀生也如石女之懷兒觀住也若陽燄之翻浪觀異也同浮雲之萬變觀滅也猶狂花之謝空論云因緣所生法我説即是空楞伽云眞實無生緣亦無因緣滅觀一切有爲猶如虚空華皆隨時者春生夏長秋衰冬枯非自主宰氣使然也故般下約法合明也楞伽亦云有界無空也緣起法是悉無有生習氣所迷轉從是三有欲色有也無色無也現則世出世一切諸法無不皆如夢幻者矣

㊄三流通分

諸大比丘聞佛所說歡喜奉行

疏 無人傳則不流傳遇障則不通今此文言流而不住通而不塞故云流通諸比丘句重舉聽衆也而云大者回小向大非愚法故聞佛下明悉遵行也聞說聞慧也信受熏習故歡喜思慧也慶法起解故又能說之人清淨則歡所說之法清淨則喜所證之果亦淨則歡又喜奉行修慧也依教傳持故佛所說法契理契機凡有見聞無不獲益不唯現在十方者喜行即過未三世一切衆生皆悉歡奉也

鈔 無下釋科名諸下解經文重舉者始則明其聽經終則明其受教也獨比丘者舉一衆以攝餘三衆比丘尼優婆塞優婆夷也故聞說下通約三慧釋又能下別約三義釋歡喜又聞說教也歡喜理果也奉行行也又上句自利下句利他佛所下上節別釋此段總解是則四十二章中隨聞一章乃至一句皆可成種近報人天二乘遠得三乘佛果况全持此經者其功德又何可思議耶

佛說四十二章經疏鈔卷第九

音釋

踔躑上音綽下音擲　綷音再　齧音孽噬也　齚音胙　銛音暹利也

# 佛說八大人覺經疏

清　浙水崇壽沙門灌頂續法集

清刻龍藏佛說法變相圖





佛說八大人覺經疏序

衆生迷而不覺諸佛覺而不迷世間虛而不實法性實而不虛即生心而見佛心即世界而成法界者其惟八大人覺經焉不考其文罔徵迷悟之本不研其義靡測眞妄之源小人不可大受而可小知於雞園應語小乘君子不可小知而可大受爲佛子宜揚大覺少欲知足顯頭陀之妙行發心博施示菩薩之初因清白翻乎世染聞慧轉乎顓愚精進治疲怠之病苦空化極樂之邦佛若不闡三界九類曷能乘法身之航經或不傳六道四生無以至涅槃之岸幸承世高奉譯聖教宣明自漢迄今未蒙訓解 續法 避靜泉石養疾山川偶閱斯文隨修其疏庶令八大覺門如杲日之昭乎中天五尊勝益似甘霖之潤乎稿

木凡見聞隨喜者宜勸勉啓迪焉
康熙二十九年歲次庚午五月端陽節日灌
頂行者續法題於崇壽紫竹林間

佛說八大人覺經疏

清　浙水崇壽沙門灌頂續法集

△疏此經義文分爲二㊙先畧標章門將釋此經五門分別一教起因緣二藏乘教攝三宗趣通局四畧釋題名五詳解文義

㊙後廣釋義相五㊁初教起因緣

初教起因緣者法華云諸佛唯以一大事因緣出現於世起信云有如是等八種因緣所以造論今此教與畧開爲十一爲了世法虛幻故二爲顯無爲眞常故三爲破惡惱修慧故四爲離欲恚淨行故五爲示耐苦守道故六爲勸解怨興慈故七爲明大乘心願故八爲圓諸佛果覺故九爲度衆生離苦故十爲施教化與樂故

㊁二藏乘教攝

二藏乘教攝者藏有二一三藏經律論也佛爲弟子說八大覺經藏所攝二二藏菩薩聲聞也此是諸佛菩薩大人之所覺悟菩薩藏攝乘有二一五乘人天聲聞辟支菩薩也今教菩薩常念菩薩乘攝二四乘小乘羊車中乘鹿車大乘牛車一乘大白牛車也經云八事乃是佛菩薩覺大乘一乘所攝教有三一十二分教契經重頌授記諷頌因緣自說本事本生方廣未曾有譬喻論議也今此契經自說二分所攝二化儀十教本末差別依本起末攝末歸本本末無礙隨機不定顯密同時一時頓演寂寞無言該通三際重重無盡也今屬本末差別教中本分所攝一經始終唯大人覺定無異故三化法五教小始終頓圓也經云苦空無我初教空宗所攝又云

精進廣學分教相宗所攝又云進趣菩提性宗實教所攝又云速登正覺頓教所攝又云念念滅罪普濟一切永斷常樂圓教所攝是知此經之義廣大深遠也矣

㊂三宗趣通局

三宗趣通局者通辨諸宗儒教孔子宗於五常意以修身愼行齊家治國揚名後代也道教老子宗於自然意以融蕩是非齊平生死終歸虛無也釋教世尊宗於因緣意以識心達本斷惑證眞稱體起用也小乘以生滅因緣爲宗大乘以無性因緣爲宗因緣卽空空宗也因緣卽假相宗也因緣卽中性宗終頓圓也存二以顯中終義泯二以顯中頓義混融以顯中圓義故一代佛教通宗因緣也局論此經復有總別總以覺觀事法修心聖道爲宗進趣菩提普濟一切令諸衆生悉以大樂爲趣別有五對一教義教誦八大人覺文字爲宗了達所詮八門義旨爲趣二事理舉八重事相爲宗顯八法理性爲趣三境智所緣眞俗諦境爲宗能緣權實觀智爲趣四修證精進修道梵行高遠爲宗直趣菩提速登正覺爲趣五體用圓滿菩提還歸覺體常住快樂爲宗全大覺體發眞如用普化一切爲趣如是五對展轉相因而爲生起也

㊂四畧釋題名二　㊀初經題

佛說八大人覺經

四畧釋題名者先踏相釋佛者梵語佛陀此云覺者準起信論具有三義一本覺卽所證理二始覺卽能證智三究竟覺卽智與理冥始本不二也又一者自覺覺於我

空異凡夫也二者覺他覺於法空異二乘也三者覺滿覺於俱空異菩薩也楞嚴云自覺已圓能覺他者如來應世卽本師釋迦牟尼佛也說者悅也八音四辨暢本懷故中論云佛依二諦爲衆生說法義無礙莫不歡悅揀非餘人說也八者法數一苦空二少欲三知足四精進五多聞六布施七梵行八心願卽見定思進語業念命八正道也亦卽理斷智位教因行果八法門也大人者菩薩稱爲大道心衆生如來稱爲大覺世尊覺者覺悟證知也先覺後覺自覺覺他名大人覺高出凡夫二乘唯自覺者華嚴云奇哉大導師自覺能覺他孟子曰大人者正己而物正者也八大人覺者經云如此八事乃是諸佛菩薩大人之所覺悟復還生死度脱衆生以前八事開導一切寶積亦云菩薩成就八法於諸佛前蓮花化生經者梵語修多羅此云契經契謂契理契機經謂貫說攝生也案五印土呼綖線席經井索聖教皆名修多羅線能貫花經能持緯索能汲水教能詮義敵對翻之應名聖教古德見此方聖說爲經賢說爲傳遂分借席經一義以目西方佛說名修多羅菩薩羅漢說名阿毘達磨又恐濫席經名更加契字揀之故名契經甚爲允當次作對釋共有六義一通別經字通也通餘經故佛等別也別諸部故二人法佛說人也八覺法也三一多就法中八者多也大人覺一也不離一覺觀故四能所人爲能覺爲所經云大人之所覺悟五

名德人則共有虛名大乃獨成實德六應感就人中佛者應也顯我能應法主也說者感也悅彼所感機宜也三離合釋佛之說經依主釋佛說有八大人覺經有財釋八大人覺經帶數釋八大人覺卽經持業釋佛說八大人覺經非法華論四分律相違釋也四立名釋諸經得名或人或處或法或喻乍單乍複乍具乍鈌此經以人法受稱也則一題名具四門義釋題尚爾况經文耶

㊄二譯人

後漢安息國沙門安世高譯

後漢標朝代對前高祖稱名曰後安息出處所揀非餘國土也沙門人也此言功勞修八正道有多功勞故秦言勤行勤行八覺進取涅槃故安世高字也譯者翻譯謂翻梵天之語轉成漢地之言音雖似別義則大同也傳云姓安名清字世高安息國王子也當嗣位讓國於叔而求出家博曉經綸七曜五行醫方異術無不綜達旣而遊方徧歷諸國行見羣燕忽謂伴曰燕云應有送食者頃之果有致焉漢桓帝建和二年來到中夏通習華言宣譯佛經二十九部凡一伯七十六卷多有神迹自稱先身已經出家有一同學多瞋乃與辭訣云我當往廣畢宿世之對旣而適廣州路逢一少年唾手拔刀乃延頸受刃無懼少年殺之觀者駭異已而神識還爲安息王子今來遊化度昔同學靈帝建寧四年關洛擾亂乃附舟過盧山行達邳亭湖廟神極

靈能分風送往來之舟會同旅三十餘船奉牲請福神降祝曰舟有沙門請來入廟告高云吾昔與子出家學道好行布施而性多瞋今爲䢼亭廟神此湖千里皆吾所轄壽盡旦夕當墮惡道有絹千疋并雜寶物可爲立法營塔使生善處高向之梵語數番卽取絹物辭别便達豫章遂以廟物爲造東寺名曰大安乃江淮寺塔之始也暮有一少年長跽高前受其咒願高謂衆曰向之少年卽䢼亭廟神得生善處離醜惡形矣後於山西澤中見一死蟒頭尾數里今潯陽郡大蛇村是高後復到廣州尋前害已少年時少年尚在高投其家說昔日償對之事歡喜相向謂云吾猶有餘報今當往會稽畢對廣州客悟高非凡豁然意解追悔前愆厚相資供隨高東遊遂達會稽至便入市正值羣鬬誤傷高首應時殞命廣客頻驗二報遂發心出家精懃佛法弘傳八大人覺經具說世高事緣遠近聞知莫不歎伏

㊁五詳解文義

道安三分今古同遵考此文意似有正宗而無序通今以義判仍分爲三㊂初標八法誦念以發起

爲佛弟子常於晝夜至心誦念八大人覺

三分中此當序分屬發起非證信也八大覺事佛菩薩本故不待問而自教誡文有四句初句人作成曰爲妙覺曰佛解後曰弟從生曰子然有五位一本性二名字三相似四隨分五究竟今屬名字依佛爲師

更不皈依邪魔外道允成大乘佛弟子也次句時晝夜約日晝三夜三也常者約年盡形不懈也三四句法先行也至心意業行誦念身口行後教也八種法門諸佛菩薩大人之所覺者服佛之服誦佛之言行佛之行是佛而已矣若晝夜不念八大人覺豈稱佛弟子哉

㐪二詳八大法相以成宗分二　㐫先别釋八法以起信解八　㐬初覺身心無常觀念眞常

第一覺悟世間無常國土危脆四大苦空五陰無我生滅變異虚僞無主是心惡源形爲罪藪如是觀察漸離生死

此下八門當正宗也初門分二先覺知事相非眞明而不昧謂之覺知而不迷謂之悟於中有八一三世世爲遷流流數有三過去未來現在也無常有二一者敗壞無常二者念念無常過去諸法恍惚如夢現在諸法猶如電光未來諸法如雲欻起賢首疏云過去則無體難追現在則刹那不住未來則本無積聚故曰無常楞嚴云豈惟年變亦兼月化何直月化兼又日遷沉思諦觀刹那刹那念念之間不得停住二十方國土横徧十方故界爲方位方位有十四方四維上下也總收國界畧爲八類謂淨穢小大麤妙廣狹不安曰危虚浮曰脆三界不安猶如火宅塵刹虚浮喻同朝露經云假使妙高山劫盡皆散壞大海深無底亦復有枯竭大地及日月時至皆歸盡未曾有一事不被無常吞三四大堅相

爲地大潤濕爲水大煖觸爲火大動搖爲風大內四大爲苦外四大爲空經云水火風土旋令覺知四大各離誰和合者則內四大皆苦空也又云火乃燒於色水復爲爛壞風能令散滅四大互相違堅濕煖動法假名無有實大種本無生故無所造色則外四大亦苦空也四五陰根塵名色質礙爲義違順名受領納爲義苦樂名想取像爲義善惡名行造作爲義是非名識了別爲義皆曰陰者蓋覆眞性故無我者謂五陰中都無我主但形骸色思慮心耳楞伽云諸蘊業因和合而起離我我所是名行空圭山云色有地水火風心有受想行識若皆是我卽成八我翻覆推析皆不可得便悟此身衆緣和合似我人相元無我

人欲求出離修無我觀斷分別我執證我空眞如卽知五陰皆空無我也五生死生滅是生死之因生死爲生滅之果天如云那箇生死業根只在汝一念生滅之間變異者遷改也經云我此之身雖未曾滅我觀現前念念遷謝新新不住如火成灰決知此身當從滅盡然四相遷流有一期刹那二種之別以理推之生如石女懐兒住若陽燄翻浪異同浮雲千變滅猶狂花謝空六煩惱虛妄相想爲虛假名無明爲僞無主者謂此無明妄想因緣和合而有實無自性亦無有我觀此想念屬誰誰使是煩惱想歷歷見此一念想中無有主宰卽人空慧如幻化相卽法空慧頌曰一切妄想中因緣空無主七內心心六識也惡十

惱三毒也根塵爲緣識生其中聚緣內搖趣外奔逸昏昏擾擾以爲性相是故心爲功之首惡之魁也六識頌曰動身發語獨爲最引滿能招業力牽息心達本無善無惡是一眞源如如不動心矣八外身形身口也罪七支四種業也本末續生遞相爲種喻如草木生長不絕故云藪也遺教云此是罪惡之物假名爲身沒在老病生死大海智者除之如殺怨賊如是下次觀察法相對治五識照矚曰觀意識尋伺曰察如是結上八種覺悟上乃別明此句總攝謂世間國土五陰生滅虛僞心形皆爲惡源罪藪無常苦空危脆無我變滅無主者也漸離者舉第五生死以該餘七也若對翻之轉無常壽命以成十世眞常轉危脆家產以成性土悠久苦空大種成五大圓融無我陰處成法身眞我變異生死成不滅不生無主虛想成無位眞人翻惡源之心而爲菩提道心翻罪藪之身而爲涅槃法身如此最勝法益非觀察覺悟不能得成也

戊二覺貪欲爲苦觀念少欲

第二覺知多欲爲苦生死疲勞從貪欲起少欲無爲身心自在

先覺事相非眞初一句現招苦惱唯識云云何爲欲於所樂境希望爲性欲境有五謂財色名食睡今約希望欲心不一而足曰多經云常求諸欲境苦者五苦中求不得苦也遺教云多欲之人多求利故苦惱亦多次二句當感生死生死果也疲勞輪

轉不休故貪欲因也唯識云云何爲貪於有有具染着爲性貪愛爲本欲樂爲末圓覺云一切衆生從無始際由有種種恩愛貪欲故有輪廻佛名經云有愛則生愛盡則滅故知生死貪愛爲本 文 若去貪欲之因生死苦輪之報息矣少欲下次觀法相對治初句無爲樂則無苦惱少欲而外無所貪無爲而内無所作豈不逍遥暢快次句自在樂則無生死身離生老病死心離生住異滅豈不解脱自在經云少欲之人則無諂曲以求人意亦復不爲諸根所牽行少欲者心則坦然無所憂畏有少欲者則有涅槃少欲既能生諸功德無欲更受無盡益矣

(戊)三覺多求增罪觀念知足

第三覺知心無厭足惟得多求增長罪惡菩薩不爾常念知足安貧守道惟慧是業

先覺事非眞也初句内存無厭足心次句外惟多求境物三漸增惡求罪過梵網云自爲飲食錢財利養名譽故親近王臣恃作形勢横取錢物名爲惡求菩薩下次觀法對治菩薩心者利人爲先豈有惡求多求故云不爾念知足如迦葉頭陁無厭斷矣貧樂道若顔回陋巷多求滅矣此則惑障除也空慧業猶善現阿蘭那行罪惡消矣此則業障除也惑業之因既絶苦報之果何來故遺教云汝等若欲脱諸苦惱當觀知足知足之法卽是富樂安隱之處念知足也知足之人雖卧地上猶爲安樂不知足者雖處天堂亦不稱意不知足者雖富而

貧知足之人雖貧而富貧樂道也不知足者常爲五欲所牽爲知足者之所憐愍惟以二空觀慧爲事業也

戊四覺懈怠墜落觀念精進

第四覺知懈怠墜落常行精進破煩惱惡摧伏四魔出陰界獄

先覺事相懈則根身疲倦怠則心識恣放墜則墮下難上落則退後不前由此上弘下化之功自利利他之德皆喪失矣華嚴云如鑽燧求火未出而數息火勢隨止滅懈怠者亦然遺教云行者之心數數懈廢譬如鑽火未熱而息雖欲得火火難可得清凉疏約三慧以辨懈怠聞則聽習數息明解不生思則決擇數息真智不生修則定慧數息聖道不生懈怠之過豈細小哉

常下次觀治法初一句總純一不雜曰精勇往直前曰進常行者一生不退也起信云一切時一切處所有衆善隨已堪能不捨修學遺教云若勤精進則事無難是故汝等當勤精進譬如小水常流則能穿石次三句別初即唯識論中攝善精進以諸十善破十惱惡八萬法行破八萬塵勞益此精進觀中無法不欲其精無行不欲其進故亦即起信論明勤勇精進文云於諸善事心不懈退淨名云譬如勝怨乃可名勇此明見思無明怨賊皆悉破也二即唯識論中被甲精進四魔者一天魔二煩惱魔三五陰魔四生死魔摧伏者以知生死定爲苦故佛果決然樂故衆生與已足可度故由是志堅不怯必定取辦與五陰魔

煩惱魔死魔共戰有大功勳滅三毒出三界破魔網亦卽起信論明難壞精進文云立志堅強遠離怯弱寶藏論云決歸者不顧其疲決戰者不顧其死決學者不顧其身決道者不重其事此其難壞相也後卽唯識論中利樂精進陰卽五陰界卽三界獄者三界五陰如牢獄桎梏故出者尅已造修唯日不足直至超出陰界得大利樂而後已也亦卽起信論明無足精進文云念過去久遠已來虛受一切身心大苦無有利益是故應勤修諸功德自利利他速離衆苦此明練磨其心修二利行堅固熾然總無厭足畢竟超出成最勝樂也破治怠失摧治懈失出治墜失精進法門廣矣大矣

(戊)五覺愚癡無智觀念多聞

第五覺悟愚癡生死菩薩常念廣學多聞增長智慧成就辨才教化一切悉以大樂

先覺事相六識茫昧無知曰愚五根昏迷不曉曰癡愚爲惑惱之首癡是惡業之元因也無明事理從冥入冥生死險道受苦不斷背去三寶貧無福慧不識苦盡道不知求解脫果也菩薩下次觀治法廣學博究三藏也多聞聽講十二部也增慧無觀不習故成辯無經不誦故聞卽聞慧身根聰也智卽思慧意識通也辯卽修慧口舌利也上三句自度此教化句度他一切不揀道俗賢愚五性三根普皆化導也末一句自他均利也他得開通佛法樂自得增明教觀樂又自他現得六根通利樂當得

三德安住樂並以出世大道揀非世間小果故云大也四弘對之聞即法門智即煩惱教即衆生樂即佛道前二治愚癡後二治生死

㊀六覺貧苦結怨觀念施善

第六覺知貧苦多怨横結惡緣菩薩布施等念怨親不念舊惡不憎惡人

先覺事財産缺乏爲貧饑寒逼迫爲苦多怨者上則怨天下則怨人内則怨於父母妻子外則怨於師友親隣書云貧而無怨難結惡緣者苦境怨心一時交接諸惡業緣無不備造所謂慳惜巳物貪求人財嫉妬其富瞋恨其貴起諸邪見撥無因果好勇鬬狠欺長凌幼由此父子不和夫妻反目孟子曰無恒産而有恒心者惟士爲能若民則無恒産因無恒心苟無恒心放辟邪侈無不爲巳而云横者儒云死生有命富貴在天佛云今感貧富貴賤之報皆因前世慳施敬慢之業與人結諸怨尤豈不枉造空作惡耶菩薩下次觀法孔子曰貧與賤是人之所惡也不以其道得之不去也孟子曰古之人修其天爵而人爵從之仁義忠信樂善不倦此天爵也公卿大夫此人爵也今開四法即是去貧之道得爵之術也一布施經言爲人貧困從慳貪中來爲人大富從布施中來故以施治貧也有二財則四事七珍乃至一縷一麻法則五教三乘片言片行老子曰富貴者送人以財仁人者送人以言一言可以興邦則法施之拔苦與樂誠不可較量也二等念

經言有親則有怨離親卽離怨今以同體慈悲怨親平等觀之善與人同樂取於人求仁得仁何怨之有孟子云不怨勝已者反求諸已而已矣故以等治怨也三不念如伯夷叔齊不念舊惡怨是用希是以有舊惡者當與勸釋不得加報也四不憎如子張之尊賢容衆嘉善而矜不能老子曰善人不善人之師不善人善人之資孔子曰三人行必有我師焉擇其善者而從之其不善者而改之是以見惡逆者當與教誡不得痛絕也三四治結惡四法一修貪苦無不離矣

(戊)七覺五欲過患觀念梵行

第七覺悟五欲過患雖爲俗人不染世樂常念三衣瓦鉢法器志願出家守道清白梵行高遠慈悲一切

初覺事五欲者五塵欲也過患者煩惱過也欲是境患是心由外塵欲牽起愛心瑜伽云欲有二種一事境欲二煩惱欲經云由於欲境起諸違順老子曰五色令人目盲五音令人耳聾五味令人口爽馳騁田獵令人心發狂難得之貨令人行妨如五百仙聞甄陀女歌而失禪定一角老爲婬女騎頸而無神通夏以妹喜商以妲己周以褒似並亡其國凡爲道者須知過罪當訶責也世樂有十謂女色財寶聲名飲食睡眠家宅田園衣服眷屬官貴圓覺疏開爲四相一内愛欲緣自身形按拭摩觸起諸染着二外愛欲緣他男女姿態妖艷念念貪愛三内外愛欲於自他身柔輭細滑

攀緣不捨四遍一切處愛欲緣於一切五欲塵境生結縛心不染者猶如蓮花不着水亦如日月不住空也大論云五欲無樂如狗嚙骨五欲增諍如鳥競肉五欲燒人如執風炬五欲害人如踐毒蛇五欲無實如夢所得五欲不久如擊石火禪經偈云智者應觀身不貪染世樂無累無所欲是名真涅槃豈可入道則淨涉俗便染耶常下次觀法有五一衣鉢迦葉受頭陀法衣但糞掃三衣食常次第乞食器卽香爐錫杖念珠澡瓶梵網云菩薩行頭陀時此十八物常隨其身二出家阿蘭若處離於聚落放牧聲絶無諸憒鬧此則出五欲塵染之家入一真寂靜之家曰志願者身雖俗家心實佛家也四句揀之一心形俱不出家二心形俱出家三心出形不出四形出心不出今當第三句此二治爲俗四十二章經云受道法者去世貲財乞求取足日中一食樹下一宿愼勿再矣使人愚蔽者愛與欲也三守道謂守涅槃清淨之道出離生死濁海守菩提潔白之道解脱煩惱淤泥此一治五欲過患四梵行有三一明悟欲心二潔淨欲身三不犯欲塵出世第一如梵天行高超六欲遠越釋天如諸佛所説一心一意行數息在禪定是名行頭陀此一治不染世樂五慈悲慈與一切之樂悲拔一切之苦若非一味法雨何能三根普潤此句總治三種也配四法門初二理三果四行五教也問二七何别荅二約能緣莫起多欲心也七約所緣莫染五塵

欲也

(戊)八覺生死苦惱觀念心願

第八覺知生死熾然苦惱無量發大乘心普濟一切願代衆生受無量苦令諸衆生畢竟大樂

先覺事相生死者三界内外有二種生死稱爲苦海第一分段生死卽六道衆生四大所成身體有分齊段落受其生生滅滅第二變易生死卽聲聞菩薩雖離分段之身未得圓證法身常寂不免四相遷流因移果易熾然者楞嚴云生死死生生生死死如旋火輪未有休息苦惱無量者苦有三苦八苦一百一十苦惱有六惱十惱八萬四千惱問前後何別荅初明一切生死虛幻不實二明自他生死因貪欲起五明自已生死愚迷癡受八明衆生生死發心普濟又四明自已多欲便多苦惱六明自他貧苦多怨結惡七明一切五欲皆有過患八明衆生苦惱誓願代受故前後不同也四句揀之謂一人受一生死苦惱一人受多生死苦惱多人受一生死苦惱多人受多生死苦惱復有四句謂同業同報別業別報同業別報別業同報故如火之熾然空之無量發下次觀法相初二句發心濟一切出生死自未得度先度人者菩薩發心三心四願乃菩薩之初因也起信云發心盡於未來化度一切衆生使無有餘皆令究竟無餘涅槃故云普濟次願代二句立願代衆生受苦惱還源觀云普代衆生受苦者謂修諸行法不爲自身但欲廣

利羣生寃親平等普令斷惡備修萬行速證菩提又菩薩大悲大願以身爲質於三惡趣救贖一切受苦衆生要令得樂盡未來際心無退屈不於衆生希望毛髮報恩之心問衆生無量業苦無邊云何菩薩而能普代衆生受苦荅菩薩代衆生受苦者由大悲方便力故但以衆生妄執不了業體從妄而生無由出苦菩薩敎令修止觀兩門心無暫替因亡果喪苦業無由得生但令不入三途名爲普代衆生受苦惱也後令諸二句誓令與無上二果樂起信云爲令衆生離一切苦得究竟樂非求世間名利恭敬故賢首疏云苦者二死煩惱苦也樂者無上菩提覺法樂無上涅槃寂靜樂非求者非欲令其求於後世人天利樂長水記云凡諸菩薩有所作爲皆爲衆生離苦得樂此令轉滅煩惱生死得此菩提涅槃一得永得大患永滅超度四流不亦樂乎然上離苦是菩薩大悲此令得樂是菩薩大慈至覺之心於焉備矣

㊀後總結三覺以成行證

如此八事乃是諸佛菩薩大人之所覺悟精進行道慈悲修慧乘法身船至涅槃岸復還生死度脫衆生以前八事開導一切令諸衆生覺生死苦捨離五欲修心聖道

先結前八事有大人之事有小人之事前七自利第八利他故屬諸佛一乘菩薩大乘之事非比自利小乘界内人天乘輕細事也孟子曰從其大體爲大人從其小體爲小人然事爲所觀境覺爲能知心佛是

滿覺先覺果地覺菩薩是始覺後覺因地覺也精下次起後三覺初四句自覺復還下覺他合則三覺圓矣又精進四法行道正助道品也三法慈悲七法修慧二空觀智也五法法身無為法性也經云夫為道者猶木在水尋流而行不觸兩岸不為洄流吾保此木決定入海學道之人不為情欲所惑不為衆邪所嬈精進無為吾保此人必得道矣當第一涅槃秦言滅度義翻圓寂唯識明四種一性淨涅槃二有餘涅槃三無餘涅槃四無住涅槃今屬後二也當第二復還生死海代受苦惱八也度脫惡衆生怨親平等六也上乃自覺八事下以前等覺他八事開導五六也覺苦一八也離欲二七也修道三四也修習自心入於聖道故肇師曰佛者何也蓋窮理盡性大覺之稱也生死長寢莫能自覺自覺覺彼其唯佛也佛地論云於一切法一切種相能自開覺亦能開覺一切有情故名為佛今依八事覺之豈有不成正覺也哉

㊄三結八門利益以廣通

若佛弟子誦此八事於念念中滅無量罪進趣菩提速登正覺永斷生死常住快樂

此當流通分也初舉能修法行於念下次顯所獲勝益畧開有五一滅罪罪業為因苦報為果修行斷惑罪滅福生矣二趣果五十五位眞菩提路必須多聞廣慧而進今誦八大人覺自到菩提覺道經云觀靈覺卽菩提如是知識得道疾矣三成覺迅疾曰速成證曰登中直曰正種智曰覺過

五十五菩提路已方盡妙覺成無上道坐華王座名登正覺四斷死五住究盡二死永亡也五住樂約三身釋法性身土無爲不動眞常樂故受用身土具足無量快樂相故變化身土相續不斷諸法樂故廣開爲八一二果成證樂二依正常然樂三恒見諸佛樂四時聞妙法樂五賢聖相會樂六衆生離苦樂七願行廣大樂八本覺眞常樂三德配之念念滅罪解脱德也菩提正覺般若德也永斷常樂法身德也三德五蘊唯此經爲然可不誦習而力行之

佛説八大人覺經疏

音釋

鄓九容切音恭亭名　轄胡瞎切音鎋